STS

山田社

山田社

STS
山田社

山田社

網羅新日本語能力試驗單字必考範圍

日本語
動詞活用
辭典

NIHONGO BUNPOO・DOUSI KATSUYOU ZITEN

N2單字辭典

【吉松由美・田中陽子 合著】

前言

「動詞」就是日文的神經和血液，
有了神經和血液——動詞，才能讓您的日文活起來！才能讓您的表達更確實有張力！日檢得高分！
因此，紮實並強化日文，就要確實學會動詞，先和它和它成為好朋友！

一眼搞懂！ N2 動詞　14 種活用，完全圖表
3 個公式、14 種變化
五段動詞、上一段 ・ 下一段動詞、カ變 ・ サ變動詞
辭書形、ない形、ます形、ば形、させる形、命令形、う形…**共 14 種活用**
日檢、上課、上班天天派上用場，順利揮別卡卡日文！

日語動詞活用是日語的一大特色，它的規則類似英語動詞，語尾也有原形、現在形、過去形、過去分詞、現在分詞等變化。

日語動詞活用就像是動詞的兄弟，這裡將介紹動詞的這 14 個兄弟（14 種活用變化）。兄弟本是同根生，但由於他們後面可以自由地連接助動詞或語尾變化，使得各兄弟們都有著鮮明的個性，他們時常高喊「我們不一樣」，大搞特色。請看：

あく【開く】 開，打開；（店舖）開始營業

自五 グループ1

開く・開きます

辭書形（基本形） 打開	あく	たり形 又是打開	あいたり
ない形（否定形） 沒打開	あかない	ば形（條件形） 打開的話	あけば
なかった形（過去否定形） 過去沒	あかなかった	させる形（使役形） 使打開	あかせる
ます形（連用形） 打開	あきます	られる形（被動形） 被打開	あけられる
て形 打開	あいて	命令形 快打開	あけ
た形（過去形） 打開了	あいた	可能形 可以打開	あけられる
たら形（條件形） 打開的話	あいたら	う形（意向形） 打開吧	あこう

△店が10時に開くとしても、まだ2時間もある。／
就算商店十點開始營業，也還有兩個小時呢。

あげる【上げる】 舉起，抬起，揚起，懸掛；（從船上）卸貨；增加；升遷；送入；表示做完

自他下一 グループ2

上げる・上げます

辭書形（基本形） 抬起	あげる	たり形 又是抬起	あげたり
ない形（否定形） 沒抬起	あげない	ば形（條件形） 抬起的話	あげれば
なかった形（過去否定形） 過去沒抬起	あげなかった	させる形（使役形） 使抬起	あげさせる
ます形（連用形） 抬起	あげます	られる形（被動形） 被抬起	あげられる
て形 抬起	あげて	命令形 快抬起	あげろ
た形（過去形） 抬起了	あげた	可能形 可以抬起	あげられる
たら形（條件形） 抬起的話	あげたら	う形（意向形） 抬起吧	あげよう

△分からない人は、手を上げてください。／有不懂的人，麻煩請舉手。

あこがれる【憧れる】 嚮往，憧憬，愛慕；眷戀

自下一 グループ2

憧(あこが)れる・憧(あこが)れます

辭書形(基本形) 嚮往	あこがれる	たり形 又是嚮往	あこがれたり
ない形（否定形） 沒嚮往	あこがれない	ば形（條件形） 嚮往的話	あこがれれば
なかった形（過去否定形） 過去沒嚮往	あこがれなかった	させる形（使役形） 使嚮往	あこがれさせる
ます形（連用形） 嚮往	あこがれます	られる形（被動形） 被嚮往	あこがれられる
て形 嚮往	あこがれて	命令形 快嚮往	あこがれろ
た形（過去形） 嚮往了	あこがれた	可能形 可以嚮往	あこがれられる
たら形（條件形） 嚮往的話	あこがれたら	う形（意向形） 嚮往吧	あこがれよう

△田舎(いなか)でののんびりした生活(せいかつ)に憧(あこが)れています。／
很嚮往鄉下悠閒自在的生活。

あじわう【味わう】 品嚐；體驗，玩味，鑑賞

他五 グループ1

味(あじ)わう・味(あじ)わいます

辭書形(基本形) 品嚐	あじわう	たり形 又是品嚐	あじわったり
ない形（否定形） 沒品嚐	あじわわない	ば形（條件形） 品嚐的話	あじわえば
なかった形（過去否定形） 過去沒品嚐	あじわわなかった	させる形（使役形） 使品嚐	あじわわせる
ます形（連用形） 品嚐	あじわいます	られる形（被動形） 被品嚐	あじわわれる
て形 品嚐	あじわって	命令形 快品嚐	あじわえ
た形（過去形） 品嚐了	あじわった	可能形 可以品嚐	あじわえる
たら形（條件形） 品嚐的話	あじわったら	う形（意向形） 品嚐吧	あじわおう

△1枚(まい)5,000円(えん)もしたお肉(にく)だよ。よく味(あじ)わって食(た)べてね。／
這可是一片五千圓的肉呢！要仔細品嚐喔！

正義正直的老大 → 書く	書寫	（表示語尾）
小心謹慎的老 2 → 開かない	打不開	（表示否定）
悲觀失意的老 3 → 休まなかった	過去沒有休息	（表示過去否定）
彬彬有禮的老 4 → 渡します	交給	（表示鄭重）
外向開朗的老 5 → 弾いて	彈奏	（表示連接等）
快言快語的老 6 → 話した	説了	（表示過去）
聰明好學的老 7 → 入ったら	進去的話	（表示條件）
情緒多變的老 8 → 寝たり	又是睡	（表示列舉）
實事求是的老 9 → 登れば	攀登的話	（表示條件）
暴躁善變的老 10 → 飲ませる	叫…喝	（表示使役）
追求刺激的老 11 → 遊ばれる	被玩弄	（表示被動）
豪放不羈的老 12 → 脱げ	快脱	（表示命令）
勇敢正義的老 13 → 点けられる	可以點燃	（表示可能）
異想天開的老 14 → 食べよう	吃吧	（表示意志）

本書利用完全圖表，再配合三個公式，讓您一眼搞懂各具特色的日檢 N2 動詞 14 種活用變化！讓您考日檢、上課、上班天天派上用場。順利揮別卡卡日文！

P.S. 本書分為附 MP3 的朗讀版，以及經濟實用的無 MP3 版，歡迎讀者依需求選購！

目錄

N2
活用動詞

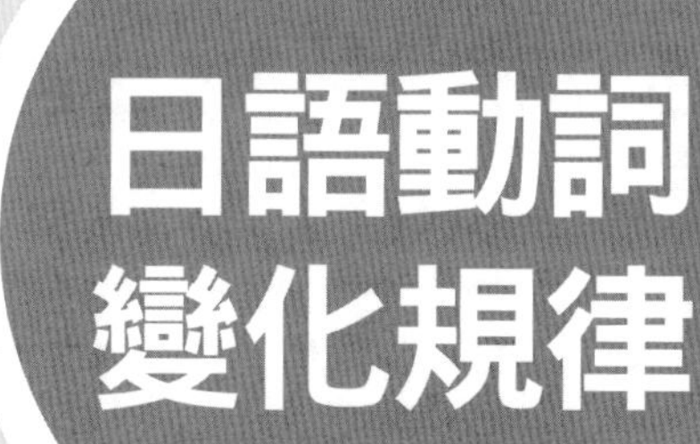
日語動詞
變化規律

■日語動詞三個公式

表示人或事物的存在、動作、行為和作用的詞叫動詞。日語動詞可以分為三大類（三個公式），有：

分類		ます形	辭書形	中文
一般動詞	上一段動詞	おきます	おきる	起來
		すぎます	すぎる	超過
		おちます	おちる	掉下
		います	いる	在
	下一段動詞	たべます	たべる	吃
		うけます	うける	接受
		おしえます	おしえる	教授
		ねます	ねる	睡覺
五段動詞		かいます	かう	購買
		かきます	かく	書寫
		はなします	はなす	說
		しります	しる	知道
		かえります	かえる	回來
		はしります	はしる	跑
		おわります	おわる	結束
不規則動詞	サ變動詞	します	する	做
	カ變動詞	きます	くる	來

■動詞按形態和變化規律，可以分為5種：

❶上一段動詞

動詞的活用詞尾，在五十音圖的「い段」上變化的叫上一段動詞。一般由有動作意義的漢字，後面加兩個平假名構成。最後一個假名為「る」。「る」前面的假名一定在「い段」上。例如：

● い段音「い、き、し、ち、に、ひ、み、り」
i ki shi chi ni hi mi ri

起きる（おきる）

過ぎる（すぎる）

落ちる（おちる）

❷下一段動詞

動詞的活用詞尾在五十音圖的「え段」上變化的叫下一段動詞。一般由一個有動作意義的漢字，後面加兩個平假名構成。最後一個假名為「る」。「る」前面的假名一定在「え段」上。例如：

● え段音「え、け、せ、て、ね、へ、め、れ」
e ke se te ne he me re

食べる（たべる）

受ける（うける）

教える（おしえる）

只是，也有「る」前面不夾進其他假名的。但這個漢字讀音一般也在「い段」或「え段」上。如：

居る（いる）

寝る（ねる）

見る（みる）

❸五段動詞

動詞的活用詞尾在五十音圖的「あ、い、う、え、お」五段上變化的叫五段動詞。一般由一個或兩個有動作意義的漢字，後面加一個（兩個）平假名構成。

（1）五段動詞的詞尾都是由「う段」假名構成。其中除去「る」以外，凡是「う、く、す、つ、ぬ、ふ、む」結尾的動詞，都是五段動詞。例如：

買う（かう）　　待つ（まつ）
書く（かく）　　飛ぶ（とぶ）
話す（はなす）　読む（よむ）

（2）「漢字＋る」的動詞一般為五段動詞。也就是漢字後面只加一個「る」，「る」跟漢字之間不夾有任何假名的，95% 以上的動詞為五段動詞。例如：

売る（うる）　　走る（はしる）
知る（しる）　　要る（いる）
帰る（かえる）

（3）個別的五段動詞在漢字與「る」之間又加進一個假名。但這個假名不在「い段」和「え段」上，所以，不是一段動詞，而是五段動詞。例如：

始まる（はじまる）　　終わる（おわる）

❹サ變動詞

サ變動詞只有一個詞「する」。活用時詞尾變化都在「サ行」上，稱為サ變動詞。另有一些動作性質的名詞＋する構成的複合詞，也稱サ變動詞。例如：

結婚する（けっこんする）　　勉強する（べんきょうする）

❺カ變動詞

只有一個動詞「来る」。因為詞尾變化在カ行，所以叫做カ變動詞，由「く＋る」構成。它的詞幹和詞尾不能分開，也就是「く」既是詞幹，又是詞尾。

動詞單字
N2

あいする【愛する】愛,愛慕;喜愛,有愛情,疼愛,愛護;喜好

他サ グループ3

愛する・愛します

辭書形(基本形) 愛	あいする	たり形 又是愛	あいしたり
ない形(否定形) 沒愛	あいさない	ば形(條件形) 愛的話	あいすれば
なかった形(過去否定形) 過去沒愛	あいさなかった	させる形(使役形) 使愛	あいさせる
ます形(連用形) 愛	あいします	られる形(被動形) 被愛	あいされる
て形 愛	あいして	命令形 快愛	あいせ
た形(過去形) 愛了	あいした	可能形 可以愛	あいせる
たら形(條件形) 愛的話	あいしたら	う形(意向形) 愛吧	あいそう

△愛する人に手紙を書いた。／我寫了封信給我所愛的人。

あう【遭う】遭遇,碰上

自五 グループ1

遭う・遭います

辭書形(基本形) 碰上	あう	たり形 又是碰上	あったり
ない形(否定形) 沒碰上	あわない	ば形(條件形) 碰上的話	あえば
なかった形(過去否定形) 過去沒碰上	あわなかった	させる形(使役形) 使碰上	あわせる
ます形(連用形) 碰上	あいます	られる形(被動形) 被碰上	あわれる
て形 碰上	あって	命令形 快碰上	あえ
た形(過去形) 碰上了	あった	可能形	———
たら形(條件形) 碰上的話	あったら	う形(意向形) 碰上吧	あおう

△交通事故に遭ったにもかかわらず、幸い軽いけがで済んだ。／雖然遇上了交通意外，所幸只受到了輕傷。

あおぐ【扇ぐ】 （用扇子）扇（風）

自他五　グループ1

扇（あお）ぐ・扇（あお）ぎます

辭書形(基本形) 扇	あおぐ	たり形 又是扇	あおいだり
ない形（否定形） 沒扇	あおがない	ば形（條件形） 扇的話	あおげば
なかった形（過去否定形） 過去沒扇	あおがなかった	させる形（使役形） 使扇	あおがせる
ます形（連用形） 扇	あおぎます	られる形（被動形） 被扇	あおがれる
て形 扇	あおいで	命令形 快扇	あおげ
た形（過去形） 扇了	あおいだ	可能形 可以扇	あおげる
たら形（條件形） 扇的話	あおいだら	う形（意向形） 扇吧	あおごう

△暑（あつ）いので、うちわであおいでいる。／因為很熱，所以拿圓扇搧風。

あがる【上がる】 （效果、地位、價格等）上升，提高；上，登，進入；上漲；膽怯；加薪；吃，喝，吸（煙）；表示完了

自他五・接尾　グループ1

上（あ）がる・上（あ）がります

辭書形(基本形) 提高	あがる	たり形 又是提高	あがったり
ない形（否定形） 沒提高	あがらない	ば形（條件形） 提高的話	あがれば
なかった形（過去否定形） 過去沒提高	あがらなかった	させる形（使役形） 使提高	あがらせる
ます形（連用形） 提高	あがります	られる形（被動形） 被提高	あがられる
て形 提高	あがって	命令形 快提高	あがれ
た形（過去形） 提高了	あがった	可能形 可以提高	あがれる
たら形（條件形） 提高的話	あがったら	う形（意向形） 提高吧	あがろう

△ピアノの発表会（はっぴょうかい）で上（あ）がってしまって、思（おも）うように弾（ひ）けなかった。／在鋼琴發表會時緊張了，沒能彈得如預期中那麼好。

あきらめる【諦める】 死心，放棄；想開

他下一 グループ2

諦(あきら)める・諦(あきら)めます

辭書形(基本形) 放棄	あきらめる	たり形 又是放棄	あきらめたり
ない形（否定形） 沒放棄	あきらめない	ば形（條件形） 放棄的話	あきらめれば
なかった形（過去否定形） 過去沒放棄	あきらめなかった	させる形（使役形） 使放棄	あきらめさせる
ます形（連用形） 放棄	あきらめます	られる形（被動形） 被放棄	あきらめられる
て形 放棄	あきらめて	命令形 快放棄	あきらめろ
た形（過去形） 放棄了	あきらめた	可能形 可以放棄	あきらめられる
たら形（條件形） 放棄的話	あきらめたら	う形（意向形） 放棄吧	あきらめよう

△彼(かれ)は、諦(あきら)めたかのようにため息(いき)をついた。／
他彷彿死心了似的嘆了一口氣。

あきれる【呆れる】 吃驚，愕然，嚇呆，發愣

自下一 グループ2

呆(あき)れる・呆(あき)れます

辭書形(基本形) 嚇呆	あきれる	たり形 又是嚇呆	あきれたり
ない形（否定形） 沒嚇呆	あきれない	ば形（條件形） 嚇呆的話	あきれれば
なかった形（過去否定形） 過去沒嚇呆	あきれなかった	させる形（使役形） 使嚇呆	あきれさせる
ます形（連用形） 嚇呆	あきれます	られる形（被動形） 被嚇呆	あきれられる
て形 嚇呆	あきれて	命令形 快嚇呆	あきれろ
た形（過去形） 嚇呆了	あきれた	可能形	――
たら形（條件形） 嚇呆的話	あきれたら	う形（意向形） 嚇呆吧	あきれよう

△あきれて物(もの)が言(い)えない。／我嚇到話都說不出來了。

あつかう【扱う】 操作，使用；對待，待遇；調停，仲裁 他五 グループ1

扱(あつか)う・扱(あつか)います

辭書形(基本形) 操作	あつかう	たり形 又是操作	あつかったり
ない形（否定形） 沒操作	あつかわない	ば形（條件形） 操作的話	あつかえば
なかった形（過去否定形） 過去沒操作	あつかわなかった	させる形（使役形） 使操作	あつかわせる
ます形（連用形） 操作	あつかいます	られる形（被動形） 被操作	あつかわれる
て形 操作	あつかって	命令形 快操作	あつかえ
た形（過去形） 操作了	あつかった	可能形 可以操作	あつかえる
たら形（條件形） 操作的話	あつかったら	う形（意向形） 操作吧	あつかおう

△この商品(しょうひん)を扱(あつか)うに際(さい)しては、十分(じゅうぶん)気(き)をつけてください。／
在使用這個商品時，請特別小心。

あてはまる【当てはまる】 適用，適合，合適，恰當 自五 グループ1

当(あ)てはまる・当(あ)てはまります

辭書形(基本形) 適用	あてはまる	たり形 又是適用	あてはまったり
ない形（否定形） 沒適用	あてはまらない	ば形（條件形） 適用的話	あてはまれば
なかった形（過去否定形） 過去沒適用	あてはまらなかった	させる形（使役形） 使適用	あてはまらせる
ます形（連用形） 適用	あてはまります	られる形（被動形） 被適用	あてはまられる
て形 適用	あてはまって	命令形 快適用	あてはまれ
た形（過去形） 適用了	あてはまった	可能形	———
たら形（條件形） 適用的話	あてはまったら	う形（意向形） 適用吧	あてはまろう

△結婚(けっこん)したいけど、私(わたし)が求(もと)める条件(じょうけん)に当(あ)てはまる人(ひと)が見(み)つからない。／
我雖然想結婚，但是還沒有找到符合條件的人選。

あてはめる【当てはめる】 適用；應用

他下一 グループ2

当(あ)てはめる・当(あ)てはめます

辭書形(基本形) 應用	あてはめる	たり形 又是應用	あてはめたり
ない形（否定形） 沒應用	あてはめない	ば形（條件形） 應用的話	あてはめれば
なかった形（過去否定形） 過去沒應用	あてはめなかった	させる形（使役形） 使應用	あてはめさせる
ます形（連用形） 應用	あてはめます	られる形（被動形） 被應用	あてはめられる
て形 應用	あてはめて	命令形 快應用	あてはめろ
た形（過去形） 應用了	あてはめた	可能形 可以應用	あてはめられる
たら形（條件形） 應用的話	あてはめたら	う形（意向形） 應用吧	あてはめよう

△その方法(ほうほう)はすべての場合(ばあい)に当(あ)てはめることはできない。／
那個方法並不適用於所有情況。

あばれる【暴れる】 胡鬧；放蕩，橫衝直撞

自下一 グループ2

暴(あば)れる・暴(あば)れます

辭書形(基本形) 胡鬧	あばれる	たり形 又是胡鬧	あばれたり
ない形（否定形） 沒胡鬧	あばれない	ば形（條件形） 胡鬧的話	あばれれば
なかった形（過去否定形） 過去沒胡鬧	あばれなかった	させる形（使役形） 使胡鬧	あばれさせる
ます形（連用形） 胡鬧	あばれます	られる形（被動形） 被吵鬧	あばれられる
て形 胡鬧	あばれて	命令形 快鬧	あばれろ
た形（過去形） 胡鬧了	あばれた	可能形 可以鬧	あばれる
たら形（條件形） 胡鬧的話	あばれたら	う形（意向形） 鬧吧	あばれよう

△彼(かれ)は酒(さけ)を飲(の)むと、周(まわ)りのこともかまわずに暴(あば)れる。／
他只要一喝酒，就會不顧周遭一切地胡鬧一番。

あびる【浴びる】 洗，浴；曬，照；遭受，蒙受

他上一 グループ2

浴(あ)びる・浴(あ)びます

辭書形(基本形) 洗	あびる	たり形 又是洗	あびたり
ない形（否定形） 沒洗	あびない	ば形（條件形） 洗的話	あびれば
なかった形（過去否定形） 過去沒洗	あびなかった	させる形（使役形） 使洗	あびさせる
ます形（連用形） 洗	あびます	られる形（被動形） 被洗	あびられる
て形 洗	あびて	命令形 快洗	あびろ
た形（過去形） 洗了	あびた	可能形 可以洗	あびられる
たら形（條件形） 洗的話	あびたら	う形（意向形） 洗吧	あびよう

△シャワーを浴(あ)びるついでに、頭(あたま)も洗(あら)った。／
在沖澡的同時，也順便洗了頭。

あぶる【炙る・焙る】 烤；烘乾；取暖

他五 グループ1

炙(あぶ)る・炙(あぶ)ります

辭書形(基本形) 烤	あぶる	たり形 又是烤	あぶったり
ない形（否定形） 沒烤	あぶらない	ば形（條件形） 烤的話	あぶれば
なかった形（過去否定形） 過去沒烤	あぶらなかった	させる形（使役形） 使烤	あぶらせる
ます形（連用形） 烤	あぶります	られる形（被動形） 被烤	あぶられる
て形 烤	あぶって	命令形 快烤	あぶれ
た形（過去形） 烤了	あぶった	可能形 可以烤	あぶれる
たら形（條件形） 烤的話	あぶったら	う形（意向形） 烤吧	あぶろう

△魚(さかな)をあぶる。／烤魚。

あふれる【溢れる】 溢出，漾出，充滿

自下一 グループ2

溢(あふ)れる・溢(あふ)れます

辭書形(基本形) 充滿	あふれる	たり形 又是充滿	あふれたり
ない形（否定形） 沒充滿	あふれない	ば形（條件形） 充滿的話	あふれれば
なかった形（過去否定形） 過去沒充滿	あふれなかった	させる形（使役形） 使充滿	あふれさせる
ます形（連用形） 充滿	あふれます	られる形（被動形） 被充滿	あふれられる
て形 充滿	あふれて	命令形 快充滿	あふれろ
た形（過去形） 充滿了	あふれた	可能形	——
たら形（條件形） 充滿的話	あふれたら	う形（意向形） 充滿吧	あふれよう

△道(みち)に人(ひと)が溢(あふ)れているので、通(とお)り抜(ぬ)けようがない。／
道路擠滿了人，沒辦法通過。

あまやかす【甘やかす】 嬌生慣養，縱容放任；嬌養，嬌寵

他五 グループ1

甘(あま)やかす・甘(あま)やかします

辭書形(基本形) 嬌生慣養	あまやかす	たり形 又是嬌生慣養	あまやかしたり
ない形（否定形） 沒嬌生慣養	あまやかさない	ば形（條件形） 嬌生慣養的話	あまやかせば
なかった形（過去否定形） 過去沒嬌生慣養	あまやかさなかった	させる形（使役形） 使嬌寵	あまやかさせる
ます形（連用形） 嬌生慣養	あまやかします	られる形（被動形） 被嬌寵	あまやかされる
て形 嬌生慣養	あまやかして	命令形 快嬌寵	あまやかせ
た形（過去形） 嬌生慣養了	あまやかした	可能形 會嬌寵	あまやかせる
たら形（條件形） 嬌生慣養的話	あまやかしたら	う形（意向形） 嬌寵吧	あまやかそう

△子(こ)どもを甘(あま)やかすなといっても、どうしたらいいかわからない。／
雖說不要寵小孩，但也不知道該如何是好。

あまる【余る】 剩餘；超過，過分，承擔不了

自五 グループ1

余る・余ります

辭書形(基本形) 超過	あまる	たり形 又是超過	あまったり
ない形（否定形） 沒超過	あまらない	ば形（條件形） 超過的話	あまれば
なかった形（過去否定形） 過去沒超過	あまらなかった	させる形（使役形） 使超過	あまらせる
ます形（連用形） 超過	あまります	られる形（被動形） 被超過	あまられる
て形 超過	あまって	命令形 快超過	あまれ
た形（過去形） 超過了	あまった	可能形	———
たら形（條件形） 超過的話	あまったら	う形（意向形） 超過吧	あまろう

△時間が余りぎみだったので、喫茶店に行った。／
看來還有時間，所以去了咖啡廳。

あむ【編む】 編，織；編輯，編纂

他五 グループ1

編む・編みます

辭書形(基本形) 編	あむ	たり形 又是編	あんだり
ない形（否定形） 沒編	あまない	ば形（條件形） 編的話	あめば
なかった形（過去否定形） 過去沒編	あまなかった	させる形（使役形） 使編	あませる
ます形（連用形） 編	あみます	られる形（被動形） 被編	あまれる
て形 編	あんで	命令形 快編	あめ
た形（過去形） 編了	あんだ	可能形 可以編	あめる
たら形（條件形） 編的話	あんだら	う形（意向形） 編吧	あもう

△お父さんのためにセーターを編んでいる。／為了爸爸在織毛衣。

あやまる【誤る】 錯誤，弄錯；耽誤

自他五 グループ1

誤る・誤ります

辭書形(基本形) 弄錯	あやまる	たり形 又是弄錯	あやまったり
ない形（否定形） 沒弄錯	あやまらない	ば形（條件形） 弄錯的話	あやまれば
なかった形（過去否定形） 過去沒弄錯	あやまらなかった	させる形（使役形） 使弄錯	あやまらせる
ます形（連用形） 弄錯	あやまります	られる形（被動形） 被弄錯	あやまられる
て形 弄錯	あやまって	命令形 快弄錯	あやまれ
た形（過去形） 弄錯了	あやまった	可能形	――
たら形（條件形） 弄錯的話	あやまったら	う形（意向形） 弄錯吧	あやまろう

△誤って違う薬を飲んでしまった。／不小心搞錯吃錯藥了。

あらためる【改める】 改正，修正，革新；檢查

他下一 グループ2

改める・改めます

辭書形(基本形) 修正	あらためる	たり形 又是修正	あらためたり
ない形（否定形） 沒修正	あらためない	ば形（條件形） 修正的話	あらためれば
なかった形（過去否定形） 過去沒修正	あらためなかった	させる形（使役形） 使修正	あらためさせる
ます形（連用形） 修正	あらためます	られる形（被動形） 被修正	あらためられる
て形 修正	あらためて	命令形 快修正	あらためろ
た形（過去形） 修正了	あらためた	可能形 可以修正	あらためられる
たら形（條件形） 修正的話	あらためたら	う形（意向形） 修正吧	あらためよう

△酒で失敗して以来、私は行動を改めることにした。／自從飲酒誤事以後，我就決定檢討改進自己的行為。

ある【有る・在る】 有；持有，具有；舉行，發生；有過；在

自五 グループ1

ある・あります

辭書形（基本形） 持有	ある	たり形 又是持有	あったり
ない形（否定形） 沒持有	ない	ば形（條件形） 持有的話	あれば
なかった形（過去否定形） 過去沒持有	なかった	させる形（使役形）	———
ます形（連用形） 持有	あります	られる形（被動形）	———
て形 持有	あって	命令形 快持有	あれ
た形（過去形） 持有了	あった	可能形 可以持有	あられる
たら形（條件形） 持有的話	あったら	う形（意向形） 持有吧	あろう

△あなたのうちに、コンピューターはありますか。／你家裡有電腦嗎？

あれる【荒れる】 天氣變壞；（皮膚）變粗糙；荒廢，荒蕪；暴戾，胡鬧；秩序混亂

自下一 グループ2

荒(あ)れる・荒(あ)れます

辭書形（基本形） 荒廢	あれる	たり形 又是荒廢	あれたり
ない形（否定形） 沒荒廢	あれない	ば形（條件形） 荒廢的話	あれれば
なかった形（過去否定形） 過去沒荒廢	あれなかった	させる形（使役形） 使荒廢	あれさせる
ます形（連用形） 荒廢	あれます	られる形（被動形） 被荒廢	あれられる
て形 荒廢	あれて	命令形 快荒廢	あれろ
た形（過去形） 荒廢了	あれた	可能形	———
たら形（條件形） 荒廢的話	あれたら	う形（意向形） 荒廢吧	あれよう

△天気(てんき)が荒(あ)れても、明日(あした)は出(で)かけざるを得(え)ない。／
儘管天氣很差，明天還是非出門不可。

いいだす【言い出す】 開始說，說出口

他五 グループ1

言(い)い出(だ)す・言(い)い出(だ)します

辭書形(基本形) 說出口	いいだす	たり形 又是說出口	いいだしたり
ない形（否定形） 沒說出口	いいださない	ば形（條件形） 說出口的話	いいだせば
なかった形（過去否定形） 過去沒說出口	いいださなかった	させる形（使役形） 使說出口	いいださせる
ます形（連用形） 說出口	いいだします	られる形（被動形） 被說出口	いいだされる
て形 說出口	いいだして	命令形 快說出口	いいだせ
た形（過去形） 說出口了	いいだした	可能形 可以說出口	いいだせる
たら形（條件形） 說出口的話	いいだしたら	う形（意向形） 說出口吧	いいだそう

△余計(よけい)なことを言(い)い出(だ)したばかりに、私(わたし)が全部(ぜんぶ)やることになった。／都是因為我多嘴，所以現在所有事情都要我做了。

いいつける【言い付ける】 命令；告狀；說慣，常說

他下一 グループ2

言(い)い付(つ)ける・言(い)い付(つ)けます

辭書形(基本形) 命令	いいつける	たり形 又是命令	いいつけたり
ない形（否定形） 沒命令	いいつけない	ば形（條件形） 命令的話	いいつければ
なかった形（過去否定形） 過去沒命令	いいつけなかった	させる形（使役形） 使命令	いいつけさせる
ます形（連用形） 命令	いいつけます	られる形（被動形） 被命令	いいつけられる
て形 命令	いいつけて	命令形 快命令	いいつけろ
た形（過去形） 命令了	いいつけた	可能形 可以命令	いいつけられる
たら形（條件形） 命令的話	いいつけたら	う形（意向形） 命令吧	いいつけよう

△あーっ。先生(せんせい)に言(い)いつけてやる！／啊！我要去向老師告狀！

いだく【抱く】 抱；懷有，懷抱

他五 グループ1

抱(いだ)く・抱(いだ)きます

辭書形(基本形) 抱	いだく	たり形 又是抱	いだいたり
ない形（否定形） 沒抱	いだかない	ば形（條件形） 抱的話	いだけば
なかった形（過去否定形） 過去沒抱	いだかなかった	させる形（使役形） 使抱	いだかせる
ます形（連用形） 抱	いだきます	られる形（被動形） 被抱	いだかれる
て形 抱	いだいて	命令形 快抱	いだけ
た形（過去形） 抱了	いだいた	可能形 可以抱	いだける
たら形（條件形） 抱的話	いだいたら	う形（意向形） 抱吧	いだこう

△彼(かれ)は彼女(かのじょ)に対(たい)して、憎(にく)しみさえ抱(いだ)いている。／他對她甚至懷恨在心。

いたむ【痛む】 疼痛；苦惱；損壞

自五 グループ1

痛(いた)む・痛(いた)みます

辭書形(基本形) 損壞	いたむ	たり形 又是損壞	いたんだり
ない形（否定形） 沒損壞	いたまない	ば形（條件形） 損壞的話	いためば
なかった形（過去否定形） 過去沒損壞	いたまなかった	させる形（使役形） 使損壞	いたませる
ます形（連用形） 損壞	いたみます	られる形（被動形） 被損壞	いたまれる
て形 損壞	いたんで	命令形 快損壞	いため
た形（過去形） 損壞了	いたんだ	可能形	———
たら形（條件形） 損壞的話	いたんだら	う形（意向形） 損壞吧	いたもう

△傷(きず)が痛(いた)まないこともないが、まあ大丈夫(だいじょうぶ)です。／傷口並不是不會痛，不過沒什麼大礙。

いたる【至る】 到，來臨；達到；周到

自五 グループ1

至る・至ります

辭書形（基本形）到	いたる	たり形 又是到	いたったり
ない形（否定形）沒到	いたらない	ば形（條件形）到的話	いたれば
なかった形（過去否定形）過去沒到	いたらなかった	させる形（使役形）使達到	いたらせる
ます形（連用形）到	いたります	られる形（被動形）被達到	いたられる
て形 到	いたって	命令形 快達到	いたれ
た形（過去形）到了	いたった	可能形 可以達到	いたれる
たら形（條件形）到的話	いたったら	う形（意向形）達到吧	いたろう

△国道1号は、東京から名古屋、京都を経て大阪へ至る。／
國道一號是從東京經過名古屋和京都，最後連結到大阪。

いばる【威張る】 誇耀，逞威風

自五 グループ1

威張る・威張ります

辭書形（基本形）誇耀	いばる	たり形 又是誇耀	いばったり
ない形（否定形）沒誇耀	いばらない	ば形（條件形）誇耀的話	いばれば
なかった形（過去否定形）過去沒誇耀	いばらなかった	させる形（使役形）使誇耀	いばらせる
ます形（連用形）誇耀	いばります	られる形（被動形）被誇耀	いばられる
て形 誇耀	いばって	命令形 快誇耀	いばれ
た形（過去形）誇耀了	いばった	可能形 可以誇耀	いばれる
たら形（條件形）誇耀的話	いばったら	う形（意向形）誇耀吧	いばろう

△上司にはぺこぺこし、部下にはいばる。／
對上司畢恭畢敬，對下屬盛氣凌人。

いやがる【嫌がる】 討厭，不願意，逃避

他五 グループ1

嫌(いや)がる・嫌(いや)がります

辭書形(基本形) 討厭	いやがる	たり形 又是討厭	いやがったり
ない形（否定形） 沒討厭	いやがらない	ば形（條件形） 討厭的話	いやがれば
なかった形（過去否定形） 過去沒討厭	いやがらなかった	させる形（使役形） 使討厭	いやがらせる
ます形（連用形） 討厭	いやがります	られる形（被動形） 被討厭	いやがられる
て形 討厭	いやがって	命令形 快討厭	いやがれ
た形（過去形） 討厭了	いやがった	可能形 可以討厭	いやがれる
たら形（條件形） 討厭的話	いやがったら	う形（意向形） 討厭吧	いやがろう

△彼女(かのじょ)が嫌(いや)がるのもかまわず、何度(なんど)もデートに誘(さそ)う。／
不顧她的不願，一直要約她出去。

いる【煎る・炒る】 炒，煎

他五 グループ2

煎(い)る・煎(い)ります

辭書形(基本形) 炒	いる	たり形 又是炒	いったり
ない形（否定形） 沒炒	いない	ば形（條件形） 炒的話	いれば
なかった形（過去否定形） 過去沒炒	いなかった	させる形（使役形） 使炒	いさせる
ます形（連用形） 炒	いります	られる形（被動形） 被炒	いられる
て形 炒	いって	命令形 快炒	いりろ
た形（過去形） 炒了	いった	可能形 可以炒	いられる
たら形（條件形） 炒的話	いったら	う形（意向形） 炒吧	いろう

△ごまを鍋(なべ)で煎(い)ったら、いい香(かお)りがした。／
芝麻在鍋裡一炒，就香味四溢。

うえる【飢える】 飢餓，渴望

自下一 グループ2

飢(う)える・飢(う)えます

辭書形(基本形) 渴望	うえる	たり形 又是渴望	うえたり
ない形(否定形) 沒渴望	うえない	ば形(條件形) 渴望的話	うえれば
なかった形(過去否定形) 過去沒渴望	うえなかった	させる形(使役形) 使渴望	うえらせる
ます形(連用形) 渴望	うえます	られる形(被動形) 被渴望	うえられる
て形 渴望	うえて	命令形 快渴望	うえろ
た形(過去形) 渴望了	うえた	可能形	————
たら形(條件形) 渴望的話	うえたら	う形(意向形) 渴望吧	うえよう

△生活(せいかつ)に困(こま)っても、飢(う)えることはないでしょう。／
就算為生活而苦，也不會挨餓吧！

うかぶ【浮かぶ】 漂，浮起；想起，浮現，露出；（佛）超度；出頭，擺脫困難

自五 グループ1

浮(う)かぶ・浮(う)かびます

辭書形(基本形) 想起	うかぶ	たり形 又是想起	うかんだり
ない形(否定形) 沒想起	うかばない	ば形(條件形) 想起的話	うかべば
なかった形(過去否定形) 過去沒想起	うかばなかった	させる形(使役形) 使想起	うかばせる
ます形(連用形) 想起	うかびます	られる形(被動形) 被想起	うかばれる
て形 想起	うかんで	命令形 快想起	うかべ
た形(過去形) 想起了	うかんだ	可能形 可以想起	うかべる
たら形(條件形) 想起的話	うかんだら	う形(意向形) 想起吧	うかぼう

△そのとき、すばらしいアイデアが浮(う)かんだ。／
就在那時，靈光一現，腦中浮現了好點子。

うかべる【浮かべる】 浮，泛，浮出；露出；想起

他下一 グループ2

浮(う)かべる・浮(う)かべます

辭書形(基本形) 浮出	うかべる	たり形 又是浮出	うかべたり
ない形（否定形） 沒浮出	うかべない	ば形（條件形） 浮出的話	うかべれば
なかった形（過去否定形） 過去沒浮出	うかべなかった	させる形（使役形） 使浮出	うかべさせる
ます形（連用形） 浮出	うかべます	られる形（被動形） 被浮出	うかべられる
て形 浮出	うかべて	命令形 快浮出	うかべろ
た形（過去形） 浮出了	うかべた	可能形 可以浮出	うかべる
たら形（條件形） 浮出的話	うかべたら	う形（意向形） 浮出吧	うかべよう

△子供(こども)のとき、笹(ささ)で作(つく)った小舟(こぶね)を川(かわ)に浮(う)かべて遊(あそ)んだものです。／小時候會用竹葉折小船，放到河上隨水漂流當作遊戲。

うく【浮く】 飄浮；動搖，鬆動；高興，愉快；結餘，剩餘；輕薄

自五 グループ1

浮(う)く・浮(う)きます

辭書形(基本形) 動搖	うく	たり形 又是動搖	ういたり
ない形（否定形） 沒動搖	うかない	ば形（條件形） 動搖的話	うけば
なかった形（過去否定形） 過去沒動搖	うかなかった	させる形（使役形） 使動搖	うかせる
ます形（連用形） 動搖	うきます	られる形（被動形） 被動搖	うかれる
て形 動搖	ういて	命令形 快動搖	うけ
た形（過去形） 動搖了	ういた	可能形 可以動搖	うける
たら形（條件形） 動搖的話	ういたら	う形（意向形） 動搖吧	うこう

△面白(おもしろ)い形(かたち)の雲(くも)が、空(そら)に浮(う)いている。／天空裡飄著一朵形狀有趣的雲。

うけたまわる【承る】 聽取；遵從，接受；知道，知悉；傳聞 他五 グループ1

承る・承ります

辭書形(基本形) 接受	うけたまわる	たり形 又是接受	うけたまわったり
ない形（否定形） 沒接受	うけたまわらない	ば形（條件形） 接受的話	うけたまわれば
なかった形（過去否定形） 過去沒接受	うけたまわらなかった	させる形（使役形） 使接受	うけたまわらせる
ます形（連用形） 接受	うけたまわります	られる形（被動形） 被接受	うけたまわられる
て形 接受	うけたまわって	命令形 快接受	うけたまわれ
た形（過去形） 接受了	うけたまわった	可能形 可以接受	うけたまわれる
たら形（條件形） 接受的話	うけたまわったら	う形（意向形） 接受吧	うけたまわろう

△担当者にかわって、私が用件を承ります。／
由我來代替負責的人來承接這件事情。

うけとる【受け取る】 領，接收，理解，領會 他五 グループ1

受け取る・受け取ります

辭書形(基本形) 接收	うけとる	たり形 又是接收	うけとったり
ない形（否定形） 沒接收	うけとらない	ば形（條件形） 接收的話	うけとれば
なかった形（過去否定形） 過去沒接收	うけとらなかった	させる形（使役形） 使接收	うけとらせる
ます形（連用形） 接收	うけとります	られる形（被動形） 被接收	うけとられる
て形 接收	うけとって	命令形 快接收	うけとれ
た形（過去形） 接收了	うけとった	可能形 可以接收	うけとれる
たら形（條件形） 接收的話	うけとったら	う形（意向形） 接收吧	うけとろう

△好きな人にラブレターを書いたけれど、受け取ってくれなかった。／
雖然寫了情書送給喜歡的人，但是對方不願意收下。

うけもつ【受け持つ】 擔任，擔當，掌管 他五 グループ1

受(う)け持(も)つ・受(う)け持(も)ちます

辭書形(基本形) 擔任	うけもつ	たり形 又是擔任	うけもったり
ない形（否定形） 沒擔任	うけもたない	ば形（條件形） 擔任的話	うけもてば
なかった形（過去否定形） 過去沒擔任	うけもたなかった	させる形（使役形） 使擔任	うけもたせる
ます形（連用形） 擔任	うけもちます	られる形（被動形） 被擔任	うけもたれる
て形 擔任	うけもって	命令形 快擔任	うけもて
た形（過去形） 擔任了	うけもった	可能形 可以擔任	うけもてる
たら形（條件形） 擔任的話	うけもったら	う形（意向形） 擔任吧	うけもとう

△1年生(ねんせい)のクラスを受(う)け持(も)っています。／我擔任一年級的班導。

うしなう【失う】 失去，喪失；改變常態；喪，亡；迷失；錯過 他五 グループ1

失(うしな)う・失(うしな)います

辭書形(基本形) 失去	うしなう	たり形 又是失去	うしなったり
ない形（否定形） 沒失去	うしなわない	ば形（條件形） 失去的話	うしなえば
なかった形（過去否定形） 過去沒失去	うしなわなかった	させる形（使役形） 使失去	うしなわせる
ます形（連用形） 失去	うしないます	られる形（被動形） 被失去	うしなわれる
て形 失去	うしなって	命令形 快失去	うしなえ
た形（過去形） 失去了	うしなった	可能形 可以失去	うしなえる
たら形（條件形） 失去的話	うしなったら	う形（意向形） 失去吧	うしなおう

△事故(じこ)のせいで、財産(ざいさん)を失(うしな)いました。／
都是因為事故的關係，而賠光了財產。

うすめる【薄める】 稀釋，弄淡

他下一 グループ2

薄(うす)める・薄(うす)めます

辭書形(基本形) 稀釋	うすめる	たり形 又是稀釋	うすめたり
ない形（否定形） 沒稀釋	うすめない	ば形（條件形） 稀釋的話	うすめれば
なかった形（過去否定形） 過去沒稀釋	うすめなかった	させる形（使役形） 使稀釋	うすめさせる
ます形（連用形） 稀釋	うすめます	られる形（被動形） 被稀釋	うすめられる
て形 稀釋	うすめて	命令形 快稀釋	うすめろ
た形（過去形） 稀釋了	うすめた	可能形 可以稀釋	うすめられる
たら形（條件形） 稀釋的話	うすめたら	う形（意向形） 稀釋吧	うすめよう

△この飲(の)み物(もの)は、水(みず)で5倍(ばい)に薄(うす)めて飲(の)んでください。／
這種飲品請用水稀釋五倍以後飲用。

うたがう【疑う】 懷疑，疑惑，不相信，猜測

他五 グループ1

疑(うたが)う・疑(うたが)います

辭書形(基本形) 懷疑	うたがう	たり形 又是懷疑	うたがったり
ない形（否定形） 沒懷疑	うたがわない	ば形（條件形） 懷疑的話	うたがえば
なかった形（過去否定形） 過去沒懷疑	うたがわなかった	させる形（使役形） 使懷疑	うたがわせる
ます形（連用形） 懷疑	うたがいます	られる形（被動形） 被懷疑	うたがわれる
て形 懷疑	うたがって	命令形 快懷疑	うたがえ
た形（過去形） 懷疑了	うたがった	可能形 可以懷疑	うたがえる
たら形（條件形） 懷疑的話	うたがったら	う形（意向形） 懷疑吧	うたがおう

△彼(かれ)のことは、友人(ゆうじん)でさえ疑(うたが)っている。／他的事情，就連朋友也都在懷疑。

うちあわせる【打ち合わせる】 使…相碰，（預先）商量 他下一 グループ2

打ち合わせる・打ち合わせます

辭書形(基本形) 商量	うちあわせる	たり形 又是商量	うちあわせたり
ない形（否定形） 沒商量	うちあわせない	ば形（條件形） 商量的話	うちあわせれば
なかった形（過去否定形） 過去沒商量	うちあわせなかった	させる形（使役形） 使商量	うちあわせさせる
ます形（連用形） 商量	うちあわせます	られる形（被動形） 被商量	うちあわせられる
て形 商量	うちあわせて	命令形 快商量	うちあわせろ
た形（過去形） 商量了	うちあわせた	可能形 可以商量	うちあわせられる
たら形（條件形） 商量的話	うちあわせたら	う形（意向形） 商量吧	うちあわせよう

△あ、ついでに明日のことも打ち合わせておきましょう。／
啊！順便先商討一下明天的事情吧！

うちけす【打ち消す】 否定，否認；熄滅，消除 他五 グループ1

打ち消す・打ち消します

辭書形(基本形) 否認	うちけす	たり形 又是否認	うちけしたり
ない形（否定形） 沒否認	うちけさない	ば形（條件形） 否認的話	うちけせば
なかった形（過去否定形） 過去沒否認	うちけさなかった	させる形（使役形） 使否認	うちけさせる
ます形（連用形） 否認	うちけします	られる形（被動形） 被否認	うちけされる
て形 否認	うちけして	命令形 快否認	うちけせ
た形（過去形） 否認了	うちけした	可能形 可以否認	うちけせる
たら形（條件形） 否認的話	うちけしたら	う形（意向形） 否認吧	うちけそう

△夫は打ち消したけれど、私はまだ浮気を疑っている。／
丈夫雖然否認，但我還是懷疑他出軌了。

うつす【映す】 映，照；放映

他五 グループ1

映す・映します

形	活用	形	活用
辭書形(基本形) 放映	うつす	たり形 又是放映	うつしたり
ない形（否定形） 沒放映	うつさない	ば形（條件形） 放映的話	うつせば
なかった形（過去否定形） 過去沒放映	うつさなかった	させる形（使役形） 使放映	うつさせる
ます形（連用形） 放映	うつします	られる形（被動形） 被放映	うつされる
て形 放映	うつして	命令形 快放映	うつせ
た形（過去形） 放映了	うつした	可能形 可以放映	うつせる
たら形（條件形） 放映的話	うつしたら	う形（意向形） 放映吧	うつそう

△鏡に姿を映して、おかしくないかどうか見た。／
我照鏡子，看看樣子奇不奇怪。

うったえる【訴える】 控告，控訴，申訴；求助於；使…感動，打動

他下一 グループ2

訴える・訴えます

形	活用	形	活用
辭書形(基本形) 控告	うったえる	たり形 又是控告	うったえたり
ない形（否定形） 沒控告	うったえない	ば形（條件形） 控告的話	うったえれば
なかった形（過去否定形） 過去沒控告	うったえなかった	させる形（使役形） 使控告	うったえさせる
ます形（連用形） 控告	うったえます	られる形（被動形） 被控告	うったえられる
て形 控告	うったえて	命令形 快控告	うったえろ
た形（過去形） 控告了	うったえた	可能形 可以控告	うったえられる
たら形（條件形） 控告的話	うったえたら	う形（意向形） 控告吧	うったえよう

△彼が犯人と知った上は、警察に訴えるつもりです。／
既然知道他是犯人，我就打算向警察報案。

うなずく【頷く】 點頭同意，首肯

自五　グループ1

頷(うなず)く・頷(うなず)きます

辭書形(基本形) 首肯	うなずく	たり形 又是首肯	うなずいたり
ない形（否定形） 沒首肯	うなずかない	ば形（條件形） 首肯的話	うなずけば
なかった形（過去否定形） 過去沒首肯	うなずかなかった	させる形（使役形） 使首肯	うなずかせる
ます形（連用形） 首肯	うなずきます	られる形（被動形） 被首肯	うなずかれる
て形 首肯	うなずいて	命令形 快首肯	うなずけ
た形（過去形） 首肯了	うなずいた	可能形 可以首肯	うなずける
たら形（條件形） 首肯的話	うなずいたら	う形（意向形） 首肯吧	うなずこう

△私(わたし)が意見(いけん)を言(い)うと、彼(かれ)は黙(だま)ってうなずいた。／
我一說出意見，他就默默地點了頭。

うなる【唸る】 呻吟；（野獸）吼叫；發出嗚聲；吟，哼；贊同，喝彩

自五　グループ1

唸(うな)る・唸(うな)ります

辭書形(基本形) 吼叫	うなる	たり形 又是吼叫	うなったり
ない形（否定形） 沒吼叫	うならない	ば形（條件形） 吼叫的話	うなれば
なかった形（過去否定形） 過去沒吼叫	うならなかった	させる形（使役形） 使吼叫	うならせる
ます形（連用形） 吼叫	うなります	られる形（被動形） 被喝彩	うなられる
て形 吼叫	うなって	命令形 快吼叫	うなれ
た形（過去形） 吼叫了	うなった	可能形 可以吼叫	うなれる
たら形（條件形） 吼叫的話	うなったら	う形（意向形） 喝彩吧	うなろう

△ブルドッグがウーウー唸(うな)っている。／哈巴狗嗚嗚地叫著。

うばう【奪う】 剝奪；強烈吸引；除去

他五 グループ1

奪(うば)う・奪(うば)います

辭書形(基本形) 剝奪	うばう	たり形 又是剝奪	うばったり
ない形（否定形） 沒剝奪	うばわない	ば形（條件形） 剝奪的話	うばえば
なかった形（過去否定形） 過去沒剝奪	うばわなかった	させる形（使役形） 使剝奪	うばわせる
ます形（連用形） 剝奪	うばいます	られる形（被動形） 被剝奪	うばわれる
て形 剝奪	うばって	命令形 快剝奪	うばえ
た形（過去形） 剝奪了	うばった	可能形 可以剝奪	うばえる
たら形（條件形） 剝奪的話	うばったら	う形（意向形） 剝奪吧	うばおう

△戦争(せんそう)で家族(かぞく)も財産(ざいさん)もすべて奪(うば)われてしまった。／戰爭把我的家人和財產全都奪走了。

うやまう【敬う】 尊敬

他五 グループ1

敬(うやま)う・敬(うやま)います

辭書形(基本形) 尊敬	うやまう	たり形 又是尊敬	うやまったり
ない形（否定形） 沒尊敬	うやまわない	ば形（條件形） 尊敬的話	うやまえば
なかった形（過去否定形） 過去沒尊敬	うやまわなかった	させる形（使役形） 使尊敬	うやまわせる
ます形（連用形） 尊敬	うやまいます	られる形（被動形） 被尊敬	うやまわれる
て形 尊敬	うやまって	命令形 快尊敬	うやまえ
た形（過去形） 尊敬了	うやまった	可能形 可以尊敬	うやまえる
たら形（條件形） 尊敬的話	うやまったら	う形（意向形） 尊敬吧	うやまおう

△年長者(ねんちょうしゃ)を敬(うやま)うことは大切(たいせつ)だ。／尊敬年長長輩是很重要的。

うらがえす【裏返す】 翻過來；通敵，叛變

他五 グループ1

裏返(うらがえ)す・裏返(うらがえ)します

辭書形(基本形) 叛變	うらがえす	たり形 又是叛變	うらがえったり
ない形（否定形） 沒叛變	うらがえさない	ば形（條件形） 叛變的話	うらがえせば
なかった形（過去否定形） 過去沒叛變	うらがえさなかった	させる形（使役形） 使叛變	うらがえさせる
ます形（連用形） 叛變	うらがえします	られる形（被動形） 被叛變	うらがえされる
て形 叛變	うらがえって	命令形 快叛變	うらがえせ
た形（過去形） 叛變了	うらがえった	可能形 可以叛變	うらがえせる
たら形（條件形） 叛變的話	うらがえったら	う形（意向形） 叛變吧	うらがえそう

△靴下(くつした)を裏返(うらがえ)して洗(あら)った。／我把襪子翻過來洗。

うらぎる【裏切る】 背叛，出賣，通敵；辜負，違背

他五 グループ1

裏切(うらぎ)る・裏切(うらぎ)ります

辭書形(基本形) 出賣	うらぎる	たり形 又是出賣	うらぎったり
ない形（否定形） 沒出賣	うらぎらない	ば形（條件形） 出賣的話	うらぎれば
なかった形（過去否定形） 過去沒出賣	うらぎらなかった	させる形（使役形） 使出賣	うらぎらせる
ます形（連用形） 出賣	うらぎります	られる形（被動形） 被出賣	うらぎられる
て形 出賣	うらぎって	命令形 快出賣	うらぎれ
た形（過去形） 出賣了	うらぎった	可能形 可以出賣	うらぎれる
たら形（條件形） 出賣的話	うらぎったら	う形（意向形） 出賣吧	うらぎろう

△私(わたし)というものがありながら、ほかの子(こ)とデートするなんて、裏切(うらぎ)ったも同然(どうぜん)だよ。／他明明都已經有我這個女友了，卻居然和別的女生約會，簡直就是背叛嘛！

うらなう【占う】 占卜，占卦，算命

他五 グループ1

占(うらな)う・占(うらな)います

辭書形(基本形) 算命	うらなう	たり形 又是算命	うらなったり
ない形（否定形） 沒算命	うらなわない	ば形（條件形） 算命的話	うらなえば
なかった形（過去否定形） 過去沒算命	うらなわなかった	させる形（使役形） 使算命	うらなわせる
ます形（連用形） 算命	うらないます	られる形（被動形） 被算命	うらなわれる
て形 算命	うらなって	命令形 快算命	うらなえ
た形（過去形） 算了命	うらなった	可能形 可以算命	うらなえる
たら形（條件形） 算命的話	うらなったら	う形（意向形） 算命吧	うらなおう

△恋愛(れんあい)と仕事(しごと)について占(うらな)ってもらった。／我請他幫我算愛情和工作的運勢。

うらむ【恨む】 抱怨，恨；感到遺憾，可惜；雪恨，報仇

他五 グループ1

恨(うら)む・恨(うら)みます

辭書形(基本形) 抱怨	うらむ	たり形 又是抱怨	うらんだり
ない形（否定形） 沒抱怨	うらまない	ば形（條件形） 抱怨的話	うらめば
なかった形（過去否定形） 過去沒抱怨	うらまなかった	させる形（使役形） 使抱怨	うらませる
ます形（連用形） 抱怨	うらみます	られる形（被動形） 被抱怨	うらまれる
て形 抱怨	うらんで	命令形 快抱怨	うらめ
た形（過去形） 抱怨了	うらんだ	可能形 可以抱怨	うらめる
たら形（條件形） 抱怨的話	うらんだら	う形（意向形） 抱怨吧	うらもう

△仕事(しごと)の報酬(ほうしゅう)をめぐって、同僚(どうりょう)に恨(うら)まれた。／因為工作的報酬一事，被同事懷恨在心。

うらやむ【羨む】 羨慕，嫉妒

他五 グループ1

羨む（うらやむ）・羨みます（うらやみます）

辭書形(基本形) 嫉妒	うらやむ	たり形 又是嫉妒	うらやんだり
ない形（否定形） 沒嫉妒	うらやまない	ば形（條件形） 嫉妒的話	うらやめば
なかった形（過去否定形） 過去沒嫉妒	うらやまなかった	させる形（使役形） 使嫉妒	うらやませる
ます形（連用形） 嫉妒	うらやみます	られる形（被動形） 被嫉妒	うらやまれる
て形 嫉妒	うらやんで	命令形 快嫉妒	うらやめ
た形（過去形） 嫉妒了	うらやんだ	可能形	———
たら形（條件形） 嫉妒的話	うらやんだら	う形（意向形） 嫉妒吧	うらやもう

△彼女（かのじょ）はきれいでお金持（かねも）ちなので、みんなが羨（うらや）んでいる。／
她人既漂亮又富有，大家都很羨慕她。

うりきれる【売り切れる】 賣完，賣光

自下一 グループ2

売り切れる（うりきれる）・売り切れます（うりきれます）

辭書形(基本形) 賣完	うりきれる	たり形 又是賣完	うりきれたり
ない形（否定形） 沒賣完	うりきれない	ば形（條件形） 賣完的話	うりきれれば
なかった形（過去否定形） 過去沒賣完	うりきれなかった	させる形（使役形） 使賣完	うりきれさせる
ます形（連用形） 賣完	うりきれます	られる形（被動形） 被賣完	うりきれられる
て形 賣完	うりきれて	命令形 快賣完	うりきれろ
た形（過去形） 賣完了	うりきれた	可能形	———
たら形（條件形） 賣完的話	うりきれたら	う形（意向形） 賣完吧	うりきれよう

△コンサートのチケットはすぐに売（う）り切（き）れた。／
演唱會的票馬上就賣完了。

うれる【売れる】 商品賣出，暢銷；變得廣為人知，出名，聞名 自下一 グループ2

売（う）れる・売（う）れます

辭書形(基本形) 暢銷	うれる	たり形 又是暢銷	うれたり
ない形（否定形） 沒暢銷	うれない	ば形（條件形） 暢銷的話	うれれば
なかった形（過去否定形） 過去沒暢銷	うれなかった	させる形（使役形） 使暢銷	うれさせる
ます形（連用形） 暢銷	うれます	られる形（被動形） 被聞名	うれられる
て形 暢銷	うれて	命令形 快暢銷	うれろ
た形（過去形） 暢銷了	うれた	可能形	————
たら形（條件形） 暢銷的話	うれたら	う形（意向形） 暢銷吧	うれよう

△この新製品（しんせいひん）はよく売（う）れている。／這個新產品賣況奇佳。

うわる【植わる】 栽上，栽植 自五 グループ1

植（う）わる・植（う）わります

辭書形(基本形) 栽植	うわる	たり形 又是栽植	うわったり
ない形（否定形） 沒栽植	うわらない	ば形（條件形） 栽植的話	うわれば
なかった形（過去否定形） 過去沒栽植	うわらなかった	させる形（使役形） 使栽植	うわらせる
ます形（連用形） 栽植	うわります	られる形（被動形） 被栽植	うわられる
て形 栽植	うわって	命令形 快栽植	うわれ
た形（過去形） 栽植了	うわった	可能形	————
たら形（條件形） 栽植的話	うわったら	う形（意向形） 栽植吧	うわろう

△庭（にわ）にはいろいろのばらが植（う）わっていた。／庭院種植了各種野玫瑰。

えがく【描く】 畫，描繪；以…為形式，描寫；想像

他五 グループ1

描(えが)く・描(えが)きます

辭書形(基本形) 畫	えがく	たり形 又是畫	えがいたり
ない形（否定形） 沒畫	えがかない	ば形（條件形） 畫的話	えがけば
なかった形（過去否定形） 過去沒畫	えがかなかった	させる形（使役形） 使畫	えがかせる
ます形（連用形） 畫	えがきます	られる形（被動形） 被畫	えがかれる
て形 畫	えがいて	命令形 快畫	えがけ
た形（過去形） 畫了	えがいた	可能形 可以畫	えがける
たら形（條件形） 畫的話	えがいたら	う形（意向形） 畫吧	えがこう

△この絵(え)は、心(こころ)に浮(う)かんだものを描(えが)いたにすぎません。／
這幅畫只是將內心所想像的東西，畫出來的而已。

おいかける【追い掛ける】 追趕；緊接著

他下一 グループ2

追(お)い掛(か)ける・追(お)い掛(か)けます

辭書形(基本形) 追趕	おいかける	たり形 又是追趕	おいかけたり
ない形（否定形） 沒追趕	おいかけない	ば形（條件形） 追趕的話	おいかければ
なかった形（過去否定形） 過去沒追趕	おいかけなかった	させる形（使役形） 使追趕	おいかけさせる
ます形（連用形） 追趕	おいかけます	られる形（被動形） 被追趕	おいかけられる
て形 追趕	おいかけて	命令形 快追趕	おいかけろ
た形（過去形） 追趕了	おいかけた	可能形 可以追趕	おいかけられる
たら形（條件形） 追趕的話	おいかけたら	う形（意向形） 追趕吧	おいかけよう

△すぐに追(お)いかけないことには、犯人(はんにん)に逃(に)げられてしまう。／
要是不趕快追上去的話，會被犯人逃走的。

おいつく【追い付く】 追上，趕上；達到；來得及

自五 グループ1

追い付く・追い付きます

辭書形(基本形) 追上	おいつく	たり形 又是追上	おいついたり
ない形（否定形） 沒追上	おいつかない	ば形（條件形） 追上的話	おいつけば
なかった形（過去否定形） 過去沒追上	おいつかなかった	させる形（使役形） 使追上	おいつかせる
ます形（連用形） 追上	おいつきます	られる形（被動形） 被追上	おいつかれる
て形 追上	おいついて	命令形 快追上	おいつけ
た形（過去形） 追上了	おいついた	可能形 可以追上	おいつける
たら形（條件形） 追上的話	おいついたら	う形（意向形） 追上吧	おいつこう

△一生懸命走って、やっと追いついた。／拼命地跑，終於趕上了。

おう【追う】 追；趕走；逼催，忙於；趨趕；追求；遵循，按照

他五 グループ1

追う・追います

辭書形(基本形) 趕走	おう	たり形 又是趕走	おったり
ない形（否定形） 沒趕走	おわない	ば形（條件形） 趕走的話	おえば
なかった形（過去否定形） 過去沒趕走	おわなかった	させる形（使役形） 使趕走	おわせる
ます形（連用形） 趕走	おいます	られる形（被動形） 被趕走	おわれる
て形 趕走	おって	命令形 快趕走	おえ
た形（過去形） 趕走了	おった	可能形 可以趕走	おえる
たら形（條件形） 趕走的話	おったら	う形（意向形） 趕走吧	おおう

△刑事は犯人を追っている。／刑警正在追捕犯人。

おうじる・おうずる【応じる・応ずる】 自上一 グループ2

響應；答應；允應，滿足；適應

応じる・応じます

辭書形(基本形) 答應	おうじる	たり形 又是答應	おうじたり
ない形（否定形） 沒答應	おうじない	ば形（條件形） 答應的話	おうじれば
なかった形（過去否定形） 過去沒答應	おうじなかった	させる形（使役形） 使允應	おうじさせる
ます形（連用形） 答應	おうじます	られる形（被動形） 被允應	おうじられる
て形 答應	おうじて	命令形 快答應	おうじろ
た形（過去形） 答應了	おうじた	可能形 可以答應	おうじられる
たら形（條件形） 答應的話	おうじたら	う形（意向形） 答應吧	おうじよう

△場合に応じて、いろいろなサービスがあります。／隨著場合的不同，有各種不同的服務。

おえる【終える】 做完，完成，結束 自他下一 グループ2

終える・終えます

辭書形(基本形) 完成	おえる	たり形 又是完成	おえたり
ない形（否定形） 沒完成	おえない	ば形（條件形） 完成的話	おえれば
なかった形（過去否定形） 過去沒完成	おえなかった	させる形（使役形） 使完成	おえさせる
ます形（連用形） 完成	おえます	られる形（被動形） 被完成	おえられる
て形 完成	おえて	命令形 快完成	おえろ
た形（過去形） 完成了	おえた	可能形 可以完成	おえられる
たら形（條件形） 完成的話	おえたら	う形（意向形） 完成吧	おえよう

△太郎は無事任務を終えた。／太郎順利地把任務完成了。

おおう【覆う】 覆蓋，籠罩；掩飾；籠罩，充滿；包含，蓋擴

他五 グループ1

覆う・覆います

辭書形(基本形) 覆蓋	おおう	たり形 又是覆蓋	おおったり
ない形（否定形） 沒覆蓋	おおわない	ば形（條件形） 覆蓋的話	おおえば
なかった形（過去否定形） 過去沒覆蓋	おおわなかった	させる形（使役形） 使覆蓋	おおわせる
ます形（連用形） 覆蓋	おおいます	られる形（被動形） 被覆蓋	おおわれる
て形 覆蓋	おおって	命令形 快覆蓋	おおえ
た形（過去形） 覆蓋了	おおった	可能形 可以覆蓋	おおえる
たら形（條件形） 覆蓋的話	おおったら	う形（意向形） 覆蓋吧	おおおう

△車をカバーで覆いました。／用車套蓋住車子。

おがむ【拝む】 叩拜；合掌作揖；懇求，央求；瞻仰，見識

他五 グループ1

拝む・拝みます

辭書形(基本形) 叩拜	おがむ	たり形 又是叩拜	おがんだり
ない形（否定形） 沒叩拜	おがまない	ば形（條件形） 叩拜的話	おがめば
なかった形（過去否定形） 過去沒叩拜	おがまなかった	させる形（使役形） 使叩拜	おがませる
ます形（連用形） 叩拜	おがみます	られる形（被動形） 被叩拜	おがまれる
て形 叩拜	おがんで	命令形 快叩拜	おがめ
た形（過去形） 叩拜了	おがんだ	可能形 可以叩拜	おがめる
たら形（條件形） 叩拜的話	おがんだら	う形（意向形） 叩拜吧	おがもう

△お寺に行って、仏像を拝んだ。／我到寺廟拜了佛像。

おぎなう【補う】 補償，彌補，貼補

他五 グループ1

補う・補います

辭書形(基本形) 補償	おぎなう	たり形 又是補償	おぎなったり
ない形（否定形） 沒補償	おぎなわない	ば形（條件形） 補償的話	おぎなえば
なかった形（過去否定形） 過去沒補償	おぎなわなかった	させる形（使役形） 使補償	おぎなわせる
ます形（連用形） 補償	おぎないます	られる形（被動形） 被補償	おぎなわれる
て形 補償	おぎなって	命令形 快補償	おぎなえ
た形（過去形） 補償了	おぎなった	可能形 可以補償	おぎなえる
たら形（條件形） 補償的話	おぎなったら	う形（意向形） 補償吧	おぎなおう

△ビタミン剤で栄養を補っています。／我吃維他命錠來補充營養。

おくる【贈る】 贈送，餽贈；授與，贈給

他五 グループ1

贈る・贈ります

辭書形(基本形) 餽贈	おくる	たり形 又是餽贈	おくったり
ない形（否定形） 沒餽贈	おくらない	ば形（條件形） 餽贈的話	おくれば
なかった形（過去否定形） 過去沒餽贈	おくらなかった	させる形（使役形） 使餽贈	おくらせる
ます形（連用形） 餽贈	おくります	られる形（被動形） 被餽贈	おくられる
て形 餽贈	おくって	命令形 快餽贈	おくれ
た形（過去形） 餽贈了	おくった	可能形 可以餽贈	おくれる
たら形（條件形） 餽贈的話	おくったら	う形（意向形） 餽贈吧	おくろう

△日本には、夏に「お中元」、冬に「お歳暮」を贈る習慣がある。／
日本人習慣在夏季致送親友「中元禮品」，在冬季餽贈親友「歲暮禮品」。

おこたる【怠る】 怠慢，懶惰；疏忽，大意

他五 グループ1

怠(おこた)る・怠(おこた)ります

辭書形（基本形） 怠慢	おこたる	たり形 又是怠慢	おこたったり
ない形（否定形） 沒怠慢	おこたらない	ば形（條件形） 怠慢的話	おこたれば
なかった形（過去否定形） 過去沒怠慢	おこたらなかった	させる形（使役形） 使怠慢	おこたらせる
ます形（連用形） 怠慢	おこたります	られる形（被動形） 被怠慢	おこたられる
て形 怠慢	おこたって	命令形 快怠慢	おこたれ
た形（過去形） 怠慢了	おこたった	可能形	――――
たら形（條件形） 怠慢的話	おこたったら	う形（意向形） 怠慢吧	おこたろう

△失敗(しっぱい)したのは、努力(どりょく)を怠(おこた)ったからだ。／失敗的原因是不夠努力。

おさめる【収める】 接受；取得；收藏，收存；收集，集中；繳納；供應，賣給；結束

他下一 グループ2

収(おさ)める・収(おさ)めます

辭書形（基本形） 接受	おさめる	たり形 又是接受	おさめたり
ない形（否定形） 沒接受	おさめない	ば形（條件形） 接受的話	おさめれば
なかった形（過去否定形） 過去沒接受	おさめなかった	させる形（使役形） 使接受	おさめさせる
ます形（連用形） 接受	おさめます	られる形（被動形） 被接受	おさめられる
て形 接受	おさめて	命令形 快接受	おさめろ
た形（過去形） 接受了	おさめた	可能形 可以接受	おさめられる
たら形（條件形） 接受的話	おさめたら	う形（意向形） 接受吧	おさめよう

△プロジェクトは成功(せいこう)を収(おさ)めた。／計畫成功了。

おさめる【治める】 治理；鎮壓

他下一 グループ2

治める・治めます

辭書形(基本形) 治理	おさめる	たり形 又是治理	おさめたり
ない形（否定形） 沒治理	おさめない	ば形（條件形） 治理的話	おさめれば
なかった形（過去否定形） 過去沒治理	おさめなかった	させる形（使役形） 使治理	おさめさせる
ます形（連用形） 治理	おさめます	られる形（被動形） 被治理	おさめられる
て形 治理	おさめて	命令形 快治理	おさめろ
た形（過去形） 治理了	おさめた	可能形 可以治理	おさめられる
たら形（條件形） 治理的話	おさめたら	う形（意向形） 治理吧	おさめよう

△わが国は、法によって国を治める法治国家である。／
我國是個依法治國的法治國家。

おそれる【恐れる】 害怕，恐懼；擔心

自下一 グループ2

恐れる・恐れます

辭書形(基本形) 擔心	おそれる	たり形 又是擔心	おそれたり
ない形（否定形） 沒擔心	おそれない	ば形（條件形） 擔心的話	おそれれば
なかった形（過去否定形） 過去沒擔心	おそれなかった	させる形（使役形） 使擔心	おそれさせる
ます形（連用形） 擔心	おそれます	られる形（被動形） 被擔心	おそれられる
て形 擔心	おそれて	命令形 快擔心	おそれろ
た形（過去形） 擔心了	おそれた	可能形	────
たら形（條件形） 擔心的話	おそれたら	う形（意向形） 擔心吧	おそれよう

△私は挑戦したい気持ちがある半面、失敗を恐れている。／
在我想挑戰的同時，心裡也害怕會失敗。

おちつく【落ち着く】(心神、情緒等)穩靜；鎮靜，安祥；穩坐，穩當；(長時間)定居；有頭緒；淡雅，協調

自五　グループ1

落ち着く・落ち着きます

辭書形(基本形) 鎮靜	おちつく	たり形 又是鎮靜	おちついたり
ない形（否定形) 沒鎮靜	おちつかない	ば形（條件形) 鎮靜的話	おちつけば
なかった形（過去否定形) 過去沒鎮靜	おちつかなかった	させる形（使役形) 使鎮靜	おちつかせる
ます形（連用形) 鎮靜	おちつきます	られる形（被動形) 被鎮靜	おちつかれる
て形 鎮靜	おちついて	命令形 快鎮靜	おちつけ
た形（過去形) 鎮靜了	おちついた	可能形 可以鎮靜	おちつける
たら形（條件形) 鎮靜的話	おちついたら	う形（意向形) 鎮靜吧	おちつこう

△引っ越し先に落ち着いたら、手紙を書きます。／
等搬完家安定以後，我就寫信給你。

おどかす【脅かす】威脅，逼迫；嚇唬

他五　グループ1

脅かす・脅かします

辭書形(基本形) 威脅	おどかす	たり形 又是威脅	おどかしたり
ない形（否定形) 沒威脅	おどかさない	ば形（條件形) 威脅的話	おどかせば
なかった形（過去否定形) 過去沒威脅	おどかさなかった	させる形（使役形) 使威脅	おどかさせる
ます形（連用形) 威脅	おどかします	られる形（被動形) 被威脅	おどかされる
て形 威脅	おどかして	命令形 快威脅	おどかせ
た形（過去形) 威脅了	おどかした	可能形 可以威脅	おどかせる
たら形（條件形) 威脅的話	おどかしたら	う形（意向形) 威脅吧	おどかそう

△急に飛び出してきて、脅かさないでください。／
不要突然跳出來嚇人好不好！

おどりでる【躍り出る】 躍進到，跳到

自下一 グループ2

躍り出る・躍り出ます

辭書形(基本形) 跳到	おどりでる	たり形 又是跳到	おどりでたり
ない形（否定形） 沒跳到	おどりでない	ば形（條件形） 跳到的話	おどりでれば
なかった形（過去否定形） 過去沒跳到	おどりでなかった	させる形（使役形） 使跳到	おどりでさせる
ます形（連用形） 跳到	おどりでます	られる形（被動形） 被跳出	おどりでられる
て形 跳到	おどりでて	命令形 快跳到	おどりでろ
た形（過去形） 跳到了	おどりでた	可能形 可以跳到	おどりでられる
たら形（條件形） 跳到的話	おどりでたら	う形（意向形） 跳到吧	おどりでよう

△新製品がヒットし、わが社の売り上げは一躍業界トップに躍り出た。／
新產品大受歡迎，使得本公司的銷售額一躍而成業界第一。

おとる【劣る】 劣，不如，不及，比不上

自五 グループ1

劣る・劣ります

辭書形(基本形) 不如	おとる	たり形 又是不如	おとったり
ない形（否定形） 沒不如	おとらない	ば形（條件形） 不如的話	おとれば
なかった形（過去否定形） 過去沒不如	おとらなかった	させる形（使役形） 使不如	おとらせる
ます形（連用形） 不如	おとります	られる形（被動形） 被比下去	おとられる
て形 不如	おとって	命令形 快不如	おとれ
た形（過去形） 不如了	おとった	可能形	———
たら形（條件形） 不如的話	おとったら	う形（意向形） 不如吧	おとろう

△弟と比べて、英語力は私の方が劣っているが、国語力は私の方が勝っている。／
和弟弟比較起來，我的英文能力較差，但是國文能力則是我比較好。

おどろかす【驚かす】 使吃驚，驚動；嚇唬；驚喜；使驚覺 他五 グループ1

驚（おどろ）かす・驚（おどろ）かします

辭書形(基本形) 嚇唬	おどろかす	たり形 又是嚇唬	おどろかしたり
ない形（否定形） 沒嚇唬	おどろかさない	ば形（條件形） 嚇唬的話	おどろかせば
なかった形（過去否定形） 過去沒嚇唬	おどろかさなかった	させる形（使役形） 使嚇唬	おどろかさせる
ます形（連用形） 嚇唬	おどろかします	られる形（被動形） 被嚇唬	おどろかされる
て形 嚇唬	おどろかして	命令形 快嚇唬	おどろかせ
た形（過去形） 嚇唬了	おどろかした	可能形 可以嚇唬	おどろかせる
たら形（條件形） 嚇唬的話	おどろかしたら	う形（意向形） 嚇唬吧	おどろかそう

△プレゼントを買（か）っておいて驚（おどろ）かそう。／事先買好禮物，讓他驚喜一下！

おぼれる【溺れる】 溺水，淹死；沉溺於，迷戀於 自下一 グループ2

溺（おぼ）れる・溺（おぼ）れます

辭書形(基本形) 淹死	おぼれる	たり形 又是淹死	おぼれたり
ない形（否定形） 沒淹死	おぼれない	ば形（條件形） 淹死的話	おぼれれば
なかった形（過去否定形） 過去沒淹死	おぼれなかった	させる形（使役形） 使淹死	おぼれさせる
ます形（連用形） 淹死	おぼれます	られる形（被動形） 被淹死	おぼれられる
て形 淹死	おぼれて	命令形 快淹死	おぼれろ
た形（過去形） 淹死了	おぼれた	可能形	――――
たら形（條件形） 淹死的話	おぼれたら	う形（意向形） 淹死吧	おぼれよう

△川（かわ）でおぼれているところを助（たす）けてもらった。／
我溺水的時候，他救了我。

おもいこむ【思い込む】 確信不疑，深信；下決心 自五 グループ1

思い込む・思い込みます

辭書形(基本形) 深信	おもいこむ	たり形 又是深信	おもいこんだり
ない形（否定形） 沒深信	おもいこまない	ば形（條件形） 深信的話	おもいこめば
なかった形（過去否定形） 過去沒深信	おもいこまなかった	させる形（使役形） 使深信	おもいこませる
ます形（連用形） 深信	おもいこみます	られる形（被動形） 被深信	おもいこまれる
て形 深信	おもいこんで	命令形 快深信	おもいこめ
た形（過去形） 深信了	おもいこんだ	可能形 可以深信	おもいこめる
たら形（條件形） 深信的話	おもいこんだら	う形（意向形） 深信吧	おもいこもう

△彼女は、失敗したと思い込んだに違いありません。／
她一定是認為任務失敗了。

およぼす【及ぼす】 波及到，影響到，使遭到，帶來 他五 グループ1

及ぼす・及ぼします

辭書形(基本形) 波及到	およぼす	たり形 又是波及到	およぼしたり
ない形（否定形） 沒波及到	およぼさない	ば形（條件形） 波及到的話	およぼせば
なかった形（過去否定形） 過去沒波及到	およぼさなかった	させる形（使役形） 使波及到	およぼさせる
ます形（連用形） 波及到	およぼします	られる形（被動形） 被波及到	およぼされる
て形 波及到	およぼして	命令形 快波及到	およぼせ
た形（過去形） 波及到了	およぼした	可能形 可以波及到	およぼせる
たら形（條件形） 波及到的話	およぼしたら	う形（意向形） 波及到吧	およぼそう

△この事件は、精神面において彼に影響を及ぼした。／
他因這個案件在精神上受到了影響。

おろす【卸す】 批發，批售，批賣

他五 グループ1

卸(おろ)す・卸(おろ)します

辭書形(基本形) 批售	おろす	たり形 又是批售	おろしたり
ない形（否定形） 沒批售	おろさない	ば形（條件形） 批售的話	おろせば
なかった形（過去否定形） 過去沒批售	おろさなかった	させる形（使役形） 使批售	おろさせる
ます形（連用形） 批售	おろします	られる形（被動形） 被批售	おろされる
て形 批售	おろして	命令形 快批售	おろせ
た形（過去形） 批售了	おろした	可能形 可以批售	おろされる
たら形（條件形） 批售的話	おろしたら	う形（意向形） 批售吧	おろそう

△定価(ていか)の五掛(ごか)けで卸(おろ)す。／以定價的五折批售。

おわる【終わる】 完畢，結束，告終；做完，完結；（接於其他動詞連用形下）…完

自他五 グループ1

終(お)わる・終(お)わります

辭書形(基本形) 結束	おわる	たり形 又是結束	おわったり
ない形（否定形） 沒結束	おわらない	ば形（條件形） 結束的話	おわれば
なかった形（過去否定形） 過去沒結束	おわらなかった	させる形（使役形） 使結束	おわらせる
ます形（連用形） 結束	おわります	られる形（被動形） 被結束	おわられる
て形 結束	おわって	命令形 快結束	おわれ
た形（過去形） 結束了	おわった	可能形 可以結束	おわれる
たら形（條件形） 結束的話	おわったら	う形（意向形） 結束吧	おわろう

△レポートを書(か)き終(お)わった。／報告寫完了。

かえす【帰す】 讓…回去，打發回家

他五 グループ1

帰す・帰します

形	活用	形	活用
辭書形(基本形) 打發回家	かえす	たり形 又是打發回家	かえしたり
ない形（否定形） 沒打發回家	かえさない	ば形（條件形） 打發回家的話	かえせば
なかった形（過去否定形） 過去沒打發回家	かえさなかった	させる形（使役形） 使打發回家	かえさせる
ます形（連用形） 打發回家	かえします	られる形（被動形） 被打發回家	かえされる
て形 打發回家	かえして	命令形 快打發回家	かえせ
た形（過去形） 打發回家了	かえした	可能形 可以打發回家	かえせる
たら形（條件形） 打發回家的話	かえしたら	う形（意向形） 打發回家吧	かえそう

△もう遅いから、女性を一人で家に帰すわけにはいかない。／
已經太晚了，不能就這樣讓女性一人單獨回家。

かかえる【抱える】 （雙手）抱著，夾（在腋下）；擔當，負擔；雇佣

他下一 グループ2

抱える・抱えます

形	活用	形	活用
辭書形(基本形) 抱著	かかえる	たり形 又是抱著	かかえたり
ない形（否定形） 沒抱著	かかえない	ば形（條件形） 抱著的話	かかえれば
なかった形（過去否定形） 過去沒抱著	かかえなかった	させる形（使役形） 使抱著	かかえさせる
ます形（連用形） 抱著	かかえます	られる形（被動形） 被抱著	かかえられる
て形 抱著	かかえて	命令形 快抱著	かかえろ
た形（過去形） 抱著了	かかえた	可能形 可以抱著	かかえられる
たら形（條件形） 抱著的話	かかえたら	う形（意向形） 抱著吧	かかえよう

△彼は、多くの問題を抱えつつも、がんばって勉強を続けています。／
他雖然有許多問題，但也還是奮力地繼續念書。

かがやく【輝く】 閃光，閃耀；洋溢；光榮，顯赫

自五 グループ1

輝(かがや)く・輝(かがや)きます

辭書形(基本形) 洋溢	かがやく	たり形 又是洋溢	かがやいたり
ない形（否定形) 沒洋溢	かがやかない	ば形（條件形) 洋溢的話	かがやけば
なかった形（過去否定形) 過去沒洋溢	かがやかなかった	させる形（使役形) 使洋溢	かがやかせる
ます形（連用形) 洋溢	かがやきます	られる形（被動形) 被洋溢	かがやかれる
て形 洋溢	かがやいて	命令形 快洋溢	かがやけ
た形（過去形) 洋溢了	かがやいた	可能形 可以洋溢	かがやける
たら形（條件形) 洋溢的話	かがやいたら	う形（意向形) 洋溢吧	かがやこう

△空(そら)に星(ほし)が輝(かがや)いています。／星星在夜空中閃閃發亮。

かかわる【係わる】 關係到，涉及到；有牽連，有瓜葛；拘泥

自五 グループ1

係(かか)わる・係(かか)わります

辭書形(基本形) 涉及到	かかわる	たり形 又是涉及到	かかわったり
ない形（否定形) 沒涉及到	かかわらない	ば形（條件形) 涉及到的話	かかわれば
なかった形（過去否定形) 過去沒涉及到	かかわらなかった	させる形（使役形) 使涉及到	かかわらせる
ます形（連用形) 涉及到	かかわります	られる形（被動形) 被涉及到	かかわられる
て形 涉及到	かかわって	命令形 快涉及到	かかわれ
た形（過去形) 涉及到了	かかわった	可能形 可以涉及到	かかわれる
たら形（條件形) 涉及到的話	かかわったら	う形（意向形) 涉及到吧	かかわろう

△私(わたし)は環境問題(かんきょうもんだい)に係(かか)わっています。／我有涉及到環境問題。

かぎる【限る】 限定，限制；限於；以…為限；再好不過

自他五 グループ1

限る・限ります

辭書形(基本形) 限制	かぎる	たり形 又是限制	かぎったり
ない形（否定形） 沒限制	かぎらない	ば形（條件形） 限制的話	かぎれば
なかった形（過去否定形） 過去沒限制	かぎらなかった	させる形（使役形） 使限制	かぎらせる
ます形（連用形） 限制	かぎります	られる形（被動形） 被限制	かぎられる
て形 限制	かぎって	命令形 快限制	かぎれ
た形（過去形） 限制了	かぎった	可能形 可以限制	かぎれる
たら形（條件形） 限制的話	かぎったら	う形（意向形） 限制吧	かぎろう

△この仕事(しごと)は、二十歳(はたち)以上(いじょう)の人(ひと)に限(かぎ)ります。／
這份工作只限定20歲以上的成人才能做。

かけまわる【駆け回る】 到處亂跑；奔走，跑

自五 グループ1

駆け回る・駆け回ります

辭書形(基本形) 奔走	かけまわる	たり形 又是奔走	かけまわったり
ない形（否定形） 沒奔走	かけまわらない	ば形（條件形） 奔走的話	かけまわれば
なかった形（過去否定形） 過去沒奔走	かけまわらなかった	させる形（使役形） 使奔走	かけまわらせる
ます形（連用形） 奔走	かけまわります	られる形（被動形） 被奔走	かけまわられる
て形 奔走	かけまわって	命令形 快跑	かけまわれ
た形（過去形） 奔走了	かけまわった	可能形 可以跑	かけまわれる
たら形（條件形） 奔走的話	かけまわったら	う形（意向形） 跑吧	かけまわろう

△子犬(こいぬ)が駆(か)け回(まわ)る。／小狗到處亂跑。

N2 か かぎる・かけまわる

かさなる【重なる】 重疊，重複；（事情、日子）趕在一起

自五 グループ1

重なる・重なります

辭書形(基本形) 重複	かさなる	たり形 又是重複	かさなったり
ない形（否定形） 沒重複	かさならない	ば形（條件形） 重複的話	かさなれば
なかった形（過去否定形） 過去沒重複	かさならなかった	させる形（使役形） 使重複	かさならせる
ます形（連用形） 重複	かさなります	られる形（被動形） 被重複	かさなられる
て形 重複	かさなって	命令形 快重複	かさなれ
た形（過去形） 重複了	かさなった	可能形 可以重複	かさなれる
たら形（條件形） 重複的話	かさなったら	う形（意向形） 重複吧	かさなろう

△いろいろな仕事が重なって、休むどころではありません。／
同時有許多工作，哪能休息。

かじる【齧る】 咬，啃；一知半解；涉獵

他五 グループ1

齧る・齧ります

辭書形(基本形) 咬	かじる	たり形 又是咬	かじったり
ない形（否定形） 沒咬	かじらない	ば形（條件形） 咬的話	かじれば
なかった形（過去否定形） 過去沒咬	かじらなかった	させる形（使役形） 使咬	かじらせる
ます形（連用形） 咬	かじります	られる形（被動形） 被咬	かじられる
て形 咬	かじって	命令形 快咬	かじれ
た形（過去形） 咬了	かじった	可能形 可以咬	かじれる
たら形（條件形） 咬的話	かじったら	う形（意向形） 咬吧	かじろう

△一口かじったものの、あまりにまずいので吐き出した。／
雖然咬了一口，但實在是太難吃了，所以就吐了出來。

かす【貸す】 借出，出借；出租；提出策劃

他五 グループ1

貸す・貸します

辭書形(基本形) 借出	かす	たり形 又是借出	かしたり
ない形(否定形) 沒借出	かさない	ば形(條件形) 借出的話	かせば
なかった形(過去否定形) 過去沒借出	かさなかった	させる形(使役形) 使借出	かさせる
ます形(連用形) 借出	かします	られる形(被動形) 被借出	かされる
て形 借出	かして	命令形 快借出	かせ
た形(過去形) 借出了	かした	可能形 可以借出	かせる
たら形(條件形) 借出的話	かしたら	う形(意向形) 借出吧	かそう

△伯父にかわって、伯母がお金を貸してくれた。／
嬸嬸代替叔叔，借了錢給我。

かせぐ【稼ぐ】 (為賺錢而)拼命的勞動；(靠工作、勞動)賺錢；爭取，獲得

名・他五 グループ1

稼ぐ・稼ぎます

辭書形(基本形) 賺錢	かせぐ	たり形 又是賺錢	かせいだり
ない形(否定形) 沒賺錢	かせがない	ば形(條件形) 賺錢的話	かせげば
なかった形(過去否定形) 過去沒賺錢	かせがなかった	させる形(使役形) 使賺錢	かせがせる
ます形(連用形) 賺錢	かせぎます	られる形(被動形) 被爭取	かせがれる
て形 賺錢	かせいで	命令形 快賺錢	かせげ
た形(過去形) 賺錢了	かせいだ	可能形 可以賺錢	かせげる
たら形(條件形) 賺錢的話	かせいだら	う形(意向形) 賺錢吧	かせごう

△生活費を稼ぐ。／賺取生活費。

かたまる【固まる】（粉末、顆粒、黏液等）變硬，凝固；固定，成形；集在一起，成群；熱中，篤信（宗教等） 自五 グループ1

固(かた)まる・固(かた)まります

辭書形(基本形) 凝固	かたまる	たり形 又是凝固	かたまったり
ない形（否定形） 沒凝固	かたまらない	ば形（條件形） 凝固的話	かたまれば
なかった形（過去否定形） 過去沒凝固	かたまらなかった	させる形（使役形） 使凝固	かたまらせる
ます形（連用形） 凝固	かたまります	られる形（被動形） 被凝固	かたまられる
て形 凝固	かたまって	命令形 快凝固	かたまれ
た形（過去形） 凝固了	かたまった	可能形	———
たら形（條件形） 凝固的話	かたまったら	う形（意向形） 凝固吧	かたまろう

△魚(さかな)の煮汁(にじる)が冷(ひ)えて固(かた)まった。／魚湯冷卻以後凝結了。

かたむく【傾く】傾斜；有…的傾向；（日月）偏西；衰弱，衰微；敗落 自五 グループ1

傾(かたむ)く・傾(かたむ)きます

辭書形(基本形) 傾斜	かたむく	たり形 又是傾斜	かたむいたり
ない形（否定形） 沒傾斜	かたむかない	ば形（條件形） 傾斜的話	かたむけば
なかった形（過去否定形） 過去沒傾斜	かたむかなかった	させる形（使役形） 使傾斜	かたむかせる
ます形（連用形） 傾斜	かたむきます	られる形（被動形） 被敗落	かたむかれる
て形 傾斜	かたむいて	命令形 快傾斜	かたむけ
た形（過去形） 傾斜了	かたむいた	可能形 可以傾斜	かたむける
たら形（條件形） 傾斜的話	かたむいたら	う形（意向形） 傾斜吧	かたむこう

△地震(じしん)で、家(いえ)が傾(かたむ)いた。／房屋由於地震而傾斜了。

かたよる【偏る・片寄る】 偏於，不公正，偏袒；失去平衡 自五 グループ1

片寄る・片寄ります

辭書形(基本形) 偏袒	かたよる	たり形 又是偏袒	かたよったり
ない形（否定形） 沒偏袒	かたよらない	ば形（條件形） 偏袒的話	かたよれば
なかった形（過去否定形） 過去沒偏袒	かたよらなかった	させる形（使役形） 使偏袒	かたよらせる
ます形（連用形） 偏袒	かたよります	られる形（被動形） 被偏袒	かたよられる
て形 偏袒	かたよって	命令形 快偏袒	かたよれ
た形（過去形） 偏袒了	かたよった	可能形	———
たら形（條件形） 偏袒的話	かたよったら	う形（意向形） 偏袒吧	かたよろう

△ケーキが、箱の中で片寄ってしまった。／蛋糕偏到盒子的一邊去了。

かたる【語る】 說，陳述；演唱，朗讀 他五 グループ1

語る・語ります

辭書形(基本形) 陳述	かたる	たり形 又是陳述	かたったり
ない形（否定形） 沒陳述	かたらない	ば形（條件形） 陳述的話	かたれば
なかった形（過去否定形） 過去沒陳述	かたらなかった	させる形（使役形） 使陳述	かたらせる
ます形（連用形） 陳述	かたります	られる形（被動形） 被述說	かたられる
て形 陳述	かたって	命令形 快陳述	かたれ
た形（過去形） 陳述了	かたった	可能形 可以陳述	かたれる
たら形（條件形） 陳述的話	かたったら	う形（意向形） 陳述吧	かたろう

△戦争についてみんなで語った。／大家一起在說戰爭的事。

かつぐ【担ぐ】 扛，挑；推舉，擁戴；受騙

他五 グループ1

担（かつ）ぐ・担（かつ）ぎます

辭書形(基本形) 扛	かつぐ	たり形 又是扛	かついだり
ない形（否定形） 沒扛	かつがない	ば形（條件形） 扛的話	かつげば
なかった形（過去否定形） 過去沒扛	かつがなかった	させる形（使役形） 使扛	かつがせる
ます形（連用形） 扛	かつぎます	られる形（被動形） 被扛	かつがれる
て形 扛	かついで	命令形 快扛	かつげ
た形（過去形） 扛了	かついだ	可能形 可以扛	かつげる
たら形（條件形） 扛的話	かついだら	う形（意向形） 扛吧	かつごう

△重（おも）い荷物（にもつ）を担（かつ）いで、駅（えき）まで行（い）った。／背著沈重的行李，來到車站。

かなしむ【悲しむ】 感到悲傷，痛心，可歎，哀悼

他五 グループ1

悲（かな）しむ・悲（かな）しみます

辭書形(基本形) 痛心	かなしむ	たり形 又是痛心	かなしんだり
ない形（否定形） 沒痛心	かなしまない	ば形（條件形） 痛心的話	かなしめば
なかった形（過去否定形） 過去沒痛心	かなしまなかった	させる形（使役形） 使痛心	かなしませる
ます形（連用形） 痛心	かなしみます	られる形（被動形） 被哀悼	かなしまれる
て形 痛心	かなしんで	命令形 快哀悼	かなしめ
た形（過去形） 痛心了	かなしんだ	可能形 可以哀悼	かなしめる
たら形（條件形） 痛心的話	かなしんだら	う形（意向形） 哀悼吧	かなしもう

△それを聞（き）いたら、お母（かあ）さんがどんなに悲（かな）しむことか。／如果媽媽聽到這話，會多麼傷心呀！

かねそなえる【兼ね備える】 兩者兼備，兼備，兼具 他下一 グループ2

兼(か)ね備(そな)える・兼(か)ね備(そな)えます

辭書形(基本形) 兼備	かねそなえる	たり形 又是兼備	かねそなえたり
ない形（否定形） 沒兼備	かねそなえない	ば形（條件形） 兼備的話	かねそなえれば
なかった形（過去否定形） 過去沒兼備	かねそなえ なかった	させる形（使役形） 使兼備	かねそなえさせる
ます形（連用形） 兼備	かねそなえます	られる形（被動形） 被兼備	かねそなえられる
て形 兼備	かねそなえて	命令形 快兼備	かねそなえろ
た形（過去形） 兼備了	かねそなえた	可能形 可以兼備	かねそなえられる
たら形（條件形） 兼備的話	かねそなえたら	う形（意向形） 兼備吧	かねそなえよう

△知性(ちせい)と美貌(びぼう)を兼(か)ね備(そな)える。／兼具智慧與美貌。

かねる【兼ねる】 兼備；顧慮；不能，無法 他下一・接尾 グループ2

兼(か)ねる・兼(か)ねます

辭書形(基本形) 兼備	かねる	たり形 又是兼備	かねたり
ない形（否定形） 沒兼備	かねない	ば形（條件形） 兼備的話	かねれば
なかった形（過去否定形） 過去沒兼備	かねなかった	させる形（使役形） 使兼備	かねさせる
ます形（連用形） 兼備	かねます	られる形（被動形） 被兼備	かねられる
て形 兼備	かねて	命令形 快兼備	かねろ
た形（過去形） 兼備了	かねた	可能形 可以兼備	かねられる
たら形（條件形） 兼備的話	かねたら	う形（意向形） 兼備吧	かねよう

△趣味(しゅみ)と実益(じつえき)を兼(か)ねて、庭(にわ)で野菜(やさい)を育(そだ)てています。／
為了兼顧興趣和現實利益，目前在院子裡種植蔬菜。

かぶせる【被せる】 蓋上；（用水）澆沖；戴上（帽子等）；推卸 他下一 グループ2

被（かぶ）せる・被（かぶ）せます

辭書形(基本形) 蓋上	かぶせる	たり形 又是蓋上	かぶせたり
ない形（否定形） 沒蓋上	かぶせない	ば形（條件形） 蓋上的話	かぶせれば
なかった形（過去否定形） 過去沒蓋上	かぶせなかった	させる形（使役形） 使蓋上	かぶせさせる
ます形（連用形） 蓋上	かぶせます	られる形（被動形） 被蓋上	かぶせられる
て形 蓋上	かぶせて	命令形 快蓋上	かぶせろ
た形（過去形） 蓋上了	かぶせた	可能形 可以蓋上	かぶせられる
たら形（條件形） 蓋上的話	かぶせたら	う形（意向形） 蓋上吧	かぶせよう

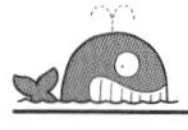
△機械（きかい）の上（うえ）に布（ぬの）をかぶせておいた。／我在機器上面蓋了布。

からかう 逗弄，調戲 他五 グループ1

からかう・からかいます

辭書形(基本形) 調戲	からかう	たり形 又是調戲	からかったり
ない形（否定形） 沒調戲	からかわない	ば形（條件形） 調戲的話	からかえば
なかった形（過去否定形） 過去沒調戲	からかわなかった	させる形（使役形） 使調戲	からかわせる
ます形（連用形） 調戲	からかいます	られる形（被動形） 被調戲	からかわれる
て形 調戲	からかって	命令形 快調戲	からかえ
た形（過去形） 調戲了	からかった	可能形 可以調戲	からかえる
たら形（條件形） 調戲的話	からかったら	う形（意向形） 調戲吧	からかおう

△そんなにからかわないでください。／請不要這樣開我玩笑。

かる【刈る】 割，剪，剃

他五 グループ1

刈(か)る・刈(か)ります

辭書形(基本形) 割	かる	たり形 又是割	かったり
ない形（否定形） 沒割	からない	ば形（條件形） 割的話	かれば
なかった形（過去否定形） 過去沒割	からなかった	させる形（使役形） 使割	からせる
ます形（連用形） 割	かります	られる形（被動形） 被割	かられる
て形 割	かって	命令形 快割	かれ
た形（過去形） 割了	かった	可能形 可以割	かれる
たら形（條件形） 割的話	かったら	う形（意向形） 割吧	かろう

△両親(りょうしん)が草(くさ)を刈(か)っているところへ、手伝(てつだ)いに行(い)きました。／當爸媽正在割草時過去幫忙。

かれる【枯れる】 枯萎，乾枯；老練，造詣精深；（身材）枯瘦

自上一 グループ2

枯(か)れる・枯(か)れます

辭書形(基本形) 枯萎	かれる	たり形 又是枯萎	かれたり
ない形（否定形） 沒枯萎	かれない	ば形（條件形） 枯萎的話	かれれば
なかった形（過去否定形） 過去沒枯萎	かれなかった	させる形（使役形） 使枯萎	かれさせる
ます形（連用形） 枯萎	かれます	られる形（被動形） 被枯萎	かれられる
て形 枯萎	かれて	命令形 快枯萎	かれろ
た形（過去形） 枯萎了	かれた	可能形	――――
たら形（條件形） 枯萎的話	かれたら	う形（意向形） 枯萎吧	かれよう

△庭(にわ)の木(き)が枯(か)れてしまった。／庭院的樹木枯了。

かわいがる【可愛がる】 喜愛，疼愛；嚴加管教，教訓 他五 グループ1

可愛がる・可愛がります

形	活用	形	活用
辭書形(基本形) 疼愛	かわいがる	たり形 又是疼愛	かわいがったり
ない形（否定形） 沒疼愛	かわいがらない	ば形（條件形） 疼愛的話	かわいがれば
なかった形（過去否定形） 過去沒疼愛	かわいがらなかった	させる形（使役形） 使疼愛	かわいがらせる
ます形（連用形） 疼愛	かわいがります	られる形（被動形） 被疼愛	かわいがられる
て形 疼愛	かわいがって	命令形 快疼愛	かわいがれ
た形（過去形） 疼愛了	かわいがった	可能形 可以疼愛	かわいがれる
たら形（條件形） 疼愛的話	かわいがったら	う形（意向形） 疼愛吧	かわいがろう

△死んだ妹にかわって、叔母の私がこの子をかわいがります。／
由我這阿姨，代替往生的妹妹疼愛這個小孩。

かんする【関する】 關於，與…有關 自サ グループ3

関する・関します

形	活用	形	活用
辭書形(基本形) 關於	かんする	たり形 又是關於	かんしたり
ない形（否定形） 無關於	かんしない	ば形（條件形） 關於的話	かんすれば
なかった形（過去否定形） 過去沒關於	かんした	させる形（使役形） 使與…有關	かんさせる
ます形（連用形） 關於	かんします	られる形（被動形） 被弄與…有關	かんされる
て形 關於	かんして	命令形 快與…有關	かんしろ
た形（過去形） 關於了	かんした	可能形	———
たら形（條件形） 關於的話	かんしたら	う形（意向形） 關於吧	かんしよう

△日本に関する研究をしていたわりに、日本についてよく知らない。／
雖然之前從事日本相關的研究，但卻對日本的事物一知半解。

きざむ【刻む】 切碎；雕刻；分成段；銘記，牢記

他五 グループ1

刻(きざ)む・刻(きざ)みます

辭書形(基本形) 切碎	きざむ	たり形 又是切碎	きざんだり
ない形（否定形） 沒切碎	きざまない	ば形（條件形） 切碎的話	きざめば
なかった形（過去否定形） 過去沒切碎	きざまなかった	させる形（使役形） 使切碎	きざませる
ます形（連用形） 切碎	きざみます	られる形（被動形） 被切碎	きざまれる
て形 切碎	きざんで	命令形 快切碎	きざめ
た形（過去形） 切碎了	きざんだ	可能形 可以切碎	きざめる
たら形（條件形） 切碎的話	きざんだら	う形（意向形） 切碎吧	きざもう

△指輪(ゆびわ)に二人(ふたり)の名前(なまえ)を刻(きざ)んだ。／在戒指上刻下了兩人的名字。

きせる【着せる】 給穿上（衣服）；鍍上；嫁禍，加罪

他下一 グループ2

着(き)せる・着(き)せます

辭書形(基本形) 給穿上	きせる	たり形 又是給穿上	きせたり
ない形（否定形） 沒給穿上	きせない	ば形（條件形） 給穿上的話	きせれば
なかった形（過去否定形） 過去沒給穿上	きせなかった	させる形（使役形） 使嫁禍	きせさせる
ます形（連用形） 給穿上	きせます	られる形（被動形） 被嫁禍	きせられる
て形 給穿上	きせて	命令形 快給穿上	きせろ
た形（過去形） 給穿上了	きせた	可能形 可以給穿上	きせられる
たら形（條件形） 給穿上的話	きせたら	う形（意向形） 給穿上吧	きせよう

△夕方(ゆうがた)、寒(さむ)くなってきたので娘(むすめ)にもう１枚着(まいき)せた。／傍晚變冷了，因此讓女兒多加了一件衣服。

きづく【気付く】 察覺，注意到，意識到；(神志昏迷後)甦醒過來 自五 グループ1

気付く・気付きます

辭書形(基本形) 察覺	きづく	たり形 又是察覺	きづいたり
ない形（否定形） 沒察覺	きづかない	ば形（條件形） 察覺的話	きづけば
なかった形（過去否定形） 過去沒察覺	きづかなかった	させる形（使役形） 使察覺	きづかせる
ます形（連用形） 察覺	きづきます	られる形（被動形） 被察覺	きづかれる
て形 察覺	きづいて	命令形 快察覺	きづけ
た形（過去形） 察覺了	きづいた	可能形 可以察覺	きづける
たら形（條件形） 察覺的話	きづいたら	う形（意向形） 察覺吧	きづこう

△自分の間違いに気付いたものの、なかなか謝ることができない。／
雖然發現自己不對，但還是很難開口道歉。

きらう【嫌う】 嫌惡，厭惡；憎惡；區別 他五 グループ1

嫌う・嫌います

辭書形(基本形) 嫌惡	きらう	たり形 又是嫌惡	きらったり
ない形（否定形） 沒嫌惡	きらわない	ば形（條件形） 嫌惡的話	きらえば
なかった形（過去否定形） 過去沒嫌惡	きらわなかった	させる形（使役形） 使嫌惡	きらわせる
ます形（連用形） 嫌惡	きらいます	られる形（被動形） 被嫌惡	きらわれる
て形 嫌惡	きらって	命令形 快嫌惡	きらえ
た形（過去形） 嫌惡了	きらった	可能形 可以嫌惡	きらえる
たら形（條件形） 嫌惡的話	きらったら	う形（意向形） 嫌惡吧	きらおう

△彼を嫌ってはいるものの、口をきかないわけにはいかない。／
雖說我討厭他，但也不能完全不跟他說話。

きる【斬る】 砍；切

他五 グループ1

斬(き)る・斬(き)ります

形	活用	形	活用
辭書形(基本形) 砍	きる	たり形 又是砍	きったり
ない形（否定形） 沒砍	きらない	ば形（條件形） 砍的話	きれば
なかった形（過去否定形） 過去沒砍	きらなかった	させる形（使役形） 使砍	きらせる
ます形（連用形） 砍	きります	られる形（被動形） 被砍	きられる
て形 砍	きって	命令形 快砍	きれ
た形（過去形） 砍了	きった	可能形 可以砍	きれる
たら形（條件形） 砍的話	きったら	う形（意向形） 砍吧	きろう

△人(ひと)を斬(き)る。／砍人。

くう【食う】 （俗）吃，（蟲）咬

他五 グループ1

食(く)う・食(く)います

形	活用	形	活用
辭書形(基本形) 吃	くう	たり形 又是吃	くったり
ない形（否定形） 沒吃	くわない	ば形（條件形） 吃的話	くえば
なかった形（過去否定形） 過去沒吃	くわなかった	させる形（使役形） 使吃	くわせる
ます形（連用形） 吃	くいます	られる形（被動形） 被吃	くわれる
て形 吃	くって	命令形 快吃	くえ
た形（過去形） 吃了	くった	可能形 可以吃	くえる
たら形（條件形） 吃的話	くったら	う形（意向形） 吃吧	くおう

△これ、食(く)ってみなよ。うまいから。／要不要吃吃看這個？很好吃喔。

N2 く くぎる・くずす

くぎる【区切る】（把文章）斷句，分段

他四 グループ1

区切る・区切ります

辭書形(基本形) 分段	くぎる	たり形 又是分段	くぎったり
ない形（否定形） 沒分段	くぎらない	ば形（條件形） 分段的話	くぎれば
なかった形（過去否定形） 過去沒分段	くぎらなかった	させる形（使役形） 使分段	くぎらせる
ます形（連用形） 分段	くぎります	られる形（被動形） 被分段	くぎられる
て形 分段	くぎって	命令形 快分段	くぎれ
た形（過去形） 分段了	くぎった	可能形 可以分段	くぎれる
たら形（條件形） 分段的話	くぎったら	う形（意向形） 分段吧	くぎろう

△単語を一つずつ区切って読みました。／我將單字逐一分開來唸。

くずす【崩す】拆毀，粉碎

他五 グループ1

崩す・崩します

辭書形(基本形) 拆毀	くずす	たり形 又是拆毀	くずしたり
ない形（否定形） 沒拆毀	くずさない	ば形（條件形） 拆毀的話	くずせば
なかった形（過去否定形） 過去沒拆毀	くずさなかった	させる形（使役形） 使拆毀	くずさせる
ます形（連用形） 拆毀	くずします	られる形（被動形） 被拆毀	くずされる
て形 拆毀	くずして	命令形 快拆毀	くずせ
た形（過去形） 拆毀了	くずした	可能形 可以拆毀	くずせる
たら形（條件形） 拆毀的話	くずしたら	う形（意向形） 拆毀吧	くずそう

△私も以前体調を崩しただけに、あなたの辛さはよくわかります。／正因為我之前也搞壞過身體，所以特別能了解你的痛苦。

ぐずつく【愚図つく】 陰天；磨蹭，動作遲緩拖延；撒嬌 自五 グループ1

愚図(ぐず)つく・愚図(ぐず)つきます

辭書形(基本形) 磨蹭	ぐずつく	たり形 又是磨蹭	ぐずついたり
ない形（否定形） 沒磨蹭	ぐずつかない	ば形（條件形） 磨蹭的話	ぐずつけば
なかった形（過去否定形） 過去沒磨蹭	ぐずつかなかった	させる形（使役形） 使磨蹭	ぐずつかせる
ます形（連用形） 磨蹭	ぐずつきます	られる形（被動形） 被撒嬌	ぐずつかれる
て形 磨蹭	ぐずついて	命令形 快磨蹭	ぐずつけ
た形（過去形） 磨蹭了	ぐずついた	可能形	———
たら形（條件形） 磨蹭的話	ぐずついたら	う形（意向形） 磨蹭吧	ぐずつこう

△天気(てんき)が愚図(ぐず)つく。／天氣總不放晴。

くずれる【崩れる】 崩潰；散去；潰敗，粉碎 自下一 グループ2

崩(くず)れる・崩(くず)れます

辭書形(基本形) 崩潰	くずれる	たり形 又是崩潰	くずれたり
ない形（否定形） 沒崩潰	くずれない	ば形（條件形） 崩潰的話	くずれれば
なかった形（過去否定形） 過去沒崩潰	くずれなかった	させる形（使役形） 使粉碎	くずれさせる
ます形（連用形） 崩潰	くずれます	られる形（被動形） 被粉碎	くずれられる
て形 崩潰	くずれて	命令形 快粉碎	くずれろ
た形（過去形） 崩潰了	くずれた	可能形 可以粉碎	くずれられる
たら形（條件形） 崩潰的話	くずれたら	う形（意向形） 粉碎吧	くずれよう

△雨(あめ)が降(ふ)り続(つづ)いたので、山(やま)が崩(くず)れた。／因持續下大雨而山崩了。

くだく【砕く】打碎，弄碎

他五 グループ1

砕く・砕きます

辭書形(基本形) 打碎	くだく	たり形 又是打碎	くだいたり
ない形（否定形） 沒打碎	くだかない	ば形（條件形） 打碎的話	くだけば
なかった形（過去否定形） 過去沒打碎	くだかなかった	させる形（使役形） 使打碎	くだかせる
ます形（連用形） 打碎	くだきます	られる形（被動形） 被打碎	くだかれる
て形 打碎	くだいて	命令形 快打碎	くだけ
た形（過去形） 打碎了	くだいた	可能形 可以打碎	くだける
たら形（條件形） 打碎的話	くだいたら	う形（意向形） 打碎吧	くだこう

△家事(かじ)をきちんとやるとともに、子(こ)どもたちのことにも心(こころ)を砕(くだ)いている。／在確實做好家事的同時，也為孩子們的事情費心勞力。

くだける【砕ける】破碎，粉碎

自下一 グループ2

砕ける・砕けます

辭書形(基本形) 粉碎	くだける	たり形 又是粉碎	くだけたり
ない形（否定形） 沒粉碎	くだけない	ば形（條件形） 粉碎的話	くだければ
なかった形（過去否定形） 過去沒粉碎	くだけなかった	させる形（使役形） 使粉碎	くだけさせる
ます形（連用形） 粉碎	くだけます	られる形（被動形） 被粉碎	くだけられる
て形 粉碎	くだけて	命令形 快粉碎	くだけろ
た形（過去形） 粉碎了	くだけた	可能形 可以粉碎	くだけられる
たら形（條件形） 粉碎的話	くだけたら	う形（意向形） 粉碎吧	くだけよう

△大(おお)きな岩(いわ)が谷(たに)に落(お)ちて砕(くだ)けた。／巨大的岩石掉入山谷粉碎掉了。

くたびれる【草臥れる】 疲勞，疲乏；厭倦

自下一 グループ2

くたびれる・くたびれます

辭書形(基本形) 疲勞	くたびれる	たり形 又是疲勞	くたびれたり
ない形（否定形） 沒疲勞	くたびれない	ば形（條件形） 疲勞的話	くたびれれば
なかった形（過去否定形） 過去沒疲勞	くたびれなかった	させる形（使役形） 使厭倦	くたびれさせる
ます形（連用形） 疲勞	くたびれます	られる形（被動形） 被厭倦	くたびれられる
て形 疲勞	くたびれて	命令形 快厭倦	くたびれろ
た形（過去形） 疲勞了	くたびれた	可能形 可以厭倦	くたびれられる
たら形（條件形） 疲勞的話	くたびれたら	う形（意向形） 厭倦吧	くたびれよう

△今日(きょう)はお客(きゃく)さんが来(き)て、掃除(そうじ)やら料理(りょうり)やらですっかりくたびれた。／
今天有人要來作客，又是打掃又是做菜的，累得要命。

くっつく【くっ付く】 緊貼在一起，附著

自五 グループ1

くっ付(つ)く・くっ付(つ)きます

辭書形(基本形) 附著	くっつく	たり形 又是附著	くっついたり
ない形（否定形） 沒附著	くっつかない	ば形（條件形） 附著的話	くっつけば
なかった形（過去否定形） 過去沒附著	くっつかなかった	させる形（使役形） 使附著	くっつかせる
ます形（連用形） 附著	くっつきます	られる形（被動形） 被附著	くっつかれる
て形 附著	くっついて	命令形 快附著	くっつけ
た形（過去形） 附著了	くっついた	可能形	———
たら形（條件形） 附著的話	くっついたら	う形（意向形） 附著吧	くっつこう

△ジャムの瓶(びん)の蓋(ふた)がくっ付(つ)いてしまって、開(あ)かない。／
果醬的瓶蓋太緊了，打不開。

N2 く くたびれる・くっつく

くっつける【くっ付ける】 把…粘上，把…貼上，使靠近；拉攏，撮合

他下一 グループ2

くっ付(つ)ける・くっ付(つ)けます

辭書形(基本形) 把…粘上	くっつける	たり形 又是拉攏	くっつけたり
ない形（否定形） 沒把…粘上	くっつけない	ば形（條件形） 拉攏的話	くっつければ
なかった形（過去否定形） 過去沒把…粘上	くっつけなかった	させる形（使役形） 使拉攏	くっつけさせる
ます形（連用形） 把…粘上	くっつけます	られる形（被動形） 被拉攏	くっつけられる
て形 把…粘上	くっつけて	命令形 快拉攏	くっつけろ
た形（過去形） 把…粘上了	くっつけた	可能形 可以拉攏	くっつけられる
たら形（條件形） 拉攏的話	くっつけたら	う形（意向形） 拉攏吧	くっつけよう

△部品(ぶひん)を接着剤(せっちゃくざい)でしっかりくっ付(つ)けた。／我用黏著劑將零件牢牢地黏上。

くぼむ【窪む・凹む】 凹下，塌陷

自五 グループ1

凹(くぼ)む・凹(くぼ)みます

辭書形(基本形) 塌陷	くぼむ	たり形 又是塌陷	くぼんだり
ない形（否定形） 沒塌陷	くぼまない	ば形（條件形） 塌陷的話	くぼめば
なかった形（過去否定形） 過去沒塌陷	くぼまなかった	させる形（使役形） 使塌陷	くぼませる
ます形（連用形） 塌陷	くぼみます	られる形（被動形） 被塌陷	くぼまれる
て形 塌陷	くぼんで	命令形 快塌陷	くぼめ
た形（過去形） 塌陷了	くぼんだ	可能形	———
たら形（條件形） 塌陷的話	くぼんだら	う形（意向形） 塌陷吧	くぼもう

△山(やま)に登(のぼ)ったら、日陰(ひかげ)のくぼんだところにまだ雪(ゆき)が残(のこ)っていた。／
爬到山上以後，看到許多山坳處還有殘雪未融。

くみたてる【組み立てる】 組織，組裝

他下一 グループ2

組み立てる・組み立てます

形	活用	形	活用
辭書形(基本形) 組裝	くみたてる	たり形 又是組裝	くみたてたり
ない形（否定形） 沒組裝	くみたてない	ば形（條件形） 組裝的話	くみたてれば
なかった形（過去否定形） 過去沒組裝	くみたてなかった	させる形（使役形） 使組裝	くみたてさせる
ます形（連用形） 組裝	くみたてます	られる形（被動形） 被組裝	くみたてられる
て形 組裝	くみたてて	命令形 快組裝	くみたてろ
た形（過去形） 組裝了	くみたてた	可能形 可以組裝	くみたてられる
たら形（條件形） 組裝的話	くみたてたら	う形（意向形） 組裝吧	くみたてよう

△先輩の指導をぬきにして、機器を組み立てることはできない。／
要是沒有前輩的指導，我就沒辦法組裝好機器。

くむ【汲む】 打水，取水；體察，推測；吸收

他五 グループ1

汲む・汲みます

形	活用	形	活用
辭書形(基本形) 吸收	くむ	たり形 又是吸收	くんだり
ない形（否定形） 沒吸收	くまない	ば形（條件形） 吸收的話	くめば
なかった形（過去否定形） 過去沒吸收	くまなかった	させる形（使役形） 使吸收	くませる
ます形（連用形） 吸收	くみます	られる形（被動形） 被吸收	くまれる
て形 吸收	くんで	命令形 快吸收	くめ
た形（過去形） 吸收了	くんだ	可能形 可以吸收	くめる
たら形（條件形） 吸收的話	くんだら	う形（意向形） 吸收吧	くもう

△ここは水道がないので、毎日川の水を汲んでくるということだ。／
這裡沒有自來水，所以每天都從河川打水回來。

くむ【組む】 聯合，組織起來；聯手，結盟；安裝

自五 グループ1

組む・組みます

辭書形(基本形) 安裝	くむ	たり形 又是安裝	くんだり
ない形（否定形) 沒安裝	くまない	ば形（條件形) 安裝的話	くめば
なかった形（過去否定形) 過去沒安裝	くまなかった	させる形（使役形) 使安裝	くませる
ます形（連用形) 安裝	くみます	られる形（被動形) 被安裝	くまれる
て形 安裝	くんで	命令形 快安裝	くめ
た形（過去形) 安裝了	くんだ	可能形 可以安裝	くめる
たら形（條件形) 安裝的話	くんだら	う形（意向形) 安裝吧	くもう

△今度のプロジェクトは、他の企業と組んでいます。／這次的企畫，是和其他企業合作進行的。

くもる【曇る】 天氣陰，朦朧；鬱悶，黯淡

自五 グループ1

曇る・曇ります

辭書形(基本形) 鬱悶	くもる	たり形 又是鬱悶	くもったり
ない形（否定形) 沒鬱悶	くもらない	ば形（條件形) 鬱悶的話	くもれば
なかった形（過去否定形) 過去沒鬱悶	くもらなかった	させる形（使役形) 使鬱悶	くもらせる
ます形（連用形) 鬱悶	くもります	られる形（被動形) 被鬱悶	くもられる
て形 鬱悶	くもって	命令形 快鬱悶	くもれ
た形（過去形) 鬱悶了	くもった	可能形	――――
たら形（條件形) 鬱悶的話	くもったら	う形（意向形) 鬱悶吧	くもろう

△空がだんだん曇ってきた。／天色漸漸暗了下來。

くやむ【悔やむ】 懊悔的，後悔的；哀悼

他五 グループ1

悔(く)やむ・悔(く)やみます

辭書形(基本形) 哀悼	くやむ	たり形 又是哀悼	くやんだり
ない形（否定形） 沒哀悼	くやまない	ば形（條件形） 哀悼的話	くやめば
なかった形（過去否定形） 過去沒哀悼	くやまなかった	させる形（使役形） 使哀悼	くやませる
ます形（連用形） 哀悼	くやみます	られる形（被動形） 被哀悼	くやまれる
て形 哀悼	くやんで	命令形 快哀悼	くやめ
た形（過去形） 哀悼了	くやんだ	可能形 可以哀悼	くやめる
たら形（條件形） 哀悼的話	くやんだら	う形（意向形） 哀悼吧	くやもう

△失敗(しっぱい)を悔(く)やむどころか、ますますやる気(き)が出(で)てきた。／
失敗了不僅不懊惱，反而更有幹勁了。

くるう【狂う】 發狂，發瘋，失常，不準確，有毛病；落空，錯誤；過度著迷，沉迷

自五 グループ1

狂(くる)う・狂(くる)います

辭書形(基本形) 發瘋	くるう	たり形 又是發瘋	くるったり
ない形（否定形） 沒發瘋	くるわない	ば形（條件形） 發瘋的話	くるえば
なかった形（過去否定形） 過去沒發瘋	くるわなかった	させる形（使役形） 使發瘋	くるわせる
ます形（連用形） 發瘋	くるいます	られる形（被動形） 被沉迷	くるわれる
て形 發瘋	くるって	命令形 快發瘋	くるえ
た形（過去形） 發瘋了	くるった	可能形 可以發瘋	くるえる
たら形（條件形） 發瘋的話	くるったら	う形（意向形） 發瘋吧	くるおう

△失恋(しつれん)して気(き)が狂(くる)った。／因失戀而發狂。

くるしむ【苦しむ】 感到痛苦，感到難受；憂慮，心痛

自五 グループ1

苦しむ・苦しみます

辭書形(基本形) 憂慮	くるしむ	たり形 又是憂慮	くるしんだり
ない形(否定形) 沒憂慮	くるしまない	ば形(條件形) 憂慮的話	くるしめば
なかった形(過去否定形) 過去沒憂慮	くるしまなかった	させる形(使役形) 使憂慮	くるしませる
ます形(連用形) 憂慮	くるしみます	られる形(被動形) 被憂慮	くるしまれる
て形 憂慮	くるしんで	命令形 快憂慮	くるしめ
た形(過去形) 憂慮了	くるしんだ	可能形 可以憂慮	くるしめる
たら形(條件形) 憂慮的話	くるしんだら	う形(意向形) 憂慮吧	くるしもう

△彼は若い頃、病気で長い間苦しんだ。／他年輕時因生病而長年受苦。

くるしめる【苦しめる】 使痛苦，欺負

他下一 グループ2

苦しめる・苦しめます

辭書形(基本形) 欺負	くるしめる	たり形 又是欺負	くるしめたり
ない形(否定形) 沒欺負	くるしめない	ば形(條件形) 欺負的話	くるしめれば
なかった形(過去否定形) 過去沒欺負	くるしめなかった	させる形(使役形) 使欺負	くるしめさせる
ます形(連用形) 欺負	くるしめます	られる形(被動形) 被欺負	くるしめられる
て形 欺負	くるしめて	命令形 快欺負	くるしめろ
た形(過去形) 欺負了	くるしめた	可能形 可以欺負	くるしめられる
たら形(條件形) 欺負的話	くるしめたら	う形(意向形) 欺負吧	くるしめよう

△そんなに私のことを苦しめないでください。／請不要這樣折騰我。

くるむ【包む】 包，裹

他五　グループ1

包(くる)む・包(くる)みます

辞書形(基本形) 包	くるむ	たり形 又是包	くるんだり
ない形(否定形) 沒包	くるまない	ば形(條件形) 包的話	くるめば
なかった形(過去否定形) 過去沒包	くるまなかった	させる形(使役形) 使包	くるませる
ます形(連用形) 包	くるみます	られる形(被動形) 被包	くるまれる
て形 包	くるんで	命令形 快包	くるめ
た形(過去形) 包了	くるんだ	可能形 可以包	くるめる
たら形(條件形) 包的話	くるんだら	う形(意向形) 包吧	くるもう

△赤(あか)ちゃんを清潔(せいけつ)なタオルでくるんだ。／我用乾淨的毛巾包住小嬰兒。

くわえる【加える】 加，加上

他下一　グループ2

加(くわ)える・加(くわ)えます

辞書形(基本形) 加上	くわえる	たり形 又是加上	くわえたり
ない形(否定形) 沒加上	くわえない	ば形(條件形) 加上的話	くわえれば
なかった形(過去否定形) 過去沒加上	くわえなかった	させる形(使役形) 使加上	くわえさせる
ます形(連用形) 加上	くわえます	られる形(被動形) 被加上	くわえられる
て形 加上	くわえて	命令形 快加上	くわえろ
た形(過去形) 加上了	くわえた	可能形 可以加上	くわえられる
たら形(條件形) 加上的話	くわえたら	う形(意向形) 加上吧	くわえよう

△だしに醤油(しょうゆ)と砂糖(さとう)を加(くわ)えます。／在湯汁裡加上醬油跟砂糖。

くわえる【銜える】 叼·銜

他下一 グループ2

銜(くわ)える・銜(くわ)えます

辭書形(基本形) 叼	くわえる	たり形 又是叼	くわえたり
ない形（否定形） 沒叼	くわえない	ば形（條件形） 叼的話	くわえれば
なかった形（過去否定形） 過去沒叼	くわえなかった	させる形（使役形） 使叼	くわえさせる
ます形（連用形） 叼	くわえます	られる形（被動形） 被叼	くわえられる
て形 叼	くわえて	命令形 快叼	くわえろ
た形（過去形） 叼了	くわえた	可能形 可以叼	くわえられる
たら形（條件形） 叼的話	くわえたら	う形（意向形） 叼吧	くわえよう

△楊枝(ようじ)をくわえる。／叼根牙籤。

くわわる【加わる】 加上，添上

自五 グループ1

加(くわ)わる・加(くわ)わります

辭書形(基本形) 加上	くわわる	たり形 又是加上	くわわったり
ない形（否定形） 沒加上	くわわらない	ば形（條件形） 加上的話	くわわれば
なかった形（過去否定形） 過去沒加上	くわわらなかった	させる形（使役形） 使加上	くわわらせる
ます形（連用形） 加上	くわわります	られる形（被動形） 被加上	くわわられる
て形 加上	くわわって	命令形 快加上	くわわれ
た形（過去形） 加上了	くわわった	可能形 可以加上	くわわれる
たら形（條件形） 加上的話	くわわったら	う形（意向形） 加上吧	くわわろう

△メンバーに加(くわ)わったからは、一生懸命(いっしょうけんめい)努力(どりょく)します。／
既然加入了團隊，就會好好努力。

けずる【削る】 削，刨，刮；刪減，削去，削減

他五 グループ1

削(けず)る・削(けず)ります

辭書形(基本形) 削	けずる	たり形 又是削	けずったり
ない形（否定形） 沒削	けずらない	ば形（條件形） 削的話	けずれば
なかった形（過去否定形） 過去沒削	けずらなかった	させる形（使役形） 使削	けずらせる
ます形（連用形） 削	けずります	られる形（被動形） 被削	けずられる
て形 削	けずって	命令形 快削	けずれ
た形（過去形） 削了	けずった	可能形 可以削	けずれる
たら形（條件形） 削的話	けずったら	う形（意向形） 削吧	けずろう

△木(き)の皮(かわ)を削(けず)り取(と)る。／刨去樹皮。

こう【請う】 請求，希望

他五 グループ1

請(こ)う・請(こ)います

辭書形(基本形) 請求	こう	たり形 又是請求	こうたり
ない形（否定形） 沒請求	こわない	ば形（條件形） 請求的話	こえば
なかった形（過去否定形） 過去沒請求	こわなかった	させる形（使役形） 使請求	こわせる
ます形（連用形） 請求	こいます	られる形（被動形） 被請求	こわれる
て形 請求	こうて	命令形 快請求	こえ
た形（過去形） 請求了	こうた	可能形 可以請求	こえる
たら形（條件形） 請求的話	こうたら	う形（意向形） 請求吧	こおう

△許(ゆる)しを請(こ)う。／請求原諒。

こえる【肥える】 肥，胖；土地肥沃；豐富；（識別力）提高，（鑑賞力）強

自下一 グループ2

肥（こ）える・肥（こ）えます

辭書形(基本形) 提高	こえる	たり形 又是提高	こえたり
ない形（否定形） 沒提高	こえない	ば形（條件形） 提高的話	こえれば
なかった形（過去否定形） 過去沒提高	こえなかった	させる形（使役形） 使提高	こえさせる
ます形（連用形） 提高	こえます	られる形（被動形） 被提高	こえられる
て形 提高	こえて	命令形 快提高	こえよ
た形（過去形） 提高了	こえた	可能形 可以提高	こえられる
たら形（條件形） 提高的話	こえたら	う形（意向形） 提高吧	こえよう

△このあたりの土地（とち）はとても肥（こ）えている。／這附近的土地非常的肥沃。

こがす【焦がす】 弄糊，烤焦，燒焦；（心情）焦急，焦慮；用香薰

他五 グループ1

焦（こ）がす・焦（こ）がします

辭書形(基本形) 烤焦	こがす	たり形 又是烤焦	こがしたり
ない形（否定形） 沒烤焦	こがさない	ば形（條件形） 烤焦的話	こがせば
なかった形（過去否定形） 過去沒烤焦	こがさなかった	させる形（使役形） 使烤焦	こがさせる
ます形（連用形） 烤焦	こがします	られる形（被動形） 被烤焦	こがされる
て形 烤焦	こがして	命令形 快烤焦	こがせ
た形（過去形） 烤焦了	こがした	可能形 可以烤焦	こがせる
たら形（條件形） 烤焦的話	こがしたら	う形（意向形） 烤焦吧	こがそう

△料理（りょうり）を焦（こ）がしたものだから、部屋（へや）の中（なか）がにおいます。／因為菜燒焦了，所以房間裡會有焦味。

こぐ【漕ぐ】 划船，搖櫓，蕩槳；蹬（自行車），打（鞦韆）

他五 グループ1

漕ぐ・漕ぎます

辭書形(基本形) 蹬	こぐ	たり形 又是蹬	こいだり
ない形（否定形） 沒蹬	こがない	ば形（條件形） 蹬的話	こげば
なかった形（過去否定形） 過去沒蹬	こがなかった	させる形（使役形） 使蹬	こがせる
ます形（連用形） 蹬	こぎます	られる形（被動形） 被蹬	こがれる
て形 蹬	こいで	命令形 快蹬	こげ
た形（過去形） 蹬了	こいだ	可能形 可以蹬	こげる
たら形（條件形） 蹬的話	こいだら	う形（意向形） 蹬吧	こごう

△岸にそって船を漕いだ。／沿著岸邊划船。

こげる【焦げる】 烤焦，燒焦，焦，糊；曬褪色

自下一 グループ2

焦げる・焦げます

辭書形(基本形) 烤焦	こげる	たり形 又是烤焦	こげたり
ない形（否定形） 沒烤焦	こげない	ば形（條件形） 烤焦的話	こげれば
なかった形（過去否定形） 過去沒烤焦	こげなかった	させる形（使役形） 使烤焦	こげさせる
ます形（連用形） 烤焦	こげます	られる形（被動形） 被烤焦	こげられる
て形 烤焦	こげて	命令形 快烤焦	こげろ
た形（過去形） 烤焦了	こげた	可能形	———
たら形（條件形） 烤焦的話	こげたら	う形（意向形） 烤焦吧	こげよう

△変な匂いがしますが、何か焦げていませんか。／這裡有怪味，是不是什麼東西燒焦了？

こごえる【凍える】凍僵，受凍，凍住

自下一 グループ2

凍(こご)える・凍(こご)えます

辞書形(基本形) 凍僵	こごえる	たり形 又是凍僵	こごえたり
ない形(否定形) 沒凍僵	こごえない	ば形(條件形) 凍僵的話	こごえれば
なかった形(過去否定形) 過去沒凍僵	こごえなかった	させる形(使役形) 使凍僵	こごえさせる
ます形(連用形) 凍僵	こごえます	られる形(被動形) 被凍僵	こごえられる
て形 凍僵	こごえて	命令形 快凍僵	こごえろ
た形(過去形) 凍僵了	こごえた	可能形	――――
たら形(條件形) 凍僵的話	こごえたら	う形(意向形) 凍僵吧	こごえよう

△北海道(ほっかいどう)の冬(ふゆ)は寒(さむ)くて、凍(こご)えるほどだ。／北海道的冬天冷得幾乎要凍僵了。

こころえる【心得る】懂得，領會，理解；有體驗；答應，應允記在心上的

他下一 グループ2

心得(こころえ)る・心得(こころえ)ます

辞書形(基本形) 領會	こころえる	たり形 又是領會	こころえたり
ない形(否定形) 沒領會	こころえない	ば形(條件形) 領會的話	こころえれば
なかった形(過去否定形) 過去沒領會	こころえなかった	させる形(使役形) 使領會	こころえさせる
ます形(連用形) 領會	こころえます	られる形(被動形) 被領會	こころえられる
て形 領會	こころえて	命令形 快領會	こころえろ
た形(過去形) 領會了	こころえた	可能形 可以領會	こころえられる
たら形(條件形) 領會的話	こころえたら	う形(意向形) 領會吧	こころえよう

△仕事(しごと)がうまくいったのは、彼女(かのじょ)が全(すべ)て心得(こころえ)ていたからにほかならない。／工作之所以會順利，全都是因為她懂得要領的關係。

こしかける【腰掛ける】 坐下

自下一 グループ2

腰掛ける・腰掛けます

辭書形(基本形) 坐下	こしかける	たり形 又是坐下	こしかけたり
ない形（否定形） 沒坐下	こしかけない	ば形（條件形） 坐下的話	こしかければ
なかった形（過去否定形） 過去沒坐下	こしかけなかった	させる形（使役形） 使坐下	こしかけさせる
ます形（連用形） 坐下	こしかけます	られる形（被動形） 被坐下	こしかけられる
て形 坐下	こしかけて	命令形 快坐下	こしかけろ
た形（過去形） 坐下了	こしかけた	可能形 可以坐下	こしかけられる
たら形（條件形） 坐下的話	こしかけたら	う形（意向形） 坐下吧	こしかけよう

△ソファーに腰掛けて話をしましょう。／讓我們坐沙發上聊天吧！

こしらえる【拵える】 做，製造；捏造，虛構；化妝，打扮；籌措，填補

他下一 グループ2

こしらえる・こしらえます

辭書形(基本形) 製造	こしらえる	たり形 又是製造	こしらえたり
ない形（否定形） 沒製造	こしらえない	ば形（條件形） 製造的話	こしらえれば
なかった形（過去否定形） 過去沒製造	こしらえなかった	させる形（使役形） 使製造	こしらえさせる
ます形（連用形） 製造	こしらえます	られる形（被動形） 被製造	こしらえられる
て形 製造	こしらえて	命令形 快製造	こしらえろ
た形（過去形） 製造了	こしらえた	可能形 可以製造	こしらえられる
たら形（條件形） 製造的話	こしらえたら	う形（意向形） 製造吧	こしらえよう

△遠足なので、みんなでおにぎりをこしらえた。／因為遠足，所以大家一起做了飯糰。

こす【越す・超す】越過，跨越，渡過；超越，勝於；過，度過；遷居，轉移

自他五 グループ1

越す・越します

辭書形(基本形) 越過	こす	たり形 又是越過	こしたり
ない形（否定形） 沒越過	こさない	ば形（條件形） 越過的話	こせば
なかった形（過去否定形） 過去沒越過	こさなかった	させる形（使役形） 使越過	こさせる
ます形（連用形） 越過	こします	られる形（被動形） 被越過	こされる
て形 越過	こして	命令形 快越過	こせ
た形（過去形） 越過了	こした	可能形 可以越過	こせる
たら形（條件形） 越過的話	こしたら	う形（意向形） 越過吧	こそう

△熊たちは、冬眠して寒い冬を越します。／熊靠著冬眠來過寒冬。

こする【擦る】擦，揉，搓；摩擦

他五 グループ1

擦る・擦ります

辭書形(基本形) 擦	こする	たり形 又是擦	こすったり
ない形（否定形） 沒擦	こすらない	ば形（條件形） 擦的話	こすれば
なかった形（過去否定形） 過去沒擦	こすらなかった	させる形（使役形） 使擦	こすらせる
ます形（連用形） 擦	こすります	られる形（被動形） 被擦	こすられる
て形 擦	こすって	命令形 快擦	こすれ
た形（過去形） 擦了	こすった	可能形 可以擦	こすれる
たら形（條件形） 擦的話	こすったら	う形（意向形） 擦吧	こすろう

△汚れは、布で擦れば落ちます。／這污漬用布擦就會掉了。

ことづける【言付ける】 託帶口信，託付

他下一 グループ2

言付(ことづ)ける・言付(ことづ)けます

辭書形(基本形) 託付	ことづける	たり形 又是託付	ことづけたり
ない形（否定形） 沒託付	ことづけない	ば形（條件形） 託付的話	ことづければ
なかった形（過去否定形） 過去沒託付	ことづけなかった	させる形（使役形） 使託付	ことづけさせる
ます形（連用形） 託付	ことづけます	られる形（被動形） 被託付	ことづけられる
て形 託付	ことづけて	命令形 快託付	ことづけろ
た形（過去形） 託付了	ことづけた	可能形 可以託付	ことづけられる
たら形（條件形） 託付的話	ことづけたら	う形（意向形） 託付吧	ことづけよう

△社長(しゃちょう)はいなかったので、秘書(ひしょ)に言付(ことづ)けておいた。／
社長不在，所以請秘書代替傳話。

ことなる【異なる】 不同，不一樣 ；特別，不尋常；改變的

自五 グループ1

異(こと)なる・異(こと)なります

辭書形(基本形) 特別	ことなる	たり形 又是特別	ことなったり
ない形（否定形） 沒特別	ことならない	ば形（條件形） 特別的話	ことなれば
なかった形（過去否定形） 過去沒特別	ことならなかった	させる形（使役形） 使特別	ことならせる
ます形（連用形） 特別	ことなります	られる形（被動形） 被改變的	ことなられる
て形 特別	ことなって	命令形 快特別	ことなれ
た形（過去形） 特別了	ことなった	可能形	――――
たら形（條件形） 特別的話	ことなったら	う形（意向形） 特別吧	ことなろう

△やり方(かた)は異(こと)なるにせよ、二人(ふたり)の方針(ほうしん)は大体同(だいたいおな)じだ。／
即使做法不同，不過兩人的方針是大致相同的。

ことわる【断る】

拖詞；謝絕，拒絕；預先通知，事前請示；警告 他五 グループ1

断る・断ります

辭書形（基本形）拒絕	ことわる	たり形 又是拒絕	ことわったり
ない形（否定形）沒拒絕	ことわらない	ば形（條件形）拒絕的話	ことわれば
なかった形（過去否定形）過去沒拒絕	ことわらなかった	させる形（使役形）使拒絕	ことわらせる
ます形（連用形）拒絕	ことわります	られる形（被動形）被拒絕	ことわられる
て形 拒絕	ことわって	命令形 快拒絕	ことわれ
た形（過去形）拒絕了	ことわった	可能形 可以拒絕	ことわれる
たら形（條件形）拒絕的話	ことわったら	う形（意向形）拒絕吧	ことわろう

△借金を断られる。／借錢被拒絕。

このむ【好む】

愛好，喜歡，願意；挑選，希望；流行，時尚 他五 グループ1

好む・好みます

辭書形（基本形）喜歡	このむ	たり形 又是喜歡	このんだり
ない形（否定形）沒喜歡	このまない	ば形（條件形）喜歡的話	このめば
なかった形（過去否定形）過去沒喜歡	このまなかった	させる形（使役形）使喜歡	このませる
ます形（連用形）喜歡	このみます	られる形（被動形）被喜歡	このまれる
て形 喜歡	このんで	命令形 快喜歡	このめ
た形（過去形）喜歡了	このんだ	可能形	――
たら形（條件形）喜歡的話	このんだら	う形（意向形）喜歡吧	このもう

△ごぼうを好んで食べる民族は少ないそうだ。／
聽說喜歡食用牛蒡的民族並不多。

こらえる【堪える】 忍耐，忍受；忍住，抑制住；容忍，寬恕 他下一 グループ2

堪(こら)える・堪(こら)えます

辭書形(基本形) 忍耐	こらえる	たり形 又是忍耐	こらえたり
ない形（否定形） 沒忍耐	こらえない	ば形（條件形） 忍耐的話	こらえれば
なかった形（過去否定形） 過去沒忍耐	こらえなかった	させる形（使役形） 使忍耐	こらえさせる
ます形（連用形） 忍耐	こらえます	られる形（被動形） 被寬恕	こらえられる
て形 忍耐	こらえて	命令形 快忍耐	こらえろ
た形（過去形） 忍耐了	こらえた	可能形 可以忍耐	こらえられる
たら形（條件形） 忍耐的話	こらえたら	う形（意向形） 忍耐吧	こらえよう

△歯(は)の痛(いた)みを一晩(ひとばん)必死(ひっし)にこらえた。／一整晚拚命忍受了牙痛。

こる【凝る】 凝固，凝集；（因血行不周、肌肉僵硬等）酸痛；狂熱，入迷；講究，精緻 自五 グループ1

凝(こ)る・凝(こ)ります

辭書形(基本形) 凝固	こる	たり形 又是凝固	こったり
ない形（否定形） 沒凝固	こらない	ば形（條件形） 凝固的話	これば
なかった形（過去否定形） 過去沒凝固	こらなかった	させる形（使役形） 使凝固	こらせる
ます形（連用形） 凝固	こります	られる形（被動形） 被凝固	こられる
て形 凝固	こって	命令形 快凝固	これ
た形（過去形） 凝固了	こった	可能形 可以凝固	これる
たら形（條件形） 凝固的話	こったら	う形（意向形） 凝固吧	ころう

△つりに凝(こ)っている。／熱中於釣魚。

ころがす【転がす】滾動，轉動；開動（車），推進；轉賣；弄倒，搬倒 他五 グループ1

転(ころ)がす・転(ころ)がします

辭書形(基本形) 滾動	ころがす	たり形 又是滾動	ころがしたり
ない形（否定形） 沒滾動	ころがさない	ば形（條件形） 滾動的話	ころがせば
なかった形（過去否定形） 過去沒滾動	ころがさなかった	させる形（使役形） 使滾動	ころがさせる
ます形（連用形） 滾動	ころがします	られる形（被動形） 被滾動	ころがされる
て形 滾動	ころがして	命令形 快滾動	ころがせ
た形（過去形） 滾動了	ころがした	可能形 可以滾動	ころがせる
たら形（條件形） 滾動的話	ころがしたら	う形（意向形） 滾動吧	ころがそう

△これは、ボールを転(ころ)がすゲームです。／這是滾大球競賽。

ころがる【転がる】滾動，轉動；倒下，躺下；擺著，放著 自五 グループ1

転(ころ)がる・転(ころ)がります

辭書形(基本形) 滾動	ころがる	たり形 又是滾動	ころがったり
ない形（否定形） 沒滾動	ころがらない	ば形（條件形） 滾動的話	ころがれば
なかった形（過去否定形） 過去沒滾動	ころがらなかった	させる形（使役形） 使滾動	ころがらせる
ます形（連用形） 滾動	ころがります	られる形（被動形） 被滾動	ころがられる
て形 滾動	ころがって	命令形 快滾動	ころがれ
た形（過去形） 滾動了	ころがった	可能形 可以滾動	ころがれる
たら形（條件形） 滾動的話	ころがったら	う形（意向形） 滾動吧	ころがろう

△山(やま)の上(うえ)から、石(いし)が転(ころ)がってきた。／有石頭從山上滾了下來。

ころぶ【転ぶ】 跌倒，倒下；滾轉；趨勢發展，事態變化 自五 グループ1

転ぶ・転びます

辭書形(基本形) 跌倒	ころぶ	たり形 又是跌倒	ころんだり
ない形（否定形) 沒跌倒	ころばない	ば形（條件形) 跌倒的話	ころべば
なかった形（過去否定形) 過去沒跌倒	ころばなかった	させる形（使役形) 使跌倒	ころばせる
ます形（連用形) 跌倒	ころびます	られる形（被動形) 被滾轉	ころばれる
て形 跌倒	ころんで	命令形 快跌倒	ころべ
た形（過去形) 跌倒了	ころんだ	可能形 可以跌倒	ころべる
たら形（條件形) 跌倒的話	ころんだら	う形（意向形) 跌倒吧	ころぼう

△道で転んで、ひざ小僧を怪我した。／在路上跌了一跤，膝蓋受了傷。

こわがる【怖がる】 害怕，恐懼 自五 グループ1

怖がる・怖がります

辭書形(基本形) 害怕	こわがる	たり形 又是害怕	こわがったり
ない形（否定形) 沒害怕	こわがらない	ば形（條件形) 害怕的話	こわがれば
なかった形（過去否定形) 過去沒害怕	こわがらなかった	させる形（使役形) 使害怕	こわがらせる
ます形（連用形) 害怕	こわがります	られる形（被動形) 被恐懼	こわがられる
て形 害怕	こわがって	命令形 快害怕	こわがれ
た形（過去形) 害怕了	こわがった	可能形	――
たら形（條件形) 害怕的話	こわがったら	う形（意向形) 害怕吧	こわがろう

△お化けを怖がる。／懼怕妖怪。

さかのぼる【遡る】 溯，逆流而上；追溯，回溯

自五 グループ1

遡(さかのぼ)る・遡(さかのぼ)ります

辭書形(基本形) 追溯	さかのぼる	たり形 又是追溯	さかのぼったり
ない形（否定形） 沒追溯	さかのぼらない	ば形（條件形） 追溯的話	さかのぼれば
なかった形（過去否定形） 過去沒追溯	さかのぼらなかった	させる形（使役形） 使追溯	さかのぼらせる
ます形（連用形） 追溯	さかのぼります	られる形（被動形） 被追溯	さかのぼられる
て形 追溯	さかのぼって	命令形 快追溯	さかのぼれ
た形（過去形） 追溯了	さかのぼった	可能形 可以追溯	さかのぼれる
たら形（條件形） 追溯的話	さかのぼったら	う形（意向形） 追溯吧	さかのぼろう

△歴史(れきし)を遡(さかのぼ)る。／回溯歷史。

さからう【逆らう】 逆，反方向；違背，違抗，抗拒，違拗

自五 グループ1

逆(さか)らう・逆(さか)らいます

辭書形(基本形) 違背	さからう	たり形 又是違背	さからったり
ない形（否定形） 沒違背	さからわない	ば形（條件形） 違背的話	さからえば
なかった形（過去否定形） 過去沒違背	さからわなかった	させる形（使役形） 使違背	さからわせる
ます形（連用形） 違背	さからいます	られる形（被動形） 被違背	さからわれる
て形 違背	さからって	命令形 快違背	さからえ
た形（過去形） 違背了	さからった	可能形 可以違背	さからえる
たら形（條件形） 違背的話	さからったら	う形（意向形） 違背吧	さからおう

△風(かぜ)に逆(さか)らって進(すす)む。／逆風前進。

さく【裂く】 撕開，切開；扯散；分出，擠出，勻出；破裂，分裂 他五 グループ1

裂(さ)く・裂(さ)きます

辭書形(基本形) 撕開	さく	たり形 又是撕開	さいたり
ない形（否定形） 沒撕開	さかない	ば形（條件形） 撕開的話	さけば
なかった形（過去否定形） 過去沒撕開	さかなかった	させる形（使役形） 使撕開	さかせる
ます形（連用形） 撕開	さきます	られる形（被動形） 被撕開	さかれる
て形 撕開	さいて	命令形 快撕開	さけ
た形（過去形） 撕開了	さいた	可能形 可以撕開	さける
たら形（條件形） 撕開的話	さいたら	う形（意向形） 撕開吧	さこう

△小(ちい)さな問題(もんだい)が、二人(ふたり)の間(あいだ)を裂(さ)いてしまった。／為了一個問題，使得兩人之間產生了裂痕。

さぐる【探る】（用手腳等）探，摸；探聽，試探，偵查；探索，探求，探訪 他五 グループ1

探(さぐ)る・探(さぐ)ります

辭書形(基本形) 摸	さぐる	たり形 又是摸	さぐったり
ない形（否定形） 沒摸	さぐらない	ば形（條件形） 摸的話	さぐれば
なかった形（過去否定形） 過去沒摸	さぐらなかった	させる形（使役形） 使摸	さぐらせる
ます形（連用形） 摸	さぐります	られる形（被動形） 被摸	さぐられる
て形 摸	さぐって	命令形 快摸	さぐれ
た形（過去形） 摸了	さぐった	可能形 可以摸	さぐれる
たら形（條件形） 摸的話	さぐったら	う形（意向形） 摸吧	さぐろう

△事件(じけん)の原因(げんいん)を探(さぐ)る。／探究事件的原因。

N2 さ さく・さぐる

ささえる【支える】 支撐；維持，支持；阻止，防止

他下一 グループ2

支(ささ)える・支(ささ)えます

辭書形(基本形) 支持	ささえる	たり形 又是支持	ささえたり
ない形（否定形） 沒支持	ささえない	ば形（條件形） 支持的話	ささえれば
なかった形（過去否定形） 過去沒支持	ささえなかった	させる形（使役形） 使支持	ささえさせる
ます形（連用形） 支持	ささえます	られる形（被動形） 被支持	ささえられる
て形 支持	ささえて	命令形 快支持	ささえろ
た形（過去形） 支持了	ささえた	可能形 可以支持	ささえられる
たら形（條件形） 支持的話	ささえたら	う形（意向形） 支持吧	ささえよう

△私(わたし)は、資金(しきん)において彼(かれ)を支(ささ)えようと思(おも)う。／在資金方面，我想支援他。

ささやく【囁く】 低聲自語，小聲說話，耳語

自五 グループ1

囁(ささや)く・囁(ささや)きます

辭書形(基本形) 耳語	ささやく	たり形 又是耳語	ささやいたり
ない形（否定形） 沒耳語	ささやかない	ば形（條件形） 耳語的話	ささやけば
なかった形（過去否定形） 過去沒耳語	ささやかなかった	させる形（使役形） 使耳語	ささやかせる
ます形（連用形） 耳語	ささやきます	られる形（被動形） 被耳語	ささやかれる
て形 耳語	ささやいて	命令形 快耳語	ささやけ
た形（過去形） 耳語了	ささやいた	可能形 可以耳語	ささやける
たら形（條件形） 耳語的話	ささやいたら	う形（意向形） 耳語吧	ささやこう

△カッコイイ人(ひと)に壁(かべ)ドンされて、耳元(みみもと)であんなことやこんなことをささやかれたい。／我希望能讓一位型男壁咚，並且在耳邊對我輕聲細訴濃情蜜意。

さしひく【差し引く】 扣除，減去；抵補，相抵（的餘額）；（潮水的）漲落，（體溫的）升降

他五　グループ1

差し引く・差し引きます

辭書形(基本形) 扣除	さしひく	たり形 又是扣除	さしひいたり
ない形（否定形） 沒扣除	さしひかない	ば形（條件形） 扣除的話	さしひけば
なかった形（過去否定形） 過去沒扣除	さしひかなかった	させる形（使役形） 使扣除	さしひかせる
ます形（連用形） 扣除	さしひきます	られる形（被動形） 被扣除	さしひかれる
て形 扣除	さしひいて	命令形 快扣除	さしひけ
た形（過去形） 扣除了	さしひいた	可能形 可以扣除	さしひける
たら形（條件形） 扣除的話	さしひいたら	う形（意向形） 扣除吧	さしひこう

△給与から税金が差し引かれるとか。／聽說會從薪水裡扣除稅金。

さす【差す】 指，指示；使，叫，令，命令做…

助動・五型　グループ1

差す・差します

辭書形(基本形) 指示	さす	たり形 又是指示	さしたり
ない形（否定形） 沒指示	ささない	ば形（條件形） 指示的話	させば
なかった形（過去否定形） 過去沒指示	ささなかった	させる形（使役形） 使指示	ささせる
ます形（連用形） 指示	さします	られる形（被動形） 被指示	さされる
て形 指示	さして	命令形 快指示	させ
た形（過去形） 指示了	さした	可能形 可以指示	させる
たら形（條件形） 指示的話	さしたら	う形（意向形） 指示吧	さそう

△戸がキイキイ鳴るので、油を差した。／
由於開關門時嘎嘎作響，因此倒了潤滑油。

さびる【錆びる】 生鏽，長鏽；(聲音)蒼老

自上一 グループ2

錆(さ)びる・錆(さ)びます

形	活用	形	活用
辭書形(基本形) 生鏽	さびる	たり形 又是生鏽	さびたり
ない形（否定形） 沒生鏽	さびない	ば形（條件形） 生鏽的話	さびれば
なかった形（過去否定形） 過去沒生鏽	さびなかった	させる形（使役形） 使生鏽	さびさせる
ます形（連用形） 生鏽	さびます	られる形（被動形） 被長鏽	さびられる
て形 生鏽	さびて	命令形 快生鏽	さびろ
た形（過去形） 生鏽了	さびた	可能形	――――
たら形（條件形） 生鏽的話	さびたら	う形（意向形） 生鏽吧	さびよう

△鉄棒(てつぼう)が赤(あか)く錆(さ)びてしまった。／鐵棒生鏽變紅了。

さまたげる【妨げる】 阻礙，防礙，阻攔，阻撓

他下一 グループ2

妨(さまた)げる・妨(さまた)げます

形	活用	形	活用
辭書形(基本形) 阻礙	さまたげる	たり形 又是阻礙	さまたげたり
ない形（否定形） 沒阻礙	さまたげない	ば形（條件形） 阻礙的話	さまたげれば
なかった形（過去否定形） 過去沒阻礙	さまたげなかった	させる形（使役形） 使阻礙	さまたげさせる
ます形（連用形） 阻礙	さまたげます	られる形（被動形） 被阻礙	さまたげられる
て形 阻礙	さまたげて	命令形 快阻礙	さまたげろ
た形（過去形） 阻礙了	さまたげた	可能形 可以阻礙	さまたげられる
たら形（條件形） 阻礙的話	さまたげたら	う形（意向形） 阻礙吧	さまたげよう

△あなたが留学(りゅうがく)するのを妨(さまた)げる理由(りゆう)はない。／我沒有理由阻止你去留學。

さる【去る】 離開；經過，結束；（空間、時間）距離；消除，去掉 自他五・連體 グループ1

去（さ）る・去（さ）ります

辭書形（基本形） 經過	さる	たり形 又是經過	さったり
ない形（否定形） 沒經過	さらない	ば形（條件形） 經過的話	されば
なかった形（過去否定形） 過去沒經過	さらなかった	させる形（使役形） 使經過	さらせる
ます形（連用形） 經過	さります	られる形（被動形） 被結束	さられる
て形 經過	さって	命令形 快經過	され
た形（過去形） 經過了	さった	可能形 可以經過	される
たら形（條件形） 經過的話	さったら	う形（意向形） 經過吧	さろう

△彼（かれ）らは、黙（だま）って去（さ）っていきました。／他們默默地離去了。

しあがる【仕上がる】 做完，完成；做成的情形 自五 グループ1

仕上（しあ）がる・仕上（しあ）がります

辭書形（基本形） 完成	しあがる	たり形 又是完成	しあがったり
ない形（否定形） 沒完成	しあがらない	ば形（條件形） 完成的話	しあがれば
なかった形（過去否定形） 過去沒完成	しあがらなかった	させる形（使役形） 使完成	しあがらせる
ます形（連用形） 完成	しあがります	られる形（被動形） 被完成	しあがられる
て形 完成	しあがって	命令形 快完成	しあがれ
た形（過去形） 完成了	しあがった	可能形	――
たら形（條件形） 完成的話	しあがったら	う形（意向形） 完成吧	しあがろう

△作品（さくひん）が仕上（しあ）がったら、展示場（てんじじょう）に運（はこ）びます。／作品一完成，就馬上送到展覽場。

しく【敷く】 撲上一層，（作接尾詞用）鋪滿，遍佈，落滿鋪墊，鋪設；布置，發佈

自他五 グループ1

敷く・敷きます

辭書形(基本形) 鋪滿	しく	たり形 又是鋪滿	しいたり
ない形（否定形） 沒鋪滿	しかない	ば形（條件形） 鋪滿的話	しけば
なかった形（過去否定形） 過去沒鋪滿	しかなかった	させる形（使役形） 使鋪滿	しかせる
ます形（連用形） 鋪滿	しきます	られる形（被動形） 被鋪滿	しかれる
て形 鋪滿	しいて	命令形 快鋪滿	しけ
た形（過去形） 鋪滿了	しいた	可能形 可以鋪滿	しける
たら形（條件形） 鋪滿的話	しいたら	う形（意向形） 鋪滿吧	しこう

△どうぞ座布団を敷いてください。／煩請鋪一下坐墊。

しくじる 失敗，失策；（俗）被解雇 ；跌交

他五 グループ1

しくじる・しくじります

辭書形(基本形) 失策	しくじる	たり形 又是失策	しくじったり
ない形（否定形） 沒失策	しくじらない	ば形（條件形） 失策的話	しくじれば
なかった形（過去否定形） 過去沒失策	しくじらなかった	させる形（使役形） 使失策	しくじらせる
ます形（連用形） 失策	しくじります	られる形（被動形） 被解雇	しくじられる
て形 失策	しくじって	命令形 快失策	しくじれ
た形（過去形） 失策了	しくじった	可能形 可以失策	しくじれる
たら形（條件形） 失策的話	しくじったら	う形（意向形） 失策吧	しくじろう

△就職の面接で、しくじったと思ったけど、採用になった。／原本以為沒有通過求職面試，結果被錄取了。

しげる【茂る】 （草木）繁茂，茂密，茂盛

自五 グループ1

茂る・茂ります

辭書形（基本形） 繁茂	しげる	たり形 又是繁茂	しげったり
ない形（否定形） 沒繁茂	しげらない	ば形（條件形） 繁茂的話	しげれば
なかった形（過去否定形） 過去沒繁茂	しげらなかった	させる形（使役形） 使繁茂	しげらせる
ます形（連用形） 繁茂	しげります	られる形（被動形） 被繁茂	しげられる
て形 繁茂	しげって	命令形 快繁茂	しげれ
た形（過去形） 繁茂了	しげった	可能形 可以繁茂	しげれる
たら形（條件形） 繁茂的話	しげったら	う形（意向形） 繁茂吧	しげろう

△桜の葉が茂る。／櫻花樹的葉子開得很茂盛。

しずまる【静まる】 變平靜；平靜，平息；減弱；平靜的（存在）

自五 グループ1

静まる・静まります

辭書形（基本形） 平靜	しずまる	たり形 又是平靜	しずまったり
ない形（否定形） 沒平靜	しずまらない	ば形（條件形） 平靜的話	しずまれば
なかった形（過去否定形） 過去沒平靜	しずまらなかった	させる形（使役形） 使平靜	しずまらせる
ます形（連用形） 平靜	しずまります	られる形（被動形） 被減弱	しずまられる
て形 平靜	しずまって	命令形 快平靜	しずまれ
た形（過去形） 平靜了	しずまった	可能形 可以平靜	しずまれる
たら形（條件形） 平靜的話	しずまったら	う形（意向形） 平靜吧	しずまろう

△先生が大きな声を出したものだから、みんなびっくりして静まった。／因為老師突然大聲講話，所以大家都嚇得鴉雀無聲。

しずむ【沈む】 沉沒，沈入；西沈，下山；消沈，落魄，氣餒；沈淪 自五 グループ1

沈(しず)む・沈(しず)みます

辭書形(基本形) 沉沒	しずむ	たり形 又是沉沒	しずんだり
ない形（否定形） 沒沉沒	しずまない	ば形（條件形） 沉沒的話	しずめば
なかった形（過去否定形） 過去沒沉沒	しずまなかった	させる形（使役形） 使沉沒	しずませる
ます形（連用形） 沉沒	しずみます	られる形（被動形） 被沉沒	しずまれる
て形 沉沒	しずんで	命令形 快沉沒	しずめ
た形（過去形） 沉沒了	しずんだ	可能形 可以沉沒	しずめる
たら形（條件形） 沉沒的話	しずんだら	う形（意向形） 沉沒吧	しずもう

△夕日(ゆうひ)が沈(しず)むのを、ずっと見(み)ていた。／我一直看著夕陽西沈。

したがう【従う】 跟隨；服從，遵從；按照；順著，沿著；隨著，伴隨 自五 グループ1

従(したが)う・従(したが)います

辭書形(基本形) 服從	したがう	たり形 又是服從	したがったり
ない形（否定形） 沒服從	したがわない	ば形（條件形） 服從的話	したがえば
なかった形（過去否定形） 過去沒服從	したがわなかった	させる形（使役形） 使服從	したがわせる
ます形（連用形） 服從	したがいます	られる形（被動形） 被服從	したがわれる
て形 服從	したがって	命令形 快服從	したがえ
た形（過去形） 服從了	したがった	可能形 可以服從	したがえる
たら形（條件形） 服從的話	したがったら	う形（意向形） 服從吧	したがおう

△先生(せんせい)が言(い)えば、みんな従(したが)うにきまっています。／只要老師一說話，大家就肯定會服從的。

しはらう【支払う】 支付，付款

他五 グループ1

支払う・支払います（しはらう・しはらいます）

形	活用	形	活用
辭書形（基本形） 支付	しはらう	たり形 又是支付	しはらったり
ない形（否定形） 沒支付	しはらわない	ば形（條件形） 支付的話	しはらえば
なかった形（過去否定形） 過去沒支付	しはらわなかった	させる形（使役形） 使支付	しはらわせる
ます形（連用形） 支付	しはらいます	られる形（被動形） 被支付	しはらわれる
て形 支付	しはらって	命令形 快支付	しはらえ
た形（過去形） 支付了	しはらった	可能形 可以支付	しはらえる
たら形（條件形） 支付的話	しはらったら	う形（意向形） 支付吧	しはらおう

△請求書（せいきゅうしょ）が来（き）たので、支払（しはら）うほかない。／
繳款通知單寄來了，所以只好乖乖付款。

しばる【縛る】 綁，捆，縛；拘束，限制；逮捕

他五 グループ1

縛る・縛ります（しばる・しばります）

形	活用	形	活用
辭書形（基本形） 綁	しばる	たり形 又是綁	しばったり
ない形（否定形） 沒綁	しばらない	ば形（條件形） 綁的話	しばれば
なかった形（過去否定形） 過去沒綁	しばらなかった	させる形（使役形） 使綁	しばらせる
ます形（連用形） 綁	しばります	られる形（被動形） 被綁	しばられる
て形 綁	しばって	命令形 快綁	しばれ
た形（過去形） 綁了	しばった	可能形 可以綁	しばれる
たら形（條件形） 綁的話	しばったら	う形（意向形） 綁吧	しばろう

△ひもをきつく縛（しば）ってあったものだから、靴（くつ）がすぐ脱（ぬ）げない。／
因為鞋帶綁太緊了，所以沒辦法馬上脫掉鞋子。

しびれる【痺れる】 麻木；(俗)因強烈刺激而興奮

自下一 グループ2

痺(しび)れる・痺(しび)れます

辭書形(基本形) 麻木	しびれる	たり形 又是麻木	しびれたり
ない形（否定形） 沒麻木	しびれない	ば形（條件形） 麻木的話	しびれれば
なかった形（過去否定形） 過去沒麻木	しびれなかった	させる形（使役形） 使麻木	しびれさせる
ます形（連用形） 麻木	しびれます	られる形（被動形） 被麻木	しびれられる
て形 麻木	しびれて	命令形 快麻木	しびれろ
た形（過去形） 麻木了	しびれた	可能形	――――
たら形（條件形） 麻木的話	しびれたら	う形（意向形） 麻木吧	しびれよう

△足(あし)が痺(しび)れたものだから、立(た)てませんでした。／
因為腳麻所以沒辦法站起來。

しぼむ【萎む・凋む】 枯萎，凋謝；扁掉

自五 グループ1

萎(しぼ)む・萎(しぼ)みます

辭書形(基本形) 枯萎	しぼむ	たり形 又是枯萎	しぼんだり
ない形（否定形） 沒枯萎	しぼまない	ば形（條件形） 枯萎的話	しぼめば
なかった形（過去否定形） 過去沒枯萎	しぼまなかった	させる形（使役形） 使枯萎	しぼませる
ます形（連用形） 枯萎	しぼみます	られる形（被動形） 被扁掉	しぼまれる
て形 枯萎	しぼんで	命令形 快枯萎	しぼめ
た形（過去形） 枯萎了	しぼんだ	可能形	――――
たら形（條件形） 枯萎的話	しぼんだら	う形（意向形） 枯萎吧	しぼもう

△花(はな)は、しぼんでしまったのやら、開(ひら)き始(はじ)めたのやら、いろいろです。／
花會凋謝啦、綻放啦，有多種面貌。

しぼる【絞る】

扭，擠；引人（流淚）；拚命發出（高聲），絞盡（腦汁）；剝削，勒索；拉開（幕）

他五　グループ1

絞（しぼ）る・絞（しぼ）ります

辭書形(基本形) 扭	しぼる	たり形 又是扭	しぼったり
ない形（否定形） 沒扭	しぼらない	ば形（條件形） 扭的話	しぼれば
なかった形（過去否定形） 過去沒扭	しぼらなかった	させる形（使役形） 使扭	しぼらせる
ます形（連用形） 扭	しぼります	られる形（被動形） 被扭	しぼられる
て形 扭	しぼって	命令形 快扭	しぼれ
た形（過去形） 扭了	しぼった	可能形 可以扭	しぼれる
たら形（條件形） 扭的話	しぼったら	う形（意向形） 扭吧	しぼろう

△雑巾（ぞうきん）をしっかり絞（しぼ）りましょう。／抹布要用力扭乾。

しまう【仕舞う】

結束，完了，收拾；收拾起來；關閉；表不能恢復原狀

自他五・補動　グループ1

仕舞（しま）う・仕舞（しま）います

辭書形(基本形) 收拾	しまう	たり形 又是收拾	しまったり
ない形（否定形） 沒收拾	しまわない	ば形（條件形） 收拾的話	しまえば
なかった形（過去否定形） 過去沒收拾	しまわなかった	させる形（使役形） 使收拾	しまわせる
ます形（連用形） 收拾	しまいます	られる形（被動形） 被收拾	しまわれる
て形 收拾	しまって	命令形 快收拾	しまえ
た形（過去形） 收拾了	しまった	可能形 可以收拾	しまえる
たら形（條件形） 收拾的話	しまったら	う形（意向形） 收拾吧	しまおう

△通帳（つうちょう）は金庫（きんこ）にしまっている。／存摺收在金庫裡。

しめきる【締切る】 (期限)屆滿，截止，結束

他五 グループ1

締切る・締切ります

辭書形(基本形) 截止	しめきる	たり形 又是截止	しめきったり
ない形 (否定形) 沒截止	しめきらない	ば形 (條件形) 截止的話	しめきれば
なかった形 (過去否定形) 過去沒截止	しめきらなかった	させる形 (使役形) 使截止	しめきらせる
ます形 (連用形) 截止	しめきります	られる形 (被動形) 被截止	しめきられる
て形 截止	しめきって	命令形 快截止	しめきれ
た形 (過去形) 截止了	しめきった	可能形 可以截止	しめきれる
たら形 (條件形) 截止的話	しめきったら	う形 (意向形) 截止吧	しめきろう

△申し込みは5時で締め切られるとか。／聽說報名是到五點。

しめす【示す】 出示，拿出來給對方看；表示，表明；指示，指點，開導；呈現，顯示

他五 グループ1

示す・示します

辭書形(基本形) 指點	しめす	たり形 又是指點	しめしたり
ない形 (否定形) 沒指點	しめさない	ば形 (條件形) 指點的話	しめせば
なかった形 (過去否定形) 過去沒指點	しめさなかった	させる形 (使役形) 使指點	しめさせる
ます形 (連用形) 指點	しめします	られる形 (被動形) 被指點	しめされる
て形 指點	しめして	命令形 快指點	しめせ
た形 (過去形) 指點了	しめした	可能形 可以指點	しめせる
たら形 (條件形) 指點的話	しめしたら	う形 (意向形) 指點吧	しめそう

△実例によって、やりかたを示す。／以實際的例子來示範做法。

しめる【占める】

占有，佔據，佔領；（只用於特殊形）表得到（重要的位置）

他下一　グループ2

占める・占めます

辭書形(基本形) 占有	しめる	たり形 又是占有	しめたり
ない形（否定形） 沒占有	しめない	ば形（條件形） 占有的話	しめれば
なかった形（過去否定形） 過去沒占有	しめなかった	させる形（使役形） 使占有	しめさせる
ます形（連用形） 占有	しめます	られる形（被動形） 被占有	しめられる
て形 占有	しめて	命令形 快占有	しめろ
た形（過去形） 占有了	しめた	可能形	———
たら形（條件形） 占有的話	しめたら	う形（意向形） 占有吧	しめよう

△公園は町の中心部を占めている。／公園據於小鎮的中心。

しめる【湿る】

濕，受潮，濡濕；（火）熄滅，（勢頭）漸消

自五　グループ1

湿る・湿ります

辭書形(基本形) 熄滅	しめる	たり形 又是熄滅	しめったり
ない形（否定形） 沒熄滅	しめらない	ば形（條件形） 熄滅的話	しめれば
なかった形（過去否定形） 過去沒熄滅	しめらなかった	させる形（使役形） 使熄滅	しめらせる
ます形（連用形） 熄滅	しめります	られる形（被動形） 被熄滅	しめられる
て形 熄滅	しめって	命令形 快熄滅	しめれ
た形（過去形） 熄滅了	しめった	可能形	———
たら形（條件形） 熄滅的話	しめったら	う形（意向形） 熄滅吧	しめろう

△今日は午後に干したから、木綿はともかく、ポリエステルもまだ湿ってる。／今天是下午才晾衣服的，所以純棉的就不用說了，連人造纖維的都還是濕的。

しゃがむ 蹲，蹲下

自五 グループ1

しゃがむ・しゃがみます

辭書形(基本形) 蹲下	しゃがむ	たり形 又是蹲下	しゃがんだり
ない形（否定形） 沒蹲下	しゃがまない	ば形（條件形） 蹲下的話	しゃがめば
なかった形（過去否定形） 過去沒蹲下	しゃがまなかった	させる形（使役形） 使蹲下	しゃがませる
ます形（連用形） 蹲下	しゃがみます	られる形（被動形） 被蹲下	しゃがまれる
て形 蹲下	しゃがんで	命令形 快蹲下	しゃがめ
た形（過去形） 蹲下了	しゃがんだ	可能形 可以蹲下	しゃがめる
たら形（條件形） 蹲下的話	しゃがんだら	う形（意向形） 蹲下吧	しゃがもう

△疲（つか）れたので、道端（みちばた）にしゃがんで休（やす）んだ。／
因為累了，所以在路邊蹲下來休息。

しゃぶる （放入口中）含，吸吮

他五 グループ1

しゃぶる・しゃぶります

辭書形(基本形) 吸吮	しゃぶる	たり形 又是吸吮	しゃぶったり
ない形（否定形） 沒吸吮	しゃぶらない	ば形（條件形） 吸吮的話	しゃぶれば
なかった形（過去否定形） 過去沒吸吮	しゃぶらなかった	させる形（使役形） 使吸吮	しゃぶらせる
ます形（連用形） 吸吮	しゃぶります	られる形（被動形） 被吸吮	しゃぶられる
て形 吸吮	しゃぶって	命令形 快吸吮	しゃぶれ
た形（過去形） 吸吮了	しゃぶった	可能形 可以吸吮	しゃぶれる
たら形（條件形） 吸吮的話	しゃぶったら	う形（意向形） 吸吮吧	しゃぶろう

△赤（あか）ちゃんは、指（ゆび）もしゃぶれば、玩具（おもちゃ）もしゃぶる。／
小嬰兒既會吸手指頭，也會用嘴含玩具。

すきとおる【透き通る】

通明，透亮，透過去；清澈；清脆（的聲音）

自五 グループ1

透き通る・透き通ります

辭書形(基本形) 透亮	すきとおる	たり形 又是透亮	すきとおったり
ない形（否定形） 沒透亮	すきとおらない	ば形（條件形） 透亮的話	すきとおれば
なかった形（過去否定形） 過去沒透亮	すきとおらなかった	させる形（使役形） 使透亮	すきとおらせる
ます形（連用形） 透亮	すきとおります	られる形（被動形） 被透過去	すきとおられる
て形 透亮	すきとおって	命令形 快透亮	すきとおれ
た形（過去形） 透亮了	すきとおった	可能形	———
たら形（條件形） 透亮的話	すきとおったら	う形（意向形） 透亮吧	すきとおろう

△この魚は透き通っていますね。／這條魚的色澤真透亮。

すくう【救う】

拯救，搭救，救援，解救；救濟，賑災；挽救

他五 グループ1

救う・救います

辭書形(基本形) 拯救	すくう	たり形 又是拯救	すくったり
ない形（否定形） 沒拯救	すくわない	ば形（條件形） 拯救的話	すくえば
なかった形（過去否定形） 過去沒拯救	すくわなかった	させる形（使役形） 使拯救	すくわせる
ます形（連用形） 拯救	すくいます	られる形（被動形） 被拯救	すくわれる
て形 拯救	すくって	命令形 快拯救	すくえ
た形（過去形） 拯救了	すくった	可能形 可以拯救	すくえる
たら形（條件形） 拯救的話	すくったら	う形（意向形） 拯救吧	すくおう

△政府の援助なくして、災害に遭った人々を救うことはできない。／要是沒有政府的援助，就沒有辦法幫助那些受災的人們。

すぐれる【優れる】

（才能、價值等）出色，優越，傑出，精湛；凌駕，勝過；（身體、精神、天氣）好，爽朗，舒暢

自下一　グループ2

優（すぐ）れる・優（すぐ）れます

辭書形(基本形) 凌駕	すぐれる	たり形 又是凌駕	すぐれたり
ない形（否定形） 沒凌駕	すぐれない	ば形（條件形） 凌駕的話	すぐれれば
なかった形（過去否定形） 過去沒凌駕	すぐれなかった	させる形（使役形） 使凌駕	すぐれさせる
ます形（連用形） 凌駕	すぐれます	られる形（被動形） 被凌駕	すぐれられる
て形 凌駕	すぐれて	命令形 快凌駕	すぐれろ
た形（過去形） 凌駕了	すぐれた	可能形	――――
たら形（條件形） 凌駕的話	すぐれたら	う形（意向形） 凌駕吧	すぐれよう

△彼女（かのじょ）は美人（びじん）であるとともに、スタイルも優（すぐ）れている。／她人既美，身材又好。

すずむ【涼む】

乘涼，納涼

自五　グループ1

涼（すず）む・涼（すず）みます

辭書形(基本形) 納涼	すずむ	たり形 又是納涼	すずんだり
ない形（否定形） 沒納涼	すずまない	ば形（條件形） 納涼的話	すずめば
なかった形（過去否定形） 過去沒納涼	すずまなかった	させる形（使役形） 使納涼	すずませる
ます形（連用形） 納涼	すずみます	られる形（被動形） 被納涼	すずまれる
て形 納涼	すずんで	命令形 快納涼	すずめ
た形（過去形） 納涼了	すずんだ	可能形 可以納涼	すずめる
たら形（條件形） 納涼的話	すずんだら	う形（意向形） 納涼吧	すずもう

△ちょっと外（そと）に出（で）て涼（すず）んできます。／我到外面去乘涼一下。

すむ【澄む】 清澈；澄清；晶瑩，光亮；（聲音）清脆悅耳；清靜，寧靜 自五 グループ1

澄む・澄みます

辭書形(基本形) 澄清	すむ	たり形 又是澄清	すんだり
ない形（否定形） 沒澄清	すまない	ば形（條件形） 澄清的話	すめば
なかった形（過去否定形） 過去沒澄清	すまなかった	させる形（使役形） 使澄清	すませる
ます形（連用形） 澄清	すみます	られる形（被動形） 被澄清	すまれる
て形 澄清	すんで	命令形 快澄清	すめ
た形（過去形） 澄清了	すんだ	可能形	———
たら形（條件形） 澄清的話	すんだら	う形（意向形） 澄清吧	すもう

△川の水は澄んでいて、底までよく見える。／
由於河水非常清澈，河底清晰可見。

ずらす 挪開，錯開，差開 他五 グループ1

ずらす・ずらします

辭書形(基本形) 挪開	ずらす	たり形 又是挪開	ずらしたり
ない形（否定形） 沒挪開	ずらさない	ば形（條件形） 挪開的話	ずらせば
なかった形（過去否定形） 過去沒挪開	ずらさなかった	させる形（使役形） 使挪開	ずらさせる
ます形（連用形） 挪開	ずらします	られる形（被動形） 被挪開	ずらされる
て形 挪開	ずらして	命令形 快挪開	ずらせ
た形（過去形） 挪開了	ずらした	可能形 可以挪開	ずらせる
たら形（條件形） 挪開的話	ずらしたら	う形（意向形） 挪開吧	ずらそう

△ここちょっと狭いから、このソファーをこっちにずらさない。／
這裡有點窄，要不要把這座沙發稍微往這邊移一下？

する【刷る】 印刷

他五 グループ1

刷る・刷ります

辭書形(基本形) 印刷	する	たり形 又是印刷	すったり
ない形（否定形） 沒印刷	すらない	ば形（條件形） 印刷的話	すれば
なかった形（過去否定形） 過去沒印刷	すらなかった	させる形（使役形） 使印刷	すらせる
ます形（連用形） 印刷	すります	られる形（被動形） 被印刷	すられる
て形 印刷	すって	命令形 快印刷	すれ
た形（過去形） 印刷了	すった	可能形 可以印刷	すれる
たら形（條件形） 印刷的話	すったら	う形（意向形） 印刷吧	すろう

△招待のはがきを100枚刷りました。／我印了100張邀請用的明信片。

ずれる （從原來或正確的位置）錯位，移動；離題，背離（主題、正路等）

自下一 グループ2

ずれる・ずれます

辭書形(基本形) 移動	ずれる	たり形 又是移動	ずれたり
ない形（否定形） 沒移動	ずれない	ば形（條件形） 移動的話	ずれれば
なかった形（過去否定形） 過去沒移動	ずれなかった	させる形（使役形） 使移動	ずれさせる
ます形（連用形） 移動	ずれます	られる形（被動形） 被移動	ずれられる
て形 移動	ずれて	命令形 快移動	ずれろ
た形（過去形） 移動了	ずれた	可能形	————
たら形（條件形） 移動的話	ずれたら	う形（意向形） 移動吧	ずれよう

△印刷が少しずれてしまった。／印刷版面有點對位不正。

せおう【背負う】 背；擔負，承擔，肩負

他五 グループ1

背負う・背負います

辭書形(基本形) 背	せおう	たり形 又是背	せおったり
ない形（否定形） 沒背	せおわない	ば形（條件形） 背的話	せおえば
なかった形（過去否定形） 過去沒背	せおわなかった	させる形（使役形） 使背	せおわせる
ます形（連用形） 背	せおいます	られる形（被動形） 被背	せおわれる
て形 背	せおって	命令形 快背	せおえ
た形（過去形） 背了	せおった	可能形 可以背	せおえる
たら形（條件形） 背的話	せおったら	う形（意向形） 背吧	せおおう

△この重い荷物を、背負えるものなら背負ってみろよ。／你要能背這個沈重的行李，你就背看看啊！

せまる【迫る】 強迫，逼迫；臨近，迫近；變狹窄，縮短；陷於困境，窘困

自他五 グループ1

迫る・迫ります

辭書形(基本形) 強迫	せまる	たり形 又是強迫	せまったり
ない形（否定形） 沒強迫	せまらない	ば形（條件形） 強迫的話	せまれば
なかった形（過去否定形） 過去沒強迫	せまらなかった	させる形（使役形） 使強迫	せまらせる
ます形（連用形） 強迫	せまります	られる形（被動形） 被強迫	せまられる
て形 強迫	せまって	命令形 快強迫	せまれ
た形（過去形） 強迫了	せまった	可能形 可以強迫	せまれる
たら形（條件形） 強迫的話	せまったら	う形（意向形） 強迫吧	せまろう

△彼女に結婚しろと迫られた。／她強迫我要結婚。

せめる【攻める】攻，攻打

他下一 グループ2

攻める・攻めます

辭書形(基本形) 攻打	せめる	たり形 又是攻打	せめたり
ない形（否定形) 沒攻打	せめない	ば形（條件形) 攻打的話	せめれば
なかった形（過去否定形) 過去沒攻打	せめなかった	させる形（使役形) 使攻打	せめさせる
ます形（連用形) 攻打	せめます	られる形（被動形) 被攻打	せめられる
て形 攻打	せめて	命令形 快攻打	せめろ
た形（過去形) 攻打了	せめた	可能形 可以攻打	せめられる
たら形（條件形) 攻打的話	せめたら	う形（意向形) 攻打吧	せめよう

△城を攻める。／攻打城堡。

せめる【責める】責備，責問；苛責，折磨，摧殘；嚴加催討；馴服馬匹

他下一 グループ2

責める・責めます

辭書形(基本形) 責備	せめる	たり形 又是責備	せめたり
ない形（否定形) 沒責備	せめない	ば形（條件形) 責備的話	せめれば
なかった形（過去否定形) 過去沒責備	せめなかった	させる形（使役形) 使責備	せめさせる
ます形（連用形) 責備	せめます	られる形（被動形) 被責備	せめられる
て形 責備	せめて	命令形 快責備	せめろ
た形（過去形) 責備了	せめた	可能形 可以責備	せめられる
たら形（條件形) 責備的話	せめたら	う形（意向形) 責備吧	せめよう

△そんなに自分を責めるべきではない。／你不應該那麼的自責。

そそぐ【注ぐ】

（水不斷地）注入，流入；（雨、雪等）落下；（把液體等）注入，倒入；澆，灑

自他五 グループ1

注ぐ・注ぎます

辭書形(基本形) 注入	そそぐ	たり形 又是注入	そそいだり
ない形（否定形） 沒注入	そそがない	ば形（條件形） 注入的話	そそげば
なかった形（過去否定形） 過去沒注入	そそがなかった	させる形（使役形） 使注入	そそがせる
ます形（連用形） 注入	そそぎます	られる形（被動形） 被注入	そそがれる
て形 注入	そそいで	命令形 快注入	そそげ
た形（過去形） 注入了	そそいだ	可能形 可以注入	そそげる
たら形（條件形） 注入的話	そそいだら	う形（意向形） 注入吧	そそごう

△カップにコーヒーを注ぎました。／我將咖啡倒進了杯中。

そなえる【備える】

準備，防備；配置，裝置；天生具備

他下一 グループ2

備える・備えます

辭書形(基本形) 裝置	そなえる	たり形 又是裝置	そなえたり
ない形（否定形） 沒裝置	そなえない	ば形（條件形） 裝置的話	そなえれば
なかった形（過去否定形） 過去沒裝置	そなえなかった	させる形（使役形） 使裝置	そなえさせる
ます形（連用形） 裝置	そなえます	られる形（被動形） 被裝置	そなえられる
て形 裝置	そなえて	命令形 快裝置	そなえろ
た形（過去形） 裝置了	そなえた	可能形 可以裝置	そなえられる
たら形（條件形） 裝置的話	そなえたら	う形（意向形） 裝置吧	そなえよう

△災害に対して、備えなければならない。／要預防災害。

そる【剃る】剃（頭），刮（臉）

他五 グループ1

剃る・剃ります

辭書形（基本形） 剃	そる	たり形 又是剃	そったり
ない形（否定形） 沒剃	そらない	ば形（條件形） 剃的話	それば
なかった形（過去否定形） 過去沒剃	そらなかった	させる形（使役形） 使剃	そらせる
ます形（連用形） 剃	そります	られる形（被動形） 被剃	そられる
て形 剃	そって	命令形 快剃	それ
た形（過去形） 剃了	そった	可能形 可以剃	それる
たら形（條件形） 剃的話	そったら	う形（意向形） 剃吧	そろう

△ひげを剃ってからでかけます。／我刮了鬍子之後便出門。

それる【逸れる】偏離正軌，歪向一旁；不合調，走調；走向一邊，轉過去

自下一 グループ2

逸れる・逸れます

辭書形（基本形） 走調	それる	たり形 又是走調	それたり
ない形（否定形） 沒走調	それない	ば形（條件形） 走調的話	それれば
なかった形（過去否定形） 過去沒走調	それなかった	させる形（使役形） 使走調	それさせる
ます形（連用形） 走調	それます	られる形（被動形） 被走調	それられる
て形 走調	それて	命令形 快走調	それろ
た形（過去形） 走調了	それた	可能形	――――
たら形（條件形） 走調的話	それたら	う形（意向形） 走調吧	それよう

△ピストルの弾が、目標から逸れました。／手槍的子彈，偏離了目標。

たがやす【耕す】 耕作，耕耘，耕田

他五 グループ1

耕(たがや)す・耕(たがや)します

辭書形(基本形) 耕田	たがやす	たり形 又是耕田	たがやしたり
ない形（否定形） 沒耕田	たがやさない	ば形（條件形） 耕田的話	たがやせば
なかった形（過去否定形） 過去沒耕田	たがやさなかった	させる形（使役形） 使耕田	たがやさせる
ます形（連用形） 耕田	たがやします	られる形（被動形） 被耕耘	たがやされる
て形 耕田	たがやして	命令形 快耕田	たがやせ
た形（過去形） 耕田了	たがやした	可能形 可以耕耘	たがやせる
たら形（條件形） 耕田的話	たがやしたら	う形（意向形） 耕耘吧	たがやそう

△我(わ)が家(や)は畑(はたけ)を耕(たがや)して生活(せいかつ)しています。／我家靠耕田過生活。

たくわえる【蓄える・貯える】 儲蓄，積蓄；保存，儲備；留，留存

他下一 グループ2

蓄(たくわ)える・蓄(たくわ)えます

辭書形(基本形) 保存	たくわえる	たり形 又是保存	たくわえたり
ない形（否定形） 沒保存	たくわえない	ば形（條件形） 保存的話	たくわえれば
なかった形（過去否定形） 過去沒保存	たくわえなかった	させる形（使役形） 使保存	たくわえさせる
ます形（連用形） 保存	たくわえます	られる形（被動形） 被保存	たくわえられる
て形 保存	たくわえて	命令形 快保存	たくわえろ
た形（過去形） 保存了	たくわえた	可能形 可以保存	たくわえられる
たら形（條件形） 保存的話	たくわえたら	う形（意向形） 保存吧	たくわえよう

△給料(きゅうりょう)が安(やす)くて、お金(かね)を貯(たくわ)えるどころではない。／
薪水太少了，哪能存錢啊！

たたかう【戦う・闘う】

（進行）作戰，戰爭；鬥爭；競賽　自五　グループ1

戦う・戦います

辭書形(基本形) 鬥爭	たたかう	たり形 又是鬥爭	たたかったり
ない形（否定形） 沒鬥爭	たたかわない	ば形（條件形） 鬥爭的話	たたかえば
なかった形（過去否定形） 過去沒鬥爭	たたかわなかった	させる形（使役形） 使鬥爭	たたかわせる
ます形（連用形） 鬥爭	たたかいます	られる形（被動形） 被鬥爭	たたかわれる
て形 鬥爭	たたかって	命令形 快鬥爭	たたかえ
た形（過去形） 鬥爭了	たたかった	可能形 可以鬥爭	たたかえる
たら形（條件形） 鬥爭的話	たたかったら	う形（意向形） 鬥爭吧	たたかおう

△勝敗はともかく、私は最後まで戦います。／
姑且不論勝敗，我會奮戰到底。

たちあがる【立ち上がる】

站起，起來；升起，冒起；重振，恢復；著手，開始行動　自五　グループ1

立ち上がる・立ち上がります

辭書形(基本形) 升起	たちあがる	たり形 又是升起	たちあがったり
ない形（否定形） 沒升起	たちあがらない	ば形（條件形） 升起的話	たちあがれば
なかった形（過去否定形） 過去沒升起	たちあがらなかった	させる形（使役形） 使升起	たちあがらせる
ます形（連用形） 升起	たちあがります	られる形（被動形） 被升起	たちあがられる
て形 升起	たちあがって	命令形 快升起	たちあがれ
た形（過去形） 升起了	たちあがった	可能形 可以升起	たちあがれる
たら形（條件形） 升起的話	たちあがったら	う形（意向形） 升起吧	たちあがろう

△急に立ち上がったものだから、コーヒーをこぼしてしまった。／
因為突然站了起來，所以弄翻了咖啡。

たちどまる【立ち止まる】 站住，停步，停下

自五 グループ1

立ち止まる・立ち止まります

辭書形(基本形) 停下	たちどまる	たり形 又是停下	たちどまったり
ない形（否定形） 沒停下	たちどまらない	ば形（條件形） 停下的話	たちどまれば
なかった形（過去否定形） 過去沒停下	たちどまらなかった	させる形（使役形） 使停下	たちどまらせる
ます形（連用形） 停下	たちどまります	られる形（被動形） 被停下	たちどまられる
て形 停下	たちどまって	命令形 快停下	たちどまれ
た形（過去形） 停下了	たちどまった	可能形 可以停下	たちどまれる
たら形（條件形） 停下的話	たちどまったら	う形（意向形） 停下吧	たちどまろう

△立ち止まることなく、未来に向かって歩いていこう。／
不要停下來，向未來邁進吧！

たつ【絶つ】 切，斷；絕，斷絕；斷絕，消滅；斷，切斷

他五 グループ1

絶つ・絶ちます

辭書形(基本形) 切斷	たつ	たり形 又是切斷	たったり
ない形（否定形） 沒切斷	たたない	ば形（條件形） 切斷的話	たてば
なかった形（過去否定形） 過去沒切斷	たたなかった	させる形（使役形） 使切斷	たたせる
ます形（連用形） 切斷	たちます	られる形（被動形） 被切斷	たたれる
て形 切斷	たって	命令形 快切斷	たて
た形（過去形） 切斷了	たった	可能形 可以切斷	たてる
たら形（條件形） 切斷的話	たったら	う形（意向形） 切斷吧	たとう

△登山に行った男性が消息を絶っているということです。／
聽說那位登山的男性已音信全無了。

たとえる【例える】 比喻，比方

他下一 グループ2

例（たと）える・例（たと）えます

辭書形(基本形) 比喻	たとえる	たり形 又是比喻	たとえたり
ない形（否定形） 沒比喻	たとえない	ば形（條件形） 比喻的話	たとえれば
なかった形（過去否定形） 過去沒比喻	たとえなかった	させる形（使役形） 使比喻	たとえさせる
ます形（連用形） 比喻	たとえます	られる形（被動形） 被比喻	たとえられる
て形 比喻	たとえて	命令形 快比喻	たとえろ
た形（過去形） 比喻了	たとえた	可能形 可以比喻	たとえられる
たら形（條件形） 比喻的話	たとえたら	う形（意向形） 比喻吧	たとえよう

△この物語（ものがたり）は、例（たと）えようがないほど面白（おもしろ）い。／這個故事，有趣到無法形容。

ダブる 重複；撞期。名詞「ダブル（double）」之動詞化。

自五 グループ1

ダブる・ダブります

辭書形(基本形) 重複	ダブる	たり形 又是重複	ダブったり
ない形（否定形） 沒重複	ダブらない	ば形（條件形） 重複的話	ダブれば
なかった形（過去否定形） 過去沒重複	ダブらなかった	させる形（使役形） 使重複	ダブらせる
ます形（連用形） 重複	ダブります	られる形（被動形） 被重複	ダブられる
て形 重複	ダブって	命令形 快重複	ダブれ
た形（過去形） 重複了	ダブった	可能形 可以重複	ダブれる
たら形（條件形） 重複的話	ダブったら	う形（意向形） 重複吧	ダブろう

△おもかげがダブる。／雙影。

ためす【試す】 試，試驗，試試，考驗

他五 グループ1

試す・試します

辭書形(基本形) 試驗	ためす	たり形 又是試驗	ためしたり
ない形（否定形） 沒試驗	ためさない	ば形（條件形） 試驗的話	ためせば
なかった形（過去否定形） 過去沒試驗	ためさなかった	させる形（使役形） 使試驗	ためさせる
ます形（連用形） 試驗	ためします	られる形（被動形） 被考驗	ためされる
て形 試驗	ためして	命令形 快考驗	ためせ
た形（過去形） 試驗了	ためした	可能形 可以考驗	ためせる
たら形（條件形） 試驗的話	ためしたら	う形（意向形） 考驗吧	ためそう

△体力の限界を試す。／考驗體能的極限。

ためらう【躊躇う】 猶豫，躊躇，遲疑，踟躕不前

自五 グループ1

ためらう・ためらいます

辭書形(基本形) 遲疑	ためらう	たり形 又是遲疑	ためらったり
ない形（否定形） 沒遲疑	ためらわない	ば形（條件形） 遲疑的話	ためらえば
なかった形（過去否定形） 過去沒遲疑	ためらわなかった	させる形（使役形） 使遲疑	ためらわせる
ます形（連用形） 遲疑	ためらいます	られる形（被動形） 被遲疑	ためらわれる
て形 遲疑	ためらって	命令形 快遲疑	ためらえ
た形（過去形） 遲疑了	ためらった	可能形	――
たら形（條件形） 遲疑的話	ためらったら	う形（意向形） 遲疑吧	ためらおう

△ちょっと躊躇ったばかりに、シュートを失敗してしまった。／就因為猶豫了一下，結果球沒投進。

たよる【頼る】 依靠，依賴，仰仗；拄著；投靠，找門路

自他五 グループ1

頼る・頼ります

辭書形(基本形) 依靠	たよる	たり形 又是依靠	たよったり
ない形（否定形） 沒依靠	たよらない	ば形（條件形） 依靠的話	たよれば
なかった形（過去否定形） 過去沒依靠	たよらなかった	させる形（使役形） 使依靠	たよらせる
ます形（連用形） 依靠	たよります	られる形（被動形） 被依靠	たよられる
て形 依靠	たよって	命令形 快依靠	たよれ
た形（過去形） 依靠了	たよった	可能形 可以依靠	たよれる
たら形（條件形） 依靠的話	たよったら	う形（意向形） 依靠吧	たよろう

△あなたなら、誰にも頼ることなく仕事をやっていくでしょう。／如果是你的話，工作不靠任何人也能進行吧！

たる【足る】 足夠，充足；值得，滿足

自五 グループ1

足る・足ります

辭書形(基本形) 滿足	たる	たり形 又是滿足	たったり
ない形（否定形） 沒滿足	たらない	ば形（條件形） 滿足的話	たれば
なかった形（過去否定形） 過去沒滿足	たらなかった	させる形（使役形） 使滿足	たらせる
ます形（連用形） 滿足	たります	られる形（被動形） 被滿足	たられる
て形 滿足	たって	命令形 快滿足	たれ
た形（過去形） 滿足了	たった	可能形	――
たら形（條件形） 滿足的話	たったら	う形（意向形） 滿足吧	たろう

△彼は、信じるに足る人だ。／他是個值得信賴的人。

たれさがる【垂れ下がる】 下垂，垂下

自五 グループ1

垂れ下がる・垂れ下がります

辭書形(基本形) 垂下	たれさがる	たり形 又是垂下	たれさがったり
ない形（否定形) 沒垂下	たれさがらない	ば形（條件形) 垂下的話	たれさがれば
なかった形（過去否定形) 過去沒垂下	たれさがらなかった	させる形（使役形) 使垂下	たれさがらせる
ます形（連用形) 垂下	たれさがります	られる形（被動形) 被垂下	たれさがられる
て形 垂下	たれさがって	命令形 快垂下	たれさがれ
た形（過去形) 垂下了	たれさがった	可能形 可以垂下	たれさがれる
たら形（條件形) 垂下的話	たれさがったら	う形（意向形) 垂下吧	たれさがろう

△ひもが垂れ下がる。／帶子垂下。

ちかう【誓う】 發誓，起誓，宣誓

他五 グループ1

誓う・誓います

辭書形(基本形) 發誓	ちかう	たり形 又是發誓	ちかったり
ない形（否定形) 沒發誓	ちかわない	ば形（條件形) 發誓的話	ちかえば
なかった形（過去否定形) 過去沒發誓	ちかわなかった	させる形（使役形) 使發誓	ちかわせる
ます形（連用形) 發誓	ちかいます	られる形（被動形) 被發誓	ちかわれる
て形 發誓	ちかって	命令形 快發誓	ちかえ
た形（過去形) 發誓了	ちかった	可能形 可以發誓	ちかえる
たら形（條件形) 發誓的話	ちかったら	う形（意向形) 發誓吧	ちかおう

△正月になるたびに、今年はがんばるぞと誓う。／
一到元旦，我就會許諾今年要更加努力。

ちかよる【近寄る】 走進，靠近，接近

自五 グループ1

近寄(ちかよ)る・近寄(ちかよ)ります

辭書形(基本形) 靠近	ちかよる	たり形 又是靠近	ちかよったり
ない形（否定形） 沒靠近	ちかよらない	ば形（條件形） 靠近的話	ちかよれば
なかった形（過去否定形） 過去沒靠近	ちかよらなかった	させる形（使役形） 使靠近	ちかよらせる
ます形（連用形） 靠近	ちかよります	られる形（被動形） 被靠近	ちかよられる
て形 靠近	ちかよって	命令形 快靠近	ちかよれ
た形（過去形） 靠近了	ちかよった	可能形 可以靠近	ちかよれる
たら形（條件形） 靠近的話	ちかよったら	う形（意向形） 靠近吧	ちかよろう

△あんなに危(あぶ)ない場所(ばしょ)には、近寄(ちかよ)れっこない。／那麼危險的地方不可能靠近的。

ちぎる 撕碎（成小段）；摘取，揪下

他五・接尾 グループ1

ちぎる・ちぎります

辭書形(基本形) 摘取	ちぎる	たり形 又是摘取	ちぎったり
ない形（否定形） 沒摘取	ちぎらない	ば形（條件形） 摘取的話	ちぎれば
なかった形（過去否定形） 過去沒摘取	ちぎらなかった	させる形（使役形） 使摘取	ちぎらせる
ます形（連用形） 摘取	ちぎります	られる形（被動形） 被摘取	ちぎられる
て形 摘取	ちぎって	命令形 快摘取	ちぎれ
た形（過去形） 摘取了	ちぎった	可能形 可以摘取	ちぎれる
たら形（條件形） 摘取的話	ちぎったら	う形（意向形） 摘取吧	ちぎろう

△紙(かみ)をちぎってゴミ箱(ばこ)に捨(す)てる。／將紙張撕碎丟進垃圾桶。

ちぢむ【縮む】

縮，縮小，抽縮；起皺紋，出摺；畏縮，退縮，惶恐；縮回去，縮進去

自五 グループ1

縮(ちぢ)む・縮(ちぢ)みます

辭書形(基本形) 縮小	ちぢむ	たり形 又是縮小	ちぢんだり
ない形（否定形） 沒縮小	ちぢまない	ば形（條件形） 縮小的話	ちぢめば
なかった形（過去否定形） 過去沒縮小	ちぢまなかった	させる形（使役形） 使縮小	ちぢませる
ます形（連用形） 縮小	ちぢみます	られる形（被動形） 被縮小	ちぢまれる
て形 縮小	ちぢんで	命令形 快縮小	ちぢめ
た形（過去形） 縮小了	ちぢんだ	可能形 可以縮小	ちぢめる
たら形（條件形） 縮小的話	ちぢんだら	う形（意向形） 縮小吧	ちぢもう

△これは洗(あら)っても縮(ちぢ)まない。／這個洗了也不會縮水的。

ちぢめる【縮める】

縮小，縮短，縮減；縮回，捲縮，起皺紋

他下一 グループ2

縮(ちぢ)める・縮(ちぢ)めます

辭書形(基本形) 縮小	ちぢめる	たり形 又是縮小	ちぢめたり
ない形（否定形） 沒縮小	ちぢめない	ば形（條件形） 縮小的話	ちぢめれば
なかった形（過去否定形） 過去沒縮小	ちぢめなかった	させる形（使役形） 使縮小	ちぢめさせる
ます形（連用形） 縮小	ちぢめます	られる形（被動形） 被縮小	ちぢめられる
て形 縮小	ちぢめて	命令形 快縮小	ちぢめろ
た形（過去形） 縮小了	ちぢめた	可能形 可以縮小	ちぢめられる
たら形（條件形） 縮小的話	ちぢめたら	う形（意向形） 縮小吧	ちぢめよう

△この亀(かめ)はいきなり首(くび)を縮(ちぢ)めます。／這隻烏龜突然縮回脖子。

ちぢれる【縮れる】 捲曲；起皺，出摺

自下一 グループ2

縮(ちぢ)れる・縮(ちぢ)れます

辭書形(基本形) 捲曲	ちぢれる	たり形 又是捲曲	ちぢれたり
ない形（否定形） 沒捲曲	ちぢれない	ば形（條件形） 捲曲的話	ちぢれれば
なかった形（過去否定形） 過去沒捲曲	ちぢれなかった	させる形（使役形） 使捲曲	ちぢれさせる
ます形（連用形） 捲曲	ちぢれます	られる形（被動形） 被捲曲	ちぢれられる
て形 捲曲	ちぢれて	命令形 快捲曲	ちぢれろ
た形（過去形） 捲曲了	ちぢれた	可能形	――――
たら形（條件形） 捲曲的話	ちぢれたら	う形（意向形） 捲曲吧	ちぢれよう

△彼女(かのじょ)は髪(かみ)が縮(ちぢ)れている。／她的頭髮是捲曲的。

ちらかす【散らかす】 弄得亂七八糟；到處亂放，亂扔

他五 グループ1

散(ち)らかす・散(ち)らかします

辭書形(基本形) 亂扔	ちらかす	たり形 又是亂扔	ちらかしたり
ない形（否定形） 沒亂扔	ちらかさない	ば形（條件形） 亂扔的話	ちらかせば
なかった形（過去否定形） 過去沒亂扔	ちらかさなかった	させる形（使役形） 使亂扔	ちらかさせる
ます形（連用形） 亂扔	ちらかします	られる形（被動形） 被亂扔	ちらかされる
て形 亂扔	ちらかして	命令形 快亂扔	ちらかせ
た形（過去形） 亂扔了	ちらかした	可能形 可以亂扔	ちらかせる
たら形（條件形） 亂扔的話	ちらかしたら	う形（意向形） 亂扔吧	ちらかそう

△部屋(へや)を散(ち)らかしたきりで、片付(かたづ)けてくれません。／他將房間弄得亂七八糟後，就沒幫我整理。

ちらかる【散らかる】 凌亂，亂七八糟，散亂

自五 グループ1

散らかる・散らかります

辭書形(基本形) 散亂	ちらかる	たり形 又是散亂	ちらかったり
ない形（否定形） 沒散亂	ちらからない	ば形（條件形） 散亂的話	ちらかれば
なかった形（過去否定形） 過去沒散亂	ちらからなかった	させる形（使役形） 使散亂	ちらからせる
ます形（連用形） 散亂	ちらかります	られる形（被動形） 被弄亂	ちらかられる
て形 散亂	ちらかって	命令形 快弄亂	ちらかれ
た形（過去形） 散亂了	ちらかった	可能形	———
たら形（條件形） 散亂的話	ちらかったら	う形（意向形） 弄亂吧	ちらかろう

△部屋(へや)が散(ち)らかっていたので、片付(かたづ)けざるをえなかった。／
因為房間內很凌亂，所以不得不整理。

ちらばる【散らばる】 分散；散亂

自五 グループ1

散らばる・散らばります

辭書形(基本形) 分散	ちらばる	たり形 又是分散	ちらばったり
ない形（否定形） 沒分散	ちらばらない	ば形（條件形） 分散的話	ちらばれば
なかった形（過去否定形） 過去沒分散	ちらばらなかった	させる形（使役形） 使分散	ちらばらせる
ます形（連用形） 分散	ちらばります	られる形（被動形） 被分散	ちらばられる
て形 分散	ちらばって	命令形 快分散	ちらばれ
た形（過去形） 分散了	ちらばった	可能形	———
たら形（條件形） 分散的話	ちらばったら	う形（意向形） 分散吧	ちらばろう

△辺(あた)り一面(いちめん)、花(はな)びらが散(ち)らばっていた。／
這一帶落英繽紛，猶如鋪天蓋地。

つきあたる【突き当たる】撞上，碰上；走到道路的盡頭；（轉）遇上，碰到（問題） 自五 グループ1

突き当たる・突き当たります

辭書形(基本形) 碰上	つきあたる	たり形 又是碰上	つきあたったり
ない形（否定形） 沒碰上	つきあたらない	ば形（條件形） 碰上的話	つきあたれば
なかった形（過去否定形） 過去沒碰上	つきあたらなかった	させる形（使役形） 使碰上	つきあたらせる
ます形（連用形） 碰上	つきあたります	られる形（被動形） 被碰上	つきあたられる
て形 碰上	つきあたって	命令形 快碰上	つきあたれ
た形（過去形） 碰上了	つきあたった	可能形	――――
たら形（條件形） 碰上的話	つきあたったら	う形（意向形） 碰撞吧	つきあたろう

△研究が壁に突き当たってしまい、悩んでいる。／
研究陷入瓶頸，十分煩惱。

つく【突く】扎，刺，戳；撞，頂；支撐；冒著，不顧；沖，撲（鼻）；攻擊，打中 他五 グループ1

突く・突きます

辭書形(基本形) 刺	つく	たり形 又是刺	ついたり
ない形（否定形） 沒刺	つかない	ば形（條件形） 刺的話	つけば
なかった形（過去否定形） 過去沒刺	つかなかった	させる形（使役形） 使刺	つかせる
ます形（連用形） 刺	つきます	られる形（被動形） 被刺	つかれる
て形 刺	ついて	命令形 快刺	つけ
た形（過去形） 刺了	ついた	可能形 可以刺	つける
たら形（條件形） 刺的話	ついたら	う形（意向形） 刺吧	つこう

△試合で、相手は私の弱点を突いてきた。／
對方在比賽中攻擊了我的弱點。

つく【就く】 就位；登上；就職；跟…學習；起程；屈居；對應

自五 グループ1

就(つ)く・就(つ)きます

辭書形(基本形) 就位	つく	たり形 又是就位	ついたり
ない形（否定形） 沒就位	つかない	ば形（條件形） 就位的話	つけば
なかった形（過去否定形） 過去沒就位	つかなかった	させる形（使役形） 使就位	つかせる
ます形（連用形） 就位	つきます	られる形（被動形） 被屈居	つかれる
て形 就位	ついて	命令形 快就位	つけ
た形（過去形） 就位了	ついた	可能形	———
たら形（條件形） 就位的話	ついたら	う形（意向形） 就位吧	つこう

△王座(おうざ)に就(つ)く。／登上王位。

つぐ【次ぐ】 緊接著，接著；繼…之後；次於，並於

自五 グループ1

次(つ)ぐ・次(つ)ぎます

辭書形(基本形) 接著	つぐ	たり形 又是接著	ついだり
ない形（否定形） 沒接著	つがない	ば形（條件形） 接著的話	つげば
なかった形（過去否定形） 過去沒接著	つがなかった	させる形（使役形） 使接著	つがせる
ます形（連用形） 接著	つぎます	られる形（被動形） 被接著	つがれる
て形 接著	ついで	命令形 快接著	つげ
た形（過去形） 接著了	ついだ	可能形	———
たら形（條件形） 接著的話	ついだら	う形（意向形） 接著吧	つごう

△彼(かれ)の実力(じつりょく)は、世界(せかい)チャンピオンに次(つ)ぐほどだ。／他的實力，幾乎好到僅次於世界冠軍的程度。

つぐ【注ぐ】 注入，斟，倒入（茶、酒等）

他五 グループ1

注ぐ・注ぎます

辭書形（基本形） 倒入	つぐ	たり形 又是倒入	ついだり
ない形（否定形） 沒倒入	つがない	ば形（條件形） 倒入的話	つげば
なかった形（過去否定形） 過去沒倒入	つがなかった	させる形（使役形） 使倒入	つがせる
ます形（連用形） 倒入	つぎます	られる形（被動形） 被倒入	つがれる
て形 倒入	ついで	命令形 快倒入	つげ
た形（過去形） 倒入了	ついだ	可能形 可以倒入	つげる
たら形（條件形） 倒入的話	ついだら	う形（意向形） 倒入吧	つごう

△ついでに、もう1杯お酒を注いでください。／請順便再幫我倒一杯酒。

つけくわえる【付け加える】 添加，附帶

他下一 グループ2

付け加える・付け加えます

辭書形（基本形） 附帶	つけくわえる	たり形 又是附帶	つけくわえたり
ない形（否定形） 沒附帶	つけくわえない	ば形（條件形） 附帶的話	つけくわえれば
なかった形（過去否定形） 過去沒附帶	つけくわえなかった	させる形（使役形） 使附帶	つけくわえさせる
ます形（連用形） 附帶	つけくわえます	られる形（被動形） 被附帶	つけくわえられる
て形 附帶	つけくわえて	命令形 快附帶	つけくわえろ
た形（過去形） 附帶了	つけくわえた	可能形 可以附帶	つけくわえられる
たら形（條件形） 附帶的話	つけくわえたら	う形（意向形） 附帶吧	つけくわえよう

△説明を付け加える。／附帶說明。

つける【着ける】 佩帶，穿上；掌握，養成

他下一　グループ2

着(つ)ける・着(つ)けます

辭書形(基本形) 佩帶	つける	たり形 又是佩帶	つけたり
ない形（否定形） 沒佩帶	つけない	ば形（條件形） 佩帶的話	つければ
なかった形（過去否定形） 過去沒佩帶	つけなかった	させる形（使役形） 使佩帶	つけさせる
ます形（連用形） 佩帶	つけます	られる形（被動形） 被佩帶	つけられる
て形 佩帶	つけて	命令形 快佩帶	つけろ
た形（過去形） 佩帶了	つけた	可能形 可以佩帶	つけられる
たら形（條件形） 佩帶的話	つけたら	う形（意向形） 佩帶吧	つけよう

△服(ふく)を身(み)につける。／穿上衣服。

つっこむ【突っ込む】 衝入，闖入；深入；塞進，插入；沒入；深入追究

自他五　グループ1

突(つ)っ込(こ)む・突(つ)っ込(こ)みます

辭書形(基本形) 闖入	つっこむ	たり形 又是闖入	つっこんだり
ない形（否定形） 沒闖入	つっこまない	ば形（條件形） 闖入的話	つっこめば
なかった形（過去否定形） 過去沒闖入	つっこまなかった	させる形（使役形） 使闖入	つっこませる
ます形（連用形） 闖入	つっこみます	られる形（被動形） 被闖入	つっこまれる
て形 闖入	つっこんで	命令形 快闖入	つっこめ
た形（過去形） 闖入了	つっこんだ	可能形 可以闖入	つっこめる
たら形（條件形） 闖入的話	つっこんだら	う形（意向形） 闖入吧	つっこもう

△事故(じこ)で、車(くるま)がコンビニに突(つ)っ込(こ)んだ。／由於事故，車子撞進了超商。

つとめる【努める】 努力,為…奮鬥,奮力,盡力;勉強忍住 他下一 グループ2

努める・努めます

辞書形(基本形) 努力	つとめる	たり形 又是努力	つとめたり
ない形(否定形) 沒努力	つとめない	ば形(條件形) 努力的話	つとめれば
なかった形(過去否定形) 過去沒努力	つとめなかった	させる形(使役形) 使努力	つとめさせる
ます形(連用形) 努力	つとめます	られる形(被動形) 被奮鬥	つとめられる
て形 努力	つとめて	命令形 快努力	つとめろ
た形(過去形) 努力了	つとめた	可能形 可以努力	つとめられる
たら形(條件形) 努力的話	つとめたら	う形(意向形) 努力吧	つとめよう

△看護に努める。/盡心看護病患。

つとめる【務める】 任職,工作;擔任(職務);扮演(角色) 他下一 グループ2

務める・務めます

辞書形(基本形) 工作	つとめる	たり形 又是工作	つとめたり
ない形(否定形) 沒工作	つとめない	ば形(條件形) 工作的話	つとめれば
なかった形(過去否定形) 過去沒工作	つとめなかった	させる形(使役形) 使工作	つとめさせる
ます形(連用形) 工作	つとめます	られる形(被動形) 被扮演	つとめられる
て形 工作	つとめて	命令形 快工作	つとめろ
た形(過去形) 工作了	つとめた	可能形 可以工作	つとめられる
たら形(條件形) 工作的話	つとめたら	う形(意向形) 工作吧	つとめよう

△主役を務める。/扮演主角。

つぶす【潰す】毀壞，弄碎；熔毀，熔化；消磨，消耗；宰殺；堵死，填滿 他五 グループ1

潰（つぶ）す・潰（つぶ）します

辭書形(基本形) 毀壞	つぶす	たり形 又是毀壞	つぶしたり
ない形（否定形） 沒毀壞	つぶさない	ば形（條件形） 毀壞的話	つぶせば
なかった形（過去否定形） 過去沒毀壞	つぶさなかった	させる形（使役形） 使毀壞	つぶさせる
ます形（連用形） 毀壞	つぶします	られる形（被動形） 被毀壞	つぶされる
て形 毀壞	つぶして	命令形 快毀壞	つぶせ
た形（過去形） 毀壞了	つぶした	可能形 可以毀壞	つぶせる
たら形（條件形） 毀壞的話	つぶしたら	う形（意向形） 毀壞吧	つぶそう

△会社（かいしゃ）を潰（つぶ）さないように、一生懸命（いっしょうけんめい）がんばっている。／
為了不讓公司倒閉而拼命努力。

つぶれる【潰れる】壓壞，壓碎；坍塌，倒塌；倒產，破產；磨損，磨鈍；（耳）聾，（眼）瞎 自下一 グループ2

潰（つぶ）れる・潰（つぶ）れます

辭書形(基本形) 壓壞	つぶれる	たり形 又是壓壞	つぶれたり
ない形（否定形） 沒壓壞	つぶれない	ば形（條件形） 壓壞的話	つぶれれば
なかった形（過去否定形） 過去沒壓壞	つぶれなかった	させる形（使役形） 使壓壞	つぶれさせる
ます形（連用形） 壓壞	つぶれます	られる形（被動形） 被壓壞	つぶれられる
て形 壓壞	つぶれて	命令形 快壓壞	つぶれろ
た形（過去形） 壓壞了	つぶれた	可能形	——
たら形（條件形） 壓壞的話	つぶれたら	う形（意向形） 壓壞吧	つぶれよう

△あの会社（かいしゃ）が、潰（つぶ）れるわけがない。／那間公司，不可能會倒閉的。

つまずく【躓く】 跌倒，絆倒；（中途遇障礙而）失敗，受挫 自五 グループ1

躓(つまず)く・躓(つまず)きます

辭書形(基本形) 跌倒	つまずく	たり形 又是跌倒	つまずいたり
ない形（否定形） 沒跌倒	つまずかない	ば形（條件形） 跌倒的話	つまずけば
なかった形（過去否定形） 過去沒跌倒	つまずかなかった	させる形（使役形） 使跌倒	つまずかせる
ます形（連用形） 跌倒	つまずきます	られる形（被動形） 被絆倒	つまずかれる
て形 跌倒	つまずいて	命令形 快跌倒	つまずけ
た形（過去形） 跌倒了	つまずいた	可能形	――――
たら形（條件形） 跌倒的話	つまずいたら	う形（意向形） 跌倒吧	つまずこう

△石(いし)に躓(つまず)いて転(ころ)んだ。／絆到石頭而跌了一跤。

つりあう【釣り合う】 平衡，均衡；勻稱，相稱 自五 グループ1

釣(つ)り合(あ)う・釣(つ)り合(あ)います

辭書形(基本形) 平衡	つりあう	たり形 又是平衡	つりあったり
ない形（否定形） 沒平衡	つりあわない	ば形（條件形） 平衡的話	つりあえば
なかった形（過去否定形） 過去沒平衡	つりあわなかった	させる形（使役形） 使平衡	つりあわせる
ます形（連用形） 平衡	つりあいます	られる形（被動形） 被平衡	つりあわれる
て形 平衡	つりあって	命令形 快平衡	つりあえ
た形（過去形） 平衡了	つりあった	可能形 可以平衡	つりあえる
たら形（條件形） 平衡的話	つりあったら	う形（意向形） 平衡吧	つりあおう

△あの二人(ふたり)は釣(つ)り合(あ)わないから、結婚(けっこん)しないだろう。／
那兩人不相配，應該不會結婚吧！

つる【吊る】 吊，懸掛，佩帶

他五 グループ1

吊る・吊ります

辭書形(基本形) 懸掛	つる	たり形 又是懸掛	つったり
ない形（否定形） 沒懸掛	つらない	ば形（條件形） 懸掛的話	つれば
なかった形（過去否定形） 過去沒懸掛	つらなかった	させる形（使役形） 使懸掛	つらせる
ます形（連用形） 懸掛	つります	られる形（被動形） 被懸掛	つられる
て形 懸掛	つって	命令形 快懸掛	つれ
た形（過去形） 懸掛了	つった	可能形 可以懸掛	つれる
たら形（條件形） 懸掛的話	つったら	う形（意向形） 懸掛吧	つろう

△クレーンで吊って、ピアノを２階に運んだ。／
用起重機吊起鋼琴搬到二樓去。

つるす【吊るす】 懸起，吊起，掛著

他五 グループ1

吊るす・吊るします

辭書形(基本形) 吊起	つるす	たり形 又是吊起	つるしたり
ない形（否定形） 沒吊起	つるさない	ば形（條件形） 吊起的話	つるせば
なかった形（過去否定形） 過去沒吊起	つるさなかった	させる形（使役形） 使吊起	つるさせる
ます形（連用形） 吊起	つるします	られる形（被動形） 被吊起	つるされる
て形 吊起	つるして	命令形 快吊起	つるせ
た形（過去形） 吊起了	つるした	可能形 可以吊起	つるせる
たら形（條件形） 吊起的話	つるしたら	う形（意向形） 吊起吧	つるそう

△スーツは、そこに吊るしてあります。／西裝掛在那邊。

でかける【出かける】 出門，出去，到…去；剛要走，要出去；剛要…；前往；離去

自下一 グループ2

出(で)かける・出(で)かけます

辭書形(基本形) 出門	でかける	たり形 又是出門	でかけたり
ない形（否定形） 沒出門	でかけない	ば形（條件形） 出門的話	でかければ
なかった形（過去否定形） 過去沒出門	でかけなかった	させる形（使役形） 使出門	でかけさせる
ます形（連用形） 出門	でかけます	られる形（被動形） 被叫前往	でかけられる
て形 出門	でかけて	命令形 快出門	でかけろ
た形（過去形） 出門了	でかけた	可能形 可以出門	でかけられる
たら形（條件形） 出門的話	でかけたら	う形（意向形） 出門吧	でかけよう

△兄(あに)は、出(で)かけたきり戻(もど)ってこない。／
自從哥哥出去之後，就再也沒回來過。

できあがる【出来上がる】 完成，做好

自五 グループ1

出来上(できあ)がる・出来上(できあ)がります

辭書形(基本形) 完成	できあがる	たり形 又是完成	できあがったり
ない形（否定形） 沒完成	できあがらない	ば形（條件形） 完成的話	できあがれば
なかった形（過去否定形） 過去沒完成	できあがらなかった	させる形（使役形） 使完成	できあがらせる
ます形（連用形） 完成	できあがります	られる形（被動形） 被完成	できあがられる
て形 完成	できあがって	命令形 快完成	できあがれ
た形（過去形） 完成了	できあがった	可能形	――
たら形（條件形） 完成的話	できあがったら	う形（意向形） 完成吧	できあがろう

△作品(さくひん)は、もう出来上(できあ)がっているにきまっている。／
作品一定已經完成了。

てっする【徹する】 貫徹，貫穿；通宵，徹夜；徹底，貫徹始終 自サ グループ3

徹(てっ)する・徹(てっ)します

辭書形(基本形) 貫徹	てっする	たり形 又是貫徹	てっしたり
ない形（否定形） 沒貫徹	てっしない	ば形（條件形） 貫徹的話	てっすれば
なかった形（過去否定形） 過去沒貫徹	てっしなかった	させる形（使役形） 使貫徹	てっしさせる
ます形（連用形） 貫徹	てっします	られる形（被動形） 被貫徹	てっしされる
て形 貫徹	てっして	命令形 快貫徹	てっしろ
た形（過去形） 貫徹了	てっした	可能形 可以貫徹	てっしられる
たら形（條件形） 貫徹的話	てっしたら	う形（意向形） 貫徹吧	てっしよう

△夜(よ)を徹(てっ)して語(かた)り合(あ)う。／徹夜交談。

でむかえる【出迎える】 迎接 他下一 グループ2

出迎(でむか)える・出迎(でむか)えます

辭書形(基本形) 迎接	でむかえる	たり形 又是迎接	でむかえたり
ない形（否定形） 沒迎接	でむかえない	ば形（條件形） 迎接的話	でむかえれば
なかった形（過去否定形） 過去沒迎接	でむかえなかった	させる形（使役形） 使迎接	でむかえさせる
ます形（連用形） 迎接	でむかえます	られる形（被動形） 被迎接	でむかえられる
て形 迎接	でむかえて	命令形 快迎接	でむかえろ
た形（過去形） 迎接了	でむかえた	可能形 可以迎接	でむかえられる
たら形（條件形） 迎接的話	でむかえたら	う形（意向形） 迎接吧	でむかえよう

△客(きゃく)を駅(えき)で出迎(でむか)える。／在火車站迎接客人。

てらす【照らす】 照耀，曬

他五 グループ1

照(て)らす・照(て)らします

形	活用	形	活用
辭書形(基本形) 照耀	てらす	たり形 又是照耀	てらしたり
ない形（否定形） 沒照耀	てらさない	ば形（條件形） 照耀的話	てらせば
なかった形（過去否定形） 過去沒照耀	てらさなかった	させる形（使役形） 使照耀	てらさせる
ます形（連用形） 照耀	てらします	られる形（被動形） 被照耀	てらされる
て形 照耀	てらして	命令形 快照耀	てらせ
た形（過去形） 照耀了	てらした	可能形 可以照耀	てらせる
たら形（條件形） 照耀的話	てらしたら	う形（意向形） 照耀吧	てらそう

△足元(あしもと)を照(て)らすライトを取(と)り付(つ)けましょう。／
安裝照亮腳邊的照明用燈吧！

てる【照る】 照耀，曬，晴天

自五 グループ1

照(て)る・照(て)ります

形	活用	形	活用
辭書形(基本形) 照耀	てる	たり形 又是照耀	てったり
ない形（否定形） 沒照耀	てらない	ば形（條件形） 照耀的話	てれば
なかった形（過去否定形） 過去沒照耀	てらなかった	させる形（使役形） 使照耀	てらせる
ます形（連用形） 照耀	てります	られる形（被動形） 被照耀	てられる
て形 照耀	てって	命令形 快照耀	てれ
た形（過去形） 照耀了	てった	可能形	————
たら形（條件形） 照耀的話	てったら	う形（意向形） 照耀吧	てろう

△今日(きょう)は太陽(たいよう)が照(て)って暑(あつ)いね。／今天太陽高照真是熱啊！

とおりがかる【通りがかる】 碰巧路過

自五 グループ1

通りがかる・通りがかります

辭書形(基本形) 路過	とおりがかる	たり形 又是路過	とおりがかったり
ない形（否定形） 沒路過	とおりがからない	ば形（條件形） 路過的話	とおりがかれば
なかった形（過去否定形） 過去沒路過	とおりがからなかった	させる形（使役形） 使路過	とおりがからせる
ます形（連用形） 路過	とおりがかります	られる形（被動形） 被路過	とおりがかられる
て形 路過	とおりがかって	命令形 快路過	とおりがかれ
た形（過去形） 路過了	とおりがかった	可能形 可以路過	とおりがかれる
たら形（條件形） 路過的話	とおりがかったら	う形（意向形） 路過吧	とおりがかろう

△ジョン万次郎は、遭難したところを通りかかったアメリカの船に救助された。／
約翰萬次郎遭逢海難時，被經過的美國船給救上船了。

とおりすぎる【通り過ぎる】 走過，越過

自上一 グループ2

通り過ぎる・通り過ぎます

辭書形(基本形) 越過	とおりすぎる	たり形 又是越過	とおりすぎたり
ない形（否定形） 沒越過	とおりすぎない	ば形（條件形） 越過的話	とおりすぎれば
なかった形（過去否定形） 過去沒越過	とおりすぎなかった	させる形（使役形） 使越過	とおりすぎさせる
ます形（連用形） 越過	とおりすぎます	られる形（被動形） 被越過	とおりすぎられる
て形 越過	とおりすぎて	命令形 快越過	とおりすぎろ
た形（過去形） 越過了	とおりすぎた	可能形 可以越過	とおりすぎられる
たら形（條件形） 越過的話	とおりすぎたら	う形（意向形） 越過吧	とおりすぎよう

△手を上げたのに、タクシーは通り過ぎてしまった。／
我明明招了手，計程車卻開了過去。

とがる【尖る】 尖；發怒，生氣；神經過敏，神經緊張

自五 グループ1

尖る・尖ります

辭書形(基本形) 生氣	とがる	たり形 又是生氣	とがったり
ない形（否定形） 沒生氣	とがらない	ば形（條件形） 生氣的話	とがれば
なかった形（過去否定形） 過去沒生氣	とがらなかった	させる形（使役形） 使生氣	とがらせる
ます形（連用形） 生氣	とがります	られる形（被動形） 被生氣	とがられる
て形 生氣	とがって	命令形 快生氣	とがれ
た形（過去形） 生氣了	とがった	可能形	――――
たら形（條件形） 生氣的話	とがったら	う形（意向形） 生氣吧	とがろう

△教会の塔の先が尖っている。／教堂的塔的頂端是尖的。

どく【退く】 讓開，離開，躲開

自五 グループ1

退く・退きます

辭書形(基本形) 躲開	どく	たり形 又是躲開	どいたり
ない形（否定形） 沒躲開	どかない	ば形（條件形） 躲開的話	どけば
なかった形（過去否定形） 過去沒躲開	どかなかった	させる形（使役形） 使躲開	どかせる
ます形（連用形） 躲開	どきます	られる形（被動形） 被躲開	どかれる
て形 躲開	どいて	命令形 快躲開	どけ
た形（過去形） 躲開了	どいた	可能形 可以躲開	どける
たら形（條件形） 躲開的話	どいたら	う形（意向形） 躲開吧	どこう

△車が通るから、退かないと危ないよ。／
車子要通行，不讓開是很危險唷！

とけこむ【溶け込む】 (理、化)融化，溶解，熔化；融合，融 自五 グループ1

溶け込む・溶け込みます

辭書形(基本形) 溶解	とけこむ	たり形 又是溶解	とけこんだり
ない形（否定形） 沒溶解	とけこまない	ば形（條件形） 溶解的話	とけこめば
なかった形（過去否定形） 過去沒溶解	とけこまなかった	させる形（使役形） 使溶解	とけこませる
ます形（連用形） 溶解	とけこみます	られる形（被動形） 被溶解	とけこまれる
て形 溶解	とけこんで	命令形 快溶解	とけこめ
た形（過去形） 溶解了	とけこんだ	可能形 可以溶解	とけこめる
たら形（條件形） 溶解的話	とけこんだら	う形（意向形） 溶解吧	とけこもう

△だんだんクラスの雰囲気に溶け込んできた。／
越來越能融入班上的氣氛。

どける【退ける】 移開 他下一 グループ2

退ける・退けます

辭書形(基本形) 移開	どける	たり形 又是移開	どけたり
ない形（否定形） 沒移開	どけない	ば形（條件形） 移開的話	どければ
なかった形（過去否定形） 過去沒移開	どけなかった	させる形（使役形） 使移開	どけさせる
ます形（連用形） 移開	どけます	られる形（被動形） 被移開	どけられる
て形 移開	どけて	命令形 快移開	どけろ
た形（過去形） 移開了	どけた	可能形 可以移開	どけられる
たら形（條件形） 移開的話	どけたら	う形（意向形） 移開吧	どけよう

△ちょっと、椅子に新聞おかないで、どけてよ、座れないでしょ。／
欸，不要把報紙扔在椅子上，拿走開啦，這樣怎麼坐啊！

ととのう【整う】 齊備，完整；整齊端正，協調；（協議等）達成，談妥 自五 グループ1

整う・整います

辭書形(基本形) 齊備	ととのう	たり形 又是齊備	ととのったり
ない形（否定形） 沒齊備	ととのわない	ば形（條件形） 齊備的話	ととのえば
なかった形（過去否定形） 過去沒齊備	ととのわなかった	させる形（使役形） 使齊備	ととのわせる
ます形（連用形） 齊備	ととのいます	られる形（被動形） 被談妥	ととのわれる
て形 齊備	ととのって	命令形 快齊備	ととのえ
た形（過去形） 齊備了	ととのった	可能形	———
たら形（條件形） 齊備的話	ととのったら	う形（意向形） 齊備吧	ととのおう

△準備が整いさえすれば、すぐに出発できる。／
只要全都準備好了，就可以馬上出發。

とどまる【留まる】 停留，停頓；留下，停留；止於，限於 自五 グループ1

留まる・留まります

辭書形(基本形) 留下	とどまる	たり形 又是留下	とどまったり
ない形（否定形） 沒留下	とどまらない	ば形（條件形） 留下的話	とどまれば
なかった形（過去否定形） 過去沒留下	とどまらなかった	させる形（使役形） 使留下	とどまらせる
ます形（連用形） 留下	とどまります	られる形（被動形） 被留下	とどまられる
て形 留下	とどまって	命令形 快留下	とどまれ
た形（過去形） 留下了	とどまった	可能形 可以留下	とどまれる
たら形（條件形） 留下的話	とどまったら	う形（意向形） 留下吧	とどまろう

△隊長が来るまで、ここに留まることになっています。／
在隊長來到之前，要一直留在這裡待命。

どなる【怒鳴る】 叱責，大聲喊叫，大聲申訴

自五 グループ1

怒鳴る・怒鳴ります

辭書形(基本形) 叱責	どなる	たり形 又是叱責	どなったり
ない形（否定形） 沒叱責	どならない	ば形（條件形） 叱責的話	どなれば
なかった形（過去否定形） 過去沒叱責	どならなかった	させる形（使役形） 使叱責	どならせる
ます形（連用形） 叱責	どなります	られる形（被動形） 被叱責	どなられる
て形 叱責	どなって	命令形 快叱責	どなれ
た形（過去形） 叱責了	どなった	可能形 可以叱責	どなれる
たら形（條件形） 叱責的話	どなったら	う形（意向形） 叱責吧	どなろう

△そんなに怒鳴ることはないでしょう。／不需要這麼大聲吼叫吧！

とびこむ【飛び込む】 跳進；飛入；突然闖入；（主動）投入，加入

自五 グループ1

飛び込む・飛び込みます

辭書形(基本形) 飛入	とびこむ	たり形 又是飛入	とびこんだり
ない形（否定形） 沒飛入	とびこまない	ば形（條件形） 飛入的話	とびこめば
なかった形（過去否定形） 過去沒飛入	とびこまなかった	させる形（使役形） 使飛入	とびこませる
ます形（連用形） 飛入	とびこみます	られる形（被動形） 被飛入	とびこまれる
て形 飛入	とびこんで	命令形 快飛入	とびこめ
た形（過去形） 飛入了	とびこんだ	可能形 可以飛入	とびこめる
たら形（條件形） 飛入的話	とびこんだら	う形（意向形） 飛入吧	とびこもう

△みんなの話によると、窓からボールが飛び込んできたのだそうだ。／據大家所言，球好像是從窗戶飛進來的。

とびだす【飛び出す】 飛出，飛起來，起飛；跑出；（猛然）跳出；突然出現

自五 グループ1

飛び出す・飛び出します

辭書形(基本形) 飛出	とびだす	たり形 又是飛出	とびだしたり
ない形（否定形) 沒飛出	とびださない	ば形（條件形) 飛出的話	とびだせば
なかった形（過去否定形) 過去沒飛出	とびださなかった	させる形（使役形) 使飛出	とびださせる
ます形（連用形) 飛出	とびだします	られる形（被動形) 被飛出	とびだされる
て形 飛出	とびだして	命令形 快飛出	とびだせ
た形（過去形) 飛出了	とびだした	可能形 可以飛出	とびだせる
たら形（條件形) 飛出的話	とびだしたら	う形（意向形) 飛出吧	とびだそう

△角から子どもが飛び出してきたので、びっくりした。／小朋友從轉角跑出來，嚇了我一跳。

とびはねる【飛び跳ねる】 跳躍，蹦跳

自下一 グループ2

飛び跳ねる・飛び跳ねます

辭書形(基本形) 跳躍	とびはねる	たり形 又是跳躍	とびはねたり
ない形（否定形) 沒跳躍	とびはねない	ば形（條件形) 跳躍的話	とびはねれば
なかった形（過去否定形) 過去沒跳躍	とびはね なかった	させる形（使役形) 使跳躍	とびはねさせる
ます形（連用形) 跳躍	とびはねます	られる形（被動形) 被跳躍	とびはねられる
て形 跳躍	とびはねて	命令形 快跳躍	とびはねろ
た形（過去形) 跳躍了	とびはねた	可能形 可以跳躍	とびはねられる
たら形（條件形) 跳躍的話	とびはねたら	う形（意向形) 跳躍吧	とびはねよう

△飛び跳ねて喜ぶ。／欣喜而跳躍。

とめる【泊める】(讓…)住，過夜；(讓旅客)投宿；(讓船隻)停泊 他下一 グループ2

泊(と)める・泊(と)めます

辭書形(基本形) 過夜	とめる	たり形 又是過夜	とめたり
ない形（否定形） 沒過夜	とめない	ば形（條件形） 過夜的話	とめれば
なかった形（過去否定形） 過去沒過夜	とめなかった	させる形（使役形） 使過夜	とめさせる
ます形（連用形） 過夜	とめます	られる形（被動形） 被停泊	とめられる
て形 過夜	とめて	命令形 快過夜	とめろ
た形（過去形） 過夜了	とめた	可能形 可以過夜	とめられる
たら形（條件形） 過夜的話	とめたら	う形（意向形） 過夜吧	とめよう

△ひと晩(ばん)泊(と)めてもらう。／讓我投宿一晚。

とらえる【捕らえる】捕捉，逮捕；緊緊抓住；捕捉，掌握；令陷入…狀態 他下一 グループ2

捕(と)らえる・捕(と)らえます

辭書形(基本形) 逮捕	とらえる	たり形 又是逮捕	とらえたり
ない形（否定形） 沒逮捕	とらえない	ば形（條件形） 逮捕的話	とらえれば
なかった形（過去否定形） 過去沒逮捕	とらえなかった	させる形（使役形） 使逮捕	とらえさせる
ます形（連用形） 逮捕	とらえます	られる形（被動形） 被逮捕	とらえられる
て形 逮捕	とらえて	命令形 快逮捕	とらえろ
た形（過去形） 逮捕了	とらえた	可能形 可以逮捕	とらえられる
たら形（條件形） 逮捕的話	とらえたら	う形（意向形） 逮捕吧	とらえよう

△懸命(けんめい)な捜査(そうさ)のかいがあって、犯人(はんにん)グループ全員(ぜんいん)を捕(と)らえることができた。／不枉費警察拚了命地搜查，終於把犯罪集團全部緝捕歸案了。

とりあげる【取り上げる】拿起，舉起；採納，受理；奪取，剝奪；沒收（財產），徵收（稅金） 他下一 グループ2

取り上げる・取り上げます

辭書形(基本形) 舉起	とりあげる	たり形 又是舉起	とりあげたり
ない形（否定形） 沒舉起	とりあげない	ば形（條件形） 舉起的話	とりあげれば
なかった形（過去否定形） 過去沒舉起	とりあげなかった	させる形（使役形） 使舉起	とりあげさせる
ます形（連用形） 舉起	とりあげます	られる形（被動形） 被舉起	とりあげられる
て形 舉起	とりあげて	命令形 快舉起	とりあげろ
た形（過去形） 舉起了	とりあげた	可能形 可以舉起	とりあげられる
たら形（條件形） 舉起的話	とりあげたら	う形（意向形） 舉起吧	とりあげよう

△環境問題を取り上げて、みんなで話し合いました。／
提出環境問題來和大家討論一下。

とりいれる【取り入れる】收穫，收割；收進，拿入；採用，引進，採納 他下一 グループ2

取り入れる・取り入れます

辭書形(基本形) 收穫	とりいれる	たり形 又是收穫	とりいれたり
ない形（否定形） 沒收穫	とりいれない	ば形（條件形） 收穫的話	とりいれれば
なかった形（過去否定形） 過去沒收穫	とりいれなかった	させる形（使役形） 使收穫	とりいれさせる
ます形（連用形） 收穫	とりいれます	られる形（被動形） 被採用	とりいれられる
て形 收穫	とりいれて	命令形 快收穫	とりいれろ
た形（過去形） 收穫了	とりいれた	可能形 可以收穫	とりいれられる
たら形（條件形） 收穫的話	とりいれたら	う形（意向形） 收穫吧	とりいれよう

△新しい意見を取り入れなければ、改善は行えない。／
要是不採用新的意見，就無法改善。

とりけす【取り消す】 取消，撤銷，作廢

他五 グループ1

取り消す・取り消します

辭書形(基本形) 取消	とりけす	たり形 又是取消	とりけしたり
ない形（否定形） 沒取消	とりけさない	ば形（條件形） 取消的話	とりけせば
なかった形（過去否定形） 過去沒取消	とりけさなかった	させる形（使役形） 使取消	とりけさせる
ます形（連用形） 取消	とりけします	られる形（被動形） 被取消	とりけされる
て形 取消	とりけして	命令形 快取消	とりけせ
た形（過去形） 取消了	とりけした	可能形 可以取消	とりけせる
たら形（條件形） 取消的話	とりけしたら	う形（意向形） 取消吧	とりけそう

△責任者（せきにんしゃ）の協議（きょうぎ）のすえ、許可証（きょかしょう）を取（と）り消（け）すことにしました。／和負責人進行協議，最後決定撤銷證照。

とりこわす【取り壊す】 拆除

他五 グループ1

取り壊す・取り壊します

辭書形(基本形) 拆除	とりこわす	たり形 又是拆除	とりこわしたり
ない形（否定形） 沒拆除	とりこわさない	ば形（條件形） 拆除的話	とりこわせば
なかった形（過去否定形） 過去沒拆除	とりこわさなかった	させる形（使役形） 使拆除	とりこわさせる
ます形（連用形） 拆除	とりこわします	られる形（被動形） 被拆除	とりこわされる
て形 拆除	とりこわして	命令形 快拆除	とりこわせ
た形（過去形） 拆除了	とりこわした	可能形 可以拆除	とりこわせる
たら形（條件形） 拆除的話	とりこわしたら	う形（意向形） 拆除吧	とりこわそう

△古（ふる）い家（いえ）を取（と）り壊（こわ）す。／拆除舊屋。

とりだす【取り出す】

（用手從裡面）取出，拿出；（從許多東西中）挑出，抽出

他五 グループ1

取り出す・取り出します

辭書形(基本形) 取出	とりだす	たり形 又是取出	とりだしたり
ない形（否定形) 沒取出	とりださない	ば形（條件形) 取出的話	とりだせば
なかった形（過去否定形) 過去沒取出	とりださなかった	させる形（使役形) 使取出	とりださせる
ます形（連用形) 取出	とりだします	られる形（被動形) 被取出	とりだされる
て形 取出	とりだして	命令形 快取出	とりだせ
た形（過去形) 取出了	とりだした	可能形 可以取出	とりだせる
たら形（條件形) 取出的話	とりだしたら	う形（意向形) 取出吧	とりだそう

△彼は、ポケットから財布を取り出した。／他從口袋裡取出錢包。

とる【捕る】

抓，捕捉，逮捕

他五 グループ1

捕る・捕ります

辭書形(基本形) 逮捕	とる	たり形 又是逮捕	とったり
ない形（否定形) 沒逮捕	とらない	ば形（條件形) 逮捕的話	とれば
なかった形（過去否定形) 過去沒逮捕	とらなかった	させる形（使役形) 使逮捕	とらせる
ます形（連用形) 逮捕	とります	られる形（被動形) 被逮捕	とられる
て形 逮捕	とって	命令形 快逮捕	とれ
た形（過去形) 逮捕了	とった	可能形 可以逮捕	とれる
たら形（條件形) 逮捕的話	とったら	う形（意向形) 逮捕吧	とろう

△鼠を捕る。／抓老鼠。

とる【採る】 採取，採用，錄取；採集；採光

他五 グループ1

採る・採ります

形	活用	形	活用
辭書形(基本形) 採用	とる	たり形 又是採用	とったり
ない形（否定形) 沒採用	とらない	ば形（條件形) 採用的話	とれば
なかった形（過去否定形) 過去沒採用	とらなかった	させる形（使役形) 使採用	とらせる
ます形（連用形) 採用	とります	られる形（被動形) 被採用	とられる
て形 採用	とって	命令形 快採用	とれ
た形（過去形) 採用了	とった	可能形 可以採用	とれる
たら形（條件形) 採用的話	とったら	う形（意向形) 採用吧	とろう

△この企画を採ることにした。／已決定採用這個企畫案。

とれる【取れる】（附著物）脫落，掉下；需要，花費（時間等）；去掉，刪除；協調，均衡

自下一 グループ2

取れる・取れます

形	活用	形	活用
辭書形(基本形) 脫落	とれる	たり形 又是脫落	とれたり
ない形（否定形) 沒脫落	とれない	ば形（條件形) 脫落的話	とれれば
なかった形（過去否定形) 過去沒脫落	とれなかった	させる形（使役形) 使脫落	とれさせる
ます形（連用形) 脫落	とれます	られる形（被動形) 被脫落	とれられる
て形 脫落	とれて	命令形 快脫落	とれろ
た形（過去形) 脫落了	とれた	可能形	――
たら形（條件形) 脫落的話	とれたら	う形（意向形) 脫落吧	とれよう

△ボタンが取れてしまいました。／鈕釦掉了。

ながびく【長引く】 拖長，延長

自五 グループ1

長引く・長引きます

辭書形(基本形) 延長	ながびく	たり形 又是延長	ながびいたり
ない形（否定形） 沒延長	ながびかない	ば形（條件形） 延長的話	ながびけば
なかった形（過去否定形） 過去沒延長	ながびかなかった	させる形（使役形） 使延長	ながびかせる
ます形（連用形） 延長	ながびきます	られる形（被動形） 被延長	ながびかれる
て形 延長	ながびいて	命令形 快延長	ながびけ
た形（過去形） 延長了	ながびいた	可能形	————
たら形（條件形） 延長的話	ながびいたら	う形（意向形） 延長吧	ながびこう

△社長の話は、いつも長引きがちです。／社長講話總是會拖得很長。

ながめる【眺める】 眺望；凝視，注意看；（商）觀望

他下一 グループ2

眺める・眺めます

辭書形(基本形) 眺望	ながめる	たり形 又是眺望	ながめたり
ない形（否定形） 沒眺望	ながめない	ば形（條件形） 眺望的話	ながめれば
なかった形（過去否定形） 過去沒眺望	ながめなかった	させる形（使役形） 使眺望	ながめさせる
ます形（連用形） 眺望	ながめます	られる形（被動形） 被眺望	ながめられる
て形 眺望	ながめて	命令形 快眺望	ながめろ
た形（過去形） 眺望了	ながめた	可能形 可以眺望	ながめられる
たら形（條件形） 眺望的話	ながめたら	う形（意向形） 眺望吧	ながめよう

△窓から、美しい景色を眺めていた。／我從窗戶眺望美麗的景色。

なぐさめる【慰める】 安慰，慰問；使舒暢；慰勞，撫慰 他下一 グループ2

慰(なぐさ)める・慰(なぐさ)めます

形	活用	形	活用
辭書形（基本形） 慰問	なぐさめる	たり形 又是慰問	なぐさめたり
ない形（否定形） 沒慰問	なぐさめない	ば形（條件形） 慰問的話	なぐさめれば
なかった形（過去否定形） 過去沒慰問	なぐさめなかった	させる形（使役形） 使慰問	なぐさめさせる
ます形（連用形） 慰問	なぐさめます	られる形（被動形） 被慰問	なぐさめられる
て形 慰問	なぐさめて	命令形 快慰問	なぐさめろ
た形（過去形） 慰問了	なぐさめた	可能形 可以慰問	なぐさめられる
たら形（條件形） 慰問的話	なぐさめたら	う形（意向形） 慰問吧	なぐさめよう

△私(わたし)には、慰(なぐさ)める言葉(ことば)もありません。／我找不到安慰的言語。

なす【為す】 （文）做，為；著手，動手 他五 グループ1

為(な)す・為(な)します

形	活用	形	活用
辭書形（基本形） 做	なす	たり形 又是做	なしたり
ない形（否定形） 沒做	なさない	ば形（條件形） 做的話	なせば
なかった形（過去否定形） 過去沒做	なさなかった	させる形（使役形） 使做	なさせる
ます形（連用形） 做	なします	られる形（被動形） 被著手	なされる
て形 做	なして	命令形 快做	なせ
た形（過去形） 做了	なした	可能形 可以做	なせる
たら形（條件形） 做的話	なしたら	う形（意向形） 吧做	なそう

△奴(やつ)は乱暴者(らんぼうもの)なので、みんな恐(おそ)れをなしている。／
那傢伙的脾氣非常火爆，大家都對他恐懼有加。

なでる【撫でる】 摸，撫摸；梳理（頭髮）；撫慰，安撫

他下一 グループ2

撫（な）でる・撫（な）でます

辭書形(基本形) 撫摸	なでる	たり形 又是撫摸	なでたり
ない形（否定形） 沒撫摸	なでない	ば形（條件形） 撫摸的話	なでれば
なかった形（過去否定形） 過去沒撫摸	なでなかった	させる形（使役形） 使撫摸	なでさせる
ます形（連用形） 撫摸	なでます	られる形（被動形） 被撫摸	なでられる
て形 撫摸	なでて	命令形 快撫摸	なでろ
た形（過去形） 撫摸了	なでた	可能形 可以撫摸	なでられる
たら形（條件形） 撫摸的話	なでたら	う形（意向形） 撫摸吧	なでよう

△彼（かれ）は、白髪（しらが）だらけの髪（かみ）をなでながらつぶやいた。／他邊摸著滿頭白髮，邊喃喃自語。

なまける【怠ける】 懶惰，怠惰

自他下一 グループ2

怠（なま）ける・怠（なま）けます

辭書形(基本形) 怠惰	なまける	たり形 又是怠惰	なまけたり
ない形（否定形） 沒怠惰	なまけない	ば形（條件形） 怠惰的話	なまければ
なかった形（過去否定形） 過去沒怠惰	なまけなかった	させる形（使役形） 使怠惰	なまけさせる
ます形（連用形） 怠惰	なまけます	られる形（被動形） 被怠惰	なまけられる
て形 怠惰	なまけて	命令形 快怠惰	なまけろ
た形（過去形） 怠惰了	なまけた	可能形 可以怠惰	なまけられる
たら形（條件形） 怠惰的話	なまけたら	う形（意向形） 怠惰吧	なまけよう

△仕事（しごと）を怠（なま）ける。／他不認真工作。

ならう【倣う】 仿效，學

自五 グループ1

倣(なら)う・倣(なら)います

辭書形(基本形) 仿效	ならう	たり形 又是仿效	ならったり
ない形（否定形) 沒仿效	ならわない	ば形（條件形) 仿效的話	ならえば
なかった形（過去否定形) 過去沒仿效	ならわなかった	させる形（使役形) 使仿效	ならわせる
ます形（連用形) 仿效	ならいます	られる形（被動形) 被仿效	ならわれる
て形 仿效	ならって	命令形 快仿效	ならえ
た形（過去形) 仿效了	ならった	可能形 可以仿效	ならえる
たら形（條件形) 仿效的話	ならったら	う形（意向形) 仿效吧	ならおう

△先例(せんれい)に倣(なら)う。／仿照前例。

なる【生る】 （植物）結果；生，產出

自五 グループ1

生(な)る・生(な)ります

辭書形(基本形) 產出	なる	たり形 又是產出	なったり
ない形（否定形) 沒產出	ならない	ば形（條件形) 產出的話	なれば
なかった形（過去否定形) 過去沒產出	ならなかった	させる形（使役形) 使產出	ならせる
ます形（連用形) 產出	なります	られる形（被動形) 被產出	なられる
て形 產出	なって	命令形 快產出	なれ
た形（過去形) 產出了	なった	可能形	——
たら形（條件形) 產出的話	なったら	う形（意向形) 產出吧	なろう

△今年(ことし)はミカンがよく生(な)るね。／今年的橘子結實纍纍。

なる【成る】 成功，完成；組成，構成；允許，能忍受

自五 グループ1

なる・なります

辭書形(基本形) 完成	なる	たり形 又是完成	なったり
ない形（否定形） 沒完成	ならない	ば形（條件形） 完成的話	なれば
なかった形（過去否定形） 過去沒完成	ならなかった	させる形（使役形） 使完成	ならせる
ます形（連用形） 完成	なります	られる形（被動形） 被完成	なられる
て形 完成	なって	命令形 快完成	なれ
た形（過去形） 完成了	なった	可能形 可以完成	なれる
たら形（條件形） 完成的話	なったら	う形（意向形） 完成吧	なろう

△今年（ことし）こそ、初優勝（はつゆうしょう）なるか。／今年究竟能否首度登上冠軍寶座呢？

なれる【馴れる】 熟練；熟悉；習慣；馴熟

自下一 グループ2

馴（な）れる・馴（な）れます

辭書形(基本形) 熟悉	なれる	たり形 又是熟悉	なれたり
ない形（否定形） 沒熟悉	なれない	ば形（條件形） 熟悉的話	なれれば
なかった形（過去否定形） 過去沒熟悉	なれなかった	させる形（使役形） 使熟悉	なれさせる
ます形（連用形） 熟悉	なれます	られる形（被動形） 被熟悉	なれられる
て形 熟悉	なれて	命令形 快熟悉	なれろ
た形（過去形） 熟悉了	なれた	可能形 可以熟悉	なれられる
たら形（條件形） 熟悉的話	なれたら	う形（意向形） 熟悉吧	なれよう

△この馬（うま）は人（ひと）に馴（な）れている。／這匹馬很親人。

におう【匂う】 散發香味，有香味；（顏色）鮮豔美麗；隱約發出，使人感到似乎…

自五 グループ1

匂う・匂います

辭書形(基本形) 有香味	におう	たり形 又是有香味	におったり
ない形（否定形） 沒有香味	におわない	ば形（條件形） 有香味的話	におえば
なかった形（過去否定形） 過去沒有香味	におわなかった	させる形（使役形） 使散發出	におわせる
ます形（連用形） 有香味	においます	られる形（被動形） 被散發出	におわれる
て形 有香味	におって	命令形 快散發出	におえ
た形（過去形） 有了香味	におった	可能形	————
たら形（條件形） 有香味的話	におったら	う形（意向形） 散發出吧	におおう

△何か匂いますが、何の匂いでしょうか。／
好像有什麼味道，到底是什麼味道呢？

にがす【逃がす】 放掉，放跑；使跑掉，沒抓住；錯過，丟失

他五 グループ1

逃がす・逃がします

辭書形(基本形) 放掉	にがす	たり形 又是放掉	にがしたり
ない形（否定形） 沒放掉	にがさない	ば形（條件形） 放掉的話	にがせば
なかった形（過去否定形） 過去沒放掉	にがさなかった	させる形（使役形） 使放掉	にがさせる
ます形（連用形） 放掉	にがします	られる形（被動形） 被放掉	にがされる
て形 放掉	にがして	命令形 快放掉	にがせ
た形（過去形） 放掉了	にがした	可能形 可以放掉	にがせる
たら形（條件形） 放掉的話	にがしたら	う形（意向形） 放掉吧	にがそう

△犯人を懸命に追ったが、逃がしてしまった。／
雖然拚命追趕犯嫌，無奈還是被他逃掉了。

にくむ【憎む】 憎恨，厭惡；嫉妒

他五 グループ1

憎（にく）む・憎（にく）みます

辭書形(基本形) 嫉妒	にくむ	たり形 又是嫉妒	にくんだり
ない形（否定形) 沒嫉妒	にくまない	ば形（條件形) 嫉妒的話	にくめば
なかった形（過去否定形) 過去沒嫉妒	にくまなかった	させる形（使役形) 使嫉妒	にくませる
ます形（連用形) 嫉妒	にくみます	られる形（被動形) 被嫉妒	にくまれる
て形 嫉妒	にくんで	命令形 快嫉妒	にくめ
た形（過去形) 嫉妒了	にくんだ	可能形 可以嫉妒	にくめる
たら形（條件形) 嫉妒的話	にくんだら	う形（意向形) 嫉妒吧	にくもう

△今（いま）でも彼（かれ）を憎（にく）んでいますか。／你現在還恨他嗎？

にげきる【逃げ切る】 （成功地）逃跑

自五 グループ1

逃（に）げ切（き）る・逃（に）げ切（き）ります

辭書形(基本形) 逃跑	にげきる	たり形 又是逃跑	にげきったり
ない形（否定形) 沒逃跑	にげきらない	ば形（條件形) 逃跑的話	にげきれば
なかった形（過去否定形) 過去沒逃跑	にげきらなかった	させる形（使役形) 使逃跑	にげきらせる
ます形（連用形) 逃跑	にげきります	られる形（被動形) 被逃跑	にげきられる
て形 逃跑	にげきって	命令形 快逃跑	にげきれ
た形（過去形) 逃跑了	にげきった	可能形 可以逃跑	にげきれる
たら形（條件形) 逃跑的話	にげきったら	う形（意向形) 逃跑吧	にげきろう

△危（あぶ）なかったが、逃（に）げ切（き）った。／雖然危險但脫逃成功。

にごる【濁る】

混濁，不清晰；（聲音）嘶啞；（顏色）不鮮明；（心靈）污濁，起邪念

自五 グループ1

濁る・濁ります

辭書形(基本形) 混濁	にごる	たり形 又是混濁	にごったり
ない形（否定形） 沒混濁	にごらない	ば形（條件形） 混濁的話	にごれば
なかった形（過去否定形） 過去沒混濁	にごらなかった	させる形（使役形） 使混濁	にごらせる
ます形（連用形） 混濁	にごります	られる形（被動形） 被弄混濁	にごられる
て形 混濁	にごって	命令形 快混濁	にごれ
た形（過去形） 混濁了	にごった	可能形	———
たら形（條件形） 混濁的話	にごったら	う形（意向形） 混濁吧	にごろう

△連日の雨で、川の水が濁っている。／連日的降雨造成河水渾濁。

にらむ【睨む】

瞪著眼看，怒目而視；盯著，注視，仔細觀察；估計，揣測，意料；盯上

他五 グループ1

睨む・睨みます

辭書形(基本形) 盯著	にらむ	たり形 又是盯著	にらんだり
ない形（否定形） 沒盯著	にらまない	ば形（條件形） 盯著的話	にらめば
なかった形（過去否定形） 過去沒盯著	にらまなかった	させる形（使役形） 使盯著	にらませる
ます形（連用形） 盯著	にらみます	られる形（被動形） 被盯著	にらまれる
て形 盯著	にらんで	命令形 快注視	にらめ
た形（過去形） 盯著了	にらんだ	可能形 可以注視	にらめる
たら形（條件形） 盯著的話	にらんだら	う形（意向形） 注視吧	にらもう

△隣のおじさんは、私が通るたびに睨む。／
我每次經過隔壁的伯伯就會瞪我一眼。

ねがう【願う】 請求，請願，懇求；願望，希望；祈禱，許願

他五 グループ1

願う・願います

辭書形(基本形) 請求	ねがう	たり形 又是請求	ねがったり
ない形（否定形） 沒請求	ねがわない	ば形（條件形） 請求的話	ねがえば
なかった形（過去否定形） 過去沒請求	ねがわなかった	させる形（使役形） 使請求	ねがわせる
ます形（連用形） 請求	ねがいます	られる形（被動形） 被請求	ねがわれる
て形 請求	ねがって	命令形 快請求	ねがえ
た形（過去形） 請求了	ねがった	可能形 可以請求	ねがえる
たら形（條件形） 請求的話	ねがったら	う形（意向形） 請求吧	ねがおう

△二人の幸せを願わないではいられません。／
不得不為他兩人的幸福祈禱呀！

ねらう【狙う】 看準，把…當做目標；把…弄到手；伺機而動

他五 グループ1

狙う・狙います

辭書形(基本形) 看準	ねらう	たり形 又是看準	ねらったり
ない形（否定形） 沒看準	ねらわない	ば形（條件形） 看準的話	ねらえば
なかった形（過去否定形） 過去沒看準	ねらわなかった	させる形（使役形） 使當做目標	ねらわせる
ます形（連用形） 看準	ねらいます	られる形（被動形） 被當做目標	ねらわれる
て形 看準	ねらって	命令形 快當做目標	ねらえ
た形（過去形） 看準了	ねらった	可能形 可以當做目標	ねらえる
たら形（條件形） 看準的話	ねらったら	う形（意向形） 當做目標吧	ねらおう

△狙った以上、彼女を絶対ガールフレンドにします。／
既然看中了她，就絕對要讓她成為自己的女友。

のせる【載せる】 刊登；載運；放到高處；和著音樂拍子

他下一 グループ2

載（の）せる・載（の）せます

辭書形(基本形) 刊登	のせる	たり形 又是刊登	のせたり
ない形（否定形) 沒刊登	のせない	ば形（條件形) 刊登的話	のせれば
なかった形（過去否定形) 過去沒刊登	のせなかった	させる形（使役形) 使刊登	のせさせる
ます形（連用形) 刊登	のせます	られる形（被動形) 被刊登	のせられる
て形 刊登	のせて	命令形 快刊登	のせろ
た形（過去形) 刊登了	のせた	可能形 可以刊登	のせられる
たら形（條件形) 刊登的話	のせたら	う形（意向形) 刊登吧	のせよう

△雑誌（ざっし）に記事（きじ）を載（の）せる。／在雜誌上刊登報導。

のぞく【除く】 消除，刪除，除外，剷除；除了…，…除外；殺死

他五 グループ1

除（のぞ）く・除（のぞ）きます

辭書形(基本形) 刪除	のぞく	たり形 又是刪除	のぞいたり
ない形（否定形) 沒刪除	のぞかない	ば形（條件形) 刪除的話	のぞけば
なかった形（過去否定形) 過去沒刪除	のぞかなかった	させる形（使役形) 使刪除	のぞかせる
ます形（連用形) 刪除	のぞきます	られる形（被動形) 被刪除	のぞかれる
て形 刪除	のぞいて	命令形 快刪除	のぞけ
た形（過去形) 刪除了	のぞいた	可能形 可以刪除	のぞける
たら形（條件形) 刪除的話	のぞいたら	う形（意向形) 刪除吧	のぞこう

△私（わたし）を除（のぞ）いて、家族（かぞく）は全員乙女座（ぜんいんおとめざ）です。／
除了我之外，我們家全都是處女座。

のぞく【覗く】

露出（物體的一部份）；窺視，探視；往下看；晃一眼；窺探他人秘密

自他五　グループ1

覗く・覗きます

辭書形(基本形) 窺視	のぞく	たり形 又是窺視	のぞいたり
ない形（否定形） 沒窺視	のぞかない	ば形（條件形） 窺視的話	のぞけば
なかった形（過去否定形） 過去沒窺視	のぞかなかった	させる形（使役形） 使窺視	のぞかせる
ます形（連用形） 窺視	のぞきます	られる形（被動形） 被窺視	のぞかれる
て形 窺視	のぞいて	命令形 快窺視	のぞけ
た形（過去形） 窺視了	のぞいた	可能形 可以窺視	のぞける
たら形（條件形） 窺視的話	のぞいたら	う形（意向形） 窺視吧	のぞこう

△家の中を覗いているのは誰だ。／是誰在那裡偷看屋內？

のべる【述べる】

敘述，陳述，說明，談論

他下一　グループ2

述べる・述べます

辭書形(基本形) 談論	のべる	たり形 又是談論	のべたり
ない形（否定形） 沒談論	のべない	ば形（條件形） 談論的話	のべれば
なかった形（過去否定形） 過去沒談論	のべなかった	させる形（使役形） 使談論	のべさせる
ます形（連用形） 談論	のべます	られる形（被動形） 被談論	のべられる
て形 談論	のべて	命令形 快談論	のべろ
た形（過去形） 談論了	のべた	可能形 可以談論	のべられる
たら形（條件形） 談論的話	のべたら	う形（意向形） 談論吧	のべよう

△この問題に対して、意見を述べてください。／請針對這個問題，發表一下意見。

のる【載る】 登上，放上；乘，坐，騎；參與；上當，受騙；刊載，刊登 他五 グループ1

載る・載ります

形	活用	形	活用
辭書形(基本形) 登上	のる	たり形 又是登上	のったり
ない形（否定形） 沒登上	のらない	ば形（條件形） 登上的話	のれば
なかった形（過去否定形） 過去沒登上	のらなかった	させる形（使役形） 使登上	のらせる
ます形（連用形） 登上	のります	られる形（被動形） 被登上	のられる
て形 登上	のって	命令形 快登上	のれ
た形（過去形） 登上了	のった	可能形 可以登上	のれる
たら形（條件形） 登上的話	のったら	う形（意向形） 登上吧	のろう

△その記事は、何ページに載っていましたっけ。／
這個報導，記得是刊在第幾頁來著？

はう【這う】 爬，爬行；（植物）攀纏，緊貼；（趴）下 自五 グループ1

這う・這います

形	活用	形	活用
辭書形(基本形) 爬行	はう	たり形 又是爬行	はったり
ない形（否定形） 沒爬行	はわない	ば形（條件形） 爬行的話	はえば
なかった形（過去否定形） 過去沒爬行	はわなかった	させる形（使役形） 使爬行	はわせる
ます形（連用形） 爬行	はいます	られる形（被動形） 被攀纏	はわれる
て形 爬行	はって	命令形 快爬行	はえ
た形（過去形） 爬行了	はった	可能形 可以爬行	はえる
たら形（條件形） 爬行的話	はったら	う形（意向形） 爬行吧	はおう

△赤ちゃんが、一生懸命這ってきた。／小嬰兒努力地爬到了這裡。

はがす【剥がす】 剝下

他五 グループ1

剥がす・剥がします

辭書形(基本形) 剝下	はがす	たり形 又是剝下	はがしたり
ない形（否定形） 沒剝下	はがさない	ば形（條件形） 剝下的話	はがせば
なかった形（過去否定形） 過去沒剝下	はがさなかった	させる形（使役形） 使剝下	はがさせる
ます形（連用形） 剝下	はがします	られる形（被動形） 被剝下	はがされる
て形 剝下	はがして	命令形 快剝下	はがせ
た形（過去形） 剝下了	はがした	可能形 可以剝下	はがせる
たら形（條件形） 剝下的話	はがしたら	う形（意向形） 剝下吧	はがそう

△ペンキを塗る前に、古い塗料を剥がしましょう。／在塗上油漆之前，先將舊的漆剝下來吧！

はかる【計る】 測量；計量；推測，揣測；徵詢，諮詢

他五 グループ1

計る・計ります

辭書形(基本形) 測量	はかる	たり形 又是測量	はかったり
ない形（否定形） 沒測量	はからない	ば形（條件形） 測量的話	はかれば
なかった形（過去否定形） 過去沒測量	はからなかった	させる形（使役形） 使測量	はからせる
ます形（連用形） 測量	はかります	られる形（被動形） 被揣測	はかられる
て形 測量	はかって	命令形 快測量	はかれ
た形（過去形） 測量了	はかった	可能形 可以測量	はかれる
たら形（條件形） 測量的話	はかったら	う形（意向形） 測量吧	はかろう

△何分ぐらいかかるか、時間を計った。／我量了大概要花多少時間。

はく【吐く】 吐，吐出；說出，吐露出；冒出，噴出

他五 グループ1

吐く・吐きます

辭書形(基本形) 說出	はく	たり形 又是說出	はいたり
ない形（否定形） 沒說出	はかない	ば形（條件形） 說出的話	はけば
なかった形（過去否定形） 過去沒說出	はかなかった	させる形（使役形） 使說出	はかせる
ます形（連用形） 說出	はきます	られる形（被動形） 被說出	はかれる
て形 說出	はいて	命令形 快說出	はけ
た形（過去形） 說出了	はいた	可能形 可以說出	はける
たら形（條件形） 說出的話	はいたら	う形（意向形） 說出吧	はこう

△寒(さむ)くて、吐(は)く息(いき)が白(しろ)く見(み)える。／天氣寒冷，吐出來的氣都是白的。

はく【掃く】 掃，打掃；（拿刷子）輕塗

他五 グループ1

掃く・掃きます

辭書形(基本形) 打掃	はく	たり形 又是打掃	はいたり
ない形（否定形） 沒打掃	はかない	ば形（條件形） 打掃的話	はけば
なかった形（過去否定形） 過去沒打掃	はかなかった	させる形（使役形） 使打掃	はかせる
ます形（連用形） 打掃	はきます	られる形（被動形） 被打掃	はかれる
て形 打掃	はいて	命令形 快打掃	はけ
た形（過去形） 打掃了	はいた	可能形 可以打掃	はける
たら形（條件形） 打掃的話	はいたら	う形（意向形） 打掃吧	はこう

△部屋(へや)を掃(は)く。／打掃房屋。

はさまる【挟まる】 夾，（物體）夾在中間；夾在（對立雙方中間） 自五 グループ1

挟まる・挟まります

辞書形(基本形) 夾	はさまる	たり形 又是夾	はさまったり
ない形（否定形） 沒夾	はさまらない	ば形（條件形） 夾的話	はさまれば
なかった形（過去否定形） 過去沒夾	はさまらなかった	させる形（使役形） 使夾	はさまらせる
ます形（連用形） 夾	はさまります	られる形（被動形） 被夾	はさまられる
て形 夾	はさまって	命令形 快夾	はさまれ
た形（過去形） 夾了	はさまった	可能形	――――
たら形（條件形） 夾的話	はさまったら	う形（意向形） 夾吧	はさまろう

△歯の間に食べ物が挟まってしまった。／食物塞在牙縫裡了。

はさむ【挟む】 夾，夾住；隔；夾進，夾入；插 他五 グループ1

挟む・挟みます

辞書形(基本形) 夾住	はさむ	たり形 又是夾住	はさんだり
ない形（否定形） 沒夾住	はさまない	ば形（條件形） 夾住的話	はさめば
なかった形（過去否定形） 過去沒夾住	はさまなかった	させる形（使役形） 使夾住	はさませる
ます形（連用形） 夾住	はさみます	られる形（被動形） 被夾住	はさまれる
て形 夾住	はさんで	命令形 快夾住	はさめ
た形（過去形） 夾住了	はさんだ	可能形 可以夾住	はさめる
たら形（條件形） 夾住的話	はさんだら	う形（意向形） 夾住吧	はさもう

△ドアに手を挟んで、大声を出さないではいられないぐらい痛かった。／門夾到手，痛得我禁不住放聲大叫。

ばっする【罰する】 處罰，處分，責罰；(法)定罪，判罪 他サ グループ3

罰する・罰します

辭書形(基本形) 處罰	ばっする	たり形 又是處罰	ばっしたり
ない形（否定形) 沒處罰	ばっしない	ば形（條件形) 處罰的話	ばっすれば
なかった形（過去否定形) 過去沒處罰	ばっしなかった	させる形（使役形) 使處罰	ばっしさせる
ます形（連用形) 處罰	ばっします	られる形（被動形) 被處罰	ばっせられる
て形 處罰	ばっして	命令形 快處罰	ばっしろ
た形（過去形) 處罰了	ばっした	可能形 可以處罰	ばっせられる
たら形（條件形) 處罰的話	ばっしたら	う形（意向形) 處罰吧	ばっしよう

△あなたが罪を認めた以上、罰しなければなりません。／
既然你認了罪，就得接受懲罰。

はなしあう【話し合う】 對話，談話；商量，協商，談判 自五 グループ1

話し合う・話し合います

辭書形(基本形) 協商	はなしあう	たり形 又是協商	はなしあったり
ない形（否定形) 沒協商	はなしあわない	ば形（條件形) 協商的話	はなしあえば
なかった形（過去否定形) 過去沒協商	はなしあわなかった	させる形（使役形) 使協商	はなしあわせる
ます形（連用形) 協商	はなしあいます	られる形（被動形) 被談判	はなしあわれる
て形 協商	はなしあって	命令形 快協商	はなしあえ
た形（過去形) 協商了	はなしあった	可能形 可以協商	はなしあえる
たら形（條件形) 協商的話	はなしあったら	う形（意向形) 協商吧	はなしあおう

△多数決でなく、話し合いで決めた。／
不是採用多數決，而是經過討論之後做出了決定。

はなしかける【話しかける】

（主動）跟人說話，攀談；開始談，開始說　自下一　グループ2

話しかける・話しかけます

辭書形(基本形) 攀談	はなしかける	たり形 又是攀談	はなしかけたり
ない形（否定形） 沒攀談	はなしかけない	ば形（條件形） 攀談的話	はなしかければ
なかった形（過去否定形） 過去沒攀談	はなしかけなかった	させる形（使役形） 使攀談	はなしかけさせる
ます形（連用形） 攀談	はなしかけます	られる形（被動形） 被攀談	はなしかけられる
て形 攀談	はなしかけて	命令形 快攀談	はなしかけろ
た形（過去形） 攀談了	はなしかけた	可能形 可以攀談	はなしかけられる
たら形（條件形） 攀談的話	はなしかけたら	う形（意向形） 攀談吧	はなしかけよう

△英語で話しかける。／用英語跟他人交談。

はねる【跳ねる】

跳，蹦起；飛濺；散開，散場；爆，裂開　自下一　グループ2

跳ねる・跳ねます

辭書形(基本形) 散開	はねる	たり形 又是散開	はねたり
ない形（否定形） 沒散開	はねない	ば形（條件形） 散開的話	はねれば
なかった形（過去否定形） 過去沒散開	はねなかった	させる形（使役形） 使散開	はねさせる
ます形（連用形） 散開	はねます	られる形（被動形） 散開被	はねられる
て形 散開	はねて	命令形 快散開	はねろ
た形（過去形） 散開了	はねた	可能形 可以散開	はねられる
たら形（條件形） 散開的話	はねたら	う形（意向形） 散開吧	はねよう

△子犬は、飛んだり跳ねたりして喜んでいる。／小狗高興得又蹦又跳的。

はぶく【省く】 省，省略，精簡，簡化；節省

他五 グループ1

省く・省きます

辭書形(基本形) 省略	はぶく	たり形 又是省略	はぶいたり
ない形（否定形) 沒省略	はぶかない	ば形（條件形) 省略的話	はぶけば
なかった形（過去否定形) 過去沒省略	はぶかなかった	させる形（使役形) 使省略	はぶかせる
ます形（連用形) 省略	はぶきます	られる形（被動形) 被省略	はぶかれる
て形 省略	はぶいて	命令形 快省略	はぶけ
た形（過去形) 省略了	はぶいた	可能形 可以省略	はぶける
たら形（條件形) 省略的話	はぶいたら	う形（意向形) 省略吧	はぶこう

△詳細は省いて単刀直入に申し上げると、予算が50万円ほど足りません。／容我省略細節、開門見山直接報告：預算還差五十萬圓。

はめる【嵌める】 嵌上，鑲上；使陷入，欺騙；擲入，使沈入

他下一 グループ2

はめる・はめます

辭書形(基本形) 鑲上	はめる	たり形 又是鑲上	はめたり
ない形（否定形) 沒鑲上	はめない	ば形（條件形) 鑲上的話	はめれば
なかった形（過去否定形) 過去沒鑲上	はめなかった	させる形（使役形) 使鑲上	はめさせる
ます形（連用形) 鑲上	はめます	られる形（被動形) 被鑲上	はめられる
て形 鑲上	はめて	命令形 快鑲上	はめろ
た形（過去形) 鑲上了	はめた	可能形 可以鑲上	はめられる
たら形（條件形) 鑲上的話	はめたら	う形（意向形) 鑲上吧	はめよう

△金属の枠にガラスを嵌めました。／在金屬框裡，嵌上了玻璃。

はらいこむ【払い込む】 繳納

他五 グループ1

払(はら)い込(こ)む・払(はら)い込(こ)みます

辭書形(基本形) 繳納	はらいこむ	たり形 又是繳納	はらいこんだり
ない形（否定形） 沒繳納	はらいこまない	ば形（條件形） 繳納的話	はらいこめば
なかった形（過去否定形） 過去沒繳納	はらいこまなかった	させる形（使役形） 使繳納	はらいこませる
ます形（連用形） 繳納	はらいこみます	られる形（被動形） 被繳納	はらいこまれる
て形 繳納	はらいこんで	命令形 快繳納	はらいこめ
た形（過去形） 繳納了	はらいこんだ	可能形 可以繳納	はらいこめる
たら形（條件形） 繳納的話	はらいこんだら	う形（意向形） 繳納吧	はらいこもう

△税金(ぜいきん)を払(はら)い込(こ)む。／繳納稅金。

はらいもどす【払い戻す】 退還（多餘的錢），退費；（銀行）付還（存戶存款）

他五 グループ1

払(はら)い戻(もど)す・払(はら)い戻(もど)します

辭書形(基本形) 退還	はらいもどす	たり形 又是退還	はらいもどしたり
ない形（否定形） 沒退還	はらいもどさない	ば形（條件形） 退還的話	はらいもどせば
なかった形（過去否定形） 過去沒退還	はらいもどさなかった	させる形（使役形） 使退還	はらいもどさせる
ます形（連用形） 退還	はらいもどします	られる形（被動形） 被退還	はらいもどされる
て形 退還	はらいもどして	命令形 快退還	はらいもどせ
た形（過去形） 退還了	はらいもどした	可能形 可以退還	はらいもどせる
たら形（條件形） 退還的話	はらいもどしたら	う形（意向形） 退還吧	はらいもどそう

△不良品(ふりょうひん)だったので、抗議(こうぎ)のすえ、料金(りょうきん)を払(はら)い戻(もど)してもらいました。／因為是瑕疵品，經過抗議之後，最後費用就退給我了。

はりきる【張り切る】 拉緊；緊張，幹勁十足，精神百倍 自五 グループ1

張り切る・張り切ります

辭書形(基本形) 拉緊	はりきる	たり形 又是拉緊	はりきったり
ない形（否定形） 沒拉緊	はりきらない	ば形（條件形） 拉緊的話	はりきれば
なかった形（過去否定形） 過去沒拉緊	はりきらなかった	させる形（使役形） 使拉緊	はりきらせる
ます形（連用形） 拉緊	はりきります	られる形（被動形） 被拉緊	はりきられる
て形 拉緊	はりきって	命令形 快拉緊	はりきれ
た形（過去形） 拉緊了	はりきった	可能形 可以拉緊	はりきれる
たら形（條件形） 拉緊的話	はりきったら	う形（意向形） 吧拉緊	はりきろう

△妹は、幼稚園の劇で主役をやるので張り切っています。／
妹妹將在幼稚園的話劇裡擔任主角，為此盡了全力準備。

ひきかえす【引き返す】 返回，折回 他五 グループ1

引き返す・引き返します

辭書形(基本形) 返回	ひきかえす	たり形 又是返回	ひきかえしたり
ない形（否定形） 沒返回	ひきかえさない	ば形（條件形） 返回的話	ひきかえせば
なかった形（過去否定形） 過去沒返回	ひきかえさなかった	させる形（使役形） 使返回	ひきかえさせる
ます形（連用形） 返回	ひきかえします	られる形（被動形） 被返回	ひきかえされる
て形 返回	ひきかえして	命令形 快返回	ひきかえせ
た形（過去形） 返回了	ひきかえした	可能形 可以返回	ひきかえせる
たら形（條件形） 返回的話	ひきかえしたら	う形（意向形） 返回吧	ひきかえそう

△橋が壊れていたので、引き返さざるをえなかった。／
因為橋壞了，所以不得不掉頭回去。

ひきだす【引き出す】 抽出，拉出；引誘出，誘騙；（從銀行）提取，提出

他五 グループ1

引き出す・引き出します

辭書形(基本形) 抽出	ひきだす	たり形 又是抽出	ひきだしたり
ない形（否定形） 沒抽出	ひきださない	ば形（條件形） 抽出的話	ひきだせば
なかった形（過去否定形） 過去沒抽出	ひきださなかった	させる形（使役形） 使抽出	ひきださせる
ます形（連用形） 抽出	ひきだします	られる形（被動形） 被抽出	ひきだされる
て形 抽出	ひきだして	命令形 快抽出	ひきだせ
た形（過去形） 抽出了	ひきだした	可能形 可以抽出	ひきだせる
たら形（條件形） 抽出的話	ひきだしたら	う形（意向形） 抽出吧	ひきだそう

△部長は、部下のやる気を引き出すのが上手だ。／
部長對激發部下的工作幹勁，很有一套。

ひきとめる【引き止める】 留，挽留；制止，拉住

他下一 グループ2

引き止める・引き止めます

辭書形(基本形) 挽留	ひきとめる	たり形 又是挽留	ひきとめたり
ない形（否定形） 沒挽留	ひきとめない	ば形（條件形） 挽留的話	ひきとめれば
なかった形（過去否定形） 過去沒挽留	ひきとめなかった	させる形（使役形） 使挽留	ひきとめさせる
ます形（連用形） 挽留	ひきとめます	られる形（被動形） 被挽留	ひきとめられる
て形 挽留	ひきとめて	命令形 快挽留	ひきとめろ
た形（過去形） 挽留了	ひきとめた	可能形 可以挽留	ひきとめられる
たら形（條件形） 挽留的話	ひきとめたら	う形（意向形） 挽留吧	ひきとめよう

△一生懸命引き止めたが、彼は会社を辞めてしまった。／
我努力挽留但他還是辭職了。

ひく【轢く】 （車）壓・軋（人等）

他五 グループ1

轢(ひ)く・轢(ひ)きます

辭書形(基本形) 壓	ひく	たり形 又是壓	ひいたり
ない形（否定形） 沒壓	ひかない	ば形（條件形） 壓的話	ひけば
なかった形（過去否定形） 過去沒壓	ひかなかった	させる形（使役形） 使壓	ひかせる
ます形（連用形） 壓	ひきます	られる形（被動形） 被壓	ひかれる
て形 壓	ひいて	命令形 快壓	ひけ
た形（過去形） 壓了	ひいた	可能形 可以壓	ひける
たら形（條件形） 壓的話	ひいたら	う形（意向形） 壓吧	ひこう

△人(ひと)を轢(ひ)きそうになって、びっくりした。／差一點就壓傷了人，嚇死我了。

ひっかかる【引っ掛かる】 掛起來，掛上，卡住；連累，牽累；受騙，上當；心裡不痛快

引(ひ)っ掛(か)かる・引(ひ)っ掛(か)かります

辭書形(基本形) 卡住	ひっかかる	たり形 又是卡住	ひっかかったり
ない形（否定形） 沒卡住	ひっかからない	ば形（條件形） 卡住的話	ひっかかれば
なかった形（過去否定形） 過去沒卡住	ひっかから なかった	させる形（使役形） 使卡住	ひっかからせる
ます形（連用形） 卡住	ひっかかります	られる形（被動形） 被卡住	ひっかかられる
て形 卡住	ひっかかって	命令形 快卡住	ひっかかれ
た形（過去形） 卡住了	ひっかかった	可能形	――
たら形（條件形） 卡住的話	ひっかかったら	う形（意向形） 卡住吧	ひっかかろう

△凧(たこ)が木(き)に引(ひ)っ掛(か)かってしまった。／風箏纏到樹上去了。

ひっくりかえす【引っくり返す】推倒，弄倒，碰倒；顛倒過來；推翻，否決 他五 グループ1

引っ繰り返す・引っ繰り返します

辭書形(基本形) 推倒	ひっくりかえす	たり形 又是推倒	ひっくりかえしたり
ない形（否定形） 沒推倒	ひっくりかえさない	ば形（條件形） 推倒的話	ひっくりかえせば
なかった形（過去否定形） 過去沒推倒	ひっくりかえさなかった	させる形（使役形） 使推倒	ひっくりかえさせる
ます形（連用形） 推倒	ひっくりかえします	られる形（被動形） 被推倒	ひっくりかえされる
て形 推倒	ひっくりかえして	命令形 快推倒	ひっくりかえせ
た形（過去形） 推倒了	ひっくりかえした	可能形 可以推倒	ひっくりかえせる
たら形（條件形） 推倒的話	ひっくりかえしたら	う形（意向形） 推倒吧	ひっくりかえそう

△箱を引っくり返して、中のものを調べた。／
把箱子翻出來， 查看了裡面的東西。

ひっくりかえる【引っくり返る】翻倒，顛倒，翻過來；逆轉，顛倒過來 他五 グループ1

引っ繰り返る・引っ繰り返ります

辭書形(基本形) 翻倒	ひっくりかえる	たり形 又是翻倒	ひっくりかえったり
ない形（否定形） 沒翻倒	ひっくりかえらない	ば形（條件形） 翻倒的話	ひっくりかえれば
なかった形（過去否定形） 過去沒翻倒	ひっくりかえらなかった	させる形（使役形） 使翻倒	ひっくりかえらせる
ます形（連用形） 翻倒	ひっくりかえります	られる形（被動形） 被翻倒	ひっくりかえられる
て形 翻倒	ひっくりかえって	命令形 快翻倒	ひっくりかえれ
た形（過去形） 翻倒了	ひっくりかえった	可能形 可以翻倒	ひっくりかえれる
たら形（條件形） 翻倒的話	ひっくりかえったら	う形（意向形） 翻倒吧	ひっくりかえろう

△ニュースを聞いて、ショックのあまり引っくり返ってしまった。／
聽到這消息，由於太過吃驚，結果翻了一跤。

ひっこむ【引っ込む】

引退，隱居；縮進，縮入；拉入，拉進；拉攏

自他五 グループ1

引っ込む・引っ込みます

活用形		活用形	
辭書形(基本形) 拉進	ひっこむ	たり形 又是拉進	ひっこんだり
ない形（否定形) 沒拉進	ひっこまない	ば形（條件形) 拉進的話	ひっこめば
なかった形（過去否定形) 過去沒拉進	ひっこまなかった	させる形（使役形) 使拉進	ひっこませる
ます形（連用形) 拉進	ひっこみます	られる形（被動形) 被拉進	ひっこまれる
て形 拉進	ひっこんで	命令形 快拉進	ひっこめ
た形（過去形) 拉進了	ひっこんだ	可能形 會拉進	ひっこめる
たら形（條件形) 拉進的話	ひっこんだら	う形（意向形) 拉進吧	ひっこもう

△あなたは関係ないんだから、引っ込んでいてください。／這跟你沒關係，請你走開！

ひっぱる【引っ張る】

(用力)拉；拉上，拉緊；強拉走；引誘；拖長；拖延；拉(電線等)

他五 グループ1

引っ張る・引っ張ります

活用形		活用形	
辭書形(基本形) 拉	ひっぱる	たり形 又是拉	ひっぱったり
ない形（否定形) 沒拉	ひっぱらない	ば形（條件形) 拉的話	ひっぱれば
なかった形（過去否定形) 過去沒拉	ひっぱらなかった	させる形（使役形) 使拉	ひっぱらせる
ます形（連用形) 拉	ひっぱります	られる形（被動形) 被拉	ひっぱられる
て形 拉	ひっぱって	命令形 快拉	ひっぱれ
た形（過去形) 拉了	ひっぱった	可能形 可以拉	ひっぱれる
たら形（條件形) 拉的話	ひっぱったら	う形（意向形) 拉吧	ひっぱろう

△人の耳を引っ張る。／拉人的耳朵。

N2 ひ ひっこむ・ひっぱる

ひねる【捻る】 （用手）扭，擰；（俗）打敗，擊敗；費盡心思 他五 グループ1

捻（ひね）る・捻（ひね）ります

辭書形（基本形） 扭	ひねる	たり形 又是扭	ひねったり
ない形（否定形） 沒扭	ひねらない	ば形（條件形） 扭的話	ひねれば
なかった形（過去否定形） 過去沒扭	ひねらなかった	させる形（使役形） 使扭	ひねらせる
ます形（連用形） 扭	ひねります	られる形（被動形） 被扭	ひねられる
て形 扭	ひねって	命令形 快扭	ひねれ
た形（過去形） 扭了	ひねった	可能形 可以扭	ひねれる
たら形（條件形） 扭的話	ひねったら	う形（意向形） 扭吧	ひねろう

△足首（あしくび）をひねったので、体育（たいいく）の授業（じゅぎょう）は見学（けんがく）させてもらった。／由於扭傷了腳踝，體育課時被允許在一旁觀摩。

ひびく【響く】 響，發出聲音；發出回音，震響；傳播震動；波及；出名 他五 グループ1

響（ひび）く・響（ひび）きます

辭書形（基本形） 波及	ひびく	たり形 又是波及	ひびいたり
ない形（否定形） 沒波及	ひびかない	ば形（條件形） 波及的話	ひびけば
なかった形（過去否定形） 過去沒波及	ひびかなかった	させる形（使役形） 使波及	ひびかせる
ます形（連用形） 波及	ひびきます	られる形（被動形） 被波及	ひびかれる
て形 波及	ひびいて	命令形 快波及	ひびけ
た形（過去形） 波及了	ひびいた	可能形	――――
たら形（條件形） 波及的話	ひびいたら	う形（意向形） 震動吧	ひびこう

△銃声（じゅうせい）が響（ひび）いた。／槍聲響起。

ふきとばす【吹き飛ばす】 吹跑；吹牛；趕走

他五 グループ1

吹き飛ばす・吹き飛ばします

辭書形(基本形) 趕走	ふきとばす	たり形 又是趕走	ふきとばしたり
ない形（否定形） 沒趕走	ふきとばさない	ば形（條件形） 趕走的話	ふきとばせば
なかった形（過去否定形） 過去沒趕走	ふきとばさなかった	させる形（使役形） 使趕走	ふきとばさせる
ます形（連用形） 趕走	ふきとばします	られる形（被動形） 被趕走	ふきとばされる
て形 趕走	ふきとばして	命令形 快趕走	ふきとばせ
た形（過去形） 趕走了	ふきとばした	可能形 可以趕走	ふきとばせる
たら形（條件形） 趕走的話	ふきとばしたら	う形（意向形） 趕走吧	ふきとばそう

△机の上に置いておいた資料が扇風機に吹き飛ばされてごちゃまぜになってしまった。／原本擺在桌上的資料被電風扇吹跑了，落得到處都是。

ふく【吹く】 （風）刮，吹；（用嘴）吹；吹（笛等）；吹牛，說大話

自他五 グループ1

吹く・吹きます

辭書形(基本形) 吹	ふく	たり形 又是吹	ふいたり
ない形（否定形） 沒吹	ふかない	ば形（條件形） 吹的話	ふけば
なかった形（過去否定形） 過去沒吹	ふかなかった	させる形（使役形） 使吹	ふかせる
ます形（連用形） 吹	ふきます	られる形（被動形） 被吹	ふかれる
て形 吹	ふいて	命令形 快吹	ふけ
た形（過去形） 吹了	ふいた	可能形 可以吹	ふける
たら形（條件形） 吹的話	ふいたら	う形（意向形） 吹吧	ふこう

△強い風が吹いてきましたね。／吹起了強風呢。

ふくらます【膨らます】（使）弄鼓，吹鼓

他五　グループ1

膨（ふく）らます・膨（ふく）らまします

辭書形（基本形） 弄鼓	ふくらます	たり形 又是弄鼓	ふくらましたり
ない形（否定形） 沒弄鼓	ふくらまさない	ば形（條件形） 弄鼓的話	ふくらませば
なかった形（過去否定形） 過去沒弄鼓	ふくらまさなかった	させる形（使役形） 使弄鼓	ふくらまさせる
ます形（連用形） 弄鼓	ふくらまします	られる形（被動形） 被弄鼓	ふくらまされる
て形 弄鼓	ふくらまして	命令形 快弄鼓	ふくらませ
た形（過去形） 弄鼓了	ふくらました	可能形 可以弄鼓	ふくらませる
たら形（條件形） 弄鼓的話	ふくらましたら	う形（意向形） 弄鼓吧	ふくらまそう

△風船（ふうせん）を膨（ふく）らまして、子（こ）どもたちに配（くば）った。／吹鼓氣球分給了小朋友們。

ふくらむ【膨らむ】鼓起，膨脹；（因為不開心而）噘嘴

他五　グループ1

膨（ふく）らむ・膨（ふく）らみます

辭書形（基本形） 鼓起	ふくらむ	たり形 又是鼓起	ふくらんだり
ない形（否定形） 沒鼓起	ふくらまない	ば形（條件形） 鼓起的話	ふくらめば
なかった形（過去否定形） 過去沒鼓起	ふくらまなかった	させる形（使役形） 使鼓起	ふくらませる
ます形（連用形） 鼓起	ふくらみます	られる形（被動形） 被鼓起	ふくらまれる
て形 鼓起	ふくらんで	命令形 快鼓起	ふくらめ
た形（過去形） 鼓起了	ふくらんだ	可能形	————
たら形（條件形） 鼓起的話	ふくらんだら	う形（意向形） 膨脹吧	ふくらもう

△お姫様（ひめさま）みたいなスカートがふくらんだドレスが着（き）てみたい。／我想穿像公主那種蓬蓬裙的洋裝。

ふける【老ける】 上年紀，老

自下一 グループ2

老(ふ)ける・老(ふ)けます

辭書形(基本形) 老	ふける	たり形 又是老	ふけたり
ない形（否定形） 沒老	ふけない	ば形（條件形） 老的話	ふければ
なかった形（過去否定形） 過去沒老	ふけなかった	させる形（使役形） 使老	ふけさせる
ます形（連用形） 老	ふけます	られる形（被動形） 被弄老	ふけられる
て形 老	ふけて	命令形 快老	ふけろ
た形（過去形） 老了	ふけた	可能形	———
たら形（條件形） 老的話	ふけたら	う形（意向形） 老吧	ふけよう

△彼女(かのじょ)はなかなか老(ふ)けない。／她都不會老。

ふさがる【塞がる】 阻塞；關閉；佔用，佔滿

他五 グループ1

塞(ふさ)がる・塞(ふさ)がります

辭書形(基本形) 阻塞	ふさがる	たり形 又是阻塞	ふさがったり
ない形（否定形） 沒阻塞	ふさがらない	ば形（條件形） 阻塞的話	ふさがれば
なかった形（過去否定形） 過去沒阻塞	ふさがらなかった	させる形（使役形） 使阻塞	ふさがらせる
ます形（連用形） 阻塞	ふさがります	られる形（被動形） 被阻塞	ふさがられる
て形 阻塞	ふさがって	命令形 快阻塞	ふさがれ
た形（過去形） 阻塞了	ふさがった	可能形	———
たら形（條件形） 阻塞的話	ふさがったら	う形（意向形） 阻塞吧	ふさがろう

△トイレは今塞(いまふさ)がっているので、後(あと)で行(い)きます。／現在廁所擠滿了人，待會我再去。

ふさぐ【塞ぐ】

塞閉；阻塞，堵；佔用；不舒服，鬱悶

自他五 グループ1

塞ぐ・塞ぎます

形式	活用	形式	活用
辭書形(基本形) 阻塞	ふさぐ	たり形 又是阻塞	ふさいだり
ない形（否定形） 沒阻塞	ふさがない	ば形（條件形） 阻塞的話	ふさげば
なかった形（過去否定形） 過去沒阻塞	ふさがなかった	させる形（使役形） 使阻塞	ふさがせる
ます形（連用形） 阻塞	ふさぎます	られる形（被動形） 被阻塞	ふさがれる
て形 阻塞	ふさいで	命令形 快阻塞	ふさげ
た形（過去形） 阻塞了	ふさいだ	可能形 會阻塞	ふさげる
たら形（條件形） 阻塞的話	ふさいだら	う形（意向形） 阻塞吧	ふさごう

△大きな荷物で道を塞がないでください。／請不要將龐大貨物堵在路上。

ふざける【巫山戯る】

開玩笑，戲謔；愚弄人，戲弄人；（男女）調情，調戲；（小孩）吵鬧

自下一 グループ2

ふざける・ふざけます

形式	活用	形式	活用
辭書形(基本形) 調戲	ふざける	たり形 又是調戲	ふざけたり
ない形（否定形） 沒調戲	ふざけない	ば形（條件形） 調戲的話	ふざければ
なかった形（過去否定形） 過去沒調戲	ふざけなかった	させる形（使役形） 使調戲	ふざけさせる
ます形（連用形） 調戲	ふざけます	られる形（被動形） 被調戲	ふざけられる
て形 調戲	ふざけて	命令形 快調戲	ふざけろ
た形（過去形） 調戲了	ふざけた	可能形 可以調戲	ふざけられる
たら形（條件形） 調戲的話	ふざけたら	う形（意向形） 調戲吧	ふざけよう

△ちょっとふざけただけだから、怒らないで。／只是開個小玩笑，別生氣。

ふせぐ【防ぐ】 防禦，防守，防止；預防，防備

他五 グループ1

防（ふせ）ぐ・防（ふせ）ぎます

辭書形(基本形) 防守	ふせぐ	たり形 又是防守	ふせいだり
ない形（否定形） 沒防守	ふせがない	ば形（條件形） 防守的話	ふせげば
なかった形（過去否定形） 過去沒防守	ふせがなかった	させる形（使役形） 使防守	ふせがせる
ます形（連用形） 防守	ふせぎます	られる形（被動形） 被防守	ふせがれる
て形 防守	ふせいで	命令形 快防守	ふせげ
た形（過去形） 防守了	ふせいだ	可能形 可以防守	ふせげる
たら形（條件形） 防守的話	ふせいだら	う形（意向形） 防守吧	ふせごう

△窓（まど）を二重（にじゅう）にして寒（さむ）さを防（ふせ）ぐ。／安裝兩層的窗戶，以禦寒。

ぶつ【打つ】 （「うつ」的強調說法）打，敲

他五 グループ1

打（ぶ）つ・打（ぶ）ちます

辭書形(基本形) 打	ぶつ	たり形 又是打	ぶったり
ない形（否定形） 沒打	ぶたない	ば形（條件形） 打的話	ぶてば
なかった形（過去否定形） 過去沒打	ぶたなかった	させる形（使役形） 使打	ぶたせる
ます形（連用形） 打	ぶちます	られる形（被動形） 被打	ぶたれる
て形 打	ぶって	命令形 快打	ぶて
た形（過去形） 打了	ぶった	可能形 可以打	ぶてる
たら形（條件形） 打的話	ぶったら	う形（意向形） 打吧	ぶとう

△後頭部（こうとうぶ）を強（つよ）く打（ぶ）つ。／重擊後腦杓。

ぶつかる 碰，撞；偶然遇上；起衝突

他五 グループ1

ぶつかる・ぶつかります

辭書形（基本形） 撞	ぶつかる	たり形 又是撞	ぶつかったり
ない形（否定形） 沒撞	ぶつからない	ば形（條件形） 撞的話	ぶつかれば
なかった形（過去否定形） 過去沒撞	ぶつからなかった	させる形（使役形） 使撞	ぶつからせる
ます形（連用形） 撞	ぶつかります	られる形（被動形） 被撞	ぶつかられる
て形 撞	ぶつかって	命令形 快撞	ぶつかれ
た形（過去形） 撞了	ぶつかった	可能形 可以撞	ぶつかれる
たら形（條件形） 撞的話	ぶつかったら	う形（意向形） 撞吧	ぶつかろう

△自転車（じてんしゃ）にぶつかる。／撞上腳踏車。

ぶらさげる【ぶら下げる】 佩帶，懸掛；手提，拎

他下一 グループ2

ぶら下（さ）げる・ぶら下（さ）げます

辭書形（基本形） 懸掛	ぶらさげる	たり形 又是懸掛	ぶらさげたり
ない形（否定形） 沒懸掛	ぶらさげない	ば形（條件形） 懸掛的話	ぶらさげれば
なかった形（過去否定形） 過去沒懸掛	ぶらさげなかった	させる形（使役形） 使懸掛	ぶらさげさせる
ます形（連用形） 懸掛	ぶらさげます	られる形（被動形） 被懸掛	ぶらさげられる
て形 懸掛	ぶらさげて	命令形 快懸掛	ぶらさげろ
た形（過去形） 懸掛了	ぶらさげた	可能形 可以懸掛	ぶらさげられる
たら形（條件形） 懸掛的話	ぶらさげたら	う形（意向形） 懸掛吧	ぶらさげよう

△腰（こし）に何（なに）をぶら下（さ）げているの。／你腰那裡佩帶著什麼東西啊？

ふりむく【振り向く】

（向後）回頭過去看；回顧，理睬　他五　グループ1

振り向く・振り向きます

辭書形(基本形) 理睬	ふりむく	たり形 又是理睬	ふりむいたり
ない形（否定形） 沒理睬	ふりむかない	ば形（條件形） 理睬的話	ふりむけば
なかった形（過去否定形） 過去沒理睬	ふりむかなかった	させる形（使役形） 使理睬	ふりむかせる
ます形（連用形） 理睬	ふりむきます	られる形（被動形） 被理睬	ふりむかれる
て形 理睬	ふりむいて	命令形 快理睬	ふりむけ
た形（過去形） 理睬了	ふりむいた	可能形 可以理睬	ふりむける
たら形（條件形） 理睬的話	ふりむいたら	う形（意向形） 理會吧	ふりむこう

△後ろを振り向いてごらんなさい。／請轉頭看一下後面。

ふるえる【震える】

顫抖，發抖，震動　自下一　グループ2

震える・震えます

辭書形(基本形) 震動	ふるえる	たり形 又是震動	ふるえたり
ない形（否定形） 沒震動	ふるえない	ば形（條件形） 震動的話	ふるえれば
なかった形（過去否定形） 過去沒震動	ふるえなかった	させる形（使役形） 使震動	ふるえさせる
ます形（連用形） 震動	ふるえます	られる形（被動形） 被震動	ふるえられる
て形 震動	ふるえて	命令形 快震動	ふるえろ
た形（過去形） 震動了	ふるえた	可能形	———
たら形（條件形） 震動的話	ふるえたら	う形（意向形） 震動吧	ふるえよう

△地震で窓ガラスが震える。／窗戶玻璃因地震而震動。

ふるまう【振舞う】
（在人面前的）行為，動作；請客，招待，款待 自他五 グループ1

振舞う・振舞います

辭書形(基本形) 招待	ふるまう	たり形 又是招待	ふるまったり
ない形（否定形） 沒招待	ふるまわない	ば形（條件形） 招待的話	ふるまえば
なかった形（過去否定形） 過去沒招待	ふるまわなかった	させる形（使役形） 使招待	ふるまわせる
ます形（連用形） 招待	ふるまいます	られる形（被動形） 被招待	ふるまわれる
て形 招待	ふるまって	命令形 快招待	ふるまえ
た形（過去形） 招待了	ふるまった	可能形 可以招待	ふるまえる
たら形（條件形） 招待的話	ふるまったら	う形（意向形） 招待吧	ふるまおう

△彼女は、映画女優のように振る舞った。／她的舉止有如電影女星。

ふれる【触れる】
接觸，觸摸（身體）；涉及，提到；感觸到；抵觸，觸犯；通知 自他下一 グループ2

触れる・触れます

辭書形(基本形) 觸摸	ふれる	たり形 又是觸摸	ふれたり
ない形（否定形） 沒觸摸	ふれない	ば形（條件形） 觸摸的話	ふれれば
なかった形（過去否定形） 過去沒觸摸	ふれなかった	させる形（使役形） 使觸摸	ふれさせる
ます形（連用形） 觸摸	ふれます	られる形（被動形） 被觸摸	ふれられる
て形 觸摸	ふれて	命令形 快觸摸	ふれろ
た形（過去形） 觸摸了	ふれた	可能形 可以觸摸	ふれられる
たら形（條件形） 觸摸的話	ふれたら	う形（意向形） 觸摸吧	ふれよう

△触れることなく、箱の中にあるものが何かを知ることができます。／用不著碰觸，我就可以知道箱子裡面裝的是什麼。

へこむ【凹む】 凹下，潰下；屈服，認輸；虧空，赤字 他五 グループ1

凹(へこ)む・凹(へこ)みます

辭書形(基本形) 虧空	へこむ	たり形 又是虧空	へこんだり
ない形（否定形） 沒虧空	へこまない	ば形（條件形） 虧空的話	へこめば
なかった形（過去否定形） 過去沒虧空	へこまなかった	させる形（使役形） 使虧空	へこませる
ます形（連用形） 虧空	へこみます	られる形（被動形） 被虧空	へこまれる
て形 虧空	へこんで	命令形 快屈服	へこめ
た形（過去形） 虧空了	へこんだ	可能形	――――
たら形（條件形） 虧空的話	へこんだら	う形（意向形） 屈服吧	へこもう

△表面(ひょうめん)が凹(へこ)んだことから、この箱(はこ)は安物(やすもの)だと知(し)った。／從表面凹陷來看，知道這箱子是便宜貨。

へだてる【隔てる】 隔開，分開；（時間）相隔；遮檔；離間；不同，有差別 他下一 グループ2

隔(へだ)てる・隔(へだ)てます

辭書形(基本形) 分開	へだてる	たり形 又是分開	へだてたり
ない形（否定形） 沒分開	へだてない	ば形（條件形） 分開的話	へだてれば
なかった形（過去否定形） 過去沒分開	へだてなかった	させる形（使役形） 使分開	へだてさせる
ます形（連用形） 分開	へだてます	られる形（被動形） 被分開	へだてられる
て形 分開	へだてて	命令形 快分開	へだてろ
た形（過去形） 分開了	へだてた	可能形 可以分開	へだてられる
たら形（條件形） 分開的話	へだてたら	う形（意向形） 分開吧	へだてよう

△道(みち)を隔(へだ)てて向(む)こう側(がわ)は隣(となり)の国(くに)です。／以這條道路為分界，另一邊是鄰國。

へる【経る】（時間、空間、事物）經過、通過 ；貫穿

自下一 グループ2

経る・経ます

辭書形(基本形) 通過	へる	たり形 又是通過	へたり
ない形（否定形） 沒通過	へない	ば形（條件形） 通過的話	へれば
なかった形（過去否定形） 過去沒通過	へなかった	させる形（使役形） 使通過	へさせる
ます形（連用形） 通過	へます	られる形（被動形） 被穿過	へられる
て形 通過	へて	命令形 快通過	へろ
た形（過去形） 通過了	へた	可能形	――
たら形（條件形） 通過的話	へたら	う形（意向形） 貫穿吧	へよう

△10年の歳月を経て、ついに作品が完成した。／
歷經十年的歲月，作品終於完成了。

ほうる【放る】拋，扔；中途放棄，棄置不顧，不加理睬

他五 グループ1

放る・放ります

辭書形(基本形) 扔	ほうる	たり形 又是扔	ほうったり
ない形（否定形） 沒扔	ほうらない	ば形（條件形） 扔的話	ほうれば
なかった形（過去否定形） 過去沒扔	ほうらなかった	させる形（使役形） 使扔	ほうらせる
ます形（連用形） 扔	ほうります	られる形（被動形） 被扔	ほうられる
て形 扔	ほうって	命令形 快扔	ほうれ
た形（過去形） 扔了	ほうった	可能形 可以扔	ほうれる
たら形（條件形） 扔的話	ほうったら	う形（意向形） 扔吧	ほうろう

△ボールを放ったら、隣の塀の中に入ってしまった。／
我將球扔了出去，結果掉進隔壁的圍牆裡。

ほえる【吠える】 （狗、犬獸等）吠，吼；（人）大聲哭喊，喊叫 自下一 グループ2

吠える・吠えます

辭書形(基本形) 吼	ほえる	たり形 又是吼	ほえたり
ない形（否定形） 沒吼	ほえない	ば形（條件形） 吼的話	ほえれば
なかった形（過去否定形） 過去沒吼	ほえなかった	させる形（使役形） 使吼	ほえさせる
ます形（連用形） 吼	ほえます	られる形（被動形） 被吼	ほえられる
て形 吼	ほえて	命令形 快吼	ほえろ
た形（過去形） 吼了	ほえた	可能形 可以吼	ほえられる
たら形（條件形） 吼的話	ほえたら	う形（意向形） 吼吧	ほえよう

△小さな犬が大きな犬に出会って、恐怖のあまりワンワン吠えている。／小狗碰上了大狗，太過害怕而嚇得汪汪叫。

ほこる【誇る】 誇耀，自豪 他五 グループ1

誇る・誇ります

辭書形(基本形) 誇耀	ほこる	たり形 又是誇耀	ほこったり
ない形（否定形） 沒誇耀	ほこらない	ば形（條件形） 誇耀的話	ほこれば
なかった形（過去否定形） 過去沒誇耀	ほこらなかった	させる形（使役形） 使誇耀	ほこらせる
ます形（連用形） 誇耀	ほこります	られる形（被動形） 被誇耀	ほこられる
て形 誇耀	ほこって	命令形 快誇耀	ほこれ
た形（過去形） 誇耀了	ほこった	可能形 可以誇耀	ほこれる
たら形（條件形） 誇耀的話	ほこったら	う形（意向形） 誇耀吧	ほころう

△成功を誇る。／以成功自豪。

ほころびる【綻びる】 脫線；使微微地張開，綻放

自下一 グループ1

綻(ほころ)びる・綻(ほころ)びます

辭書形(基本形) 綻放	ほころびる	たり形 又是綻放	ほころびたり
ない形（否定形） 沒綻放	ほころばない	ば形（條件形） 綻放的話	ほころべば
なかった形（過去否定形） 過去沒綻放	ほころばなかった	させる形（使役形） 使綻放	ほころばせる
ます形（連用形） 綻放	ほころびます	られる形（被動形） 被綻放	ほころばれる
て形 綻放	ほころびて	命令形 快綻放	ほころべ
た形（過去形） 綻放了	ほころびた	可能形	――――
たら形（條件形） 綻放的話	ほころびたら	う形（意向形） 綻放吧	ほころぼう

△桜(さくら)が綻(ほころ)びる。／櫻花綻放。

ほす【干す】 曬乾；把（池）水弄乾；乾杯

他五 グループ1

干(ほ)す・干(ほ)します

辭書形(基本形) 曬乾	ほす	たり形 又是曬乾	ほしたり
ない形（否定形） 沒曬乾	ほさない	ば形（條件形） 曬乾的話	ほせば
なかった形（過去否定形） 過去沒曬乾	ほさなかった	させる形（使役形） 使曬乾	ほさせる
ます形（連用形） 曬乾	ほします	られる形（被動形） 被曬乾	ほされる
て形 曬乾	ほして	命令形 快曬乾	ほせ
た形（過去形） 曬乾了	ほした	可能形 可以曬乾	ほせる
たら形（條件形） 曬乾的話	ほしたら	う形（意向形） 曬乾吧	ほそう

△洗濯物(せんたくもの)を干(ほ)す。／曬衣服。

ほどく【解く】 解開（繩結等）；拆解（縫的東西）

他五 グループ1

解く・解きます

辭書形(基本形) 解開	ほどく	たり形 又是解開	ほどいたり
ない形（否定形） 沒解開	ほどかない	ば形（條件形） 解開的話	ほどけば
なかった形（過去否定形） 過去沒解開	ほどかなかった	させる形（使役形） 使解開	ほどかせる
ます形（連用形） 解開	ほどきます	られる形（被動形） 被解開	ほどかれる
て形 解開	ほどいて	命令形 快解開	ほどけ
た形（過去形） 解開了	ほどいた	可能形 可以解開	ほどける
たら形（條件形） 解開的話	ほどいたら	う形（意向形） 解開吧	ほどこう

△この紐を解いてもらえますか。／我可以請你幫我解開這個繩子嗎？

ほほえむ【微笑む】 微笑，含笑；（花）微開，乍開，初放

他五 グループ1

微笑む・微笑みます

辭書形(基本形) 微笑	ほほえむ	たり形 又是微笑	ほほえんだり
ない形（否定形） 沒微笑	ほほえまない	ば形（條件形） 微笑的話	ほほえめば
なかった形（過去否定形） 過去沒微笑	ほほえまなかった	させる形（使役形） 使乍開	ほほえませる
ます形（連用形） 微笑	ほほえみます	られる形（被動形） 被乍開	ほほえまれる
て形 微笑	ほほえんで	命令形 快微笑	ほほえめ
た形（過去形） 微笑了	ほほえんだ	可能形 可以微笑	ほほえめる
たら形（條件形） 微笑的話	ほほえんだら	う形（意向形） 微笑吧	ほほえもう

△彼女は、何もなかったかのように微笑んでいた。／
她微笑著，就好像什麼事都沒發生過一樣。

ほる【掘る】 掘，挖，刨；挖出，掘出

他五 グループ1

掘る・掘ります

辭書形(基本形) 挖出	ほる	たり形 又是挖出	ほったり
ない形（否定形） 沒挖出	ほらない	ば形（條件形） 挖出的話	ほれば
なかった形（過去否定形） 過去沒挖出	ほらなかった	させる形（使役形） 使挖出	ほらせる
ます形（連用形） 挖出	ほります	られる形（被動形） 被挖出	ほられる
て形 挖出	ほって	命令形 快挖出	ほれ
た形（過去形） 挖出了	ほった	可能形 可以挖出	ほれる
たら形（條件形） 挖出的話	ほったら	う形（意向形） 挖出吧	ほろう

△土を掘ったら、昔の遺跡が出てきた。／
挖土的時候，出現了古代的遺跡。

ほる【彫る】 雕刻；紋身

他五 グループ1

彫る・彫ります

辭書形(基本形) 雕刻	ほる	たり形 又是雕刻	ほったり
ない形（否定形） 沒雕刻	ほらない	ば形（條件形） 雕刻的話	ほれば
なかった形（過去否定形） 過去沒雕刻	ほらなかった	させる形（使役形） 使雕刻	ほらせる
ます形（連用形） 雕刻	ほります	られる形（被動形） 被雕刻	ほられる
て形 雕刻	ほって	命令形 快雕刻	ほれ
た形（過去形） 雕刻了	ほった	可能形 可以雕刻	ほれる
たら形（條件形） 雕刻的話	ほったら	う形（意向形） 雕刻吧	ほろう

△寺院の壁に、いろいろな模様が彫ってあります。／
寺院裡，刻著各式各樣的圖騰。

まいる【参る】 （敬）去，來；參拜（神佛）；認輸；受不了，吃不消；（俗）死

自他五 グループ1

参(まい)る・参(まい)ります

辭書形(基本形) 參拜	まいる	たり形 又是參拜	まいったり
ない形（否定形） 沒參拜	まいらない	ば形（條件形） 參拜的話	まいれば
なかった形（過去否定形） 過去沒參拜	まいらなかった	させる形（使役形） 使參拜	まいらせる
ます形（連用形） 參拜	まいります	られる形（被動形） 被參拜	まいられる
て形 參拜	まいって	命令形 快參拜	まいれ
た形（過去形） 參拜了	まいった	可能形 可以參拜	まいれる
たら形（條件形） 參拜的話	まいったら	う形（意向形） 參拜吧	まいろう

△はい、ただいま参(まい)ります。／好的，我馬上到。

まう【舞う】 飛舞，飄盪；舞蹈

他五 グループ1

舞(ま)う・舞(ま)います

辭書形(基本形) 飛舞	まう	たり形 又是飛舞	まったり
ない形（否定形） 沒飛舞	まわない	ば形（條件形） 飛舞的話	まえば
なかった形（過去否定形） 過去沒飛舞	まわなかった	させる形（使役形） 使飄盪	まわせる
ます形（連用形） 飛舞	まいます	られる形（被動形） 被飄盪	まわれる
て形 飛舞	まって	命令形 快飛舞	まえ
た形（過去形） 飛舞了	まった	可能形 可以飛舞	まえる
たら形（條件形） 飛舞的話	まったら	う形（意向形） 飛舞吧	まおう

△花(はな)びらが風(かぜ)に舞(ま)っていた。／花瓣在風中飛舞著。

まかなう【賄う】 供給飯食；供給，供應；維持

他五 グループ1

賄（まかな）う・賄（まかな）います

辭書形(基本形) 供給	まかなう	たり形 又是供給	まかなったり
ない形（否定形） 沒供給	まかなわない	ば形（條件形） 供給的話	まかなえば
なかった形（過去否定形） 過去沒供給	まかなわなかった	させる形（使役形） 使供給	まかなわせる
ます形（連用形） 供給	まかないます	られる形（被動形） 被供給	まかなわれる
て形 供給	まかなって	命令形 快供給	まかなえ
た形（過去形） 供給了	まかなった	可能形 可以供給	まかなえる
たら形（條件形） 供給的話	まかなったら	う形（意向形） 供給吧	まかなおう

△原発（げんぱつ）は廃止（はいし）して、その分（ぶん）の電力（でんりょく）は太陽光（たいようこう）や風力（ふうりょく）による発電（はつでん）で賄（まかな）おうではないか。／廢止核能發電後，那部分的電力不是可以由太陽能發電或風力發電來補足嗎？

まく【蒔く】 播種；（在漆器上）畫泥金畫

他五 グループ1

蒔（ま）く・蒔（ま）きます

辭書形(基本形) 播種	まく	たり形 又是播種	まいたり
ない形（否定形） 沒播種	まかない	ば形（條件形） 播種的話	まけば
なかった形（過去否定形） 過去沒播種	まかなかった	させる形（使役形） 使播種	まかせる
ます形（連用形） 播種	まきます	られる形（被動形） 被播種	まかれる
て形 播種	まいて	命令形 快播種	まけ
た形（過去形） 播種了	まいた	可能形 可以播種	まける
たら形（條件形） 播種的話	まいたら	う形（意向形） 吧播種	まこう

△寒（さむ）くならないうちに、種（たね）をまいた。／趁氣候未轉冷之前播了種。

ます【増す】
（數量）增加，增長，增多；（程度）增進，增高；勝過，變的更甚

自他五 グループ1

増す・増します

辭書形(基本形) 增加	ます	たり形 又是增加	ましたり
ない形（否定形） 沒增加	まさない	ば形（條件形） 增加的話	ませば
なかった形（過去否定形） 過去沒增加	まさなかった	させる形（使役形） 使增加	まさせる
ます形（連用形） 增加	まします	られる形（被動形） 被增加	まされる
て形 增加	まして	命令形 快增加	ませ
た形（過去形） 增加了	ました	可能形	————
たら形（條件形） 增加的話	ましたら	う形（意向形） 增加吧	まそう

△あの歌手(かしゅ)の人気(にんき)は、勢い(いきお)を増(ま)している。／那位歌手的支持度節節上升。

またぐ【跨ぐ】
跨立，叉開腿站立；跨過，跨越

他五 グループ1

跨ぐ・跨ぎます

辭書形(基本形) 跨過	またぐ	たり形 又是跨過	またいだり
ない形（否定形） 沒跨過	またがない	ば形（條件形） 跨過的話	またげば
なかった形（過去否定形） 過去沒跨過	またがなかった	させる形（使役形） 使跨過	またがせる
ます形（連用形） 跨過	またぎます	られる形（被動形） 被跨過	またがれる
て形 跨過	またいで	命令形 快跨過	またげ
た形（過去形） 跨過了	またいだ	可能形 可以跨過	またげる
たら形（條件形） 跨過的話	またいだら	う形（意向形） 跨過吧	またごう

△本(ほん)の上(うえ)をまたいではいけないと母(はは)に言(い)われた。／媽媽叫我不要跨過書本。

まちあわせる【待ち合わせる】（事先約定的時間、地點）等候，會面，碰頭

自他下一 グループ2

待ち合わせる・待ち合わせます

辭書形（基本形） 等候	まちあわせる	たり形 又是等候	まちあわせたり
ない形（否定形） 沒等候	まちあわせない	ば形（條件形） 等候的話	まちあわせれば
なかった形（過去否定形） 過去沒等候	まちあわせなかった	させる形（使役形） 使等候	まちあわせさせる
ます形（連用形） 等候	まちあわせます	られる形（被動形） 被等候	まちあわせられる
て形 等候	まちあわせて	命令形 快等候	まちあわせろ
た形（過去形） 等候了	まちあわせた	可能形 可以等候	まちあわせられる
たら形（條件形） 等候的話	まちあわせたら	う形（意向形） 等候吧	まちあわせよう

△渋谷のハチ公のところで待ち合わせている。／
我約在澀谷的八公犬銅像前碰面。

まつる【祭る】祭祀，祭奠；供奉

他五 グループ1

祭る・祭ります

辭書形（基本形） 祭祀	まつる	たり形 又是祭祀	まつったり
ない形（否定形） 沒祭祀	まつらない	ば形（條件形） 祭祀的話	まつれば
なかった形（過去否定形） 過去沒祭祀	まつらなかった	させる形（使役形） 使祭祀	まつらせる
ます形（連用形） 祭祀	まつります	られる形（被動形） 被祭祀	まつられる
て形 祭祀	まつって	命令形 快祭祀	まつれ
た形（過去形） 祭祀了	まつった	可能形 可以祭祀	まつれる
たら形（條件形） 祭祀的話	まつったら	う形（意向形） 祭祀吧	まつろう

△この神社では、どんな神様を祭っていますか。／這神社祭拜哪種神明？

まなぶ【学ぶ】 學習；掌握，體會

他五 グループ1

学(まな)ぶ・学(まな)びます

辭書形(基本形) 學習	まなぶ	たり形 又是學習	まなんだり
ない形（否定形） 沒學習	まなばない	ば形（條件形） 學習的話	まなべば
なかった形（過去否定形） 過去沒學習	まなばなかった	させる形（使役形） 使體會	まなばせる
ます形（連用形） 學習	まなびます	られる形（被動形） 被體會	まなばれる
て形 學習	まなんで	命令形 快學習	まなべ
た形（過去形） 學習了	まなんだ	可能形 可以學習	まなべる
たら形（條件形） 學習的話	まなんだら	う形（意向形） 學習吧	まなぼう

△大学(だいがく)の先生(せんせい)を中心(ちゅうしん)にして、漢詩(かんし)を学(まな)ぶ会(かい)を作(つく)った。／以大學的教師為主，成立了一個研讀漢詩的讀書會。

まねく【招く】 （搖手、點頭）招呼；招待，宴請；招聘，聘請；招惹，招致

他五 グループ1

招(まね)く・招(まね)きます

辭書形(基本形) 招待	まねく	たり形 又是招待	まねいたり
ない形（否定形） 沒招待	まねかない	ば形（條件形） 招待的話	まねけば
なかった形（過去否定形） 過去沒招待	まねかなかった	させる形（使役形） 使招待	まねかせる
ます形（連用形） 招待	まねきます	られる形（被動形） 被招待	まねかれる
て形 招待	まねいて	命令形 快招待	まねけ
た形（過去形） 招待了	まねいた	可能形 可以招待	まねける
たら形（條件形） 招待的話	まねいたら	う形（意向形） 招待吧	まねこう

△大使館(たいしかん)のパーティーに招(まね)かれた。／我受邀到大使館的派對。

まわす【回す】

轉，轉動；(依次) 傳遞；傳送；調職；各處活動奔走；想辦法；運用；投資；(前接某些動詞連用形) 表示遍布四周

他五・接尾　グループ1

回す・回します

辭書形(基本形) 轉動	まわす	たり形 又是轉動	まわしたり
ない形 (否定形) 沒轉動	まわさない	ば形 (條件形) 轉動的話	まわせば
なかった形 (過去否定形) 過去沒轉動	まわさなかった	させる形 (使役形) 使轉動	まわさせる
ます形 (連用形) 轉動	まわします	られる形 (被動形) 被轉動	まわされる
て形 轉動	まわして	命令形 快轉動	まわせ
た形 (過去形) 轉動了	まわした	可能形 可以轉動	まわせる
たら形 (條件形) 轉動的話	まわしたら	う形 (意向形) 轉動吧	まわそう

△こまを回す。／轉動陀螺（打陀螺）。

みあげる【見上げる】

仰視，仰望；欽佩，尊敬，景仰

他下一　グループ2

見上げる・見上げます

辭書形(基本形) 仰望	みあげる	たり形 又是仰望	みあげたり
ない形 (否定形) 沒仰望	みあげない	ば形 (條件形) 仰望的話	みあげれば
なかった形 (過去否定形) 過去沒仰望	みあげなかった	させる形 (使役形) 使仰望	みあげさせる
ます形 (連用形) 仰望	みあげます	られる形 (被動形) 被仰望	みあげられる
て形 仰望	みあげて	命令形 快仰望	みあげろ
た形 (過去形) 仰望了	みあげた	可能形 可以仰望	みあげられる
たら形 (條件形) 仰望的話	みあげたら	う形 (意向形) 仰望吧	みあげよう

△彼は、見上げるほどに背が高い。／他個子高到需要抬頭看的程度。

みおくる【見送る】

目送；送別；（把人）送到（某的地方）；觀望，擱置，暫緩考慮；送葬

他五 グループ1

見送る・見送ります

辭書形(基本形) 送到	みおくる	たり形 又是送到	みおくったり
ない形（否定形） 沒送到	みおくらない	ば形（條件形） 送到的話	みおくれば
なかった形（過去否定形） 過去沒送到	みおくらなかった	させる形（使役形） 使送到	みおくらせる
ます形（連用形） 送到	みおくります	られる形（被動形） 被送到	みおくられる
て形 送到	みおくって	命令形 快送到	みおくれ
た形（過去形） 送到了	みおくった	可能形 可以送到	みおくれる
たら形（條件形） 送到的話	みおくったら	う形（意向形） 送到吧	みおくろう

△門の前で客を見送った。／在門前送客。

みおろす【見下ろす】

俯視，往下看；輕視，藐視，看不起；視線從上往下移動

他五 グループ1

見下ろす・見下ろします

辭書形(基本形) 俯視	みおろす	たり形 又是俯視	みおろしたり
ない形（否定形） 沒俯視	みおろさない	ば形（條件形） 俯視的話	みおろせば
なかった形（過去否定形） 過去沒俯視	みおろさなかった	させる形（使役形） 使俯視	みおろさせる
ます形（連用形） 俯視	みおろします	られる形（被動形） 被俯視	みおろされる
て形 俯視	みおろして	命令形 快俯視	みおろせ
た形（過去形） 俯視了	みおろした	可能形 可以俯視	みおろせる
たら形（條件形） 俯視的話	みおろしたら	う形（意向形） 俯視吧	みおろそう

△山の上から見下ろすと、村が小さく見える。／從山上俯視下方，村子顯得很渺小。

みちる【満ちる】 充滿；月盈，月圓；（期限）滿，到期；潮漲 自上一 グループ2

満(み)ちる・満(み)ちます

辭書形（基本形） 充滿	みちる	たり形 又是充滿	みちたり
ない形（否定形） 沒充滿	みちない	ば形（條件形） 充滿的話	みちれば
なかった形（過去否定形） 過去沒充滿	みちなかった	させる形（使役形） 使充滿	みちさせる
ます形（連用形） 充滿	みちます	られる形（被動形） 被充滿	みちられる
て形 充滿	みちて	命令形 快充滿	みちろ
た形（過去形） 充滿了	みちた	可能形	————
たら形（條件形） 充滿的話	みちたら	う形（意向形） 充滿吧	みちよう

△潮(しお)がだんだん満(み)ちてきた。／潮水逐漸漲了起來。

みつめる【見詰める】 凝視，注視，盯著 他下一 グループ2

見詰(みつ)める・見詰(みつ)めます

辭書形（基本形） 注視	みつめる	たり形 又是注視	みつめたり
ない形（否定形） 沒注視	みつめない	ば形（條件形） 注視的話	みつめれば
なかった形（過去否定形） 過去沒注視	みつめなかった	させる形（使役形） 使注視	みつめさせる
ます形（連用形） 注視	みつめます	られる形（被動形） 被注視	みつめられる
て形 注視	みつめて	命令形 快注視	みつめろ
た形（過去形） 注視了	みつめた	可能形 可以注視	みつめられる
たら形（條件形） 注視的話	みつめたら	う形（意向形） 注視吧	みつめよう

△あの人(ひと)に壁(かべ)ドンされてじっと見(み)つめられたい。／
好想讓那個人壁咚，深情地凝望著我。

みとめる【認める】 看出，看到；認識，賞識，器重；承認；斷定，認為；許可，同意

他下一 グループ2

認(みと)める・認(みと)めます

辭書形(基本形) 看到	みとめる	たり形 又是看到	みとめたり
ない形（否定形） 沒看到	みとめない	ば形（條件形） 看到的話	みとめれば
なかった形（過去否定形） 過去沒看到	みとめなかった	させる形（使役形） 使看到	みとめさせる
ます形（連用形） 看到	みとめます	られる形（被動形） 被看到	みとめられる
て形 看到	みとめて	命令形 快看到	みとめろ
た形（過去形） 看到了	みとめた	可能形 可以看到	みとめられる
たら形（條件形） 看到的話	みとめたら	う形（意向形） 看到吧	みとめよう

△これだけ証拠(しょうこ)があっては、罪(つみ)を認(みと)めざるをえません。／
有這麼多的證據，不認罪也不行。

みなおす【見直す】 （見）起色，（病情）轉好；重看，重新看；重新評估，重新認識

自他五 グループ1

見直(みなお)す・見直(みなお)します

辭書形(基本形) 重看	みなおす	たり形 又是重看	みなおしたり
ない形（否定形） 沒重看	みなおさない	ば形（條件形） 重看的話	みなおせば
なかった形（過去否定形） 過去沒重看	みなおさなかった	させる形（使役形） 使重看	みなおさせる
ます形（連用形） 重看	みなおします	られる形（被動形） 被重看	みなおされる
て形 重看	みなおして	命令形 快重看	みなおせ
た形（過去形） 重看了	みなおした	可能形 可以重看	みなおせる
たら形（條件形） 重看的話	みなおしたら	う形（意向形） 重看吧	みなおそう

△今会社(いまかいしゃ)の方針(ほうしん)を見直(みなお)している最中(さいちゅう)です。／
現在正在重新檢討公司的方針中。

みなれる【見慣れる】 看慣，眼熟，熟識

自下一 グループ2

見慣れる・見慣れます

辭書形(基本形) 熟識	みなれる	たり形 又是熟識	みなれたり
ない形（否定形） 沒熟識	みなれない	ば形（條件形） 熟識的話	みなれれば
なかった形（過去否定形） 過去沒熟識	みなれなかった	させる形（使役形） 使熟識	みなれさせる
ます形（連用形） 熟識	みなれます	られる形（被動形） 被熟識	みなれられる
て形 熟識	みなれて	命令形 快熟識	みなれろ
た形（過去形） 熟識了	みなれた	可能形	————
たら形（條件形） 熟識的話	みなれたら	う形（意向形） 熟識吧	みなれよう

△日本では外国人を見慣れていない人が多い。／
在日本，許多人很少看到外國人。

みのる【実る】 （植物）成熟，結果；取得成績，獲得成果，結果實

他五 グループ1

実る・実ります

辭書形(基本形) 結成果實	みのる	たり形 又是結成果實	みのったり
ない形（否定形） 沒結成果實	みのらない	ば形（條件形） 結成果實的話	みのれば
なかった形（過去否定形） 過去沒結成果實	みのらなかった	させる形（使役形） 使結成果實	みのらせる
ます形（連用形） 結成果實	みのります	られる形（被動形） 被結成果實	みのられる
て形 結成果實	みのって	命令形 快結成果實	みのれ
た形（過去形） 結成果實了	みのった	可能形 可以結成果實	みのれる
たら形（條件形） 結成果實的話	みのったら	う形（意向形） 結成果實吧	みのろう

△農民たちの努力のすえに、すばらしい作物が実りました。／
經過農民的努力後，最後長出了優良的農作物。

みまう【見舞う】 訪問，看望；問候，探望；遭受，蒙受（災害等） 他五 グループ1

見舞(みま)う・見舞(みま)います

辭書形(基本形) 探望	みまう	たり形 又是探望	みまったり
ない形（否定形） 沒探望	みまわない	ば形（條件形） 探望的話	みまえば
なかった形（過去否定形） 過去沒探望	みまわなかった	させる形（使役形） 使探望	みまわせる
ます形（連用形） 探望	みまいます	られる形（被動形） 被探望	みまわれる
て形 探望	みまって	命令形 快探望	みまえ
た形（過去形） 探望了	みまった	可能形 可以探望	みまえる
たら形（條件形） 探望的話	みまったら	う形（意向形） 探望吧	みまおう

△友達(ともだち)が入院(にゅういん)したので、見舞(みま)いに行(い)きました。／
因朋友住院了，所以前往探病。

むかう【向かう】 向著，朝著；面向；往…去，向…去；趨向，轉向 他五 グループ1

向(む)かう・向(む)かいます

辭書形(基本形) 向著	むかう	たり形 又是向著	むかったり
ない形（否定形） 沒向著	むかわない	ば形（條件形） 向著的話	むかえば
なかった形（過去否定形） 過去沒向著	むかわなかった	させる形（使役形） 使轉向	むかわせる
ます形（連用形） 向著	むかいます	られる形（被動形） 被轉向	むかわれる
て形 向著	むかって	命令形 快轉向	むかえ
た形（過去形） 向著了	むかった	可能形 可以轉向	むかえる
たら形（條件形） 向著的話	むかったら	う形（意向形） 轉向吧	むかおう

△向(む)かって右側(みぎがわ)が郵便局(ゆうびんきょく)です。／面對它的右手邊就是郵局。

めいじる・めいずる【命じる・命ずる】 他上一・他サ グループ2

命令，吩咐；任命，委派；命名

命じる・命じます

辭書形（基本形）命令	めいじる	たり形 又是命令	めいじたり
ない形（否定形）沒命令	めいじない	ば形（條件形）命令的話	めいじれば
なかった形（過去否定形）過去沒命令	めいじなかった	させる形（使役形）使命令	めいじさせる
ます形（連用形）命令	めいじます	られる形（被動形）被命令	めいじられる
て形 命令	めいじて	命令形 快命令	めいじろ
た形（過去形）命令了	めいじた	可能形 可以命令	めいじられる
たら形（條件形）命令的話	めいじたら	う形（意向形）命令吧	めいじよう

△上司は彼にすぐ出発するように命じた。／上司命令他立刻出發。

めぐまれる【恵まれる】 得天獨厚，被賦予，受益，受到恩惠 自下一 グループ2

恵まれる・恵まれます

辭書形（基本形）受益	めぐまれる	たり形 又是受益	めぐまれたり
ない形（否定形）沒受益	めぐまれない	ば形（條件形）受益的話	めぐまれれば
なかった形（過去否定形）過去沒受益	めぐまれなかった	させる形（使役形）使受益	めぐまれさせる
ます形（連用形）受益	めぐまれます	られる形（被動形）被受益	めぐまれられる
て形 受益	めぐまれて	命令形 快受益	めぐまれろ
た形（過去形）受益了	めぐまれた	可能形	――
たら形（條件形）受益的話	めぐまれたら	う形（意向形）受益吧	めぐまれよう

△環境に恵まれるか恵まれないかにかかわらず、努力すれば成功できる。／無論環境的好壞，只要努力就能成功。

めぐる【巡る】 循環，轉回，旋轉；巡遊；環繞，圍繞

他五 グループ1

巡(めぐ)る・巡(めぐ)ります

辭書形(基本形) 旋轉	めぐる	たり形 又是旋轉	めぐったり
ない形（否定形） 沒旋轉	めぐらない	ば形（條件形） 旋轉的話	めぐれば
なかった形（過去否定形） 過去沒旋轉	めぐらなかった	させる形（使役形） 使旋轉	めぐらせる
ます形（連用形） 旋轉	めぐります	られる形（被動形） 被旋轉	めぐられる
て形 旋轉	めぐって	命令形 快旋轉	めぐれ
た形（過去形） 旋轉了	めぐった	可能形 可以旋轉	めぐれる
たら形（條件形） 旋轉的話	めぐったら	う形（意向形） 旋轉吧	めぐろう

△東(ひがし)ヨーロッパを巡(めぐ)る旅(たび)に出(で)かけました。／我到東歐去環遊了。

めざす【目指す】 指向，以…為努力目標，瞄準

他五 グループ1

目指(めざ)す・目指(めざ)します

辭書形(基本形) 瞄準	めざす	たり形 又是瞄準	めざしたり
ない形（否定形） 沒瞄準	めざさない	ば形（條件形） 瞄準的話	めざせば
なかった形（過去否定形） 過去沒瞄準	めざさなかった	させる形（使役形） 使瞄準	めざさせる
ます形（連用形） 瞄準	めざします	られる形（被動形） 被瞄準	めざされる
て形 瞄準	めざして	命令形 快瞄準	めざせ
た形（過去形） 瞄準了	めざした	可能形 可以瞄準	めざせる
たら形（條件形） 瞄準的話	めざしたら	う形（意向形） 瞄準吧	めざそう

△もしも試験(しけん)に落(お)ちたら、弁護士(べんごし)を目指(めざ)すどころではなくなる。／要是落榜了，就不是在那裡妄想當律師的時候了。

めだつ【目立つ】 顯眼，引人注目，明顯

他五 グループ1

目立つ・目立ちます

辭書形(基本形) 引人注目	めだつ	たり形 又是引人注目	めだったり
ない形（否定形） 沒引人注目	めだたない	ば形（條件形） 引人注目的話	めだてば
なかった形（過去否定形） 過去沒引人注目	めだたなかった	させる形（使役形） 使引人注目	めだたせる
ます形（連用形） 引人注目	めだちます	られる形（被動形） 被注目	めだたれる
て形 引人注目	めだって	命令形 快引人注目	めだて
た形（過去形） 引人注目了	めだった	可能形 會引人注目	めだてる
たら形（條件形） 引人注目的話	めだったら	う形（意向形） 引人注目吧	めだとう

△彼女は華やかなので、とても目立つ。／她打扮華麗，所以很引人側目。

もうかる【儲かる】 賺到，得利；賺得到便宜，撿便宜

他五 グループ1

儲かる・儲かります

辭書形(基本形) 得利	もうかる	たり形 又是得利	もうかったり
ない形（否定形） 沒得利	もうからない	ば形（條件形） 得利的話	もうかれば
なかった形（過去否定形） 過去沒得利	もうからなかった	させる形（使役形） 使得利	もうからせる
ます形（連用形） 得利	もうかります	られる形（被動形） 被賺	もうかられる
て形 得利	もうかって	命令形 快撿便宜	もうかれ
た形（過去形） 得利了	もうかった	可能形	――――
たら形（條件形） 得利的話	もうかったら	う形（意向形） 賺吧	もうかろう

△儲かるからといって、そんな危ない仕事はしない方がいい。／雖說會賺大錢，那種危險的工作還是不做的好。

もうける【設ける】 預備，準備；設立，制定；生，得（子女） 他下一 グループ2

設（もう）ける・設（もう）けます

辭書形（基本形） 設立	もうける	たり形 又是設立	もうけたり
ない形（否定形） 沒設立	もうけない	ば形（條件形） 設立的話	もうければ
なかった形（過去否定形） 過去沒設立	もうけなかった	させる形（使役形） 使設立	もうけさせる
ます形（連用形） 設立	もうけます	られる形（被動形） 被設立	もうけられる
て形 設立	もうけて	命令形 快設立	もうけろ
た形（過去形） 設立了	もうけた	可能形 可以設立	もうけられる
たら形（條件形） 設立的話	もうけたら	う形（意向形） 設立吧	もうけよう

△スポーツ大会（たいかい）に先立（さきだ）ち、簡易（かんい）トイレを設（もう）けた。／
在運動會之前，事先設置了臨時公廁。

もうける【儲ける】 賺錢，得利；（轉）撿便宜，賺到 他下一 グループ2

儲（もう）ける・儲（もう）けます

辭書形（基本形） 賺錢	もうける	たり形 又是賺錢	もうけたり
ない形（否定形） 沒賺錢	もうけない	ば形（條件形） 賺錢的話	もうければ
なかった形（過去否定形） 過去沒賺錢	もうけなかった	させる形（使役形） 使賺錢	もうけさせる
ます形（連用形） 賺錢	もうけます	られる形（被動形） 被撿便宜	もうけられる
て形 賺錢	もうけて	命令形 快賺錢	もうけろ
た形（過去形） 賺錢了	もうけた	可能形 可以賺錢	もうけられる
たら形（條件形） 賺錢的話	もうけたら	う形（意向形） 賺錢吧	もうけよう

△彼（かれ）はその取（と）り引（ひ）きで大金（たいきん）をもうけた。／他在那次交易上賺了大錢。

もぐる【潜る】 潜入（水中）；鑽進，藏入，躲入；潛伏活動，違法從事活動 他五 グループ1

潜る・潜ります

形	活用	形	活用
辭書形(基本形) 潛入	もぐる	たり形 又是潛入	もぐったり
ない形（否定形） 沒潛入	もぐらない	ば形（條件形） 潛入的話	もぐれば
なかった形（過去否定形） 過去沒潛入	もぐらなかった	させる形（使役形） 使潛入	もぐらせる
ます形（連用形） 潛入	もぐります	られる形（被動形） 被潛入	もぐられる
て形 潛入	もぐって	命令形 快潛入	もぐれ
た形（過去形） 潛入了	もぐった	可能形 可以潛入	もぐれる
たら形（條件形） 潛入的話	もぐったら	う形（意向形） 潛入吧	もぐろう

△海に潜ることにかけては、彼はなかなかすごいですよ。／
在潛海這方面，他相當厲害唷。

もたれる【凭れる・靠れる】 依靠，憑靠；消化不良 自下一 グループ2

もたれる・もたれます

形	活用	形	活用
辭書形(基本形) 依靠	もたれる	たり形 又是依靠	もたれたり
ない形（否定形） 沒依靠	もたれない	ば形（條件形） 依靠的話	もたれれば
なかった形（過去否定形） 過去沒依靠	もたれなかった	させる形（使役形） 使依靠	もたれさせる
ます形（連用形） 依靠	もたれます	られる形（被動形） 被依靠	もたれられる
て形 依靠	もたれて	命令形 快依靠	もたれろ
た形（過去形） 依靠了	もたれた	可能形 可以依靠	もたれられる
たら形（條件形） 依靠的話	もたれたら	う形（意向形） 依靠吧	もたれよう

△相手の迷惑もかまわず、電車の中で隣の人にもたれて寝ている。／
也不管會不會造成對方的困擾，在電車上靠著旁人的肩膀睡覺。

もちあげる【持ち上げる】

（用手）舉起，抬起；阿諛奉承，吹捧；抬頭

他下一 グループ2

持ち上げる・持ち上げます

辭書形(基本形) 抬起	もちあげる	たり形 又是抬起	もちあげたり
ない形（否定形） 沒抬起	もちあげない	ば形（條件形） 抬起的話	もちあげれば
なかった形（過去否定形） 過去沒抬起	もちあげなかった	させる形（使役形） 使抬起	もちあげさせる
ます形（連用形） 抬起	もちあげます	られる形（被動形） 被抬起	もちあげられる
て形 抬起	もちあげて	命令形 快抬起	もちあげろ
た形（過去形） 抬起了	もちあげた	可能形 可以抬起	もちあげられる
たら形（條件形） 抬起的話	もちあげたら	う形（意向形） 抬起吧	もちあげよう

△こんな重いものが、持ち上げられるわけはない。／
這麼重的東西，怎麼可能抬得起來。

もちいる【用いる】

使用；採用，採納；任用，錄用

他五 グループ2

用いる・用います

辭書形(基本形) 採用	もちいる	たり形 又是採用	もちいたり
ない形（否定形） 沒採用	もちいない	ば形（條件形） 採用的話	もちいれば
なかった形（過去否定形） 過去沒採用	もちいなかった	させる形（使役形） 使採用	もちいさせる
ます形（連用形） 採用	もちいます	られる形（被動形） 被採用	もちいられる
て形 採用	もちいて	命令形 快採用	もちいろ
た形（過去形） 採用了	もちいた	可能形 可以採用	もちいられる
たら形（條件形） 採用的話	もちいたら	う形（意向形） 採用吧	もちいよう

△これは、DVDの製造に用いる機械です。／
這台是製作DVD時會用到的機器。

N2 も もちあげる・もちいる

もどす【戻す】 退還，歸還；送回，退回；使倒退；（經）市場價格急遽回升 自他五 グループ1

戻(もど)す・戻(もど)します

辭書形(基本形) 退回	もどす	たり形 又是退回	もどしたり
ない形（否定形） 沒退回	もどさない	ば形（條件形） 退回的話	もどせば
なかった形（過去否定形） 過去沒退回	もどさなかった	させる形（使役形） 使退回	もどさせる
ます形（連用形） 退回	もどします	られる形（被動形） 被退回	もどされる
て形 退回	もどして	命令形 快退回	もどせ
た形（過去形） 退回了	もどした	可能形 可以退回	もどせる
たら形（條件形） 退回的話	もどしたら	う形（意向形） 退回吧	もどそう

△本(ほん)を読(よ)み終(お)わったら、棚(たな)に戻(もど)してください。／
書如果看完了，就請放回書架。

もとづく【基づく】 根據，按照；由…而來，因為，起因 他五 グループ1

基(もと)づく・基(もと)づきます

辭書形(基本形) 按照	もとづく	たり形 又是按照	もとづいたり
ない形（否定形） 沒按照	もとづかない	ば形（條件形） 按照的話	もとづけば
なかった形（過去否定形） 過去沒按照	もとづかなかった	させる形（使役形） 使按照	もとづかせる
ます形（連用形） 按照	もとづきます	られる形（被動形） 被作為依據	もとづかれる
て形 按照	もとづいて	命令形 快按照	もとづけ
た形（過去形） 按照了	もとづいた	可能形	――――
たら形（條件形） 按照的話	もとづいたら	う形（意向形） 按照吧	もとづこう

△去年(きょねん)の支出(ししゅつ)に基(もと)づいて、今年(ことし)の予算(よさん)を決(き)めます。／
根據去年的支出，來決定今年度的預算。

もとめる【求める】

想要，渴望，需要；謀求，探求；征求，要求；購買

他下一 グループ2

求[もと]める・求[もと]めます

辭書形(基本形) 渴望	もとめる	たり形 又是渴望	もとめたり
ない形（否定形） 沒渴望	もとめない	ば形（條件形） 渴望的話	もとめれば
なかった形（過去否定形） 過去沒渴望	もとめなかった	させる形（使役形） 使渴望	もとめさせる
ます形（連用形） 渴望	もとめます	られる形（被動形） 被渴望	もとめられる
て形 渴望	もとめて	命令形 快渴望	もとめろ
た形（過去形） 渴望了	もとめた	可能形 可以需要	もとめられる
たら形（條件形） 渴望的話	もとめたら	う形（意向形） 渴望吧	もとめよう

△私[わたし]たちは株主[かぶぬし]として、経営者[けいえいしゃ]に誠実[せいじつ]な答[こた]えを求[もと]めます。／
作為股東的我們，要求經營者要給真誠的答覆。

ものがたる【物語る】

談，講述；說明，表明

他五 グループ1

物語[ものがた]る・物語[ものがた]ります

辭書形(基本形) 說明	ものがたる	たり形 又是說明	ものがたったり
ない形（否定形） 沒說明	ものがたらない	ば形（條件形） 說明的話	ものがたれば
なかった形（過去否定形） 過去沒說明	ものがたらなかった	させる形（使役形） 使說明	ものがたらせる
ます形（連用形） 說明	ものがたります	られる形（被動形） 被說明	ものがたられる
て形 說明	ものがたって	命令形 快說明	ものがたれ
た形（過去形） 說明了	ものがたった	可能形 可以說明	ものがたれる
たら形（條件形） 說明的話	ものがたったら	う形（意向形） 說明吧	ものがたろう

△血[ち]だらけの服[ふく]が、事件[じけん]のすごさを物語[ものがた]っている。／
滿是血跡的衣服，述說著案件的嚴重性。

もむ【揉む】

搓，揉；捏，按摩；（很多人）互相推擠；爭辯；（被動式型態）錘鍊，受磨練

他五 グループ1

揉（も）む・揉（も）みます

辭書形(基本形) 搓	もむ	たり形 又是搓	もんだり
ない形（否定形) 沒搓	もまない	ば形（條件形) 搓的話	もめば
なかった形（過去否定形) 過去沒搓	もまなかった	させる形（使役形) 使搓	もませる
ます形（連用形) 搓	もみます	られる形（被動形) 被搓	もまれる
て形 搓	もんで	命令形 快搓	もめ
た形（過去形) 搓了	もんだ	可能形 可以搓	もめる
たら形（條件形) 搓的話	もんだら	う形（意向形) 搓吧	ももう

△肩（かた）をもんであげる。／我幫你按摩肩膀。

もる【盛る】

盛滿，裝滿；堆滿，堆高；配藥，下毒；刻劃，標刻度

他五 グループ1

盛（も）る・盛（も）ります

辭書形(基本形) 裝滿	もる	たり形 又是裝滿	もったり
ない形（否定形) 沒裝滿	もらない	ば形（條件形) 裝滿的話	もれば
なかった形（過去否定形) 過去沒裝滿	もらなかった	させる形（使役形) 使裝滿	もらせる
ます形（連用形) 裝滿	もります	られる形（被動形) 被裝滿	もられる
て形 裝滿	もって	命令形 快裝滿	もれ
た形（過去形) 裝滿了	もった	可能形 可以裝滿	もれる
たら形（條件形) 裝滿的話	もったら	う形（意向形) 裝滿吧	もろう

△果物（くだもの）が皿（さら）に盛（も）ってあります。／盤子上堆滿了水果。

やっつける【遣っ付ける】(俗)幹完(工作等,「やる」的強調表現);教訓一頓;幹掉;打敗,擊敗 他下一 グループ2

やっつける・やっつけます

辭書形(基本形) 打敗	やっつける	たり形 又是打敗	やっつけたり
ない形(否定形) 沒打敗	やっつけない	ば形(條件形) 打敗的話	やっつければ
なかった形(過去否定形) 過去沒打敗	やっつけなかった	させる形(使役形) 使打敗	やっつけさせる
ます形(連用形) 打敗	やっつけます	られる形(被動形) 被打敗	やっつけられる
て形 打敗	やっつけて	命令形 快打敗	やっつけろ
た形(過去形) 打敗了	やっつけた	可能形 可以打敗	やっつけられる
たら形(條件形) 打敗的話	やっつけたら	う形(意向形) 打敗吧	やっつけよう

△手(て)ひどくやっつけられる。/被修理得很慘。

やとう【雇う】雇用 他五 グループ1

雇(やと)う・雇(やと)います

辭書形(基本形) 雇用	やとう	たり形 又是雇用	やとったり
ない形(否定形) 沒雇用	やとわない	ば形(條件形) 雇用的話	やとえば
なかった形(過去否定形) 過去沒雇用	やとわなかった	させる形(使役形) 使雇用	やとわせる
ます形(連用形) 雇用	やといます	られる形(被動形) 被雇用	やとわれる
て形 雇用	やとって	命令形 快雇用	やとえ
た形(過去形) 雇用了	やとった	可能形 可以雇用	やとえる
たら形(條件形) 雇用的話	やとったら	う形(意向形) 雇用吧	やとおう

△大(おお)きなプロジェクトに先立(さきだ)ち、アルバイトをたくさん雇(やと)いました。/
進行盛大的企劃前,事先雇用了很多打工的人。

やぶく【破く】 撕破，弄破

他五 グループ1

破(やぶ)く・破(やぶ)きます

辭書形(基本形) 撕破	やぶく	たり形 又是撕破	やぶいたり
ない形（否定形） 沒撕破	やぶかない	ば形（條件形） 撕破的話	やぶけば
なかった形（過去否定形） 過去沒撕破	やぶかなかった	させる形（使役形） 使撕破	やぶかせる
ます形（連用形） 撕破	やぶきます	られる形（被動形） 被撕破	やぶかれる
て形 撕破	やぶいて	命令形 快撕破	やぶけ
た形（過去形） 撕破了	やぶいた	可能形 會撕破	やぶける
たら形（條件形） 撕破的話	やぶいたら	う形（意向形） 撕破吧	やぶこう

△ズボンを破(やぶ)いてしまった。／弄破褲子了。

やむ【病む】 得病，患病；煩惱，憂慮

自他五 グループ1

病(や)む・病(や)みます

辭書形(基本形) 患病	やむ	たり形 又是患病	やんだり
ない形（否定形） 沒患病	やまない	ば形（條件形） 患病的話	やめば
なかった形（過去否定形） 過去沒患病	やまなかった	させる形（使役形） 使憂慮	やませる
ます形（連用形） 患病	やみます	られる形（被動形） 被憂慮	やまれる
て形 患病	やんで	命令形 快煩惱	やめ
た形（過去形） 患病了	やんだ	可能形	――
たら形（條件形） 患病的話	やんだら	う形（意向形）	――

△胃(い)を病(や)んでいた。／得胃病。

よう【酔う】 酔，酒酔；暈（車、船）；（吃魚等）中毒；陶酔

他五 グループ1

酔う・酔います

辭書形(基本形) 酔	よう	たり形 又是酔	よったり
ない形（否定形） 沒酔	よわない	ば形（條件形） 酔的話	よえば
なかった形（過去否定形） 過去沒酔	よわなかった	させる形（使役形） 使陶酔	よわせる
ます形（連用形） 酔	よいます	られる形（被動形） 被陶酔	よわれる
て形 酔	よって	命令形 快陶酔	よえ
た形（過去形） 酔了	よった	可能形 可以陶酔	よえる
たら形（條件形） 酔的話	よったら	う形（意向形） 陶酔吧	よおう

△彼は酔っても乱れない。／他喝酔了也不會亂來。

よくばる【欲張る】 貪婪，貪心，貪得無厭

他五 グループ1

欲張る・欲張ります

辭書形(基本形) 貪婪	よくばる	たり形 又是貪婪	よくばったり
ない形（否定形） 沒貪婪	よくばらない	ば形（條件形） 貪婪的話	よくばれば
なかった形（過去否定形） 過去沒貪婪	よくばらなかった	させる形（使役形） 使貪婪	よくばらせる
ます形（連用形） 貪婪	よくばります	られる形（被動形） 被貪婪	よくばられる
て形 貪婪	よくばって	命令形 快貪婪	よくばれ
た形（過去形） 貪婪了	よくばった	可能形 會貪婪	よくばれる
たら形（條件形） 貪婪的話	よくばったら	う形（意向形） 貪婪吧	よくばろう

△彼が失敗したのは、欲張ったせいにほかならない。／他之所以會失敗，無非是他太過貪心了。

よこぎる【横切る】 横越，横跨

他五 グループ1

横切る・横切ります

辭書形(基本形) 横越	よこぎる	たり形 又是横越	よこぎったり
ない形（否定形) 沒横越	よこぎらない	ば形（條件形) 横越的話	よこぎれば
なかった形（過去否定形) 過去沒横越	よこぎらなかった	させる形（使役形) 使横越	よこぎらせる
ます形（連用形) 横越	よこぎります	られる形（被動形) 被横越	よこぎられる
て形 横越	よこぎって	命令形 快横越	よこぎれ
た形（過去形) 横越了	よこぎった	可能形 可以横越	よこぎれる
たら形（條件形) 横越的話	よこぎったら	う形（意向形) 横越吧	よこぎろう

△道路を横切る。／横越馬路。

よす【止す】 停止，做罷；戒掉；辭掉

他五 グループ1

止す・止します

辭書形(基本形) 停止	よす	たり形 又是停止	よしたり
ない形（否定形) 沒停止	よさない	ば形（條件形) 停止的話	よせば
なかった形（過去否定形) 過去沒停止	よさなかった	させる形（使役形) 使停止	よさせる
ます形（連用形) 停止	よします	られる形（被動形) 被停止	よされる
て形 停止	よして	命令形 快停止	よせ
た形（過去形) 停止了	よした	可能形 可以停止	よせる
たら形（條件形) 停止的話	よしたら	う形（意向形) 停止吧	よそう

△そんなことをするのは止しなさい。／不要做那種蠢事。

よびかける【呼び掛ける】 招呼，呼喚；號召，呼籲 他下一 グループ2

呼び掛ける・呼び掛けます

辭書形(基本形) 呼喚	よびかける	たり形 又是呼喚	よびかけたり
ない形（否定形） 沒呼喚	よびかけない	ば形（條件形） 呼喚的話	よびかければ
なかった形（過去否定形） 過去沒呼喚	よびかけなかった	させる形（使役形） 使呼喚	よびかけさせる
ます形（連用形） 呼喚	よびかけます	られる形（被動形） 被號召	よびかけられる
て形 呼喚	よびかけて	命令形 快呼喚	よびかけろ
た形（過去形） 呼喚了	よびかけた	可能形 可以呼喚	よびかけられる
たら形（條件形） 呼喚的話	よびかけたら	う形（意向形） 呼喚吧	よびかけよう

△ここにゴミを捨てないように、呼びかけようじゃないか。／
我們來呼籲大眾，不要在這裡亂丟垃圾吧！

よびだす【呼び出す】 喚出，叫出；叫來，喚來，邀請；傳訊 他五 グループ1

呼び出す・呼び出します

辭書形(基本形) 喚出	よびだす	たり形 又是喚出	よびだしたり
ない形（否定形） 沒喚出	よびださない	ば形（條件形） 喚出的話	よびだせば
なかった形（過去否定形） 過去沒喚出	よびださなかった	させる形（使役形） 使喚出	よびださせる
ます形（連用形） 喚出	よびだします	られる形（被動形） 被邀請	よびだされる
て形 喚出	よびだして	命令形 快邀請	よびだせ
た形（過去形） 喚出了	よびだした	可能形 可以邀請	よびだせる
たら形（條件形） 喚出的話	よびだしたら	う形（意向形） 邀請吧	よびだそう

△こんな夜遅くに呼び出して、何の用ですか。／
那麼晚了還叫我出來，到底是有什麼事？

よみがえる【蘇る】甦醒，復活；復興，復甦，回復；重新想起 他五 グループ1

蘇(よみがえ)る・蘇(よみがえ)ります

形	活用	形	活用
辭書形(基本形) 復興	よみがえる	たり形 又是復興	よみがえったり
ない形（否定形） 沒復興	よみがえらない	ば形（條件形） 復興的話	よみがえれば
なかった形（過去否定形） 過去沒復興	よみがえらなかった	させる形（使役形） 使復興	よみがえらせる
ます形（連用形） 復興	よみがえります	られる形（被動形） 被復興	よみがえられる
て形 復興	よみがえって	命令形 快復興	よみがえれ
た形（過去形） 復興了	よみがえった	可能形 可以復興	よみがえれる
たら形（條件形） 復興的話	よみがえったら	う形（意向形） 復興吧	よみがえろう

△しばらくしたら、昔(むかし)の記憶(きおく)が蘇(よみがえ)るに相違(そうい)ない。／
過一陣子後，以前的記憶一定會想起來的。

よる【因る】由於，因為；任憑，取決於；依靠，依賴；按照，根據 他五 グループ1

因(よ)る・因(よ)ります

形	活用	形	活用
辭書形(基本形) 依靠	よる	たり形 又是依靠	よったり
ない形（否定形） 沒依靠	よらない	ば形（條件形） 依靠的話	よれば
なかった形（過去否定形） 過去沒依靠	よらなかった	させる形（使役形） 使依靠	よらせる
ます形（連用形） 依靠	よります	られる形（被動形） 被依靠	よられる
て形 依靠	よって	命令形 快依靠	よれ
た形（過去形） 依靠了	よった	可能形	――――
たら形（條件形） 依靠的話	よったら	う形（意向形） 依靠吧	よろう

△理由(りゆう)によっては、許可(きょか)することができる。／
因理由而定，來看是否批准。

りゃくす【略す】 簡略；省略，略去；攻佔，奪取

他サ グループ3

略(りゃく)す・略(りゃく)します

辭書形(基本形) 省略	りゃくす	たり形 又是省略	りゃくしたり
ない形（否定形） 沒省略	りゃくさない	ば形（條件形） 省略的話	りゃくせば
なかった形（過去否定形） 過去沒省略	りゃくさなかった	させる形（使役形） 使省略	りゃくさせる
ます形（連用形） 省略	りゃくします	られる形（被動形） 被省略	りゃくされる
て形 省略	りゃくして	命令形 快省略	りゃくせ
た形（過去形） 省略了	りゃくした	可能形 可以省略	りゃくせる
たら形（條件形） 省略的話	りゃくしたら	う形（意向形） 省略吧	りゃくそう

△国際連合(こくさいれんごう)は、略(りゃく)して国連(こくれん)と言(い)います。／聯合國際組織又簡稱聯合國。

わく【湧く】 湧出；產生（某種感情）；大量湧現

他五 グループ1

湧(わ)く・湧(わ)きます

辭書形(基本形) 產生	わく	たり形 又是產生	わいたり
ない形（否定形） 沒產生	わかない	ば形（條件形） 產生的話	わけば
なかった形（過去否定形） 過去沒產生	わかなかった	させる形（使役形） 使產生	わかせる
ます形（連用形） 產生	わきます	られる形（被動形） 被產生	わかれる
て形 產生	わいて	命令形 快產生	わけ
た形（過去形） 產生了	わいた	可能形	――
たら形（條件形） 產生的話	わいたら	う形（意向形） 產生吧	わこう

△清水(しみず)が湧(わ)く。／清水泉湧。

わびる【詫びる】 道歉，賠不是，謝罪

他上一 グループ2

詫(わ)びる・詫(わ)びます

辭書形(基本形) 謝罪	わびる	たり形 又是謝罪	わびたり
ない形（否定形） 沒謝罪	わびない	ば形（條件形） 謝罪的話	わびれば
なかった形（過去否定形） 過去沒謝罪	わびなかった	させる形（使役形） 使賠不是	わびさせる
ます形（連用形） 謝罪	わびます	られる形（被動形） 被賠不是	わびられる
て形 謝罪	わびて	命令形 快賠不是	わびろ
た形（過去形） 謝罪了	わびた	可能形 可以謝罪	わびられる
たら形（條件形） 謝罪的話	わびたら	う形（意向形） 謝罪吧	わびよう

△みなさんに対(たい)して、詫(わ)びなければならない。／我得向大家道歉才行。

わる【割る】 打，劈開；用除法計算

他五 グループ1

割(わ)る・割(わ)ります

辭書形(基本形) 劈開	わる	たり形 又是劈開	わったり
ない形（否定形） 沒劈開	わらない	ば形（條件形） 劈開的話	われば
なかった形（過去否定形） 過去沒劈開	わらなかった	させる形（使役形） 使劈開	わらせる
ます形（連用形） 劈開	わります	られる形（被動形） 被劈開	わられる
て形 劈開	わって	命令形 快劈開	われ
た形（過去形） 劈開了	わった	可能形 可以劈開	われる
たら形（條件形） 劈開的話	わったら	う形（意向形） 劈開吧	わろう

△六(ろく)を二(に)で割(わ)る。／六除以二。

する 做，幹

自他サ　グループ3

する・します

辭書形(基本形) 做	する	たり形 又是做	したり
ない形（否定形） 沒做	しない	ば形（條件形） 做的話	すれば
なかった形（過去否定形） 過去沒做	しなかった	させる形（使役形） 使做	させる
ます形（連用形） 做	します	られる形（被動形） 被做	される
て形 做	して	命令形 快做	しろ
た形（過去形） 做了	した	可能形 可以做	できる
たら形（條件形） 做的話	したら	う形（意向形） 做吧	しよう

△ゆっくりしてください／請慢慢做。

あくび【欠伸】　哈欠　名・自サ◎グループ3

△仕事の最中なのに、あくびばかり出て困る。／
工作中卻一直打哈欠，真是傷腦筋。

あっしゅく【圧縮】　壓縮；（把文章等）縮短　名・他サ◎グループ3

△こんなに大きなものを小さく圧縮するのは、無理というものだ。／
要把那麼龐大的東西壓縮成那麼小，那根本就不可能。

あんき【暗記】　記住，背誦，熟記　名・他サ◎グループ3

△こんな長い文章は、すぐには暗記できっこないです。／
那麼冗長的文章，我不可能馬上記住的。

あんてい【安定】　安定，穩定；（物體）安穩　名・自サ◎グループ3

△結婚したせいか、精神的に安定した。／
不知道是不是結了婚的關係，精神上感到很穩定。

いきいき【生き生き】 活潑，生氣勃勃，栩栩如生　名・自サ◎グループ3

△結婚して以来、彼女はいつも生き生きしているね。／
自從結婚以後，她總是一副風采煥發的樣子呢！

いけん【異見】 不同的意見，不同的見解，異議　名・他サ◎グループ3

△異見を唱える。／
唱反調。

いじ【維持】 維持，維護　名・他サ◎グループ3

△政府が助けてくれないかぎり、この組織は維持できない。／
只要政府不支援，這組織就不能維持下去。

いしき【意識】 （哲學的）意識；知覺，神智；自覺，意識到　名・他サ◎グループ3

△患者の意識が回復するまで、油断できない。／
在患者恢復意識之前，不能大意。

いち【位置】 位置，場所；立場，遭遇；位於　名・自サ◎グループ3

△机は、どの位置に置いたらいいですか。／
書桌放在哪個地方好呢？

いっち【一致】 一致，相符　名・自サ◎グループ3

△意見が一致したので、早速プロジェクトを始めましょう。／
既然看法一致了，就快點進行企畫吧！

いってい【一定】 一定；規定，固定　名・自他サ◎グループ3

△一定の条件を満たせば、奨学金を申請することができる。／
只要符合某些條件，就可以申請獎學金。

いてん【移転】 轉移位置；搬家；（權力等）轉交，轉移　名・自他サ◎グループ3

△会社の移転で大変なところを、お邪魔してすみません。／
在貴社遷移而繁忙之時前來打擾您，真是不好意思。

いでん【遺伝】 遺傳　名・自サ◎グループ3

△身体能力、知力、容姿などは遺伝によるところが多いと聞きました。／
據說體力、智力及容貌等多半是來自遺傳。

いどう【移動】 移動，轉移　名・自他サ◎グループ3

△雨が降ってきたので、屋内に移動せざるを得ませんね。／
因為下起雨了，所以不得不搬到屋內去呀。

いねむり【居眠り】 打瞌睡，打盹兒　名・自サ◎グループ3

△あいつのことだから、仕事中に居眠りをしているんじゃないかな。／
那傢伙的話，一定又是在工作時間打瞌睡吧！

いはん【違反】 違反，違犯　名・自サ◎グループ3

△スピード違反をした上に、駐車違反までしました。／
不僅超速，甚至還違規停車。

いらい【依頼】 委託，請求，依靠　名・自他サ◎グループ3

△仕事を依頼する上は、ちゃんと報酬を払わなければなりません。／
既然要委託他人做事，就得付出相對的酬勞。

いんさつ【印刷】 印刷　名・自他サ◎グループ3

△原稿ができたら、すぐ印刷に回すことになっています。／
稿一完成，就要馬上送去印刷。

いんたい【引退】 引退，退職　名・自サ◎グループ3

△彼は、サッカー選手を引退するかしないかのうちに、タレントになった。／
他才從足球選手引退，就當起了藝人。

いんよう【引用】 引用　名・自他サ◎グループ3

△引用による説明が、分かりやすかったです。／
引用典故來做說明，讓人淺顯易懂。

うがい【嗽】 漱口　名・自サ◎グループ3

△うちの子は外から帰ってきて、うがいどころか手も洗わない。／
我家孩子從外面回來，別說是漱口，就連手也不洗。

うちあわせ【打ち合わせ】 事先商量，碰頭　名・他サ◎グループ3

△特別に変更がないかぎり、打ち合わせは来週の月曜に行われる。／
只要沒有特別的變更，會議將在下禮拜一舉行。

うろうろ

徘徊；不知所措，張慌失措　副・自サ◎グループ3

△彼は今ごろ、渋谷あたりをうろうろしているに相違ない。／
現在，他人一定是在澀谷一帶徘徊。

うんぬん【云々】

云云，等等；說長道短　名・他サ◎グループ3

△他人のすることについて云々言いたくはない。／
對於他人所作的事，我不想多說什麼。

うんぱん【運搬】

搬運，運輸　名・他サ◎グループ3

△ピアノの運搬を業者に頼んだ。／
拜託了業者搬運鋼琴。

うんよう【運用】

運用，活用　名・他サ◎グループ3

△目的にそって、資金を運用する。／
按目的來運用資金。

えいぎょう【営業】

營業，經商　名・自他サ◎グループ3

△営業開始に際して、店長から挨拶があります。／
開始營業之時，店長會致詞。

えんき【延期】

延期　名・他サ◎グループ3

△スケジュールを発表した以上、延期するわけにはいかない。／
既然已經公布了時間表，就絕不能延期。

えんぎ【演技】

（演員的）演技，表演；做戲　名・自サ◎グループ3

△いくら顔がよくても、あんな演技じゃ見ちゃいられない。／
就算臉蛋長得漂亮，那種蹩腳的演技實在慘不忍睹。

えんしゅう【演習】

演習，實際練習；（大學內的）課堂討論，共同研究　名・自サ◎グループ3

△計画に沿って、演習が行われた。／
按照計畫，進行了演習。

えんじょ【援助】

援助，幫助　名・他サ◎グループ3

△親の援助があれば、生活できないこともない。／
有父母支援的話，也不是不能過活的。

えんぜつ【演説】 演説　名・自サ◎グループ3

△首相の演説が終わったかと思ったら、外相の演説が始まった。／
首相的演講才剛結束，外務大臣就馬上接著演講了。

えんそく【遠足】 遠足，郊遊　名・自サ◎グループ3

△遠足に行くとしたら、富士山に行きたいです。／
如果要去遠足，我想去富士山。

えんちょう【延長】 延長，延伸，擴展；全長　名・自他サ◎グループ3

△試合を延長するに際して、10分休憩します。／
在延長比賽之際，先休息10分鐘。

おうせつ【応接】 接待，應接　名・自サ◎グループ3

△会社では、掃除もすれば、来客の応接もする。／
公司裡，要打掃也要接待客人。

おうたい【応対】 應對，接待，應酬　名・他サ◎グループ3

△お客様の応対をしているところに、電話が鳴った。／
電話在我接待客人時響了起來。

おうだん【横断】 橫斷；橫渡，橫越　名・他サ◎グループ3

△警官の注意もかまわず、赤信号で道を横断した。／
他不管警察的警告，紅燈亮起照樣闖越馬路。

おうふく【往復】 往返，來往；通行量　名・自サ◎グループ3

△往復5時間もかかる。／
來回要花上五個小時。

おうよう【応用】 應用，運用　名・他サ◎グループ3

△基本問題に加えて、応用問題もやってください。／
除了基本題之外，也請做一下應用題。

おかわり【お代わり】 （酒、飯等）再來一杯、一碗　名・自サ◎グループ3

△ダイエットしているときに限って、ご飯をお代わりしたくなります。／
偏偏在減肥的時候，就會想再吃一碗。

おせん【汚染】
汚染　名・自他サ◎グループ3
△工場が排水の水質を改善しないかぎり、川の汚染は続く。／
除非改善工廠排放廢水的水質，否則河川會繼續受到汙染。

おまいり【お参り】
参拜神佛或祖墳　名・自サ◎グループ3
△祖父母をはじめとする家族全員で、お墓にお参りをしました。／
祖父母等一同全家人，一起去墳前參拜。

おわび【お詫び】
道歉　名・自サ◎グループ3
△彼にお詫びをする。／
向他道歉。

カーブ【curve】
轉彎處；彎曲；（棒球、曲棍球）曲線球　名・自サ◎グループ3
△カーブを曲がるたびに、新しい景色が広がります。／
每一轉個彎，眼簾便映入嶄新的景色。

かいえん【開演】
開演　名・自他サ◎グループ3
△七時に開演する。／
七點開演。

かいかい【開会】
開會　名・自他サ◎グループ3
△開会に際して、乾杯しましょう。／
讓我們在開會之際，舉杯乾杯吧！

かいかく【改革】
改革　名・他サ◎グループ3
△大統領にかわって、私が改革を進めます。／
由我代替總統進行改革。

かいけい【会計】
會計；付款，結帳　副・自サ◎グループ3
△会計が間違っていたばかりに、残業することになった。／
只因為帳務有誤，所以落得了加班的下場。

かいごう【会合】
聚會，聚餐　名・自サ◎グループ3
△父にかわって、地域の会合に出席した。／
代替父親出席了社區的聚會。

かいさつ【改札】
（車站等）的驗票　名・自サ◎グループ3
△改札を出たとたんに、友達にばったり会った。／
才剛出了剪票口，就碰到了朋友。

かいさん【解散】
散開，解散，（集合等）散會　名・自他サ◎グループ3
△グループの解散に際して、一言申し上げます。／
在團體解散之際，容我說一句話。

かいし【開始】
開始　名・自他サ◎グループ3
△試合が開始するかしないかのうちに、1点取られてしまった。／
比賽才剛開始，就被得了一分。

かいしゃく【解釈】
解釋，理解，說明　名・他サ◎グループ3
△この法律は、解釈上、二つの問題がある。／
這條法律，就解釋來看有兩個問題點。

がいしゅつ【外出】
出門，外出　名・自サ◎グループ3
△銀行と美容院に行くため外出した。／
為了去銀行和髮廊而出門了。

かいせい【改正】
修正，改正　名・他サ◎グループ3
△法律の改正に際しては、十分話し合わなければならない。／
於修正法條之際，需要充分的商討才行。

かいせつ【解説】
解說，說明　名・他サ◎グループ3
△さすが専門家だけのことはあり、解説がとても分かりやすい。／
非常的簡單明瞭，不愧是專家的解說！

かいぜん【改善】
改善，改良，改進　名・他サ◎グループ3
△彼の生活は、改善し得ると思います。／
我認為他的生活，可以得到改善。

かいぞう【改造】
改造，改組，改建　名・他サ◎グループ3
△経営の観点からいうと、会社の組織を改造した方がいい。／
就經營角度來看，最好重組一下公司的組織。

かいつう【開通】

（鐵路、電話線等）開通，通車，通話　名・自他サ◎グループ3

△道路が開通したばかりに、周辺の大気汚染がひどくなった。／
都是因為道路開始通車，所以導致周遭的空氣嚴重受到污染。

かいてん【回転】

旋轉，轉動，迴轉；轉彎，轉換（方向）；（表次數）周，圈；（資金）週轉　名・自サ◎グループ3

△遊園地で、回転木馬に乗った。／
我在遊樂園坐了旋轉木馬。

かいとう【回答】

回答，答覆　名・自サ◎グループ3

△補償金を受け取るかどうかは、会社の回答しだいだ。／
是否要接受賠償金，就要看公司的答覆而定了。

かいとう【解答】

解答　名・自サ◎グループ3

△問題の解答は、本の後ろについています。／
題目的解答，附在這本書的後面。

かいふく【回復】

恢復，康復；挽回，收復　名・自他サ◎グループ3

△少し回復したからといって、薬を飲むのをやめてはいけません。／
雖說身體狀況好轉些了，也不能不吃藥啊！

かいほう【開放】

打開，敞開；開放，公開　名・他サ◎グループ3

△大学のプールは、学生ばかりでなく、一般の人にも開放されている。／
大學內的游泳池，不單是學生，也開放給一般人。

かいほう【解放】

解放，解除，擺脫　名・他サ◎グループ3

△武装集団は、人質のうち老人と病人の解放に応じた。／
持械集團答應了釋放人質中的老年人和病患。

かくご【覚悟】

精神準備，決心；覺悟　名・自他サ◎グループ3

△最後までがんばると覚悟した上は、今日からしっかりやります。／
既然決心要努力撐到最後，今天開始就要好好地做。

かくじゅう【拡充】

擴充　名・他サ◎グループ3

△図書館の設備を拡充するにしたがって、利用者が増えた。／
隨著圖書館設備的擴充，使用者也變多了。

がくしゅう【学習】
學習　名・他サ◎グループ3
△語学の学習に際しては、復習が重要です。／
在學語言時，複習是很重要的。

かくだい【拡大】
擴大，放大　名・自他サ◎グループ3
△商売を拡大したとたんに、景気が悪くなった。／
才剛一擴大事業，景氣就惡化了。

かくちょう【拡張】
擴大，擴張　名・他サ◎グループ3
△家の拡張には、お金がかかってもしようがないです。／
屋子要改大，得花大錢，那也是沒辦法的事。

がくもん【学問】
學業，學問；科學，學術；見識，知識　名・自サ◎グループ3
△学問の神様と言ったら、菅原道真でしょう。／
一提到學問之神，就是那位菅原道真了。

かけつ【可決】
（提案等）通過　名・他サ◎グループ3
△税金問題を中心に、いくつかの案が可決した。／
針對稅金問題一案，通過了一些方案。

かげん【加減】
加法與減法；調整，斟酌；程度，狀態；（天氣等）影響；身體狀況；偶然的因素　名・他サ◎グループ3
△病気と聞きましたが、お加減はいかがですか。／
聽說您生病了，身體狀況還好嗎？

かこう【下降】
下降，下沉　名・自サ◎グループ3
△飛行機は着陸態勢に入り、下降を始めた。／
飛機開始下降，準備著陸了。

かぜい【課税】
課稅　名・自サ◎グループ3
△課税率が高くなるにしたがって、国民の不満も高まった。／
伴隨著課稅率的上揚，國民的不滿情緒也高漲了起來。

かそく【加速】
加速　名・自他サ◎グループ3
△首相が発言したのを契機に、経済改革が加速した。／
自從首相發言後，便加快了經濟改革的腳步。

がっかり

失望，灰心喪氣；筋疲力盡　副・自サ◎グループ3

△何も言わないことからして、すごくがっかりしているみたいだ。／
從他不發一語的樣子看來，應該是相當地氣餒。

がっしょう【合唱】

合唱，一齊唱；同聲高呼　名・他サ◎グループ3

△合唱の練習をしているところに、急に邪魔が入った。／
在練習合唱的時候，突然有人進來打擾。

かつどう【活動】

活動，行動　名・自サ◎グループ3

△一緒に活動するにつれて、みんな仲良くなりました。／
隨著共同參與活動，大家都變成好朋友了。

かつよう【活用】

活用，利用，使用　名・他サ◎グループ3

△若い人材を活用するよりほかはない。／
就只有活用年輕人材這個方法可行了。

かてい【仮定】

假定，假設　名・自サ◎グループ3

△あなたが億万長者だと仮定してください。／
請假設你是億萬富翁。

かねつ【加熱】

加熱，高溫處理　名・他サ◎グループ3

△製品を加熱するにしたがって、色が変わってきた。／
隨著溫度的提升，產品的顏色也起了變化。

カバー【cover】

罩，套；補償，補充；覆蓋　名・他サ◎グループ3

△枕カバーを洗濯した。／
我洗了枕頭套。

からから

乾的、硬的東西相碰的聲音（擬音）　副・自サ◎グループ3

△風車がからから回る。／
風車咻咻地旋轉。

がらがら

手搖鈴玩具；硬物相撞聲；直爽；很空　名・副・自サ・形動◎グループ3

△雨戸をがらがらと開ける。／
推開防雨門板時發出咔啦咔啦的聲響。

かんかく 【感覚】	感覺　　名・他サ◎グループ3 △彼は、音に対する感覚が優れている。／ 他的音感很棒。
かんき 【換気】	換氣，通風，使空氣流通　　名・自他サ◎グループ3 △煙草臭いから、換気をしましょう。／ 煙味實在是太臭了，讓空氣流通一下吧！
かんげい 【歓迎】	歡迎　　名・他サ◎グループ3 △故郷に帰った時、とても歓迎された。／ 回到家鄉時，受到熱烈的歡迎。
かんげき 【感激】	感激，感動　　名・自サ◎グループ3 △こんなつまらない芝居に感激するなんて、おおげさというものだ。／ 對這種無聊的戲劇還如此感動，真是太誇張了。
かんさつ 【観察】	觀察　　名・他サ◎グループ3 △一口に雲と言っても、観察するといろいろな形があるものだ。／ 如果加以觀察，所謂的雲其實有各式各樣的形狀。
かんしょう 【鑑賞】	鑑賞，欣賞　　名・他サ◎グループ3 △音楽鑑賞をしているときは、邪魔しないでください。／ 我在欣賞音樂的時候，請不要來干擾。
かんじょう 【勘定】	計算；算帳；（會計上的）帳目，戶頭，結帳；考慮，估計 名・他サ◎グループ3 △そろそろお勘定をしましょうか。／ 差不多該結帳了吧！
かんそう 【乾燥】	乾燥；枯燥無味　　名・自他サ◎グループ3 △空気が乾燥しているといっても、砂漠ほどではない。／ 雖說空氣乾燥，但也沒有沙漠那麼乾。
かんそく 【観測】	觀察（事物），（天體，天氣等）觀測　　名・他サ◎グループ3 △毎日天体の観測をしています。／ 我每天都在觀察星體的變動。

かんちがい【勘違い】
想錯，判斷錯誤，誤會　名・自サ◎グループ3
△私の勘違いのせいで、あなたに迷惑をかけました。／
都是因為我的誤解，才造成您的不便。

かんとく【監督】
監督，督促；監督者，管理人；（影劇）導演；（體育）教練　名・他サ◎グループ3
△日本の映画監督といえば、やっぱり黒澤明が有名ですね。／
一說到日本的電影導演，還是黑澤明最有名吧！

かんねん【観念】
觀念；決心；斷念，不抱希望　名・自他サ◎グループ3
△あなたは、固定観念が強すぎますね。／
你的主觀意識實在太強了！

かんぱい【乾杯】
乾杯　名・自サ◎グループ3
△彼女の誕生日を祝って乾杯した。／
祝她生日快樂，大家一起乾杯！

かんびょう【看病】
看護，護理病人　名・他サ◎グループ3
△病気が治ったのは、あなたの看病のおかげにほかなりません。／
疾病能痊癒，都是託你的看護。

かんり【管理】
管理，管轄；經營，保管　名・他サ◎グループ3
△面倒を見てもらっているというより、管理されているような気がします。／
與其說是照顧，倒不如說更像是被監控。

かんりょう【完了】
完了，完畢；（語法）完了，完成　名・自他サ◎グループ3
△工事は、長時間の作業のすえ、完了しました。／
工程在經過長時間的施工後，終於大工告成了。

かんれん【関連】
關聯，有關係　名・自サ◎グループ3
△教育との関連からいうと、この政策は歓迎できない。／
從和教育相關的層面來看，這個政策實在是不受歡迎。

きおく【記憶】
記憶，記憶力；記性　名・他サ◎グループ3
△最近、記憶が混乱ぎみだ。／
最近有記憶錯亂的現象。

きしょう【起床】
起床　名・自サ◎グループ3
△6時の列車に乗るためには、5時に起床するしかありません。／
為了搭6點的列車，只好在5點起床。

きたい【期待】
期待，期望，指望　名・他サ◎グループ3
△みんな、期待するかのような目で彼を見た。／
大家以期待般的眼神看著他。

きにゅう【記入】
填寫，寫入，記上　名・他サ◎グループ3
△参加される時は、ここに名前を記入してください。／
要參加時，請在這裡寫下名字。

きねん【記念】
紀念　名・他サ◎グループ3
△記念として、この本をあげましょう。／
送你這本書做紀念吧！

きのう【機能】
機能，功能，作用　名・自サ◎グループ3
△機械の機能が増えれば増えるほど、値段も高くなります。／
機器的功能越多，價錢就越昂貴。

きふ【寄付】
捐贈，捐助，捐款　名・他サ◎グループ3
△彼はけちだから、たぶん寄付はしないだろう。／
因為他很小氣，所以大概不會捐款吧！

ぎゃくたい【虐待】
虐待　名・他サ◎グループ3
△児童虐待は深刻な問題だ。／
虐待兒童是很嚴重的問題。

キャンプ【camp】
露營，野營；兵營，軍營；登山隊基地；（棒球等）集訓　名・自サ◎グループ3
△今息子は山にキャンプに行っているので、連絡しようがない。／
現在我兒子到山上露營去了，所以沒辦法聯絡上他。

きゅうぎょう【休業】
停課　名・自サ◎グループ3
△病気になったので、しばらく休業するしかない。／
因為生了病，只好先暫停營業一陣子。

きゅうこう 【休校】	停課（學校因故暫時停課、放假）　名・自サ◎グループ3 △地震で休校になる。／ 因地震而停課。
きゅうこう 【休講】	停課（由於老師的原因或災害而暫時停課）　名・自サ◎グループ3 △授業が休講になったせいで、暇になってしまいました。／ 都因為停課，害我閒得沒事做。
きゅうしゅう 【吸収】	吸收　名・他サ◎グループ3 △学生は、勉強していろいろなことを吸収するべきだ。／ 學生必須好好學習，以吸收各方面知識。
きゅうじょ 【救助】	救助，搭救，救援，救濟　名・他サ◎グループ3 △一人でも多くの人が助かるようにと願いながら、救助活動をした。／ 為求盡量幫助更多的人而展開了救援活動。
きゅうしん 【休診】	停診　名・他サ◎グループ3 △日曜・祭日は休診です。／ 例假日休診。
きゅうそく 【休息】	休息　名・自サ◎グループ3 △作業の合間に休息する。／ 在工作的空檔休息。
きゅうよ 【給与】	供給（品），分發，待遇；工資，津貼　名・他サ◎グループ3 △会社が給与を支払わないかぎり、私たちはストライキを続けます。／ 只要公司不發薪資，我們就會繼續罷工。
きゅうよう 【休養】	休養　名・自サ◎グループ3 △今週から来週にかけて、休養のために休みます。／ 從這個禮拜到下個禮拜，為了休養而請假。
きょうか 【強化】	強化，加強　名・他サ◎グループ3 △事件前に比べて、警備が強化された。／ 跟案件發生前比起來，警備森嚴了許多。

きょうぎ【競技】
競技，體育比賽　名・自サ◎グループ3
△運動会で、どの競技に出場しますか。／
你運動會要出賽哪個項目？

きょうきゅう【供給】
供給，供應　名・他サ◎グループ3
△この工場は、24時間休むことなく製品を供給できます。／
這座工廠，可以24小時全日無休地供應產品。

きょうじゅ【教授】
教授；講授，教　名・他サ◎グループ3
△教授とは、先週話したきりだ。／
自從上週以來，就沒跟教授講過話了。

きょうしゅく【恐縮】
（對對方的厚意感覺）惶恐（表感謝或客氣）；（給對方添麻煩表示）對不起，過意不去；（感覺）不好意思，羞愧，慚愧　名・自サ◎グループ3
△恐縮ですが、窓を開けてくださいませんか。／
不好意思，能否請您打開窗戶。

きょうどう【共同】
共同　名・自サ◎グループ3
△この仕事は、両国の共同のプロジェクトにほかならない。／
這項作業，不外是兩國的共同的計畫。

きょうふ【恐怖】
恐怖，害怕　名・自サ◎グループ3
△先日、恐怖の体験をしました。／
前幾天我經歷了恐怖的體驗。

ぎょうれつ【行列】
行列，隊伍，列隊；（數）矩陣　名・自サ◎グループ3
△この店のラーメンはとてもおいしいので、昼夜を問わず行列ができている。／
這家店的拉麵非常好吃，所以不分白天和晚上都有人排隊等候。

きょか【許可】
許可，批准　名・他サ◎グループ3
△理由があるなら、外出を許可しないこともない。／
如果有理由的話，並不是說不能讓你外出。

きらきら
閃耀　副・自サ◎グループ3
△星がきらきら光る。／
星光閃耀。

ぎらぎら	閃耀（程度比きらきら還強）	副・自サ◎グループ3
	△太陽がぎらぎら照りつける。／ 陽光照得刺眼。	
ぎろん **【議論】**	爭論，討論，辯論	名・他サ◎グループ3
	△原子力発電所を存続するかどうか、議論を呼んでいる。／ 核能發電廠的存廢與否，目前引發了輿論的爭議。	
きんゆう **【金融】**	金融，通融資金	名・自サ◎グループ3
	△金融機関の窓口で支払ってください。／ 請到金融機構的窗口付帳。	
くうそう **【空想】**	空想，幻想	名・他サ◎グループ3
	△楽しいことを空想しているところに、話しかけられた。／ 當我正在幻想有趣的事情時，有人跟我說話。	
くしん **【苦心】**	苦心，費心	名・自サ◎グループ3
	△10年にわたる苦心のすえ、新製品が完成した。／ 長達10年嘔心瀝血的努力，終於完成了新產品。	
くぶん **【区分】**	區分，分類	名・他サ◎グループ3
	△地域ごとに区分した地図がほしい。／ 我想要一份以區域劃分的地圖。	
くべつ **【区別】**	區別，分清	名・他サ◎グループ3
	△夢と現実の区別がつかなくなった。／ 我已分辨不出幻想與現實的區別了。	
クリーニング **【cleaning】**	（洗衣店）洗滌	名・他サ◎グループ3
	△クリーニングに出したとしても、あまりきれいにならないでしょう。／ 就算拿去洗衣店洗，也沒辦法洗乾淨吧！	
くろう **【苦労】**	辛苦，辛勞	名・形動・自サ◎グループ3
	△苦労したといっても、大したことはないです。／ 雖說辛苦，但也沒什麼大不了的。	

くんれん【訓練】

訓練　名・他サ◎グループ3

△今訓練の最中で、とても忙しいです。／
因為現在是訓練中所以很忙碌。

けいこ【稽古】

（學問、武藝等的）練習，學習；（演劇、電影、廣播等的）排演，排練，練習　名·自他サ◎グループ3

△踊りは、若いうちに稽古するのが大事です。／
學舞蹈重要的是要趁年輕時打好基礎。

けいこく【警告】

警告

△ウイルスメールが来た際は、コンピューターの画面で警告されます。／
收到病毒信件時，電腦的畫面上會出現警告。

けいじ【掲示】

牌示，佈告欄；公佈　名・他サ◎グループ3

△そのことを掲示したとしても、誰も掲示を見ないだろう。／
就算公佈那件事，也沒有人會看佈告欄吧！

けいぞく【継続】

繼續，繼承　名・自他サ◎グループ3

△継続すればこそ、上達できるのです。／
就只有持續下去才會更進步。

けいび【警備】

警備，戒備　名・他サ◎グループ3

△厳しい警備もかまわず、泥棒はビルに忍び込んだ。／
儘管森嚴的警備，小偷還是偷偷地潛進了大廈。

げきぞう【激増】

激增，劇增　名・自サ◎グループ3

△韓国ブームだけのことはあって、韓国語を勉強する人が激増した。／
不愧是吹起了哈韓風，學韓語的人暴增了許多。

げしゃ【下車】

下車　名・自サ◎グループ3

△新宿で下車してみたものの、どこで食事をしたらいいかわからない。／
我在新宿下了車，但卻不知道在哪裡用餐好。

げしゅく【下宿】 租屋；住宿　名・自サ◎グループ3

△東京で下宿を探した。／
我在東京找了住宿的地方。

けっしん【決心】 決心，決意　名・自他サ◎グループ3

△絶対タバコは吸うまいと、決心した。／
我下定決心不再抽煙。

けつだん【決断】 果斷明確地做出決定，決斷　名・自他サ◎グループ3

△彼は決断を迫られた。／
他被迫做出決定。

けってい【決定】 決定，確定　名・自他サ◎グループ3

△いろいろ考えたあげく、留学することに決定しました。／
再三考慮後，最後決定出國留學。

けつろん【結論】 結論　名・自サ◎グループ3

△話し合って結論を出した上で、みんなに説明します。／
等結論出來後，再跟大家說明。

けんがく【見学】 參觀　名・他サ◎グループ3

△6年生は出版社を見学しに行った。／
六年級的學生去參觀出版社。

けんしゅう【研修】 進修，培訓　名・他サ◎グループ3

△入社1年目の人は全員この研修に出ねばならない。／
第一年進入公司工作的全體員工都必須參加這項研習才行。

けんせつ【建設】 建設

△ビルの建設が進むにつれて、その形が明らかになってきた。／
隨著大廈建設的進行，它的雛形就慢慢出來了。

けんそん【謙遜】 謙遜，謙虛　名・形動・自サ◎グループ3

△優秀なのに、いばるどころか謙遜ばかりしている。／
他人很優秀，但不僅不自大，反而都很謙虛。

けんちく【建築】
建築，建造　名・他サ◎グループ3
△ヨーロッパの建築について、研究しています。／
我在研究有關歐洲的建築物。

けんとう【検討】
研討，探討；審核　名・他サ◎グループ3
△どのプロジェクトを始めるにせよ、よく検討しなければならない。／
不管你要從哪個計畫下手，都得好好審核才行。

こい【恋】
戀，戀愛；眷戀　名・自他サ◎グループ3
△二人は、出会ったとたんに恋に落ちた。／
兩人相遇便墜入了愛河。

こうえん【講演】
演說，講演　名・自サ◎グループ3
△誰に講演を頼むか、私には決めかねる。／
我無法作主要拜託誰來演講。

ごうけい【合計】
共計，合計，總計　名・他サ◎グループ3
△消費税を抜きにして、合計2000円です。／
扣除消費稅，一共是2000日圓。

こうげき【攻撃】
攻擊，進攻；抨擊，指責，責難；（棒球）擊球　名・他サ◎グループ3
△政府は、野党の攻撃に遭った。／
政府受到在野黨的抨擊。

こうけん【貢献】
貢獻　名・自サ◎グループ3
△ちょっと手伝ったにすぎなくて、大した貢献ではありません。／
這只能算是幫點小忙而已，並不是什麼大不了的貢獻。

こうこう【孝行】
孝敬，孝順　名・自サ・形動◎グループ3
△親孝行のために、田舎に帰ります。／
為了盡孝道，我決定回鄉下。

こうさ【交差】
交叉　名・自他サ◎グループ3
△道が交差しているところまで歩いた。／
我走到交叉路口。

こうさい
【交際】
交際，交往，應酬　名・自サ◎グループ3
△たまたま帰りに同じ電車に乗ったのをきっかけに、交際を始めた。／
在剛好搭同一班電車回家的機緣之下，兩人開始交往了。

こうせい
【構成】
構成，組成，結構　名・他サ◎グループ3
△物語の構成を考えてから小説を書く。／
先想好故事的架構之後，再寫小說。

こうたい
【交替】
換班，輪流，替換，輪換　名・自サ◎グループ3
△担当者が交替したばかりなものだから、まだ慣れていないんです。／
負責人才交接不久，所以還不大習慣。

こうてい
【肯定】
肯定，承認　名・他サ◎グループ3
△上司の言うことを全部肯定すればいいというものではない。／
贊同上司所說的一切，並不是就是對的。

こうどう
【行動】
行動，行為　名・自サ◎グループ3
△いつもの行動からして、父は今頃飲み屋にいるでしょう。／
就以往的行動模式來看， 爸爸現在應該是在小酒店吧！

ごうどう
【合同】
合併，聯合；（數）全等　名・自他サ◎グループ3
△二つの学校が合同で運動会をする。／
這兩所學校要聯合舉辦運動會。

こうひょう
【公表】
公布，發表，宣布　名・他サ◎グループ3
△この事実は、決して公表するまい。／
這個真相，絕對不可對外公開。

こうよう
【紅葉】
紅葉；變成紅葉　名・自サ◎グループ3
△今ごろ東北は、紅葉が美しいにきまっている。／
現在東北一帶的楓葉，一定很漂亮。

こうりゅう
【交流】
交流，往來；交流電　名・自サ◎グループ3
△国際交流が盛んなだけあって、この大学には外国人が多い。／
這所大學有很多外國人，不愧是國際交流興盛的學校。

ごうりゅう
【合流】
（河流）匯合，合流；聯合，合併　名・自サ◎グループ3
△今忙しいので、7時ごろに飲み会に合流します。／
現在很忙，所以七點左右，我會到飲酒餐會跟你們會合。

こうりょ
【考慮】
考慮　名・他サ◎グループ3
△福祉という点から見ると、国民の生活をもっと考慮すべきだ。／
從福利的角度來看的話，就必須再多加考慮到國民的生活。

コーチ
【coach】
教練，技術指導；教練員　名・他サ◎グループ3
△チームが負けたのは、コーチのせいだ。／
球隊之所以會輸掉，都是教練的錯。

こきゅう
【呼吸】
呼吸，吐納；（合作時）步調，拍子，節奏；竅門，訣竅
名・自他サ◎グループ3
△緊張すればするほど、呼吸が速くなった。／
越是緊張，呼吸就越是急促。

こくふく
【克服】
克服　名・他サ◎グループ3
△病気を克服すれば、また働けないこともない。／
只要征服病魔，也不是說不能繼續工作。

こっせつ
【骨折】
骨折　名・自サ◎グループ3
△骨折ではなく、ちょっと足をひねったにすぎません。／
不是骨折，只是稍微扭傷腳罷了！

ごぶさた
【ご無沙汰】
久疏問候，久未拜訪，久不奉函　名・自サ◎グループ3
△ご無沙汰していますが、お元気ですか。／
好久不見，近來如何？

こんごう
【混合】
混合　名・自他サ◎グループ3
△二つの液体を混合すると危険です。／
將這兩種液體混和在一起的話， 很危險。

こんやく
【婚約】
訂婚，婚約　名・自サ◎グループ3
△婚約したので、嬉しくてたまらない。／
因為訂了婚，所以高興極了。

こんらん【混乱】 混亂 名・自サ◎グループ3

△この古代国家は、政治の混乱のすえに滅亡した。／
這一古國，由於政治的混亂，結果滅亡了。

サービス【service】 售後服務；服務，接待，侍候；（商店）廉價出售，附帶贈品出售 名・自他サ◎グループ3

△サービス次第では、そのホテルに泊まってもいいですよ。／
看看服務品質，好的話也可以住那個飯店。

さいかい【再開】 重新進行 名・自他サ◎グループ3

△電車が運転を再開する。／
電車重新運駛。

ざいこう【在校】 在校 名・自サ◎グループ3

△在校生代表が祝辞を述べる。／
在校生代表致祝賀詞。

さいそく【催促】 催促，催討 名・他サ◎グループ3

△食事がなかなか来ないから、催促するしかない。／
因為餐點遲遲不來，所以只好催它快來。

さいてん【採点】 評分數 名・他サ◎グループ3

△テストを採点するにあたって、合格基準を決めましょう。／
在打考試分數之前，先決定一下及格標準吧！

さいばん【裁判】 裁判，評斷，判斷；（法）審判，審理 名・他サ◎グループ3

△彼は、長い裁判のすえに無罪になった。／
他經過長期的訴訟，最後被判無罪。

さいほう【再訪】 再訪，重遊 名・他サ◎グループ3

△大阪を再訪する。／
重遊大阪。

サイン【sign】 簽名，署名，簽字；記號，暗號，信號，作記號 名・自サ◎グループ3

△そんな書類に、サインするべきではない。／
不該簽下那種文件。

さぎょう【作業】	工作，操作，作業，勞動　名・自サ◎グループ3
	△作業をやりかけたところなので、今は手が離せません。／ 因為現在工作正做到一半，所以沒有辦法離開。
さくせい【作成】	寫，作，造成（表、件、計畫、文件等）；製作，擬制　名・他サ◎グループ3
	△こんな見づらい表を、いつもきっちり仕事をする彼が作成したとは信じがたい。／ 實在很難相信平常做事完美的他，居然會做出這種不容易辨識的表格。
さくせい【作製】	製造　名・他サ◎グループ3
	△カタログを作製する。／ 製作型錄。
さつえい【撮影】	攝影，拍照；拍電影　名・他サ◎グループ3
	△この写真は、ハワイで撮影されたに違いない。／ 這張照片，一定是在夏威夷拍的。
さっきょく【作曲】	作曲，譜曲，配曲　名・他サ◎グループ3
	△彼女が作曲したにしては、暗い曲ですね。／ 就她所作的曲子而言，算是首陰鬱的歌曲。
さっぱり	整潔，俐落，瀟灑；（個性）直爽，坦率；（感覺）爽快，病癒；（味道）清淡　名・他サ◎グループ3
	△シャワーを浴びてきたから、さっぱりしているわけだ。／ 因為淋了浴，所以才感到那麼爽快。
さべつ【差別】	輕視，區別　名・他サ◎グループ3
	△女性の給料が低いのは、差別にほかならない。／ 女性的薪資低，不外乎是有男女差別待遇。
さゆう【左右】	左右方；身邊，旁邊；左右其詞，支支吾吾；（年齡）大約，上下；掌握，支配，操縱　名・他サ◎グループ3
	△首相の左右には、大臣たちが立っています。／ 首相的左右兩旁，站著大臣們。
さんこう【参考】	參考，借鑑　名・他サ◎グループ3
	△合格した人の意見を参考にすることですね。／ 要參考及格的人的意見。

さんにゅう【参入】 進入；進宮 名・自サ◎グループ3
△市場に参入する。／
投入市場。

しいんと 安靜，肅靜，平靜，寂靜 副・自サ◎グループ3
△場内はしいんと静まりかえった。／
會場內鴉雀無聲。

じえい【自衛】 自衛 名・他サ◎グループ3
△悪い商売に騙されないように、自衛しなければならない。／
為了避免被惡質的交易所騙，要好好自我保衛才行。

しかい【司会】 司儀，主持會議（的人） 名・自他サ◎グループ3
△パーティーの司会はだれだっけ。／
派對的司儀是哪位來著？

しきゅう【支給】 支付，發給 名・他サ◎グループ3
△残業手当は、ちゃんと支給されるということだ。／
聽說加班津貼會確實支付下來。

しげき【刺激】 （物理的，生理的）刺激；（心理的）刺激，使興奮 名・他サ◎グループ3
△刺激が欲しくて、怖い映画を見た。／
為了追求刺激，去看了恐怖片。

じさつ【自殺】 自殺，尋死 名・自サ◎グループ3
△彼が自殺するわけがない。／
他不可能會自殺的。

じさん【持参】 帶來（去），自備 名・他サ◎グループ3
△当日は、お弁当を持参してください。／
請當天自行帶便當。

しじ【指示】 指示，指點 名・他サ◎グループ3
△隊長の指示を聞かないで、勝手に行動してはいけない。／
不可以不聽從隊長的指示，隨意行動。

じしゅう【自習】
自習，自學　名・他サ◎グループ3
△図書館によっては、自習を禁止しているところもある。／
依照各圖書館的不同規定，有些地方禁止在館內自習。

したがき【下書き】
試寫；草稿，底稿；打草稿；試畫，畫輪廓　名・他サ◎グループ3
△シャープペンシルで下書きした上から、ボールペンで清書する。／
先用自動鉛筆打底稿，之後再用原子筆謄寫。

じっかん【実感】
真實感，確實感覺到；真實的感情　名・他サ◎グループ3
△お母さんが死んじゃったなんて、まだ実感わかないよ。／
到現在還無法確實感受到媽媽已經過世了吶。

じっけん【実験】
實驗，實地試驗；經驗　名・他サ◎グループ3
△どんな実験をするにせよ、安全に気をつけてください。／
不管做哪種實驗，都請注意安全！

じつげん【実現】
實現　名・自他サ◎グループ3
△あなたのことだから、きっと夢を実現させるでしょう。／
要是你的話，一定可以讓夢想成真吧！

じっし【実施】
（法律、計畫、制度的）實施，實行　名・他サ◎グループ3
△この制度を実施するとすれば、まずすべての人に知らせなければならない。／
假如要實施這個制度，就得先告知所有的人。

じっしゅう【実習】
實習　名・他サ◎グループ3
△理論を勉強する一方で、実習も行います。／
我一邊研讀理論，也一邊從事實習。

しっぴつ【執筆】
執筆，書寫，撰稿　名・他サ◎グループ3
△あの川端康成も、このホテルに長期滞在して作品を執筆したそうだ。／
據說就連那位鼎鼎大名的川端康成，也曾長期投宿在這家旅館裡寫作。

しつぼう【失望】
失望　名・他サ◎グループ3
△この話を聞いたら、父は失望するに相違ない。／
如果聽到這件事，父親一定會很失望的。

じつよう【実用】 實用 名・他サ◎グループ3

△この服は、実用的である反面、あまり美しくない。／
這件衣服很實用，但卻不怎麼好看。

しつれん【失恋】 失戀 名・自サ◎グループ3

△彼は、失恋したばかりか、会社も首になってしまいました。／
他不僅失戀，連工作也用丟了。

してい【指定】 指定 名・他サ◎グループ3

△待ち合わせの場所を指定してください。／
請指定集合的地點。

しどう【指導】 指導；領導，教導 名・他サ◎グループ3

△彼の指導を受ければ上手になるというものではないと思います。／
我認為，並非接受他的指導就會變厲害。

しはい【支配】 指使，支配；統治，控制，管轄；決定，左右 名・他サ◎グループ3

△こうして、王による支配が終わった。／
就這樣，國王統治時期結束了。

しはらい【支払い】 付款，支付（金錢） 名・他サ◎グループ3

△請求書をいただきしだい、支払いをします。／
一收到帳單，我就付款。

しゃせい【写生】 寫生，速寫；短篇作品，散記 名・他サ◎グループ3

△山に、写生に行きました。／
我去山裡寫生。

しゃっきん【借金】 借款，欠款，舉債 名・自サ◎グループ3

△借金の保証人にだけはなるまい。／
無論如何，千萬別當借款的保證人。

しゅうかい【集会】 集會 名・自サ◎グループ3

△いずれにせよ、集会には出席しなければなりません。／
無論如何，務必都要出席集會。

しゅうかく【収穫】 収獲（農作物）；成果，收穫；獵獲物　名・他サ◎グループ3

△収穫量に応じて、値段を決めた。／
按照收成量，來決定了價格。

しゅうきん【集金】 （水電、瓦斯等）收款，催收的錢　名・自他サ◎グループ3

△毎月月末に集金に来ます。／
每個月的月底，我會來收錢。

しゅうごう【集合】 集合；群體，集群；（數）集合　名・自他サ◎グループ3

△朝８時に集合してください。／
請在早上八點集合。

じゅうし【重視】 重視，認為重要　名・他サ◎グループ3

△能力に加えて、人柄も重視されます。／
除了能力之外，也重視人品。

しゅうせい【修正】 修改，修正，改正　名・他サ◎グループ3

△レポートを修正の上、提出してください。／
請修改過報告後再交出來。

しゅうぜん【修繕】 修繕，修理　名・他サ◎グループ3

△古い家だが、修繕すれば住めないこともない。／
雖說是老舊的房子，但修補後，也不是不能住的。

しゅうちゅう【集中】 集中；作品集　名・自他サ◎グループ3

△集中力にかけては、彼にかなう者はいない。／
就集中力這一點，沒有人可以贏過他。

しゅうにん【就任】 就職，就任　名・自サ◎グループ3

△彼の理事長への就任をめぐって、問題が起こった。／
針對他就任理事長一事，而產生了一些問題。

しゅうのう【収納】 收納，收藏　名・他サ◎グループ3

△収納スペースが足りない。／
收納空間不夠用。

しゅうりょう【終了】 終了，結束；作完；期滿，屆　名・自他サ◎グループ3

△パーティーは終了したものの、まだ後片付けが残っている。／
雖然派對結束了，但卻還沒有整理。

しゅくしょう【縮小】 縮小　名・他サ◎グループ3

△経営を縮小しないことには、会社がつぶれてしまう。／
如不縮小經營範圍，公司就會倒閉。

しゅくはく【宿泊】 投宿，住宿　名・自サ◎グループ3

△京都で宿泊するとしたら、日本式の旅館に泊まりたいです／
如果要在京都投宿，我想住日式飯店。

じゅけん【受験】 參加考試，應試，投考　名・他サ◎グループ3

△試験が難しいかどうかにかかわらず、私は受験します。／
無論考試困難與否，我都要去考。

しゅちょう【主張】 主張，主見，論點　名・他サ◎グループ3

△あなたの主張は、理解しかねます。／
我實在是難以理解你的主張。

しゅっきん【出勤】 上班，出勤　名・自サ◎グループ3

△電車がストライキだから、今日はバスで出勤せざるを得ない。／
由於電車從業人員罷工，今天不得不搭巴士上班。

しゅっちょう【出張】 因公前往，出差　名・自サ◎グループ3

△私のかわりに、出張に行ってもらえませんか。／
你可不可以代我去出公差？

しゅっぱん【出版】 出版　名・他サ◎グループ3

△本を出版するかわりに、インターネットで発表した。／
取代出版書籍，我在網路上發表文章。

じゅんかん【循環】 循環　名・自サ◎グループ3

△運動をして、血液の循環をよくする。／
多運動來促進血液循環。

しよう【使用】
使用，利用，用（人） 名・他サ◎グループ3
△トイレが使用中だと思ったら、なんと誰も入っていなかった。／
我本以為廁所有人，想不到裡面沒有人。

しょうか【消化】
消化（食物）；掌握，理解，記牢（知識等）；容納，吸收，處理 名・他サ◎グループ3
△麺類は、肉に比べて消化がいいです。／
麵類比肉類更容易消化。

じょうきょう【上京】
進京，到東京去 名・自サ◎グループ3
△彼は上京して絵を習っている。／
他到東京去學畫。

じょうげ【上下】
（身分、地位的）高低，上下，低賤 名・自他サ◎グループ3
△社員はみな若いから、上下関係を気にすることはないですよ。／
員工大家都很年輕，不太在意上司下屬之分啦。

じょうしゃ【乗車】
乘車，上車；乘坐的車 名・自サ◎グループ3
△乗車するときに、料金を払ってください。／
上車時請付費。

しょうじる【生じる】
生，長；出生，產生；發生；出現 自他サ◎グループ3
△コミュニケーション不足で、誤解が生じた。／
由於溝通不良而產生了誤會。

じょうたつ【上達】
（學術、技藝等）進步，長進；上呈，向上傳達 名・自他サ◎グループ3
△英語が上達するにしたがって、仕事が楽しくなった。／
隨著英語的進步，工作也變得更有趣了。

しょうち【承知】
同意，贊成，答應；知道；許可，允許 名・他サ◎グループ3
△「明日までに企画書を提出してください」「承知しました」／
「請在明天之前提交企劃書。」「了解。」

しょうどく【消毒】
消毒，殺菌 名・他サ◎グループ3
△消毒すれば大丈夫というものでもない。／
並非消毒後，就沒有問題了。

しょうにん【承認】
批准，認可，通過；同意；承認　名・他サ◎グループ3
△社長が承認した以上は、誰も反対できないよ。／
既然社長已批准了，任誰也沒辦法反對啊！

じょうはつ【蒸発】
蒸發，汽化；（俗）失蹤，出走，去向不明，逃之夭夭　名・自サ◎グループ3
△加熱して、水を蒸発させます。／
加熱水使它蒸發。

しょうぶ【勝負】
勝敗，輸贏；比賽，競賽　名・自サ◎グループ3
△勝負するにあたって、ルールを確認しておこう。／
比賽時，先確認規則！

しょうべん【小便】
小便，尿；（俗）終止合同，食言，毀約　名・自サ◎グループ3
△ここで立ち小便をしてはいけません。／
禁止在這裡隨地小便。

しょうめい【照明】
照明，照亮，光亮，燈光；舞台燈光　名・他サ◎グループ3
△商品がよく見えるように、照明を明るくしました。／
為了讓商品可以看得更清楚，把燈光弄亮。

しょうもう【消耗】
消費，消耗；（體力）耗盡，疲勞；磨損　名・自他サ◎グループ3
△おふろに入るのは、意外と体力を消耗する。／
洗澡出乎意外地會消耗體力。

しょうらい【将来】
將來，未來，前途；（從外國）傳入；帶來，拿來；招致，引起　名・副・他サ◎グループ3
△20代のころはともかく、30過ぎてもフリーターなんて、さすがに将来のことを考えると不安になる。／
二十幾歲的人倒是無所謂，如果過了三十歲以後還沒有固定的工作，考慮到未來的人生，畢竟心裡會感到不安。

しょめい【署名】
署名，簽名；簽的名字　名・自サ◎グループ3
△住所を書くとともに、ここに署名してください。／
在寫下地址的同時，請在這裡簽下大名。

しょり 【処理】

處理，處置，辦理　名・他サ◎グループ3

△今(いま)ちょうどデータの処理(しょり)をやりかけたところです。／
現在正好處理資料到一半。

しんこう 【信仰】

信仰，信奉　名・他サ◎グループ3

△彼(かれ)は、仏教(ぶっきょう)を信仰(しんこう)している。／
他信奉佛教。

しんさつ 【診察】

（醫）診察，診斷　名・他サ◎グループ3

△先生(せんせい)は今診察中(いましんさつちゅう)です。／
醫師正在診斷病情。

しんじゅう 【心中】

（古）守信義；（相愛男女因不能在一起而感到悲哀）一同自殺，殉情；（轉）兩人以上同時自殺　名・自サ◎グループ3

△借金(しゃっきん)を苦(く)にして夫婦(ふうふ)が心中(しんじゅう)した。／
飽受欠債之苦的夫妻一起輕生了。

しんだん 【診斷】

（醫）診斷；判斷　名・他サ◎グループ3

△月曜(げつよう)から水曜(すいよう)にかけて、健康診断(けんこうしんだん)が行(おこな)われます。／
禮拜一到禮拜三要實施健康檢查。

しんにゅう 【侵入】

浸入，侵略；（非法）闖入　名・自サ◎グループ3

△犯人(はんにん)は、窓(まど)から侵入(しんにゅう)したに相違(そうい)ありません。／
犯人肯定是從窗戶闖入的。

しんぱん 【審判】

審判，審理，判決；（體育比賽等的）裁判；（上帝的）審判　名・他サ◎グループ3

△審判(しんぱん)は、公平(こうへい)でなければならない。／
審判時得要公正才行。

しんよう 【信用】

堅信，確信；信任，相信；信用，信譽；信用交易，非現款交易　名・他サ◎グループ3

△信用(しんよう)するかどうかはともかくとして、話(はなし)だけは聞(き)いてみよう。／
不管你相不相信，至少先聽他怎麼說吧！

しんらい【信頼】

信頼，相信　名・他サ◎グループ3

△私の知るかぎりでは、彼は最も信頼できる人間です。／
他是我所認識裡面最值得信賴的人。

すいじ【炊事】

烹調，煮飯　名・自サ◎グループ3

△彼は、掃除ばかりでなく、炊事も手伝ってくれる。／
他不光只是打掃，也幫我煮飯。

すいせん【推薦】

推薦，舉薦，介紹　名・他サ◎グループ3

△あなたの推薦があったからこそ、採用されたのです。／
因為有你的推薦，我才能被錄用。

スイッチ【switch】

開關；接通電路；（喻）轉換（為另一種事物或方法）　名・他サ◎グループ3

△ラジオのスイッチを切る。／
關掉收音機的開關。

すいてい【推定】

推斷，判定；（法）（無反證之前的）推定，假定　名・他サ◎グループ3

△写真に基づいて、年齢を推定しました。／
根據照片來判斷年齡。

すいみん【睡眠】

睡眠，休眠，停止活動　名・自サ◎グループ3

△健康のためには、睡眠を８時間以上とることだ。／
要健康就要睡8個小時以上。

すきずき【好き好き】

（各人）喜好不同，不同的喜好　名・副・自サ◎グループ3

△メールと電話とどちらを使うかは、好き好きです。／
喜歡用簡訊或電話，每個人喜好都不同。

スタート【start】

起動，出發，開端；開始（新事業等）　名・自サ◎グループ3

△１年のスタートにあたって、今年の計画を述べてください。／
在這一年之初，請說說你今年度的計畫。

すっきり

舒暢，暢快，輕鬆；流暢，通暢；乾淨整潔，俐落　副・自サ◎グループ3

△片付けたら、なんとすっきりしたことか。／
整理過後， 是多麼乾淨清爽呀！

すっと

動作迅速地，飛快，輕快；（心中）輕鬆，痛快，輕鬆 副・自サ◎グループ3

△言いたいことを全部言って、胸がすっとしました。／
把想講的話都講出來以後，心裡就爽快多了。

ストップ【stop】

停止，中止；停止信號；（口令）站住，不得前進，止住；停車站 名・自他サ◎グループ3

△販売は、減少しているというより、ほとんどストップしています。／
銷售與其說是減少，倒不如說是幾乎停擺了。

スピーチ【speech】

（正式場合的）簡短演說，致詞，講話 名・自サ◎グループ3

△部下の結婚式のスピーチを頼まれた。／
部屬來請我在他的結婚典禮上致詞。

スライド【slide】

滑動；幻燈機，放映裝置；（棒球）滑進（壘）；按物價指數調整工資 名・自サ◎グループ3

△トロンボーンは、スライド式なのが特徴である。／
伸縮喇叭以伸滑的操作方式為其特色。

せいきゅう【請求】

請求，要求，索取 名・他サ◎グループ3

△かかった費用を、会社に請求しようではないか。／
支出的費用，就跟公司申請吧！

せいげん【制限】

限制，限度，極限 名・他サ◎グループ3

△太りすぎたので、食べ物について制限を受けた。／
因為太胖，所以受到了飲食的控制。

せいさく【制作】

創作（藝術品等），製作；作品 名・他サ◎グループ3

△娘をモデルに像を制作する。／
以女兒為模特兒製作人像。

せいさく【製作】

（物品等）製造，製作，生產 名・他サ◎グループ3

△私はデザインしただけで、商品の製作は他の人が担当した。／
我只是負責設計，至於商品製作部份是其他人負責的。

せいしょ【清書】

謄寫清楚，抄寫清楚 名・他サ◎グループ3

△この手紙を清書してください。／
請重新謄寫這封信。

せいそう【清掃】
清掃，打掃　名・他サ◎グループ3
△罰(ばつ)で、1週間(いっしゅうかん)トイレの清掃(せいそう)をしなさい。／
罰你掃一個禮拜的廁所，當作處罰。

せいぞう【製造】
製造，加工　名・他サ◎グループ3
△わが社(しゃ)では、一般向(いっぱんむ)けの製品(せいひん)も製造(せいぞう)しています。／
我們公司，也有製造給一般大眾用的商品。

せいぞん【生存】
生存　名・自サ◎グループ3
△その環境(かんきょう)では、生物(せいぶつ)は生存(せいぞん)し得(え)ない。／
在那種環境下， 生物是無法生存的。

せいちょう【生長】
（植物、草木等）生長，發育　名・自サ◎グループ3
△植物(しょくぶつ)が生長(せいちょう)する過程(かてい)には興味深(きょうみぶか)いものがある。／
植物的成長，確實有耐人尋味的過程。

せいび【整備】
配備，整備；整理，修配；擴充，加強；組裝；保養　名・自他サ◎グループ3
△自動車(じどうしゃ)の整備(せいび)ばかりか、洗車(せんしゃ)までしてくれた。／
不但幫我保養汽車，甚至連車子也幫我洗好了。

せいりつ【成立】
產生，完成，實現；成立，組成；達成　名・自サ◎グループ3
△新(あたら)しい法律(ほうりつ)が成立(せいりつ)したとか。／
聽說新的法條出來了。

せっきん【接近】
接近，靠近；親密，親近，密切　名・自サ◎グループ3
△台風(たいふう)が接近(せっきん)していて、旅行(りょこう)どころではない。／
颱風來了，哪能去旅行呀！

せっけい【設計】
（機械、建築、工程的）設計；計畫，規則　名・他サ◎グループ3
△この設計(せっけい)だと費用(ひよう)がかかり過(す)ぎる。もう少(すこ)し抑(おさ)えられないものか。／
如果採用這種設計，費用會過高。有沒有辦法把成本降低一些呢？

せっする【接する】
接觸；連接，靠近；接待，應酬；連結，接上；遇上，碰上　自他サ◎グループ3
△お年寄(としよ)りには、優(やさ)しく接(せっ)するものだ。／
對上了年紀的人，應當要友善對待。

せつぞく【接続】
連續，連接；（交通工具）連軌，接運　名・自他サ◎グループ3
△コンピューターの接続を間違えたに違いありません。／
一定是電腦的連線出了問題。

せつび【設備】
設備，裝設，裝設　名・他サ◎グループ3
△古い設備だらけだから、機械を買い替えなければなりません。／
淨是些老舊的設備，所以得買新的機器來替換了。

ぜつめつ【絶滅】
滅絕，消滅，根除　名・自他サ◎グループ3
△保護しないことには、この動物は絶滅してしまいます。／
如果不加以保護，這動物就會絕種。

ぜんご【前後】
（空間與時間）前和後，前後；相繼，先後；前因後果
名・自サ・接尾◎グループ3
△要人の車の前後には、パトカーがついている。／
重要人物的座車前後，都有警車跟隨著。

せんこう【専攻】
專門研究，專修，專門　名・他サ◎グループ3
△彼の専攻はなんだっけ。／
他是專攻什麼來著？

ぜんしん【前進】
前進　名・他サ◎グループ3
△困難があっても、前進するほかはない。／
即使遇到困難，也只有往前走了。

せんすい【潜水】
潛水　名・自サ◎グループ3
△潜水して船底を修理する。／
潛到水裡修理船底。

せんたく【選択】
選擇，挑選　名・他サ◎グループ3
△この中から一つ選択するとすれば、私は赤いのを選びます。／
如果要我從中選一，我會選紅色的。

せんめん【洗面】
洗臉　名・他サ◎グループ3
△日本の家では、洗面所・トイレ・風呂場がそれぞれ別の部屋になっている。／
日本的房屋，盥洗室、廁所、浴室分別是不同的房間。

せんれん【洗練】	精錬，講究	名・他サ◎グループ3
	△あの人の服装は洗練されている。／ 那個人的衣著很講究。	
そうい【相違】	不同，懸殊，互不相符	名・自サ◎グループ3
	△両者の相違について説明してください。／ 請解說兩者的差異。	
ぞうか【増加】	增加，增多，增進	名・自他サ◎グループ3
	△人口は、増加する一方だそうです。／ 聽說人口不斷地在增加。	
ぞうげん【増減】	增減，增加	名・自他サ◎グループ3
	△最近の在庫の増減を調べてください。／ 請查一下最近庫存量的增減。	
そうさ【操作】	操作（機器等），駕駛；（設法）安排，（背後）操縱	名・他サ◎グループ3
	△パソコンの操作にかけては、誰にも負けない。／ 就電腦操作這一點，我絕不輸給任何人。	
そうさく【創作】	（文學作品）創作；捏造（謊言）；創新，創造	名・他サ◎グループ3
	△彼の創作には、驚くべきものがある。／ 他的創作，有令人嘆為觀止之處。	
ぞうさつ【増刷】	加印，增印	名・他サ◎グループ3
	△本が増刷になった。／ 書籍加印。	
ぞうすい【増水】	氾濫，漲水	名・自サ◎グループ3
	△川が増水して危ない。／ 河川暴漲十分危險。	
ぞうせん【造船】	造船	名・自サ◎グループ3
	△造船会社に勤めています。／ 我在造船公司上班。	

そうぞう【創造】

創造　名・他サ◎グループ3

△芸術の創造には、何か刺激が必要だ。／
從事藝術的創作，需要有些刺激才行。

そうぞく【相続】

承繼（財產等）　名・他サ◎グループ3

△相続に関して、兄弟で話し合った。／
兄弟姊妹一起商量了繼承的相關事宜。

ぞうだい【増大】

增多，增大　名・自他サ◎グループ3

△県民体育館の建設費用が予定より増大して、議会で問題になっている。／
縣民體育館的建築費用超出經費預算，目前在議會引發了爭議。

そうち【装置】

裝置，配備，安裝；舞台裝置　名・他サ◎グループ3

△半導体製造装置を開発した。／
研發了半導體的配備。

そうとう【相当】

相當，適合，相稱；相當於，相等於；值得，應該；過得去，相當好；很，頗　名・自サ・形動◎グループ3

△この問題は、学生たちにとって相当難しかったようです。／
這個問題對學生們來說，似乎是很困難。

そうべつ【送別】

送行，送別　名・自サ◎グループ3

△田中さんの送別会のとき、悲しくてならなかった。／
在歡送田中先生的餞別會上，我傷心不已。

ぞくする【属する】

屬於，歸於，從屬於；隸屬，附屬　自サ◎グループ3

△彼は、演劇部のみならず、美術部にもコーラス部にも属している。／
他不但是戲劇社，同時也隸屬於美術社和合唱團。

そくてい【測定】

測定，測量　名・他サ◎グループ3

△身体検査で、体重を測定した。／
我在健康檢查時，量了體重。

そくりょう【測量】

測量，測繪　名・他サ◎グループ3

△家を建てるのに先立ち、土地を測量した。／
在蓋房屋之前，先測量了土地的大小。

そしき【組織】	組織，組成；構造，構成；（生）組織；系統，體系　名・他サ◎グループ3
	△一つの組織に入る上は、真面目に努力をするべきです。／既然加入組織，就得認真努力才行。
そん【損】	虧損，賠錢；吃虧，不划算；減少；損失　名・自サ・形動・漢造◎グループ3
	△その株を買っても、損はするまい。／即使買那個股票，也不會有什麼損失吧！
そんがい【損害】	損失，損害，損耗　名・他サ◎グループ3
	△損害を受けたのに、黙っているわけにはいかない。／既然遭受了損害，就不可能這樣悶不吭聲。
そんざい【存在】	存在，有；人物，存在的事物；存在的理由，存在的意義　名・自サ◎グループ3
	△宇宙人は、存在し得ると思いますか。／你認為外星人有存在的可能嗎？
そんしつ【損失】	損害，損失　名・自サ◎グループ3
	△火災は会社に2千万円の損失をもたらした。／火災造成公司兩千萬元的損失。
ぞんずる・ぞんじる【存ずる・存じる】	有，存，生存；在於　自他サ◎グループ3
	△その件は存じております。／我知道那件事。
そんぞく【存続】	繼續存在，永存，長存　名・自他サ◎グループ3
	△存続を図る。／謀求永存。
そんちょう【尊重】	尊重，重視　名・他サ◎グループ3
	△彼らの意見も、尊重しようじゃないか。／我們也要尊重他們的意見吧！
だい【題】	題目，標題；問題；題辭　名・自サ・漢造◎グループ3
	△絵の題が決められなくて、「無題」とした。／沒有辦法決定畫作的名稱，於是取名為〈無題〉。

たいざい【滞在】
旅居，逗留，停留　名・自サ◎グループ3
△日本に長く滞在しただけに、日本語がとてもお上手ですね。／
不愧是長期居留在日本，日語講得真好。

たいしょう【対照】
對照，對比　名・他サ◎グループ3
△木々の緑と空の青が対照をなして美しい。／
樹木的青翠和天空的蔚藍相互輝映，美不勝收。

たいする【対する】
面對，面向；對於，關於；對立，相對，對比；對待，招待　自サ◎グループ3
△自分の部下に対しては、厳しくなりがちだ。／
對自己的部下，總是比較嚴格。

たいせん【大戦】
大戰，大規模戰爭；世界大戰　名・自サ◎グループ3
△伯父は大戦のときに戦死した。／
伯父在大戰中戰死了。

たいほ【逮捕】
逮捕，拘捕，捉拿　名・他サ◎グループ3
△犯人が逮捕されないかぎり、私たちは安心できない。／
只要一天沒抓到犯人，我們就無安寧的一天。

だいり【代理】
代理，代替；代理人，代表　名・他サ◎グループ3
△社長の代理にしては、頼りない人ですね。／
以做為社長的代理人來看，這人還真是不可靠啊！

たいりつ【対立】
對立，對峙　名・他サ◎グループ3
△あの二人はよく意見が対立するが、言い分にはそれぞれ理がある。／
那兩個人的看法經常針鋒相對，但說詞各有一番道理。

たうえ【田植え】
（農）插秧　名・他サ◎グループ3
△農家は、田植えやら草取りやらで、いつも忙しい。／
農民要種田又要拔草，總是很忙碌。

たっする【達する】
到達；精通，通過；完成，達成；實現；下達（指示、通知等）　他サ・自サ◎グループ3
△売上げが1億円に達した。／
營業額高達了一億日圓。

だっせん【脱線】	（火車、電車等）脫軌，出軌；（言語、行動）脫離常規，偏離本題 名・他サ◎グループ3
	△列車が脱線して、けが人が出た。／ 因火車出軌而有人受傷。
たっぷり	足夠，充份，多；寬綽，綽綽有餘；（接名詞後）充滿（某表情、語氣等） 副・自サ◎グループ3
	△食事をたっぷり食べても、必ず太るというわけではない。／ 吃很多，不代表一定會胖。
だとう【妥当】	妥當，穩當，妥善　名・形動・自サ◎グループ3
	△予算に応じて、妥当な商品を買います。／ 購買合於預算的商品。
たび【旅】	旅行，遠行　名・他サ◎グループ3
	△旅が趣味だと言うだけあって、あの人は外国に詳しい。／ 不愧是以旅遊為興趣，那個人對外國真清楚。
ダンス【dance】	跳舞，交際舞　名・自サ◎グループ3
	△ダンスなんか、習いたくありません。／ 我才不想學什麼舞蹈呢！
だんすい【断水】	斷水，停水　名・他サ・自サ◎グループ3
	△私の住んでいる地域で、三日間にわたって断水がありました。／ 我住的地區，曾停水長達三天過。
だんてい【断定】	斷定，判斷　名・他サ◎グループ3
	△その男が犯人だとは、断定しかねます。／ 很難判定那個男人就是兇手。
たんとう【担当】	擔任，擔當，擔負　名・他サ◎グループ3
	△この件は、来週から私が担当することになっている。／ 這個案子，預定下週起由我來負責。
ちゅうしゃ【駐車】	停車　名・自サ◎グループ3
	△家の前に駐車するよりほかない。／ 只好把車停在家的前面了。

ちゅうしょう【抽象】	抽象　名・他サ◎グループ3 △彼は抽象的な話が得意で、哲学科出身だけのことはある。／ 他擅長述說抽象的事物，不愧是哲學系的。
ちゅうたい【中退】	中途退學　名・自サ◎グループ3 △父が亡くなったので、大学を中退して働かざるを得なかった。／ 由於家父過世，不得不從大學輟學了。
ちょうか【超過】	超過　名・自サ◎グループ3 △時間を超過すると、お金を取られる。／ 一超過時間，就要罰錢。
ちょうこく【彫刻】	雕刻　名・他サ◎グループ3 △彼は、絵も描けば、彫刻も作る。／ 他既會畫畫，也會雕刻。
ちょうせい【調整】	調整，調節　名・他サ◎グループ3 △パソコンの調整にかけては、自信があります。／ 我對修理電腦這方面相當有自信。
ちょうせつ【調節】	調節，調整　名・他サ◎グループ3 △時計の電池を換えたついでに、ねじも調節しましょう。／ 換了時鐘的電池之後，也順便調一下螺絲吧!
ちょうだい【頂戴】	（「もらう、食べる」的謙虛說法）領受，得到，吃；（女性、兒童請求別人做事）請　名・他サ◎グループ3 △すばらしいプレゼントを頂戴しました。／ 我收到了很棒的禮物。
ちょくつう【直通】	直達（中途不停）；直通　名・自サ◎グループ3 △ホテルから日本へ直通電話がかけられる。／ 從飯店可以直撥電話到日本。
ちょくりゅう【直流】	直流電；（河水）直流，沒有彎曲的河流；嫡系　名・自サ◎グループ3 △いつも同じ方向に同じ大きさの電流が流れるのが直流です。／ 都以相同的強度，朝相同方向流的電流，稱為直流。

ちょぞう【貯蔵】	儲藏	名・他サ◎グループ3
	△地下室に貯蔵する。／ 儲放在地下室。	
ちょちく【貯蓄】	儲蓄	名・他サ◎グループ3
	△余ったお金は、貯蓄にまわそう。／ 剩餘的錢，就存下來吧！	
ついか【追加】	追加，添付，補上	名・他サ◎グループ3
	△ラーメンに半ライスを追加した。／ 要了拉麵之後又加點了半碗飯。	
つうか【通過】	通過，經過；（電車等）駛過；（議案、考試等）通過，過關，合格	名・自サ◎グループ3
	△特急電車が通過します。／ 特快車即將過站。	
つうがく【通学】	上學	名・自サ◎グループ3
	△通学のたびに、この道を通ります。／ 每次要去上學時，都會走這條路。	
つうこう【通行】	通行，交通，往來；廣泛使用，一般通用	名・自サ◎グループ3
	△この道は、今日は通行できないことになっています。／ 這條路今天是無法通行的。	
つうしん【通信】	通信，通音信；通訊，聯絡；報導消息的稿件，通訊稿	名・自サ◎グループ3
	△何か通信の方法があるに相違ありません。／ 一定會有聯絡方法的。	
つうち【通知】	通知，告知	名・他サ◎グループ3
	△事件が起きたら、通知が来るはずだ。／ 一旦發生案件，應該馬上就會有通知。	
つうよう【通用】	通用，通行；兼用，兩用；（在一定期間內）通用，有效；通常使用	名・自サ◎グループ3
	△プロの世界では、私の力など通用しない。／ 在專業的領域裡，像我這種能力是派不上用場的。	

つきあい【付き合い】

交際，交往，打交道；應酬，作陪　名・自サ◎グループ3

△君(きみ)こそ、最近(さいきん)付(つ)き合(あ)いが悪(わる)いじゃないか。／
你最近才是很難打交道呢！

ていか【低下】

降低，低落；（力量、技術等）下降　名・自サ◎グループ3

△生徒(せいと)の学力(がくりょく)が低下(ていか)している。／
學生的學力（學習能力）下降。

ていこう【抵抗】

抵抗，抗拒，反抗；（物理）電阻，阻力；（產生）抗拒心理，不願接受　名・自サ◎グループ3

△社長(しゃちょう)に対(たい)して抵抗(ていこう)しても、無駄(むだ)だよ。／
即使反抗社長，也無濟於事。

ていし【停止】

禁止，停止；停住，停下；（事物、動作等）停頓　名・他サ・自サ◎グループ3

△車(くるま)が停止(ていし)するかしないかのうちに、彼(かれ)はドアを開(あ)けて飛(と)び出(だ)した。／
車子才剛一停下來，他就打開門衝了出來。

ていしゃ【停車】

停車，剎車　名・他サ・自サ◎グループ3

△急行(きゅうこう)は、この駅(えき)に停車(ていしゃ)するっけ。／
快車有停這站嗎？

ていしゅつ【提出】

提出，交出，提供　名・他サ◎グループ3

△テストを受(う)けるかわりに、レポートを提出(ていしゅつ)した。／
以交報告來代替考試。

でいり【出入り】

出入，進出；（因有買賣關係而）常往來；收支；（數量的）出入；糾紛，爭吵　名・自サ◎グループ3

△研究会(けんきゅうかい)に出入(でい)りしているが、正式(せいしき)な会員(かいいん)というわけではない。／
雖有在研討會走動，但我不是正式的會員。

ていれ【手入れ】

收拾，修整；檢舉，搜捕　名・他サ◎グループ3

△靴(くつ)を長持(ながも)ちさせるには、よく手入(てい)れをすることです。／
一雙鞋想要穿得長久，就必須仔細保養才行。

てきする【適する】	（天氣、飲食、水土等）適宜，適合；適當，適宜於（某情況）；具有做某事的資格與能力　自サ◎グループ3 △自分に適した仕事を見つけたい。／ 我想找適合自己的工作。
てきよう【適用】	適用，應用　名・他サ◎グループ3 △鍼灸治療に保険は適用されますか。／ 請問保險的給付範圍包括針灸治療嗎？
でこぼこ【凸凹】	凹凸不平，坑坑窪窪；不平衡，不均匀　名・自サ◎グループ3 △でこぼこだらけの道を運転した。／ 我開在凹凸不平的道路上。
てんかい【展開】	開展，打開；展現；進展；（隊形）散開　名・他サ・自サ◎グループ3 △話は、予測どおりに展開した。／ 事情就如預期一般地發展下去。
でんせん【伝染】	（病菌的）傳染；（惡習的）傳染，感染　名・自サ◎グループ3 △病気が、国中に伝染するおそれがある。／ 這疾病恐怕會散佈到全國各地。
てんてん【転々】	轉來轉去，輾轉，不斷移動；滾轉貌，嘰哩咕嚕　副・自サ◎グループ3 △今までにいろいろな仕事を転々とした。／ 到現在為止換過許多工作。
とういつ【統一】	統一，一致，一律　名・他サ◎グループ3 △中国と台湾の関係をめぐっては、大きく分けて統一・独立・現状維持の三つの選択肢がある。／ 關於中國與台灣的關係，大致可分成統一、獨立或維持現狀等三種選項。
とうけい【統計】	統計　名・他サ◎グループ3 △統計から見ると、子どもの数は急速に減っています。／ 從統計數字來看，兒童人口正快速減少中。
どうさ【動作】	動作　名・自サ◎グループ3 △私の動作には特徴があると言われます。／ 別人說我的動作很有特色。

とうしょ【投書】
投書，信訪，匿名投書；（向報紙、雜誌）投稿　名・他サ・自サ◎グループ3
△公共交通機関でのマナーについて、新聞に投書した。／
在報上投書了關於搭乘公共交通工具時的禮儀。

とうじょう【登場】
（劇）出場，登台，上場演出；（新的作品、人物、產品）登場，出現　名・自サ◎グループ3
△主人公が登場するかしないかのうちに、話の結末がわかってしまった。／
主角才一登場，我就知道這齣戲的結局了。

とうちゃく【到着】
到達，抵達　名・自サ◎グループ3
△スターが到着するかしないかのうちに、ファンが大騒ぎを始めた。／
明星才一到場，粉絲們便喧嘩了起來。

とうばん【当番】
值班（的人）　名・自サ◎グループ3
△今週は教室の掃除当番だ。／
這個星期輪到我當打掃教室的值星生。

とうひょう【投票】
投票　名・自サ◎グループ3
△雨が降らないうちに、投票に行きましょう。／
趁還沒下雨時，快投票去吧！

とうぶん【等分】
等分，均分；相等的份量　名・他サ◎グループ3
△線にそって、等分に切ってください。／
請沿著線對等剪下來。

どく【毒】
毒，毒藥；毒害，有害；惡毒，毒辣　名・自サ・漢造◎グループ3
△お酒を飲みすぎると体に毒ですよ。／
飲酒過多對身體有害。

とくてい【特定】
特定；明確指定，特別指定　名・他サ◎グループ3
△殺人の状況を見ると、犯人を特定するのは難しそうだ。／
從兇殺的現場來看，要鎖定犯人似乎很困難。

とくばい【特売】
特賣；（公家機關不經標投）賣給特定的人　名・他サ◎グループ3
△特売が始まると、買い物に行かないではいられない。／
一旦特賣活動開始，就不禁想去購物一下。

どくりつ【独立】 孤立，單獨存在；自立，獨立，不受他人援助　名・自サ◎グループ3

△両親から独立した以上は、仕事を探さなければならない。／
既然離開父母自力更生了，就得要找個工作才行。

とざん【登山】 登山；到山上寺廟修行　名・自サ◎グループ3

△おじいちゃんは、元気なうちに登山に行きたいそうです。／
爺爺說想趁著身體還健康時去爬爬山。

とたん【途端】 正當…的時候；剛…的時候，一…就…　名・他サ・自サ◎グループ3

△会社に入った途端に、すごく真面目になった。／
一進公司，就變得很認真。

とっくに 早就，好久以前　他サ・自サ◎グループ3

△鈴木君は、とっくにうちに帰りました。／
鈴木先生早就回家了。

なかなおり【仲直り】 和好，言歸於好　名・自サ◎グループ3

△あなたと仲直りした以上は、もう以前のことは言いません。／
既然跟你和好了，就不會再去提往事了。

にこにこ 笑嘻嘻，笑容滿面　副・自サ◎グループ3

△嬉しくてにこにこした。／
高興得笑容滿面。

にっこり 微笑貌，莞爾，嫣然一笑，微微一笑　副・自サ◎グループ3

△彼女がにっこりしさえすれば、男性はみんな優しくなる。／
只要她嫣然一笑，每個男性都會變得很親切。

にゅうしゃ【入社】 進公司工作，入社　名・自サ◎グループ3

△出世は、入社してからの努力しだいです。／
是否能出人頭地，就要看進公司後的努力。

にゅうじょう【入場】 入場　名・自サ◎グループ3

△入場する人は、一列に並んでください。／
要進場的人，請排成一排。

ねっする【熱する】	加熱，變熱，發熱；熱中於，興奮，激動　自サ・他サ◎グループ3
	△鉄をよく熱してから加工します。／將鐵徹底加熱過後再加工。
のびのび(と)【伸び伸び(と)】	生長茂盛；輕鬆愉快　副・自サ◎グループ3
	△子供が伸び伸びと育つ。／讓小孩在自由開放的環境下成長。
のろのろ	遲緩，慢吞吞地　副・自サ◎グループ3
	△のろのろやっていると、間に合わないおそれがありますよ。／你這樣慢吞吞的話，會趕不上的唷！
はいけん【拝見】	（「みる」的自謙語）看，瞻仰　名・他サ◎グループ3
	△お手紙拝見しました。／拜讀了您的信。
はいたつ【配達】	送，投遞　名・他サ◎グループ3
	△郵便の配達は1日1回だが、速達はその限りではない。／郵件的投遞一天只有一趟，但是限時專送則不在此限。
ばいばい【売買】	買賣，交易　名・他サ◎グループ3
	△株の売買によって、お金をもうけました。／因為股票交易而賺了錢。
はきはき	活潑伶俐的樣子；乾脆，爽快；（動作）俐落　副・自サ◎グループ3
	△質問にはきはき答える。／俐落地回答問題。
ばくはつ【爆発】	爆炸，爆發　名・自サ◎グループ3
	△長い間の我慢のあげく、とうとう気持ちが爆発してしまった。／長久忍下來的怨氣，最後爆發了。
はさん【破産】	破產　名・自サ◎グループ3
	△うちの会社は借金だらけで、結局破産しました。／我們公司欠了一屁股債，最後破產了。

パス【pass】
免票，免費；定期票，月票；合格，通過　名・自サ◎グループ3
△試験(しけん)にパスしないことには、資格(しかく)はもらえない。／
要是不通過考試，就沒辦法取得資格。

はついく【発育】
發育，成長　名・自サ◎グループ3
△まだ10か月(げつ)にしては、発育(はついく)のいいお子(こ)さんですね。／
以十個月大的嬰孩來說，這孩子長得真快呀！

はっき【発揮】
發揮，施展　名・他サ◎グループ3
△今年(ことし)は、自分(じぶん)の能力(のうりょく)を発揮(はっき)することなく終(お)わってしまった。／
今年都沒好好發揮實力就結束了。

バック【back】
後面，背後；背景；後退，倒車；金錢的後備，援助；靠山　名・自サ◎グループ3
△車(くるま)をバックさせたところ、塀(へい)にぶつかってしまった。／
倒車，結果撞上了圍牆。

はっこう【発行】
（圖書、報紙、紙幣等）發行；發放，發售　名・自サ◎グループ3
△初版発行分(しょはんはっこうぶん)は1週間(しゅうかん)で売(う)り切(き)れ、増刷(ぞうさつ)となった。／
初版印刷量在一星期內就銷售一空，於是再刷了。

はっしゃ【発車】
發車，開車　名・自サ◎グループ3
△定時(ていじ)に発車(はっしゃ)する。／
定時發車。

はっしゃ【発射】
發射（火箭、子彈等）　名・他サ◎グループ3
△ロケットが発射(はっしゃ)した。／
火箭發射了。

はっそう【発想】
構想，主意；表達，表現；（音樂）表現　名・自他サ◎グループ3
△彼(かれ)の発想(はっそう)をぬきにしては、この製品(せいひん)は完成(かんせい)しなかった。／
如果沒有他的構想，就沒有辦法做出這個產品。

ぱっちり
眼大而水汪汪；睜大眼睛　副・自サ◎グループ3
△目(め)がぱっちりとしている。／
眼兒水汪汪。

はってん【発展】

擴展，發展；活躍，活動　名・自サ◎グループ3

△驚いたことに、町はたいへん発展していました。／
令人驚訝的是，小鎮蓬勃發展起來了。

はつでん【発電】

發電　名・他サ◎グループ3

△この国では、風力による発電が行われています。／
這個國家，以風力來發電。

はつばい【発売】

賣，出售　名・他サ◎グループ3

△新商品発売の際には、大いに宣伝しましょう。／
銷售新商品時，我們來大力宣傳吧！

はっぴょう【発表】

發表，宣布，聲明；揭曉　名・他サ◎グループ3

△ゼミで発表するに当たり、十分に準備をした。／
為了即將在研討會上的報告，做了萬全的準備。

はんえい【反映】

（光）反射；反映　名・自サ・他サ◎グループ3

△この事件は、当時の状況を反映しているに相違ありません。／
這個事件，肯定是反映了當下的情勢。

パンク【puncture之略】

爆胎；脹破，爆破　名・自サ◎グループ3

△大きな音がしたことから、パンクしたのに気がつきました。／
因為聽到了巨響，所以發現原來是爆胎了。

はんこう【反抗】

反抗，違抗，反擊　名・自サ◎グループ3

△彼は、親に対して反抗している。／
他反抗父母。

はんだん【判断】

判斷；推斷，推測；占卜　名・他サ◎グループ3

△上司の判断が間違っていると知りつつ、意見を言わなかった。／
明明知道上司的判斷是錯的，但還是沒講出自己的意見。

はんばい【販売】

販賣，出售　名・他サ◎グループ3

△商品の販売にかけては、彼の右に出る者はいない。／
在銷售商品上，沒有人可以跟他比。

はんぱつ【反発】
回彈，排斥；拒絕，不接受；反攻，反抗　名・他サ・自サ◎グループ3
△彼は感情的になって反発した。／
他意氣用事地加以反對。

ひがえり【日帰り】
當天回來　名・自サ◎グループ3
△課長は、日帰りで出張に行ってきたということだ。／
聽說社長出差一天，當天就回來了。

ひかく【比較】
比，比較　名・他サ◎グループ3
△周囲と比較してみて、自分の実力がわかった。／
和周遭的人比較過之後，認清了自己的實力在哪裡。

ぴかぴか
雪亮地；閃閃發亮的　副・自サ◎グループ3
△机はほこりだらけでしたが、拭いたらぴかぴかになりました。／
桌上滿是灰塵，但擦過後便很雪亮。

ひこう【飛行】
飛行，航空　名・自サ◎グループ3
△飛行時間は約５時間です。／
飛行時間約五個小時。

ひっき【筆記】
筆記；記筆記　名・他サ◎グループ3
△筆記試験はともかく、実技と面接の点数はよかった。／
先不說筆試結果如何， 術科和面試的成績都很不錯。

びっくり
吃驚，嚇一跳　副・自サ◎グループ3
△田中さんは美人になって、本当にびっくりするくらいでした。／
田中小姐變成大美人，叫人真是大吃一驚。

ひてい【否定】
否定，否認　名・他サ◎グループ3
△方法に問題があったことは、否定しがたい。／
難以否認方法上出了問題。

ひとやすみ【一休み】
休息一會兒　名・自サ◎グループ3
△疲れないうちに、一休みしましょうか。／
在疲勞之前，先休息一下吧！

ひはん 【批判】	批評，批判，評論	名・他サ◎グループ3
	△そんなことを言うと、批判されるおそれがある。／ 你說那種話，有可能會被批評的。	
ひひょう 【批評】	批評，批論	名・他サ◎グループ3
	△先生の批評は、厳しくてしようがない。／ 老師給的評論，實在有夠嚴厲。	
ひょうか 【評価】	定價，估價；評價	名・他サ◎グループ3
	△部長の評価なんて、気にすることはありません。／ 你用不著去在意部長給的評價。	
ひょうげん 【表現】	表現，表達，表示	名・他サ◎グループ3
	△意味は表現できたとしても、雰囲気はうまく表現できません。／ 就算有辦法將意思表達出來，氣氛還是無法傳達的很好。	
ひるね 【昼寝】	午睡	名・自サ◎グループ3
	△公園で昼寝をする。／ 在公園午睡。	
ひろびろ 【広々】	寬闊的，遼闊的	副・自サ◎グループ3
	△この公園は広々としていて、いつも子どもたちが走り回って遊んでいます。／ 這座公園占地寬敞，經常有孩童們到處奔跑玩耍。	
ふくしゃ 【複写】	複印，複制；抄寫，繕寫	名・他サ◎グループ3
	△書類は一部しかないので、複写するほかはない。／ 因為資料只有一份，所以只好拿去影印。	
ぶさた 【無沙汰】	久未通信，久違，久疏問候	名・自サ◎グループ3
	△ご無沙汰して、申し訳ありません。／ 久疏問候，真是抱歉。	
ふぞく 【付属】	附屬	名・自サ◎グループ3
	△大学の付属中学に入った。／ 我進了大學附屬的國中部。	

プリント【print】	印刷（品）；油印（講義）；印花，印染	名・他サ◎グループ3
	△説明に先立ち、まずプリントを配ります。／在說明之前，我先發印的講義。	
ふわっと	輕軟蓬鬆貌；輕飄貌	副・自サ◎グループ3
	△そのセーター、ふわっとしてあったかそうですね。／那件毛衣毛茸茸的，看起來好暖和喔。	
ふわふわ	輕飄飄地；浮躁，不沈著；軟綿綿的	副・自サ◎グループ3
	△このシフォンケーキ、ふわっふわ！／這塊戚風蛋糕好鬆軟呀！	
ふんか【噴火】	噴火	名・自サ◎グループ3
	△あの山が噴火したとしても、ここは被害に遭わないだろう。／就算那座火山噴火，這裡也不會遭殃吧。	
ぶんかい【分解】	拆開，拆卸；（化）分解；解剖；分析（事物）	名・他サ・自サ◎グループ3
	△時計を分解したところ、元に戻らなくなってしまいました。／分解了時鐘，結果沒辦法裝回去。	
ぶんせき【分析】	（化）分解，化驗；分析，解剖	名・他サ◎グループ3
	△失業率のデータを分析して、今後の動向を予測してくれ。／你去分析失業率的資料，預測今後的動向。	
ぶんたん【分担】	分擔	名・他サ◎グループ3
	△役割を分担する。／分擔任務。	
ぶんぷ【分布】	分布，散布	名・自サ◎グループ3
	△この風習は、東京を中心に関東全体に分布しています。／這種習慣，以東京為中心，散佈在關東各地。	
ぶんるい【分類】	分類，分門別類	名・他サ◎グループ3
	△図書館の本は、きちんと分類されている。／圖書館的藏書經過詳細的分類。	

へいかい【閉会】
閉幕，會議結束　名・自サ・他サ◎グループ3

△もうシンポジウムは閉会したということです。／
聽說座談會已經結束了。

へいこう【平行】
（數）平行；並行　名・自サ◎グループ3

△この道は、大通りに平行に走っている。／
這條路和主幹道是平行的。

へいてん【閉店】
（商店）關門；倒閉　名・自サ◎グループ3

△あの店は７時閉店だ。／
那間店七點打烊。

ペラペラ
說話流利貌（特指外語）；單薄不結實貌；連續翻紙頁貌　副・自サ◎グループ3

△英語がペラペラだ。／
英語流利。

へんしゅう【編集】
編集；（電腦）編輯　名・他サ◎グループ3

△今ちょうど、新しい本を編集している最中です。／
現在正好在編輯新書。

ぼうけん【冒険】
冒險　名・自サ◎グループ3

△冒険小説が好きです。／
我喜歡冒險的小說。

ぼうし【防止】
防止　名・他サ◎グループ3

△水漏れを防止できるばかりか、機械も長持ちします。／
不僅能防漏水，機器也耐久。

ほうそう【包装】
包裝，包捆　名・他サ◎グループ3

△きれいな紙で包装した。／
我用漂亮的包裝紙包裝。

ほうそう【放送】
廣播；（用擴音器）傳播，散佈（小道消息、流言蜚語等）　名・他サ◎グループ3

△放送の最中ですから、静かにしてください。／
現在是廣播中，請安靜。

ほうもん【訪問】
訪問，拜訪　名・他サ◎グループ3
△彼の家を訪問するにつけ、昔のことを思い出す。／
每次去拜訪他家，就會想起以往的種種。

ほかく【捕獲】
（文）捕獲　名・他サ◎グループ3
△鹿を捕獲する。／
捕獲鹿。

ぼしゅう【募集】
募集，征募　名・他サ◎グループ3
△工場において、工員を募集しています。／
工廠在招募員工。

ほしょう【保証】
保証，擔保　名・他サ◎グループ3
△保証期間が切れないうちに、修理しましょう。／
在保固期間還沒到期前，快拿去修理吧。

ほそう【舗装】
（用柏油等）鋪路　名・他サ◎グループ3
△ここから先の道は、舗装していません。／
從這裡開始，路面沒有鋪上柏油。

ほっそり
纖細，苗條　副・自サ◎グループ3
△体つきがほっそりしている。／
身材苗條。

ぽっちゃり
豐滿，胖　副・自サ◎グループ3
△ぽっちゃりしてかわいい。／
胖嘟嘟的很可愛。

ぼんやり
模糊，不清楚；迷糊，傻楞楞；心不在焉；笨蛋，呆子　名・副・自サ◎グループ3
△仕事中にぼんやりしていたあげく、ミスを連発してしまった。／
工作時心不在焉，結果犯錯連連了。

まごまご
不知如何是好，惶張失措，手忙腳亂；閒蕩，遊蕩，懶散　名・自サ◎グループ3
△渋谷に行くたびに、道がわからなくてまごまごしてしまう。／
每次去澀谷，都會迷路而不知如何是好。

まさつ【摩擦】
摩擦；不和睦，意見紛歧，不合　名・自他サ◎グループ3

△気をつけないと、相手国との間で経済摩擦になりかねない。／
如果不多注意，難講不會和對方國家，產生經濟摩擦。

まね【真似】
模仿，裝，仿效；（愚蠢糊塗的）舉止，動作　名・他サ・自サ◎グループ3

△彼の真似など、とてもできません。／
我實在無法模仿他。

みかた【味方】
我方，自己的這一方；夥伴　名・自サ◎グループ3

△彼を味方に引き込むことができれば、断然こちらが有利になる。／
只要能將他拉進我們的陣營，絕對相當有利。

むし【無視】
忽視，無視，不顧　名・他サ◎グループ3

△彼が私を無視するわけがない。／
他不可能會不理我的。

むじゅん【矛盾】
矛盾　名・自サ◎グループ3

△話に矛盾するところがあるから、彼は嘘をついているに相違ない。／
從話中的矛盾之處，就可以知道他肯定在說謊。

メモ【memo】
筆記；備忘錄，便條；紀錄　名・他サ◎グループ3

△講演を聞きながらメモを取った。／
一面聽演講一面抄了筆記。

めんぜい【免税】
免稅　名・他サ・自サ◎グループ3

△免税店で買い物をした。／
我在免稅店裡買了東西。

もうしわけ【申し訳】
申辯，辯解；道歉；敷衍塞責，有名無實　名・他サ◎グループ3

△先祖伝来のこの店を私の代でつぶしてしまっては、ご先祖様に申し訳が立たない。／
祖先傳承下來的這家店在我這一代的手上毀了，實在沒有臉去見列祖列宗。

もんどう【問答】
問答；商量，交談，爭論　名・自サ◎グループ3

△教授との問答に基づいて、新聞記事を書いた。／
根據我和教授間的爭論，寫了篇報導。

やく【訳】
譯，翻譯；漢字的訓讀　名・他サ・漢造◎グループ3

△その本は、日本語訳で読みました。／
那本書我是看日文翻譯版的。

やけど【火傷】
燙傷，燒傷；（轉）遭殃，吃虧　名・自サ◎グループ3

△熱湯で手にやけどをした。／
熱水燙傷了手。

ゆうしょう【優勝】
優勝，取得冠軍　名・自サ◎グループ3

△しっかり練習しないかぎり、優勝はできません。／
要是沒紮實地做練習，就沒辦法得冠軍。

ゆけつ【輸血】
（醫）輸血　名・自サ◎グループ3

△輸血をしてもらった。／
幫我輸血。

ゆそう【輸送】
輸送，傳送　名・他サ◎グループ3

△自動車の輸送にかけては、うちは一流です。／
在搬運汽車這方面，本公司可是一流的。

ゆだん【油断】
缺乏警惕，疏忽大意　名・自サ◎グループ3

△仕事がうまくいっているときは、誰でも油断しがちです。／
當工作進行順利時，任誰都容易大意。

ゆっくり
慢慢地，不著急的，從容地；安適的，舒適的；充分的，充裕的　副・自サ◎グループ3

△ゆっくり考えた末に、結論を出しました。／
經過仔細思考後，有了結論。

ゆったり
寬敞舒適　副・自サ◎グループ3

△ゆったりした服を着て電車に乗ったら、妊婦さんに間違われた。／
只不過穿著寬鬆的衣服搭電車，結果被誤會是孕婦了。

ようきゅう【要求】
要求，需求　名・他サ◎グループ3
△社員の要求を受け入れざるを得ない。／
不得不接受員工的要求。

ようじん【用心】
注意，留神，警惕，小心　名・自サ◎グループ3
△治安がいいか悪いかにかかわらず、泥棒には用心しなさい。／
無論治安是好是壞，請注意小偷。

ようやく【要約】
摘要，歸納　名・他サ◎グループ3
△論文を要約する。／
做論文摘要。

よき【予期】
預期，預料，料想　名・自サ◎グループ3
△予期した以上の成果。／
達到預期的成果。

よそく【予測】
預測，預料　名・他サ◎グループ3
△来年の景気は予測しがたい。／
很難去預測明年的景氣。

よほう【予報】
預報　名・他サ◎グループ3
△天気予報によると、明日は曇りがちだそうです。／
根據氣象報告，明天好像是多雲的天氣。

らいにち【来日】
（外國人）來日本，到日本來　名・自サ◎グループ3
△トム・ハンクスは来日したことがありましたっけ。／
湯姆漢克有來過日本來著？

らくらい【落雷】
打雷，雷擊　名・自サ◎グループ3
△落雷で火事になる。／
打雷引起火災。

リード【lead】
領導，帶領；（比賽）領先，贏；（新聞報導文章的）內容提要　名・自他サ◎グループ3
△5点リードしているからといって、油断しちゃだめだよ。／
不能因為領先五分，就大意唷。

りょうしゅう【領収】 收到 名・他サ◎グループ3

△会社向けに、領収書を発行する。／
發行公司用的收據。

れいとう【冷凍】 冷凍 名・他サ◎グループ3

△今日のお昼は、冷凍しておいたカレーを解凍して食べた。／
今天吃的午餐是把冷凍咖哩拿出來加熱。

れんごう【連合】 聯合，團結；（心）聯想 名・他サ・自サ◎グループ3

△いくつかの会社で連合して対策を練った。／
幾家公司聯合起來一起想了對策。

れんそう【連想】 聯想 名・他サ◎グループ3

△チューリップを見るにつけ、オランダを連想します。／
每當看到鬱金香，就會聯想到荷蘭。

ろうどう【労働】 勞動，體力勞動，工作；（經）勞動力 名・自サ◎グループ3

△家事だって労働なのに、夫は食べさせてやってるっていばる。／
家務事實上也是一種勞動工作，可是丈夫卻大模大樣地擺出一副全是由他供我吃住似的態度。

ろんそう【論争】 爭論，爭辯，論戰 名・自サ◎グループ3

△女性の地位についての論争は、激しくなる一方です。／
針對女性地位的爭論，是越來越激烈。

わりびき【割引】 （價錢）打折扣，減價；（對說話內容）打折；票據兌現 名・他サ◎グループ3

△割引をするのは、三日きりです。／
折扣只有三天而已。

網羅新日本語能力試驗單字必考範圍

日本語 動詞活用辭典

NIHONGO BUNPOO・DOUSI KATSUYOU ZITEN

N1單字辭典

【吉松由美・田中陽子 合著】

前言

「動詞」就是日文的神經和血液，
有了神經和血液——動詞，才能讓您的日文活起來！才能讓您的表達更確實有張力！日檢得高分！
因此，紮實並強化日文，就要確實學會動詞，先和它和它成為好朋友！

一眼搞懂！N1 動詞　14 種活用，完全圖表
3 個公式、14 種變化
五段動詞、上一段・下一段動詞、カ變・サ變動詞
辭書形、ない形、ます形、ば形、させる形、命令形、う形…**共 14 種活用**
日檢、上課、上班天天派上用場，順利揮別卡卡日文！

日語動詞活用是日語的一大特色，它的規則類似英語動詞，語尾也有原形、現在形、過去形、過去分詞、現在分詞等變化。

日語動詞活用就像是動詞的兄弟，這裡將介紹動詞的這 14 個兄弟（14 種活用變化）。兄弟本是同根生，但由於他們後面可以自由地連接助動詞或語尾變化，使得各兄弟們都有著鮮明的個性，他們時常高喊「我們不一樣」，大搞特色。請看：

正義正直的老大 → 書く	書寫	（表示語尾）
小心謹慎的老 2 → 開かない	打不開	（表示否定）
悲觀失意的老 3 → 休まなかった	過去沒有休息	（表示過去否定）
彬彬有禮的老 4 → 渡します	交給	（表示鄭重）
外向開朗的老 5 → 弾いて	彈奏	（表示連接等）
快言快語的老 6 → 話した	說了	（表示過去）
聰明好學的老 7 → 入ったら	進去的話	（表示條件）
情緒多變的老 8 → 寝たり	又是睡	（表示列舉）
實事求是的老 9 → 登れば	攀登的話	（表示條件）
暴躁善變的老 10 → 飲ませる	叫…喝	（表示使役）
追求刺激的老 11 → 遊ばれる	被玩弄	（表示被動）
豪放不羈的老 12 → 脱げ	快脫	（表示命令）
勇敢正義的老 13 → 点けられる	可以點燃	（表示可能）
異想天開的老 14 → 食べよう	吃吧	（表示意志）

本書利用完全圖表，再配合三個公式，讓您一眼搞懂各具特色的日檢 N1 動詞 14 種活用變化！讓您考日檢、上課、上班天天派上用場。順利揮別卡卡日文！

P.S. 本書分為附 MP3 的朗讀版，以及經濟實用的無 MP3 版，歡迎讀者依需求選購！

目錄

N1
活用動詞

日語動詞
變化規律

日語動詞三個公式

表示人或事物的存在、動作、行為和作用的詞叫動詞。日語動詞可以分為三大類（三個公式），有：

分類		ます形	辭書形	中文
一般動詞	上一段動詞	おきます すぎます おちます います	おきる すぎる おちる いる	起來 超過 掉下 在
	下一段動詞	たべます うけます おしえます ねます	たべる うける おしえる ねる	吃 接受 教授 睡覺
五段動詞		かいます かきます はなします しります かえります はしります おわります	かう かく はなす しる かえる はしる おわる	購買 書寫 說 知道 回來 跑 結束
不規則動詞	サ變動詞	します	する	做
	カ變動詞	きます	くる	來

2 動詞有 5 種

按形態和變化規律，可以分為：

❶上一段動詞

動詞的活用詞尾，在五十音圖的「い段」上變化的叫上一段動詞。一般由有動作意義的漢字，後面加兩個平假名構成。最後一個假名為「る」。「る」前面的假名一定在「い段」上。例如：

◆ い段音「い、き、し、ち、に、ひ、み、り」
　　　　 i　ki　shi　chi　ni　hi　mi　ri

起きる（おきる）

過ぎる（すぎる）

落ちる（おちる）

❷下一段動詞

動詞的活用詞尾在五十音圖的「え段」上變化的叫下一段動詞。一般由一個有動作意義的漢字，後面加兩個平假名構成。最後一個假名為「る」。「る」前面的假名一定在「え段」上。例如：

◆ え段音「え、け、せ、て、ね、へ、め、れ」
　　　　 e　ke　se　te　ne　he　me　re

食べる（たべる）

受ける（うける）

教える（おしえる）

只是，也有「る」前面不夾進其他假名的。但這個漢字讀音一般也在「い段」或「え段」上。如：

▸居る（いる）

▸寝る（ねる）

▸見る（みる）

❸ 五段動詞

動詞的活用詞尾在五十音圖的「あ、い、う、え、お」五段上變化的叫五段動詞。一般由一個或兩個有動作意義的漢字，後面加一個（兩個）平假名構成。

(1) 五段動詞的詞尾都是由「う段」假名構成。其中除去「る」以外，凡是「う、く、す、つ、ぬ、ふ、む」結尾的動詞，都是五段動詞。例如：

- ▶買う（かう）　▶待つ（まつ）
- ▶書く（かく）　▶飛ぶ（とぶ）
- ▶話す（はなす）　▶読む（よむ）

(2)「漢字＋る」的動詞一般為五段動詞。也就是漢字後面只加一個「る」，「る」跟漢字之間不夾有任何假名的，95% 以上的動詞為五段動詞。例如：

- ▶売る（うる）　▶走る（はしる）
- ▶知る（しる）　▶要る（いる）
- ▶帰る（かえる）

(3) 個別的五段動詞在漢字與「る」之間又加進一個假名。但這個假名不在「い段」和「え段」上，所以，不是一段動詞，而是五段動詞。例如：

- ▶始まる（はじまる）　▶終わる（おわる）

❹ サ變動詞

サ變動詞只有一個詞「する」。活用時詞尾變化都在「サ行」上，稱為サ變動詞。另有一些動作性質的名詞＋する構成的複合詞，也稱サ變動詞。例如：

- ▶結婚する（けっこんする）　▶勉強する（べんきょうする）

❺ カ變動詞

只有一個動詞「来る」。因為詞尾變化在カ行，所以叫做カ變動詞，由「く＋る」構成。它的詞幹和詞尾不能分開，也就是「く」既是詞幹，又是詞尾。

動詞單字

N1

あいつぐ【相次ぐ・相継ぐ】

（文）接二連三，連續，連續不斷，持續不中斷

自五 グループ1

相次ぐ・相次ぎます

辭書形(基本形) 連續	あいつぐ	たり形 又是連續	あいついだり
ない形（否定形） 沒連續	あいつがない	ば形（條件形） 連續的話	あいつげば
なかった形（過去否定形） 過去沒連續	あいつがなかった	させる形（使役形） 使連續	あいつがせる
ます形（連用形） 連續	あいつぎます	られる形（被動形） 被連續	あいつがれる
て形 連續	あいついで	命令形 快串連	あいつげ
た形（過去形） 連續了	あいついだ	可能形	――――
たら形（條件形） 連續的話	あいついだら	う形（意向形） 連續吧	あいつごう

△今年は相次ぐ災難に見舞われた。／今年遭逢接二連三的天災人禍。

あおぐ【仰ぐ】

仰，抬頭；尊敬；仰賴，依靠；請，求；飲，服用

他五 グループ1

仰ぐ・仰ぎます

辭書形(基本形) 依靠	あおぐ	たり形 又是依靠	あおいだり
ない形（否定形） 沒依靠	あおがない	ば形（條件形） 依靠的話	あおげば
なかった形（過去否定形） 過去沒依靠	あおがなかった	させる形（使役形） 使依靠	あおがせる
ます形（連用形） 依靠	あおぎます	られる形（被動形） 被依靠	あおがれる
て形 依靠	あおいで	命令形 快依靠	あおげ
た形（過去形） 依靠了	あおいだ	可能形 可以依靠	あおげる
たら形（條件形） 依靠的話	あおいだら	う形（意向形） 依靠吧	あおごう

△彼は困ったときに空を仰ぐ癖がある。／他在不知所措時，總會習慣性地抬頭仰望天空。

あがく 掙扎；手腳亂動；刨地

自五 グループ1

あがく・あがきます

辭書形(基本形) 掙扎	あがく	たり形 又是掙扎	あがいたり
ない形（否定形） 沒掙扎	あがかない	ば形（條件形） 掙扎的話	あがけば
なかった形（過去否定形） 過去沒掙扎	あがかなかった	させる形（使役形） 使掙扎	あがかせる
ます形（連用形） 掙扎	あがきます	られる形（被動形） 被掙脫而出	あがかれる
て形 掙扎	あがいて	命令形 快掙扎	あがけ
た形（過去形） 掙扎了	あがいた	可能形 可以掙扎	あがける
たら形（條件形） 掙扎的話	あがいたら	う形（意向形） 掙扎吧	あがこう

△水中(すいちゅう)で必死(ひっし)にあがいて、何(なん)とか助(たす)かった。／在水裡拚命掙扎，總算得救了。

あかす【明かす】 說出來；揭露；過夜，通宵；證明

他五 グループ1

明(あ)かす・明(あ)かします

辭書形(基本形) 揭露	あかす	たり形 又是揭露	あかしたり
ない形（否定形） 沒揭露	あかさない	ば形（條件形） 揭露的話	あかせば
なかった形（過去否定形） 過去沒揭露	あかさなかった	させる形（使役形） 使揭露	あかさせる
ます形（連用形） 揭露	あかします	られる形（被動形） 被揭露	あかされる
て形 揭露	あかして	命令形 快揭露	あかせ
た形（過去形） 揭露了	あかした	可能形 可以揭露	あかせる
たら形（條件形） 揭露的話	あかしたら	う形（意向形） 揭露吧	あかそう

△記者会見(きしゃかいけん)で新(あら)たな離婚(りこん)の理由(りゆう)が明(あ)かされた。／
在記者會上揭露了新的離婚的原因。

あからむ【赤らむ】 變紅，發紅，變紅了起來；臉紅

自五 グループ1

赤(あか)らむ・赤(あか)らみます

辭書形(基本形) 發紅	あからむ	たり形 又是發紅	あからんだり
ない形（否定形） 沒發紅	あからまない	ば形（條件形） 發紅的話	あからめば
なかった形（過去否定形） 過去沒發紅	あからまなかった	させる形（使役形） 使發紅	あからませる
ます形（連用形） 發紅	あからみます	られる形（被動形） 迫使臉紅	あからまれる
て形 發紅	あからんで	命令形 快發紅	あからめ
た形（過去形） 發紅了	あからんだ	可能形	———
たら形（條件形） 發紅的話	あからんだら	う形（意向形） 發紅吧	あからもう

△恥(は)ずかしさに、彼女(かのじょ)の頬(ほほ)がさっと赤(あか)らんだ。／她因為難為情而臉頰倏然變紅。

あからめる【赤らめる】 使…變紅，發紅；染紅

他下一 グループ2

赤(あか)らめる・赤(あか)らめます

辭書形(基本形) 發紅	あからめる	たり形 又是發紅	あからめたり
ない形（否定形） 沒發紅	あからめない	ば形（條件形） 發紅的話	あからめれば
なかった形（過去否定形） 過去沒發紅	あからめなかった	させる形（使役形） 使發紅	あからめさせる
ます形（連用形） 發紅	あからめます	られる形（被動形） 被染紅	あからめられる
て形 發紅	あからめて	命令形 快染紅	あかめろ
た形（過去形） 發紅了	あからめた	可能形 可以染紅	あかめられる
たら形（條件形） 發紅的話	あからめたら	う形（意向形） 染紅吧	あかめよう

△顔(かお)を赤(あか)らめる。／漲紅了臉。

あざむく【欺く】 欺騙；混淆；誘惑

他五 グループ1

欺(あざむ)く・欺(あざむ)きます

辭書形(基本形) 誘惑	あざむく	たり形 又是誘惑	あざむいたり
ない形（否定形） 沒誘惑	あざむかない	ば形（條件形） 誘惑的話	あざむけば
なかった形（過去否定形） 過去沒誘惑	あざむかなかった	させる形（使役形） 使誘惑	あざむかせる
ます形（連用形） 誘惑	あざむきます	られる形（被動形） 被誘惑	あざむかれる
て形 誘惑	あざむいて	命令形 快誘惑	あざむけ
た形（過去形） 誘惑了	あざむいた	可能形 可以誘惑	あざむける
たら形（條件形） 誘惑的話	あざむいたら	う形（意向形） 誘惑吧	あざむこう

△彼(かれ)の巧(たく)みな話術(わじゅつ)にまんまと欺(あざむ)かれた。／完全被他那三寸不爛之舌給騙了。

あざわらう【嘲笑う】 嘲笑，譏笑

他五 グループ1

嘲笑(あざわら)う・嘲笑(あざわら)います

辭書形(基本形) 譏笑	あざわらう	たり形 又是譏笑	あざわらったり
ない形（否定形） 沒譏笑	あざわらわない	ば形（條件形） 譏笑的話	あざわらえば
なかった形（過去否定形） 過去沒譏笑	あざわらわなかった	させる形（使役形） 使譏笑	あざわらわせる
ます形（連用形） 譏笑	あざわらいます	られる形（被動形） 被譏笑	あざわらわれる
て形 譏笑	あざわらって	命令形 快譏笑	あざわらえ
た形（過去形） 譏笑了	あざわらった	可能形 可以譏笑	あざわらえる
たら形（條件形） 譏笑的話	あざわらったら	う形（意向形） 譏笑吧	あざわらおう

△彼(かれ)の格好(かっこう)を見(み)てみんなあざ笑(わら)った。／看到他的模樣，惹來大家一陣訕笑。

あせる【焦る】 急躁，著急，匆忙

自五 グループ1

焦る・焦ります

辭書形(基本形) 著急	あせる	たり形 又是著急	あせったり
ない形（否定形） 沒著急	あせらない	ば形（條件形） 著急的話	あせれば
なかった形（過去否定形） 過去沒著急	あせらなかった	させる形（使役形） 使著急	あせらせる
ます形（連用形） 著急	あせります	られる形（被動形） 在著急下	あせられる
て形 著急	あせって	命令形 快著急	あせれ
た形（過去形） 著急了	あせった	可能形	———
たら形（條件形） 著急的話	あせったら	う形（意向形） 著急吧	あせろう

△あなたが焦りすぎたからこのような結果になったのです。／
都是因為你太過躁進了，才會導致這樣的結果。

あせる【褪せる】 褪色，掉色；減弱，衰退

自下一 グループ2

褪せる・褪せます

辭書形(基本形) 褪色	あせる	たり形 又是褪色	あせたり
ない形（否定形） 沒褪色	あせない	ば形（條件形） 褪色的話	あせれば
なかった形（過去否定形） 過去沒褪色	あせなかった	させる形（使役形） 使褪色	あせさせる
ます形（連用形） 褪色	あせます	られる形（被動形） 被減弱	あせられる
て形 褪色	あせて	命令形 快減弱	あせろ
た形（過去形） 褪色了	あせた	可能形	———
たら形（條件形） 褪色的話	あせたら	う形（意向形） 減弱吧	あせよう

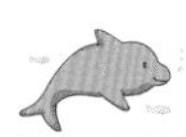

△どこ製の服か分からないから、すぐに色が褪せても仕方がない。／
不知道是哪裡製的服裝，會馬上褪色也是沒辦法的。

あつらえる【誂える】 點，訂做

他下一 グループ2

誂(あつら)える・誂(あつら)えます

辭書形(基本形) 訂做	あつらえる	たり形 又是訂做	あつらえたり
ない形（否定形) 沒訂做	あつらえない	ば形（條件形) 訂做的話	あつらえれば
なかった形（過去否定形) 過去沒訂做	あつらえなかった	させる形（使役形) 使訂做	あつらえさせる
ます形（連用形) 訂做	あつらえます	られる形（被動形) 被訂做	あつらえられる
て形 訂做	あつらえて	命令形 快訂做	あつらえろ
た形（過去形) 訂做了	あつらえた	可能形 可以訂做	あつらえられる
たら形（條件形) 訂做的話	あつらえたら	う形（意向形) 訂做吧	あつらえよう

△父(ちち)がこのスーツをあつらえてくれた。／父親為我訂做了這套西裝。

あてる【宛てる】 寄，寄給

他下一 グループ2

宛(あ)てる・宛(あ)てます

辭書形(基本形) 寄	あてる	たり形 又是寄	あてたり
ない形（否定形) 沒寄	あてない	ば形（條件形) 寄的話	あてれば
なかった形（過去否定形) 過去沒寄	あてなかった	させる形（使役形) 使寄	あてさせる
ます形（連用形) 寄	あてます	られる形（被動形) 被寄	あてられる
て形 寄	あてて	命令形 快寄	あてろ
た形（過去形) 寄了	あてた	可能形 可以寄	あてられる
たら形（條件形) 寄的話	あてたら	う形（意向形) 寄吧	あてよう

△以前(いぜん)の上司(じょうし)に宛(あ)ててお歳暮(せいぼ)を送(おく)りました。／
寄了一份年節禮物給以前的上司。

あまえる【甘える】 撒嬌；利用…的機會，既然…就順從 自下一 グループ2

甘(あま)える・甘(あま)えます

辭書形(基本形) 撒嬌	あまえる	たり形 又是撒嬌	あまえたり
ない形（否定形） 沒撒嬌	あまえない	ば形（條件形） 撒嬌的話	あまえれば
なかった形（過去否定形） 過去沒撒嬌	あまえなかった	させる形（使役形） 任憑撒嬌	あまえさせる
ます形（連用形） 撒嬌	あまえます	られる形（被動形） 被撒嬌	あまえられる
て形 撒嬌	あまえて	命令形 快撒嬌	あまえろ
た形（過去形） 撒嬌了	あまえた	可能形 可以撒嬌	あまえられる
たら形（條件形） 撒嬌的話	あまえたら	う形（意向形） 撒嬌吧	あまえよう

△子(こ)どもは甘(あま)えるように母親(ははおや)にすり寄(よ)った。／孩子依近媽媽的身邊撒嬌。

あやつる【操る】 操控，操縱；駕駛，駕馭；掌握，精通（語言） 他五 グループ1

操(あやつ)る・操(あやつ)ります

辭書形(基本形) 操縱	あやつる	たり形 又是操縱	あやつったり
ない形（否定形） 沒操縱	あやつらない	ば形（條件形） 操縱的話	あやつれば
なかった形（過去否定形） 過去沒操縱	あやつらなかった	させる形（使役形） 使操縱	あやつらせる
ます形（連用形） 操縱	あやつります	られる形（被動形） 被操縱	あやつられる
て形 操縱	あやつって	命令形 快操縱	あやつれ
た形（過去形） 操縱了	あやつった	可能形 可以操縱	あやつれる
たら形（條件形） 操縱的話	あやつったら	う形（意向形） 操縱吧	あやつろう

△あの大(おお)きな機械(きかい)を操(あやつ)るには三人(さんにん)の大人(おとな)がいる。／必須要有三位成年人共同操作那部大型機器才能運作。

あやぶむ【危ぶむ】 擔心；認為靠不住，有風險；懷疑

他五　グループ1

危ぶむ・危ぶみます

辭書形(基本形) 懷疑	あやぶむ	たり形 又是懷疑	あやぶんだり
ない形（否定形） 沒懷疑	あやぶまない	ば形（條件形） 懷疑的話	あやぶまれば
なかった形（過去否定形） 過去沒懷疑	あやぶまなかった	させる形（使役形） 使懷疑	あやぶませる
ます形（連用形） 懷疑	あやぶみます	られる形（被動形） 被懷疑	あやぶまれる
て形 懷疑	あやぶんで	命令形 快懷疑	あやぶめ
た形（過去形） 懷疑了	あやぶんだ	可能形 可以懷疑	あやぶめる
たら形（條件形） 懷疑的話	あやぶんだら	う形（意向形） 懷疑吧	あやぶもう

△オリンピックの開催を危ぶむ声があったのも事実です。／
有人認為舉辦奧林匹克是有風險的，這也是事實。

あゆむ【歩む】 行走；向前進，邁進

自五　グループ1

歩む・歩みます

辭書形(基本形) 行走	あゆむ	たり形 又是行走	あゆんだり
ない形（否定形） 沒行走	あゆまない	ば形（條件形） 行走的話	あゆめば
なかった形（過去否定形） 過去沒行走	あゆまなかった	させる形（使役形） 使前進	あゆませる
ます形（連用形） 行走	あゆみます	られる形（被動形） 被走進	あゆまれる
て形 行走	あゆんで	命令形 快行走	あゆめ
た形（過去形） 行走了	あゆんだ	可能形 可以行走	あゆめる
たら形（條件形） 行走的話	あゆんだら	う形（意向形） 行走吧	あゆもう

△核兵器が地球上からなくなるその日まで、我々はこの険しい道を歩み続ける。／
直到核武從地球上消失的那一天，我們仍須在這條艱險的路上繼續邁進。

あらす【荒らす】 破壞，毀掉；損傷，糟蹋；擾亂；偷竊，行搶

他五 グループ1

荒(あ)らす・荒(あ)らします

辭書形(基本形) 破壞	あらす	たり形 又是破壞	あらしたり
ない形（否定形) 沒破壞	あらさない	ば形（條件形) 破壞的話	あらせば
なかった形（過去否定形) 過去沒破壞	あらさなかった	させる形（使役形) 使破壞	あらさせる
ます形（連用形) 破壞	あらします	られる形（被動形) 被破壞	あらされる
て形 破壞	あらして	命令形 快破壞	あらせ
た形（過去形) 破壞了	あらした	可能形 可以破壞	あらせる
たら形（條件形) 破壞的話	あらしたら	う形（意向形) 破壞吧	あらそう

△酔(よ)っ払(ぱら)いが店内(てんない)を荒(あ)らした。／醉漢搗毀了店裡的裝潢陳設。

あらたまる【改まる】 改變；更新；革新，一本正經，故裝嚴肅，鄭重其事

自五 グループ1

改(あらた)まる・改(あらた)まります

辭書形(基本形) 改變	あらたまる	たり形 又是改變	あらたまったり
ない形（否定形) 沒改變	あらたまらない	ば形（條件形) 改變的話	あらたまれば
なかった形（過去否定形) 過去沒改變	あらたまらなかった	させる形（使役形) 使改變	あらたまらせる
ます形（連用形) 改變	あらたまります	られる形（被動形) 被改變	あらたまられる
て形 改變	あらたまって	命令形 快改變	あらたまれ
た形（過去形) 改變了	あらたまった	可能形	――
たら形（條件形) 改變的話	あらたまったら	う形（意向形) 改變吧	あらたまろう

△1989年(ねん)、年号(ねんごう)が改(あらた)まり平成(へいせい)と称(しょう)されるようになった。／在1989年，年號改為「平成」了。

ありふれる 常有，不稀奇，平凡的，司空見慣的；普遍 自下一 グループ2

ありふれる・ありふれます

辭書形(基本形) 平凡的	ありふれる	たり形 又是平凡的	ありふれたり
ない形（否定形） 沒平凡的	ありふれない	ば形（條件形） 平凡的話	ありふれれば
なかった形（過去否定形） 過去沒平凡的	ありふれなかった	させる形（使役形） 使常見	ありふれさせる
ます形（連用形） 平凡的	ありふれます	られる形（被動形） 被司空見慣	ありふれられる
て形 平凡的	ありふれて	命令形 快普及	ありふれろ
た形（過去形） 不稀奇了	ありふれた	可能形	——
たら形（條件形） 平凡的話	ありふれたら	う形（意向形） 平凡的吧	ありふれよう

△君(きみ)の企画(きかく)はありふれたものばかりだ。／你提出的企畫案淨是些平淡無奇的主意。

あわす【合わす】 合在一起，合併；總加起來；混合，配在一起；配合，使適應；對照，核對 他五 グループ1

合(あ)わす・合(あ)わします

辭書形(基本形) 混合	あわす	たり形 又是混合	あわしたり
ない形（否定形） 沒混合	あわさない	ば形（條件形） 混合的話	あわせば
なかった形（過去否定形） 過去沒混合	あわさなかった	させる形（使役形） 使混合	あわさせる
ます形（連用形） 混合	あわします	られる形（被動形） 被混合	あわされる
て形 混合	あわして	命令形 快混合	あわせ
た形（過去形） 混合了	あわした	可能形 可以混合	あわせられる
たら形（條件形） 混合的話	あわしたら	う形（意向形） 混合吧	あわそう

△ラジオの周波数(しゅうはすう)を合(あ)わす。／調準收音機的收聽頻道。

あんじる【案じる】 掛念，擔心；（文）思索，思考

他上一　グループ2

案じる・案じます

辭書形(基本形) 掛念	あんじる	たり形 又是掛念	あんじたり
ない形（否定形) 沒掛念	あんじない	ば形（條件形) 掛念的話	あんじれば
なかった形（過去否定形) 過去沒掛念	あんじなかった	させる形（使役形) 使掛念	あんじさせる
ます形（連用形) 掛念	あんじます	られる形（被動形) 被掛念	あんじられる
て形 掛念	あんじて	命令形 快思考	あんじろ
た形（過去形) 掛念了	あんじた	可能形	————
たら形（條件形) 掛念的話	あんじたら	う形（意向形) 思考吧	あんじよう

△娘はいつも父の健康を案じている。／女兒心中總是掛念著父親的身體健康。

いいはる【言い張る】 咬定，堅持主張，固執己見

他五　グループ1

言い張る・言い張ります

辭書形(基本形) 咬定	いいはる	たり形 又是咬定	いいはったり
ない形（否定形) 沒咬定	いいはらない	ば形（條件形) 咬定的話	いいはれば
なかった形（過去否定形) 過去沒咬定	いいはらなかった	させる形（使役形) 使咬定	いいはらせる
ます形（連用形) 咬定	いいはります	られる形（被動形) 被咬定	いいはられる
て形 咬定	いいはって	命令形 快咬定	いいはれ
た形（過去形) 咬定了	いいはった	可能形 可以咬定	いいはれる
たら形（條件形) 咬定的話	いいはったら	う形（意向形) 咬定吧	いいはろう

△防犯カメラにしっかり写っているのに、盗んだのは自分じゃないと言い張っている。／監控攝影機分明拍得一清二楚，還是堅持不是他偷的。

いかす【生かす】

留活口；弄活，救活；活用，利用；恢復；讓食物變美味；使變生動

他五 グループ1

生(い)かす・生(い)かします

辭書形(基本形) 活用	いかす	たり形 又是活用	いかしたり
ない形（否定形） 沒活用	いかさない	ば形（條件形） 活用的話	いかせば
なかった形（過去否定形） 過去沒活用	いかさなかった	させる形（使役形） 使活用	いかさせる
ます形（連用形） 活用	いかします	られる形（被動形） 被活用	いかされる
て形 活用	いかして	命令形 快活用	いかせ
た形（過去形） 活用了	いかした	可能形 可以活用	いかせる
たら形（條件形） 活用的話	いかしたら	う形（意向形） 活用吧	いかそう

△あんなやつを生(い)かしておけるもんか。／那種傢伙豈可留他活口！

いかれる

破舊，（機能）衰退，不正常；輸

自下一 グループ2

いかれる・いかれます

辭書形(基本形) 衰退	いかれる	たり形 又是衰退	いかれたり
ない形（否定形） 沒衰退	いかれない	ば形（條件形） 衰退的話	いかれれば
なかった形（過去否定形） 過去沒衰退	いかれなかった	させる形（使役形） 使衰退	いかれさせる
ます形（連用形） 衰退	いかれます	られる形（被動形） 被打敗	いかれられる
て形 衰退	いかれて	命令形 快衰退	いかれろ
た形（過去形） 衰退了	いかれた	可能形	――
たら形（條件形） 衰退的話	いかれたら	う形（意向形） 衰退吧	いかれよう

△エンジンがいかれる。／引擎破舊。

いきごむ【意気込む】 振奮，幹勁十足，踴躍

自五 グループ1

意気込む・意気込みます

辭書形(基本形) 振奮	いきごむ	たり形 又是振奮	いきごんだり
ない形（否定形） 沒振奮	いきごまない	ば形（條件形） 振奮的話	いきごめば
なかった形（過去否定形） 過去沒振奮	いきごまなかった	させる形（使役形） 使振奮	いきごませる
ます形（連用形） 振奮	いきごみます	られる形（被動形） 被鼓起幹勁	いきごまれる
て形 振奮	いきごんで	命令形 快振奮	いきごめ
た形（過去形） 振奮了	いきごんだ	可能形 可以振奮	いきごめる
たら形（條件形） 振奮的話	いきごんだら	う形（意向形） 振奮吧	いきごもう

△今年こそ全国大会で優勝するぞと、チーム全員意気込んでいる。／全體隊員都信心滿滿地誓言今年一定要奪得全國大賽的冠軍。

いける【生ける】 插花，把鮮花、樹枝等插到容器裡；栽種

他下一 グループ2

生ける・生けます

辭書形(基本形) 栽種	いける	たり形 又是栽種	いけたり
ない形（否定形） 沒栽種	いけない	ば形（條件形） 栽種的話	いければ
なかった形（過去否定形） 過去沒栽種	いけなかった	させる形（使役形） 使栽種	いけさせる
ます形（連用形） 栽種	いけます	られる形（被動形） 被栽種	いけられる
て形 栽種	いけて	命令形 快栽種	いけろ
た形（過去形） 栽種了	いけた	可能形 可以栽種	いけられる
たら形（條件形） 栽種的話	いけたら	う形（意向形） 栽種吧	いけよう

△床の間に花を生ける。／在壁龕處插花裝飾。

いじる【弄る】（俗）（毫無目的地）玩弄，擺弄；（做為娛樂消遣）玩弄，玩賞；隨便調動，改動（機構）

他五 グループ1

弄(いじ)る・弄(いじ)ります

辭書形(基本形) 玩弄	いじる	たり形 又是玩弄	いじったり
ない形（否定形） 沒玩弄	いじらない	ば形（條件形） 玩弄的話	いじれば
なかった形（過去否定形） 過去沒玩弄	いじらなかった	させる形（使役形） 使玩弄	いじらせる
ます形（連用形） 玩弄	いじります	られる形（被動形） 被玩弄	いじられる
て形 玩弄	いじって	命令形 快玩弄	いじれ
た形（過去形） 玩弄了	いじった	可能形 可以玩弄	いじれる
たら形（條件形） 玩弄的話	いじったら	う形（意向形） 玩弄吧	いじろう

△髪(かみ)をいじらないの！／不要玩弄頭髮了！

いためる【炒める】炒（菜、飯等）；油炸

他下一 グループ2

炒(いた)める・炒(いた)めます

辭書形(基本形) 炒	いためる	たり形 又是炒	いためたり
ない形（否定形） 沒炒	いためない	ば形（條件形） 炒的話	いためれば
なかった形（過去否定形） 過去沒炒	いためなかった	させる形（使役形） 使炒	いためさせる
ます形（連用形） 炒	いためます	られる形（被動形） 被炒	いためられる
て形 炒	いためて	命令形 快炒	いためろ
た形（過去形） 炒了	いためた	可能形 可以炒	いためられる
たら形（條件形） 炒的話	いためたら	う形（意向形） 炒吧	いためよう

△中華料理(ちゅうかりょうり)を作(つく)る際(さい)は、強火(つよび)で手早(てばや)く炒(いた)めることが大切(たいせつ)だ。／
做中國菜時，重要的訣竅是大火快炒。

いたわる【労る】照顧，關懷；功勞；慰勞，安慰；（文）患病 他五 グループ1

労る・労ります

辭書形（基本形）安慰	いたわる	たり形 又是安慰	いたわったり
ない形（否定形）沒安慰	いたわらない	ば形（條件形）安慰的話	いたわれば
なかった形（過去否定形）過去沒安慰	いたわらなかった	させる形（使役形）使慰勞	いたわらせる
ます形（連用形）安慰	いたわります	られる形（被動形）被安慰	いたわられる
て形 安慰	いたわって	命令形 快安慰	いたわれ
た形（過去形）安慰了	いたわった	可能形 可以安慰	いたわれる
たら形（條件形）安慰的話	いたわったら	う形（意向形）安慰吧	いたわろう

△心と体をいたわるレシピ本が発行された。／
已經出版了一本身體保健與療癒心靈的飲食指南書。

いとなむ【営む】舉辦，從事；經營；準備；建造 他五 グループ1

営む・営みます

辭書形（基本形）經營	いとなむ	たり形 又是經營	いとなんだり
ない形（否定形）沒經營	いとなまない	ば形（條件形）經營的話	いとなめば
なかった形（過去否定形）過去沒經營	いとなまなかった	させる形（使役形）使經營	いとなませる
ます形（連用形）經營	いとなみます	られる形（被動形）被經營	いとなまれる
て形 經營	いとなんで	命令形 快經營	いとなめ
た形（過去形）經營了	いとなんだ	可能形 可以經營	いとなめる
たら形（條件形）經營的話	いとなんだら	う形（意向形）經營吧	いとなもう

△山田家は、代々この地で大きな呉服屋を営む名家だった。／
山田家在當地曾是歷代經營和服店的名門。

いどむ【挑む】 挑戰；找碴；打破紀錄，征服；挑逗，調情

自他五　グループ1

挑む・挑みます

辭書形(基本形) 征服	いどむ	たり形 又是征服	いどんだり
ない形（否定形） 沒征服	いどまない	ば形（條件形） 征服的話	いどめば
なかった形（過去否定形） 過去沒征服	いどまなかった	させる形（使役形） 使征服	いどませる
ます形（連用形） 征服	いどみます	られる形（被動形） 被征服	いどまれる
て形 征服	いどんで	命令形 快征服	いどめ
た形（過去形） 征服了	いどんだ	可能形 可以征服	いどめる
たら形（條件形） 征服的話	いどんだら	う形（意向形） 征服吧	いどもう

△日本男児たる者、この難関に挑まないでなんとする。／
身為日本男兒，豈可不迎戰這道難關呢！

うかる【受かる】 考上，及格，上榜

自五　グループ1

受かる・受かります

辭書形(基本形) 考上	うかる	たり形 又是考上	うかったり
ない形（否定形） 沒考上	うからない	ば形（條件形） 考上的話	うかれば
なかった形（過去否定形） 過去沒考上	うからなかった	させる形（使役形） 使考上	うからせる
ます形（連用形） 考上	うかります	られる形（被動形） 被考上	うかられる
て形 考上	うかって	命令形 快考上	うかれ
た形（過去形） 考上了	うかった	可能形	————
たら形（條件形） 考上的話	うかったら	う形（意向形） 考上吧	うかろう

△今年こそＮ１に受かってみせる。／今年一定要通過Ｎ１級測驗給你看！

うけいれる【受け入れる】 收，收下；收容，接納；採納，接受

他下一 グループ2

受け入れる・受け入れます

形	活用	形	活用
辭書形(基本形) 接受	うけいれる	たり形 又是接受	うけいれたり
ない形（否定形） 沒接受	うけいれない	ば形（條件形） 接受的話	うけいれれば
なかった形（過去否定形） 過去沒接受	うけいれなかった	させる形（使役形） 使接受	うけいれさせる
ます形（連用形） 接受	うけいれます	られる形（被動形） 被接受	うけいれられる
て形 接受	うけいれて	命令形 快接受	うけいれろ
た形（過去形） 接受了	うけいれた	可能形 可以接受	うけいれられる
たら形（條件形） 接受的話	うけいれたら	う形（意向形） 接受吧	うけいれよう

△会社は従業員の要求を受け入れた。／公司接受了員工的要求。

うけつぐ【受け継ぐ】 繼承，後繼

他五 グループ1

受け継ぐ・受け継ぎます

形	活用	形	活用
辭書形(基本形) 繼承	うけつぐ	たり形 又是繼承	うけついだり
ない形（否定形） 沒繼承	うけつがない	ば形（條件形） 繼承的話	うけつげば
なかった形（過去否定形） 過去沒繼承	うけつがなかった	させる形（使役形） 使繼承	うけつがせる
ます形（連用形） 繼承	うけつぎます	られる形（被動形） 被繼承	うけつがれる
て形 繼承	うけついで	命令形 快繼承	うけつげ
た形（過去形） 繼承了	うけついだ	可能形 可以繼承	うけつげる
たら形（條件形） 繼承的話	うけついだら	う形（意向形） 繼承吧	うけつごう

△卒業したら、父の事業を受け継ぐつもりだ。／
我計畫在畢業之後接掌父親的事業。

うけつける【受け付ける】

受理，接受；容納（特指吃藥、東西不嘔吐）　他下一　グループ2

受け付ける・受け付けます

辭書形(基本形) 接受	うけつける	たり形 又是接受	うけつけたり
ない形（否定形) 沒接受	うけつけない	ば形（條件形) 接受的話	うけつければ
なかった形（過去否定形) 過去沒接受	うけつけなかった	させる形（使役形) 使接受	うけつけさせる
ます形（連用形) 接受	うけつけます	られる形（被動形) 被接受	うけつけられる
て形 接受	うけつけて	命令形 快接受	うけつけろ
た形（過去形) 接受了	うけつけた	可能形 可以接受	うけつけられる
たら形（條件形) 接受的話	うけつけたら	う形（意向形) 接受吧	うけつけよう

△願書（がんしょ）は２月１日（がつついたち）から受（う）け付（つ）ける。／從二月一日起受理申請。

うけとめる【受け止める】

接住，擋下；阻止，防止；理解，認識　他下一　グループ2

受け止める・受け止めます

辭書形(基本形) 理解	うけとめる	たり形 又是理解	うけとめたり
ない形（否定形) 沒理解	うけとめない	ば形（條件形) 理解的話	うけとめれば
なかった形（過去否定形) 過去沒理解	うけとめなかった	させる形（使役形) 使理解	うけとめさせる
ます形（連用形) 理解	うけとめます	られる形（被動形) 被理解	うけとめられる
て形 理解	うけとめて	命令形 快理解	うけとめろ
た形（過去形) 理解了	うけとめた	可能形 可以理解	うけとめられる
たら形（條件形) 理解的話	うけとめたら	う形（意向形) 理解吧	うけとめよう

△彼（かれ）はボールを片手（かたて）で受（う）け止（と）めた。／他以單手接住了球。

うずめる【埋める】 掩埋，填上；充滿，擠滿

他下一 グループ2

埋（うず）める・埋（うず）めます

辭書形(基本形) 掩埋	うずめる	たり形 又是掩埋	うずめたり
ない形（否定形） 沒掩埋	うずめない	ば形（條件形） 掩埋的話	うずめれば
なかった形（過去否定形） 過去沒掩埋	うずめなかった	させる形（使役形） 使充滿	うずめさせる
ます形（連用形） 掩埋	うずめます	られる形（被動形） 被掩埋	うずめられる
て形 掩埋	うずめて	命令形 快掩埋	うずめろ
た形（過去形） 掩埋了	うずめた	可能形 可以掩埋	うずめられる
たら形（條件形） 掩埋的話	うずめたら	う形（意向形） 掩埋吧	うずめよう

△彼女（かのじょ）は私（わたし）の胸（むね）に顔（かお）を埋（うず）めた。／她將臉埋進了我的胸膛。

うちあける【打ち明ける】 吐露，坦白，老實說

他下一 グループ2

打（う）ち明（あ）ける・打（う）ち明（あ）けます

辭書形(基本形) 坦白	うちあける	たり形 又是坦白	うちあけたり
ない形（否定形） 沒坦白	うちあけない	ば形（條件形） 坦白的話	うちあければ
なかった形（過去否定形） 過去沒坦白	うちあけなかった	させる形（使役形） 使坦白	うちあけさせる
ます形（連用形） 坦白	うちあけます	られる形（被動形） 被開誠布公說出	うちあけられる
て形 坦白	うちあけて	命令形 快坦白	うちあけろ
た形（過去形） 坦白了	うちあけた	可能形 可以坦白	うちあけられる
たら形（條件形） 坦白的話	うちあけたら	う形（意向形） 坦白吧	うちあけよう

△彼（かれ）は私（わたし）に秘密（ひみつ）を打（う）ち明（あ）けた。／他向我坦承了秘密。

うちあげる【打ち上げる】（往高處）打上去，發射 他下一 グループ2

打ち上げる・打ち上げます

辭書形(基本形) 發射	うちあげる	たり形 又是發射	うちあげたり
ない形（否定形) 沒發射	うちあげない	ば形（條件形) 發射的話	うちあげれば
なかった形（過去否定形) 過去沒發射	うちあげなかった	させる形（使役形) 予以發射	うちあげさせる
ます形（連用形) 發射	うちあげます	られる形（被動形) 被發射	うちあげられる
て形 發射	うちあげて	命令形 快發射	うちあげろ
た形（過去形) 發射了	うちあげた	可能形 可以發射	うちあげられる
たら形（條件形) 發射的話	うちあげたら	う形（意向形) 發射吧	うちあげよう

△今年の夏祭りでは、花火を1万発打ち上げる。／今年的夏日祭典將會發射一萬發焰火。

うちきる【打ち切る】（「切る」的強調說法）砍，切；停止，截止，中止；（圍棋）下完一局

他五 グループ1

打ち切る・打ち切ります

辭書形(基本形) 中止	うちきる	たり形 又是中止	うちきったり
ない形（否定形) 沒中止	うちきらない	ば形（條件形) 中止的話	うちきれば
なかった形（過去否定形) 過去沒中止	うちきらなかった	させる形（使役形) 使中止	うちきらせる
ます形（連用形) 中止	うちきります	られる形（被動形) 被中止	うちきられる
て形 中止	うちきって	命令形 快中止	うちきれ
た形（過去形) 中止了	うちきった	可能形 可以中止	うちきれる
たら形（條件形) 中止的話	うちきったら	う形（意向形) 中止吧	うちきろう

△安売りは正午で打ち切られた。／大拍賣到中午就結束了。

うちこむ【打ち込む】他五 打進，釘進；射進，扣殺；用力扔到；猛撲，(圍棋）攻入對方陣地；灌水泥 自五 熱衷，埋頭努力；迷戀 グループ1

打ち込む・打ち込みます

辭書形(基本形) 打進	うちこむ	たり形 又是打進	うちこんだり
ない形（否定形) 沒打進	うちこまない	ば形（條件形) 打進的話	うちこめば
なかった形（過去否定形) 過去沒打進	うちこまなかった	させる形（使役形) 令打進	うちこませる
ます形（連用形) 打進	うちこみます	られる形（被動形) 被打進	うちこまれる
て形 打進	うちこんで	命令形 快打進	うちこめ
た形（過去形) 打進了	うちこんだ	可能形 可以打進	うちこめる
たら形（條件形) 打進的話	うちこんだら	う形（意向形) 打進吧	うちこもう

△工事のため、地面に杭を打ち込んだ。／在地面施工打樁。

うつむく【俯く】低頭，臉朝下；垂下來，向下彎 自五 グループ1

俯く・俯きます

辭書形(基本形) 臉朝下	うつむく	たり形 又是臉朝下	うつむいたり
ない形（否定形) 沒臉朝下	うつむかない	ば形（條件形) 臉朝下的話	うつむけば
なかった形（過去否定形) 過去沒臉朝下	うつむかなかった	させる形（使役形) 使臉朝下	うつむかせる
ます形（連用形) 臉朝下	うつむきます	られる形（被動形) 被迫臉朝下	うつむかれる
て形 臉朝下	うつむいて	命令形 臉快朝下	うつむけ
た形（過去形) 臉朝下了	うつむいた	可能形 臉可以朝下	うつむける
たら形（條件形) 臉朝下的話	うつむいたら	う形（意向形) 臉朝下吧	うつむこう

△少女は恥ずかしそうにうつむいた。／那位少女害羞地低下了頭。

うながす【促す】 促使，促進 他五 グループ1

促す・促します

辭書形(基本形) 促進	うながす	たり形 又是促進	うながしたり
ない形（否定形） 沒促進	うながさない	ば形（條件形） 促進的話	うながせば
なかった形（過去否定形） 過去沒促進	うながさなかった	させる形（使役形） 使促進	うながさせる
ます形（連用形） 促進	うながします	られる形（被動形） 被促進	うながされる
て形 促進	うながして	命令形 快促進	うながせ
た形（過去形） 促進了	うながした	可能形 可以促進	うながせる
たら形（條件形） 促進的話	うながしたら	う形（意向形） 促進吧	うながそう

△父に促されて私は部屋を出た。／在家父催促下，我走出了房間。

うめたてる【埋め立てる】 填拓（海，河），填海（河）造地 他下一 グループ2

埋め立てる・埋め立てます

辭書形(基本形) 填拓	うめたてる	たり形 又是填拓	うめたてたり
ない形（否定形） 沒填拓	うめたてない	ば形（條件形） 填拓的話	うめたてれば
なかった形（過去否定形） 過去沒填拓	うめたてなかった	させる形（使役形） 使填拓	うめたてさせる
ます形（連用形） 填拓	うめたてます	られる形（被動形） 被填拓	うめたてられる
て形 填拓	うめたてて	命令形 快填拓	うめたてろ
た形（過去形） 填拓了	うめたてた	可能形 可以填拓	うめたてられる
たら形（條件形） 填拓的話	うめたてたら	う形（意向形） 填拓吧	うめたてよう

△東京の「夢の島」は、もともと海をごみで埋め立ててできた人工の島だ。／東京的「夢之島」其實是用垃圾填海所造出來的人工島嶼。

うりだす【売り出す】 上市，出售；出名，紅起來

他五 グループ1

売り出す・売り出します

辭書形(基本形) 上市	うりだす	たり形 又是上市	うりだしたり
ない形（否定形） 沒上市	うりださない	ば形（條件形） 上市的話	うりだせば
なかった形（過去否定形） 過去沒上市	うりださなかった	させる形（使役形） 使上市	うりださせる
ます形（連用形） 上市	うりだします	られる形（被動形） 被出售	うりだされる
て形 上市	うりだして	命令形 快上市	うりだせ
た形（過去形） 上市了	うりだした	可能形 可以上市	うりだせる
たら形（條件形） 上市的話	うりだしたら	う形（意向形） 上市吧	うりだそう

△あの会社(かいしゃ)は建(た)て売(う)り住宅(じゅうたく)を売(う)り出(だ)す予定(よてい)だ。／那家公司準備出售新成屋。

うるおう【潤う】 潤濕；手頭寬裕；受惠，沾光

自五 グループ1

潤う・潤います

辭書形(基本形) 沾光	うるおう	たり形 又是沾光	うるおったり
ない形（否定形） 沒沾光	うるおわない	ば形（條件形） 沾光的話	うるおえば
なかった形（過去否定形） 過去沒沾光	うるおわなかった	させる形（使役形） 使沾光	うるおわせる
ます形（連用形） 沾光	うるおいます	られる形（被動形） 被滋潤	うるおわれる
て形 沾光	うるおって	命令形 快沾光	うるおえ
た形（過去形） 沾光了	うるおった	可能形	————
たら形（條件形） 沾光的話	うるおったら	う形（意向形） 沾光吧	うるおおう

△久々(ひさびさ)の雨(あめ)に草木(くさき)も潤(うるお)った。／期盼已久的一場大雨使花草樹木也得到了滋潤。

うわまわる【上回る】 超過，超出；(能力) 優越

自五 グループ1

上回る・上回ります

辭書形(基本形) 超過	うわまわる	たり形 又是超過	うわまわったり
ない形 (否定形) 沒超過	うわまわらない	ば形 (條件形) 超過的話	うわまわれば
なかった形 (過去否定形) 過去沒超過	うわまわらなかった	させる形 (使役形) 予以超過	うわまわらせる
ます形 (連用形) 超過	うわまわります	られる形 (被動形) 被超過	うわまわられる
て形 超過	うわまわって	命令形 快超過	うわまわれ
た形 (過去形) 超過了	うわまわった	可能形 可以超過	うわまわれる
たら形 (條件形) 超過的話	うわまわったら	う形 (意向形) 超過吧	うわまわろう

△ここ数年、出生率が死亡率を上回っている。／近幾年之出生率超過死亡率。

うわむく【上向く】 (臉) 朝上，仰；(行市等) 上漲，高漲

自五 グループ1

上向く・上向きます

辭書形(基本形) 高漲	うわむく	たり形 又是高漲	うわむいたり
ない形 (否定形) 沒高漲	うわむかない	ば形 (條件形) 高漲的話	うわむけば
なかった形 (過去否定形) 過去沒高漲	うわむかなかった	させる形 (使役形) 使高漲	うわむかせる
ます形 (連用形) 高漲	うわむきます	られる形 (被動形) 被迫朝上	うわむかれる
て形 高漲	うわむいて	命令形 快高漲	うわむけ
た形 (過去形) 高漲了	うわむいた	可能形 可以高漲	うわむける
たら形 (條件形) 高漲的話	うわむいたら	う形 (意向形) 高漲吧	うわむこう

△景気が上向くとスカート丈が短くなると言われている。／據說景氣愈好，裙子的長度就愈短。

えぐる【抉る】 挖；深挖，追究；（喻）挖苦，刺痛；絞割

他五 グループ1

抉る・抉ります

辭書形(基本形) 追究	えぐる	たり形 又是追究	えぐったり
ない形（否定形） 沒追究	えぐらない	ば形（條件形） 追究的話	えぐれば
なかった形（過去否定形） 過去沒追究	えぐらなかった	させる形（使役形） 予以追究	えぐらせる
ます形（連用形） 追究	えぐります	られる形（被動形） 被追究	えぐられる
て形 追究	えぐって	命令形 快追究	えぐれ
た形（過去形） 追究了	えぐった	可能形 可以追究	えぐれる
たら形（條件形） 追究的話	えぐったら	う形（意向形） 追究吧	えぐろう

△彼は決して抉る口調ではなかったが、その一言には心をえぐられた。／他的語氣中絕對不帶有責備，但那句話卻刺傷了對方的心。

えんじる【演じる】 扮演，演出；做出

他上一 グループ2

演じる・演じます

辭書形(基本形) 演出	えんじる	たり形 又是演出	えんじたり
ない形（否定形） 沒演出	えんじない	ば形（條件形） 演出的話	えんじれば
なかった形（過去否定形） 過去沒演出	えんじなかった	させる形（使役形） 准許演出	えんじさせる
ます形（連用形） 演出	えんじます	られる形（被動形） 被演出	えんじられる
て形 演出	えんじて	命令形 快演出	えんじろ
た形（過去形） 演出了	えんじた	可能形 可以演出	えんじられる
たら形（條件形） 演出的話	えんじたら	う形（意向形） 演出吧	えんじよう

△彼はハムレットを演じた。／他扮演了哈姆雷特。

おいこむ【追い込む】

趕進；逼到，迫陷入；緊要，最後關頭加把勁；緊排，縮排（文字）；讓（病毒等）內攻

他五 グループ1

追い込む・追い込みます

辭書形(基本形) 逼到	おいこむ	たり形 又是逼到	おいこんだり
ない形（否定形) 沒逼到	おいこまない	ば形（條件形) 逼到的話	おいこめば
なかった形（過去否定形) 過去沒逼到	おいこまなかった	させる形（使役形) 任憑逼到	おいこませる
ます形（連用形) 逼到	おいこみます	られる形（被動形) 被逼到	おいこまれる
て形 逼到	おいこんで	命令形 快加把勁	おいこめ
た形（過去形) 逼到了	おいこんだ	可能形 可以加把勁	おいこめる
たら形（條件形) 逼到的話	おいこんだら	う形（意向形) 加把勁吧	おいこもう

△牛を囲いに追い込んだ。／將牛隻趕進柵欄裡。

おいだす【追い出す】

趕出，驅逐；解雇

他五 グループ1

追い出す・追い出します

辭書形(基本形) 解雇	おいだす	たり形 又是解雇	おいだしたり
ない形（否定形) 沒解雇	おいださない	ば形（條件形) 解雇的話	おいだせば
なかった形（過去否定形) 過去沒解雇	おいださなかった	させる形（使役形) 予以解雇	おいださせる
ます形（連用形) 解雇	おいだします	られる形（被動形) 被解雇	おいだされる
て形 解雇	おいだして	命令形 快解雇	おいだせ
た形（過去形) 解雇了	おいだした	可能形 可以解雇	おいだせる
たら形（條件形) 解雇的話	おいだしたら	う形（意向形) 解雇吧	おいだそう

△猫を家から追い出した。／將貓兒逐出家門。

おいる【老いる】 老，上年紀；衰老；（雅）（季節）將盡

自上一 グループ2

老[お]いる・老[お]います

辭書形(基本形) 衰老	おいる	たり形 又是衰老	おいたり
ない形（否定形） 沒衰老	おいない	ば形（條件形） 衰老的話	おいれば
なかった形（過去否定形） 過去沒衰老	おいなかった	させる形（使役形） 使衰老	おいさせる
ます形（連用形） 衰老	おいます	られる形（被動形） 在衰老下	おいられる
て形 衰老	おいて	命令形 快衰老	おいろ
た形（過去形） 衰老了	おいた	可能形	———
たら形（條件形） 衰老的話	おいたら	う形（意向形） 衰老吧	おいられよう

△彼[かれ]は老[お]いてますます盛[さか]んだ。／他真是老當益壯呀！

おう【負う】 負責；背負，遭受；多虧，借重

他五 グループ1

負[お]う・負[お]います

辭書形(基本形) 借重	おう	たり形 又是借重	おったり
ない形（否定形） 沒借重	おわない	ば形（條件形） 借重的話	おえば
なかった形（過去否定形） 過去沒借重	おわなかった	させる形（使役形） 使借重	おわせる
ます形（連用形） 借重	おいます	られる形（被動形） 被借重	おわれる
て形 借重	おって	命令形 快借重	おえ
た形（過去形） 借重了	おった	可能形 可以借重	おえる
たら形（條件形） 借重的話	おったら	う形（意向形） 借重吧	おおう

△この責任[せきにん]は、ひとり松本君[まつもとくん]のみならず、我々全員[われわれぜんいん]が負[お]うべきものだ。／這件事的責任，不單屬於松本一個人，而是我們全體都必須共同承擔。

おかす【犯す】 犯錯；冒犯；汙辱

他五 グループ1

犯(おか)す・犯(おか)します

辭書形(基本形) 冒犯	おかす	たり形 又是冒犯	おかしたり
ない形（否定形） 沒冒犯	おかさない	ば形（條件形） 冒犯的話	おかせば
なかった形（過去否定形） 過去沒冒犯	おかさなかった	させる形（使役形） 使冒犯	おかさせる
ます形（連用形） 冒犯	おかします	られる形（被動形） 被冒犯	おかされる
て形 冒犯	おかして	命令形 快冒犯	おかせ
た形（過去形） 冒犯了	おかした	可能形 可以冒犯	おかせる
たら形（條件形） 冒犯的話	おかしたら	う形（意向形） 冒犯吧	おかそう

△僕(ぼく)は取(と)り返(かえ)しのつかない過(あやま)ちを犯(おか)してしまった。／
我犯下了無法挽回的嚴重錯誤。

おかす【侵す】 侵犯，侵害；侵襲；患，得（病）

他五 グループ1

侵(おか)す・侵(おか)します

辭書形(基本形) 侵犯	おかす	たり形 又是侵犯	おかしたり
ない形（否定形） 沒侵犯	おかさない	ば形（條件形） 侵犯的話	おかせば
なかった形（過去否定形） 過去沒侵犯	おかさなかった	させる形（使役形） 使侵犯	おかさせる
ます形（連用形） 侵犯	おかします	られる形（被動形） 被侵犯	おかされる
て形 侵犯	おかして	命令形 快侵犯	おかせ
た形（過去形） 侵犯了	おかした	可能形 可以侵犯	おかせる
たら形（條件形） 侵犯的話	おかしたら	う形（意向形） 侵犯吧	おかそう

△国籍不明(こくせきふめい)の航空機(こうくうき)がわが国(くに)の領空(りょうくう)を侵(おか)した。／
國籍不明的飛機侵犯了我國的領空。

おかす【冒す】 冒著，不顧；冒充

他五 グループ1

冒(おか)す・冒(おか)します

辭書形(基本形) 冒充	おかす	たり形 又是冒充	おかしたり
ない形（否定形） 沒冒充	おかさない	ば形（條件形） 冒充的話	おかせば
なかった形（過去否定形） 過去沒冒充	おかさなかった	させる形（使役形） 予以冒充	おかさせる
ます形（連用形） 冒充	おかします	られる形（被動形） 被冒充	おかされる
て形 冒充	おかして	命令形 快冒充	おかせ
た形（過去形） 冒充了	おかした	可能形 可以冒充	おかせる
たら形（條件形） 冒充的話	おかしたら	う形（意向形） 冒充吧	おかそう

△それは命(いのち)の危険(きけん)を冒(おか)してもする価値(かち)のあることか。／
那件事值得冒著生命危險去做嗎？

おくらす【遅らす】 延遲，拖延；（時間）調慢，調回

他五 グループ1

遅(おく)らす・遅(おく)らせます

辭書形(基本形) 拖延	おくらす	たり形 又是拖延	おくらせたり
ない形（否定形） 沒拖延	おくらせない	ば形（條件形） 拖延的話	おくらせれば
なかった形（過去否定形） 過去沒拖延	おくらせなかった	させる形（使役形） 任憑拖延	おくらせさせる
ます形（連用形） 拖延	おくらせます	られる形（被動形） 被拖延	おくらせられる
て形 拖延	おくらせて	命令形 快拖延	おくらせろ
た形（過去形） 拖延了	おくらせた	可能形 可以拖延	おくらせられる
たら形（條件形） 拖延的話	おくらせたら	う形（意向形） 拖延吧	おくらせよう

△来週(らいしゅう)の会議(かいぎ)を一日(いちにち)ほど遅(おく)らせていただけないでしょうか。／
請問下週的會議可否順延一天舉行呢？

おさまる【治まる】 安定，平息

自五 グループ1

治（おさ）まる・治（おさ）まります

辭書形（基本形） 平息	おさまる	たり形 又是平息	おさまったり
ない形（否定形） 沒平息	おさまらない	ば形（條件形） 平息的話	おさまれば
なかった形（過去否定形） 過去沒平息	おさまらなかった	させる形（使役形） 使平息	おさまらせる
ます形（連用形） 平息	おさまります	られる形（被動形） 被平息	おさまられる
て形 平息	おさまって	命令形 快平息	おさまれ
た形（過去形） 平息了	おさまった	可能形 可以平息	おさまれる
たら形（條件形） 平息的話	おさまったら	う形（意向形） 平息吧	おさまろう

△インフラの整備（せいび）なくして、国（くに）が治（おさ）まることはない。／
沒有做好基礎建設，根本不用談治理國家了。

おさまる【収まる・納まる】 容納；（被）繳納；解決，結束；滿意，泰然自若；復原

自五 グループ1

収（おさ）まる・収（おさ）まります

辭書形（基本形） 滿意	おさまる	たり形 又是滿意	おさまったり
ない形（否定形） 沒滿意	おさまらない	ば形（條件形） 滿意的話	おさまれば
なかった形（過去否定形） 過去沒滿意	おさまらなかった	させる形（使役形） 使滿意	おさまらせる
ます形（連用形） 滿意	おさまります	られる形（被動形） 被滿意	おさまられる
て形 滿意	おさまって	命令形 快滿意	おさまれ
た形（過去形） 滿意了	おさまった	可能形 可以滿意	おさまれる
たら形（條件形） 滿意的話	おさまったら	う形（意向形） 滿意吧	おさまろう

△本（ほん）は全部（ぜんぶ）この箱（はこ）に収（おさ）まるだろう。／所有的書應該都能收得進這個箱子裡吧！

おしきる【押し切る】 切斷；排除（困難、反對） 他五 グループ1

押(お)し切(き)る・押(お)し切(き)ります

辭書形(基本形) 排除	おしきる	たり形 又是排除	おしきったり
ない形（否定形） 沒排除	おしきらない	ば形（條件形） 排除的話	おしきれば
なかった形（過去否定形） 過去沒排除	おしきらなかった	させる形（使役形） 使排除	おしきらせる
ます形（連用形） 排除	おしきります	られる形（被動形） 被排除	おしきられる
て形 排除	おしきって	命令形 快排除	おしきれ
た形（過去形） 排除了	おしきった	可能形 可以排除	おしきれる
たら形（條件形） 排除的話	おしきったら	う形（意向形） 排除吧	おしきろう

△親(おや)の反対(はんたい)を押(お)し切(き)って、彼(かれ)と結婚(けっこん)した。／她不顧父母的反對，與他結婚了。

おしこむ【押し込む】 自五 闖入、硬擠；闖進去行搶 他五 塞進、硬往裡塞 グループ1

押(お)し込(こ)む・押(お)し込(こ)みます

辭書形(基本形) 闖入	おしこむ	たり形 又是闖入	おしこんだり
ない形（否定形） 沒闖入	おしこまない	ば形（條件形） 闖入的話	おしこめば
なかった形（過去否定形） 過去沒闖入	おしこまなかった	させる形（使役形） 任憑闖入	おしこませる
ます形（連用形） 闖入	おしこみます	られる形（被動形） 被闖入	おしこまれる
て形 闖入	おしこんで	命令形 快闖入	おしこめ
た形（過去形） 闖入了	おしこんだ	可能形 可以闖入	おしこめる
たら形（條件形） 闖入的話	おしこんだら	う形（意向形） 闖入吧	おしこもう

△駅員(えきいん)が満員電車(まんいんでんしゃ)に乗客(じょうきゃく)を押(お)し込(こ)んでいる。／
火車站的站務人員，硬把乘客往擁擠的火車中塞。

おしむ【惜しむ】 吝惜，捨不得；惋惜，可惜

他五 グループ1

惜(お)しむ・惜(お)しみます

辭書形(基本形) 惋惜	おしむ	たり形 又是惋惜	おしんだり
ない形（否定形） 沒惋惜	おしまない	ば形（條件形） 惋惜的話	おしめば
なかった形（過去否定形） 過去沒惋惜	おしまなかった	させる形（使役形） 令…惋惜	おしませる
ます形（連用形） 惋惜	おしみます	られる形（被動形） 被惋惜	おしまれる
て形 惋惜	おしんで	命令形 快惋惜	おしめ
た形（過去形） 惋惜了	おしんだ	可能形 可以惋惜	おしめる
たら形（條件形） 惋惜的話	おしんだら	う形（意向形） 惋惜吧	おしもう

△彼(かれ)との別(わか)れを惜(お)しんで、たくさんの人(ひと)が集(あつ)まった。／由於捨不得跟他離別，聚集了許多人（來跟他送行）。

おしよせる【押し寄せる】 自下一 湧進來；蜂擁而來 他下一 挪到一旁

グループ2

押(お)し寄(よ)せる・押(お)し寄(よ)せます

辭書形(基本形) 蜂擁而來	おしよせる	たり形 又是蜂擁而來	おしよせたり
ない形（否定形） 沒蜂擁而來	おしよせない	ば形（條件形） 蜂擁而來的話	おしよせれば
なかった形（過去否定形） 過去沒蜂擁而來	おしよせなかった	させる形（使役形） 任憑蜂擁而來	おしよせさせる
ます形（連用形） 蜂擁而來	おしよせます	られる形（被動形） 被湧入	おしよせられる
て形 蜂擁而來	おしよせて	命令形 快蜂擁而來	おしよせろ
た形（過去形） 蜂擁而來了	おしよせた	可能形 可以蜂擁而來	おしよせられる
たら形（條件形） 蜂擁而來的話	おしよせたら	う形（意向形） 蜂擁而來吧	おしよせよう

△津波(つなみ)が海岸(かいがん)に押(お)し寄(よ)せてきた。／海嘯洶湧撲至岸邊。

おそう【襲う】 襲擊，侵襲；繼承，沿襲；衝到，闖到

他五 グループ1

襲う・襲います

辭書形(基本形) 侵襲	おそう	たり形 又是侵襲	おそったり
ない形（否定形） 沒侵襲	おそわない	ば形（條件形） 侵襲的話	おそえば
なかった形（過去否定形） 過去沒侵襲	おそわなかった	させる形（使役形） 予以侵襲	おそわせる
ます形（連用形） 侵襲	おそいます	られる形（被動形） 被侵襲	おそわれる
て形 侵襲	おそって	命令形 快侵襲	おそえ
た形（過去形） 侵襲了	おそった	可能形 可以侵襲	おそえる
たら形（條件形） 侵襲的話	おそったら	う形（意向形） 侵襲吧	おそおう

△恐ろしい伝染病が町を襲った。／可怕的傳染病侵襲了全村。

おそれいる【恐れ入る】 真對不起；非常感激；佩服，認輸；感到意外；吃不消，為難

自五 グループ1

恐れ入る・恐れ入ります

辭書形(基本形) 為難	おそれいる	たり形 又是為難	おそれいったり
ない形（否定形） 沒為難	おそれいらない	ば形（條件形） 為難的話	おそれいれば
なかった形（過去否定形） 過去沒為難	おそれいらなかった	させる形（使役形） 讓…為難	おそれいらせる
ます形（連用形） 為難	おそれいります	られる形（被動形） 被為難	おそれいられる
て形 為難	おそれいって	命令形 快為難	おそれいれ
た形（過去形） 為難了	おそれいった	可能形	――
たら形（條件形） 為難的話	おそれいったら	う形（意向形） 為難吧	おそれいろう

△たびたびの電話で大変恐れ入ります。／多次跟您打電話，深感惶恐。

おだてる 慫恿，搧動；高捧，拍

他下一 グループ2

おだてる・おだてます

辭書形(基本形) 搧動	おだてる	たり形 又是搧動	おだてたり
ない形（否定形） 沒搧動	おだてない	ば形（條件形） 搧動的話	おだてれば
なかった形（過去否定形） 過去沒搧動	おだてなかった	させる形（使役形） 予以搧動	おだてさせる
ます形（連用形） 搧動	おだてます	られる形（被動形） 被搧動	おだてられる
て形 搧動	おだてて	命令形 快搧動	おだてろ
た形（過去形） 搧動了	おだてた	可能形 可以搧動	おだてられる
たら形（條件形） 搧動的話	おだてたら	う形（意向形） 搧動吧	おだてよう

△おだてたって駄目(だめ)よ。何(なに)もでないから。／
就算你拍馬屁也沒有用，你得不到什麼好處的。

おちこむ【落ち込む】 掉進，陷入；下陷；（成績、行情）下跌；落到手裡

自五 グループ1

落(お)ち込(こ)む・落(お)ち込(こ)みます

辭書形(基本形) 陷入	おちこむ	たり形 又是陷入	おちこんだり
ない形（否定形） 沒陷入	おちこまない	ば形（條件形） 陷入的話	おちこめば
なかった形（過去否定形） 過去沒陷入	おちこまなかった	させる形（使役形） 使陷入	おちこませる
ます形（連用形） 陷入	おちこみます	られる形（被動形） 被陷入	おちこまれる
て形 陷入	おちこんで	命令形 快陷入	おちこめ
た形（過去形） 陷入了	おちこんだ	可能形	――
たら形（條件形） 陷入的話	おちこんだら	う形（意向形） 陷入吧	おちこもう

△昨日(きのう)の地震(じしん)で地盤(じばん)が落(お)ち込(こ)んだ。／昨天的那場地震造成地表下陷。

おどす【脅す・威す】 威嚇，恐嚇，嚇唬

他五 グループ1

脅(おど)す・脅(おど)します

辭書形(基本形) 恐嚇	おどす	たり形 又是恐嚇	おどしたり
ない形（否定形) 沒恐嚇	おどさない	ば形（條件形) 恐嚇的話	おどせば
なかった形（過去否定形) 過去沒恐嚇	おどさなかった	させる形（使役形) 予以恐嚇	おどさせる
ます形（連用形) 恐嚇	おどします	られる形（被動形) 被恐嚇	おどされる
て形 恐嚇	おどして	命令形 快恐嚇	おどせ
た形（過去形) 恐嚇了	おどした	可能形 可以恐嚇	おどせる
たら形（條件形) 恐嚇的話	おどしたら	う形（意向形) 恐嚇吧	おどそう

△殺(ころ)すぞと脅(おど)されて金(かね)を出(だ)した。／對方威脅要宰了他，逼他交出了錢財。

おとずれる【訪れる】 拜訪，訪問；來臨；通信問候

自下一 グループ2

訪(おとず)れる・訪(おとず)れます

辭書形(基本形) 訪問	おとずれる	たり形 又是訪問	おとずれたり
ない形（否定形) 沒訪問	おとずれない	ば形（條件形) 訪問的話	おとずれれば
なかった形（過去否定形) 過去沒訪問	おとずれなかった	させる形（使役形) 准許訪問	おとずれさせる
ます形（連用形) 訪問	おとずれます	られる形（被動形) 被訪問	おとずれられる
て形 訪問	おとずれて	命令形 快訪問	おとずれろ
た形（過去形) 訪問了	おとずれた	可能形 可以訪問	おとずれられる
たら形（條件形) 訪問的話	おとずれたら	う形（意向形) 訪問吧	おとずれよう

△チャンスが訪(おとず)れるのを待(ま)っているだけではだめですよ。／只有等待機會的來臨，是不行的。

おとろえる【衰える】 衰落，衰退；削弱

自下一 グループ2

衰(おとろ)える・衰(おとろ)えます

辭書形(基本形) 衰退	おとろえる	たり形 又是衰退	おとろえたり
ない形（否定形） 沒衰退	おとろえない	ば形（條件形） 衰退的話	おとろえれば
なかった形（過去否定形） 過去沒衰退	おとろえなかった	させる形（使役形） 使衰退	おとろえさせる
ます形（連用形） 衰退	おとろえます	られる形（被動形） 遭受削弱	おとろえられる
て形 衰退	おとろえて	命令形 快衰退	おとろえろ
た形（過去形） 衰退了	おとろえた	可能形	———
たら形（條件形） 衰退的話	おとろえたら	う形（意向形） 衰退吧	おとろえよう

△どうもここ2年間(ねんかん)、体力(たいりょく)がめっきり衰(おとろ)えたようだ。／覺得這兩年來，體力明顯地衰退。

おびえる【怯える】 害怕，懼怕；做惡夢感到害怕

自下一 グループ2

怯(おび)える・怯(おび)えます

辭書形(基本形) 懼怕	おびえる	たり形 又是懼怕	おびえたり
ない形（否定形） 沒懼怕	おびえない	ば形（條件形） 懼怕的話	おびえれば
なかった形（過去否定形） 過去沒懼怕	おびえなかった	させる形（使役形） 使恐懼	おびえさせる
ます形（連用形） 懼怕	おびえます	られる形（被動形） 被…魔住	おびえられる
て形 懼怕	おびえて	命令形 快懼怕	おびえろ
た形（過去形） 懼怕了	おびえた	可能形	———
たら形（條件形） 懼怕的話	おびえたら	う形（意向形） 懼怕吧	おびえよう

△子(こ)どもはその光景(こうけい)におびえた。／小孩子看到那幅景象感到十分害怕。

おびやかす【脅かす】 威脅；威嚇，嚇唬；危及，威脅到 他五 グループ1

脅(おびや)かす・脅(おびや)かします

辭書形(基本形) 威脅	おびやかす	たり形 又是威脅	おびやかしたり
ない形（否定形） 沒威脅	おびやかさない	ば形（條件形） 威脅的話	おびやかせば
なかった形（過去否定形） 過去沒威脅	おびやかさなかった	させる形（使役形） 任憑威脅	おびやかさせる
ます形（連用形） 威脅	おびやかします	られる形（被動形） 被威脅	おびやかされる
て形 威脅	おびやかして	命令形 快威脅	おびやかせ
た形（過去形） 威脅了	おびやかした	可能形 可以威脅	おびやかせる
たら形（條件形） 威脅的話	おびやかしたら	う形（意向形） 威脅吧	おびやかそう

△あの法律(ほうりつ)が通(とお)れば、表現(ひょうげん)の自由(じゆう)が脅(おびや)かされる恐(おそ)れがある。／
那個法律通過的話，恐怕會威脅到表現的自由。

おびる【帯びる】 帶，佩帶；承擔，負擔；帶有，帶著 他上一 グループ2

帯(お)びる・帯(お)びます

辭書形(基本形) 承擔	おびる	たり形 又是承擔	おびたり
ない形（否定形） 沒承擔	おびない	ば形（條件形） 承擔的話	おびれば
なかった形（過去否定形） 過去沒承擔	おびなかった	させる形（使役形） 使承擔	おびさせる
ます形（連用形） 承擔	おびます	られる形（被動形） 被迫承擔	おびられる
て形 承擔	おびて	命令形 快承擔	おびろ
た形（過去形） 承擔了	おびた	可能形	——
たら形（條件形） 承擔的話	おびたら	う形（意向形） 承擔吧	おびよう

△夢(ゆめ)のような計画(けいかく)だったが、ついに現実味(げんじつみ)を帯(お)びてきた。／
如夢般的計畫，終於有實現的可能了。

おもいきる【思い切る】 斷念，死心

他五 グループ1

思(おも)い切(き)る・思(おも)い切(き)ります

辭書形(基本形) 斷念	おもいきる	たり形 又是斷念	おもいきったり
ない形（否定形） 沒斷念	おもいきらない	ば形（條件形） 斷念的話	おもいきれば
なかった形（過去否定形） 過去沒斷念	おもいきら なかった	させる形（使役形） 使斷念	おもいきらせる
ます形（連用形） 斷念	おもいきります	られる形（被動形） 被迫死心	おもいきられる
て形 斷念	おもいきって	命令形 快斷念	おもいきれ
た形（過去形） 斷念了	おもいきった	可能形 可以斷念	おもいきれる
たら形（條件形） 斷念的話	おもいきったら	う形（意向形） 斷念吧	おもいきろう

△いい加減(かげん)思(おも)い切(き)ればいいものを、いつまでもうじうじして。／
乾脆死了心就沒事了，卻還是一直無法割捨。

おもいつめる【思い詰める】 想不開，鑽牛角尖，過度思考

思(おも)い詰(つ)める・思(おも)い詰(つ)めます

辭書形(基本形) 過度思考	おもいつめる	たり形 又是過度思考	おもいつめたり
ない形（否定形） 沒過度思考	おもいつめない	ば形（條件形） 過度思考的話	おもいつめれば
なかった形（過去否定形） 過去沒過度思考	おもいつめ なかった	させる形（使役形） 使過度思考	おもいつめさせる
ます形（連用形） 過度思考	おもいつめます	られる形（被動形） 被迫鑽牛角尖	おもいつめられる
て形 過度思考	おもいつめて	命令形 快過度思考	おもいつめろ
た形（過去形） 過度思考了	おもいつめた	可能形 可以過度思考	おもいつめられる
たら形（條件形） 過度思考的話	おもいつめたら	う形（意向形） 過度思考吧	おもいつめよう

△あまり思(おも)い詰(つ)めないで。／別想不開。

おもむく【赴く】 赴，往，前往；趨向，趨於

自五 グループ1

赴(おもむ)く・赴(おもむ)きます

辭書形(基本形) 前往	おもむく	たり形 又是前往	おもむいたり
ない形（否定形） 沒前往	おもむかない	ば形（條件形） 前往的話	おもむけば
なかった形（過去否定形） 過去沒前往	おもむかなかった	させる形（使役形） 使前往	おもむかせる
ます形（連用形） 前往	おもむきます	られる形（被動形） 被令前往	おもむかれる
て形 前往	おもむいて	命令形 快前往	おもむけ
た形（過去形） 前往了	おもむいた	可能形 可以前往	おもむける
たら形（條件形） 前往的話	おもむいたら	う形（意向形） 前往吧	おもむこう

△彼(かれ)はただちに任地(にんち)に赴(おもむ)いた。／他隨即走馬上任。

おもんじる・おもんずる【重んじる・重んずる】

他上一 他サ グループ2

注重，重視；尊重，器重，敬重

重(おも)んじる・重(おも)んじます

辭書形(基本形) 器重	おもんじる	たり形 又是器重	おもんじたり
ない形（否定形） 沒器重	おもんじない	ば形（條件形） 器重的話	おもんじれば
なかった形（過去否定形） 過去沒器重	おもんじなかった	させる形（使役形） 使器重	おもんじさせる
ます形（連用形） 器重	おもんじます	られる形（被動形） 被器重	おもんじられる
て形 器重	おもんじて	命令形 快器重	おもんじろ
た形（過去形） 器重了	おもんじた	可能形 可以器重	おもんじられる
たら形（條件形） 器重的話	おもんじたら	う形（意向形） 器重吧	おもんじよう

△お見合(みあ)い結婚(けっこん)では、家柄(いえがら)や学歴(がくれき)が重(おも)んじられることが多(おお)い。／透過相親方式的婚姻，通常相當重視雙方的家境與學歷。

およぶ【及ぶ】 到，到達；趕上，及於

自五 グループ1

及ぶ・及びます

辭書形(基本形) 趕上	およぶ	たり形 又是趕上	およんだり
ない形（否定形） 沒趕上	およばない	ば形（條件形） 趕上的話	およべば
なかった形（過去否定形） 過去沒趕上	およばなかった	させる形（使役形） 予以趕上	およばせる
ます形（連用形） 趕上	およびます	られる形（被動形） 被趕上	およばれる
て形 趕上	およんで	命令形 快趕上	およべ
た形（過去形） 趕上了	およんだ	可能形	———
たら形（條件形） 趕上的話	およんだら	う形（意向形） 趕上吧	およぼう

△家の建て替え費用は１億円にも及んだ。／重建自宅的費用高達一億日圓。

おりかえす【折り返す】 折回；翻回；反覆；折回去

自他五 グループ1

折り返す・折り返します

辭書形(基本形) 折回	おりかえす	たり形 又是折回	おりかえしたり
ない形（否定形） 沒折回	おりかえさない	ば形（條件形） 折回的話	おりかえせば
なかった形（過去否定形） 過去沒折回	おりかえさなかった	させる形（使役形） 使折回	おりかえさせる
ます形（連用形） 折回	おりかえします	られる形（被動形） 被折返	おりかえされる
て形 折回	おりかえして	命令形 快折回	おりかえせ
た形（過去形） 折回了	おりかえした	可能形 可以折回	おりかえせる
たら形（條件形） 折回的話	おりかえしたら	う形（意向形） 折回吧	おりかえそう

△５分後に、折り返しお電話差し上げます。／五分鐘後，再回您電話。

おる【織る】 織，編，編織；組合，交織

他五 グループ1

織(お)る・織(お)ります

辞書形(基本形) 組合	おる	たり形 又是組合	おったり
ない形（否定形） 沒組合	おらない	ば形（條件形） 組合的話	おれば
なかった形（過去否定形） 過去沒組合	おらなかった	させる形（使役形） 予以編織	おらせる
ます形（連用形） 組合	おります	られる形（被動形） 被組合	おられる
て形 組合	おって	命令形 快組合	おれ
た形（過去形） 組合了	おった	可能形 可以組合	おれる
たら形（條件形） 組合的話	おったら	う形（意向形） 組合吧	おろう

△絹糸(きぬいと)で布地(ぬのじ)を織(お)る。／以絹絲織成布料。

かいこむ【買い込む】 （大量）買進，購買

他五 グループ1

買(か)い込(こ)む・買(か)い込(こ)みます

辞書形(基本形) 購買	かいこむ	たり形 又是購買	かいこんだり
ない形（否定形） 沒購買	かいこまない	ば形（條件形） 購買的話	かいこめば
なかった形（過去否定形） 過去沒購買	かいこまなかった	させる形（使役形） 予以購買	かいこませる
ます形（連用形） 購買	かいこみます	られる形（被動形） 被購買	かいこまれる
て形 購買	かいこんで	命令形 快購買	かいこめ
た形（過去形） 購買了	かいこんだ	可能形	———
たら形（條件形） 購買的話	かいこんだら	う形（意向形） 購買吧	かいこもう

△正月(しょうがつ)の準備(じゅんび)で食糧(しょくりょう)を買(か)い込(こ)んだ。／為了過新年而採買了大量的糧食。

がいする【害する】 損害，危害，傷害；殺害

他サ グループ3

害する・害します

辭書形(基本形) 殺害	がいする	たり形 又是殺害	がいしたり
ない形（否定形） 沒殺害	がいさない	ば形（條件形） 殺害的話	がいせば
なかった形（過去否定形） 過去沒殺害	がいさなかった	させる形（使役形） 任憑殺害	がいさせる
ます形（連用形） 殺害	がいします	られる形（被動形） 被殺害	がいされる
て形 殺害	がいして	命令形 快殺害	がいせ
た形（過去形） 殺害了	がいした	可能形 可以殺害	がいせる
たら形（條件形） 殺害的話	がいしたら	う形（意向形） 殺害吧	がいそう

△新人の店員が失礼をしてしまい、お客様はご気分を害して帰ってしまわれた。／新進店員做了失禮的舉動，使得客人很不高興地回去了。

かえりみる【省みる】 反省，反躬，自問

他上一 グループ2

省みる・省みます

辭書形(基本形) 反省	かえりみる	たり形 又是反省	かえりみたり
ない形（否定形） 沒反省	かえりみない	ば形（條件形） 反省的話	かえりみれば
なかった形（過去否定形） 過去沒反省	かえりみなかった	させる形（使役形） 使反省	かえりみさせる
ます形（連用形） 反省	かえりみます	られる形（被動形） 被迫反省	かえりみられる
て形 反省	かえりみて	命令形 快反省	かえりみろ
た形（過去形） 反省了	かえりみた	可能形 可以反省	かえりみられる
たら形（條件形） 反省的話	かえりみたら	う形（意向形） 反省吧	かえりみよう

△自己を省みることなくして、成長することはない。／不自我反省就無法成長。

かえりみる【顧みる】往回看,回頭看;回顧;顧慮;關心,照顧 他上一 グループ2

顧(かえり)みる・顧(かえり)みます

辭書形(基本形) 回顧	かえりみる	たり形 又是回顧	かえりみたり
ない形(否定形) 沒回顧	かえりみない	ば形(條件形) 回顧的話	かえりみれば
なかった形(過去否定形) 過去沒回顧	かえりみなかった	させる形(使役形) 使回顧	かえりみさせる
ます形(連用形) 回顧	かえりみます	られる形(被動形) 被回顧	かえりみられる
て形 回顧	かえりみて	命令形 快回顧	かえりみろ
た形(過去形) 回顧了	かえりみた	可能形 可以回顧	かえりみられる
たら形(條件形) 回顧的話	かえりみたら	う形(意向形) 回顧吧	かえりみよう

△夫(おっと)は仕事(しごと)が趣味(しゅみ)で、全然家庭(ぜんぜんかてい)を顧(かえり)みない。／我先生只喜歡工作，完全不照顧家人。

かかえこむ【抱え込む】雙手抱,抱入;過度負擔 他五 グループ1

抱(かか)え込(こ)む・抱(かか)え込(こ)みます

辭書形(基本形) 過度負擔	かかえこむ	たり形 又是過度負擔	かかえこんだり
ない形(否定形) 沒過度負擔	かかえこまない	ば形(條件形) 過度負擔的話	かかえこめば
なかった形(過去否定形) 過去沒過度負擔	かかえこまなかった	させる形(使役形) 使過度負擔	かかえこませる
ます形(連用形) 過度負擔	かかえこみます	られる形(被動形) 被抱入	かかえこまれる
て形 過度負擔	かかえこんで	命令形 快過度負擔	かかえこめ
た形(過去形) 過度負擔了	かかえこんだ	可能形	――
たら形(條件形) 過度負擔的話	かかえこんだら	う形(意向形) 過度負擔吧	かかえこもう

△悩(なや)みを一人(ひとり)で抱(かか)え込(こ)む。／一個人獨自懷抱著煩惱。

かかげる【掲げる】

懸，掛，升起；舉起，打著；挑，掀起，撩起；刊登，刊載；提出，揭出，指出　他下一　グループ2

掲げる・掲げます

辭書形(基本形) 舉起	かかげる	たり形 又是舉起	かかげたり
ない形（否定形） 沒舉起	かかげない	ば形（條件形） 舉起的話	かかげれば
なかった形（過去否定形） 過去沒舉起	かかげなかった	させる形（使役形） 使舉起	かかげさせる
ます形（連用形） 舉起	かかげます	られる形（被動形） 被舉起	かかげられる
て形 舉起	かかげて	命令形 快舉起	かかげろ
た形（過去形） 舉起了	かかげた	可能形 可以舉起	かかげられる
たら形（條件形） 舉起的話	かかげたら	う形（意向形） 舉起吧	かかげよう

△掲げられた公約が必ずしも実行されるとは限らない。／已經宣布的公約，未必就能付諸實行。

かきとる【書き取る】

（把文章字句等）記下來，紀錄，抄錄　他五　グループ1

書き取る・書き取ります

辭書形(基本形) 紀錄	かきとる	たり形 又是紀錄	かきとったり
ない形（否定形） 沒紀錄	かきとらない	ば形（條件形） 紀錄的話	かきとれば
なかった形（過去否定形） 過去沒紀錄	かきとらなかった	させる形（使役形） 予以紀錄	かきとらせる
ます形（連用形） 紀錄	かきとります	られる形（被動形） 被紀錄	かきとられる
て形 紀錄	かきとって	命令形 快紀錄	かきとれ
た形（過去形） 紀錄了	かきとった	可能形 可以紀錄	かきとれる
たら形（條件形） 紀錄的話	かきとったら	う形（意向形） 紀錄吧	かきとろう

△発言を一言も漏らさず書き取ります。／將發言一字不漏地完整記錄。

かきまわす【掻き回す】

攪和，攪拌，混合；亂翻，翻弄，翻攪；攪亂，擾亂，胡作非為

他五 グループ1

掻き回す・掻き回します

辭書形(基本形) 翻弄	かきまわす	たり形 又是翻弄	かきまわしたり
ない形（否定形) 沒翻弄	かきまわさない	ば形（條件形) 翻弄的話	かきまわせば
なかった形（過去否定形) 過去沒翻弄	かきまわさ なかった	させる形（使役形) 任憑翻弄	かきまわさせる
ます形（連用形) 翻弄	かきまわします	られる形（被動形) 被翻弄	かきまわされる
て形 翻弄	かきまわして	命令形 快翻弄	かきまわせ
た形（過去形) 翻弄了	かきまわした	可能形 可以翻弄	かきまわせる
たら形（條件形) 翻弄的話	かきまわしたら	う形（意向形) 翻弄吧	かきまわそう

△変な新入社員に社内をかき回されて、迷惑千万だ。／
奇怪的新進員工在公司裡到處攪亂，讓人困擾極了。

かく【欠く】

缺，缺乏，缺少；弄壞，少（一部分）；欠，欠缺，怠慢

他五 グループ1

欠く・欠きます

辭書形(基本形) 怠慢	かく	たり形 又是怠慢	かいたり
ない形（否定形) 沒怠慢	かかない	ば形（條件形) 怠慢的話	かけば
なかった形（過去否定形) 過去沒怠慢	かかなかった	させる形（使役形) 放任怠慢	かかせる
ます形（連用形) 怠慢	かきます	られる形（被動形) 被怠慢	かかれる
て形 怠慢	かいて	命令形 快怠慢	かけ
た形（過去形) 怠慢了	かいた	可能形	———
たら形（條件形) 怠慢的話	かいたら	う形（意向形) 怠慢吧	かこう

△彼はこのプロジェクトに欠くべからざる人物だ。／
他是這項企劃案中不可或缺的人物！

かける【賭ける】 打賭，賭輸贏

他下一 グループ2

賭(か)ける・賭(か)けます

辭書形(基本形) 打賭	かける	たり形 又是打賭	かけたり
ない形（否定形） 沒打賭	かけない	ば形（條件形） 打賭的話	かければ
なかった形（過去否定形） 過去沒打賭	かけなかった	させる形（使役形） 讓打賭	かけさせる
ます形（連用形） 打賭	かけます	られる形（被動形） 被賭上	かけられる
て形 打賭	かけて	命令形 快打賭	かけろ
た形（過去形） 打賭了	かけた	可能形 可以打賭	かけられる
たら形（條件形） 打賭的話	かけたら	う形（意向形） 打賭吧	かけよう

△私(わたし)は君(きみ)が勝(か)つ方(ほう)に賭(か)けます。／我賭你會贏。

かさばる【かさ張る】 （體積、數量等）增大，體積大，增多

自五 グループ1

かさ張(ば)る・かさ張(ば)ります

辭書形(基本形) 增大	かさばる	たり形 又是增大	かさばったり
ない形（否定形） 沒增大	かさばらない	ば形（條件形） 增大的話	かさばれば
なかった形（過去否定形） 過去沒增大	かさばらなかった	させる形（使役形） 予以增大	かさばらせる
ます形（連用形） 增大	かさばります	られる形（被動形） 被擴大	かさばられる
て形 增大	かさばって	命令形 快增大	かさばれ
た形（過去形） 增大了	かさばった	可能形	――
たら形（條件形） 增大的話	かさばったら	う形（意向形） 增大吧	かさばろう

△冬(ふゆ)の服(ふく)はかさばるので収納(しゅうのう)しにくい。／冬天的衣物膨鬆而佔空間，不容易收納。

かさむ（體積、數量等）增多

自五　グループ1

かさむ・かさみます

形	活用	形	活用
辭書形(基本形) 增多	かさむ	たり形 又是增多	かさんだり
ない形（否定形） 沒增多	かさまない	ば形（條件形） 增多的話	かさめば
なかった形（過去否定形） 過去沒增多	かさまなかった	させる形（使役形） 使增多	かさませる
ます形（連用形） 增多	かさみます	られる形（被動形） 被增加	かさまれる
て形 增多	かさんで	命令形 快增多	かさめ
た形（過去形） 增多了	かさんだ	可能形	――――
たら形（條件形） 增多的話	かさんだら	う形（意向形） 增多吧	かさもう

△今月は洗濯機やパソコンが壊れたので、修理で出費がかさんだ。／由於洗衣機及電腦故障，本月份的修繕費用大增。

かすむ【霞む】有霞，有薄霧，雲霧朦朧，朦朧，看不清

自五　グループ1

霞む・霞みます

形	活用	形	活用
辭書形(基本形) 看不清	かすむ	たり形 又是看不清	かすんだり
ない形（否定形） 沒看不清	かすまない	ば形（條件形） 看不清的話	かすめば
なかった形（過去否定形） 過去沒看不清	かすまなかった	させる形（使役形） 使看不清	かすませる
ます形（連用形） 看不清	かすみます	られる形（被動形） 被混淆	かすまれる
て形 看不清	かすんで	命令形 快看不清	かすめ
た形（過去形） 看不清了	かすんだ	可能形 可以看不清	――――
たら形（條件形） 看不清的話	かすんだら	う形（意向形） 看不清吧	かすもう

△霧で霞んで運転しにくい。／雲霧瀰漫導致視線不清，有礙行車安全。

かする　掠過，擦過；揩油，剝削；（書法中）寫出飛白；暗示

他五　グループ1

かする・かすります

辭書形(基本形) 擦過	かする	たり形 又是擦過	かすったり
ない形（否定形） 沒擦過	かすらない	ば形（條件形） 擦過的話	かすれば
なかった形（過去否定形） 過去沒擦過	かすらなかった	させる形（使役形） 使擦過	かすらせる
ます形（連用形） 擦過	かすります	られる形（被動形） 被擦過	かすられる
て形 擦過	かすって	命令形 快擦過	かすれ
た形（過去形） 擦過了	かすった	可能形 可以擦過	かすれる
たら形（條件形） 擦過的話	かすったら	う形（意向形） 擦過吧	かすろう

△ちょっとかすっただけで、たいした怪我（けが）ではない。／只不過稍微擦傷罷了，不是什麼嚴重的傷勢。

かたむける【傾ける】　使…傾斜，使…歪偏；飲（酒）等；傾注；倒空；敗（家），使（國家）滅亡

他下一　グループ2

傾（かたむ）ける・傾（かたむ）けます

辭書形(基本形) 傾注	かたむける	たり形 又是傾注	かたむけたり
ない形（否定形） 沒傾注	かたむけない	ば形（條件形） 傾注的話	かたむければ
なかった形（過去否定形） 過去沒傾注	かたむけなかった	させる形（使役形） 使滅亡	かたむけさせる
ます形（連用形） 傾注	かたむけます	られる形（被動形） 被倒空	かたむけられる
て形 傾注	かたむけて	命令形 快傾注	かたむけろ
た形（過去形） 傾注了	かたむけた	可能形 可以傾注	かたむけられる
たら形（條件形） 傾注的話	かたむけたら	う形（意向形） 傾注吧	かたむけよう

△有権者（ゆうけんしゃ）あっての政治家（せいじか）なのだから、有権者（ゆうけんしゃ）の声（こえ）に耳（みみ）を傾（かたむ）けるべきだ。／有投票者才能產生政治家，所以應當聆聽投票人的心聲才是。

かためる【固める】

（使物質等）凝固，堅硬；堆集到一處；堅定，使鞏固；加強防守；使安定，使走上正軌；組成

グループ2

固(かた)める・固(かた)めます

辭書形(基本形) 堅定	かためる	たり形 又是堅定	かためたり
ない形（否定形) 沒堅定	かためない	ば形（條件形) 堅定的話	かためれば
なかった形（過去否定形) 過去沒堅定	かためなかった	させる形（使役形) 使堅定	かためさせる
ます形（連用形) 堅定	かためます	られる形（被動形) 被奠定	かためられる
て形 堅定	かためて	命令形 快奠定	かためろ
た形（過去形) 堅定了	かためた	可能形 可以奠定	かためられる
たら形（條件形) 堅定的話	かためたら	う形（意向形) 奠定吧	かためよう

△基礎(きそ)をしっかり固(かた)めてから応用問題(おうようもんだい)に取(と)り組(く)んだ方(ほう)がいい。／
先打好穩固的基礎，再挑戰應用問題較為恰當。

かなう【叶う】

適合，符合，合乎；能，能做到；（希望等）能實現，能如願以償

自五　グループ1

叶(かな)う・叶(かな)います

辭書形(基本形) 符合	かなう	たり形 又是符合	かなったり
ない形（否定形) 沒符合	かなわない	ば形（條件形) 符合的話	かなえば
なかった形（過去否定形) 過去沒符合	かなわなかった	させる形（使役形) 使符合	かなわせる
ます形（連用形) 符合	かないます	られる形（被動形) 被實現	かなわれる
て形 符合	かなって	命令形 快符合	かなえ
た形（過去形) 符合了	かなった	可能形	――――
たら形（條件形) 符合的話	かなったら	う形（意向形) 符合吧	かなおう

△夢(ゆめ)が叶(かな)おうが叶(かな)うまいが、夢(ゆめ)があるだけすばらしい。／
無論夢想能否實現，心裡有夢就很美了。

かなえる【叶える】 使…達到（目的），滿足…的願望

他下一 グループ2

叶(かな)える・叶(かな)えます

辭書形（基本形） 滿足…的願望	かなえる	たり形 又是滿足…的願望	かなえたり
ない形（否定形） 沒滿足…的願望	かなえない	ば形（條件形） 滿足…的願望的話	かなえれば
なかった形（過去否定形） 過去沒滿足…的願望	かなえなかった	させる形（使役形） 使滿足…的願望	かなえさせる
ます形（連用形） 滿足…的願望	かなえます	られる形（被動形） 被滿足…的願望	かなえられる
て形 滿足…的願望	かなえて	命令形 快滿足…的願望	かなえろ
た形（過去形） 滿足…的願望了	かなえた	可能形 可以滿足…的願望	かなえられる
たら形（條件形） 滿足…的願望的話	かなえたら	う形（意向形） 滿足…的願望吧	かなえよう

△夢(ゆめ)を叶(かな)えるためとあれば、どんな努力(どりょく)も惜(お)しまない。／
若為實現夢想，不惜付出任何努力。

かばう【庇う】 庇護，袒護，保護

他五 グループ1

庇(かば)う・庇(かば)います

辭書形（基本形） 庇護	かばう	たり形 又是庇護	かばったり
ない形（否定形） 沒庇護	かばわない	ば形（條件形） 庇護的話	かばえば
なかった形（過去否定形） 過去沒庇護	かばわなかった	させる形（使役形） 予以庇護	かばわせる
ます形（連用形） 庇護	かばいます	られる形（被動形） 受到庇護	かばわれる
て形 庇護	かばって	命令形 快庇護	かばえ
た形（過去形） 庇護了	かばった	可能形 可以庇護	かばえる
たら形（條件形） 庇護的話	かばったら	う形（意向形） 庇護吧	かばおう

△左足(ひだりあし)を怪我(けが)したので、かばいながらしか歩(ある)けない。／
由於左腳受傷，只能小心翼翼地走路。

かぶれる【気触れる】（由於漆、膏藥等的過敏與中毒而）發炎，起疹子；（受某種影響而）熱中，著迷 自下一 グループ2

気触（かぶ）れる・気触（かぶ）れます

辭書形(基本形) 著迷	かぶれる	たり形 又是著迷	かぶれたり
ない形（否定形） 沒著迷	かぶれない	ば形（條件形） 著迷的話	かぶれれば
なかった形（過去否定形） 過去沒著迷	かぶれなかった	させる形（使役形） 使著迷	かぶれさせる
ます形（連用形） 著迷	かぶれます	られる形（被動形） 被熱中	かぶれられる
て形 著迷	かぶれて	命令形 快著迷	かぶれろ
た形（過去形） 著迷了	かぶれた	可能形	————
たら形（條件形） 著迷的話	かぶれたら	う形（意向形） 著迷吧	かぶれよう

△新（あたら）しいシャンプーでかぶれた。肌（はだ）に合（あ）わないみたい。／
對新的洗髮精過敏了，看來不適合我的皮膚。

かまえる【構える】修建，修築；（轉）自立門戶，住在（獨立的房屋）；採取某種姿勢，擺出姿態；準備好；假造，裝作，假托 他下一 グループ2

構（かま）える・構（かま）えます

辭書形(基本形) 修建	かまえる	たり形 又是修建	かまえたり
ない形（否定形） 沒修建	かまえない	ば形（條件形） 修建的話	かまえれば
なかった形（過去否定形） 過去沒修建	かまえなかった	させる形（使役形） 予以修建	かまえさせる
ます形（連用形） 修建	かまえます	られる形（被動形） 得到修建	かまえられる
て形 修建	かまえて	命令形 快修建	かまえろ
た形（過去形） 修建了	かまえた	可能形 可以修建	かまえられる
たら形（條件形） 修建的話	かまえたら	う形（意向形） 修建吧	かまえよう

△彼女（かのじょ）は何事（なにごと）も構（かま）えすぎるきらいがある。／
她對任何事情總是有些防範過度。

かみきる【噛み切る】 咬斷，咬破

他五 グループ1

噛(か)み切(き)る・噛(か)み切(き)ります

辭書形(基本形) 咬斷	かみきる	たり形 又是咬斷	かみきったり
ない形（否定形） 沒咬斷	かみきらない	ば形（條件形） 咬斷的話	かみきれば
なかった形（過去否定形） 過去沒咬斷	かみきらなかった	させる形（使役形） 使咬斷	かみきらせる
ます形（連用形） 咬斷	かみきります	られる形（被動形） 被咬斷	かみきられる
て形 咬斷	かみきって	命令形 快咬斷	かみきれ
た形（過去形） 咬斷了	かみきった	可能形 可以咬斷	かみきれる
たら形（條件形） 咬斷的話	かみきったら	う形（意向形） 咬斷吧	かみきろう

△この肉(にく)、硬(かた)くてかみ切(き)れないよ。／這塊肉好硬，根本咬不斷嘛！

からむ【絡む】 纏在…上；糾纏，無理取鬧，找碴；密切相關，緊密糾纏

自五 グループ1

絡(から)む・絡(から)みます

辭書形(基本形) 糾纏	からむ	たり形 又是糾纏	からんだり
ない形（否定形） 沒糾纏	からまない	ば形（條件形） 糾纏的話	からめば
なかった形（過去否定形） 過去沒糾纏	からまなかった	させる形（使役形） 任憑糾纏	からませる
ます形（連用形） 糾纏	からみます	られる形（被動形） 被糾纏	からまれる
て形 糾纏	からんで	命令形 快糾纏	からめ
た形（過去形） 糾纏了	からんだ	可能形 可以糾纏	からめる
たら形（條件形） 糾纏的話	からんだら	う形（意向形） 糾纏吧	からもう

△贈収賄事件(ぞうしゅうわいじけん)に絡(から)んだ人(ひと)が相次(あいつ)いで摘発(てきはつ)された。／
與賄賂事件有所牽連的人士，一個接著一個遭到舉發。

かれる【枯れる・涸れる】 (水分)乾涸;(能力·才能等)涸竭;(草木) 自下一 グループ2

凋零·枯萎·枯死(木材)乾燥;(修養、藝術等)純熟·老練;(身體等)枯瘦·乾癟,(機能等)衰萎

枯(か)れる・枯(か)れます

辭書形(基本形) 凋零	かれる	たり形 又是凋零	かれたり
ない形(否定形) 沒凋零	かれない	ば形(條件形) 凋零的話	かれれば
なかった形(過去否定形) 過去沒凋零	かれなかった	させる形(使役形) 使凋零	かれさせる
ます形(連用形) 凋零	かれます	られる形(被動形) 被涸竭	かれられる
て形 凋零	かれて	命令形 快凋零	かれろ
た形(過去形) 凋零了	かれた	可能形	———
たら形(條件形) 凋零的話	かれたら	う形(意向形) 凋零吧	かれよう

△井戸(いど)の水(みず)が涸(か)れ果(は)ててしまった。/井裡的水已經乾涸了。

かわす【交わす】 交,交換;交結,交叉,互相… 他五 グループ1

交(か)わす・交(か)わします

辭書形(基本形) 交換	かわす	たり形 又是交換	かわしたり
ない形(否定形) 沒交換	かわさない	ば形(條件形) 交換的話	かわせば
なかった形(過去否定形) 過去沒交換	かわさなかった	させる形(使役形) 予以交換	かわさせる
ます形(連用形) 交換	かわします	られる形(被動形) 被交換	かわされる
て形 交換	かわして	命令形 快交換	かわせ
た形(過去形) 交換了	かわした	可能形 可以交換	かわせる
たら形(條件形) 交換的話	かわしたら	う形(意向形) 交換吧	かわそう

△二人(ふたり)はいつも視線(しせん)を交(か)わして合図(あいず)を送(おく)り合(あ)っている。/
他們兩人總是四目相交、眉目傳情。

きかざる【着飾る】 盛裝，打扮

他五 グループ1

着飾（きかざ）る・着飾（きかざ）ります

辭書形(基本形) 打扮	きかざる	たり形 又是打扮	きかざったり
ない形（否定形） 沒打扮	きかざらない	ば形（條件形） 打扮的話	きかざれば
なかった形（過去否定形） 過去沒打扮	きかざらなかった	させる形（使役形） 讓打扮	きかざらせる
ます形（連用形） 打扮	きかざります	られる形（被動形） 被打扮	きかざられる
て形 打扮	きかざって	命令形 快打扮	きかざれ
た形（過去形） 打扮了	きかざった	可能形 可以打扮	きかざれる
たら形（條件形） 打扮的話	きかざったら	う形（意向形） 打扮吧	きかざろう

△どんなに着飾（きかざ）ろうが、人間中身（にんげんなかみ）は変（か）えられない。／
不管再怎麼裝扮，人的內在都是沒辦法改變的。

きしむ【軋む】 （兩物相摩擦）吱吱嘎嘎響，發澀

自五 グループ1

軋（きし）む・軋（きし）みます

辭書形(基本形) 發澀	きしむ	たり形 又是發澀	きしんだり
ない形（否定形） 沒發澀	きしまない	ば形（條件形） 發澀的話	きしめば
なかった形（過去否定形） 過去沒發澀	きしまなかった	させる形（使役形） 任憑發澀	きしませる
ます形（連用形） 發澀	きしみます	られる形（被動形） 在發澀之下	きしまれる
て形 發澀	きしんで	命令形 快發澀	きしめ
た形（過去形） 發澀了	きしんだ	可能形	——
たら形（條件形） 發澀的話	きしんだら	う形（意向形） 發澀吧	きしもう

△この家（いえ）は古（ふる）いので、床（ゆか）がきしんで音（おと）がする。／
這間房子的屋齡已久，在屋內踏走時，地板會發出嘎吱聲響。

N1 き きかざる・きしむ

きずく【築く】築，建築，修建；構成，（逐步）形成，累積 他五 グループ1

築く・築きます

辞書形(基本形) 累積	きずく	たり形 又是累積	きずいたり
ない形（否定形） 沒累積	きずかない	ば形（條件形） 累積的話	きずけば
なかった形（過去否定形） 過去沒累積	きずかなかった	させる形（使役形） 予以累積	きずかせる
ます形（連用形） 累積	きずきます	られる形（被動形） 被累積	きずかれる
て形 累積	きずいて	命令形 快累積	きずけ
た形（過去形） 累積了	きずいた	可能形 可以累積	きずける
たら形（條件形） 累積的話	きずいたら	う形（意向形） 累積吧	きずこう

△同僚といい関係を築けば、より良い仕事ができるでしょう。／
如果能建立良好的同事情誼，應該可以提昇工作成效吧！

きずつく【傷つく】受傷，負傷；弄出瑕疵，缺陷，毛病（威信、名聲等）遭受損害或敗壞，（精神）受到創傷 自五 グループ1

傷つく・傷つきます

辞書形(基本形) 負傷	きずつく	たり形 又是負傷	きずついたり
ない形（否定形） 沒負傷	きずつかない	ば形（條件形） 負傷的話	きずつけば
なかった形（過去否定形） 過去沒負傷	きずつかなかった	させる形（使役形） 使負傷	きずつかせる
ます形（連用形） 負傷	きずつきます	られる形（被動形） 遭受創傷	きずつかれる
て形 負傷	きずついて	命令形 快負傷	きずつけ
た形（過去形） 負傷了	きずついた	可能形	————
たら形（條件形） 負傷的話	きずついたら	う形（意向形） 負傷吧	きずつこう

△相手が傷つこうが、言わなければならないことは言います。／
即使會讓對方受傷，該說的話還是要說。

きずつける【傷つける】 弄傷；弄出瑕疵，缺陷，毛病，傷痕，損害，損傷；敗壞

他下一 グループ2

傷つける・傷つけます

辭書形(基本形) 損害	きずつける	たり形 又是損害	きずつけたり
ない形（否定形） 沒損害	きずつけない	ば形（條件形） 損害的話	きずつければ
なかった形（過去否定形） 過去沒損害	きずつけなかった	させる形（使役形） 任憑損害	きずつけさせる
ます形（連用形） 損害	きずつけます	られる形（被動形） 被弄傷	きずつけられる
て形 損害	きずつけて	命令形 快損害	きずつけろ
た形（過去形） 損害了	きずつけた	可能形 可以損害	きずつけられる
たら形（條件形） 損害的話	きずつけたら	う形（意向形） 損害吧	きずつけよう

△子どもは知らず知らずのうちに相手を傷つけてしまうことがある。／
小孩子或許會在不自覺的狀況下，傷害到其他同伴。

きたえる【鍛える】 鍛，錘鍊；鍛鍊

他下一 グループ2

鍛える・鍛えます

辭書形(基本形) 鍛鍊	きたえる	たり形 又是鍛鍊	きたえたり
ない形（否定形） 沒鍛鍊	きたえない	ば形（條件形） 鍛鍊的話	きたえれば
なかった形（過去否定形） 過去沒鍛鍊	きたえなかった	させる形（使役形） 予以鍛鍊	きたえさせる
ます形（連用形） 鍛鍊	きたえます	られる形（被動形） 被鍛鍊	きたえられる
て形 鍛鍊	きたえて	命令形 快鍛鍊	きたえろ
た形（過去形） 鍛鍊了	きたえた	可能形 可以鍛鍊	きたえられる
たら形（條件形） 鍛鍊的話	きたえたら	う形（意向形） 鍛鍊吧	きたえよう

△ふだんどれだけ体を鍛えていようが、風邪をひくときはひく。／
無論平常再怎麼鍛鍊身體，還是沒法避免感冒。

きょうじる【興じる】(同「興ずる」)感覺有趣·愉快·以…自娛·取樂 自上一 グループ2

興(きょう)じる・興(きょう)じます

辭書形(基本形) 感覺有趣	きょうじる	たり形 又是感覺有趣	きょうじたり
ない形(否定形) 沒感覺有趣	きょうじない	ば形(條件形) 感覺有趣的話	きょうじれば
なかった形(過去否定形) 過去沒感覺有趣	きょうじなかった	させる形(使役形) 使感覺有趣	きょうじさせる
ます形(連用形) 感覺有趣	きょうじます	られる形(被動形) 被以…自娛	きょうじられる
て形 感覺有趣	きょうじて	命令形 快感覺有趣	きょうじろ
た形(過去形) 感覺有趣了	きょうじた	可能形 可以感覺有趣	きょうじられる
たら形(條件形) 感覺有趣的話	きょうじたら	う形(意向形) 感覺有趣吧	きょうじよう

△趣味(しゅみ)に興(きょう)じるばかりで、全然(ぜんぜん)家庭(かてい)を顧(かえり)みない。／
一直沈迷於自己的興趣，完全不顧家庭。

きりかえる【切り替える】 轉換，改換，掉換；兌換 他下一 グループ2

切(き)り替(か)える・切(き)り替(か)えます

辭書形(基本形) 掉換	きりかえる	たり形 又是掉換	きりかえたり
ない形(否定形) 沒掉換	きりかえない	ば形(條件形) 掉換的話	きりかえれば
なかった形(過去否定形) 過去沒掉換	きりかえなかった	させる形(使役形) 使掉換	きりかえさせる
ます形(連用形) 掉換	きりかえます	られる形(被動形) 被掉換	きりかえられる
て形 掉換	きりかえて	命令形 快掉換	きりかえろ
た形(過去形) 掉換了	きりかえた	可能形 可以掉換	きりかえられる
たら形(條件形) 掉換的話	きりかえたら	う形(意向形) 掉換吧	きりかえよう

△仕事(しごと)とプライベートの時間(じかん)は切(き)り替(か)えた方(ほう)がいい。／
工作的時間與私人的時間都要適度調配轉換比較好。

キレる （俗）突然生氣，發怒

自下一 グループ2

キレる・キレます

辭書形(基本形) 突然生氣	キレる	たり形 又是突然生氣	キレたり
ない形（否定形） 沒突然生氣	キレない	ば形（條件形） 突然生氣的話	キレれば
なかった形（過去否定形） 過去沒突然生氣	キレなかった	させる形（使役形） 使突然生氣	キレさせる
ます形（連用形） 突然生氣	キレます	られる形（被動形） 被叱責	キレられる
て形 突然生氣	キレて	命令形 快生氣	キレろ
た形（過去形） 突然生氣了	キレた	可能形	———
たら形（條件形） 突然生氣的話	キレたら	う形（意向形） 生氣吧	キレよう

△大人(おとな)、とりわけ親(おや)の問題(もんだい)なくして、子供(こども)がキレることはない。／
如果大人都沒有問題，尤其是父母沒有問題，孩子就不會出現暴怒的情緒。

きわめる【極める】 查究；到達極限

他下一 グループ2

極(きわ)める・極(きわ)めます

辭書形(基本形) 查究	きわめる	たり形 又是查究	きわめたり
ない形（否定形） 沒查究	きわめない	ば形（條件形） 查究的話	きわめれば
なかった形（過去否定形） 過去沒查究	きわめなかった	させる形（使役形） 使查究	きわめさせる
ます形（連用形） 查究	きわめます	られる形（被動形） 被查究	きわめられる
て形 查究	きわめて	命令形 快查究	きわめろ
た形（過去形） 查究了	きわめた	可能形 可以查究	きわめられる
たら形（條件形） 查究的話	きわめたら	う形（意向形） 查究吧	きわめよう

△道(みち)を極(きわ)めた達人(たつじん)の言葉(ことば)だけに、重(おも)みがある。／
追求極致這句話出自專家的口中，尤其具有權威性。

きんじる【禁じる】 禁止，不准；禁忌，戒除；抑制，控制 他上一 グループ2

禁(きん)じる・禁(きん)じます

辭書形(基本形) 禁止	きんじる	たり形 又是禁止	きんじたり
ない形（否定形） 沒禁止	きんじない	ば形（條件形） 禁止的話	きんじれば
なかった形（過去否定形） 過去沒禁止	きんじなかった	させる形（使役形） 使禁止	きんじさせる
ます形（連用形） 禁止	きんじます	られる形（被動形） 被禁止	きんじられる
て形 禁止	きんじて	命令形 快禁止	きんじろ
た形（過去形） 禁止了	きんじた	可能形 可以禁止	きんじられる
たら形（條件形） 禁止的話	きんじたら	う形（意向形） 禁止吧	きんじよう

△機内(きない)での喫煙(きつえん)は禁(きん)じられています。／禁止在飛機機內吸菸。

くいちがう【食い違う】 不一致，有分歧；交錯，錯位 自五 グループ1

食(く)い違(ちが)う・食(く)い違(ちが)います

辭書形(基本形) 交錯	くいちがう	たり形 又是交錯	くいちがったり
ない形（否定形） 沒交錯	くいちがわない	ば形（條件形） 交錯的話	くいちがえば
なかった形（過去否定形） 過去沒交錯	くいちがわなかった	させる形（使役形） 使矛盾	くいちがわせる
ます形（連用形） 交錯	くいちがいます	られる形（被動形） 被交叉	くいちがわれる
て形 交錯	くいちがって	命令形 快交錯	くいちがえ
た形（過去形） 交錯了	くいちがった	可能形	————
たら形（條件形） 交錯的話	くいちがったら	う形（意向形） 交錯吧	くいちがおう

△ただその一点(いってん)のみ、双方(そうほう)の意見(いけん)が食(く)い違(ちが)っている。／雙方的意見僅就那一點相左。

くぐる【潜る】 通過，走過；潛水；猜測

他五 グループ1

潜(くぐ)る・潜(くぐ)ります

辭書形(基本形) 通過	くぐる	たり形 又是通過	くぐったり
ない形（否定形） 沒通過	くぐらない	ば形（條件形） 通過的話	くぐれば
なかった形（過去否定形） 過去沒通過	くぐらなかった	させる形（使役形） 使通過	くぐらせる
ます形（連用形） 通過	くぐります	られる形（被動形） 被通過	くぐられる
て形 通過	くぐって	命令形 快通過	くぐれ
た形（過去形） 通過了	くぐった	可能形 可以通過	くぐれる
たら形（條件形） 通過的話	くぐったら	う形（意向形） 通過吧	くぐろう

△門(もん)をくぐると、宿(やど)の女将(おかみ)さんが出迎(でむか)えてくれた。／
走進旅館大門後，老闆娘迎上前來歡迎我們。

くちずさむ【口ずさむ】（隨興之所致）吟，詠，誦，吟詠

他五 グループ1

口(くち)ずさむ・口(くち)ずさみます

辭書形(基本形) 吟詠	くちずさむ	たり形 又是吟詠	くちずさんだり
ない形（否定形） 沒吟詠	くちずさまない	ば形（條件形） 吟詠的話	くちずさめば
なかった形（過去否定形） 過去沒吟詠	くちずさま なかった	させる形（使役形） 予以吟詠	くちずさませる
ます形（連用形） 吟詠	くちずさみます	られる形（被動形） 被吟詠	くちずさまれる
て形 吟詠	くちずさんで	命令形 快吟詠	くちずさめ
た形（過去形） 吟詠了	くちずさんだ	可能形 可以吟詠	くちずさめる
たら形（條件形） 吟詠的話	くちずさんだら	う形（意向形） 吟詠吧	くちずさもう

△今日(きょう)はご機嫌(きげん)らしく、父(ちち)は朝(あさ)から歌(うた)を口(くち)ずさんでいる。／
爸爸今天的心情似乎很好，打從大清早就一直哼唱著歌曲。

くちる【朽ちる】

腐朽，腐爛，腐壞；默默無聞而終，埋沒一生；（轉）衰敗，衰亡

自上一　グループ2

朽ちる・朽ちます

辭書形(基本形) 埋沒一生	くちる	たり形 又是埋沒一生	くちたり
ない形（否定形) 沒埋沒一生	くちない	ば形（條件形) 埋沒一生的話	くちれば
なかった形（過去否定形) 過去沒埋沒一生	くちなかった	させる形（使役形) 任憑埋沒一生	くちさせる
ます形（連用形) 埋沒一生	くちます	られる形（被動形) 被埋沒一生	くちられる
て形 埋沒一生	くちて	命令形 快埋沒一生	くちろ
た形（過去形) 埋沒一生了	くちた	可能形	————
たら形（條件形) 埋沒一生的話	くちたら	う形（意向形) 埋沒一生吧	くちよう

△校舎が朽ち果てて、廃墟と化している。／校舍已經殘破不堪，變成廢墟。

くつがえす【覆す】

打翻，弄翻，翻轉；（將政權、國家）推翻，打倒；徹底改變，推翻（學說等）

他五　グループ1

覆す・覆します

辭書形(基本形) 推翻	くつがえす	たり形 又是推翻	くつがえしたり
ない形（否定形) 沒推翻	くつがえさない	ば形（條件形) 推翻的話	くつがえせば
なかった形（過去否定形) 過去沒推翻	くつがえさなかった	させる形（使役形) 使推翻	くつがえさせる
ます形（連用形) 推翻	くつがえします	られる形（被動形) 被推翻	くつがえされる
て形 推翻	くつがえして	命令形 快推翻	くつがえせ
た形（過去形) 推翻了	くつがえした	可能形 可以推翻	くつがえせる
たら形（條件形) 推翻的話	くつがえしたら	う形（意向形) 推翻吧	くつがえそう

△一審の判決を覆し、二審では無罪となった。／二審改判無罪，推翻了一審的判決結果。

くみあわせる【組み合わせる】編在一起，交叉在一起，搭在一起；配合，編組 他下一 グループ2

組み合わせる・組み合わせます

辭書形(基本形) 編在一起	くみあわせる	たり形 又是編在一起	くみあわせたり
ない形（否定形） 沒編在一起	くみあわせない	ば形（條件形） 編在一起的話	くみあわせれば
なかった形（過去否定形） 過去沒編在一起	くみあわせなかった	させる形（使役形） 使編在一起	くみあわせさせる
ます形（連用形） 編在一起	くみあわせます	られる形（被動形） 被編在一起	くみあわせられる
て形 編在一起	くみあわせて	命令形 快編在一起	くみあわせろ
た形（過去形） 編在一起了	くみあわせた	可能形 可以編在一起	くみあわせられる
たら形（條件形） 編在一起的話	くみあわせたら	う形（意向形） 編在一起吧	くみあわせよう

△上と下の数字を組み合わせて、それぞれ合計10になるようにしてください。／請加總上列與下列的數字，使每組數字的總和均為10。

くみこむ【組み込む】編入；入伙；（印）排入 他五 グループ1

組み込む・組み込みます

辭書形(基本形) 編入	くみこむ	たり形 又是編入	くみこんだり
ない形（否定形） 沒編入	くみこまない	ば形（條件形） 編入的話	くみこめば
なかった形（過去否定形） 過去沒編入	くみこまなかった	させる形（使役形） 使編入	くみこませる
ます形（連用形） 編入	くみこみます	られる形（被動形） 被編入	くみこまれる
て形 編入	くみこんで	命令形 快編入	くみこめ
た形（過去形） 編入了	くみこんだ	可能形 可以編入	くみこめる
たら形（條件形） 編入的話	くみこんだら	う形（意向形） 編入吧	くみこもう

△この部品を組み込めば、製品が小型化できる。／只要將這個零件組裝上去，就可以將產品縮小。

けがす【汚す】 弄髒，玷污；拌和

他五 グループ1

汚す・汚します

辭書形(基本形) 弄髒	けがす	たり形 又是弄髒	けがしたり
ない形（否定形） 沒弄髒	けがさない	ば形（條件形） 弄髒的話	けがせば
なかった形（過去否定形） 過去沒弄髒	けがさなかった	させる形（使役形） 使弄髒	けがさせる
ます形（連用形） 弄髒	けがします	られる形（被動形） 被弄髒	けがされる
て形 弄髒	けがして	命令形 快弄髒	けがせ
た形（過去形） 弄髒了	けがした	可能形 可以弄髒	けがせる
たら形（條件形） 弄髒的話	けがしたら	う形（意向形） 弄髒吧	けがそう

△週刊誌のでたらめな記事で私の名誉が汚された。／
週刊的不實報導玷汙了我的名譽。

けがれる【汚れる】 骯髒；受奸污，失去貞操；不純潔；污染，弄髒

自下一 グループ2

汚れる・汚れます

辭書形(基本形) 弄髒	けがれる	たり形 又是弄髒	けがれたり
ない形（否定形） 沒弄髒	けがれない	ば形（條件形） 弄髒的話	けがれれば
なかった形（過去否定形） 過去沒弄髒	けがれなかった	させる形（使役形） 使弄髒	けがれさせる
ます形（連用形） 弄髒	けがれます	られる形（被動形） 被弄髒	けがれられる
て形 弄髒	けがれて	命令形 快弄髒	けがれろ
た形（過去形） 弄髒了	けがれた	可能形 可以弄髒	けがれられる
たら形（條件形） 弄髒的話	けがれたら	う形（意向形） 弄髒吧	けがれよう

△私がそんな汚れた金を受け取ると思っているんですか。／
難道你認為我會收那種骯髒錢嗎？

けしさる【消し去る】 消滅，消除

他五 グループ1

消し去る・消し去ります

辭書形(基本形) 消滅	けしさる	たり形 又是消滅	けしさったり
ない形（否定形） 沒消滅	けしさらない	ば形（條件形） 消滅的話	けしされば
なかった形（過去否定形） 過去沒消滅	けしさらなかった	させる形（使役形） 予以消滅	けしさらせる
ます形（連用形） 消滅	けしさります	られる形（被動形） 被消滅	けしさられる
て形 消滅	けしさって	命令形 快消滅	けしされ
た形（過去形） 消滅了	けしさった	可能形 可以消滅	けしされる
たら形（條件形） 消滅的話	けしさったら	う形（意向形） 消滅吧	けしさろう

△記憶を消し去る。／消除記憶。

けとばす【蹴飛ばす】 踢；踢開，踢散，踢倒；拒絕

他五 グループ1

蹴飛ばす・蹴飛ばします

辭書形(基本形) 拒絕	けとばす	たり形 又是拒絕	けとばしたり
ない形（否定形） 沒拒絕	けとばさない	ば形（條件形） 拒絕的話	けとばせば
なかった形（過去否定形） 過去沒拒絕	けとばさなかった	させる形（使役形） 予以拒絕	けとばさせる
ます形（連用形） 拒絕	けとばします	られる形（被動形） 被拒絕	けとばされる
て形 拒絕	けとばして	命令形 快拒絕	けとばせ
た形（過去形） 拒絕了	けとばした	可能形 可以拒絕	けとばせる
たら形（條件形） 拒絕的話	けとばしたら	う形（意向形） 拒絕吧	けとばそう

△ボールを力の限り蹴とばすと、スカッとする。／將球猛力踢飛出去，可以宣洩情緒。

けなす【貶す】 譏笑，貶低，排斥

他五 グループ1

貶す・貶します

辭書形(基本形) 排斥	けなす	たり形 又是排斥	けなしたり
ない形(否定形) 沒排斥	けなさない	ば形(條件形) 排斥的話	けなせば
なかった形(過去否定形) 過去沒排斥	けなさなかった	させる形(使役形) 任憑排斥	けなさせる
ます形(連用形) 排斥	けなします	られる形(被動形) 被排斥	けなされる
て形 排斥	けなして	命令形 快排斥	けなせ
た形(過去形) 排斥了	けなした	可能形 可以排斥	けなせる
たら形(條件形) 排斥的話	けなしたら	う形(意向形) 排斥吧	けなそう

△彼は確かに優秀だが、すぐ人をけなす嫌いがある。／他的確很優秀，卻有動不動就挖苦人的毛病。

けむる【煙る】 冒煙；模糊不清，朦朧，看不清楚

自五 グループ1

煙る・煙ります

辭書形(基本形) 模糊不清	けむる	たり形 又是模糊不清	けむったり
ない形(否定形) 沒模糊不清	けむらない	ば形(條件形) 模糊不清的話	けむれば
なかった形(過去否定形) 過去沒模糊不清	けむらなかった	させる形(使役形) 使看不清楚	けむらせる
ます形(連用形) 模糊不清	けむります	られる形(被動形) 在冒煙下	けむられる
て形 模糊不清	けむって	命令形 快模糊不清	けむれ
た形(過去形) 模糊不清了	けむった	可能形	――――
たら形(條件形) 模糊不清的話	けむったら	う形(意向形) 模糊不清吧	けむろう

△雨煙る兼六園は非常に趣があります。／煙雨迷濛中的兼六園極具另番風情。

こころがける【心掛ける】 留心，注意，記在心裡  他下一 グループ2

心掛ける・心掛けます

辭書形(基本形) 記在心裡	こころがける	たり形 又是記在心裡	こころがけたり
ない形（否定形） 沒記在心裡	こころがけない	ば形（條件形） 記在心裡的話	こころがければ
なかった形（過去否定形） 過去沒記在心裡	こころがけなかった	させる形（使役形） 使記在心裡	こころがけさせる
ます形（連用形） 記在心裡	こころがけます	られる形（被動形） 被記在心裡	こころがけられる
て形 記在心裡	こころがけて	命令形 快記在心裡	こころがけろ
た形（過去形） 記在心裡了	こころがけた	可能形 可以記在心裡	こころがけられる
たら形（條件形） 記在心裡的話	こころがけたら	う形（意向形） 記在心裡吧	こころがけよう

△ミスを防ぐため、最低２回はチェックするよう心掛けている。／
為了避免錯誤發生，特別謹慎小心地至少檢查過兩次。

こころざす【志す】 立志，志向，志願；瞄準 自他五 グループ1

志す・志します

辭書形(基本形) 立志	こころざす	たり形 又是立志	こころざしたり
ない形（否定形） 沒立志	こころざさない	ば形（條件形） 立志的話	こころざせば
なかった形（過去否定形） 過去沒立志	こころざさなかった	させる形（使役形） 使立志	こころざさせる
ます形（連用形） 立志	こころざします	られる形（被動形） 被瞄準	こころざされる
て形 立志	こころざして	命令形 快立志	こころざせ
た形（過去形） 立志了	こころざした	可能形 可以立志	こころざせる
たら形（條件形） 立志的話	こころざしたら	う形（意向形） 立志吧	こころざそう

△幼い時重病にかかり、その後医者を志すようになった。／
小時候曾罹患重病，病癒後就立志成為醫生。

こころみる【試みる】 試試，試驗一下，嘗試

他上一 グループ2

試（こころ）みる・試（こころ）みます

辭書形（基本形） 嘗試	こころみる	たり形 又是嘗試	こころみたり
ない形（否定形） 沒嘗試	こころみない	ば形（條件形） 嘗試的話	こころみれば
なかった形（過去否定形） 過去沒嘗試	こころみなかった	させる形（使役形） 使嘗試	こころみさせる
ます形（連用形） 嘗試	こころみます	られる形（被動形） 被嘗試	こころみられる
て形 嘗試	こころみて	命令形 快嘗試	こころみろ
た形（過去形） 嘗試了	こころみた	可能形 可以嘗試	こころみられる
たら形（條件形） 嘗試的話	こころみたら	う形（意向形） 嘗試吧	こころみよう

△突撃取材（とつげきしゅざい）を試（こころ）みたが、警備員（けいびいん）に阻（はば）まれ失敗（しっぱい）に終（お）わった。／
儘管試圖突擊採訪，卻在保全人員的阻攔下未能完成任務。

こじれる【拗れる】 彆扭，執拗；（事物）複雜化，惡化，（病）纏綿不癒

自下一 グループ2

拗（こじ）れる・拗（こじ）れます

辭書形（基本形） 彆扭	こじれる	たり形 又是彆扭	こじれたり
ない形（否定形） 沒彆扭	こじれない	ば形（條件形） 彆扭的話	こじれれば
なかった形（過去否定形） 過去沒彆扭	こじれなかった	させる形（使役形） 使複雜化	こじれさせる
ます形（連用形） 彆扭	こじれます	られる形（被動形） 被複雜化	こじれられる
て形 彆扭	こじれて	命令形 快彆扭	こじれろ
た形（過去形） 彆扭了	こじれた	可能形	———
たら形（條件形） 彆扭的話	こじれたら	う形（意向形） 彆扭吧	こじれよう

△早（はや）いうちに話（はな）し合（あ）わないから、仲（なか）がこじれて取（と）り返（かえ）しがつかなくなった。／
就因為不趁早協商好，所以才落到關係惡化最後無法收拾的下場。

こだわる【拘る】 拘泥；妨礙，阻礙，抵觸 自五 グループ1

拘る・拘ります

辭書形(基本形) 妨礙	こだわる	たり形 又是妨礙	こだわったり
ない形（否定形) 沒妨礙	こだわらない	ば形（條件形) 妨礙的話	こだわれば
なかった形（過去否定形) 過去沒妨礙	こだわらなかった	させる形（使役形) 使妨礙	こだわらせる
ます形（連用形) 妨礙	こだわります	られる形（被動形) 被妨礙	こだわられる
て形 妨礙	こだわって	命令形 快妨礙	こだわれ
た形（過去形) 妨礙了	こだわった	可能形 可以妨礙	こだわれる
たら形（條件形) 妨礙的話	こだわったら	う形（意向形) 妨礙吧	こだわろう

△これは私の得意分野ですから、こだわらずにはいられません。／
這是我擅長的領域，所以會比較執著。

ことづける【言付ける】 他下一 託付，帶口信 自下一 假託，藉口 グループ2

言付ける・言付けます

辭書形(基本形) 假託	ことづける	たり形 又是假託	ことづけたり
ない形（否定形) 沒假託	ことづけない	ば形（條件形) 假託的話	ことづければ
なかった形（過去否定形) 過去沒假託	ことづけなかった	させる形（使役形) 使假託	ことづけさせる
ます形（連用形) 假託	ことづけます	られる形（被動形) 被假託	ことづけられる
て形 假託	ことづけて	命令形 快假託	ことづけろ
た形（過去形) 假託了	ことづけた	可能形 可以假託	ことづけられる
たら形（條件形) 假託的話	ことづけたら	う形（意向形) 假託吧	ことづけよう

△いつものことなので、あえて彼に言付けるまでもない。／
已經犯過很多次了，無須特地向他告狀。

こみあげる【込み上げる】往上湧,油然而生,湧現;作嘔 自下一 グループ2

込(こ)み上(あ)げる・込(こ)み上(あ)げます

辭書形(基本形) 往上湧	こみあげる	たり形 又是往上湧	こみあげたり
ない形（否定形） 沒往上湧	こみあげない	ば形（條件形） 往上湧的話	こみあげれば
なかった形（過去否定形） 過去沒往上湧	こみあげなかった	させる形（使役形） 使往上湧	こみあげさせる
ます形（連用形） 往上湧	こみあげます	られる形（被動形） 被湧現	こみあげられる
て形 往上湧	こみあげて	命令形 快往上湧	こみあげろ
た形（過去形） 往上湧了	こみあげた	可能形 可以往上湧	こみあげられる
たら形（條件形） 往上湧的話	こみあげたら	う形（意向形） 往上湧吧	こみあげよう

△涙(なみだ)がこみあげる。／淚水盈眶。

こめる【込める】裝填;包括在內,計算在內;集中(精力),貫注(全神) 他下一 グループ2

込(こ)める・込(こ)めます

辭書形(基本形) 集中	こめる	たり形 又是集中	こめたり
ない形（否定形） 沒集中	こめない	ば形（條件形） 集中的話	こめれば
なかった形（過去否定形） 過去沒集中	こめなかった	させる形（使役形） 使集中	こめさせる
ます形（連用形） 集中	こめます	られる形（被動形） 被集中	こめられる
て形 集中	こめて	命令形 快集中	こめろ
た形（過去形） 集中了	こめた	可能形 可以集中	こめられる
たら形（條件形） 集中的話	こめたら	う形（意向形） 集中吧	こめよう

△心(こころ)を込(こ)めてこの歌(うた)を歌(うた)いたいと思(おも)います。／
請容我竭誠為各位演唱這首歌曲。

こもる【籠る】 閉門不出；包含，含蓄；（煙氣等）停滯，充滿，（房間等）不通風

自五 グループ1

籠る・籠ります

辭書形(基本形) 停滯	こもる	たり形 又是停滯	こもったり
ない形（否定形） 沒停滯	こもらない	ば形（條件形） 停滯的話	こもれば
なかった形（過去否定形） 過去沒停滯	こもらなかった	させる形（使役形） 使停滯	こもらせる
ます形（連用形） 停滯	こもります	られる形（被動形） 被停滯	こもられる
て形 停滯	こもって	命令形 快停滯	こもれ
た形（過去形） 停滯了	こもった	可能形 可以停滯	こもれる
たら形（條件形） 停滯的話	こもったら	う形（意向形） 停滯吧	こもろう

△娘（むすめ）は恥（は）ずかしがって部屋（へや）の奥（おく）にこもってしまった。／
女兒因為害羞怕生而躲在房裡不肯出來。

こらす【凝らす】 凝集，集中

他五 グループ1

凝らす・凝らします

辭書形(基本形) 集中	こらす	たり形 又是集中	こらしたり
ない形（否定形） 沒集中	こらさない	ば形（條件形） 集中的話	こらせば
なかった形（過去否定形） 過去沒集中	こらさなかった	させる形（使役形） 使集中	こらさせる
ます形（連用形） 集中	こらします	られる形（被動形） 被集中	こらされる
て形 集中	こらして	命令形 快集中	こらせ
た形（過去形） 集中了	こらした	可能形 可以集中	こらせる
たら形（條件形） 集中的話	こらしたら	う形（意向形） 集中吧	こらそう

△素人（しろうと）なりに工夫（くふう）を凝（こ）らしてみました。／以外行人來講，算是相當費盡心思了。

こりる【懲りる】（因為吃過苦頭）不敢再嘗試；得…教訓；厭煩 自上一 グループ2

懲(こ)りる・懲(こ)ります

辭書形（基本形） 不敢再嘗試	こりる	たり形 又是不敢再嘗試	こりたり
ない形（否定形） 沒厭煩	こりない	ば形（條件形） 不敢再嘗試的話	こりれば
なかった形（過去否定形） 過去沒厭煩	こりなかった	させる形（使役形） 使不敢再嘗試	こりさせる
ます形（連用形） 不敢再嘗試	こります	られる形（被動形） 被厭煩	こりられる
て形 不敢再嘗試	こりて	命令形 快厭煩	こりろ
た形（過去形） 不敢再嘗試了	こりた	可能形	——
たら形（條件形） 不敢再嘗試的話	こりたら	う形（意向形） 不敢再嘗試吧	こりよう

△これに懲(こ)りて、もう二度(にど)と同(おな)じ失敗(しっぱい)をしないようにしてください。／
請以此為戒，勿再犯同樣的錯誤。

さえぎる【遮る】遮擋，遮住，遮蔽；遮斷，遮攔，阻擋 他五 グループ1

遮(さえぎ)る・遮(さえぎ)ります

辭書形（基本形） 阻擋	さえぎる	たり形 又是阻擋	さえぎったり
ない形（否定形） 沒阻擋	さえぎらない	ば形（條件形） 阻擋的話	さえぎれば
なかった形（過去否定形） 過去沒阻擋	さえぎらなかった	させる形（使役形） 使阻擋	さえぎらせる
ます形（連用形） 阻擋	さえぎります	られる形（被動形） 被阻擋	さえぎられる
て形 阻擋	さえぎって	命令形 快阻擋	さえぎれ
た形（過去形） 阻擋了	さえぎった	可能形 可以阻擋	さえぎれる
たら形（條件形） 阻擋的話	さえぎったら	う形（意向形） 阻擋吧	さえぎろう

△彼(かれ)の話(はなし)があまりにしつこいので、とうとう遮(さえぎ)った。／
他實在講得又臭又長，終於忍不住打斷了。

さえずる （小鳥）婉轉地叫，嘰嘰喳喳地叫，歌唱

自五 グループ1

さえずる・さえずります

辭書形(基本形) 婉轉地叫	さえずる	たり形 又是婉轉地叫	さえずったり
ない形（否定形） 沒婉轉地叫	さえずらない	ば形（條件形） 婉轉地叫的話	さえずれば
なかった形（過去否定形） 過去沒婉轉地叫	さえずらなかった	させる形（使役形） 使婉轉地叫	さえずらせる
ます形（連用形） 婉轉地叫	さえずります	られる形（被動形） 被嘰嘰喳喳地叫	さえずられる
て形 婉轉地叫	さえずって	命令形 快婉轉地叫	さえずれ
た形（過去形） 婉轉地叫了	さえずった	可能形 可以婉轉地叫	さえずれる
たら形（條件形） 婉轉地叫的話	さえずったら	う形（意向形） 婉轉地叫吧	さえずろう

△小鳥(ことり)がさえずる声(こえ)で目(め)が覚(さ)めるのは、本当(ほんとう)に気持(きも)ちがいい。／
在小鳥啁啾聲中醒來，使人感覺十分神清氣爽。

さえる【冴える】 寒冷，冷峭；清澈，鮮明；（心情、目光等）清醒，清爽；（頭腦、手腕等）靈敏，精巧，純熟

自下一 グループ2

冴(さ)える・冴(さ)えます

辭書形(基本形) 清醒	さえる	たり形 又是清醒	さえたり
ない形（否定形） 沒清醒	さえない	ば形（條件形） 清醒的話	さえれば
なかった形（過去否定形） 過去沒清醒	さえなかった	させる形（使役形） 使清醒	さえさせる
ます形（連用形） 清醒	さえます	られる形（被動形） 被喚醒	さえられる
て形 清醒	さえて	命令形 快清醒	さえろ
た形（過去形） 清醒了	さえた	可能形	――
たら形（條件形） 清醒的話	さえたら	う形（意向形） 清醒吧	さえよう

△コーヒーの飲(の)みすぎで、頭(あたま)がさえて眠(ねむ)れません。／
喝了過量的咖啡，頭腦極度清醒，完全無法入睡。

さかえる【栄える】 繁榮，興盛，昌盛；榮華，顯赫

自下一 グループ2

栄える・栄えます

辭書形(基本形) 繁榮	さかえる	たり形 又是繁榮	さかえたり
ない形（否定形） 沒繁榮	さかえない	ば形（條件形） 繁榮的話	さかえれば
なかった形（過去否定形） 過去沒繁榮	さかえなかった	させる形（使役形） 使繁榮	さかえさせる
ます形（連用形） 繁榮	さかえます	られる形（被動形） 得到繁榮	さかえられる
て形 繁榮	さかえて	命令形 快繁榮	さかえろ
た形（過去形） 繁榮了	さかえた	可能形	————
たら形（條件形） 繁榮的話	さかえたら	う形（意向形） 繁榮吧	さかえよう

△どんなに国が栄えようと、栄えまいと、貧富の差はなくならない。／不論國家繁容與否，貧富之差終究還是會存在。

さかる【盛る】 旺盛；繁榮；（動物）發情

自五 グループ1

盛る・盛ります

辭書形(基本形) 旺盛	さかる	たり形 又是旺盛	さかったり
ない形（否定形） 沒旺盛	さからない	ば形（條件形） 旺盛的話	さかれば
なかった形（過去否定形） 過去沒旺盛	さからなかった	させる形（使役形） 使旺盛	さからせる
ます形（連用形） 旺盛	さかります	られる形（被動形） 得到繁榮	さかられる
て形 旺盛	さかって	命令形 快旺盛	さかれ
た形（過去形） 旺盛了	さかった	可能形 可以旺盛	さかれる
たら形（條件形） 旺盛的話	さかったら	う形（意向形） 旺盛吧	さかろう

△中にいる人を助けようとして、消防士は燃え盛る火の中に飛び込んだ。／消防員為了救出被困在裡面的人而衝進了熊熊燃燒的火場。

さける【裂ける】 裂，裂開，破裂

自下一 グループ2

裂(さ)ける・裂(さ)けます

辭書形(基本形) 裂開	さける	たり形 又是裂開	さけたり
ない形（否定形） 沒裂開	さけない	ば形（條件形） 裂開的話	さければ
なかった形（過去否定形） 過去沒裂開	さけなかった	させる形（使役形） 使裂開	さけさせる
ます形（連用形） 裂開	さけます	られる形（被動形） 被裂開	さけられる
て形 裂開	さけて	命令形 快裂開	さけろ
た形（過去形） 裂開了	さけた	可能形 可以裂開	さけられる
たら形（條件形） 裂開的話	さけたら	う形（意向形） 裂開吧	さけよう

△冬(ふゆ)になると乾燥(かんそう)のため唇(くちびる)が裂(さ)けることがある。／
到了冬天，有時會因氣候乾燥而嘴唇乾裂。

ささげる【捧げる】 雙手抱拳，捧拳；供，供奉，敬獻；獻出，貢獻

他下一 グループ2

捧(ささ)げる・捧(ささ)げます

辭書形(基本形) 獻出	ささげる	たり形 又是獻出	ささげたり
ない形（否定形） 沒獻出	ささげない	ば形（條件形） 獻出的話	ささげれば
なかった形（過去否定形） 過去沒獻出	ささげなかった	させる形（使役形） 使獻出	ささげさせる
ます形（連用形） 獻出	ささげます	られる形（被動形） 被獻出	ささげられる
て形 獻出	ささげて	命令形 快獻出	ささげろ
た形（過去形） 獻出了	ささげた	可能形 可以獻出	ささげられる
たら形（條件形） 獻出的話	ささげたら	う形（意向形） 獻出吧	ささげよう

△この歌(うた)は、愛(あい)する妻(つま)に捧(ささ)げます。／僅以這首歌曲獻給深愛的妻子。

さしかかる【差し掛かる】

來到，路過（某處），靠近；（日期等）臨近，逼近，緊迫；垂掛，籠罩在…之上

自五 グループ1

差し掛かる・差し掛かります

辭書形（基本形） 垂掛	さしかかる	たり形 又是垂掛	さしかかったり
ない形（否定形） 沒垂掛	さしかからない	ば形（條件形） 垂掛的話	さしかかれば
なかった形（過去否定形） 過去沒垂掛	さしかから なかった	させる形（使役形） 使垂掛	さしかからせる
ます形（連用形） 垂掛	さしかかります	られる形（被動形） 被垂掛	さしかかられる
て形 垂掛	さしかかって	命令形 快垂掛	さしかかれ
た形（過去形） 垂掛了	さしかかった	可能形	――――
たら形（條件形） 垂掛的話	さしかかったら	う形（意向形） 垂掛吧	さしかかろう

△企業の再建計画は正念場に差し掛かっている。／企業的重建計畫正面臨最重要的關鍵時刻。

さしだす【差し出す】

（向前）伸出，探出；（把信件等）寄出，發出；提出，交出，獻出；派出，派遣，打發

他五 グループ1

差し出す・差し出します

辭書形（基本形） 打發	さしだす	たり形 又是打發	さしだしたり
ない形（否定形） 沒打發	さしださない	ば形（條件形） 打發的話	さしだせば
なかった形（過去否定形） 過去沒打發	さしださなかった	させる形（使役形） 使打發	さしださせる
ます形（連用形） 打發	さしだします	られる形（被動形） 被打發	さしだされる
て形 打發	さしだして	命令形 快打發	さしだせ
た形（過去形） 打發了	さしだした	可能形 可以打發	さしだせる
たら形（條件形） 打發的話	さしだしたら	う形（意向形） 打發吧	さしだそう

△彼女は黙って退職願を差し出した。／她不聲不響地提出辭呈。

さしつかえる【差し支える】
(對工作等)妨礙,妨害,有壞影響;感到不方便,發生故障,出問題 自下一 グループ2

差し支える・差し支えます

辭書形(基本形) 妨礙	さしつかえる	たり形 又是妨礙	さしつかえたり
ない形(否定形) 沒妨礙	さしつかえない	ば形(條件形) 妨礙的話	さしつかえれば
なかった形(過去否定形) 過去沒妨礙	さしつかえなかった	させる形(使役形) 使妨礙	さしつかえさせる
ます形(連用形) 妨礙	さしつかえます	られる形(被動形) 被妨礙	さしつかえられる
て形 妨礙	さしつかえて	命令形 快妨礙	さしつかえろ
た形(過去形) 妨礙了	さしつかえた	可能形 可以妨礙	さしつかえられる
たら形(條件形) 妨礙的話	さしつかえたら	う形(意向形) 妨礙吧	さしつかえよう

△たとえ計画の進行に差し支えても、メンバーを変更せざるを得ない。/
即使會影響到計畫的進度,也得更換組員。

さす【指す】
(用手)指,指示;點名指名;指向;下棋;告密 他五 グループ1

指す・指します

辭書形(基本形) 指示	さす	たり形 又是指示	さしたり
ない形(否定形) 沒指示	ささない	ば形(條件形) 指示的話	させば
なかった形(過去否定形) 過去沒指示	ささなかった	させる形(使役形) 授以指示	ささせる
ます形(連用形) 指示	さします	られる形(被動形) 被指示	さされる
て形 指示	さして	命令形 快指示	させ
た形(過去形) 指示了	さした	可能形 可以指示	させる
たら形(條件形) 指示的話	さしたら	う形(意向形) 指示吧	さそう

△こらこら、指で人を指すものじゃないよ。/
喂喂喂,怎麼可以用手指指著別人呢!

さずける【授ける】 授予，賦予，賜給；教授，傳授

他下一 グループ2

授ける・授けます

形	活用	形	活用
辞書形(基本形) 傳授	さずける	たり形 又是傳授	さずけたり
ない形（否定形） 沒傳授	さずけない	ば形（條件形） 傳授的話	さずければ
なかった形（過去否定形） 過去沒傳授	さずけなかった	させる形（使役形） 使傳授	さずけさせる
ます形（連用形） 傳授	さずけます	られる形（被動形） 被傳授	さずけられる
て形 傳授	さずけて	命令形 快傳授	さずけろ
た形（過去形） 傳授了	さずけた	可能形 可以傳授	さずけられる
たら形（條件形） 傳授的話	さずけたら	う形（意向形） 傳授吧	さずけよう

△功績が認められて、名誉博士の称号が授けられた。／
由於功績被認可，而被授予名譽博士的稱號。

さする【擦る】 摩，擦，搓，撫摸，摩挲

他五 グループ1

擦る・擦ります

形	活用	形	活用
辞書形(基本形) 撫摸	さする	たり形 又是撫摸	さすったり
ない形（否定形） 沒撫摸	さすらない	ば形（條件形） 撫摸的話	さすれば
なかった形（過去否定形） 過去沒撫摸	さすらなかった	させる形（使役形） 使撫摸	さすらせる
ます形（連用形） 撫摸	さすります	られる形（被動形） 被撫摸	さすられる
て形 撫摸	さすって	命令形 快撫摸	さすれ
た形（過去形） 撫摸了	さすった	可能形 可以撫摸	さすれる
たら形（條件形） 撫摸的話	さすったら	う形（意向形） 撫摸吧	さすろう

△膝をぶつけて、思わず手でさすった。／
膝蓋撞了上去，不由得伸手撫了撫。

さだまる【定まる】決定,規定;安定,穩定,固定;確定,明確;(文)安靜 自五 グループ1

定まる・定まります

辭書形(基本形) 固定	さだまる	たり形 又是固定	さだまったり
ない形(否定形) 沒固定	さだまらない	ば形(條件形) 固定的話	さだまれば
なかった形(過去否定形) 過去沒固定	さだまらなかった	させる形(使役形) 使固定	さだまらせる
ます形(連用形) 固定	さだまります	られる形(被動形) 被固定	さだまられる
て形 固定	さだまって	命令形 快固定	さだまれ
た形(過去形) 固定了	さだまった	可能形	———
たら形(條件形) 固定的話	さだまったら	う形(意向形) 固定吧	さだまろう

△このような論点の定まらない議論は、時間のむだでなくてなんだろう。／
像這種論點無法聚焦的討論，不是浪費時間又是什麼呢！

さだめる【定める】規定,決定,制定;平定,鎮定;奠定;評定,論定 他下一 グループ2

定める・定めます

辭書形(基本形) 平定	さだめる	たり形 又是平定	さだめたり
ない形(否定形) 沒平定	さだめない	ば形(條件形) 平定的話	さだめれば
なかった形(過去否定形) 過去沒平定	さだめなかった	させる形(使役形) 使平定	さだめさせる
ます形(連用形) 平定	さだめます	られる形(被動形) 被平定	さだめられる
て形 平定	さだめて	命令形 快平定	さだめろ
た形(過去形) 平定了	さだめた	可能形 可以平定	さだめられる
たら形(條件形) 平定的話	さだめたら	う形(意向形) 平定吧	さだめよう

△給料については、契約書に明確に定めてあります。／
關於薪資部份，均載明於契約書中。

さとる【悟る】醒悟，覺悟，理解，認識；察覺，發覺，看破；(佛)悟道，了悟 他五 グループ1

悟(さと)る・悟(さと)ります

辭書形(基本形) 察覺	さとる	たり形 又是察覺	さとったり
ない形 (否定形) 沒察覺	さとらない	ば形 (條件形) 察覺的話	さとれば
なかった形 (過去否定形) 過去沒察覺	さとらなかった	させる形 (使役形) 使察覺	さとらせる
ます形 (連用形) 察覺	さとります	られる形 (被動形) 被察覺	さとられる
て形 察覺	さとって	命令形 快察覺	さとれ
た形 (過去形) 察覺了	さとった	可能形 可以察覺	さとれる
たら形 (條件形) 察覺的話	さとったら	う形 (意向形) 察覺吧	さとろう

△その言葉(ことば)を聞(き)いて、彼(かれ)にだまされていたことを悟(さと)った。／聽到那番話後，赫然頓悟對方遭到他的欺騙。

さばく【裁く】裁判，審判；排解，從中調停，評理 他五 グループ1

裁(さば)く・裁(さば)きます

辭書形(基本形) 審判	さばく	たり形 又是審判	さばいたり
ない形 (否定形) 沒審判	さばかない	ば形 (條件形) 審判的話	さばけば
なかった形 (過去否定形) 過去沒審判	さばかなかった	させる形 (使役形) 使審判	さばかせる
ます形 (連用形) 審判	さばきます	られる形 (被動形) 被審判	さばかれる
て形 審判	さばいて	命令形 快審判	さばけ
た形 (過去形) 審判了	さばいた	可能形 可以審判	さばける
たら形 (條件形) 審判的話	さばいたら	う形 (意向形) 審判吧	さばこう

△人(ひと)が人(ひと)を裁(さば)くことは非常(ひじょう)に難(むずか)しい。／由人來審判人，是非常困難的。

サボる【sabotage之略】 (俗)怠工;偷懶,逃(學),曠(課) 他五 グループ1

サボる・サボります

辭書形(基本形) 怠工	サボる	たり形 又是怠工	サボったり
ない形(否定形) 沒怠工	サボらない	ば形(條件形) 怠工的話	サボれば
なかった形(過去否定形) 過去沒怠工	サボらなかった	させる形(使役形) 任憑怠工	サボらせる
ます形(連用形) 怠工	サボります	られる形(被動形) 被迫怠工	サボられる
て形 怠工	サボって	命令形 快怠工	サボれ
た形(過去形) 怠工了	サボった	可能形 可以怠工	サボれる
たら形(條件形) 怠工的話	サボったら	う形(意向形) 怠工吧	サボろう

△授業(じゅぎょう)をサボりっぱなしで、テストは散々(さんざん)だった。／
一直翹課，所以考試結果慘不忍睹。

さわる【障る】 妨礙,阻礙,障礙;有壞影響,有害 自五 グループ1

障(さわ)る・障(さわ)ります

辭書形(基本形) 阻礙	さわる	たり形 又是阻礙	さわったり
ない形(否定形) 沒阻礙	さわらない	ば形(條件形) 阻礙的話	さわれば
なかった形(過去否定形) 過去沒阻礙	さわらなかった	させる形(使役形) 使阻礙	さわらせる
ます形(連用形) 阻礙	さわります	られる形(被動形) 被阻礙	さわられる
て形 阻礙	さわって	命令形 快阻礙	さわれ
た形(過去形) 阻礙了	さわった	可能形	――
たら形(條件形) 阻礙的話	さわったら	う形(意向形) 阻礙吧	さわろう

△もし気(き)に障(さわ)ったなら、申(もう)し訳(わけ)ありません。／
假如造成您的不愉快，在此致上十二萬分歉意。

しあげる【仕上げる】做完，完成，(最後)加工，潤飾，做出成就 他下一 グループ2

仕上げる・仕上げます

辭書形(基本形) 完成	しあげる	たり形 又是完成	しあげたり
ない形（否定形） 沒完成	しあげない	ば形（條件形） 完成的話	しあげれば
なかった形（過去否定形） 過去沒完成	しあげなかった	させる形（使役形） 使完成	しあげさせる
ます形（連用形） 完成	しあげます	られる形（被動形） 被完成	しあげられる
て形 完成	しあげて	命令形 快完成	しあげろ
た形（過去形） 完成了	しあげた	可能形 可以完成	しあげられる
たら形（條件形） 完成的話	しあげたら	う形（意向形） 完成吧	しあげよう

△汗まみれになって何とか課題作品を仕上げた。／
經過汗流浹背的奮戰，總算完成了要繳交的作業。

しいる【強いる】強迫，強使 他上一 グループ2

強いる・強います

辭書形(基本形) 強迫	しいる	たり形 又是強迫	しいたり
ない形（否定形） 沒強迫	しいない	ば形（條件形） 強迫的話	しいれば
なかった形（過去否定形） 過去沒強迫	しいなかった	させる形（使役形） 使強迫	しいさせる
ます形（連用形） 強迫	しいます	られる形（被動形） 被強迫	しいられる
て形 強迫	しいて	命令形 快強迫	しいろ
た形（過去形） 強迫了	しいた	可能形 可以強迫	しいられる
たら形（條件形） 強迫的話	しいたら	う形（意向形） 強迫吧	しいよう

△その政策は国民に多大な負担を強いることになるでしょう。／
這項政策恐怕會將莫大的負擔，強加於國民的身上。

しいれる【仕入れる】

購入，買進，採購（商品或原料）；（喻）由他處取得，獲得

他下一　グループ2

仕入れる・仕入れます

辭書形(基本形) 獲得	しいれる	たり形 又是獲得	しいれたり
ない形（否定形） 沒獲得	しいれない	ば形（條件形） 獲得的話	しいれれば
なかった形（過去否定形） 過去沒獲得	しいれなかった	させる形（使役形） 使獲得	しいれさせる
ます形（連用形） 獲得	しいれます	られる形（被動形） 被獲得	しいれられる
て形 獲得	しいれて	命令形 快獲得	しいれろ
た形（過去形） 獲得了	しいれた	可能形 可以獲得	しいれられる
たら形（條件形） 獲得的話	しいれたら	う形（意向形） 獲得吧	しいれよう

△お寿司屋さんは毎朝、市場で新鮮な魚を仕入れる。／壽司店家每天早晨都會到市場採購新鮮的魚貨。

しかける【仕掛ける】

開始做，著手；做到途中；主動地作；挑釁，尋釁；裝置，設置，布置；準備，預備

他下一　グループ2

仕掛ける・仕掛けます

辭書形(基本形) 著手	しかける	たり形 又是著手	しかけたり
ない形（否定形） 沒著手	しかけない	ば形（條件形） 著手的話	しかければ
なかった形（過去否定形） 過去沒著手	しかけなかった	させる形（使役形） 使著手	しかけさせる
ます形（連用形） 著手	しかけます	られる形（被動形） 被著手	しかけられる
て形 著手	しかけて	命令形 快著手	しかけろ
た形（過去形） 著手了	しかけた	可能形 可以著手	しかけられる
たら形（條件形） 著手的話	しかけたら	う形（意向形） 著手吧	しかけよう

△社長室に盗聴器が仕掛けられていた。／社長室裡被裝設了竊聽器。

しきる【仕切る】 隔開，間隔開，區分開；結帳，清帳；完結，了結

自他五 グループ1

仕切る・仕切ります

辭書形（基本形） 了結	しきる	たり形 又是了結	しきったり
ない形（否定形） 沒了結	しきらない	ば形（條件形） 了結的話	しきれば
なかった形（過去否定形） 過去沒了結	しきらなかった	させる形（使役形） 使了結	しきらせる
ます形（連用形） 了結	しきります	られる形（被動形） 被了結	しきられる
て形 了結	しきって	命令形 快了結	しきれ
た形（過去形） 了結了	しきった	可能形 可以了結	しきれる
たら形（條件形） 了結的話	しきったら	う形（意向形） 了結吧	しきろう

△部屋を仕切って、小さな子ども部屋を二部屋作った。／
將原本的房間分隔成兩間較小的兒童房。

しける【湿気る】 潮濕，帶潮氣，受潮

自下一 グループ2

湿気る・湿気ます

辭書形（基本形） 受潮	しける	たり形 又是受潮	しけたり
ない形（否定形） 沒受潮	しけない	ば形（條件形） 受潮的話	しければ
なかった形（過去否定形） 過去沒受潮	しけなかった	させる形（使役形） 使受潮	しけさせる
ます形（連用形） 受潮	しけます	られる形（被動形） 被弄潮濕	しけられる
て形 受潮	しけて	命令形 快受潮	しけれ
た形（過去形） 受潮了	しけた	可能形	———
たら形（條件形） 受潮的話	しけたら	う形（意向形）	———

△煎餅がしけて、パリパリ感が全くなくなった。／
咬下一口烤米餅，已經完全沒有酥脆的口感了。

しずめる【沈める】 把…沉入水中，使沉沒，沒入，埋入 他下一 グループ2

沈(しず)める・沈(しず)めます

辭書形(基本形) 埋入	しずめる	たり形 又是埋入	しずめたり
ない形（否定形） 沒埋入	しずめない	ば形（條件形） 埋入的話	しずめれば
なかった形（過去否定形） 過去沒埋入	しずめなかった	させる形（使役形） 使埋入	しずめさせる
ます形（連用形） 埋入	しずめます	られる形（被動形） 被埋入	しずめられる
て形 埋入	しずめて	命令形 快埋入	しずめろ
た形（過去形） 埋入了	しずめた	可能形 可以埋入	しずめられる
たら形（條件形） 埋入的話	しずめたら	う形（意向形） 埋入吧	しずめよう

△潜水(せんすい)カメラを海(うみ)に沈(しず)めて、海水中(かいすいちゅう)の様子(ようす)を撮影(さつえい)した。／
把潛水攝影機沉入海中，拍攝海水中的模樣。

したう【慕う】 愛慕，懷念，思慕；敬慕，敬仰，景仰；追隨，跟隨 他五 グループ1

慕(した)う・慕(した)います

辭書形(基本形) 懷念	したう	たり形 又是懷念	したったり
ない形（否定形） 沒懷念	したわない	ば形（條件形） 懷念的話	したえば
なかった形（過去否定形） 過去沒懷念	したわなかった	させる形（使役形） 使懷念	したわせる
ます形（連用形） 懷念	したいます	られる形（被動形） 被懷念	したわれる
て形 懷念	したって	命令形 快懷念	したえ
た形（過去形） 懷念了	したった	可能形 可以懷念	したえる
たら形（條件形） 懷念的話	したったら	う形（意向形） 懷念吧	したおう

△多(おお)くの人(ひと)が彼(かれ)を慕(した)って遠路(えんろ)はるばるやってきた。／
許多人因為仰慕他，不遠千里長途跋涉來到這裡。

したしまれる【親しまれる】（「親しむ」的受身形）被喜歡，使接近

自五 グループ1

親しまれる・親しまれます

辭書形(基本形) 使接近	したしまれる	たり形 又是使接近	したしまれたり
ない形（否定形） 沒使接近	したしまれない	ば形（條件形） 使接近的話	したしまれれば
なかった形（過去否定形） 過去沒使接近	したしまれなかった	させる形（使役形）	――――
ます形（連用形） 使接近	したしまれます	られる形（被動形）	――――
て形 使接近	したしまれて	命令形	――――
た形（過去形） 使接近了	したしまれた	可能形	――――
たら形（條件形） 使接近的話	したしまれたら	う形（意向形）	――――

△30年以上子供たちに親しまれてきた長寿番組が、今秋終わることになった。／
長達三十年以上陪伴兒童們成長的長壽節目，決定將在今年秋天結束了。

したしむ【親しむ】親近，親密，接近；愛好，喜愛

自五 グループ1

親しむ・親しみます

辭書形(基本形) 接近	したしむ	たり形 又是接近	したしんだり
ない形（否定形） 沒接近	したしまない	ば形（條件形） 接近的話	したしめば
なかった形（過去否定形） 過去沒接近	したしまなかった	させる形（使役形） 使接近	したしませる
ます形（連用形） 接近	したしみます	られる形（被動形） 被接近	したしまれる
て形 接近	したしんで	命令形 快接近	したしめ
た形（過去形） 接近了	したしんだ	可能形 可以接近	したしめる
たら形（條件形） 接近的話	したしんだら	う形（意向形） 接近吧	したしもう

△子どもたちが自然に親しめるようなイベントを企画しています。／
我們正在企畫可以讓孩子們親近大自然的活動。

したてる【仕立てる】 縫紉，製作（衣服）；培養，訓練；準備，預備；喬裝，裝扮 他下一 グループ2

仕立てる・仕立てます

辭書形(基本形) 喬裝	したてる	たり形 又是喬裝	したてたり
ない形（否定形） 沒喬裝	したてない	ば形（條件形） 喬裝的話	したてれば
なかった形（過去否定形） 過去沒喬裝	したてなかった	させる形（使役形） 使喬裝	したてさせる
ます形（連用形） 喬裝	したてます	られる形（被動形） 被喬裝	したてられる
て形 喬裝	したてて	命令形 快喬裝	したてろ
た形（過去形） 喬裝了	したてた	可能形 可以喬裝	したてられる
たら形（條件形） 喬裝的話	したてたら	う形（意向形） 喬裝吧	したてよう

△新しいスーツを仕立てるために、オーダーメード専門店に行った。／
我特地去了專門為顧客量身訂做服裝的店鋪做套新的西裝。

したまわる【下回る】 低於，達不到 自五 グループ1

下回る・下回ります

辭書形(基本形) 低於	したまわる	たり形 又是低於	したまわったり
ない形（否定形） 沒低於	したまわらない	ば形（條件形） 低於的話	したまわれば
なかった形（過去否定形） 過去沒低於	したまわらなかった	させる形（使役形） 使低於	したまわらせる
ます形（連用形） 低於	したまわります	られる形（被動形） 被低於	したまわられる
て形 低於	したまわって	命令形 快低於	したまわれ
た形（過去形） 低於了	したまわった	可能形	——
たら形（條件形） 低於的話	したまわったら	う形（意向形） 低於吧	したまわろう

△平年を下回る気温のため、今年の米はできがよくない。／
由於氣溫較往年為低，今年稲米的收穫狀況並不理想。

しつける【躾ける】 教育,培養,管教,教養(子女)

他下一 グループ2

躾(しつ)ける・躾(しつ)けます

辭書形(基本形) 管教	しつける	たり形 又是管教	しつけたり
ない形(否定形) 沒管教	しつけない	ば形(條件形) 管教的話	しつければ
なかった形(過去否定形) 過去沒管教	しつけなかった	させる形(使役形) 予以管教	しつけさせる
ます形(連用形) 管教	しつけます	られる形(被動形) 被管教	しつけられる
て形 管教	しつけて	命令形 快管教	しつけろ
た形(過去形) 管教了	しつけた	可能形 可以管教	しつけられる
たら形(條件形) 管教的話	しつけたら	う形(意向形) 管教吧	しつけよう

△子犬(こいぬ)をしつけるのは難(むずか)しいですか。/調教訓練幼犬是件困難的事嗎？

しなびる【萎びる】 枯萎,乾癟

自上一 グループ2

萎(しな)びる・萎(しな)びます

辭書形(基本形) 枯萎	しなびる	たり形 又是枯萎	しなびたり
ない形(否定形) 沒枯萎	しなびない	ば形(條件形) 枯萎的話	しなびれば
なかった形(過去否定形) 過去沒枯萎	しなびなかった	させる形(使役形) 使枯萎	しなびさせる
ます形(連用形) 枯萎	しなびます	られる形(被動形) 被凋落	しなびられる
て形 枯萎	しなびて	命令形 快枯萎	しなびろ
た形(過去形) 枯萎了	しなびた	可能形	――――
たら形(條件形) 枯萎的話	しなびたら	う形(意向形) 枯萎吧	しなびよう

△旅行(りょこう)に行(い)っている間(あいだ)に、花壇(かだん)の花(はな)がみな萎(しな)びてしまった。/
在外出旅遊的期間，花圃上的花朵全都枯萎凋謝了。

しのぐ【凌ぐ】 忍耐，忍受，抵禦；躲避，排除；闖過，擺脫，應付，冒著；凌駕，超過

凌(しの)ぐ・凌(しの)ぎます

辭書形(基本形) 闖過	しのぐ	たり形 又是闖過	しのいだり
ない形（否定形） 沒闖過	しのがない	ば形（條件形） 闖過的話	しのげば
なかった形（過去否定形） 過去沒闖過	しのがなかった	させる形（使役形） 使闖過	しのがせる
ます形（連用形） 闖過	しのぎます	られる形（被動形） 被闖過	しのがれる
て形 闖過	しのいで	命令形 快闖過	しのげ
た形（過去形） 闖過了	しのいだ	可能形 可以闖過	しのげる
たら形（條件形） 闖過的話	しのいだら	う形（意向形） 闖過吧	しのごう

△彼(かれ)は、今(いま)では師匠(ししょう)をしのぐほどの腕前(うでまえ)だ。／他現在的技藝已經超越師父了。

しのびよる【忍び寄る】 偷偷接近，悄悄地靠近

自五　グループ1

忍(しの)び寄(よ)る・忍(しの)び寄(よ)ります

辭書形(基本形) 偷偷接近	しのびよる	たり形 又是偷偷接近	しのびよったり
ない形（否定形） 沒偷偷接近	しのびよらない	ば形（條件形） 偷偷接近的話	しのびよれば
なかった形（過去否定形） 過去沒偷偷接近	しのびよらなかった	させる形（使役形） 使偷偷接近	しのびよらせる
ます形（連用形） 偷偷接近	しのびよります	られる形（被動形） 被偷偷接近	しのびよられる
て形 偷偷接近	しのびよって	命令形 快偷偷接近	しのびよれ
た形（過去形） 偷偷接近了	しのびよった	可能形 可以偷偷接近	しのびよれる
たら形（條件形） 偷偷接近的話	しのびよったら	う形（意向形） 偷偷接近吧	しのびよろう

△すりは、背後(はいご)から忍(しの)び寄(よ)るが早(はや)いか、かばんからさっと財布(さいふ)を抜(ぬ)き取(と)った。／扒手才剛從背後靠了過來，立刻就從包包裡扒走錢包了。

しみる【染みる】 染上，沾染，感染；刺，殺，痛；銘刻（在心），痛（感）

自上一 グループ2

染（し）みる・染（し）みます

辭書形(基本形) 染上	しみる	たり形 又是染上	しみたり
ない形（否定形） 沒染上	しみない	ば形（條件形） 染上的話	しみれば
なかった形（過去否定形） 過去沒染上	しみなかった	させる形（使役形） 使染上	しみさせる
ます形（連用形） 染上	しみます	られる形（被動形） 被染上	しみられる
て形 染上	しみて	命令形 快染上	しみろ
た形（過去形） 染上了	しみた	可能形	———
たら形（條件形） 染上的話	しみたら	う形（意向形） 染上吧	しみよう

△シャツにインクの色（いろ）が染（し）み付（つ）いてしまった。／
襯衫被沾染到墨水，留下了印漬。

しみる【滲みる】 滲透，浸透

自上一 グループ2

滲（し）みる・滲（し）みます

辭書形(基本形) 滲透	しみる	たり形 又是滲透	しみたり
ない形（否定形） 沒滲透	しみない	ば形（條件形） 滲透的話	しみれば
なかった形（過去否定形） 過去沒滲透	しみなかった	させる形（使役形） 使滲透	しみさせる
ます形（連用形） 滲透	しみます	られる形（被動形） 被滲透	しみられる
て形 滲透	しみて	命令形 快滲透	しみろ
た形（過去形） 滲透了	しみた	可能形	———
たら形（條件形） 滲透的話	しみたら	う形（意向形） 滲透吧	しみよう

△この店（みせ）のおでんはよく味（あじ）がしみていておいしい。／
這家店的關東煮非常入味可口。

しゃれる【洒落る】

漂亮打扮，打扮得漂亮；說俏皮話，詼諧；別緻，風趣；狂妄，自傲

自下一 グループ2

洒落(しゃれ)る・洒落(しゃれ)ます

辭書形(基本形) 打扮漂亮	しゃれる	たり形 又是打扮漂亮	しゃれたり
ない形（否定形） 沒打扮漂亮	しゃれない	ば形（條件形） 打扮漂亮的話	しゃれれば
なかった形（過去否定形） 過去沒打扮漂亮	しゃれなかった	させる形（使役形） 使打扮漂亮	しゃれさせる
ます形（連用形） 打扮漂亮	しゃれます	られる形（被動形） 被迫打扮漂亮	しゃれられる
て形 打扮漂亮	しゃれて	命令形 快打扮漂亮	しゃれろ
た形（過去形） 打扮漂亮了	しゃれた	可能形	────
たら形（條件形） 打扮漂亮的話	しゃれたら	う形（意向形） 打扮漂亮吧	しゃれよう

△しゃれた造(つく)りのレストランですから、行(い)けばすぐ見(み)つかりますよ。／
那家餐廳非常獨特有型，只要到那附近，絕對一眼就能夠認出它。

じゅんじる・じゅんずる【準じる・準ずる】

以…為標準，按照；當作…看待

自上一 グループ2

準(じゅん)じる・準(じゅん)じます

辭書形(基本形) 以…為標準	じゅんじる	たり形 又是以…為標準	じゅんじたり
ない形（否定形） 沒以…為標準	じゅんじない	ば形（條件形） 以…為標準的話	じゅんじれば
なかった形（過去否定形） 過去沒以…為標準	じゅんじなかった	させる形（使役形） 使以…為標準	じゅんじさせる
ます形（連用形） 以…為標準	じゅんじます	られる形（被動形） 被以…為標準	じゅんじられる
て形 以…為標準	じゅんじて	命令形 快以…為標準	じゅんじろ
た形（過去形） 以…為標準了	じゅんじた	可能形 可以以…為標準	じゅんじられる
たら形（條件形） 以…為標準的話	じゅんじたら	う形（意向形） 以…為標準吧	じゅんじよう

△以下(いか)の書類(しょるい)を各様式(かくようしき)に準(じゅん)じて作成(さくせい)してください。／
請依循各式範例制定以下文件。

しりぞく【退く】 後退；離開；退位

自五 グループ1

退く・退きます

辭書形(基本形) 退位	しりぞく	たり形 又是退位	しりぞいたり
ない形（否定形） 沒退位	しりぞかない	ば形（條件形） 退位的話	しりぞけば
なかった形（過去否定形） 過去沒退位	しりぞかなかった	させる形（使役形） 命令退位	しりぞかせる
ます形（連用形） 退位	しりぞきます	られる形（被動形） 被迫退位	しりぞかれる
て形 退位	しりぞいて	命令形 快退位	しりぞけ
た形（過去形） 退位了	しりぞいた	可能形 可以退位	しりぞける
たら形（條件形） 退位的話	しりぞいたら	う形（意向形） 退位吧	しりぞこう

△第一線から退く。／從第一線退下。

しりぞける【退ける】 斥退；擊退；拒絕；撤銷

他下一 グループ2

退ける・退けます

辭書形(基本形) 擊退	しりぞける	たり形 又是擊退	しりぞけたり
ない形（否定形） 沒擊退	しりぞけない	ば形（條件形） 擊退的話	しりぞければ
なかった形（過去否定形） 過去沒擊退	しりぞけなかった	させる形（使役形） 使擊退	しりぞけさせる
ます形（連用形） 擊退	しりぞけます	られる形（被動形） 被擊退	しりぞけられる
て形 擊退	しりぞけて	命令形 快擊退	しりぞけろ
た形（過去形） 擊退了	しりぞけた	可能形 可以擊退	しりぞけられる
たら形（條件形） 擊退的話	しりぞけたら	う形（意向形） 擊退吧	しりぞけよう

△案を退ける。／撤銷法案。

しるす【記す】 寫，書寫；記述，記載；記住，銘記

他五 グループ1

記す・記します

辭書形(基本形) 記住	しるす	たり形 又是記住	しるしたり
ない形（否定形） 沒記住	しるさない	ば形（條件形） 記住的話	しるせば
なかった形（過去否定形） 過去沒記住	しるさなかった	させる形（使役形） 使記住	しるさせる
ます形（連用形） 記住	しるします	られる形（被動形） 被記住	しるされる
て形 記住	しるして	命令形 快記住	しるせ
た形（過去形） 記住了	しるした	可能形 可以記住	しるせる
たら形（條件形） 記住的話	しるしたら	う形（意向形） 記住吧	しるそう

△資料を転載する場合は、資料出所を明確に記してください。／
擬引用資料時，請務必明確註記原始資料出處。

すえつける【据え付ける】 安裝，安放，安設；裝配，配備；固定，連接

据え付ける・据え付けます

辭書形(基本形) 固定	すえつける	たり形 又是固定	すえつけたり
ない形（否定形） 沒固定	すえつけない	ば形（條件形） 固定的話	すえつければ
なかった形（過去否定形） 過去沒固定	すえつけなかった	させる形（使役形） 使固定	すえつけさせる
ます形（連用形） 固定	すえつけます	られる形（被動形） 被固定	すえつけられる
て形 固定	すえつけて	命令形 快固定	すえつけろ
た形（過去形） 固定了	すえつけた	可能形 可以固定	すえつけられる
たら形（條件形） 固定的話	すえつけたら	う形（意向形） 固定吧	すえつけよう

△このたんすは据え付けてあるので、動かせません。／
這個衣櫥已經被牢牢固定，完全無法移動。

すえる【据える】 安放，安置，設置；擺列，擺放；使坐在…；使就…職位；沉著（不動）；針灸治療；蓋章 他下一 グループ2

据（す）える・据（す）えます

辭書形(基本形) 安置	すえる	たり形 又是安置	すえたり
ない形（否定形） 沒安置	すえない	ば形（條件形） 安置的話	すえれば
なかった形（過去否定形） 過去沒安置	すえなかった	させる形（使役形） 使安置	すえさせる
ます形（連用形） 安置	すえます	られる形（被動形） 被安置	すえられる
て形 安置	すえて	命令形 快安置	すえろ
た形（過去形） 安置了	すえた	可能形 可以安置	すえられる
たら形（條件形） 安置的話	すえたら	う形（意向形） 安置吧	すえよう

△部屋（へや）の真（ま）ん中（なか）にこたつを据（す）える。／把暖爐桌擺在房間的正中央。

すくう【掬う】 抄取，撈取，掬取，舀，捧；抄起對方的腳使跌倒 他五 グループ1

掬（すく）う・掬（すく）います

辭書形(基本形) 抄取	すくう	たり形 又是抄取	すくったり
ない形（否定形） 沒抄取	すくわない	ば形（條件形） 抄取的話	すくえば
なかった形（過去否定形） 過去沒抄取	すくわなかった	させる形（使役形） 使抄取	すくわせる
ます形（連用形） 抄取	すくいます	られる形（被動形） 被抄取	すくわれる
て形 抄取	すくって	命令形 快抄取	すくえ
た形（過去形） 抄取了	すくった	可能形 可以抄取	すくえる
たら形（條件形） 抄取的話	すくったら	う形（意向形） 抄取吧	すくおう

△夏祭（なつまつ）りで、金魚（きんぎょ）を５匹（ひき）もすくった。／
在夏季祭典市集裡，撈到的金魚多達五條。

すすぐ （用水）刷，洗滌；漱口

他五 グループ1

すすぐ・すすぎます

形	活用	形	活用
辭書形(基本形) 洗滌	すすぐ	たり形 又是洗滌	すすいだり
ない形（否定形） 沒洗滌	すすがない	ば形（條件形） 洗滌的話	すすげば
なかった形（過去否定形） 過去沒洗滌	すすがなかった	させる形（使役形） 使洗滌	すすがせる
ます形（連用形） 洗滌	すすぎます	られる形（被動形） 被洗滌	すすがれる
て形 洗滌	すすいで	命令形 快洗滌	すすげ
た形（過去形） 洗滌了	すすいだ	可能形 可以洗滌	すすげる
たら形（條件形） 洗滌的話	すすいだら	う形（意向形） 洗滌吧	すすごう

△洗剤を入れて洗ったあとは、最低２回すすいだ方がいい。／
將洗衣精倒入洗衣機裡面後，至少應再以清水沖洗兩次比較好。

すたれる【廃れる】 成為廢物，變成無用，廢除；過時，不再流行；衰微，衰弱，被淘汰

自下一 グループ2

廃れる・廃れます

形	活用	形	活用
辭書形(基本形) 廢除	すたれる	たり形 又是廢除	すたれたり
ない形（否定形） 沒廢除	すたれない	ば形（條件形） 廢除的話	すたれれば
なかった形（過去否定形） 過去沒廢除	すたれなかった	させる形（使役形） 予以廢除	すたれさせる
ます形（連用形） 廢除	すたれます	られる形（被動形） 被廢除	すたれられる
て形 廢除	すたれて	命令形 快廢除	すたれろ
た形（過去形） 廢除了	すたれた	可能形	――――
たら形（條件形） 廢除的話	すたれたら	う形（意向形） 廢除吧	すたれよう

△大型デパートの相次ぐ進出で、商店街は廃れてしまった。／
由於大型百貨公司接二連三進駐開幕，致使原本的商店街沒落了。

すねる【拗ねる】 乖戾，鬧彆扭，任性撒野，撒野

自下一 グループ2

拗ねる・拗ねます

辭書形(基本形) 撒野	すねる	たり形 又是撒野	すねたり
ない形（否定形) 沒撒野	すねない	ば形（條件形) 撒野的話	すねれば
なかった形（過去否定形) 過去沒撒野	すねなかった	させる形（使役形) 使撒野	すねさせる
ます形（連用形) 撒野	すねます	られる形（被動形) 被發脾氣	すねられる
て形 撒野	すねて	命令形 快撒野	すねろ
た形（過去形) 撒野了	すねた	可能形 可以撒野	すねられる
たら形（條件形) 撒野的話	すねたら	う形（意向形) 撒野吧	すねよう

△彼女が嫉妬深くて、ほかの子に挨拶しただけですねるからうんざりだ。／她是個醋桶子，只不過和其他女孩打個招呼就要鬧彆扭，我真是受夠了！

すべる【滑る】 滑行；滑溜，打滑；(俗)不及格，落榜；失去地位，讓位；說溜嘴，失言

自五 グループ1

滑る・滑ります

辭書形(基本形) 打滑	すべる	たり形 又是打滑	すべったり
ない形（否定形) 沒打滑	すべらない	ば形（條件形) 打滑的話	すべれば
なかった形（過去否定形) 過去沒打滑	すべらなかった	させる形（使役形) 使打滑	すべらせる
ます形（連用形) 打滑	すべります	られる形（被動形) 被迫讓位	すべられる
て形 打滑	すべって	命令形 快打滑	すべれ
た形（過去形) 打滑了	すべった	可能形 可以打滑	すべれる
たら形（條件形) 打滑的話	すべったら	う形（意向形) 打滑吧	すべろう

△道が凍っていて滑って転んだ。／由於路面結冰而滑倒了。

すます【澄ます・清ます】

澄清（液體）；使晶瑩，使清澈；洗淨；平心靜氣；集中注意力；裝模作樣，假正經，擺架子；裝作若無其事；（接在其他動詞連用形下面）表示完全成為…

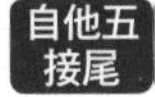

グループ1

澄(す)ます・澄(す)まします

辭書形（基本形） 洗淨	すます	たり形 又是洗淨	すましたり
ない形（否定形） 沒洗淨	すまさない	ば形（條件形） 洗淨的話	すませば
なかった形（過去否定形） 過去沒洗淨	すまさなかった	させる形（使役形） 使平心靜氣	すまさせる
ます形（連用形） 洗淨	すまします	られる形（被動形） 被洗淨	すまされる
て形 洗淨	すまして	命令形 快洗淨	すませ
た形（過去形） 洗淨了	すました	可能形 可以洗淨	すませる
たら形（條件形） 洗淨的話	すましたら	う形（意向形） 洗淨吧	すまそう

△耳(みみ)を澄(す)ますと、虫(むし)の鳴(な)く声(こえ)がかすかに聞(き)こえます。／
只要豎耳傾聽，就可以隱約聽到蟲鳴。

すれる【擦れる】

摩擦；久經世故，（失去純真）變得油滑；磨損，磨破

自下一　グループ2

擦(す)れる・擦(す)れます

辭書形（基本形） 摩擦	すれる	たり形 又是摩擦	すれたり
ない形（否定形） 沒摩擦	すれない	ば形（條件形） 摩擦的話	すれれば
なかった形（過去否定形） 過去沒摩擦	すれなかった	させる形（使役形） 使摩擦	すれさせる
ます形（連用形） 摩擦	すれます	られる形（被動形） 被摩損	すれられる
て形 摩擦	すれて	命令形 快摩擦	すれろ
た形（過去形） 摩擦了	すれた	可能形	――――
たら形（條件形） 摩擦的話	すれたら	う形（意向形） 摩擦吧	すれよう

△アレルギー体質(たいしつ)なので、服(ふく)が肌(はだ)に擦(す)れるとすぐ赤(あか)くなる。／
由於屬於過敏性體質，只要被衣物摩擦過，肌膚立刻泛紅。

せかす【急かす】 催促

他五 グループ1

急かす・急かします

辭書形(基本形) 催促	せかす	たり形 又是催促	せかしたり
ない形(否定形) 沒催促	せかさない	ば形(條件形) 催促的話	せかせば
なかった形(過去否定形) 過去沒催促	せかさなかった	させる形(使役形) 予以催促	せかさせる
ます形(連用形) 催促	せかします	られる形(被動形) 被催促	せかされる
て形 催促	せかして	命令形 快催促	せかせ
た形(過去形) 催促了	せかした	可能形 可以催促	せかせる
たら形(條件形) 催促的話	せかしたら	う形(意向形) 催促吧	せかそう

△飛行機に乗り遅れてはいけないので、免税品を見ている妻を急かした。／
由於上飛機不能遲到，我急著催正在逛免稅店的妻子快點走。

そう【沿う】 沿著，順著；按照

自五 グループ1

沿う・沿います

辭書形(基本形) 順著	そう	たり形 又是順著	そったり
ない形(否定形) 沒順著	そわない	ば形(條件形) 順著的話	そえば
なかった形(過去否定形) 過去沒順著	そわなかった	させる形(使役形) 使順著	そわせる
ます形(連用形) 順著	そいます	られる形(被動形) 被遵循	そわれる
て形 順著	そって	命令形 快順著	そえ
た形(過去形) 順著了	そった	可能形 可以順著	そえる
たら形(條件形) 順著的話	そったら	う形(意向形) 順著吧	そおう

△アドバイスに沿って、できることから一つ一つ実行していきます。／
謹循建議，由能力所及之事開始，依序地實踐。

そう【添う】增添·加上·添上;緊跟·不離地跟隨;結成夫妻一起生活·結婚 自五 グループ1

添う・添います

辭書形(基本形) 增添	そう	たり形 又是增添	そったり
ない形(否定形) 沒增添	そわない	ば形(條件形) 增添的話	そえば
なかった形(過去否定形) 過去沒增添	そわなかった	させる形(使役形) 使增添	そわせる
ます形(連用形) 增添	そいます	られる形(被動形) 被增添	そわれる
て形 增添	そって	命令形 快增添	そえ
た形(過去形) 增添了	そった	可能形 可以增添	そえる
たら形(條件形) 增添的話	そったら	う形(意向形) 增添吧	そおう

△赤ちゃんに添い寝する。／哄寶寶睡覺。

そえる【添える】添·加·附加·配上;伴隨·陪同 他下一 グループ2

添える・添えます

辭書形(基本形) 附加	そえる	たり形 又是附加	そえたり
ない形(否定形) 沒附加	そえない	ば形(條件形) 附加的話	そえれば
なかった形(過去否定形) 過去沒附加	そえなかった	させる形(使役形) 使附加	そえさせる
ます形(連用形) 附加	そえます	られる形(被動形) 被附加	そえられる
て形 附加	そえて	命令形 快附加	そえろ
た形(過去形) 附加了	そえた	可能形 可以附加	そえられる
たら形(條件形) 附加的話	そえたら	う形(意向形) 附加吧	そえよう

△プレゼントにカードを添える。／在禮物附上卡片。

N1-50

そこなう【損なう】損壞，破損；傷害妨害（健康、感情等）；損傷，死傷；（接在其他動詞連用形下）沒成功，失敗，錯誤；失掉時機，耽誤；差一點，險些

他五 接尾 グループ1

損なう・損ないます

辞書形(基本形) 損壞	そこなう	たり形 又是損壞	そこなったり
ない形（否定形） 沒損壞	そこなわない	ば形（條件形） 損壞的話	そこなえば
なかった形（過去否定形） 過去沒損壞	そこなわなかった	させる形（使役形） 使損壞	そこなわせる
ます形（連用形） 損壞	そこないます	られる形（被動形） 被損壞	そこなわれる
て形 損壞	そこなって	命令形 快損壞	そこなえ
た形（過去形） 損壞了	そこなった	可能形 可以損壞	そこなえる
たら形（條件形） 損壞的話	そこなったら	う形（意向形） 損壞吧	そこなおう

△このままの状態を続けていれば、利益を損なうことになる。／
照這種狀態持續下去，將會造成利益受損。

そなえつける【備え付ける】設置，備置，裝置，安置，配置

他下一 グループ2

備え付ける・備え付けます

辞書形(基本形) 安置	そなえつける	たり形 又是安置	そなえつけたり
ない形（否定形） 沒安置	そなえつけない	ば形（條件形） 安置的話	そなえつければ
なかった形（過去否定形） 過去沒安置	そなえつけなかった	させる形（使役形） 使安置	そなえつけさせる
ます形（連用形） 安置	そなえつけます	られる形（被動形） 被安置	そなえつけられる
て形 安置	そなえつけて	命令形 快安置	そなえつけろ
た形（過去形） 安置了	そなえつけた	可能形 可以安置	そなえつけられる
たら形（條件形） 安置的話	そなえつけたら	う形（意向形） 安置吧	そなえつけよう

△この辺りには監視カメラが備え付けられている。／
這附近裝設有監視錄影器。

そなわる【備わる・具わる】 具有,設有,具備

自五 グループ1

備(そな)わる・備(そな)わります

辭書形(基本形) 具有	そなわる	たり形 又是具有	そなわったり
ない形(否定形) 沒具有	そなわらない	ば形(條件形) 具有的話	そなわれば
なかった形(過去否定形) 過去沒具有	そなわらなかった	させる形(使役形) 使具有	そなわらせる
ます形(連用形) 具有	そなわります	られる形(被動形) 被設有	そなわられる
て形 具有	そなわって	命令形 快具有	そなわれ
た形(過去形) 具有了	そなわった	可能形	———
たら形(條件形) 具有的話	そなわったら	う形(意向形) 具有吧	そなわろう

△教養(きょうよう)とは、学(まな)び、経験(けいけん)することによって、おのずと備(そな)わるものです。/
所謂的教養,是透過學習與體驗後,自然而然展現出來的言行舉止。

そびえる【聳える】 聳立,峙立

自下一 グループ2

聳(そび)える・聳(そび)えます

辭書形(基本形) 聳立	そびえる	たり形 又是聳立	そびえたり
ない形(否定形) 沒聳立	そびえない	ば形(條件形) 聳立的話	そびえれば
なかった形(過去否定形) 過去沒聳立	そびえなかった	させる形(使役形) 使聳立	そびえさせる
ます形(連用形) 聳立	そびえます	られる形(被動形) 被聳立	そびえられる
て形 聳立	そびえて	命令形 快聳立	そびえろ
た形(過去形) 聳立了	そびえた	可能形	———
たら形(條件形) 聳立的話	そびえたら	う形(意向形) 聳立吧	そびえよう

△雲間(くもま)にそびえる「世界一高(せかいいちたか)い橋(はし)」がついに完成(かんせい)した。/
高聳入雲的「全世界最高的橋樑」終於竣工。

そまる【染まる】 染上；受（壞）影響

自五 グループ1

染(そ)まる・染(そ)まります

辭書形(基本形) 染上	そまる	たり形 又是染上	そまったり
ない形（否定形） 沒染上	そまらない	ば形（條件形） 染上的話	そまれば
なかった形（過去否定形） 過去沒染上	そまらなかった	させる形（使役形） 使染上	そまらせる
ます形（連用形） 染上	そまります	られる形（被動形） 被染上	そまられる
て形 染上	そまって	命令形 快染上	そまれ
た形（過去形） 染上了	そまった	可能形 可以染上	そまれる
たら形（條件形） 染上的話	そまったら	う形（意向形） 染上吧	そまろう

△夕焼(ゆうや)けに染(そ)まる街並(まちな)みを見(み)るのが大好(だいす)きだった。／我最喜歡眺望被夕陽餘暉染成淡淡橙黃的街景。

そむく【背く】 背著，背向；違背，不遵守；背叛，辜負；拋棄，背離，離開（家）

自五 グループ1

背(そむ)く・背(そむ)きます

辭書形(基本形) 違背	そむく	たり形 又是違背	そむいたり
ない形（否定形） 沒違背	そむかない	ば形（條件形） 違背的話	そむけば
なかった形（過去否定形） 過去沒違背	そむかなかった	させる形（使役形） 使違背	そむかせる
ます形（連用形） 違背	そむきます	られる形（被動形） 被違背	そむかれる
て形 違背	そむいて	命令形 快違背	そむけ
た形（過去形） 違背了	そむいた	可能形 可以違背	そむける
たら形（條件形） 違背的話	そむいたら	う形（意向形） 違背吧	そむこう

△親(おや)に背(そむ)いて芸能界(げいのうかい)に入(はい)った。／瞞著父母進入了演藝圈。

そめる【染める】 染顏色；塗上（映上）顏色；（轉）沾染，著手 他下一 グループ2

染(そ)める・染(そ)めます

辭書形(基本形) 沾染	そめる	たり形 又是沾染	そめたり
ない形（否定形） 沒沾染	そめない	ば形（條件形） 沾染的話	そめれば
なかった形（過去否定形） 過去沒沾染	そめなかった	させる形（使役形） 使沾染	そめさせる
ます形（連用形） 沾染	そめます	られる形（被動形） 被沾染	そめられる
て形 沾染	そめて	命令形 快沾染	そめろ
た形（過去形） 沾染了	そめた	可能形 可以沾染	そめられる
たら形（條件形） 沾染的話	そめたら	う形（意向形） 沾染吧	そめよう

△夕日(ゆうひ)が空(そら)を赤(あか)く染(そ)めた。／夕陽將天空染成一片嫣紅。

そらす【反らす】 向後仰，（把東西）弄彎 他五 グループ1

反(そ)らす・反(そ)らします

辭書形(基本形) 弄彎	そらす	たり形 又是弄彎	そらしたり
ない形（否定形） 沒弄彎	そらさない	ば形（條件形） 弄彎的話	そらせば
なかった形（過去否定形） 過去沒弄彎	そらさなかった	させる形（使役形） 讓弄彎	そらさせる
ます形（連用形） 弄彎	そらします	られる形（被動形） 被弄彎	そらされる
て形 弄彎	そらして	命令形 快弄彎	そらせ
た形（過去形） 弄彎了	そらした	可能形 可以弄彎	そらせる
たら形（條件形） 弄彎的話	そらしたら	う形（意向形） 弄彎吧	そらそう

△体(からだ)をそらす。／身體向後仰。

そらす【逸らす】

（把視線、方向）移開，離開，轉向別方；佚失，錯過；岔開（話題、注意力）

他五 グループ1

逸(そ)らす・逸(そ)らします

辭書形（基本形） 移開	そらす	たり形 又是移開	そらしたり
ない形（否定形） 沒移開	そらさない	ば形（條件形） 移開的話	そらせば
なかった形（過去否定形） 過去沒移開	そらさなかった	させる形（使役形） 使移開	そらさせる
ます形（連用形） 移開	そらします	られる形（被動形） 被移開	そらされる
て形 移開	そらして	命令形 快移開	そらせ
た形（過去形） 移開了	そらした	可能形 可以移開	そらせる
たら形（條件形） 移開的話	そらしたら	う形（意向形） 移開吧	そらそう

△この悲劇(ひげき)から目(め)をそらすな。／不准對這樁悲劇視而不見！

そる【反る】

（向後或向外）彎曲，捲曲，翹；身子向後彎，挺起胸膛

自五 グループ1

反(そ)る・反(そ)ります

辭書形（基本形） 捲曲	そる	たり形 又是捲曲	そったり
ない形（否定形） 沒捲曲	そらない	ば形（條件形） 捲曲的話	それば
なかった形（過去否定形） 過去沒捲曲	そらなかった	させる形（使役形） 使捲曲	そらせる
ます形（連用形） 捲曲	そります	られる形（被動形） 被捲曲	そられる
て形 捲曲	そって	命令形 快捲曲	それ
た形（過去形） 捲曲了	そった	可能形 可以捲曲	それる
たら形（條件形） 捲曲的話	そったら	う形（意向形） 捲曲吧	そろう

△板(いた)は、乾燥(かんそう)すると、多(おお)かれ少(すく)なかれ反(そ)る。／
木板乾燥之後，多多少少會翹起來。

たえる【耐える】 忍耐，忍受，容忍；擔負，禁得住；（堪える）（不）值得，（不）堪

自下一 グループ2

耐える・耐えます

辭書形(基本形) 擔負	たえる	たり形 又是擔負	たえたり
ない形（否定形） 沒擔負	たえない	ば形（條件形） 擔負的話	たえれば
なかった形（過去否定形） 過去沒擔負	たえなかった	させる形（使役形） 使擔負	たえさせる
ます形（連用形） 擔負	たえます	られる形（被動形） 被迫擔負	たえられる
て形 擔負	たえて	命令形 快擔負	たえろ
た形（過去形） 擔負了	たえた	可能形 可以擔負	たえられる
たら形（條件形） 擔負的話	たえたら	う形（意向形） 擔負吧	たえよう

△病気を治すためとあれば、どんなつらい治療にも耐えて見せる。／
只要能夠根治疾病，無論是多麼痛苦的治療，我都會咬牙忍耐。

たえる【絶える】 斷絕，終了，停止，滅絕，消失

自下一 グループ2

絶える・絶えます

辭書形(基本形) 滅絕	たえる	たり形 又是滅絕	たえたり
ない形（否定形） 沒滅絕	たえない	ば形（條件形） 滅絕的話	たえれば
なかった形（過去否定形） 過去沒滅絕	たえなかった	させる形（使役形） 使滅絕	たえさせる
ます形（連用形） 滅絕	たえます	られる形（被動形） 被滅絕	たえられる
て形 滅絕	たえて	命令形 快滅絕	たえろ
た形（過去形） 滅絕了	たえた	可能形	——
たら形（條件形） 滅絕的話	たえたら	う形（意向形） 滅絕吧	たえよう

△病室に駆けつけたときには、彼はもう息絶えていた。／
當趕至病房時，他已經斷氣了。

たずさわる【携わる】 參與，參加，從事，有關係

自五 グループ1

携わる・携わります

辭書形(基本形) 參與	たずさわる	たり形 又是參與	たずさわったり
ない形（否定形) 沒參與	たずさわらない	ば形（條件形) 參與的話	たずさわれば
なかった形（過去否定形) 過去沒參與	たずさわらなかった	させる形（使役形) 使參與	たずさわらせる
ます形（連用形) 參與	たずさわります	られる形（被動形) 被迫參與	たずさわられる
て形 參與	たずさわって	命令形 快參與	たずさわれ
た形（過去形) 參與了	たずさわった	可能形 可以參與	たずさわれる
たら形（條件形) 參與的話	たずさわったら	う形（意向形) 參與吧	たずさわろう

△私はそのプロジェクトに直接携わっていないので、詳細は存じません。／我並未直接參與該項計畫，因此不清楚詳細內容。

ただよう【漂う】 漂流，飄蕩；洋溢，充滿；露出

自五 グループ1

漂う・漂います

辭書形(基本形) 充滿	ただよう	たり形 又是充滿	ただよったり
ない形（否定形) 沒充滿	ただよわない	ば形（條件形) 充滿的話	ただよえば
なかった形（過去否定形) 過去沒充滿	ただよわなかった	させる形（使役形) 使充滿	ただよわせる
ます形（連用形) 充滿	ただよいます	られる形（被動形) 被充滿	ただよわれる
て形 充滿	ただよって	命令形 快充滿	ただよえ
た形（過去形) 充滿了	ただよった	可能形 可以充滿	ただよえる
たら形（條件形) 充滿的話	ただよったら	う形（意向形) 充滿吧	ただよおう

△お正月ならではの雰囲気が漂っている。／到處洋溢著一股新年特有的賀喜氛圍。

たちさる【立ち去る】 走開，離去，退出

自五 グループ1

立ち去る・立ち去ります

辭書形(基本形) 退出	たちさる	たり形 又是退出	たちさったり
ない形（否定形） 沒退出	たちさらない	ば形（條件形） 退出的話	たちされば
なかった形（過去否定形） 過去沒退出	たちさらなかった	させる形（使役形） 使退出	たちさらせる
ます形（連用形） 退出	たちさります	られる形（被動形） 被退出	たちさられる
て形 退出	たちさって	命令形 快退出	たちされ
た形（過去形） 退出了	たちさった	可能形 可以退出	たちされる
たら形（條件形） 退出的話	たちさったら	う形（意向形） 退出吧	たちさろう

△彼はコートを羽織ると、何も言わずに立ち去りました。／
他披上外套，不發一語地離開了。

たちよる【立ち寄る】 靠近，走進；順便到，中途落腳

自五 グループ1

立ち寄る・立ち寄ります

辭書形(基本形) 靠近	たちよる	たり形 又是靠近	たちよったり
ない形（否定形） 沒靠近	たちよらない	ば形（條件形） 靠近的話	たちよれば
なかった形（過去否定形） 過去沒靠近	たちよらなかった	させる形（使役形） 使靠近	たちよらせる
ます形（連用形） 靠近	たちよります	られる形（被動形） 被靠近	たちよられる
て形 靠近	たちよって	命令形 快靠近	たちよれ
た形（過去形） 靠近了	たちよった	可能形 可以靠近	たちよれる
たら形（條件形） 靠近的話	たちよったら	う形（意向形） 靠近吧	たちよろう

△孫を迎えに行きがてら、パン屋に立ち寄った。／
去接孫子的途中順道繞去麵包店。

たつ【断つ】 切，斷；絕，斷絕；消滅；截斷

他五 グループ1

断つ・断ちます

辭書形(基本形) 截斷	たつ	たり形 又是截斷	たったり
ない形（否定形） 沒截斷	たたない	ば形（條件形） 截斷的話	たてば
なかった形（過去否定形） 過去沒截斷	たたなかった	させる形（使役形） 使截斷	たたせる
ます形（連用形） 截斷	たちます	られる形（被動形） 被截斷	たたれる
て形 截斷	たって	命令形 快截斷	たて
た形（過去形） 截斷了	たった	可能形 可以截斷	たてる
たら形（條件形） 截斷的話	たったら	う形（意向形） 截斷吧	たとう

△医師に厳しく忠告され、父はようやく酒を断つと決めたようだ。／
在醫師嚴詞告誡後，父親好像終於下定決心戒酒。

たてかえる【立て替える】 墊付，代付

他下一 グループ2

立て替える・立て替えます

辭書形(基本形) 墊付	たてかえる	たり形 又是墊付	たてかえたり
ない形（否定形） 沒墊付	たてかえない	ば形（條件形） 墊付的話	たてかえれば
なかった形（過去否定形） 過去沒墊付	たてかえなかった	させる形（使役形） 使墊付	たてかえさせる
ます形（連用形） 墊付	たてかえます	られる形（被動形） 被墊付	たてかえられる
て形 墊付	たてかえて	命令形 快墊付	たてかえろ
た形（過去形） 墊付了	たてかえた	可能形 可以墊付	たてかえられる
たら形（條件形） 墊付的話	たてかえたら	う形（意向形） 墊付吧	たてかえよう

△今手持ちのお金がないなら、私が立て替えておきましょうか。／
如果您現在手頭不方便的話，要不要我先幫忙代墊呢？

たてまつる【奉る】 奉，獻上；恭維，捧；（文）（接動詞連用型）表示謙遜或恭敬

他五・補動・五型　グループ1

奉る・奉ります

辭書形(基本形) 獻上	たてまつる	たり形 又是獻上	たてまつったり
ない形（否定形） 沒獻上	たてまつらない	ば形（條件形） 獻上的話	たてまつれば
なかった形（過去否定形） 過去沒獻上	たてまつら なかった	させる形（使役形） 使獻上	たてまつらせる
ます形（連用形） 獻上	たてまつります	られる形（被動形） 被獻上	たてまつられる
て形 獻上	たてまつって	命令形 快獻上	たてまつれ
た形（過去形） 獻上了	たてまつった	可能形 可以獻上	たてまつれる
たら形（條件形） 獻上的話	たてまつったら	う形（意向形） 獻上吧	たてまつろう

△織田信長を奉っている神社はどこにありますか。／
請問祀奉織田信長的神社位於何處呢？

たどりつく【辿り着く】 好不容易走到，摸索找到，掙扎走到；到達（目的地）

自五　グループ1

辿り着く・辿り着きます

辭書形(基本形) 摸索找到	たどりつく	たり形 又是摸索找到	たどりついたり
ない形（否定形） 沒摸索找到	たどりつかない	ば形（條件形） 摸索找到的話	たどりつけば
なかった形（過去否定形） 過去沒摸索找到	たどりつか なかった	させる形（使役形） 使摸索找到	たどりつかせる
ます形（連用形） 摸索找到	たどりつきます	られる形（被動形） 被摸索找到	たどりつかれる
て形 摸索找到	たどりついて	命令形 快摸索找到	たどりつけ
た形（過去形） 摸索找到了	たどりついた	可能形 可以摸索找到	たどりつける
たら形（條件形） 摸索找到的話	たどりついたら	う形（意向形） 摸索找到吧	たどりつこう

△息も絶え絶えに、家までたどり着いた。／
上氣不接下氣地狂奔，好不容易才安抵家門。

たどる【辿る】

沿路前進，邊走邊找；走難行的路，走艱難的路；追尋，追溯，探索；（事物向某方向）發展，走向

他五 グループ1

辿る・辿ります

辭書形(基本形) 追尋	たどる	たり形 又是追尋	たどったり
ない形（否定形） 沒追尋	たどらない	ば形（條件形） 追尋的話	たどれば
なかった形（過去否定形） 過去沒追尋	たどらなかった	させる形（使役形） 予以追尋	たどらせる
ます形（連用形） 追尋	たどります	られる形（被動形） 被追尋	たどられる
て形 追尋	たどって	命令形 快追尋	たどれ
た形（過去形） 追尋了	たどった	可能形 可以追尋	たどれる
たら形（條件形） 追尋的話	たどったら	う形（意向形） 追尋吧	たどろう

△自分のご先祖のルーツを辿るのも面白いものですよ。／
溯根尋源也是件挺有趣的事喔。

たばねる【束ねる】

包，捆，扎，束；管理，整飭，整頓

他下一 グループ2

束ねる・束ねます

辭書形(基本形) 整頓	たばねる	たり形 又是整頓	たばねたり
ない形（否定形） 沒整頓	たばねない	ば形（條件形） 整頓的話	たばねれば
なかった形（過去否定形） 過去沒整頓	たばねなかった	させる形（使役形） 使整頓	たばねさせる
ます形（連用形） 整頓	たばねます	られる形（被動形） 被整頓	たばねられる
て形 整頓	たばねて	命令形 快整頓	たばねろ
た形（過去形） 整頓了	たばねた	可能形 可以整頓	たばねられる
たら形（條件形） 整頓的話	たばねたら	う形（意向形） 整頓吧	たばねよう

△チームのリーダーとして、みんなを束ねていくのは簡単じゃない。／
身為團隊的領導人，要領導夥伴們並非容易之事。

たまう【給う】

（敬）給，賜予；（接在動詞連用形下）表示對長上動作的敬意

他五・補動・五型　グループ1

給う・給います

形	活用	形	活用
辭書形(基本形) 賜予	たまう	たり形 又是賜予	たまったり
ない形（否定形） 沒賜予	たまわない	ば形（條件形） 賜予的話	たまえば
なかった形（過去否定形） 過去沒賜予	たまわなかった	させる形（使役形） 使賜予	たまわせる
ます形（連用形） 賜予	たまいます	られる形（被動形） 被賜予	たまわれる
て形 賜予	たまって	命令形 快賜予	たまえ
た形（過去形） 賜予了	たまった	可能形 可以賜予	たまえる
たら形（條件形） 賜予的話	たまったら	う形（意向形） 賜予吧	たまおう

△「君死にたまうことなかれ」は与謝野晶子の詩の一節です。／
「你千萬不能死」乃節錄自與謝野晶子所寫的詩。

だまりこむ【黙り込む】

沉默，緘默，一言不發

自五　グループ1

黙り込む・黙り込みます

形	活用	形	活用
辭書形(基本形) 沉默	だまりこむ	たり形 又是沉默	だまりこんだり
ない形（否定形） 沒沉默	だまりこまない	ば形（條件形） 沉默的話	だまりこめば
なかった形（過去否定形） 過去沒沉默	だまりこまなかった	させる形（使役形） 使沉默	だまりこませる
ます形（連用形） 沉默	だまりこみます	られる形（被動形） 被迫沉默	だまりこまれる
て形 沉默	だまりこんで	命令形 快沉默	だまりこめ
た形（過去形） 沉默了	だまりこんだ	可能形 可以沉默	だまりこめる
たら形（條件形） 沉默的話	だまりこんだら	う形（意向形） 沉默吧	だまりこもう

△彼は何か思いついたらしく、急に黙り込んだ。／
他似乎想起了什麼，突然閉口不講了。

たまわる【賜る】 蒙受賞賜；賜，賜予，賞賜

他五 グループ1

賜(たまわ)る・賜(たまわ)ります

辭書形(基本形) 賞賜	たまわる	たり形 又是賞賜	たまわったり
ない形（否定形) 沒賞賜	たまわらない	ば形（條件形) 賞賜的話	たまわれば
なかった形（過去否定形) 過去沒賞賜	たまわらなかった	させる形（使役形) 使賞賜	たまわらせる
ます形（連用形) 賞賜	たまわります	られる形（被動形) 得到賞賜	たまわられる
て形 賞賜	たまわって	命令形 快賞賜	たまわれ
た形（過去形) 賞賜了	たまわった	可能形 可以賞賜	たまわれる
たら形（條件形) 賞賜的話	たまわったら	う形（意向形) 賞賜吧	たまわろう

△この商品(しょうひん)は、発売(はつばい)からずっと皆様(みなさま)からのご愛顧(あいこ)を賜(たまわ)っております。／
這項商品自從上市以來，承蒙各位不吝愛用。

たもつ【保つ】 保持不變，保存住；保持，維持；保，保住，支持

自他五 グループ1

保(たも)つ・保(たも)ちます

辭書形(基本形) 支持	たもつ	たり形 又是支持	たもったり
ない形（否定形) 沒支持	たもたない	ば形（條件形) 支持的話	たもてば
なかった形（過去否定形) 過去沒支持	たもたなかった	させる形（使役形) 使支持	たもたせる
ます形（連用形) 支持	たもちます	られる形（被動形) 被支持	たもたれる
て形 支持	たもって	命令形 快支持	たもて
た形（過去形) 支持了	たもった	可能形 可以支持	たもてる
たら形（條件形) 支持的話	たもったら	う形（意向形) 支持吧	たもとう

△毎日(まいにち)の食事(しょくじ)は、栄養(えいよう)バランスを保(たも)つことが大切(たいせつ)です。／
每天的膳食都必須留意攝取均衡的營養。

たるむ【弛む】 鬆，鬆弛；彎曲，下沉；（精神）不振，鬆懈

自五 グループ1

弛(たる)む・弛(たる)みます

辭書形(基本形) 彎曲	たるむ	たり形 又是彎曲	たるんだり
ない形（否定形） 沒彎曲	たるまない	ば形（條件形） 彎曲的話	たるめば
なかった形（過去否定形） 過去沒彎曲	たるまなかった	させる形（使役形） 使彎曲	たるませる
ます形（連用形） 彎曲	たるみます	られる形（被動形） 被彎曲	たるまれる
て形 彎曲	たるんで	命令形 快彎曲	たるめ
た形（過去形） 彎曲了	たるんだ	可能形	———
たら形（條件形） 彎曲的話	たるんだら	う形（意向形） 彎曲吧	たるもう

△急激(きゅうげき)にダイエットすると、皮膚(ひふ)がたるんでしまいますよ。／
如果急遽減重，將會使皮膚變得鬆垮喔！

たれる【垂れる】 懸垂，掛拉；滴，流，滴答；垂，使下垂，懸掛；垂飾

自他下一 グループ2

垂(た)れる・垂(た)れます

辭書形(基本形) 懸掛	たれる	たり形 又是懸掛	たれたり
ない形（否定形） 沒懸掛	たれない	ば形（條件形） 懸掛的話	たれれば
なかった形（過去否定形） 過去沒懸掛	たれなかった	させる形（使役形） 使懸掛	たれさせる
ます形（連用形） 懸掛	たれます	られる形（被動形） 被懸掛	たれられる
て形 懸掛	たれて	命令形 快懸掛	たれろ
た形（過去形） 懸掛了	たれた	可能形	———
たら形（條件形） 懸掛的話	たれたら	う形（意向形） 懸掛吧	たれよう

△頬(ほお)の肉(にく)が垂(た)れると、老(ふ)けて見(み)えます。／
雙頰的肌肉一旦下垂，看起來就顯得老態龍鍾。

ちがえる【違える】 使不同,改變;弄錯,錯誤;扭到(筋骨)

他下一 グループ2

違(ちが)える・違(ちが)えます

辞書形(基本形) 弄錯	ちがえる	たり形 又是弄錯	ちがえたり
ない形(否定形) 沒弄錯	ちがえない	ば形(條件形) 弄錯的話	ちがえれば
なかった形(過去否定形) 過去沒弄錯	ちがえなかった	させる形(使役形) 使弄錯	ちがえさせる
ます形(連用形) 弄錯	ちがえます	られる形(被動形) 被弄錯	ちがえられる
て形 弄錯	ちがえて	命令形 快弄錯	ちがえろ
た形(過去形) 弄錯了	ちがえた	可能形 可以弄錯	ちがえられる
たら形(條件形) 弄錯的話	ちがえたら	う形(意向形) 弄錯吧	ちがえよう

△昨日(きのう)、首(くび)の筋(すじ)を違(ちが)えたので、首(くび)が回(まわ)りません。／
昨天頸部落枕，脖子無法轉動。

ちぢまる【縮まる】 縮短,縮小;慌恐,捲曲

自五 グループ1

縮(ちぢ)まる・縮(ちぢ)まります

辞書形(基本形) 捲曲	ちぢまる	たり形 又是捲曲	ちぢまったり
ない形(否定形) 沒捲曲	ちぢまらない	ば形(條件形) 捲曲的話	ちぢまれば
なかった形(過去否定形) 過去沒捲曲	ちぢまらなかった	させる形(使役形) 使捲曲	ちぢまらせる
ます形(連用形) 捲曲	ちぢまります	られる形(被動形) 被捲曲	ちぢまられる
て形 捲曲	ちぢまって	命令形 快捲曲	ちぢまれ
た形(過去形) 捲曲了	ちぢまった	可能形 可以捲曲	ちぢまれる
たら形(條件形) 捲曲的話	ちぢまったら	う形(意向形) 捲曲吧	ちぢまろう

△アンカーの猛烈(もうれつ)な追(お)い上(あ)げで、10メートルにまで差(さ)が一気(いっき)に縮(ちぢ)まった。／
最後一棒的游泳選手使勁追趕，一口氣縮短到只剩十公尺的距離。

ついやす【費やす】 用掉，耗費，花費；白費，浪費

他五 グループ1

費（つい）やす・費（つい）やします

辭書形(基本形) 耗費	ついやす	たり形 又是耗費	ついやしたり
ない形（否定形） 沒耗費	ついやさない	ば形（條件形） 耗費的話	ついやせば
なかった形（過去否定形） 過去沒耗費	ついやさなかった	させる形（使役形） 使耗費	ついやさせる
ます形（連用形） 耗費	ついやします	られる形（被動形） 被耗費	ついやされる
て形 耗費	ついやして	命令形 快耗費	ついやせ
た形（過去形） 耗費了	ついやした	可能形 可以耗費	ついやせる
たら形（條件形） 耗費的話	ついやしたら	う形（意向形） 耗費吧	ついやそう

△彼（かれ）は一日（いちにち）のほとんどを実験（じっけん）に費（つい）やしています。／
他幾乎一整天的時間，都耗在做實驗上。

つかいこなす【使いこなす】 運用自如，掌握純熟

他五 グループ1

使（つか）いこなす・使（つか）いこなします

辭書形(基本形) 運用自如	つかいこなす	たり形 又是運用自如	つかいこなしたり
ない形（否定形） 沒運用自如	つかいこなさない	ば形（條件形） 運用自如的話	つかいこなせば
なかった形（過去否定形） 過去沒運用自如	つかいこなさなかった	させる形（使役形） 使運用自如	つかいこなさせる
ます形（連用形） 運用自如	つかいこなします	られる形（被動形） 被運用自如	つかいこなされる
て形 運用自如	つかいこなして	命令形 快運用自如	つかいこなせ
た形（過去形） 運用自如了	つかいこなした	可能形 可以運用自如	つかいこなせる
たら形（條件形） 運用自如的話	つかいこなしたら	う形（意向形） 運用自如吧	つかいこなそう

△日本語（にほんご）を使（つか）いこなす。／日語能運用自如。

つかえる【仕える】 服侍，侍候，侍奉；（在官署等）當官 自下一 グループ2

仕（つか）える・仕（つか）えます

辭書形(基本形) 侍奉	つかえる	たり形 又是侍奉	つかえたり
ない形（否定形） 沒侍奉	つかえない	ば形（條件形） 侍奉的話	つかえれば
なかった形（過去否定形） 過去沒侍奉	つかえなかった	させる形（使役形） 使侍奉	つかえさせる
ます形（連用形） 侍奉	つかえます	られる形（被動形） 被侍奉	つかえられる
て形 侍奉	つかえて	命令形 快侍奉	つかえろ
た形（過去形） 侍奉了	つかえた	可能形 可以侍奉	つかえられる
たら形（條件形） 侍奉的話	つかえたら	う形（意向形） 侍奉吧	つかえよう

△私（わたし）の先祖（せんぞ）は上杉謙信（うえすぎけんしん）に仕（つか）えていたそうです。／
據說我的祖先從屬於上杉謙信之麾下。

つかさどる【司る】 管理，掌管，擔任 他五 グループ1

司（つかさど）る・司（つかさど）ります

辭書形(基本形) 掌管	つかさどる	たり形 又是掌管	つかさどったり
ない形（否定形） 沒掌管	つかさどらない	ば形（條件形） 掌管的話	つかさどれば
なかった形（過去否定形） 過去沒掌管	つかさどらなかった	させる形（使役形） 使掌管	つかさどらせる
ます形（連用形） 掌管	つかさどります	られる形（被動形） 被掌管	つかさどられる
て形 掌管	つかさどって	命令形 快掌管	つかさどれ
た形（過去形） 掌管了	つかさどった	可能形 可以掌管	つかさどれる
たら形（條件形） 掌管的話	つかさどったら	う形（意向形） 掌管吧	つかさどろう

△地方機関（ちほうきかん）とは地方行政（ちほうぎょうせい）をつかさどる機関（きかん）のことです。／
所謂地方機關是指司掌地方行政事務之機構。

つかる【漬かる】 淹，泡；泡在（浴盆裡）洗澡；醃透

自五 グループ1

漬かる・漬かります

辭書形（基本形） 醃透	つかる	たり形 又是醃透	つかったり
ない形（否定形） 沒醃透	つからない	ば形（條件形） 醃透的話	つかれば
なかった形（過去否定形） 過去沒醃透	つからなかった	させる形（使役形） 使醃透	つからせる
ます形（連用形） 醃透	つかります	られる形（被動形） 被醃透	つかられる
て形 醃透	つかって	命令形 快醃透	つかれ
た形（過去形） 醃透了	つかった	可能形 可以醃透	つかれる
たら形（條件形） 醃透的話	つかったら	う形（意向形） 醃透吧	つかろう

△お風呂につかる。／泡在浴缸裡。

つきそう【付き添う】 跟隨左右，照料，管照，服侍，護理

自五 グループ1

付き添う・付き添います

辭書形（基本形） 照料	つきそう	たり形 又是照料	つきそったり
ない形（否定形） 沒照料	つきそわない	ば形（條件形） 照料的話	つきそえば
なかった形（過去否定形） 過去沒照料	つきそわなかった	させる形（使役形） 予以照料	つきそわせる
ます形（連用形） 照料	つきそいます	られる形（被動形） 被照料	つきそわれる
て形 照料	つきそって	命令形 快照料	つきそえ
た形（過去形） 照料了	つきそった	可能形 可以照料	つきそえる
たら形（條件形） 照料的話	つきそったら	う形（意向形） 照料吧	つきそおう

△病人に付き添う。／照料病人。

N1-59

つきとばす【突き飛ばす】用力撞倒，撞出很遠

他五 グループ1

突き飛ばす・突き飛ばします

辭書形(基本形) 用力撞倒	つきとばす	たり形 又是用力撞倒	つきとばしたり
ない形（否定形） 沒用力撞倒	つきとばさない	ば形（條件形） 用力撞倒的話	つきとばせば
なかった形（過去否定形） 過去沒用力撞倒	つきとばさなかった	させる形（使役形） 令用力撞倒	つきとばさせる
ます形（連用形） 用力撞倒	つきとばします	られる形（被動形） 被用力撞倒	つきとばされる
て形 用力撞倒	つきとばして	命令形 快用力撞倒	つきとばせ
た形（過去形） 用力撞倒了	つきとばした	可能形 可以用力撞倒	つきとばせる
たら形（條件形） 用力撞倒的話	つきとばしたら	う形（意向形） 用力撞倒吧	つきとばそう

△老人を突き飛ばす。／撞飛老人。

つきる【尽きる】盡，光，沒了；到頭，窮盡；枯竭

自上一 グループ2

尽きる・尽きます

辭書形(基本形) 枯竭	つきる	たり形 又是枯竭	つきたり
ない形（否定形） 沒枯竭	つきない	ば形（條件形） 枯竭的話	つきれば
なかった形（過去否定形） 過去沒枯竭	つきなかった	させる形（使役形） 使枯竭	つきさせる
ます形（連用形） 枯竭	つきます	られる形（被動形） 被始終堅持	つきられる
て形 枯竭	つきて	命令形 快枯竭	つきろ
た形（過去形） 枯竭了	つきた	可能形	——
たら形（條件形） 枯竭的話	つきたら	う形（意向形） 枯竭吧	つきよう

△彼にはもうとことん愛想が尽きました。／我已經受夠他了！

つぐ【継ぐ】 繼承，承接，承襲；添，加，續

他五 グループ1

継(つ)ぐ・継(つ)ぎます

辭書形(基本形) 承襲	つぐ	たり形 又是承襲	ついだり
ない形（否定形） 沒承襲	つがない	ば形（條件形） 承襲的話	つげば
なかった形（過去否定形） 過去沒承襲	つがなかった	させる形（使役形） 使承襲	つがせる
ます形（連用形） 承襲	つぎます	られる形（被動形） 被承襲	つがれる
て形 承襲	ついで	命令形 快承襲	つげ
た形（過去形） 承襲了	ついだ	可能形 可以承襲	つげる
たら形（條件形） 承襲的話	ついだら	う形（意向形） 承襲吧	つごう

△彼(かれ)は父(ちち)の後(あと)を継(つ)いで漁師(りょうし)になるつもりだそうです。／
聽說他打算繼承父親的衣缽成為漁夫。

つぐ【接ぐ】 縫補；接在一起

他五 グループ1

接(つ)ぐ・接(つ)ぎます

辭書形(基本形) 縫補	つぐ	たり形 又是縫補	ついだり
ない形（否定形） 沒縫補	つがない	ば形（條件形） 縫補的話	つげば
なかった形（過去否定形） 過去沒縫補	つがなかった	させる形（使役形） 予以縫補	つがせる
ます形（連用形） 縫補	つぎます	られる形（被動形） 被縫補	つがれる
て形 縫補	ついで	命令形 快縫補	つげ
た形（過去形） 縫補了	ついだ	可能形 可以縫補	つげる
たら形（條件形） 縫補的話	ついだら	う形（意向形） 縫補吧	つごう

△端切(はぎ)れを接(つ)いでソファーカバーを作(つく)ったことがあります。／
我曾經把許多零碎布料接在一起縫製成沙發套。

つくす【尽くす】 盡，竭盡；盡力

他五 グループ1

尽(つ)くす・尽(つ)くします

辭書形(基本形) 竭盡	つくす	たり形 又是竭盡	つくしたり
ない形（否定形） 沒竭盡	つくさない	ば形（條件形） 竭盡的話	つくせば
なかった形（過去否定形） 過去沒竭盡	つくさなかった	させる形（使役形） 使竭盡	つくさせる
ます形（連用形） 竭盡	つくします	られる形（被動形） 被耗盡	つくされる
て形 竭盡	つくして	命令形 快竭盡	つくせ
た形（過去形） 竭盡了	つくした	可能形 可以竭盡	つくせる
たら形（條件形） 竭盡的話	つくしたら	う形（意向形） 竭盡吧	つくそう

△最善(さいぜん)を尽(つ)くしたので、何(なん)の悔(く)いもありません。／
因為已經傾力以赴，所以再無任何後悔。

つくろう【繕う】 修補，修繕；修飾，裝飾，擺；掩飾，遮掩

他五 グループ1

繕(つくろ)う・繕(つくろ)います

辭書形(基本形) 裝飾	つくろう	たり形 又是裝飾	つくろったり
ない形（否定形） 沒裝飾	つくろわない	ば形（條件形） 裝飾的話	つくろえば
なかった形（過去否定形） 過去沒裝飾	つくろわなかった	させる形（使役形） 使裝飾	つくろわせる
ます形（連用形） 裝飾	つくろいます	られる形（被動形） 被裝飾	つくろわれる
て形 裝飾	つくろって	命令形 快裝飾	つくろえ
た形（過去形） 裝飾了	つくろった	可能形 可以裝飾	つくろえる
たら形（條件形） 裝飾的話	つくろったら	う形（意向形） 裝飾吧	つくろおう

△何(なん)とかその場(ば)を繕(つくろ)おうとしたけど、無理(むり)でした。／
雖然當時曾經嘗試打圓場，無奈仍然徒勞無功。

つげる【告げる】 通知，告訴，宣布，宣告

他下一 グループ2

告げる・告げます

辭書形(基本形) 宣告	つげる	たり形 又是宣告	つげたり
ない形（否定形） 沒宣告	つげない	ば形（條件形） 宣告的話	つげれば
なかった形（過去否定形） 過去沒宣告	つげなかった	させる形（使役形） 予以宣告	つげさせる
ます形（連用形） 宣告	つげます	られる形（被動形） 被宣告	つげられる
て形 宣告	つげて	命令形 快宣告	つげろ
た形（過去形） 宣告了	つげた	可能形 可以宣告	つげられる
たら形（條件形） 宣告的話	つげたら	う形（意向形） 宣告吧	つげよう

△病名を告げられたときはショックで言葉も出ませんでした。／
當被告知病名時，由於受到的打擊太大，連話都說不出來了。

つつく【突く】 捅，叉，叼，啄；指責，挑毛病

他五 グループ1

突く・突きます

辭書形(基本形) 挑毛病	つつく	たり形 又是挑毛病	つついたり
ない形（否定形） 沒挑毛病	つつかない	ば形（條件形） 挑毛病的話	つつけば
なかった形（過去否定形） 過去沒挑毛病	つつかなかった	させる形（使役形） 任憑挑毛病	つつかせる
ます形（連用形） 挑毛病	つつきます	られる形（被動形） 被挑毛病	つつかれる
て形 挑毛病	つついて	命令形 快挑毛病	つつけ
た形（過去形） 挑毛病了	つついた	可能形 可以挑毛病	つつける
たら形（條件形） 挑毛病的話	つついたら	う形（意向形） 挑毛病吧	つつこう

△藪の中に入る前は、棒で辺りをつついた方が身のためですよ。／
在進入草叢之前，先以棍棒撥戳四周，才能確保安全喔！

つつしむ【慎む・謹む】 謹慎，慎重；控制，節制；恭，恭敬 他五 グループ1

慎（つつし）む・慎（つつし）みます

辭書形(基本形) 節制	つつしむ	たり形 又是節制	つつしんだり
ない形（否定形) 沒節制	つつしまない	ば形（條件形) 節制的話	つつしめば
なかった形（過去否定形) 過去沒節制	つつしまなかった	させる形（使役形) 使節制	つつしませる
ます形（連用形) 節制	つつしみます	られる形（被動形) 被節制	つつしまれる
て形 節制	つつしんで	命令形 快節制	つつしめ
た形（過去形) 節制了	つつしんだ	可能形 可以節制	つつしめる
たら形（條件形) 節制的話	つつしんだら	う形（意向形) 節制吧	つつしもう

△何（なん）の根拠（こんきょ）もなしに人（ひと）を非難（ひなん）するのは慎（つつし）んでいただきたい。／
請謹言慎行，切勿擅作不實之指控。

つっぱる【突っ張る】 堅持，固執；(用手)推頂；繃緊，板起；抽筋，劇痛 自他五 グループ1

突（つ）っ張（ぱ）る・突（つ）っ張（ぱ）ります

辭書形(基本形) 繃緊	つっぱる	たり形 又是繃緊	つっぱったり
ない形（否定形) 沒繃緊	つっぱらない	ば形（條件形) 繃緊的話	つっぱれば
なかった形（過去否定形) 過去沒繃緊	つっぱらなかった	させる形（使役形) 使繃緊	つっぱらせる
ます形（連用形) 繃緊	つっぱります	られる形（被動形) 被繃緊	つっぱられる
て形 繃緊	つっぱって	命令形 快繃緊	つっぱれ
た形（過去形) 繃緊了	つっぱった	可能形 可以繃緊	つっぱれる
たら形（條件形) 繃緊的話	つっぱったら	う形（意向形) 繃緊吧	つっぱろう

△この石（せっ）けん、使（つか）ったあと肌（はだ）が突（つ）っ張（ぱ）る感（かん）じがする。／
這塊肥皂使用完以後感覺皮膚緊繃。

つづる【綴る】 縫上，連綴；裝訂成冊；（文）寫，寫作；拼字，拼音 他五 グループ1

綴（つづ）る・綴（つづ）ります

辭書形（基本形） 裝訂成冊	つづる	たり形 又是裝訂成冊	つづったり
ない形（否定形） 沒裝訂成冊	つづらない	ば形（條件形） 裝訂成冊的話	つづれば
なかった形（過去否定形） 過去沒裝訂成冊	つづらなかった	させる形（使役形） 使裝訂成冊	つづらせる
ます形（連用形） 裝訂成冊	つづります	られる形（被動形） 被裝訂成冊	つづられる
て形 裝訂成冊	つづって	命令形 快裝訂成冊	つづれ
た形（過去形） 裝訂成冊了	つづった	可能形 可以裝訂成冊	つづれる
たら形（條件形） 裝訂成冊的話	つづったら	う形（意向形） 裝訂成冊吧	つづろう

△いろいろな人（ひと）に言（い）えない思（おも）いを日記（にっき）に綴（つづ）っている。／把各種無法告訴別人的感受寫在日記裡。

つとまる【務まる】 勝任 自五 グループ1

務（つと）まる・務（つと）まります

辭書形（基本形） 勝任	つとまる	たり形 又是勝任	つとまったり
ない形（否定形） 沒勝任	つとまらない	ば形（條件形） 勝任的話	つとまれば
なかった形（過去否定形） 過去沒勝任	つとまらなかった	させる形（使役形） 使勝任	つとまらせる
ます形（連用形） 勝任	つとまります	られる形（被動形） 被勝任	つとまられる
て形 勝任	つとまって	命令形 快勝任	つとまれ
た形（過去形） 勝任了	つとまった	可能形	——
たら形（條件形） 勝任的話	つとまったら	う形（意向形） 勝任吧	つとまろう

△そんな大役（たいやく）が私（わたし）に務（つと）まるでしょうか。／不曉得我是否能夠勝任如此重責大任？

つとまる【勤まる】 勝任，能擔任

自五 グループ1

勤(つと)まる・勤(つと)まります

辭書形(基本形) 勝任	つとまる	たり形 又是勝任	つとまったり
ない形（否定形） 沒勝任	つとまらない	ば形（條件形） 勝任的話	つとまれば
なかった形（過去否定形） 過去沒勝任	つとまらなかった	させる形（使役形） 使勝任	つとまらせる
ます形（連用形） 勝任	つとまります	られる形（被動形） 被勝任	つとまられる
て形 勝任	つとまって	命令形 快勝任	つとまれ
た形（過去形） 勝任了	つとまった	可能形	———
たら形（條件形） 勝任的話	つとまったら	う形（意向形） 勝任吧	つとまろう

△私(わたし)には勤(つと)まりません。／我無法勝任。

つながる【繋がる】 連接，聯繫；（人）列隊，排列；牽連，有關係；（精神）連接在一起；被繫在…上，連成一排

自五 グループ1

繋(つな)がる・繋(つな)がります

辭書形(基本形) 連接	つながる	たり形 又是連接	つながったり
ない形（否定形） 沒連接	つながらない	ば形（條件形） 連接的話	つながれば
なかった形（過去否定形） 過去沒連接	つながらなかった	させる形（使役形） 使連接	つながらせる
ます形（連用形） 連接	つながります	られる形（被動形） 被連接	つながられる
て形 連接	つながって	命令形 快連接	つながれ
た形（過去形） 連接了	つながった	可能形 可以連接	つながれる
たら形（條件形） 連接的話	つながったら	う形（意向形） 連接吧	つながろう

△警察(けいさつ)は、この人物(じんぶつ)が事件(じけん)につながる情報(じょうほう)を知(し)っていると見(み)ています。／警察認為這位人士知道關於這起事件的情報。

つねる【抓る】 掐，掐住

他五 グループ1

抓(つね)る・抓(つね)ります

辭書形(基本形) 掐住	つねる	たり形 又是掐住	つねったり
ない形（否定形） 沒掐住	つねらない	ば形（條件形） 掐住的話	つねれば
なかった形（過去否定形） 過去沒掐住	つねらなかった	させる形（使役形） 使掐住	つねらせる
ます形（連用形） 掐住	つねります	られる形（被動形） 被掐住	つねられる
て形 掐住	つねって	命令形 快掐住	つねれ
た形（過去形） 掐住了	つねった	可能形 可以掐住	つねれる
たら形（條件形） 掐住的話	つねったら	う形（意向形） 掐住吧	つねろう

△いたずらすると、ほっぺたをつねるよ！／
膽敢惡作劇的話，就要捏你的臉頰哦！

つのる【募る】 加重，加劇；募集，招募，徵集

自他五 グループ1

募(つの)る・募(つの)ります

辭書形(基本形) 募集	つのる	たり形 又是募集	つのったり
ない形（否定形） 沒募集	つのらない	ば形（條件形） 募集的話	つのれば
なかった形（過去否定形） 過去沒募集	つのらなかった	させる形（使役形） 使募集	つのらせる
ます形（連用形） 募集	つのります	られる形（被動形） 被募集	つのられる
て形 募集	つのって	命令形 快募集	つのれ
た形（過去形） 募集了	つのった	可能形 可以募集	つのれる
たら形（條件形） 募集的話	つのったら	う形（意向形） 募集吧	つのろう

△新(あたら)しい市場(しじょう)を開拓(かいたく)せんがため、アイディアを募(つの)った。／
為了拓展新市場而蒐集了意見。

つぶやく【呟く】喃喃自語，嘟囔，嘀咕

自五　グループ1

呟く・呟きます

辭書形(基本形) 嘀咕	つぶやく	たり形 又是嘀咕	つぶやいたり
ない形（否定形） 沒嘀咕	つぶやかない	ば形（條件形） 嘀咕的話	つぶやけば
なかった形（過去否定形） 過去沒嘀咕	つぶやかなかった	させる形（使役形） 使嘀咕	つぶやかせる
ます形（連用形） 嘀咕	つぶやきます	られる形（被動形） 被嘀咕	つぶやかれる
て形 嘀咕	つぶやいて	命令形 快嘀咕	つぶやけ
た形（過去形） 嘀咕了	つぶやいた	可能形 可以嘀咕	つぶやける
たら形（條件形） 嘀咕的話	つぶやいたら	う形（意向形） 嘀咕吧	つぶやこう

△彼は誰に話すともなしに、ぶつぶつ何やら呟いている。／
他只是兀自嘟囔著，並非想說給誰聽。

つぶる【瞑る】（把眼睛）閉上，閉眼；裝看不見

他五　グループ1

瞑る・瞑ります

辭書形(基本形) 閉眼	つぶる	たり形 又是閉眼	つぶったり
ない形（否定形） 沒閉眼	つぶらない	ば形（條件形） 閉眼的話	つぶれば
なかった形（過去否定形） 過去沒閉眼	つぶらなかった	させる形（使役形） 使閉眼	つぶらせる
ます形（連用形） 閉眼	つぶります	られる形（被動形） 被視而不見	つぶられる
て形 閉眼	つぶって	命令形 快閉眼	つぶれ
た形（過去形） 閉眼了	つぶった	可能形 可以閉眼	つぶれる
たら形（條件形） 閉眼的話	つぶったら	う形（意向形） 閉眼吧	つぶろう

△部長は目をつぶって何か考えているようです。／
經理閉上眼睛，似乎在思索著什麼。

つまむ【摘む】 （用手指尖）捏，撮；（用手指尖或筷子）夾，捏 他五 グループ1

摘む・摘みます

辭書形（基本形） 捏	つまむ	たり形 又是捏	つまんだり
ない形（否定形） 沒捏	つままない	ば形（條件形） 捏的話	つまめば
なかった形（過去否定形） 過去沒捏	つままなかった	させる形（使役形） 使捏	つまませる
ます形（連用形） 捏	つまみます	られる形（被動形） 被捏	つままれる
て形 捏	つまんで	命令形 快捏	つまめ
た形（過去形） 捏了	つまんだ	可能形 可以捏	つまめる
たら形（條件形） 捏的話	つまんだら	う形（意向形） 捏吧	つまもう

△彼女は豆を一つずつ箸でつまんで食べています。／
她正以筷子一顆又一顆地夾起豆子送進嘴裡。

つむ【摘む】 夾取，摘，採，掐；（用剪刀等）剪，剪齊 他五 グループ1

摘む・摘みます

辭書形（基本形） 剪齊	つむ	たり形 又是剪齊	つんだり
ない形（否定形） 沒剪齊	つまない	ば形（條件形） 剪齊的話	つめば
なかった形（過去否定形） 過去沒剪齊	つまなかった	させる形（使役形） 使剪齊	つませる
ます形（連用形） 剪齊	つみます	られる形（被動形） 被剪齊	つまれる
て形 剪齊	つんで	命令形 快剪齊	つめ
た形（過去形） 剪齊了	つんだ	可能形 可以剪齊	つめる
たら形（條件形） 剪齊的話	つんだら	う形（意向形） 剪齊吧	つもう

△若い茶の芽だけを選んで摘んでください。／請只擇選嫩茶的芽葉摘下。

つよがる【強がる】 逞強，裝硬漢

自五 グループ1

強(つよ)がる・強(つよ)がります

辭書形(基本形) 逞強	つよがる	たり形 又是逞強	つよがったり
ない形（否定形） 沒逞強	つよがらない	ば形（條件形） 逞強的話	つよがれば
なかった形（過去否定形） 過去沒逞強	つよがらなかった	させる形（使役形） 使逞強	つよがらせる
ます形（連用形） 逞強	つよがります	られる形（被動形） 被迫逞強	つよがられる
て形 逞強	つよがって	命令形 快逞強	つよがれ
た形（過去形） 逞強了	つよがった	可能形 可以逞強	つよがれる
たら形（條件形） 逞強的話	つよがったら	う形（意向形） 逞強吧	つよがろう

△弱(よわ)い者(もの)に限(かぎ)って強(つよ)がる。／唯有弱者愛逞強。

つらなる【連なる】 連，連接；列，參加

自五 グループ1

連(つら)なる・連(つら)なります

辭書形(基本形) 連接	つらなる	たり形 又是連接	つらなったり
ない形（否定形） 沒連接	つらならない	ば形（條件形） 連接的話	つらなれば
なかった形（過去否定形） 過去沒連接	つらならなかった	させる形（使役形） 使連接	つらならせる
ます形（連用形） 連接	つらなります	られる形（被動形） 被連接	つらなられる
て形 連接	つらなって	命令形 快連接	つらなれ
た形（過去形） 連接了	つらなった	可能形 可以連接	つらなれる
たら形（條件形） 連接的話	つらなったら	う形（意向形） 連接吧	つらなろう

△道沿(みちぞ)いに赤(あか)レンガ造(づく)りの家(いえ)が連(つら)なって、異国情緒(いこくじょうちょ)にあふれています。／道路沿線有整排紅磚瓦房屋，洋溢著一股異國風情。

つらぬく【貫く】 穿，穿透，穿過，貫穿；貫徹，達到

他五 グループ1

貫(つらぬ)く・貫(つらぬ)きます

形	活用	形	活用
辭書形(基本形) 穿過	つらぬく	たり形 又是穿過	つらぬいたり
ない形（否定形） 沒穿過	つらぬかない	ば形（條件形） 穿過的話	つらぬけば
なかった形（過去否定形） 過去沒穿過	つらぬかなかった	させる形（使役形） 使穿過	つらぬかせる
ます形（連用形） 穿過	つらぬきます	られる形（被動形） 被穿過	つらぬかれる
て形 穿過	つらぬいて	命令形 快穿過	つらぬけ
た形（過去形） 穿過了	つらぬいた	可能形 可以穿過	つらぬける
たら形（條件形） 穿過的話	つらぬいたら	う形（意向形） 穿過吧	つらぬこう

△やると決(き)めたなら、最後(さいご)まで意志(いし)を貫(つらぬ)いてやり通(とお)せ。／
既然已經決定要做了，就要盡力貫徹始終。

つらねる【連ねる】 排列，連接；聯，列

他下一 グループ2

連(つら)ねる・連(つら)ねます

形	活用	形	活用
辭書形(基本形) 連接	つらねる	たり形 又是連接	つらねたり
ない形（否定形） 沒連接	つらねない	ば形（條件形） 連接的話	つらねれば
なかった形（過去否定形） 過去沒連接	つらねなかった	させる形（使役形） 使連接	つらねさせる
ます形（連用形） 連接	つらねます	られる形（被動形） 被連接	つらねられる
て形 連接	つらねて	命令形 快連接	つらねろ
た形（過去形） 連接了	つらねた	可能形 可以連接	つらねられる
たら形（條件形） 連接的話	つらねたら	う形（意向形） 連接吧	つらねよう

△コンサートの出演者(しゅつえんしゃ)にはかなりの大物(おおもの)アーティストが名(な)を連(つら)ねています。／
聲名遠播的音樂家亦名列於演奏會的表演者名單中。

てがける【手掛ける】 親自動手，親手；處理，照顧

他下一 グループ2

手掛ける・手掛けます

辭書形(基本形) 照顧	てがける	たり形 又是照顧	てがけたり
ない形（否定形） 沒照顧	てがけない	ば形（條件形） 照顧的話	てがければ
なかった形（過去否定形） 過去沒照顧	てがけなかった	させる形（使役形） 予以照顧	てがけさせる
ます形（連用形） 照顧	てがけます	られる形（被動形） 被照顧	てがけられる
て形 照顧	てがけて	命令形 快照顧	てがけろ
た形（過去形） 照顧了	てがけた	可能形 可以照顧	てがけられる
たら形（條件形） 照顧的話	てがけたら	う形（意向形） 照顧吧	てがけよう

△彼が手がけるレストランは、みな大盛況です。／
只要是由他親自經手的餐廳，每一家全都高朋滿座。

でくわす【出くわす】 碰上，碰見

自五 グループ1

出くわす・出くわします

辭書形(基本形) 碰見	でくわす	たり形 又是碰見	でくわしたり
ない形（否定形） 沒碰見	でくわさない	ば形（條件形） 碰見的話	でくわせば
なかった形（過去否定形） 過去沒碰見	でくわさなかった	させる形（使役形） 使碰見	でくわさせる
ます形（連用形） 碰見	でくわします	られる形（被動形） 被碰見	でくわされる
て形 碰見	でくわして	命令形 快碰見	でくわせ
た形（過去形） 碰見了	でくわした	可能形	――――
たら形（條件形） 碰見的話	でくわしたら	う形（意向形） 碰見吧	でくわそう

△山で熊に出くわしたら死んだ振りをするといいと言うのは本当ですか。／
聽人家說，在山裡遇到熊時，只要裝死就能逃過一劫，這是真的嗎？

でっぱる【出っ張る】（向外面）突出

自五 グループ1

出っ張る・出っ張ります

辭書形(基本形) 突出	でっぱる	たり形 又是突出	でっぱったり
ない形（否定形） 沒突出	でっぱらない	ば形（條件形） 突出的話	でっぱれば
なかった形（過去否定形） 過去沒突出	でっぱらなかった	させる形（使役形） 使突出	でっぱらせる
ます形（連用形） 突出	でっぱります	られる形（被動形） 被弄突出	でっぱられる
て形 突出	でっぱって	命令形 快突出	でっぱれ
た形（過去形） 突出了	でっぱった	可能形 可以突出	でっぱれる
たら形（條件形） 突出的話	でっぱったら	う形（意向形） 突出吧	でっぱろう

△出っ張ったおなかを引っ込ませたい。／很想把凸出的小腹縮進去。

でむく【出向く】前往，前去，奔赴

自五 グループ1

出向く・出向きます

辭書形(基本形) 奔赴	でむく	たり形 又是奔赴	でむいたり
ない形（否定形） 沒奔赴	でむかない	ば形（條件形） 奔赴的話	でむけば
なかった形（過去否定形） 過去沒奔赴	でむかなかった	させる形（使役形） 使奔赴	でむかせる
ます形（連用形） 奔赴	でむきます	られる形（被動形） 被迫奔赴	でむかれる
て形 奔赴	でむいて	命令形 快奔赴	でむけ
た形（過去形） 奔赴了	でむいた	可能形 可以奔赴	でむける
たら形（條件形） 奔赴的話	でむいたら	う形（意向形） 奔赴吧	でむこう

△お礼やお願いをするときは、こちらから出向くものだ。／
向對方致謝或請求他人時，要由我們這邊前去拜訪。

てりかえす【照り返す】反射

他五 グループ1

照り返す・照り返します

辭書形(基本形) 反射	てりかえす	たり形 又是反射	てりかえしたり
ない形（否定形） 沒反射	てりかえさない	ば形（條件形） 反射的話	てりかえせば
なかった形（過去否定形） 過去沒反射	てりかえさなかった	させる形（使役形） 使反射	てりかえさせる
ます形（連用形） 反射	てりかえします	られる形（被動形） 被反射	てりかえされる
て形 反射	てりかえして	命令形 快反射	てりかえせ
た形（過去形） 反射了	てりかえした	可能形	――
たら形（條件形） 反射的話	てりかえしたら	う形（意向形） 反射吧	てりかえそう

△地面で照り返した紫外線は、日傘では防げません。／
光是撐陽傘仍無法阻擋由地面反射的紫外線曝曬。

てんじる【転じる】

自他上一 轉變，轉換，改變；遷居，搬家
自他サ 轉變

グループ2

転じる・転じます

辭書形(基本形) 改變	てんじる	たり形 又是改變	てんじたり
ない形（否定形） 沒改變	てんじない	ば形（條件形） 改變的話	てんじれば
なかった形（過去否定形） 過去沒改變	てんじなかった	させる形（使役形） 使改變	てんじさせる
ます形（連用形） 改變	てんじます	られる形（被動形） 被改變	てんじられる
て形 改變	てんじて	命令形 快改變	てんじろ
た形（過去形） 改變了	てんじた	可能形 可以改變	てんじられる
たら形（條件形） 改變的話	てんじたら	う形（意向形） 改變吧	てんじよう

△イタリアでの発売を皮切りに、業績が好調に転じた。／
在義大利開賣後，業績就有起色了。

てんずる【転ずる】 改變（方向、狀態）；遷居；調職 自他下一 グループ1

転ずる・転ずります

辭書形(基本形) 改變	てんずる	たり形 又是改變	てんずったり
ない形（否定形） 沒改變	てんずらない	ば形（條件形） 改變的話	てんずれば
なかった形（過去否定形） 過去沒改變	てんずらなかった	させる形（使役形） 使改變	てんずらせる
ます形（連用形） 改變	てんずります	られる形（被動形） 被改變	てんずられる
て形 改變	てんずって	命令形 快改變	てんずれ
た形（過去形） 改變了	てんずった	可能形 可以改變	てんずれる
たら形（條件形） 改變的話	てんずったら	う形（意向形） 改變吧	てんずろう

△ガソリン価格が値下げに転ずる可能性がある。／
汽油的售價有降價變動的可能性。

といあわせる【問い合わせる】 打聽，詢問 他下一 グループ2

問い合わせる・問い合わせます

辭書形(基本形) 打聽	といあわせる	たり形 又是打聽	といあわせたり
ない形（否定形） 沒打聽	といあわせない	ば形（條件形） 打聽的話	といあわせれば
なかった形（過去否定形） 過去沒打聽	といあわせなかった	させる形（使役形） 使打聽	といあわせさせる
ます形（連用形） 打聽	といあわせます	られる形（被動形） 被詢問	といあわせられる
て形 打聽	といあわせて	命令形 快打聽	といあわせろ
た形（過去形） 打聽了	といあわせた	可能形 可以打聽	といあわせられる
たら形（條件形） 打聽的話	といあわせたら	う形（意向形） 打聽吧	といあわせよう

△資料をなくしたので、問い合わせようにも電話番号が分からない。／
由於資料遺失了，就算想詢問也不知道電話號碼。

とう【問う】問，打聽；問候；徵詢；做為問題（多用否定形）；追究；問罪 他五 グループ1

問う・問います

辭書形(基本形) 打聽	とう	たり形 又是打聽	とうたり
ない形（否定形） 沒打聽	とわない	ば形（條件形） 打聽的話	とえば
なかった形（過去否定形） 過去沒打聽	とわなかった	させる形（使役形） 使打聽	とわせる
ます形（連用形） 打聽	といます	られる形（被動形） 被追究	とわれる
て形 打聽	とうて	命令形 快打聽	とえ
た形（過去形） 打聽了	とうた	可能形 可以打聽	とえる
たら形（條件形） 打聽的話	とうたら	う形（意向形） 打聽吧	とおう

△支持率も悪化の一途をたどっているので、国民に信を問うたほうがいい。／支持率一路下滑，此時應當徵詢國民信任支持與否。

とうとぶ【尊ぶ】尊敬，尊重；重視，珍重 他五 グループ1

尊ぶ・尊びます

辭書形(基本形) 尊重	とうとぶ	たり形 又是尊重	とうとんだり
ない形（否定形） 沒尊重	とうとばない	ば形（條件形） 尊重的話	とうとべば
なかった形（過去否定形） 過去沒尊重	とうとばなかった	させる形（使役形） 予以尊重	とうとばせる
ます形（連用形） 尊重	とうとびます	られる形（被動形） 被尊重	とうとばれる
て形 尊重	とうとんで	命令形 快尊重	とうとべ
た形（過去形） 尊重了	とうとんだ	可能形 可以尊重	とうとべる
たら形（條件形） 尊重的話	とうとんだら	う形（意向形） 尊重吧	とうとぼう

△四季折々の自然の変化を尊ぶ。／珍視四季嬗遞的自然變化。

とおざかる【遠ざかる】 遠離；疏遠；不碰，節制，克制 自五 グループ1

遠ざかる・遠ざかります

辭書形(基本形) 疏遠	とおざかる	たり形 又是疏遠	とおざかったり
ない形（否定形） 沒疏遠	とおざからない	ば形（條件形） 疏遠的話	とおざかれば
なかった形（過去否定形） 過去沒疏遠	とおざからなかった	させる形（使役形） 使疏遠	とおざからせる
ます形（連用形） 疏遠	とおざかります	られる形（被動形） 被疏遠	とおざかられる
て形 疏遠	とおざかって	命令形 快疏遠	とおざかれ
た形（過去形） 疏遠了	とおざかった	可能形	――
たら形（條件形） 疏遠的話	とおざかったら	う形（意向形） 疏遠吧	とおざかろう

△娘は父の車が遠ざかって見えなくなるまで手を振っていました。／
女兒猛揮著手，直到父親的車子漸行漸遠，消失蹤影。

とがめる【咎める】 他下一 責備，挑剔；盤問 自下一 (傷口等)發炎，紅腫 グループ2

咎める・咎めます

辭書形(基本形) 盤問	とがめる	たり形 又是盤問	とがめたり
ない形（否定形） 沒盤問	とがめない	ば形（條件形） 盤問的話	とがめれば
なかった形（過去否定形） 過去沒盤問	とがめなかった	させる形（使役形） 予以盤問	とがめさせる
ます形（連用形） 盤問	とがめます	られる形（被動形） 被盤問	とがめられる
て形 盤問	とがめて	命令形 快盤問	とがめろ
た形（過去形） 盤問了	とがめた	可能形 可以盤問	とがめられる
たら形（條件形） 盤問的話	とがめたら	う形（意向形） 盤問吧	とがめよう

△上からとがめられて、関係ないではすまされない。／
遭到上級責備，不是一句「與我無關」就能撇清。

とがる【尖る】 尖；（神經）緊張；不高興，冒火

自五 グループ1

尖る・尖ります

辭書形(基本形) 緊張	とがる	たり形 又是緊張	とがったり
ない形（否定形） 沒緊張	とがらない	ば形（條件形） 緊張的話	とがれば
なかった形（過去否定形） 過去沒緊張	とがらなかった	させる形（使役形） 使緊張	とがらせる
ます形（連用形） 緊張	とがります	られる形（被動形） 被弄緊張	とがられる
て形 緊張	とがって	命令形 快緊張	とがれ
た形（過去形） 緊張了	とがった	可能形	———
たら形（條件形） 緊張的話	とがったら	う形（意向形） 緊張吧	とがろう

△鉛筆を削って尖らせる。／把鉛筆削尖。

とぎれる【途切れる】 中斷，間斷

自下一 グループ2

途切れる・途切れます

辭書形(基本形) 間斷	とぎれる	たり形 又是間斷	とぎれたり
ない形（否定形） 沒間斷	とぎれない	ば形（條件形） 間斷的話	とぎれれば
なかった形（過去否定形） 過去沒間斷	とぎれなかった	させる形（使役形） 使間斷	とぎれさせる
ます形（連用形） 間斷	とぎれます	られる形（被動形） 被間斷	とぎれられる
て形 間斷	とぎれて	命令形 快間斷	とぎれろ
た形（過去形） 間斷了	とぎれた	可能形	———
たら形（條件形） 間斷的話	とぎれたら	う形（意向形） 間斷吧	とぎれよう

△社長が急にオフィスに入ってきたので、話が途切れてしまった。／由於社長突然踏進辦公室，話題戛然中斷了。

とく【説く】 說明；說服，勸；宣導，提倡

他五 グループ1

説く・説きます

形	活用	形	活用
辭書形(基本形) 說服	とく	たり形 又是說服	といたり
ない形（否定形） 沒說服	とかない	ば形（條件形） 說服的話	とけば
なかった形（過去否定形） 過去沒說服	とかなかった	させる形（使役形） 使說服	とかせる
ます形（連用形） 說服	ときます	られる形（被動形） 被說服	とかれる
て形 說服	といて	命令形 快說服	とけ
た形（過去形） 說服了	といた	可能形 可以說服	とける
たら形（條件形） 說服的話	といたら	う形（意向形） 說服吧	とこう

△彼は革命の意義を一生懸命我々に説いた。／
他拚命闡述革命的意義，試圖說服我們。

とぐ【研ぐ・磨ぐ】 磨；擦亮，磨光；淘（米等）

他五 グループ1

研ぐ・研ぎます

形	活用	形	活用
辭書形(基本形) 擦亮	とぐ	たり形 又是擦亮	といだり
ない形（否定形） 沒擦亮	とがない	ば形（條件形） 擦亮的話	とげば
なかった形（過去否定形） 過去沒擦亮	とがなかった	させる形（使役形） 使擦亮	とがせる
ます形（連用形） 擦亮	とぎます	られる形（被動形） 被擦亮	とがれる
て形 擦亮	といで	命令形 快擦亮	とげ
た形（過去形） 擦亮了	といだ	可能形 可以擦亮	とげる
たら形（條件形） 擦亮的話	といだら	う形（意向形） 擦亮吧	とごう

△切れ味が悪くなってきたので、包丁を研いでください。／
菜刀已經鈍了，請重新磨刀。

とげる【遂げる】 完成，實現，達到；終於

他下一 グループ2

遂(と)げる・遂(と)げます

辭書形(基本形) 完成	とげる	たり形 又是完成	とげたり
ない形（否定形） 沒完成	とげない	ば形（條件形） 完成的話	とげれば
なかった形（過去否定形） 過去沒完成	とげなかった	させる形（使役形） 予以完成	とげさせる
ます形（連用形） 完成	とげます	られる形（被動形） 被完成	とげられる
て形 完成	とげて	命令形 快完成	とげろ
た形（過去形） 完成了	とげた	可能形 可以完成	とげられる
たら形（條件形） 完成的話	とげたら	う形（意向形） 完成吧	とげよう

△両国(りょうこく)の関係(かんけい)はここ5年間(ねんかん)で飛躍的(ひやくてき)な発展(はってん)を遂(と)げました。／
近五年來，兩國之間的關係終於有了大幅的正向發展。

とじる【綴じる】 訂起來，訂綴；（把衣的裡和面）縫在一起

他上一 グループ2

綴(と)じる・綴(と)じます

辭書形(基本形) 縫在一起	とじる	たり形 又是縫在一起	とじたり
ない形（否定形） 沒縫在一起	とじない	ば形（條件形） 縫在一起的話	とじれば
なかった形（過去否定形） 過去沒縫在一起	とじなかった	させる形（使役形） 使縫在一起	とじさせる
ます形（連用形） 縫在一起	とじます	られる形（被動形） 被縫在一起	とじられる
て形 縫在一起	とじて	命令形 快縫在一起	とじろ
た形（過去形） 縫在一起了	とじた	可能形 可以縫在一起	とじられる
たら形（條件形） 縫在一起的話	とじたら	う形（意向形） 縫在一起吧	とじよう

△提出書類(ていしゅつしょるい)は全(すべ)てファイルにとじてください。／
請將所有申請文件裝訂於檔案夾中。

とだえる【途絶える】 斷絕，杜絕，中斷

自下一 グループ2

途絶（とだ）える・途絶（とだ）えます

辭書形(基本形) 中斷	とだえる	たり形 又是中斷	とだえたり
ない形（否定形） 沒中斷	とだえない	ば形（條件形） 中斷的話	とだえれば
なかった形（過去否定形） 過去沒中斷	とだえなかった	させる形（使役形） 使中斷	とだえさせる
ます形（連用形） 中斷	とだえます	られる形（被動形） 被中斷	とだえられる
て形 中斷	とだえて	命令形 快中斷	とだえろ
た形（過去形） 中斷了	とだえた	可能形	――――
たら形（條件形） 中斷的話	とだえたら	う形（意向形） 中斷吧	とだえよう

△途絶（とだ）えることなしに、祖先（そせん）から脈々（みゃくみゃく）と受（う）け継（つ）がれている。／
祖先代代相傳，至今從未中斷。

とどこおる【滞る】 拖延，耽擱，遲延；拖欠

自五 グループ1

滞（とどこお）る・滞（とどこお）ります

辭書形(基本形) 拖延	とどこおる	たり形 又是拖延	とどこおったり
ない形（否定形） 沒拖延	とどこおらない	ば形（條件形） 拖延的話	とどこおれば
なかった形（過去否定形） 過去沒拖延	とどこおらなかった	させる形（使役形） 使拖延	とどこおらせる
ます形（連用形） 拖延	とどこおります	られる形（被動形） 被拖延	とどこおられる
て形 拖延	とどこおって	命令形 快拖延	とどこおれ
た形（過去形） 拖延了	とどこおった	可能形	――――
たら形（條件形） 拖延的話	とどこおったら	う形（意向形） 拖延吧	とどこおろう

△収入（しゅうにゅう）がないため、電気代（でんきだい）の支払（しはら）いが滞（とどこお）っています。／
因為沒有收入，致使遲繳電費。

ととのえる【整える・調える】整理，整頓；準備；達成協議，談妥 他下一 グループ2

整(ととの)える・整(ととの)えます

辭書形(基本形) 整頓	ととのえる	たり形 又是整頓	ととのえたり
ない形（否定形） 沒整頓	ととのえない	ば形（條件形） 整頓的話	ととのえれば
なかった形（過去否定形） 過去沒整頓	ととのえなかった	させる形（使役形） 使整頓	ととのえさせる
ます形（連用形） 整頓	ととのえます	られる形（被動形） 被整頓	ととのえられる
て形 整頓	ととのえて	命令形 快整頓	ととのえろ
た形（過去形） 整頓了	ととのえた	可能形 可以整頓	ととのえられる
たら形（條件形） 整頓的話	ととのえたら	う形（意向形） 整頓吧	ととのえよう

△快適(かいてき)に仕事(しごと)ができる環境(かんきょう)を整(ととの)えましょう。／
讓我們共同創造一個舒適的工作環境吧！

とどめる【留める】停住；阻止；留下，遺留；止於（某限度） 他下一 グループ2

留(とど)める・留(とど)めます

辭書形(基本形) 阻止	とどめる	たり形 又是阻止	とどめたり
ない形（否定形） 沒阻止	とどめない	ば形（條件形） 阻止的話	とどめれば
なかった形（過去否定形） 過去沒阻止	とどめなかった	させる形（使役形） 使阻止	とどめさせる
ます形（連用形） 阻止	とどめます	られる形（被動形） 被阻止	とどめられる
て形 阻止	とどめて	命令形 快阻止	とどめろ
た形（過去形） 阻止了	とどめた	可能形 可以阻止	とどめられる
たら形（條件形） 阻止的話	とどめたら	う形（意向形） 阻止吧	とどめよう

△交際費(こうさいひ)を月々(つきづき)２万円以内(まんえんいない)にとどめるようにしています。／
將每個月的交際應酬費用控制在兩萬元以內的額度。

となえる【唱える】 唸，頌；高喊；提倡；提出，聲明；喊價，報價 他下一 グループ2

唱(とな)える・唱(とな)えます

辭書形(基本形) 提倡	となえる	たり形 又是提倡	となえたり
ない形（否定形） 沒提倡	となえない	ば形（條件形） 提倡的話	となえれば
なかった形（過去否定形） 過去沒提倡	となえなかった	させる形（使役形） 使提倡	となえさせる
ます形（連用形） 提倡	となえます	られる形（被動形） 被提倡	となえられる
て形 提倡	となえて	命令形 快提倡	となえろ
た形（過去形） 提倡了	となえた	可能形 可以提倡	となえられる
たら形（條件形） 提倡的話	となえたら	う形（意向形） 提倡吧	となえよう

△彼女(かのじょ)が呪文(じゅもん)を唱(とな)えると、木々(きぎ)が動物(どうぶつ)に変身(へんしん)します。／
當她唸誦咒語之後，樹木全都化身為動物。

とぼける【惚ける・恍ける】 （腦筋）遲鈍，發呆；裝糊塗，裝傻；出洋相，做滑稽愚蠢的言行 自下一 グループ2

惚(とぼ)ける・惚(とぼ)けます

辭書形(基本形) 出洋相	とぼける	たり形 又是出洋相	とぼけたり
ない形（否定形） 沒出洋相	とぼけない	ば形（條件形） 出洋相的話	とぼければ
なかった形（過去否定形） 過去沒出洋相	とぼけなかった	させる形（使役形） 使出洋相	とぼけさせる
ます形（連用形） 出洋相	とぼけます	られる形（被動形） 被耍賴	とぼけられる
て形 出洋相	とぼけて	命令形 快出洋相	とぼけろ
た形（過去形） 出洋相了	とぼけた	可能形 可以出洋相	とぼけられる
たら形（條件形） 出洋相的話	とぼけたら	う形（意向形） 出洋相吧	とぼけよう

△君(きみ)がやったことは分(わ)かっているんだから、とぼけたって無駄(むだ)ですよ。／
我很清楚你幹了什麼好事，想裝傻也沒用！

とまどう【戸惑う】 （夜裡醒來）迷迷糊糊，不辨方向，迷失方向；找不到門；不知所措，困惑

自五　グループ1

戸惑（とまど）う・戸惑（とまど）います

辭書形(基本形) 困惑	とまどう	たり形 又是困惑	とまどったり
ない形（否定形） 沒困惑	とまどわない	ば形（條件形） 困惑的話	とまどえば
なかった形（過去否定形） 過去沒困惑	とまどわなかった	させる形（使役形） 使困惑	とまどわせる
ます形（連用形） 困惑	とまどいます	られる形（被動形） 被弄困惑	とまどわれる
て形 困惑	とまどって	命令形 快困惑	とまどえ
た形（過去形） 困惑了	とまどった	可能形 可以困惑	とまどえる
たら形（條件形） 困惑的話	とまどったら	う形（意向形） 困惑吧	とまどおう

△急（きゅう）に質問（しつもん）されて戸惑（とまど）う。／突然被問不知如何回答。

とむ【富む】 有錢，富裕；豐富

自五　グループ1

富（と）む・富（と）みます

辭書形(基本形) 富裕	とむ	たり形 又是富裕	とんだり
ない形（否定形） 沒富裕	とまない	ば形（條件形） 富裕的話	とめば
なかった形（過去否定形） 過去沒富裕	とまなかった	させる形（使役形） 使富裕	とませる
ます形（連用形） 富裕	とみます	られる形（被動形） 被迫富於…	とまれる
て形 富裕	とんで	命令形 快富裕	とめ
た形（過去形） 富裕了	とんだ	可能形 可以富裕	とめる
たら形（條件形） 富裕的話	とんだら	う形（意向形） 富裕吧	ともう

△彼（かれ）の作品（さくひん）はみな遊（あそ）び心（ごころ）に富（と）んでいます。／他所有的作品都饒富童心。

ともなう【伴う】 隨同，伴隨；隨著；相符

自他五 グループ1

伴う・伴います

辭書形(基本形) 伴隨	ともなう	たり形 又是伴隨	ともなったり
ない形（否定形） 沒伴隨	ともなわない	ば形（條件形） 伴隨的話	ともなえば
なかった形（過去否定形） 過去沒伴隨	ともなわなかった	させる形（使役形） 使伴隨	ともなわせる
ます形（連用形） 伴隨	ともないます	られる形（被動形） 被迫陪同	ともなわれる
て形 伴隨	ともなって	命令形 快伴隨	ともなえ
た形（過去形） 伴隨了	ともなった	可能形 可以伴隨	ともなえる
たら形（條件形） 伴隨的話	ともなったら	う形（意向形） 伴隨吧	ともなおう

△役職が高くなるに伴って、責任も大きくなります。／
隨著官職愈高，責任亦更為繁重。

ともる【灯る】 （燈火）亮，點著

自五 グループ1

灯る・灯ります

辭書形(基本形) 點著	ともる	たり形 又是點著	ともったり
ない形（否定形） 沒點著	ともらない	ば形（條件形） 點著的話	ともれば
なかった形（過去否定形） 過去沒點著	ともらなかった	させる形（使役形） 使點著	ともらせる
ます形（連用形） 點著	ともります	られる形（被動形） 被點著	ともられる
て形 點著	ともって	命令形 快點著	ともれ
た形（過去形） 點著了	ともった	可能形	———
たら形（條件形） 點著的話	ともったら	う形（意向形） 點著吧	ともろう

△日が西に傾き、街には明かりがともり始めた。／
太陽西斜，街上也開始亮起了燈。

とりあつかう【取り扱う】

對待，接待；（用手）操縱，使用；處理；管理，經辦

他五 グループ1

取（と）り扱（あつか）う・取（と）り扱（あつか）います

辭書形(基本形) 操縱	とりあつかう	たり形 又是操縱	とりあつかったり
ない形（否定形） 沒操縱	とりあつかわない	ば形（條件形） 操縱的話	とりあつかえば
なかった形（過去否定形） 過去沒操縱	とりあつかわなかった	させる形（使役形） 予以操縱	とりあつかわせる
ます形（連用形） 操縱	とりあつかいます	られる形（被動形） 被操縱	とりあつかわれる
て形 操縱	とりあつかって	命令形 快操縱	とりあつかえ
た形（過去形） 操縱了	とりあつかった	可能形 可以操縱	とりあつかえる
たら形（條件形） 操縱的話	とりあつかったら	う形（意向形） 操縱吧	とりあつかおう

△下記（かき）の店舗（てんぽ）では生菓子（なまがし）は取（と）り扱（あつか）っていません。／以下這些店舗沒有販賣日式生菓子甜點。

とりくむ【取り組む】

（相撲）互相扭住；和…交手；開（匯票）；簽訂（合約）；埋頭研究

自五 グループ1

取（と）り組（く）む・取（と）り組（く）みます

辭書形(基本形) 簽訂	とりくむ	たり形 又是簽訂	とりくんだり
ない形（否定形） 沒簽訂	とりくまない	ば形（條件形） 簽訂的話	とりくめば
なかった形（過去否定形） 過去沒簽訂	とりくまなかった	させる形（使役形） 予以簽訂	とりくませる
ます形（連用形） 簽訂	とりくみます	られる形（被動形） 被簽訂	とりくまれる
て形 簽訂	とりくんで	命令形 快簽訂	とりくめ
た形（過去形） 簽訂了	とりくんだ	可能形 可以簽訂	とりくめる
たら形（條件形） 簽訂的話	とりくんだら	う形（意向形） 簽訂吧	とりくもう

△環境問題（かんきょうもんだい）はひとり環境省（かんきょうしょう）だけでなく、各省庁（かくしょうちょう）が協力（きょうりょく）して取（と）り組（く）んでいくべきだ。／環境保護問題不該只由環保署獨力處理，應由各部會互助合作共同面對。

とりこむ【取り込む】

（因喪事或意外而）忙碌；拿進來；騙取，侵吞；拉攏，籠絡

自他五 グループ1

取り込む・取り込みます

形	活用	形	活用
辭書形（基本形） 籠絡	とりこむ	たり形 又是籠絡	とりこんだり
ない形（否定形） 沒籠絡	とりこまない	ば形（條件形） 籠絡的話	とりこめば
なかった形（過去否定形） 過去沒籠絡	とりこまなかった	させる形（使役形） 予以籠絡	とりこませる
ます形（連用形） 籠絡	とりこみます	られる形（被動形） 被籠絡	とりこまれる
て形 籠絡	とりこんで	命令形 快籠絡	とりこめ
た形（過去形） 籠絡了	とりこんだ	可能形	———
たら形（條件形） 籠絡的話	とりこんだら	う形（意向形） 籠絡吧	とりこもう

△突然の不幸で取り込んでいる。／因突如其來的喪事而忙亂。

とりしまる【取り締まる】

管束，監督，取締

他五 グループ1

取り締まる・取り締まります

形	活用	形	活用
辭書形（基本形） 取締	とりしまる	たり形 又是取締	とりしまったり
ない形（否定形） 沒取締	とりしまらない	ば形（條件形） 取締的話	とりしまれば
なかった形（過去否定形） 過去沒取締	とりしまらなかった	させる形（使役形） 使取締	とりしまらせる
ます形（連用形） 取締	とりしまります	られる形（被動形） 被取締	とりしまられる
て形 取締	とりしまって	命令形 快取締	とりしまれ
た形（過去形） 取締了	とりしまった	可能形 可以取締	とりしまれる
たら形（條件形） 取締的話	とりしまったら	う形（意向形） 取締吧	とりしまろう

△夜になるとあちこちで警官が飲酒運転を取り締まっています。／入夜後，到處都有警察取締酒駕。

とりしらべる【取り調べる】 調査，偵査

他下一 グループ2

取り調べる・取り調べます

辭書形(基本形) 調查	とりしらべる	たり形 又是調查	とりしらべたり
ない形（否定形） 沒調查	とりしらべない	ば形（條件形） 調查的話	とりしらべれば
なかった形（過去否定形） 過去沒調查	とりしらべなかった	させる形（使役形） 使調查	とりしらべさせる
ます形（連用形） 調查	とりしらべます	られる形（被動形） 被調查	とりしらべられる
て形 調查	とりしらべて	命令形 快調查	とりしらべろ
た形（過去形） 調查了	とりしらべた	可能形 可以調查	とりしらべられる
たら形（條件形） 調查的話	とりしらべたら	う形（意向形） 調查吧	とりしらべよう

△否応なしに、警察の取り調べを受けた。／被迫接受了警方的偵訊調查。

とりたてる【取り立てる】 催繳，索取；提拔

他下一 グループ2

取り立てる・取り立てます

辭書形(基本形) 提拔	とりたてる	たり形 又是提拔	とりたてたり
ない形（否定形） 沒提拔	とりたてない	ば形（條件形） 提拔的話	とりたてれば
なかった形（過去否定形） 過去沒提拔	とりたてなかった	させる形（使役形） 使提拔	とりたてさせる
ます形（連用形） 提拔	とりたてます	られる形（被動形） 被提拔	とりたてられる
て形 提拔	とりたてて	命令形 快提拔	とりたてろ
た形（過去形） 提拔了	とりたてた	可能形 可以提拔	とりたてられる
たら形（條件形） 提拔的話	とりたてたら	う形（意向形） 提拔吧	とりたてよう

△毎日のようにヤミ金融業者が取り立てにやって来ます。／地下錢莊幾乎每天都來討債。

とりつぐ【取り次ぐ】

傳達；（在門口）通報，傳遞；經銷，代購，代辦；轉交

他五 グループ1

取り次ぐ・取り次ぎます

辭書形(基本形) 傳遞	とりつぐ	たり形 又是傳遞	とりついだり
ない形（否定形） 沒傳遞	とりつがない	ば形（條件形） 傳遞的話	とりつげば
なかった形（過去否定形） 過去沒傳遞	とりつがなかった	させる形（使役形） 使傳遞	とりつがせる
ます形（連用形） 傳遞	とりつぎます	られる形（被動形） 被傳遞	とりつがれる
て形 傳遞	とりついで	命令形 快傳遞	とりつげ
た形（過去形） 傳遞了	とりついだ	可能形 可以傳遞	とりつげる
たら形（條件形） 傳遞的話	とりついだら	う形（意向形） 傳遞吧	とりつごう

△お取り込み中のところを恐れ入りますが、伊藤さんにお取り次ぎいただけますか。／很抱歉在百忙之中打擾您，可以麻煩您幫我傳達給伊藤先生嗎？

とりつける【取り付ける】

安裝（機器等）；經常光顧；（商）擠兌；取得

他下一 グループ2

取り付ける・取り付けます

辭書形(基本形) 取得	とりつける	たり形 又是取得	とりつけたり
ない形（否定形） 沒取得	とりつけない	ば形（條件形） 取得的話	とりつければ
なかった形（過去否定形） 過去沒取得	とりつけなかった	させる形（使役形） 使取得	とりつけさせる
ます形（連用形） 取得	とりつけます	られる形（被動形） 被取得	とりつけられる
て形 取得	とりつけて	命令形 快取得	とりつけろ
た形（過去形） 取得了	とりつけた	可能形 可以取得	とりつけられる
たら形（條件形） 取得的話	とりつけたら	う形（意向形） 取得吧	とりつけよう

△クーラーなど必要な設備はすでに取り付けてあります。／空調等所有必要的設備，已經全數安裝完畢。

とりのぞく【取り除く】 除掉，清除；拆除

他五 グループ1

取り除く・取り除きます

辭書形(基本形) 清除	とりのぞく	たり形 又是清除	とりのぞいたり
ない形（否定形） 沒清除	とりのぞかない	ば形（條件形） 清除的話	とりのぞけば
なかった形（過去否定形） 過去沒清除	とりのぞかなかった	させる形（使役形） 予以清除	とりのぞかせる
ます形（連用形） 清除	とりのぞきます	られる形（被動形） 被清除	とりのぞかれる
て形 清除	とりのぞいて	命令形 快清除	とりのぞけ
た形（過去形） 清除了	とりのぞいた	可能形 可以清除	とりのぞける
たら形（條件形） 清除的話	とりのぞいたら	う形（意向形） 清除吧	とりのぞこう

△この薬を飲めば、痛みを取り除くことができますか。／
只要吃下這種藥，疼痛就會消失嗎？

とりまく【取り巻く】 圍住，圍繞；奉承，奉迎

他五 グループ1

取り巻く・取り巻きます

辭書形(基本形) 圍繞	とりまく	たり形 又是圍繞	とりまいたり
ない形（否定形） 沒圍繞	とりまかない	ば形（條件形） 圍繞的話	とりまけば
なかった形（過去否定形） 過去沒圍繞	とりまかなかった	させる形（使役形） 使圍繞	とりまかせる
ます形（連用形） 圍繞	とりまきます	られる形（被動形） 被圍繞	とりまかれる
て形 圍繞	とりまいて	命令形 快圍繞	とりまけ
た形（過去形） 圍繞了	とりまいた	可能形 可以圍繞	とりまける
たら形（條件形） 圍繞的話	とりまいたら	う形（意向形） 圍繞吧	とりまこう

△わが国を取り巻く国際環境は決して楽観できるものではありません。／
我國周遭的國際局勢決不能樂觀視之。

とりまぜる【取り混ぜる】 攙混，混在一起 他下一 グループ2

取り混ぜる・取り混ぜます

辭書形(基本形) 混在一起	とりまぜる	たり形 又是混在一起	とりまぜたり
ない形（否定形） 沒混在一起	とりまぜない	ば形（條件形） 混在一起的話	とりまぜれば
なかった形（過去否定形） 過去沒混在一起	とりまぜなかった	させる形（使役形） 使混在一起	とりまぜさせる
ます形（連用形） 混在一起	とりまぜます	られる形（被動形） 被混在一起	とりまぜられる
て形 混在一起	とりまぜて	命令形 快混在一起	とりまぜろ
た形（過去形） 混在一起了	とりまぜた	可能形 可以混在一起	とりまぜられる
たら形（條件形） 混在一起的話	とりまぜたら	う形（意向形） 混在一起吧	とりまぜよう

△新旧の映像を取り混ぜて、再編集します。／將新影片與舊影片重新混合剪輯。

とりもどす【取り戻す】 拿回，取回；恢復，挽回 他五 グループ1

取り戻す・取り戻します

辭書形(基本形) 取回	とりもどす	たり形 又是取回	とりもどしたり
ない形（否定形） 沒取回	とりもどさない	ば形（條件形） 取回的話	とりもどせば
なかった形（過去否定形） 過去沒取回	とりもどさなかった	させる形（使役形） 使取回	とりもどさせる
ます形（連用形） 取回	とりもどします	られる形（被動形） 被取回	とりもどされる
て形 取回	とりもどして	命令形 快取回	とりもどせ
た形（過去形） 取回了	とりもどした	可能形 可以取回	とりもどせる
たら形（條件形） 取回的話	とりもどしたら	う形（意向形） 取回吧	とりもどそう

△遅れを取り戻すためとあれば、徹夜してもかまわない。／如為趕上進度，就算熬夜也沒問題。

とりよせる【取り寄せる】 請(遠方)送來;寄來;訂貨;函購 他下一 グループ2

取り寄せる・取り寄せます

辭書形(基本形) 送來	とりよせる	たり形 又是送來	とりよせたり
ない形(否定形) 沒送來	とりよせない	ば形(條件形) 送來的話	とりよせれば
なかった形(過去否定形) 過去沒送來	とりよせなかった	させる形(使役形) 使送來	とりよせさせる
ます形(連用形) 送來	とりよせます	られる形(被動形) 被送來	とりよせられる
て形 送來	とりよせて	命令形 快送來	とりよせろ
た形(過去形) 送來了	とりよせた	可能形 可以送來	とりよせられる
たら形(條件形) 送來的話	とりよせたら	う形(意向形) 送來吧	とりよせよう

△インターネットで各地の名産を取り寄せることができます。／
可以透過網路訂購各地的名產。

とろける【蕩ける】 溶化,溶解;心盪神馳 自下一 グループ2

蕩ける・蕩けます

辭書形(基本形) 溶化	とろける	たり形 又是溶化	とろけたり
ない形(否定形) 沒溶化	とろけない	ば形(條件形) 溶化的話	とろければ
なかった形(過去否定形) 過去沒溶化	とろけなかった	させる形(使役形) 使溶化	とろけさせる
ます形(連用形) 溶化	とろけます	られる形(被動形) 被溶化	とろけられる
て形 溶化	とろけて	命令形 快溶化	とろけろ
た形(過去形) 溶化了	とろけた	可能形	————
たら形(條件形) 溶化的話	とろけたら	う形(意向形) 溶化吧	とろけよう

△このスイーツは、口に入れた瞬間とろけてしまいます。／
這個甜點送進口中的瞬間，立刻在嘴裡化開了。

なぐる【殴る】 毆打，揍

他五 グループ1

殴る・殴ります

辭書形(基本形) 毆打	なぐる	たり形 又是毆打	なぐったり
ない形（否定形） 沒毆打	なぐらない	ば形（條件形） 毆打的話	なぐれば
なかった形（過去否定形） 過去沒毆打	なぐらなかった	させる形（使役形） 任憑毆打	なぐらせる
ます形（連用形） 毆打	なぐります	られる形（被動形） 被毆打	なぐられる
て形 毆打	なぐって	命令形 快毆打	なぐれ
た形（過去形） 毆打了	なぐった	可能形 可以毆打	なぐれる
たら形（條件形） 毆打的話	なぐったら	う形（意向形） 毆打吧	なぐろう

△態度が悪いからといって、殴る蹴るの暴行を加えてよいわけがない。／
就算態度不好，也不能對他又打又踢的施以暴力。

なげく【嘆く】 嘆氣；悲嘆；嘆惋，慨嘆

自五 グループ1

嘆く・嘆きます

辭書形(基本形) 慨嘆	なげく	たり形 又是慨嘆	なげいたり
ない形（否定形） 沒慨嘆	なげかない	ば形（條件形） 慨嘆的話	なげけば
なかった形（過去否定形） 過去沒慨嘆	なげかなかった	させる形（使役形） 使傷悲	なげかせる
ます形（連用形） 慨嘆	なげきます	られる形（被動形） 被感慨	なげかれる
て形 慨嘆	なげいて	命令形 快慨嘆	なげけ
た形（過去形） 慨嘆了	なげいた	可能形	———
たら形（條件形） 慨嘆的話	なげいたら	う形（意向形） 慨嘆吧	なげこう

△ないものを嘆いてもどうにもならないでしょう。／
就算嘆惋那不存在的東西也是無濟於事。

N1 な なぐる・なげく

なげだす【投げ出す】 拋出，扔下；拋棄，放棄；拿出，豁出，獻出 他五 グループ1

投げ出す・投げ出します

辭書形(基本形) 拋出	なげだす	たり形 又是拋出	なげだしたり
ない形（否定形） 沒拋出	なげださない	ば形（條件形） 拋出的話	なげだせば
なかった形（過去否定形） 過去沒拋出	なげださなかった	させる形（使役形） 使拋出	なげださせる
ます形（連用形） 拋出	なげだします	られる形（被動形） 被拋出	なげだされる
て形 拋出	なげだして	命令形 快拋出	なげだせ
た形（過去形） 拋出了	なげだした	可能形 可以拋出	なげだせる
たら形（條件形） 拋出的話	なげだしたら	う形（意向形） 拋出吧	なげだそう

△彼は、つまずいても投げ出すことなく、最後までやり遂げた。／他就算受挫也沒有自暴自棄，堅持到最後一刻完成了。

なごむ【和む】 平靜下來，溫和起來，緩和 自五 グループ1

和む・和みます

辭書形(基本形) 緩和	なごむ	たり形 又是緩和	なごんだり
ない形（否定形） 沒緩和	なごまない	ば形（條件形） 緩和的話	なごめば
なかった形（過去否定形） 過去沒緩和	なごまなかった	させる形（使役形） 使緩和	なごませる
ます形（連用形） 緩和	なごみます	られる形（被動形） 被緩和	なごまれる
て形 緩和	なごんで	命令形 快緩和	なごめ
た形（過去形） 緩和了	なごんだ	可能形	――
たら形（條件形） 緩和的話	なごんだら	う形（意向形） 緩和吧	なごもう

△孫と話していると、心が和む。／和孫兒聊天以後，心情就平靜下來了。

なじる【詰る】 責備，責問

他五 グループ1

詰(なじ)る・詰(なじ)ります

辭書形(基本形) 責備	なじる	たり形 又是責備	なじったり
ない形（否定形） 沒責備	なじらない	ば形（條件形） 責備的話	なじれば
なかった形（過去否定形） 過去沒責備	なじらなかった	させる形（使役形） 予以責備	なじらせる
ます形（連用形） 責備	なじります	られる形（被動形） 被責備	なじられる
て形 責備	なじって	命令形 快責備	なじれ
た形（過去形） 責備了	なじった	可能形 可以責備	なじれる
たら形（條件形） 責備的話	なじったら	う形（意向形） 責備吧	なじろう

△人(ひと)の失敗(しっぱい)をいつまでもなじるものではない。／不要一直責備別人的失敗。

なつく【懐く】 親近；喜歡；馴服

自五 グループ1

懐(なつ)く・懐(なつ)きます

辭書形(基本形) 馴服	なつく	たり形 又是馴服	なついたり
ない形（否定形） 沒馴服	なつかない	ば形（條件形） 馴服的話	なつけば
なかった形（過去否定形） 過去沒馴服	なつかなかった	させる形（使役形） 使馴服	なつかせる
ます形（連用形） 馴服	なつきます	られる形（被動形） 被馴服	なつかれる
て形 馴服	なついて	命令形 快馴服	なつけ
た形（過去形） 馴服了	なついた	可能形 可以馴服	なつける
たら形（條件形） 馴服的話	なついたら	う形（意向形） 馴服吧	なつこう

△彼女(かのじょ)の犬(いぬ)は誰彼(だれかれ)かまわずすぐなつきます。／
她所養的狗與任何人都能很快變得友好親密。

なづける【名付ける】 命名；叫做，稱呼為

他下一 グループ2

名付ける・名付けます

辭書形(基本形) 命名	なづける	たり形 又是命名	なづけたり
ない形（否定形) 沒命名	なづけない	ば形（條件形) 命名的話	なづければ
なかった形（過去否定形) 過去沒命名	なづけなかった	させる形（使役形) 予以命名	なづけさせる
ます形（連用形) 命名	なづけます	られる形（被動形) 被命名	なづけられる
て形 命名	なづけて	命令形 快命名	なづけろ
た形（過去形) 命名了	なづけた	可能形 可以命名	なづけられる
たら形（條件形) 命名的話	なづけたら	う形（意向形) 命名吧	なづけよう

△娘は三月に生まれたので、「弥生」と名付けました。／
女兒因為是在三月出生的，所以取了名字叫「彌生」。

なめる【嘗める】 舔；嚐；經歷；小看，輕視；(比喻火)燃燒，蔓延

他下一 グループ2

嘗める・嘗めます

辭書形(基本形) 舔	なめる	たり形 又是舔	なめたり
ない形（否定形) 沒舔	なめない	ば形（條件形) 舔的話	なめれば
なかった形（過去否定形) 過去沒舔	なめなかった	させる形（使役形) 使舔	なめさせる
ます形（連用形) 舔	なめます	られる形（被動形) 被舔	なめられる
て形 舔	なめて	命令形 快舔	なめろ
た形（過去形) 舔了	なめた	可能形 可以舔	なめられる
たら形（條件形) 舔的話	なめたら	う形（意向形) 舔吧	なめよう

△お皿のソースをなめるのは、行儀が悪いからやめなさい。／
用舌頭舔舐盤子上的醬汁是非常不禮貌的舉動，不要再這樣做！

なやます【悩ます】 使煩惱，煩擾，折磨；惱人，迷人

他五 グループ1

悩ます・悩まします

辭書形(基本形) 折磨	なやます	たり形 又是折磨	なやましたり
ない形（否定形） 沒折磨	なやまさない	ば形（條件形） 折磨的話	なやませば
なかった形（過去否定形） 過去沒折磨	なやまさなかった	させる形（使役形） 使折磨	なやまさせる
ます形（連用形） 折磨	なやまします	られる形（被動形） 被折磨	なやまされる
て形 折磨	なやまして	命令形 快折磨	なやませ
た形（過去形） 折磨了	なやました	可能形 可以折磨	なやませる
たら形（條件形） 折磨的話	なやましたら	う形（意向形） 折磨吧	なやまそう

△暴走族の騒音に毎晩悩まされています。／
每一個夜裡都深受飆車族所發出的噪音所苦。

ならす【慣らす】 使習慣，使適應，使馴服

他五 グループ1

慣らす・慣らします

辭書形(基本形) 使馴服	ならす	たり形 又是使馴服	ならしたり
ない形（否定形） 沒使馴服	ならさない	ば形（條件形） 使馴服的話	ならせば
なかった形（過去否定形） 過去沒使馴服	ならさなかった	させる形（使役形） 使適應	ならさせる
ます形（連用形） 使馴服	ならします	られる形（被動形） 被馴服	ならされる
て形 使馴服	ならして	命令形 快使馴服	ならせ
た形（過去形） 使馴服了	ならした	可能形 可以使馴服	ならせる
たら形（條件形） 使馴服的話	ならしたら	う形（意向形） 使馴服吧	ならそう

△外国語を学ぶ場合、まず耳を慣らすことが大切です。／
學習外語時，最重要的就是先由習慣聽這種語言開始。

ならす【馴らす】 馴養，調馴

他五 グループ1

馴(な)らす・馴(な)らします

辭書形(基本形) 調馴	ならす	たり形 又是調馴	ならしたり
ない形（否定形） 沒調馴	ならさない	ば形（條件形） 調馴的話	ならせば
なかった形（過去否定形） 過去沒調馴	ならさなかった	させる形（使役形） 使順應	ならさせる
ます形（連用形） 調馴	ならします	られる形（被動形） 被調馴	ならされる
て形 調馴	ならして	命令形 快調馴	ならせ
た形（過去形） 調馴了	ならした	可能形 可以調馴	ならせる
たら形（條件形） 調馴的話	ならしたら	う形（意向形） 調馴吧	ならそう

△どうしたらウサギを飼(か)い馴(な)らすことができますか。／
該如何做才能馴養兔子呢？

なりたつ【成り立つ】 成立；談妥，達成協議；划得來，有利可圖；能維持；(古)成長

自五 グループ1

成(な)り立(た)つ・成(な)り立(た)ちます

辭書形(基本形) 達成協議	なりたつ	たり形 又是達成協議	なりたったり
ない形（否定形） 沒達成協議	なりたたない	ば形（條件形） 達成協議的話	なりたてば
なかった形（過去否定形） 過去沒達成協議	なりたたなかった	させる形（使役形） 使達成協議	なりたたせる
ます形（連用形） 達成協議	なりたちます	られる形（被動形） 被達成協議	なりたたれる
て形 達成協議	なりたって	命令形 快達成協議	なりたて
た形（過去形） 達成協議了	なりたった	可能形	————
たら形（條件形） 達成協議的話	なりたったら	う形（意向形） 達成協議吧	なりたとう

△基金会(ききんかい)の運営(うんえい)はボランティアのサポートによって成(な)り立(た)っています。／
在義工的協助下，方能維持基金會的運作。

にかよう【似通う】 類似，相似；切近

自五 グループ1

似通う・似通います

辭書形(基本形) 切近	にかよう	たり形 又是切近	にかよったり
ない形（否定形） 沒切近	にかよわない	ば形（條件形） 切近的話	にかよえば
なかった形（過去否定形） 過去沒切近	にかよわなかった	させる形（使役形） 使切近	にかよわせる
ます形（連用形） 切近	にかよいます	られる形（被動形） 被切近	にかよわれる
て形 切近	にかよって	命令形 快切近	にかよえ
た形（過去形） 切近了	にかよった	可能形	———
たら形（條件形） 切近的話	にかよったら	う形（意向形） 切近吧	にかよおう

△さすが双子とあって、考え方も似通っています。／
不愧是雙胞胎的關係，就連思考模式也非常相似。

にぎわう【賑わう】 熱鬧，擁擠；繁榮，興盛

自五 グループ1

賑わう・賑わいます

辭書形(基本形) 擁擠	にぎわう	たり形 又是擁擠	にぎわったり
ない形（否定形） 沒擁擠	にぎわわない	ば形（條件形） 擁擠的話	にぎわえば
なかった形（過去否定形） 過去沒擁擠	にぎわわなかった	させる形（使役形） 使擁擠	にぎわわせる
ます形（連用形） 擁擠	にぎわいます	られる形（被動形） 得到興盛	にぎわわれる
て形 擁擠	にぎわって	命令形 快繁榮	にぎわえ
た形（過去形） 擁擠了	にぎわった	可能形	———
たら形（條件形） 擁擠的話	にぎわったら	う形（意向形） 擁擠吧	にぎわおう

△不況の影響をものともせず、お店はにぎわっている。／
店家未受不景氣的影響，高朋滿座。

にげだす【逃げ出す】 逃出，溜掉；拔腿就跑，開始逃跑 自五 グループ1

逃(に)げ出(だ)す・逃(に)げ出(だ)します

辭書形(基本形) 溜掉	にげだす	たり形 又是溜掉	にげだしたり
ない形（否定形） 沒溜掉	にげださない	ば形（條件形） 溜掉的話	にげだせば
なかった形（過去否定形） 過去沒溜掉	にげださなかった	させる形（使役形） 使溜掉	にげださせる
ます形（連用形） 溜掉	にげだします	られる形（被動形） 被溜掉	にげだされる
て形 溜掉	にげだして	命令形 快溜掉	にげだせ
た形（過去形） 溜掉了	にげだした	可能形 可以溜掉	にげだせる
たら形（條件形） 溜掉的話	にげだしたら	う形（意向形） 溜掉吧	にげだそう

△逃(に)げ出(だ)したかと思(おも)いきや、すぐ捕(つか)まった。／
本以為脫逃成功，沒想到立刻遭到逮捕。

にじむ【滲む】 (顏色等)滲出，滲入；(汗水、眼淚、血等)慢慢滲出來 自五 グループ1

滲(にじ)む・滲(にじ)みます

辭書形(基本形) 滲出	にじむ	たり形 又是滲出	にじんだり
ない形（否定形） 沒滲出	にじまない	ば形（條件形） 滲出的話	にじめば
なかった形（過去否定形） 過去沒滲出	にじまなかった	させる形（使役形） 使滲出	にじませる
ます形（連用形） 滲出	にじみます	られる形（被動形） 被滲出	にじまれる
て形 滲出	にじんで	命令形 快滲出	にじめ
た形（過去形） 滲出了	にじんだ	可能形	――――
たら形（條件形） 滲出的話	にじんだら	う形（意向形） 滲出吧	にじもう

△水性(すいせい)のペンは雨(あめ)にぬれると滲(にじ)みますよ。／
以水性筆所寫的字只要遭到雨淋就會暈染開來喔。

になう【担う】 擔，挑；承擔，肩負，擔負

他五 グループ1

担う・担います

辭書形(基本形) 擔負	になう	たり形 又是擔負	になったり
ない形（否定形） 沒擔負	になわない	ば形（條件形） 擔負的話	になえば
なかった形（過去否定形） 過去沒擔負	になわなかった	させる形（使役形） 使擔負	になわせる
ます形（連用形） 擔負	にないます	られる形（被動形） 被迫擔負	になわれる
て形 擔負	になって	命令形 快擔負	になえ
た形（過去形） 擔負了	になった	可能形 可以擔負	になえる
たら形（條件形） 擔負的話	になったら	う形（意向形） 擔負吧	になおう

△同財団法人では国際交流を担う人材を育成しています。／
該財團法人負責培育肩負國際交流重任之人才。

にぶる【鈍る】 不利，變鈍；變遲鈍，減弱

自五 グループ1

鈍る・鈍ります

辭書形(基本形) 減弱	にぶる	たり形 又是減弱	にぶったり
ない形（否定形） 沒減弱	にぶらない	ば形（條件形） 減弱的話	にぶれば
なかった形（過去否定形） 過去沒減弱	にぶらなかった	させる形（使役形） 使減弱	にぶらせる
ます形（連用形） 減弱	にぶります	られる形（被動形） 被減弱	にぶられる
て形 減弱	にぶって	命令形 快減弱	にぶれ
た形（過去形） 減弱了	にぶった	可能形	——
たら形（條件形） 減弱的話	にぶったら	う形（意向形） 減弱吧	にぶろう

△しばらく運動していなかったので、体が鈍ってしまいました。／
好一陣子沒有運動，身體反應變得比較遲鈍。

N1 に になう・にぶる

ぬかす【抜かす】 遺漏，跳過，省略

他五 グループ1

抜(ぬ)かす・抜(ぬ)かします

辭書形（基本形） 省略	ぬかす	たり形 又是省略	ぬかしたり
ない形（否定形） 沒省略	ぬかさない	ば形（條件形） 省略的話	ぬかせば
なかった形（過去否定形） 過去沒省略	ぬかさなかった	させる形（使役形） 使省略	ぬかさせる
ます形（連用形） 省略	ぬかします	られる形（被動形） 被省略	ぬかされる
て形 省略	ぬかして	命令形 快省略	ぬかせ
た形（過去形） 省略了	ぬかした	可能形 可以省略	ぬかせる
たら形（條件形） 省略的話	ぬかしたら	う形（意向形） 省略吧	ぬかそう

△次(つぎ)のページは抜(ぬ)かします。／下一頁跳過。

ぬけだす【抜け出す】 溜走，逃脫，擺脫；（髮、牙）開始脫落，掉落

自五 グループ1

抜(ぬ)け出(だ)す・抜(ぬ)け出(だ)します

辭書形（基本形） 逃脫	ぬけだす	たり形 又是逃脫	ぬけだしたり
ない形（否定形） 沒逃脫	ぬけださない	ば形（條件形） 逃脫的話	ぬけだせば
なかった形（過去否定形） 過去沒逃脫	ぬけださなかった	させる形（使役形） 使逃脫	ぬけださせる
ます形（連用形） 逃脫	ぬけだします	られる形（被動形） 被逃脫	ぬけだされる
て形 逃脫	ぬけだして	命令形 快逃脫	ぬけだせ
た形（過去形） 逃脫了	ぬけだした	可能形 可以逃脫	ぬけだせる
たら形（條件形） 逃脫的話	ぬけだしたら	う形（意向形） 逃脫吧	ぬけだそう

△授業(じゅぎょう)を勝手(かって)に抜(ぬ)け出(だ)してはいけません。／不可以在上課時擅自溜出教室。

ねかす【寝かす】 使睡覺，使躺下；存起來；放倒

他五 グループ1

寝(ね)かす・寝(ね)かします

辭書形(基本形) 放倒	ねかす	たり形 又是放倒	ねかしたり
ない形（否定形） 沒放倒	ねかさない	ば形（條件形） 放倒的話	ねかせば
なかった形（過去否定形） 過去沒放倒	ねかさなかった	させる形（使役形） 使放倒	ねかさせる
ます形（連用形） 放倒	ねかします	られる形（被動形） 被放倒	ねかされる
て形 放倒	ねかして	命令形 快放倒	ねかせ
た形（過去形） 放倒了	ねかした	可能形 可以放倒	ねかせる
たら形（條件形） 放倒的話	ねかしたら	う形（意向形） 放倒吧	ねかそう

△赤(あか)ん坊(ぼう)を寝(ね)かす。／哄嬰兒睡覺。

ねかせる【寝かせる】 使睡覺，使躺下；使平倒；存放著，賣不出去；使發酵

他下一 グループ2

寝(ね)かせる・寝(ね)かせます

辭書形(基本形) 存放著	ねかせる	たり形 又是存放著	ねかせたり
ない形（否定形） 沒存放著	ねかせない	ば形（條件形） 存放著的話	ねかせれば
なかった形（過去否定形） 過去沒存放著	ねかせなかった	させる形（使役形） 使存放著	ねかせさせる
ます形（連用形） 存放著	ねかせます	られる形（被動形） 被存放著	ねかせられる
て形 存放著	ねかせて	命令形 快存放著	ねかせろ
た形（過去形） 存放著了	ねかせた	可能形 可以存放著	ねかせられる
たら形（條件形） 存放著的話	ねかせたら	う形（意向形） 存放著吧	ねかせよう

△暑(あつ)すぎて、子(こ)どもを寝(ね)かせようにも寝(ね)かせられない。／天氣太熱了，想讓孩子睡著也都睡不成。

ねじれる【捩じれる】 彎曲,歪扭,扭曲;(個性)乖僻,彆扭 自下一 グループ2

捩(ね)じれる・捩(ね)じれます

辭書形(基本形) 扭曲	ねじれる	たり形 又是扭曲	ねじれたり
ない形(否定形) 沒扭曲	ねじれない	ば形(條件形) 扭曲的話	ねじれれば
なかった形(過去否定形) 過去沒扭曲	ねじれなかった	させる形(使役形) 使扭曲	ねじれさせる
ます形(連用形) 扭曲	ねじれます	られる形(被動形) 被扭曲	ねじれられる
て形 扭曲	ねじれて	命令形 快扭曲	ねじれろ
た形(過去形) 扭曲了	ねじれた	可能形 可以扭曲	ねじれられる
たら形(條件形) 扭曲的話	ねじれたら	う形(意向形) 扭曲吧	ねじれよう

△電話(でんわ)のコードがいつもねじれるので困(こま)っています。／電話聽筒的電線總是纏扭成一團,令人困擾極了。

ねたむ【妬む】 忌妒,吃醋;妒恨 他五 グループ1

妬(ねた)む・妬(ねた)みます

辭書形(基本形) 妒恨	ねたむ	たり形 又是妒恨	ねたんだり
ない形(否定形) 沒妒恨	ねたまない	ば形(條件形) 妒恨的話	ねためば
なかった形(過去否定形) 過去沒妒恨	ねたまなかった	させる形(使役形) 使妒恨	ねたませる
ます形(連用形) 妒恨	ねたみます	られる形(被動形) 被妒恨	ねたまれる
て形 妒恨	ねたんで	命令形 快妒恨	ねため
た形(過去形) 妒恨了	ねたんだ	可能形 可以妒恨	ねためる
たら形(條件形) 妒恨的話	ねたんだら	う形(意向形) 妒恨吧	ねたもう

△彼(かれ)みたいな人(ひと)は妬(ねた)むにはあたらない。／用不著忌妒他那種人。

ねばる【粘る】 黏；有耐性，堅持

自五 グループ1

粘る・粘ります

辭書形(基本形) 黏	ねばる	たり形 又是黏	ねばったり
ない形（否定形） 沒黏	ねばらない	ば形（條件形） 黏的話	ねばれば
なかった形（過去否定形） 過去沒黏	ねばらなかった	させる形（使役形） 使黏	ねばらせる
ます形（連用形） 黏	ねばります	られる形（被動形） 被黏	ねばられる
て形 黏	ねばって	命令形 快黏	ねばれ
た形（過去形） 黏了	ねばった	可能形 可以黏	ねばれる
たら形（條件形） 黏的話	ねばったら	う形（意向形） 黏吧	ねばろう

△コンディションが悪いにもかかわらず、最後までよく粘った。／
雖然狀態不佳，還是盡力堅持到最後。

ねる【練る】 （用灰汁、肥皂等）熬成熟絲，熟絹；推敲，錘鍊（詩文等）；修養，鍛鍊

他五 グループ1

練る・練ります

辭書形(基本形) 鍛鍊	ねる	たり形 又是鍛鍊	ねったり
ない形（否定形） 沒鍛鍊	ねらない	ば形（條件形） 鍛鍊的話	ねれば
なかった形（過去否定形） 過去沒鍛鍊	ねらなかった	させる形（使役形） 予以鍛鍊	ねらせる
ます形（連用形） 鍛鍊	ねります	られる形（被動形） 被鍛鍊	ねられる
て形 鍛鍊	ねって	命令形 快鍛鍊	ねれ
た形（過去形） 鍛鍊了	ねった	可能形 可以鍛鍊	ねれる
たら形（條件形） 鍛鍊的話	ねったら	う形（意向形） 鍛鍊吧	ねろう

△じっくりと作戦を練り直しましょう。／
讓我們審慎地重新推演作戰方式吧！

のがす【逃す】 錯過，放過；（接尾詞用法）放過，漏掉

他五　グループ1

逃す・逃します

辭書形(基本形) 放過	のがす	たり形 又是放過	のがしたり
ない形（否定形） 沒放過	のがさない	ば形（條件形） 放過的話	のがせば
なかった形（過去否定形） 過去沒放過	のがさなかった	させる形（使役形） 使放過	のがさせる
ます形（連用形） 放過	のがします	られる形（被動形） 被放過	のがされる
て形 放過	のがして	命令形 快放過	のがせ
た形（過去形） 放過了	のがした	可能形 可以放過	のがせる
たら形（條件形） 放過的話	のがしたら	う形（意向形） 放過吧	のがそう

△彼はわずか10秒差で優勝を逃しました。／
他以僅僅十秒之差，不幸痛失了冠軍頭銜。

のがれる【逃れる】 逃跑，逃脫；逃避，避免，躲避

自下一　グループ2

逃れる・逃れます

辭書形(基本形) 逃避	のがれる	たり形 又是逃避	のがれたり
ない形（否定形） 沒逃避	のがれない	ば形（條件形） 逃避的話	のがれれば
なかった形（過去否定形） 過去沒逃避	のがれなかった	させる形（使役形） 使逃逸	のがれさせる
ます形（連用形） 逃避	のがれます	られる形（被動形） 被脫逃	のがれられる
て形 逃避	のがれて	命令形 快逃避	のがれろ
た形（過去形） 逃避了	のがれた	可能形 可以逃避	のがれられる
たら形（條件形） 逃避的話	のがれたら	う形（意向形） 逃避吧	のがれよう

△警察の追跡を逃れようとして、犯人は追突事故を起こしました。／
嫌犯試圖甩掉警察追捕而駕車逃逸，卻發生了追撞事故。

のぞむ【臨む】 面臨，面對；瀕臨；遭逢；蒞臨；君臨，統治 自五 グループ1

臨む・臨みます

辭書形(基本形) 面臨	のぞむ	たり形 又是面臨	のぞんだり
ない形（否定形） 沒面臨	のぞまない	ば形（條件形） 面臨的話	のぞめば
なかった形（過去否定形） 過去沒面臨	のぞまなかった	させる形（使役形） 使面臨	のぞませる
ます形（連用形） 面臨	のぞみます	られる形（被動形） 被面臨	のぞまれる
て形 面臨	のぞんで	命令形 快面臨	のぞめ
た形（過去形） 面臨了	のぞんだ	可能形 可以面臨	のぞめる
たら形（條件形） 面臨的話	のぞんだら	う形（意向形） 面臨吧	のぞもう

△決勝戦に臨む意気込みを一言お願いします。／
請您在冠亞軍決賽即將開始前，對觀眾們說幾句展現鬥志的話。

のっとる【乗っ取る】 （「のりとる」的音便）侵占，奪取，劫持 他五 グループ1

乗っ取る・乗っ取ります

辭書形(基本形) 奪取	のっとる	たり形 又是奪取	のっとったり
ない形（否定形） 沒奪取	のっとらない	ば形（條件形） 奪取的話	のっとれば
なかった形（過去否定形） 過去沒奪取	のっとらなかった	させる形（使役形） 使奪取	のっとらせる
ます形（連用形） 奪取	のっとります	られる形（被動形） 被奪取	のっとられる
て形 奪取	のっとって	命令形 快奪取	のっとれ
た形（過去形） 奪取了	のっとった	可能形 可以奪取	のっとれる
たら形（條件形） 奪取的話	のっとったら	う形（意向形） 奪取吧	のっとろう

△タンカーが海賊に乗っ取られたという知らせが飛び込んできた。／
油輪遭到海盜強佔挾持的消息傳了進來。

ののしる【罵る】 自五 大聲吵鬧 他五 罵，說壞話

グループ1

罵る・罵ります

辭書形(基本形) 罵	ののしる	たり形 又是罵	ののしったり
ない形（否定形） 沒罵	ののしらない	ば形（條件形） 罵的話	ののしれば
なかった形（過去否定形） 過去沒罵	ののしらなかった	させる形（使役形） 予以斥罵	ののしらせる
ます形（連用形） 罵	ののしります	られる形（被動形） 被罵	ののしられる
て形 罵	ののしって	命令形 快罵	ののしれ
た形（過去形） 罵了	ののしった	可能形 可以罵	ののしれる
たら形（條件形） 罵的話	ののしったら	う形（意向形） 罵吧	ののしろう

△顔を見るが早いか、お互いにののしり始めた。／
雙方才一照面，就互罵了起來。

のみこむ【飲み込む】 咽下，吞下；領會，熟悉

他五 グループ1

飲み込む・飲み込みます

辭書形(基本形) 吞下	のみこむ	たり形 又是吞下	のみこんだり
ない形（否定形） 沒吞下	のみこまない	ば形（條件形） 吞下的話	のみこめば
なかった形（過去否定形） 過去沒吞下	のみこまなかった	させる形（使役形） 使吞下	のみこませる
ます形（連用形） 吞下	のみこみます	られる形（被動形） 被吞下	のみこまれる
て形 吞下	のみこんで	命令形 快吞下	のみこめ
た形（過去形） 吞下了	のみこんだ	可能形 可以吞下	のみこめる
たら形（條件形） 吞下的話	のみこんだら	う形（意向形） 吞下吧	のみこもう

△噛み切れなかったら、そのまま飲み込むまでだ。／
沒辦法咬斷的話，也只能直接吞下去了。

のりこむ【乗り込む】

坐進・乘上（車）；開進，進入；（和大家）一起搭乘；（軍隊）開入；（劇團、體育團體等）到達

自五　グループ1

乗り込む・乗り込みます

辭書形（基本形） 開進	のりこむ	たり形 又是開進	のりこんだり
ない形（否定形） 沒開進	のりこまない	ば形（條件形） 開進的話	のりこめば
なかった形（過去否定形） 過去沒開進	のりこまなかった	させる形（使役形） 使開進	のりこませる
ます形（連用形） 開進	のりこみます	られる形（被動形） 被開進	のりこまれる
て形 開進	のりこんで	命令形 快開進	のりこめ
た形（過去形） 開進了	のりこんだ	可能形 可以開進	のりこめる
たら形（條件形） 開進的話	のりこんだら	う形（意向形） 開進吧	のりこもう

△みんなでミニバンに乗り込んでキャンプに行きます。／
大家一同搭乘迷你廂型車去露營。

はえる【映える】

照，映照；（顯得）好看；顯眼，奪目

自下一　グループ2

映える・映えます

辭書形（基本形） 照	はえる	たり形 又是照	はえたり
ない形（否定形） 沒照	はえない	ば形（條件形） 照的話	はえれば
なかった形（過去否定形） 過去沒照	はえなかった	させる形（使役形） 使顯眼	はえさせる
ます形（連用形） 照	はえます	られる形（被動形） 獲得注目	はえられる
て形 照	はえて	命令形 快照	はえろ
た形（過去形） 照了	はえた	可能形	――
たら形（條件形） 照的話	はえたら	う形（意向形） 照吧	はえよう

△紅葉が青空に映えてとてもきれいです。／
湛藍天空與楓紅相互輝映，景致極為優美。

N1-84

はかどる【捗る】（工作、工程等）有進展，順利進行

自五 グループ1

捗る・捗ります

形	活用	形	活用
辭書形(基本形) 順利進行	はかどる	たり形 又是順利進行	はかどったり
ない形（否定形） 沒順利進行	はかどらない	ば形（條件形） 順利進行的話	はかどれば
なかった形（過去否定形） 過去沒順利進行	はかどらなかった	させる形（使役形） 使順利進行	はかどらせる
ます形（連用形） 順利進行	はかどります	られる形（被動形） 在順利進行下	はかどられる
て形 順利進行	はかどって	命令形 快順利進行	はかどれ
た形（過去形） 順利進行了	はかどった	可能形	——
たら形（條件形） 順利進行的話	はかどったら	う形（意向形） 順利進行吧	はかどろう

△病み上がりで仕事がはかどっていないことは、察するにかたくない。／
可以體諒才剛病癒，所以工作沒什麼進展。

はかる【諮る】商量，協商；諮詢

他五 グループ1

諮る・諮ります

形	活用	形	活用
辭書形(基本形) 諮詢	はかる	たり形 又是諮詢	はかったり
ない形（否定形） 沒諮詢	はからない	ば形（條件形） 諮詢的話	はかれば
なかった形（過去否定形） 過去沒諮詢	はからなかった	させる形（使役形） 予以諮詢	はからせる
ます形（連用形） 諮詢	はかります	られる形（被動形） 被諮詢	はかられる
て形 諮詢	はかって	命令形 快諮詢	はかれ
た形（過去形） 諮詢了	はかった	可能形 可以諮詢	はかれる
たら形（條件形） 諮詢的話	はかったら	う形（意向形） 諮詢吧	はかろう

△答弁が終われば、議案を会議に諮って採決をします。／
俟答辯終結，法案將提送會議進行協商後交付表決。

はかる【図る・謀る】 圖謀，策劃；謀算，欺騙；意料；謀求 他五 グループ1

図（はか）る・図（はか）ります

辭書形(基本形) 欺騙	はかる	たり形 又是欺騙	はかったり
ない形（否定形） 沒欺騙	はからない	ば形（條件形） 欺騙的話	はかれば
なかった形（過去否定形） 過去沒欺騙	はからなかった	させる形（使役形） 任憑欺瞞	はからせる
ます形（連用形） 欺騙	はかります	られる形（被動形） 被欺騙	はかられる
て形 欺騙	はかって	命令形 快欺騙	はかれ
た形（過去形） 欺騙了	はかった	可能形 可以欺騙	はかれる
たら形（條件形） 欺騙的話	はかったら	う形（意向形） 欺騙吧	はかろう

△当社（とうしゃ）は全力（ぜんりょく）で顧客（こきゃく）サービスの改善（かいぜん）を図（はか）って参（まい）りました。／
本公司將不遺餘力謀求顧客服務之改進。

はぐ【剥ぐ】 剝下；強行扒下，揭掉；剝奪 他五 グループ1

剥（は）ぐ・剥（は）ぎます

辭書形(基本形) 剝奪	はぐ	たり形 又是剝奪	はいだり
ない形（否定形） 沒剝奪	はがない	ば形（條件形） 剝奪的話	はげば
なかった形（過去否定形） 過去沒剝奪	はがなかった	させる形（使役形） 使剝奪	はがせる
ます形（連用形） 剝奪	はぎます	られる形（被動形） 被剝奪	はがれる
て形 剝奪	はいで	命令形 快剝奪	はげ
た形（過去形） 剝奪了	はいだ	可能形 可以剝奪	はげる
たら形（條件形） 剝奪的話	はいだら	う形（意向形） 剝奪吧	はごう

△イカは皮（かわ）を剥（は）いでから刺身（さしみ）にします。／先剝除墨魚的表皮之後，再切片生吃。

はげます【励ます】 鼓勵,勉勵;激發;提高嗓門,聲音,厲聲 他五 グループ1

励ます・励まします

辭書形(基本形) 鼓勵	はげます	たり形 又是鼓勵	はげましたり
ない形(否定形) 沒鼓勵	はげまさない	ば形(條件形) 鼓勵的話	はげませば
なかった形(過去否定形) 過去沒鼓勵	はげまさなかった	させる形(使役形) 使提高嗓門	はげまさせる
ます形(連用形) 鼓勵	はげまします	られる形(被動形) 被鼓勵	はげまされる
て形 鼓勵	はげまして	命令形 快鼓勵	はげませ
た形(過去形) 鼓勵了	はげました	可能形 可以鼓勵	はげませる
たら形(條件形) 鼓勵的話	はげましたら	う形(意向形) 鼓勵吧	はげまそう

△あまりに落ち込んでいるので、励ます言葉が見つからない。／
由於太過沮喪，連鼓勵的話都想不出來。

はげむ【励む】 努力,勤勉,奮勉 自五 グループ1

励む・励みます

辭書形(基本形) 努力	はげむ	たり形 又是努力	はげんだり
ない形(否定形) 沒努力	はげまない	ば形(條件形) 努力的話	はげめば
なかった形(過去否定形) 過去沒努力	はげまなかった	させる形(使役形) 使致力於…	はげませる
ます形(連用形) 努力	はげみます	られる形(被動形) 被鼓舞	はげまれる
て形 努力	はげんで	命令形 快努力	はげめ
た形(過去形) 努力了	はげんだ	可能形 可以努力	はげめる
たら形(條件形) 努力的話	はげんだら	う形(意向形) 努力吧	はげもう

△退院してからは自宅でリハビリに励んでいます。／
自從出院之後，就很努力地在家自行復健。

はげる【剥げる】 剝落；褪色

自下一 グループ2

剥げる・剥げます

辭書形(基本形) 剝落	はげる	たり形 又是剝落	はげたり
ない形（否定形） 沒剝落	はげない	ば形（條件形） 剝落的話	はげれば
なかった形（過去否定形） 過去沒剝落	はげなかった	させる形（使役形） 使剝落	はげさせる
ます形（連用形） 剝落	はげます	られる形（被動形） 被剝落	はげられる
て形 剝落	はげて	命令形 快剝落	はげろ
た形（過去形） 剝落了	はげた	可能形	———
たら形（條件形） 剝落的話	はげたら	う形（意向形） 剝落吧	はげよう

△マニキュアは大体１週間で剥げてしまいます。／
擦好的指甲油，通常一個星期後就會開始剝落。

ばける【化ける】 變成，化成；喬裝，扮裝；突然變成

自下一 グループ2

化ける・化けます

辭書形(基本形) 變成	ばける	たり形 又是變成	ばけたり
ない形（否定形） 沒變成	ばけない	ば形（條件形） 變成的話	ばければ
なかった形（過去否定形） 過去沒變成	ばけなかった	させる形（使役形） 予以喬裝	ばけさせる
ます形（連用形） 變成	ばけます	られる形（被動形） 被變成	ばけられる
て形 變成	ばけて	命令形 快變成	ばけろ
た形（過去形） 變成了	ばけた	可能形 可以變成	ばけられる
たら形（條件形） 變成的話	ばけたら	う形（意向形） 變成吧	ばけよう

△日本語の文字がみな数字や記号に化けてしまいました。／
日文文字全因亂碼而變成了數字或符號。

はじく【弾く】 彈；打算盤；防抗，排斥

他五 グループ1

弾く・弾きます

辭書形(基本形) 排斥	はじく	たり形 又是排斥	はじいたり
ない形（否定形） 沒排斥	はじかない	ば形（條件形） 排斥的話	はじけば
なかった形（過去否定形） 過去沒排斥	はじかなかった	させる形（使役形） 予以排斥	はじかせる
ます形（連用形） 排斥	はじきます	られる形（被動形） 被排斥	はじかれる
て形 排斥	はじいて	命令形 快排斥	はじけ
た形（過去形） 排斥了	はじいた	可能形 可以排斥	はじける
たら形（條件形） 排斥的話	はじいたら	う形（意向形） 排斥吧	はじこう

△レインコートは水を弾く素材でできています。／
雨衣是以撥水布料縫製而成的。

はじらう【恥じらう】 害羞，羞澀

他五 グループ1

恥じらう・恥じらいます

辭書形(基本形) 害羞	はじらう	たり形 又是害羞	はじらったり
ない形（否定形） 沒害羞	はじらわない	ば形（條件形） 害羞的話	はじらえば
なかった形（過去否定形） 過去沒害羞	はじらわなかった	させる形（使役形） 讓…丟臉	はじらわせる
ます形（連用形） 害羞	はじらいます	られる形（被動形） 被弄羞澀	はじらわれる
て形 害羞	はじらって	命令形 快害羞	はじらえ
た形（過去形） 害羞了	はじらった	可能形 可以害羞	はじらえる
たら形（條件形） 害羞的話	はじらったら	う形（意向形） 害羞吧	はじらおう

△女の子は恥じらいながらお菓子を差し出しました。／
那個女孩子害羞地送上甜點。

はじる【恥じる】 害羞；慚愧；遜色

自上一 グループ2

恥じる・恥じます

形	活用	形	活用
辭書形(基本形) 慚愧	はじる	たり形 又是慚愧	はじたり
ない形（否定形） 沒慚愧	はじない	ば形（條件形） 慚愧的話	はじれば
なかった形（過去否定形） 過去沒慚愧	はじなかった	させる形（使役形） 讓…慚愧	はじさせる
ます形（連用形） 慚愧	はじます	られる形（被動形） 被感慚愧	はじられる
て形 慚愧	はじて	命令形 快慚愧	はじろ
た形（過去形） 慚愧了	はじた	可能形	――――
たら形（條件形） 慚愧的話	はじたら	う形（意向形） 慚愧吧	はじよう

△失敗(しっぱい)あっての成功(せいこう)だから、失敗(しっぱい)を恥(は)じなくてもよい。／
沒有失敗就不會成功，不用因為失敗而感到羞恥。

はずむ【弾む】 自五 跳，蹦，彈；（情緒）高漲；提高（聲音）；（呼吸）急促 他五 （狠下心來）花大筆錢買

グループ1

弾む・弾みます

形	活用	形	活用
辭書形(基本形) 彈	はずむ	たり形 又是彈	はずんだり
ない形（否定形） 沒彈	はずまない	ば形（條件形） 彈的話	はずめば
なかった形（過去否定形） 過去沒彈	はずまなかった	させる形（使役形） 使提高	はずませる
ます形（連用形） 彈	はずみます	られる形（被動形） 被提高	はずまれる
て形 彈	はずんで	命令形 快彈	はずめ
た形（過去形） 彈了	はずんだ	可能形 可以彈	はずめる
たら形（條件形） 彈的話	はずんだら	う形（意向形） 彈吧	はずもう

△特殊(とくしゅ)なゴムで作(つく)られたボールとあって、大変(たいへん)よく弾(はず)む。／
不愧是採用特殊橡膠製成的球，因此彈力超強。

はたく【叩く】 撣；拍打；傾囊，花掉所有的金錢

他五 グループ1

叩(はた)く・叩(はた)きます

辭書形(基本形) 拍打	はたく	たり形 又是拍打	はたいたり
ない形（否定形） 沒拍打	はたかない	ば形（條件形） 拍打的話	はたけば
なかった形（過去否定形） 過去沒拍打	はたかなかった	させる形（使役形） 使拍打	はたかせる
ます形（連用形） 拍打	はたきます	られる形（被動形） 被拍打	はたかれる
て形 拍打	はたいて	命令形 快拍打	はたけ
た形（過去形） 拍打了	はたいた	可能形 可以拍打	はたける
たら形（條件形） 拍打的話	はたいたら	う形（意向形） 拍打吧	はたこう

△ほっぺをはたいたな！ママにもはたかれたことないのに！／
竟敢甩我耳光！就連我媽都沒打過我！

はたす【果たす】 完成，實現，履行；（接在動詞連用形後）表示完了，全部等；（宗）還願；（舊）結束生命

他五 グループ1

果(は)たす・果(は)たします

辭書形(基本形) 實現	はたす	たり形 又是實現	はたしたり
ない形（否定形） 沒實現	はたさない	ば形（條件形） 實現的話	はたせば
なかった形（過去否定形） 過去沒實現	はたさなかった	させる形（使役形） 使實現	はたさせる
ます形（連用形） 實現	はたします	られる形（被動形） 被實現	はたされる
て形 實現	はたして	命令形 快實現	はたせ
た形（過去形） 實現了	はたした	可能形 可以實現	はたせる
たら形（條件形） 實現的話	はたしたら	う形（意向形） 實現吧	はたそう

△父親(ちちおや)たる者(もの)、子(こ)どもとの約束(やくそく)は果(は)たすべきだ。／
身為人父，就必須遵守與孩子的約定。

はてる【果てる】

自下一 完畢，終；去世；長眠
接尾 （接在特定動詞連用形後）達到極點

グループ2

果(は)てる・果(は)てます

辭書形(基本形) 長眠	はてる	たり形 又是長眠	はてたり
ない形（否定形） 沒長眠	はてない	ば形（條件形） 長眠的話	はてれば
なかった形（過去否定形） 過去沒長眠	はてなかった	させる形（使役形） 使長眠	はてさせる
ます形（連用形） 長眠	はてます	られる形（被動形） 被結束	はてられる
て形 長眠	はてて	命令形 快長眠	はてろ
た形（過去形） 長眠了	はてた	可能形	――
たら形（條件形） 長眠的話	はてたら	う形（意向形） 長眠吧	はてよう

△悩(なや)みは永遠(えいえん)に果(は)てることがない。／所謂的煩惱將會是永無止境的課題。

ばてる

（俗）精疲力倦，累到不行

自下一 グループ2

ばてる・ばてます

辭書形(基本形) 累到不行	ばてる	たり形 又是累到不行	ばてたり
ない形（否定形） 沒累到不行	ばてない	ば形（條件形） 累到不行的話	ばてれば
なかった形（過去否定形） 過去沒累到不行	ばてなかった	させる形（使役形） 使累到不行	ばてさせる
ます形（連用形） 累到不行	ばてます	られる形（被動形） 被累到不行	ばてられる
て形 累到不行	ばてて	命令形 快累到不行	ばてろ
た形（過去形） 累到不行了	ばてた	可能形	――
たら形（條件形） 累到不行的話	ばてたら	う形（意向形） 累到不行吧	ばてよう

△日頃運動(ひごろうんどう)しないから、ちょっと歩(ある)くと、すぐにばてる始末(しまつ)だ。／平常都沒有運動，才會走一小段路就精疲力竭了。

はばむ【阻む】 阻礙,阻止

他五 グループ1

阻む・阻みます

形	中文	活用	形	中文	活用
辭書形(基本形)	阻止	はばむ	たり形	又是阻止	はばんだり
ない形(否定形)	沒阻止	はばまない	ば形(條件形)	阻止的話	はばめば
なかった形(過去否定形)	過去沒阻止	はばまなかった	させる形(使役形)	使阻止	はばませる
ます形(連用形)	阻止	はばみます	られる形(被動形)	被阻止	はばまれる
て形	阻止	はばんで	命令形	快阻止	はばめ
た形(過去形)	阻止了	はばんだ	可能形	可以阻止	はばめる
たら形(條件形)	阻止的話	はばんだら	う形(意向形)	阻止吧	はばもう

△公園をゴルフ場に変える計画は、住民達に阻まれた。／
居民們阻止了擬將公園變更為高爾夫球場的計畫。

はまる【嵌まる】 吻合,嵌入;剛好合適;中計,掉進;陷入;(俗)沉迷

他五 グループ1

嵌まる・嵌まります

形	中文	活用	形	中文	活用
辭書形(基本形)	沉迷	はまる	たり形	又是沉迷	はまったり
ない形(否定形)	沒沉迷	はまらない	ば形(條件形)	沉迷的話	はまれば
なかった形(過去否定形)	過去沒沉迷	はまらなかった	させる形(使役形)	使沉迷	はまらせる
ます形(連用形)	沉迷	はまります	られる形(被動形)	被沉迷	はまられる
て形	沉迷	はまって	命令形	快沉迷	はまれ
た形(過去形)	沉迷了	はまった	可能形	可以沉迷	はまれる
たら形(條件形)	沉迷的話	はまったら	う形(意向形)	沉迷吧	はまろう

△母の新しい指輪には大きな宝石がはまっている。／
母親的新戒指上鑲嵌著一顆碩大的寶石。

はみだす【はみ出す】 溢出；超出範圍

自五 グループ1

はみ出す・はみ出します

辭書形(基本形) 溢出	はみだす	たり形 又是溢出	はみだしたり
ない形（否定形） 沒溢出	はみださない	ば形（條件形） 溢出的話	はみだせば
なかった形（過去否定形） 過去沒溢出	はみださなかった	させる形（使役形） 使溢出	はみださせる
ます形（連用形） 溢出	はみだします	られる形（被動形） 被溢出	はみだされる
て形 溢出	はみだして	命令形 快溢出	はみだせ
た形（過去形） 溢出了	はみだした	可能形 可以溢出	はみだせる
たら形（條件形） 溢出的話	はみだしたら	う形（意向形） 溢出吧	はみだそう

△引き出しからはみ出す。／滿出抽屜外。

はやまる【早まる】 倉促，輕率，貿然；過早，提前

自五 グループ1

早まる・早まります

辭書形(基本形) 提前	はやまる	たり形 又是提前	はやまったり
ない形（否定形） 沒提前	はやまらない	ば形（條件形） 提前的話	はやまれば
なかった形（過去否定形） 過去沒提前	はやまらなかった	させる形（使役形） 使提前	はやまらせる
ます形（連用形） 提前	はやまります	られる形（被動形） 被提前	はやまられる
て形 提前	はやまって	命令形 快提前	はやまれ
た形（過去形） 提前了	はやまった	可能形	——
たら形（條件形） 提前的話	はやまったら	う形（意向形） 提前吧	はやまろう

△予定が早まる。／預定提前。

はやめる【早める・速める】 加速，加快；提前，提早 他下一 グループ2

早(はや)める・早(はや)めます

辭書形(基本形) 提前	はやめる	たり形 又是提前	はやめたり
ない形（否定形） 沒提前	はやめない	ば形（條件形） 提前的話	はやめれば
なかった形（過去否定形） 過去沒提前	はやめなかった	させる形（使役形） 使提前	はやめさせる
ます形（連用形） 提前	はやめます	られる形（被動形） 被提前	はやめられる
て形 提前	はやめて	命令形 快提前	はやめろ
た形（過去形） 提前了	はやめた	可能形 可以提前	はやめられる
たら形（條件形） 提前的話	はやめたら	う形（意向形） 提前吧	はやめよう

△研究(けんきゅう)を早(はや)めるべく、所長(しょちょう)は研究員(けんきゅういん)を３人(にん)増(ふ)やした。／
所長為了及早完成研究，增加三名研究人員。

ばらまく【ばら撒く】 撒播，撒；到處花錢，散財 他五 グループ1

ばら撒(ま)く・ばら撒(ま)きます

辭書形(基本形) 撒播	ばらまく	たり形 又是撒播	ばらまいたり
ない形（否定形） 沒撒播	ばらまかない	ば形（條件形） 撒播的話	ばらまけば
なかった形（過去否定形） 過去沒撒播	ばらまかなかった	させる形（使役形） 使撒播	ばらまかせる
ます形（連用形） 撒播	ばらまきます	られる形（被動形） 被撒播	ばらまかれる
て形 撒播	ばらまいて	命令形 快撒播	ばらまけ
た形（過去形） 撒播了	ばらまいた	可能形 可以撒播	ばらまける
たら形（條件形） 撒播的話	ばらまいたら	う形（意向形） 撒播吧	ばらまこう

△レジでお金(かね)を払(はら)おうとして、うっかり小銭(こぜに)をばら撒(ま)いてしまった。／
在收銀台正要付錢時，一不小心把零錢撒了一地。

はる【張る】 伸展；覆蓋；膨脹，（負擔）過重，（價格）過高；拉；設置；盛滿（液體等）

自他五 グループ1

張る・張ります

辭書形(基本形) 膨脹	はる	たり形 又是膨脹	はったり
ない形（否定形） 沒膨脹	はらない	ば形（條件形） 膨脹的話	はれば
なかった形（過去否定形） 過去沒膨脹	はらなかった	させる形（使役形） 使膨脹	はらせる
ます形（連用形） 膨脹	はります	られる形（被動形） 被膨脹	はられる
て形 膨脹	はって	命令形 快膨脹	はれ
た形（過去形） 膨脹了	はった	可能形 可以膨脹	はれる
たら形（條件形） 膨脹的話	はったら	う形（意向形） 膨脹吧	はろう

△湖に氷が張った。／湖面結冰。

はれる【腫れる】 腫，脹

自下一 グループ2

腫れる・腫れます

辭書形(基本形) 脹	はれる	たり形 又是脹	はれたり
ない形（否定形） 沒脹	はれない	ば形（條件形） 脹的話	はれれば
なかった形（過去否定形） 過去沒脹	はれなかった	させる形（使役形） 使脹	はれさせる
ます形（連用形） 脹	はれます	られる形（被動形） 被脹	はれられる
て形 脹	はれて	命令形 快脹	はれろ
た形（過去形） 脹了	はれた	可能形	——
たら形（條件形） 脹的話	はれたら	う形（意向形） 脹吧	はれよう

△30キロからある道を走ったので、足が腫れている。／由於走了長達三十公里的路程，腳都腫起來了。

ばれる （俗）暴露，散露；破裂

自下一 グループ2

ばれる・ばれます

辭書形(基本形) 暴露	ばれる	たり形 又是暴露	ばれたり
ない形（否定形） 沒暴露	ばれない	ば形（條件形） 暴露的話	ばれれば
なかった形（過去否定形） 過去沒暴露	ばれなかった	させる形（使役形） 使暴露	ばれさせる
ます形（連用形） 暴露	ばれます	られる形（被動形） 被暴露	ばれられる
て形 暴露	ばれて	命令形 快暴露	ばれろ
た形（過去形） 暴露了	ばれた	可能形	——
たら形（條件形） 暴露的話	ばれたら	う形（意向形） 暴露吧	ばれよう

△うそがばれる。／揭穿謊言。

ひかえる【控える】 自下一 在旁等候，待命 他下一 拉住，勒住；控制，抑制；節制；暫時不…；面臨，靠近；（備忘）記下；（言行）保守，穩健

グループ2

控（ひか）える・控（ひか）えます

辭書形(基本形) 控制	ひかえる	たり形 又是控制	ひかえたり
ない形（否定形） 沒控制	ひかえない	ば形（條件形） 控制的話	ひかえれば
なかった形（過去否定形） 過去沒控制	ひかえなかった	させる形（使役形） 使控制	ひかえさせる
ます形（連用形） 控制	ひかえます	られる形（被動形） 被控制	ひかえられる
て形 控制	ひかえて	命令形 快控制	ひかえろ
た形（過去形） 控制了	ひかえた	可能形 可以控制	ひかえられる
たら形（條件形） 控制的話	ひかえたら	う形（意向形） 控制吧	ひかえよう

△医者（いしゃ）に言（い）われるまでもなく、コーヒーや酒（さけ）は控（ひか）えている。／不待醫師多加叮嚀，已經自行控制咖啡以及酒類的攝取量。

ひきあげる【引き上げる】

他下一 吊起；打撈；撤走；提拔；提高（物價）；收回 自下一 歸還，返回 グループ2

引き上げる・引き上げます

辭書形(基本形) 提拔	ひきあげる	たり形 又是提拔	ひきあげたり
ない形（否定形） 沒提拔	ひきあげない	ば形（條件形） 提拔的話	ひきあげれば
なかった形（過去否定形） 過去沒提拔	ひきあげなかった	させる形（使役形） 使提拔	ひきあげさせる
ます形（連用形） 提拔	ひきあげます	られる形（被動形） 被提拔	ひきあげられる
て形 提拔	ひきあげて	命令形 快提拔	ひきあげろ
た形（過去形） 提拔了	ひきあげた	可能形 可以提拔	ひきあげられる
たら形（條件形） 提拔的話	ひきあげたら	う形（意向形） 提拔吧	ひきあげよう

△2014年４月１日、日本の消費税は５％から８％に引き上げられた。／
從2014年４月１日起，日本的消費稅從５％增加為８％了。

ひきいる【率いる】

帶領；率領 他上一 グループ2

率いる・率います

辭書形(基本形) 率領	ひきいる	たり形 又是率領	ひきいたり
ない形（否定形） 沒率領	ひきいない	ば形（條件形） 率領的話	ひきいれば
なかった形（過去否定形） 過去沒率領	ひきいなかった	させる形（使役形） 使率領	ひきいさせる
ます形（連用形） 率領	ひきいます	られる形（被動形） 被率領	ひきいられる
て形 率領	ひきいて	命令形 快率領	ひきいろ
た形（過去形） 率領了	ひきいた	可能形 可以率領	ひきいられる
たら形（條件形） 率領的話	ひきいたら	う形（意向形） 率領吧	ひきいよう

△市長たる者、市民を率いて街を守るべきだ。／
身為市長，就應當帶領市民守護自己的城市。

ひきおこす【引き起こす】 引起，引發；扶起，拉起 他五 グループ1

引き起こす・引き起こします

辭書形(基本形) 拉起	ひきおこす	たり形 又是拉起	ひきおこしたり
ない形（否定形） 沒拉起	ひきおこさない	ば形（條件形） 拉起的話	ひきおこせば
なかった形（過去否定形） 過去沒拉起	ひきおこさなかった	させる形（使役形） 予以拉起	ひきおこさせる
ます形（連用形） 拉起	ひきおこします	られる形（被動形） 被拉起	ひきおこされる
て形 拉起	ひきおこして	命令形 快拉起	ひきおこせ
た形（過去形） 拉起了	ひきおこした	可能形 可以拉起	ひきおこせる
たら形（條件形） 拉起的話	ひきおこしたら	う形（意向形） 拉起吧	ひきおこそう

△小さい誤解が殺人を引き起こすとは、恐ろしい限りだ。／
小小的誤會竟然引發成兇殺案，實在可怕至極。

ひきさげる【引き下げる】 降低；使後退；撤回 他下一 グループ2

引き下げる・引き下げます

辭書形(基本形) 撤回	ひきさげる	たり形 又是撤回	ひきさげたり
ない形（否定形） 沒撤回	ひきさげない	ば形（條件形） 撤回的話	ひきさげれば
なかった形（過去否定形） 過去沒撤回	ひきさげなかった	させる形（使役形） 使撤回	ひきさげさせる
ます形（連用形） 撤回	ひきさげます	られる形（被動形） 被撤回	ひきさげられる
て形 撤回	ひきさげて	命令形 快撤回	ひきさげろ
た形（過去形） 撤回了	ひきさげた	可能形 可以撤回	ひきさげられる
たら形（條件形） 撤回的話	ひきさげたら	う形（意向形） 撤回吧	ひきさげよう

△文句を言ったところで、運賃は引き下げられないだろう。／
就算有所抱怨，也不可能少收運費吧！

ひきずる【引きずる】 拖，拉；硬拉著走；拖延

自他五 グループ1

引きずる・引きずります

辭書形(基本形) 拖延	ひきずる	たり形 又是拖延	ひきずったり
ない形（否定形） 沒拖延	ひきずらない	ば形（條件形） 拖延的話	ひきずれば
なかった形（過去否定形） 過去沒拖延	ひきずらなかった	させる形（使役形） 使拖延	ひきずらせる
ます形（連用形） 拖延	ひきずります	られる形（被動形） 被拖延	ひきずられる
て形 拖延	ひきずって	命令形 快拖延	ひきずれ
た形（過去形） 拖延了	ひきずった	可能形 可以拖延	ひきずれる
たら形（條件形） 拖延的話	ひきずったら	う形（意向形） 拖延吧	ひきずろう

△足を引きずりながら走る選手の姿は、見るにたえない。／選手硬拖著蹣跚腳步奔跑的身影，實在讓人不忍卒睹。

ひきたてる【引き立てる】 提拔，關照；穀粒；使…顯眼；(強行)拉走，帶走；關門(拉門)

他下一 グループ2

引き立てる・引き立てます

辭書形(基本形) 提拔	ひきたてる	たり形 又是提拔	ひきたてたり
ない形（否定形） 沒提拔	ひきたてない	ば形（條件形） 提拔的話	ひきたてれば
なかった形（過去否定形） 過去沒提拔	ひきたてなかった	させる形（使役形） 使提拔	ひきたてさせる
ます形（連用形） 提拔	ひきたてます	られる形（被動形） 被提拔	ひきたてられる
て形 提拔	ひきたてて	命令形 快提拔	ひきたてろ
た形（過去形） 提拔了	ひきたてた	可能形 可以提拔	ひきたてられる
たら形（條件形） 提拔的話	ひきたてたら	う形（意向形） 提拔吧	ひきたてよう

△後輩を引き立てる。／提拔晚輩。

ひきとる【引き取る】

自五 退出，退下；離開，回去
他五 取回，領取；收購；領來照顧

グループ1

引き取る・引き取ります

辭書形(基本形) 退出	ひきとる	たり形 又是退出	ひきとったり
ない形（否定形） 沒退出	ひきとらない	ば形（條件形） 退出的話	ひきとれば
なかった形（過去否定形） 過去沒退出	ひきとらなかった	させる形（使役形） 使退出	ひきとらせる
ます形（連用形） 退出	ひきとります	られる形（被動形） 被退出	ひきとられる
て形 退出	ひきとって	命令形 快退出	ひきとれ
た形（過去形） 退出了	ひきとった	可能形 可以退出	ひきとれる
たら形（條件形） 退出的話	ひきとったら	う形（意向形） 退出吧	ひきとろう

△今日は客の家へ50キロからある荷物を引き取りに行く。／
今天要到客戶家收取五十公斤以上的貨物。

ひく【引く】

後退；辭退；（潮）退，平息

自五 グループ1

引く・引きます

辭書形(基本形) 平息	ひく	たり形 又是平息	ひいたり
ない形（否定形） 沒平息	ひかない	ば形（條件形） 平息的話	ひけば
なかった形（過去否定形） 過去沒平息	ひかなかった	させる形（使役形） 使平息	ひかせる
ます形（連用形） 平息	ひきます	られる形（被動形） 被平息	ひかれる
て形 平息	ひいて	命令形 快平息	ひけ
た形（過去形） 平息了	ひいた	可能形 可以平息	ひける
たら形（條件形） 平息的話	ひいたら	う形（意向形） 平息吧	ひこう

△身を引く。／引退。

ひずむ【歪む】 變形，歪斜

自五 グループ1

歪(ひず)む・歪(ひず)みます

辭書形(基本形) 變形	ひずむ	たり形 又是變形	ひずんだり
ない形（否定形） 沒變形	ひずまない	ば形（條件形） 變形的話	ひずめば
なかった形（過去否定形） 過去沒變形	ひずまなかった	させる形（使役形） 使變形	ひずませる
ます形（連用形） 變形	ひずみます	られる形（被動形） 被變形	ひずまれる
て形 變形	ひずんで	命令形 快變形	ひずめ
た形（過去形） 變形了	ひずんだ	可能形	――
たら形（條件形） 變形的話	ひずんだら	う形（意向形） 變形吧	ひずもう

△そのステレオは音(おと)がひずむので、返品(へんぴん)した。／
由於這台音響的音質不穩定，所以退了貨。

ひたす【浸す】 浸，泡

他五 グループ1

浸(ひた)す・浸(ひた)します

辭書形(基本形) 泡	ひたす	たり形 又是泡	ひたしたり
ない形（否定形） 沒泡	ひたさない	ば形（條件形） 泡的話	ひたせば
なかった形（過去否定形） 過去沒泡	ひたさなかった	させる形（使役形） 使浸泡	ひたさせる
ます形（連用形） 泡	ひたします	られる形（被動形） 被浸泡	ひたされる
て形 泡	ひたして	命令形 快泡	ひたせ
た形（過去形） 泡了	ひたした	可能形 可以泡	ひたせる
たら形（條件形） 泡的話	ひたしたら	う形（意向形） 泡吧	ひたそう

△泥(どろ)まみれになったズボンは水(みず)に浸(ひた)しておきなさい。／
去沾滿污泥的褲子拿去泡在水裡。

ひっかく【引っ掻く】 搔，抓

他五 グループ1

引っ掻く・引っ掻きます

辭書形(基本形) 抓	ひっかく	たり形 又是抓	ひっかいたり
ない形（否定形） 沒抓	ひっかかない	ば形（條件形） 抓的話	ひっかけば
なかった形（過去否定形） 過去沒抓	ひっかかなかった	させる形（使役形） 使抓	ひっかかせる
ます形（連用形） 抓	ひっかきます	られる形（被動形） 被抓	ひっかかれる
て形 抓	ひっかいて	命令形 快抓	ひっかけ
た形（過去形） 抓了	ひっかいた	可能形 可以抓	ひっかける
たら形（條件形） 抓的話	ひっかいたら	う形（意向形） 抓吧	ひっかこう

△猫じゃあるまいし、人を引っ掻くのはやめなさい。／你又不是貓，別再用指甲搔抓人了！

ひっかける【引っ掛ける】 掛起來；披上；欺騙

他下一 グループ2

引っ掛ける・引っ掛けます

辭書形(基本形) 掛起來	ひっかける	たり形 又是掛起來	ひっかけたり
ない形（否定形） 沒掛起來	ひっかけない	ば形（條件形） 掛起來的話	ひっかければ
なかった形（過去否定形） 過去沒掛起來	ひっかけなかった	させる形（使役形） 使掛起來	ひっかけさせる
ます形（連用形） 掛起來	ひっかけます	られる形（被動形） 被掛起來	ひっかけられる
て形 掛起來	ひっかけて	命令形 快掛起來	ひっかけろ
た形（過去形） 掛起來了	ひっかけた	可能形 可以掛起來	ひっかけられる
たら形（條件形） 掛起來的話	ひっかけたら	う形（意向形） 掛起來吧	ひっかけよう

△コートを洋服掛けに引っ掛ける。／將外套掛在衣架上。

ひやかす【冷やかす】 冰鎮，冷卻，使變涼；嘲笑，開玩笑；只問價錢不買

他五 グループ1

冷(ひ)やかす・冷(ひ)やかします

辭書形(基本形) 冷卻	ひやかす	たり形 又是冷卻	ひやかしたり
ない形（否定形) 沒冷卻	ひやかさない	ば形（條件形) 冷卻的話	ひやかせば
なかった形（過去否定形) 過去沒冷卻	ひやかさなかった	させる形（使役形) 使冷卻	ひやかさせる
ます形（連用形) 冷卻	ひやかします	られる形（被動形) 被冷卻	ひやかされる
て形 冷卻	ひやかして	命令形 快冷卻	ひやかせ
た形（過去形) 冷卻了	ひやかした	可能形 可以冷卻	ひやかせる
たら形（條件形) 冷卻的話	ひやかしたら	う形（意向形) 冷卻吧	ひやかそう

△父(ちち)ときたら、酒(さけ)に酔(よ)って、新婚夫婦(しんこんふうふ)を冷(ひ)やかしてばかりだ。／
說到我父親，喝得醉醺醺的淨對新婚夫婦冷嘲熱諷。

ふくれる【膨れる・脹れる】 脹，腫，鼓起來

自下一 グループ2

膨(ふく)れる・膨(ふく)れます

辭書形(基本形) 鼓起來	ふくれる	たり形 又是鼓起來	ふくれたり
ない形（否定形) 沒鼓起來	ふくれない	ば形（條件形) 鼓起來的話	ふくれれば
なかった形（過去否定形) 過去沒鼓起來	ふくれなかった	させる形（使役形) 使鼓起來	ふくれさせる
ます形（連用形) 鼓起來	ふくれます	られる形（被動形) 被鼓起來	ふくれられる
て形 鼓起來	ふくれて	命令形 快鼓起來	ふくれろ
た形（過去形) 鼓起來了	ふくれた	可能形	————
たら形（條件形) 鼓起來的話	ふくれたら	う形（意向形) 鼓起來吧	ふくれよう

△10キロからある本(ほん)を入(い)れたので、鞄(かばん)がこんなに膨(ふく)れた。／
把重達十公斤的書本放進去後，結果袋子就被撐得鼓成這樣了。

ふける【耽る】 沉溺，耽於；埋頭，專心

自五 グループ1

耽(ふけ)る・耽(ふけ)ます

辭書形(基本形) 沉溺	ふける	たり形 又是沉溺	ふけたり
ない形（否定形） 沒沉溺	ふけない	ば形（條件形） 沉溺的話	ふければ
なかった形（過去否定形） 過去沒沉溺	ふけなかった	させる形（使役形） 使沉溺	ふけさせる
ます形（連用形） 沉溺	ふけます	られる形（被動形） 被沉溺	ふけられる
て形 沉溺	ふけて	命令形 快沉溺	ふけろ
た形（過去形） 沉溺了	ふけた	可能形	————
たら形（條件形） 沉溺的話	ふけたら	う形（意向形） 沉溺吧	ふけよう

△大学受験(だいがくじゅけん)をよそに、彼(かれ)は毎日(まいにち)テレビゲームに耽(ふけ)っている。／
他把準備大學升學考試這件事完全拋在腦後，每天只沉迷於玩電視遊樂器之中。

ふまえる【踏まえる】 踏，踩；根據，依據

他下一 グループ2

踏(ふ)まえる・踏(ふ)まえます

辭書形(基本形) 踩	ふまえる	たり形 又是踩	ふまえたり
ない形（否定形） 沒踩	ふまえない	ば形（條件形） 踩的話	ふまえれば
なかった形（過去否定形） 過去沒踩	ふまえなかった	させる形（使役形） 使踩	ふまえさせる
ます形（連用形） 踩	ふまえます	られる形（被動形） 被踩	ふまえられる
て形 踩	ふまえて	命令形 快踩	ふまえろ
た形（過去形） 踩了	ふまえた	可能形 可以踩	ふまえられる
たら形（條件形） 踩的話	ふまえたら	う形（意向形） 踩吧	ふまえよう

△自分(じぶん)の経験(けいけん)を踏(ふ)まえて、彼(かれ)なりに後輩(こうはい)を指導(しどう)している。／
他將自身經驗以自己的方式傳授給後進。

ふみこむ【踏み込む】 陷入，走進，跨進；闖入，擅自進入 自五 グループ1

踏み込む・踏み込みます

辭書形(基本形) 闖入	ふみこむ	たり形 又是闖入	ふみこんだり
ない形（否定形） 沒闖入	ふみこまない	ば形（條件形） 闖入的話	ふみこめば
なかった形（過去否定形） 過去沒闖入	ふみこまなかった	させる形（使役形） 使闖入	ふみこませる
ます形（連用形） 闖入	ふみこみます	られる形（被動形） 被闖入	ふみこまれる
て形 闖入	ふみこんで	命令形 快闖入	ふみこめ
た形（過去形） 闖入了	ふみこんだ	可能形 可以闖入	ふみこめる
たら形（條件形） 闖入的話	ふみこんだら	う形（意向形） 闖入吧	ふみこもう

△警察は、家に踏み込むが早いか、証拠を押さえた。／
警察才剛踏進家門，就立即找到了證據。

ふりかえる【振り返る】 回頭看，向後看；回顧 他五 グループ1

振り返る・振り返ります

辭書形(基本形) 向後看	ふりかえる	たり形 又是向後看	ふりかえったり
ない形（否定形） 沒向後看	ふりかえらない	ば形（條件形） 向後看的話	ふりかえれば
なかった形（過去否定形） 過去沒向後看	ふりかえら なかった	させる形（使役形） 使向後看	ふりかえらせる
ます形（連用形） 向後看	ふりかえります	られる形（被動形） 被回顧	ふりかえられる
て形 向後看	ふりかえって	命令形 快向後看	ふりかえれ
た形（過去形） 向後看了	ふりかえった	可能形 可以向後看	ふりかえれる
たら形（條件形） 向後看的話	ふりかえったら	う形（意向形） 向後看吧	ふりかえろう

△「自信を持て。振り返るな。」というのが父の生き方だ。／
父親的座右銘是「自我肯定，永不回頭。」

ふるわす【震わす】 使哆嗦，發抖，震動

他五 グループ1

震(ふる)わす・震(ふる)わします

辭書形(基本形) 震動	ふるわす	たり形 又是震動	ふるわしたり
ない形（否定形） 沒震動	ふるわさない	ば形（條件形） 震動的話	ふるわせば
なかった形（過去否定形） 過去沒震動	ふるわさなかった	させる形（使役形） 使震動	ふるわさせる
ます形（連用形） 震動	ふるわします	られる形（被動形） 被震動	ふるわされる
て形 震動	ふるわして	命令形 快震動	ふるわせ
た形（過去形） 震動了	ふるわした	可能形	———
たら形（條件形） 震動的話	ふるわしたら	う形（意向形） 震動吧	ふるわそう

△肩(かた)を震(ふる)わして泣(な)く。／哭得渾身顫抖。

ふるわせる【震わせる】 使震驚（哆嗦、發抖），震動

他下一 グループ2

震(ふる)わせる・震(ふる)わせます

辭書形(基本形) 震動	ふるわせる	たり形 又是震動	ふるわせたり
ない形（否定形） 沒震動	ふるわせない	ば形（條件形） 震動的話	ふるわせれば
なかった形（過去否定形） 過去沒震動	ふるわせなかった	させる形（使役形） 使震動	ふるわせさせる
ます形（連用形） 震動	ふるわせます	られる形（被動形） 被震動	ふるわせられる
て形 震動	ふるわせて	命令形 快震動	ふるわせろ
た形（過去形） 震動了	ふるわせた	可能形 可以震動	ふるわせられる
たら形（條件形） 震動的話	ふるわせたら	う形（意向形） 震動吧	ふるわせよう

△姉(あね)は電話(でんわ)を受(う)けるなり、声(こえ)を震(ふる)わせて泣(な)きだした。／
姊姊一接起電話，立刻聲音顫抖泣不成聲。

ふれあう【触れ合う】 相互接觸，相互靠著；相通

自五 グループ1

触(ふ)れ合(あ)う・触(ふ)れ合(あ)います

辭書形(基本形) 相通	ふれあう	たり形 又是相通	ふれあったり
ない形（否定形） 沒相通	ふれあわない	ば形（條件形） 相通的話	ふれあえば
なかった形（過去否定形） 過去沒相通	ふれあわなかった	させる形（使役形） 使相通	ふれあわせる
ます形（連用形） 相通	ふれあいます	られる形（被動形） 被相通	ふれあわれる
て形 相通	ふれあって	命令形 快相通	ふれあえ
た形（過去形） 相通了	ふれあった	可能形 可以相通	ふれあえる
たら形（條件形） 相通的話	ふれあったら	う形（意向形） 相通吧	ふれあおう

△人(ひと)ごみで、体(からだ)が触(ふ)れ合(あ)う。／在人群中身體相互擦擠。

ぶれる （攝）按快門時（照相機）彈動；脫離，背離

自下一 グループ2

ぶれる・ぶれます

辭書形(基本形) 脫離	ぶれる	たり形 又是脫離	ぶれたり
ない形（否定形） 沒脫離	ぶれない	ば形（條件形） 脫離的話	ぶれれば
なかった形（過去否定形） 過去沒脫離	ぶれなかった	させる形（使役形） 使脫離	ぶれさせる
ます形（連用形） 脫離	ぶれます	られる形（被動形） 被脫離	ぶれられる
て形 脫離	ぶれて	命令形 快脫離	ぶれろ
た形（過去形） 脫離了	ぶれた	可能形 可以脫離	ぶれられる
たら形（條件形） 脫離的話	ぶれたら	う形（意向形） 脫離吧	ぶれよう

△ぶれてしまった写真(しゃしん)をソフトで補正(ほせい)した。／
拍得模糊的照片用軟體修片了。

へりくだる 謙虛，謙遜，謙卑

自五 グループ1

へりくだる・へりくだります

辭書形（基本形） 謙遜	へりくだる	たり形 又是謙遜	へりくだったり
ない形（否定形） 沒謙遜	へりくだらない	ば形（條件形） 謙遜的話	へりくだれば
なかった形（過去否定形） 過去沒謙遜	へりくだらなかった	させる形（使役形） 讓…謙虛	へりくだらせる
ます形（連用形） 謙遜	へりくだります	られる形（被動形） 在謙恭之下	へりくだられる
て形 謙遜	へりくだって	命令形 快謙遜	へりくだれ
た形（過去形） 謙遜了	へりくだった	可能形 可以謙遜	へりくだれる
たら形（條件形） 謙遜的話	へりくだったら	う形（意向形） 謙遜吧	へりくだろう

△生意気な弟にひきかえ、兄はいつもへりくだった話し方をする。／比起那狂妄自大的弟弟，哥哥說話時總是謙恭有禮。

ほうじる【報じる】 通知，告訴，告知，報導；報答，報復

他上一 グループ2

報じる・報じます

辭書形（基本形） 報答	ほうじる	たり形 又是報答	ほうじたり
ない形（否定形） 沒報答	ほうじない	ば形（條件形） 報答的話	ほうじれば
なかった形（過去否定形） 過去沒報答	ほうじなかった	させる形（使役形） 使報答	ほうじさせる
ます形（連用形） 報答	ほうじます	られる形（被動形） 被報答	ほうじられる
て形 報答	ほうじて	命令形 快報答	ほうじろ
た形（過去形） 報答了	ほうじた	可能形 可以報答	ほうじられる
たら形（條件形） 報答的話	ほうじたら	う形（意向形） 報答吧	ほうじよう

△ダイエットに効果があるかもしれないとテレビで報じられてから、爆発的に売れている。／由於電視節目報導或許具有瘦身功效，使得那東西立刻狂銷熱賣。

ほうむる【葬る】 葬，埋葬；隱瞞，掩蓋；葬送，拋棄

他五 グループ1

葬る・葬ります

辭書形(基本形) 拋棄	ほうむる	たり形 又是拋棄	ほうむったり
ない形（否定形） 沒拋棄	ほうむらない	ば形（條件形） 拋棄的話	ほうむれば
なかった形（過去否定形） 過去沒拋棄	ほうむらなかった	させる形（使役形） 使拋棄	ほうむらせる
ます形（連用形） 拋棄	ほうむります	られる形（被動形） 被拋棄	ほうむられる
て形 拋棄	ほうむって	命令形 快拋棄	ほうむれ
た形（過去形） 拋棄了	ほうむった	可能形 可以拋棄	ほうむれる
たら形（條件形） 拋棄的話	ほうむったら	う形（意向形） 拋棄吧	ほうむろう

△古代の王は高さ150メートルからある墓に葬られた。／古代的君王被葬於一百五十公尺高的陵墓之中。

ほうりこむ【放り込む】 扔進，拋入

他五 グループ1

放り込む・放り込みます

辭書形(基本形) 扔進	ほうりこむ	たり形 又是扔進	ほうりこんだり
ない形（否定形） 沒扔進	ほうりこまない	ば形（條件形） 扔進的話	ほうりこめば
なかった形（過去否定形） 過去沒扔進	ほうりこまなかった	させる形（使役形） 使扔進	ほうりこませる
ます形（連用形） 扔進	ほうりこみます	られる形（被動形） 被扔進	ほうりこまれる
て形 扔進	ほうりこんで	命令形 快扔進	ほうりこめ
た形（過去形） 扔進了	ほうりこんだ	可能形 可以扔進	ほうりこめる
たら形（條件形） 扔進的話	ほうりこんだら	う形（意向形） 扔進吧	ほうりこもう

△犯人は、殺害したあと、遺体の足に石を結びつけ、海に放り込んだと供述している。／犯嫌供稱，在殺死人之後，在遺體的腳部綁上石頭，扔進了海裡。

ほうりだす【放り出す】(胡亂)扔出去,拋出去;擱置,丟開,扔下 他五 グループ1

放(ほう)り出(だ)す・放(ほう)り出(だ)します

辭書形(基本形) 擱置	ほうりだす	たり形 又是擱置	ほうりだしたり
ない形(否定形) 沒擱置	ほうりださない	ば形(條件形) 擱置的話	ほうりだせば
なかった形(過去否定形) 過去沒擱置	ほうりださなかった	させる形(使役形) 予以擱置	ほうりださせる
ます形(連用形) 擱置	ほうりだします	られる形(被動形) 被擱置	ほうりだされる
て形 擱置	ほうりだして	命令形 快擱置	ほうりだせ
た形(過去形) 擱置了	ほうりだした	可能形 可以擱置	ほうりだせる
たら形(條件形) 擱置的話	ほうりだしたら	う形(意向形) 擱置吧	ほうりだそう

△彼(かれ)はいやなことをすぐ放(ほう)り出(だ)すきらいがある。/
他總是一遇到不如意的事,就馬上放棄了。

ぼける【惚ける】(上了年紀)遲鈍,糊塗;(形象或顏色等)褪色,模糊 自下一 グループ2

惚(ぼ)ける・惚(ぼ)けます

辭書形(基本形) 褪色	ぼける	たり形 又是褪色	ぼけたり
ない形(否定形) 沒褪色	ぼけない	ば形(條件形) 褪色的話	ぼければ
なかった形(過去否定形) 過去沒褪色	ぼけなかった	させる形(使役形) 使褪色	ぼけさせる
ます形(連用形) 褪色	ぼけます	られる形(被動形) 被弄糊塗	ぼけられる
て形 褪色	ぼけて	命令形 快褪色	ぼけろ
た形(過去形) 褪色了	ぼけた	可能形	———
たら形(條件形) 褪色的話	ぼけたら	う形(意向形) 褪色吧	ぼけよう

△写真(しゃしん)のピントがぼけてしまった。/拍照片時的焦距沒有對準。

ほころびる【綻びる】 （逢接處線斷開）開線，開綻；微笑，露出笑容

自上一 グループ1

綻(ほころ)びる・綻(ほころ)びます

辭書形(基本形) 開綻	ほころびる	たり形 又是開綻	ほころびたり
ない形（否定形） 沒開綻	ほころばない	ば形（條件形） 開綻的話	ほころべば
なかった形（過去否定形） 過去沒開綻	ほころばなかった	させる形（使役形） 使露出笑容	ほころばせる
ます形（連用形） 開綻	ほころびます	られる形（被動形） 被弄開綻	ほころばれる
て形 開綻	ほころびて	命令形 快開綻	ほころべ
た形（過去形） 開綻了	ほころびた	可能形	———
たら形（條件形） 開綻的話	ほころびたら	う形（意向形） 開綻吧	ほころぼう

△彼(かれ)ときたら、ほころびた制服(せいふく)を着(き)て登校(とうこう)しているのよ。／說到他這個傢伙呀，老穿著破破爛爛的制服上學呢。

ほどける【解ける】 解開，鬆開

自下一 グループ2

解(ほど)ける・解(ほど)けます

辭書形(基本形) 鬆開	ほどける	たり形 又是鬆開	ほどけたり
ない形（否定形） 沒鬆開	ほどけない	ば形（條件形） 鬆開的話	ほどければ
なかった形（過去否定形） 過去沒鬆開	ほどけなかった	させる形（使役形） 予以鬆開	ほどけさせる
ます形（連用形） 鬆開	ほどけます	られる形（被動形） 被鬆開	ほどけられる
て形 鬆開	ほどけて	命令形 快鬆開	ほどけろ
た形（過去形） 鬆開了	ほどけた	可能形	———
たら形（條件形） 鬆開的話	ほどけたら	う形（意向形） 鬆開吧	ほどけよう

△あ、靴(くつ)ひもがほどけてるよ。／啊，鞋帶鬆了喔！

ほどこす【施す】 施，施捨，施予

他五 グループ1

施す・施します

辭書形(基本形) 施捨	ほどこす	たり形 又是施捨	ほどこしたり
ない形（否定形） 沒施捨	ほどこさない	ば形（條件形） 施捨的話	ほどこせば
なかった形（過去否定形） 過去沒施捨	ほどこさなかった	させる形（使役形） 予以施捨	ほどこさせる
ます形（連用形） 施捨	ほどこします	られる形（被動形） 被施捨	ほどこされる
て形 施捨	ほどこして	命令形 快施捨	ほどこせ
た形（過去形） 施捨了	ほどこした	可能形 可以施捨	ほどこせる
たら形（條件形） 施捨的話	ほどこしたら	う形（意向形） 施捨吧	ほどこそう

△解決するために、できる限りの策を施すまでだ。／
為解決問題只能善盡人事。

ぼやく 發牢騷

自他五 グループ1

ぼやく・ぼやきます

辭書形(基本形) 發牢騷	ぼやく	たり形 又是發牢騷	ぼやいたり
ない形（否定形） 沒發牢騷	ぼやかない	ば形（條件形） 發牢騷的話	ぼやけば
なかった形（過去否定形） 過去沒發牢騷	ぼやかなかった	させる形（使役形） 使發牢騷	ぼやかせる
ます形（連用形） 發牢騷	ぼやきます	られる形（被動形） 被發牢騷	ぼやかれる
て形 發牢騷	ぼやいて	命令形 快發牢騷	ぼやけ
た形（過去形） 發牢騷了	ぼやいた	可能形 可以發牢騷	ぼやける
たら形（條件形） 發牢騷的話	ぼやいたら	う形（意向形） 發牢騷吧	ぼやこう

△父ときたら、仕事がおもしろくないとぼやいてばかりだ。／
說到我那位爸爸，成天嘴裡老是叨唸著工作無聊透頂。

ぼやける （物體的形狀或顏色）模糊，不清楚

自下一 グループ2

ぼやける・ぼやけます

辭書形(基本形) 模糊	ぼやける	たり形 又是模糊	ぼやけたり
ない形（否定形） 沒模糊	ぼやけない	ば形（條件形） 模糊的話	ぼやければ
なかった形（過去否定形） 過去沒模糊	ぼやけなかった	させる形（使役形） 任憑模糊	ぼやけさせる
ます形（連用形） 模糊	ぼやけます	られる形（被動形） 被弄模糊	ぼやけられる
て形 模糊	ぼやけて	命令形 快模糊	ぼやけろ
た形（過去形） 模糊了	ぼやけた	可能形	———
たら形（條件形） 模糊的話	ぼやけたら	う形（意向形） 模糊吧	ぼやけよう

△この写真家（しゃしんか）の作品（さくひん）は全部（ぜんぶ）ぼやけていて、見（み）るにたえない。／這位攝影家的作品全都模糊不清，讓人不屑一顧。

ほろびる【滅びる】 滅亡，淪亡，消亡

自上一 グループ2

滅（ほろ）びる・滅（ほろ）びます

辭書形(基本形) 滅亡	ほろびる	たり形 又是滅亡	ほろびたり
ない形（否定形） 沒滅亡	ほろびない	ば形（條件形） 滅亡的話	ほろびれば
なかった形（過去否定形） 過去沒滅亡	ほろびなかった	させる形（使役形） 遭受滅亡	ほろびさせる
ます形（連用形） 滅亡	ほろびます	られる形（被動形） 被滅亡	ほろびられる
て形 滅亡	ほろびて	命令形 快滅亡	ほろびろ
た形（過去形） 滅亡了	ほろびた	可能形	———
たら形（條件形） 滅亡的話	ほろびたら	う形（意向形） 滅亡吧	ほろびよう

△恐竜（きょうりゅう）はなぜみな滅（ほろ）びてしまったのですか。／恐龍是因為什麼原因而全滅亡的？

ほろぶ【滅ぶ】 滅亡，滅絕

自五 グループ1

滅(ほろ)ぶ・滅(ほろ)びます

形	活用	形	活用
辭書形(基本形) 滅絕	ほろぶ	たり形 又是滅絕	ほろんだり
ない形（否定形） 沒滅絕	ほろばない	ば形（條件形） 滅絕的話	ほろべば
なかった形（過去否定形） 過去沒滅絕	ほろばなかった	させる形（使役形） 遭受滅亡	ほろばせる
ます形（連用形） 滅絕	ほろびます	られる形（被動形） 被滅亡	ほろばれる
て形 滅絕	ほろんで	命令形 快滅絕	ほろべ
た形（過去形） 滅絕了	ほろんだ	可能形	――
たら形（條件形） 滅絕的話	ほろんだら	う形（意向形） 滅絕吧	ほろぼう

△人類(じんるい)もいつかは滅(ほろ)ぶ。／人類終究會滅亡。

ほろぼす【滅ぼす】 消滅，毀滅

他五 グループ1

滅(ほろ)ぼす・滅(ほろ)ぼします

形	活用	形	活用
辭書形(基本形) 毀滅	ほろぼす	たり形 又是毀滅	ほろぼしたり
ない形（否定形） 沒毀滅	ほろぼさない	ば形（條件形） 毀滅的話	ほろぼせば
なかった形（過去否定形） 過去沒毀滅	ほろぼさなかった	させる形（使役形） 遭受毀滅	ほろぼさせる
ます形（連用形） 毀滅	ほろぼします	られる形（被動形） 被毀滅	ほろぼされる
て形 毀滅	ほろぼして	命令形 快毀滅	ほろぼせ
た形（過去形） 毀滅了	ほろぼした	可能形 可以毀滅	ほろぼせる
たら形（條件形） 毀滅的話	ほろぼしたら	う形（意向形） 毀滅吧	ほろぼそう

△彼女(かのじょ)は滅(ほろ)ぼされた民族(みんぞく)のために涙(なみだ)ながらに歌(うた)った。／
她邊流著眼淚，為慘遭滅絕的民族歌唱。

まかす【任す】 委託，託付

他五 グループ1

任す・任します

形	活用	形	活用
辭書形（基本形） 託付	まかす	たり形 又是託付	まかしたり
ない形（否定形） 沒託付	まかさない	ば形（條件形） 託付的話	まかせれば
なかった形（過去否定形） 過去沒託付	まかさなかった	させる形（使役形） 予以託付	まかせる
ます形（連用形） 託付	まかします	られる形（被動形） 被託付	まかされる
て形 託付	まかして	命令形 快託付	まかせろ
た形（過去形） 託付了	まかした	可能形 可以託付	まかせる
たら形（條件形） 託付的話	まかしたら	う形（意向形） 託付吧	まかそう

△「全部任すよ。」と言うが早いか、彼は出て行った。／
他才說完：「全都交給你囉！」就逕自出去了。

まかす【負かす】 打敗，戰勝

他五 グループ1

負かす・負かします

形	活用	形	活用
辭書形（基本形） 戰勝	まかす	たり形 又是戰勝	まかしたり
ない形（否定形） 沒戰勝	まかさない	ば形（條件形） 戰勝的話	まかせば
なかった形（過去否定形） 過去沒戰勝	まかさなかった	させる形（使役形） 使戰勝	まかさせる
ます形（連用形） 戰勝	まかします	られる形（被動形） 被打敗	まかされる
て形 戰勝	まかして	命令形 快戰勝	まかせ
た形（過去形） 戰勝了	まかした	可能形 可以戰勝	まかせる
たら形（條件形） 戰勝的話	まかしたら	う形（意向形） 戰勝吧	まかそう

△金太郎は、すもうで熊を負かすくらい強かったということになっている。／
據說金太郎力大無比，甚至可以打贏一頭熊。

まぎれる【紛れる】

混入，混進；（因受某事物吸引）注意力分散，暫時忘掉，消解

自下一 グループ2

紛（まぎ）れる・紛（まぎ）れます

辭書形(基本形) 混入	まぎれる	たり形 又是混入	まぎれたり
ない形（否定形） 沒混入	まぎれない	ば形（條件形） 混入的話	まぎれれば
なかった形（過去否定形） 過去沒混入	まぎれなかった	させる形（使役形） 予以混入	まぎれさせる
ます形（連用形） 混入	まぎれます	られる形（被動形） 被混入	まぎれられる
て形 混入	まぎれて	命令形 快混入	まぎれろ
た形（過去形） 混入了	まぎれた	可能形 可以混入	まぎれられる
たら形（條件形） 混入的話	まぎれたら	う形（意向形） 混入吧	まぎれよう

△騒（さわ）ぎに紛（まぎ）れて金（かね）を盗（ぬす）むとは、とんでもない奴（やつ）だ。／
這傢伙實在太可惡了，竟敢趁亂偷黃金。

まごつく

慌張，驚慌失措，不知所措；徘徊，徬徨

自五 グループ1

まごつく・まごつきます

辭書形(基本形) 驚慌失措	まごつく	たり形 又是驚慌失措	まごついたり
ない形（否定形） 沒驚慌失措	まごつかない	ば形（條件形） 驚慌失措的話	まごつけば
なかった形（過去否定形） 過去沒驚慌失措	まごつかなかった	させる形（使役形） 使驚慌失措	まごつかせる
ます形（連用形） 驚慌失措	まごつきます	られる形（被動形） 受到驚嚇	まごつかれる
て形 驚慌失措	まごついて	命令形 快驚慌失措	まごつけ
た形（過去形） 驚慌失措了	まごついた	可能形	――
たら形（條件形） 驚慌失措的話	まごついたら	う形（意向形） 驚慌失措吧	まごつこう

△緊張（きんちょう）のあまり、客（きゃく）への挨拶（あいさつ）さえまごつく始末（しまつ）だ。／
因為緊張過度，竟然連該向顧客打招呼都不知所措。

まさる【勝る】 勝於，優於，強於

自五 グループ1

勝(まさ)る・勝(まさ)ります

辭書形(基本形) 勝於	まさる	たり形 又是勝於	まさったり
ない形（否定形） 沒勝於	まさらない	ば形（條件形） 勝於的話	まされば
なかった形（過去否定形） 過去沒勝於	まさらなかった	させる形（使役形） 使勝於	まさらせる
ます形（連用形） 勝於	まさります	られる形（被動形） 被凌駕	まさられる
て形 勝於	まさって	命令形 快勝於	まされ
た形（過去形） 勝於了	まさった	可能形	————
たら形（條件形） 勝於的話	まさったら	う形（意向形） 勝於吧	まさろう

△条件(じょうけん)では勝(まさ)りながらも、最終的(さいしゅうてき)には勝(か)てなかった。／雖然佔有優勢，最後卻遭到敗北。

まじえる【交える】 夾雜，摻雜；(使細長的東西)交叉；互相接觸

他下一 グループ2

交(まじ)える・交(まじ)えます

辭書形(基本形) 交叉	まじえる	たり形 又是交叉	まじえたり
ない形（否定形） 沒交叉	まじえない	ば形（條件形） 交叉的話	まじえれば
なかった形（過去否定形） 過去沒交叉	まじえなかった	させる形（使役形） 促使交叉	まじえさせる
ます形（連用形） 交叉	まじえます	られる形（被動形） 被摻雜	まじえられる
て形 交叉	まじえて	命令形 快交叉	まじえろ
た形（過去形） 交叉了	まじえた	可能形 可以交叉	まじえられる
たら形（條件形） 交叉的話	まじえたら	う形（意向形） 交叉吧	まじえよう

△仕事(しごと)なんだから、私情(しじょう)を交(まじ)えるな。／這可是工作，不准摻雜私人情感！

N1-101

まじわる【交わる】 (線狀物)交，交叉；(與人)交往，交際 自五 グループ1

交わる・交わります

辭書形(基本形) 交叉	まじわる	たり形 又是交叉	まじわったり
ない形 (否定形) 沒交叉	まじわらない	ば形 (條件形) 交叉的話	まじわれば
なかった形 (過去否定形) 過去沒交叉	まじわらなかった	させる形 (使役形) 促使交叉	まじわらせる
ます形 (連用形) 交叉	まじわります	られる形 (被動形) 被交叉	まじわられる
て形 交叉	まじわって	命令形 快交叉	まじわれ
た形 (過去形) 交叉了	まじわった	可能形 可以交叉	まじわれる
たら形 (條件形) 交叉的話	まじわったら	う形 (意向形) 交叉吧	まじわろう

△当ホテルは、幹線道路が交わるアクセス至便な立地にございます。／
本旅館位於幹道交會處，交通相當便利。

またがる【跨がる】 (分開兩腿)騎，跨；跨越，横跨 自五 グループ1

跨がる・跨がります

辭書形(基本形) 跨越	またがる	たり形 又是跨越	またがったり
ない形 (否定形) 沒跨越	またがらない	ば形 (條件形) 跨越的話	またがれば
なかった形 (過去否定形) 過去沒跨越	またがらなかった	させる形 (使役形) 予以跨越	またがらせる
ます形 (連用形) 跨越	またがります	られる形 (被動形) 被跨越	またがられる
て形 跨越	またがって	命令形 快跨越	またがれ
た形 (過去形) 跨越了	またがった	可能形 可以跨越	またがれる
たら形 (條件形) 跨越的話	またがったら	う形 (意向形) 跨越吧	またがろう

△富士山は、静岡・山梨の２県にまたがっている。／
富士山位於靜岡和山梨兩縣的交界。

まちのぞむ【待ち望む】 期待，盼望

他五 グループ1

待ち望む・待ち望みます

辭書形(基本形) 期待	まちのぞむ	たり形 又是期待	まちのぞんだり
ない形（否定形） 沒期待	まちのぞまない	ば形（條件形） 期待的話	まちのぞめば
なかった形（過去否定形） 過去沒期待	まちのぞまなかった	させる形（使役形） 使期待	まちのぞませる
ます形（連用形） 期待	まちのぞみます	られる形（被動形） 被期待	まちのぞまれる
て形 期待	まちのぞんで	命令形 快期待	まちのぞめ
た形（過去形） 期待了	まちのぞんだ	可能形 可以期待	まちのぞめる
たら形（條件形） 期待的話	まちのぞんだら	う形（意向形） 期待吧	まちのぞもう

△娘がコンサートをこんなに待ち望んでいるとは知らなかった。／
實在不知道女兒竟然如此期盼著演唱會。

まぬがれる【免れる】 免，避免，擺脫

他下一 グループ2

免れる・免れます

辭書形(基本形) 擺脫	まぬがれる	たり形 又是擺脫	まぬがれたり
ない形（否定形） 沒擺脫	まぬがれない	ば形（條件形） 擺脫的話	まぬがれれば
なかった形（過去否定形） 過去沒擺脫	まぬがれなかった	させる形（使役形） 使擺脫	まぬがれさせる
ます形（連用形） 擺脫	まぬがれます	られる形（被動形） 被擺脫	まぬがれられる
て形 擺脫	まぬがれて	命令形 快擺脫	まぬがれろ
た形（過去形） 擺脫了	まぬがれた	可能形 可以擺脫	まぬがれられる
たら形（條件形） 擺脫的話	まぬがれたら	う形（意向形） 擺脫吧	まぬがれよう

△先日、山火事があったが、うちの別荘はなんとか焼失を免れた。／
日前發生了山林大火，所幸我家的別墅倖免於難。

 N1-102

まるめる【丸める】 弄圓，糅成團；攏絡，拉攏；剃成光頭；出家 他下一 グループ2

丸める・丸めます

辭書形(基本形) 拉攏	まるめる	たり形 又是拉攏	まるめたり
ない形（否定形） 沒拉攏	まるめない	ば形（條件形） 拉攏的話	まるめれば
なかった形（過去否定形） 過去沒拉攏	まるめなかった	させる形（使役形） 予以拉攏	まるめさせる
ます形（連用形） 拉攏	まるめます	られる形（被動形） 被拉攏	まるめられる
て形 拉攏	まるめて	命令形 快拉攏	まるめろ
た形（過去形） 拉攏了	まるめた	可能形 可以拉攏	まるめられる
たら形（條件形） 拉攏的話	まるめたら	う形（意向形） 拉攏吧	まるめよう

△農家のおばさんが背中を丸めて草取りしている。／
農家的阿桑正在彎腰除草。

みあわせる【見合わせる】 （面面）相視；放下，暫停，暫不進行；對照

他下一 グループ2

見合わせる・見合わせます

辭書形(基本形) 放下	みあわせる	たり形 又是放下	みあわせたり
ない形（否定形） 沒放下	みあわせない	ば形（條件形） 放下的話	みあわせれば
なかった形（過去否定形） 過去沒放下	みあわせなかった	させる形（使役形） 使放下	みあわせさせる
ます形（連用形） 放下	みあわせます	られる形（被動形） 被放下	みあわせられる
て形 放下	みあわせて	命令形 快放下	みあわせろ
た形（過去形） 放下了	みあわせた	可能形 可以放下	みあわせられる
たら形（條件形） 放下的話	みあわせたら	う形（意向形） 放下吧	みあわせよう

△多忙ゆえ、会議への出席は見合わせたいと思います。／
因為忙碌得無法分身，容我暫不出席會議。

みうしなう【見失う】 迷失，看不見，看丟

他五 グループ1

見失う・見失います

辭書形(基本形) 迷失	みうしなう	たり形 又是迷失	みうしなったり
ない形（否定形） 沒迷失	みうしなわない	ば形（條件形） 迷失的話	みうしなえば
なかった形（過去否定形） 過去沒迷失	みうしなわなかった	させる形（使役形） 使迷失	みうしなわせる
ます形（連用形） 迷失	みうしないます	られる形（被動形） 被弄丟	みうしなわれる
て形 迷失	みうしなって	命令形 快迷失	みうしなえ
た形（過去形） 迷失了	みうしなった	可能形 可以迷失	みうしなえる
たら形（條件形） 迷失的話	みうしなったら	う形（意向形） 迷失吧	みうしなおう

△目標を見失う。／迷失目標。

みおとす【見落とす】 看漏，忽略，漏掉

他五 グループ1

見落とす・見落とします

辭書形(基本形) 看漏	みおとす	たり形 又是看漏	みおとしたり
ない形（否定形） 沒看漏	みおとさない	ば形（條件形） 看漏的話	みおとせば
なかった形（過去否定形） 過去沒看漏	みおとさなかった	させる形（使役形） 使看漏	みおとさせる
ます形（連用形） 看漏	みおとします	られる形（被動形） 被看漏	みおとされる
て形 看漏	みおとして	命令形 快看漏	みおとせ
た形（過去形） 看漏了	みおとした	可能形	———
たら形（條件形） 看漏的話	みおとしたら	う形（意向形） 看漏吧	みおとそう

△目指す店の看板は、危うく見落とさんばかりにひっそりと掲げられていた。／想要找的那家店所掛的招牌很不顯眼，而且搖搖欲墜。

みくだす【見下す】 輕視，藐視，看不起；往下看，俯視 他五 グループ1

見下（みくだ）す・見下（みくだ）します

辭書形(基本形) 輕視	みくだす	たり形 又是輕視	みくだしたり
ない形（否定形） 沒輕視	みくださない	ば形（條件形） 輕視的話	みくだせば
なかった形（過去否定形） 過去沒輕視	みくださなかった	させる形（使役形） 使輕視	みくださせる
ます形（連用形） 輕視	みくだします	られる形（被動形） 被輕視	みくだされる
て形 輕視	みくだして	命令形 快輕視	みくだせ
た形（過去形） 輕視了	みくだした	可能形 可以輕視	みくだせる
たら形（條件形） 輕視的話	みくだしたら	う形（意向形） 輕視吧	みくだそう

△奴（やつ）は人（ひと）を見下（みくだ）したように笑（わら）った。／那傢伙輕蔑地冷笑了。

みせびらかす【見せびらかす】 炫耀，賣弄，顯示 他五 グループ1

見（み）せびらかす・見（み）せびらかします

辭書形(基本形) 賣弄	みせびらかす	たり形 又是賣弄	みせびらかしたり
ない形（否定形） 沒賣弄	みせびらかさない	ば形（條件形） 賣弄的話	みせびらかせば
なかった形（過去否定形） 過去沒賣弄	みせびらかさなかった	させる形（使役形） 使賣弄	みせびらかさせる
ます形（連用形） 賣弄	みせびらかします	られる形（被動形） 被賣弄	みせびらかされる
て形 賣弄	みせびらかして	命令形 快賣弄	みせびらかせ
た形（過去形） 賣弄了	みせびらかした	可能形 可以賣弄	みせびらかせる
たら形（條件形） 賣弄的話	みせびらかしたら	う形（意向形） 賣弄吧	みせびらかそう

△花子（はなこ）は新（あたら）しいかばんを友達（ともだち）に見（み）せびらかしている。／花子正將新皮包炫耀給朋友們看。

みたす【満たす】 裝滿，填滿，倒滿；滿足

他五 グループ1

満たす・満たします

辭書形(基本形) 裝滿	みたす	たり形 又是裝滿	みたしたり
ない形（否定形） 沒裝滿	みたさない	ば形（條件形） 裝滿的話	みたせば
なかった形（過去否定形） 過去沒裝滿	みたさなかった	させる形（使役形） 予以裝滿	みたさせる
ます形（連用形） 裝滿	みたします	られる形（被動形） 被裝滿	みたされる
て形 裝滿	みたして	命令形 快裝滿	みたせ
た形（過去形） 裝滿了	みたした	可能形 可以裝滿	みたせる
たら形（條件形） 裝滿的話	みたしたら	う形（意向形） 裝滿吧	みたそう

△顧客の要求を満たすべく、機能の改善に努める。／為了滿足客戶的需求，盡力改進商品的功能。

みだす【乱す】 弄亂，攪亂

他五 グループ1

乱す・乱します

辭書形(基本形) 弄亂	みだす	たり形 又是弄亂	みだしたり
ない形（否定形） 沒弄亂	みださない	ば形（條件形） 弄亂的話	みだせば
なかった形（過去否定形） 過去沒弄亂	みださなかった	させる形（使役形） 使弄亂	みださせる
ます形（連用形） 弄亂	みだします	られる形（被動形） 被弄亂	みだされる
て形 弄亂	みだして	命令形 快弄亂	みだせ
た形（過去形） 弄亂了	みだした	可能形 可以弄亂	みだせる
たら形（條件形） 弄亂的話	みだしたら	う形（意向形） 弄亂吧	みだそう

△列を乱さずに、行進しなさい。／請不要將隊形散掉前進。

みだれる【乱れる】 亂，凌亂；紊亂，混亂，錯亂

自下一 グループ2

乱れる・乱れます

辭書形(基本形) 錯亂	みだれる	たり形 又是錯亂	みだれたり
ない形（否定形） 沒錯亂	みだれない	ば形（條件形） 錯亂的話	みだれれば
なかった形（過去否定形） 過去沒錯亂	みだれなかった	させる形（使役形） 使錯亂	みだれさせる
ます形（連用形） 錯亂	みだれます	られる形（被動形） 被紊亂	みだれられる
て形 錯亂	みだれて	命令形 快錯亂	みだれろ
た形（過去形） 錯亂了	みだれた	可能形 可以錯亂	みだれられる
たら形（條件形） 錯亂的話	みだれたら	う形（意向形） 錯亂吧	みだれよう

△カードの順序が乱れているよ。／卡片的順序已經錯亂囉！

みちがえる【見違える】 看錯，看差

他下一 グループ2

見違える・見違えます

辭書形(基本形) 看錯	みちがえる	たり形 又是看錯	みちがえたり
ない形（否定形） 沒看錯	みちがえない	ば形（條件形） 看錯的話	みちがえれば
なかった形（過去否定形） 過去沒看錯	みちがえなかった	させる形（使役形） 使看錯	みちがえさせる
ます形（連用形） 看錯	みちがえます	られる形（被動形） 被看錯	みちがえられる
て形 看錯	みちがえて	命令形 快看錯	みちがえろ
た形（過去形） 看錯了	みちがえた	可能形 可以看錯	みちがえられる
たら形（條件形） 看錯的話	みちがえたら	う形（意向形） 看錯吧	みちがえよう

△髪型を変えたら、見違えるほど変わった。／
換了髮型之後，簡直變了一個人似的。

みちびく【導く】 引路，導遊；指導，引導；導致，導向

他五 グループ1

導(みちび)く・導(みちび)きます

辭書形(基本形) 指導	みちびく	たり形 又是指導	みちびいたり
ない形（否定形） 沒指導	みちびかない	ば形（條件形） 指導的話	みちびけば
なかった形（過去否定形） 過去沒指導	みちびかなかった	させる形（使役形） 予以指導	みちびかせる
ます形（連用形） 指導	みちびきます	られる形（被動形） 被指導	みちびかれる
て形 指導	みちびいて	命令形 快指導	みちびけ
た形（過去形） 指導了	みちびいた	可能形 可以指導	みちびける
たら形（條件形） 指導的話	みちびいたら	う形（意向形） 指導吧	みちびこう

△彼(かれ)は我々(われわれ)を成功(せいこう)に導(みちび)いた。／他引導我們走上成功之路。

みつもる【見積もる】 估計，估算

他五 グループ1

見積(みつ)もる・見積(みつ)もります

辭書形(基本形) 估算	みつもる	たり形 又是估算	みつもったり
ない形（否定形） 沒估算	みつもらない	ば形（條件形） 估算的話	みつもれば
なかった形（過去否定形） 過去沒估算	みつもらなかった	させる形（使役形） 使估算	みつもらせる
ます形（連用形） 估算	みつもります	られる形（被動形） 被估算	みつもられる
て形 估算	みつもって	命令形 快估算	みつもれ
た形（過去形） 估算了	みつもった	可能形	——
たら形（條件形） 估算的話	みつもったら	う形（意向形） 估算吧	みつもろう

△予算(よさん)を見積(みつ)もる。／估計預算。

N1 み みちびく・みつもる

みとどける【見届ける】 看到，看清；看到最後；預見 他下一 グループ2

見届ける・見届けます

辭書形(基本形) 看清	みとどける	たり形 又是看清	みとどけたり
ない形（否定形） 沒看清	みとどけない	ば形（條件形） 看清的話	みとどければ
なかった形（過去否定形） 過去沒看清	みとどけなかった	させる形（使役形） 使看清	みとどけさせる
ます形（連用形） 看清	みとどけます	られる形（被動形） 被看清	みとどけられる
て形 看清	みとどけて	命令形 快看清	みとどけろ
た形（過去形） 看清了	みとどけた	可能形 可以看清	みとどけられる
たら形（條件形） 看清的話	みとどけたら	う形（意向形） 看清吧	みとどけよう

△孫が結婚するのを見届けてから死にたい。／
我希望等親眼看到孫兒結婚以後再死掉。

みなす【見なす】 視為，認為，看成；當作 他五 グループ1

見なす・見なします

辭書形(基本形) 視為	みなす	たり形 又是視為	みなしたり
ない形（否定形） 沒視為	みなさない	ば形（條件形） 視為的話	みなせば
なかった形（過去否定形） 過去沒視為	みなさなかった	させる形（使役形） 使視為	みなさせる
ます形（連用形） 視為	みなします	られる形（被動形） 被視為	みなされる
て形 視為	みなして	命令形 快視為	みなせ
た形（過去形） 視為了	みなした	可能形 可以視為	みなせる
たら形（條件形） 視為的話	みなしたら	う形（意向形） 視為吧	みなそう

△オートバイに乗る少年を不良と見なすのはどうかと思う。／
我認為不應該將騎摩托車的年輕人全當作不良少年。

みならう【見習う】 學習，見習，熟習；模仿

他五 グループ1

見習(みなら)う・見習(みなら)います

辭書形(基本形) 模仿	みならう	たり形 又是模仿	みならったり
ない形（否定形） 沒模仿	みならわない	ば形（條件形） 模仿的話	みならえば
なかった形（過去否定形） 過去沒模仿	みならわなかった	させる形（使役形） 予以模仿	みならわせる
ます形（連用形） 模仿	みならいます	られる形（被動形） 被模仿	みならわれる
て形 模仿	みならって	命令形 快模仿	みならえ
た形（過去形） 模仿了	みならった	可能形 可以模仿	みならえる
たら形（條件形） 模仿的話	みならったら	う形（意向形） 模仿吧	みならおう

△また散(ち)らかして！お姉(ねえ)ちゃんを見習(みなら)いなさい！／
又到處亂丟了！跟姐姐好好看齊！

みのがす【見逃す】 看漏；饒過，放過；錯過；沒看成

他五 グループ1

見逃(みのが)す・見逃(みのが)します

辭書形(基本形) 錯過	みのがす	たり形 又是錯過	みのがしたり
ない形（否定形） 沒錯過	みのがさない	ば形（條件形） 錯過的話	みのがせば
なかった形（過去否定形） 過去沒錯過	みのがさなかった	させる形（使役形） 使錯過	みのがさせる
ます形（連用形） 錯過	みのがします	られる形（被動形） 被錯過	みのがされる
て形 錯過	みのがして	命令形 快錯過	みのがせ
た形（過去形） 錯過了	みのがした	可能形 可以錯過	みのがせる
たら形（條件形） 錯過的話	みのがしたら	う形（意向形） 錯過吧	みのがそう

△一生(いっしょう)に一度(いちど)のチャンスとあっては、ここでうかうか見逃(みのが)すわけにはいかない。／
因為是個千載難逢的大好機會，此時此刻絕不能好整以暇地坐視它從眼前溜走。

N1-106

みはからう【見計らう】 斟酌，看著辦，選擇

他五 グループ1

見計らう・見計らいます

辭書形(基本形) 選擇	みはからう	たり形 又是選擇	みはからったり
ない形（否定形） 沒選擇	みはからわない	ば形（條件形） 選擇的話	みはからえば
なかった形（過去否定形） 過去沒選擇	みはからわなかった	させる形（使役形） 予以選擇	みはからわせる
ます形（連用形） 選擇	みはからいます	られる形（被動形） 被選擇	みはからわれる
て形 選擇	みはからって	命令形 快選擇	みはからえ
た形（過去形） 選擇了	みはからった	可能形 可以選擇	みはからえる
たら形（條件形） 選擇的話	みはからったら	う形（意向形） 選擇吧	みはからおう

△タイミングを見計らって、彼女を食事に誘った。／
看準好時機，邀了她一起吃飯。

みわたす【見渡す】 瞭望，遠望；看一遍，環視

他五 グループ1

見渡す・見渡します

辭書形(基本形) 看一遍	みわたす	たり形 又是看一遍	みわたしたり
ない形（否定形） 沒看一遍	みわたさない	ば形（條件形） 看一遍的話	みわたせば
なかった形（過去否定形） 過去沒看一遍	みわたさなかった	させる形（使役形） 使看一遍	みわたさせる
ます形（連用形） 看一遍	みわたします	られる形（被動形） 被看一遍	みわたされる
て形 看一遍	みわたして	命令形 快看一遍	みわたせ
た形（過去形） 看一遍了	みわたした	可能形 可以看一遍	みわたせる
たら形（條件形） 看一遍的話	みわたしたら	う形（意向形） 看一遍吧	みわたそう

△ここからだと神戸の街並みと海を見渡すことができる。／
從這裡放眼看去，可以將神戸的街景與海景盡收眼底。

むくむ【浮腫む】 浮腫，虛腫；鼓起，鼓脹

自五 グループ1

浮腫む・浮腫みます

辭書形(基本形) 鼓起	むくむ	たり形 又是鼓起	むくんだり
ない形（否定形） 沒鼓起	むくまない	ば形（條件形） 鼓起的話	むくめば
なかった形（過去否定形） 過去沒鼓起	むくまなかった	させる形（使役形） 使鼓起	むくませる
ます形（連用形） 鼓起	むくみます	られる形（被動形） 被鼓起	むくまれる
て形 鼓起	むくんで	命令形 快鼓起	むくめ
た形（過去形） 鼓起了	むくんだ	可能形 可以鼓起	むくめる
たら形（條件形） 鼓起的話	むくんだら	う形（意向形） 鼓起吧	むくもう

△久しぶりにたくさん歩いたら、足がパンパンにむくんでしまった。／好久沒走那麼久了，腿腫成了硬邦邦的。

むしる【毟る】 揪，拔；撕，剔（骨頭）；奪取

他五 グループ1

毟る・毟ります

辭書形(基本形) 撕	むしる	たり形 又是撕	むしったり
ない形（否定形） 沒撕	むしらない	ば形（條件形） 撕的話	むしれば
なかった形（過去否定形） 過去沒撕	むしらなかった	させる形（使役形） 使奪取	むしらせる
ます形（連用形） 撕	むしります	られる形（被動形） 被撕	むしられる
て形 撕	むしって	命令形 快撕	むしれ
た形（過去形） 撕了	むしった	可能形 可以撕	むしれる
たら形（條件形） 撕的話	むしったら	う形（意向形） 撕吧	むしろう

△夏になると雑草がどんどん伸びてきて、むしるのが大変だ。／一到夏天，雜草冒個不停，除起草來非常辛苦。

N1 む むくむ・むしる

むすびつく【結び付く】 連接，結合，繫；密切相關，有聯繫，有關連 自五 グループ1

結び付く・結び付きます

辭書形(基本形) 結合	むすびつく	たり形 又是結合	むすびついたり
ない形（否定形） 沒結合	むすびつかない	ば形（條件形） 結合的話	むすびつけば
なかった形（過去否定形） 過去沒結合	むすびつかなかった	させる形（使役形） 使結合	むすびつかせる
ます形（連用形） 結合	むすびつきます	られる形（被動形） 被結合	むすびつかれる
て形 結合	むすびついて	命令形 快結合	むすびつけ
た形（過去形） 結合了	むすびついた	可能形	———
たら形（條件形） 結合的話	むすびついたら	う形（意向形） 結合吧	むすびつこう

△仕事に結びつく資格には、どのようなものがありますか。／
請問有哪些證照是與工作密切相關的呢？

むすびつける【結び付ける】 繫上，拴上；結合，聯繫 他下一 グループ2

結び付ける・結び付けます

辭書形(基本形) 結合	むすびつける	たり形 又是結合	むすびつけたり
ない形（否定形） 沒結合	むすびつけない	ば形（條件形） 結合的話	むすびつければ
なかった形（過去否定形） 過去沒結合	むすびつけなかった	させる形（使役形） 使結合	むすびつけさせる
ます形（連用形） 結合	むすびつけます	られる形（被動形） 被結合	むすびつけられる
て形 結合	むすびつけて	命令形 快結合	むすびつけろ
た形（過去形） 結合了	むすびつけた	可能形 可以結合	むすびつけられる
たら形（條件形） 結合的話	むすびつけたら	う形（意向形） 結合吧	むすびつけよう

△環境問題を自分の生活と結びつけて考えてみましょう。／
讓我們來想想，該如何將環保融入自己的日常生活中。

むせる【噎せる】 噎，嗆

自下一 グループ2

噎(む)せる・噎(む)せます

辭書形(基本形) 嗆	むせる	たり形 又是嗆	むせたり
ない形（否定形） 沒嗆	むせない	ば形（條件形） 嗆的話	むせれば
なかった形（過去否定形） 過去沒嗆	むせなかった	させる形（使役形） 使嗆著	むせさせる
ます形（連用形） 嗆	むせます	られる形（被動形） 被嗆	むせられる
て形 嗆	むせて	命令形 快嗆	むせろ
た形（過去形） 嗆了	むせた	可能形	———
たら形（條件形） 嗆的話	むせたら	う形（意向形） 嗆吧	むせよう

△煙(けむり)が立(た)ってむせてしようがない。／直冒煙，嗆得厲害。

むらがる【群がる】 聚集，群集，密集，林立

自五 グループ1

群(むら)がる・群(むら)がります

辭書形(基本形) 群集	むらがる	たり形 又是群集	むらがったり
ない形（否定形） 沒群集	むらがらない	ば形（條件形） 群集的話	むらがれば
なかった形（過去否定形） 過去沒群集	むらがらなかった	させる形（使役形） 使群集	むらがらせる
ます形（連用形） 群集	むらがります	られる形（被動形） 被群集於…	むらがられる
て形 群集	むらがって	命令形 快群集	むらがれ
た形（過去形） 群集了	むらがった	可能形 可以群集	むらがれる
たら形（條件形） 群集的話	むらがったら	う形（意向形） 群集吧	むらがろう

△子(こ)どもといい、大人(おとな)といい、みな新製品(しんせいひん)に群(むら)がっている。／無論是小孩或是大人，全都在新產品的前面擠成一團。

N1 む むせる・むらがる

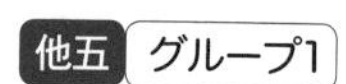

めぐむ【恵む】 同情，憐憫；施捨，周濟

他五 グループ1

恵む・恵みます

辭書形(基本形) 憐憫	めぐむ	たり形 又是憐憫	めぐんだり
ない形（否定形） 沒憐憫	めぐまない	ば形（條件形） 憐憫的話	めぐめば
なかった形（過去否定形） 過去沒憐憫	めぐまなかった	させる形（使役形） 使憐憫	めぐませる
ます形（連用形） 憐憫	めぐみます	られる形（被動形） 被憐憫	めぐまれる
て形 憐憫	めぐんで	命令形 快憐憫	めぐめ
た形（過去形） 憐憫了	めぐんだ	可能形 可以憐憫	めぐめる
たら形（條件形） 憐憫的話	めぐんだら	う形（意向形） 憐憫吧	めぐもう

△財布をなくし困っていたら、見知らぬ人が１万円恵んでくれた。／當我正因弄丟了錢包而不知所措時，有陌生人同情我並給了一萬日幣。

めざめる【目覚める】 醒，睡醒；覺悟，覺醒，發現

自下一 グループ2

目覚める・目覚めます

辭書形(基本形) 覺醒	めざめる	たり形 又是覺醒	めざめたり
ない形（否定形） 沒覺醒	めざめない	ば形（條件形） 覺醒的話	めざめれば
なかった形（過去否定形） 過去沒覺醒	めざめなかった	させる形（使役形） 使覺醒	めざめさせる
ます形（連用形） 覺醒	めざめます	られる形（被動形） 被覺醒	めざめられる
て形 覺醒	めざめて	命令形 快覺醒	めざめろ
た形（過去形） 覺醒了	めざめた	可能形 可以覺醒	めざめられる
たら形（條件形） 覺醒的話	めざめたら	う形（意向形） 覺醒吧	めざめよう

△今朝は鳥の鳴き声で目覚めました。／今天早晨被鳥兒的啁啾聲喚醒。

めす【召す】（敬語）召見，召喚；吃；喝；穿；乘；入浴；感冒；購買 他五 グループ1

召(め)す・召(め)します

辭書形(基本形) 召見	めす	たり形 又是召見	めしたり
ない形（否定形） 沒召見	めさない	ば形（條件形） 召見的話	めせば
なかった形（過去否定形） 過去沒召見	めさなかった	させる形（使役形） 使召見	めさせる
ます形（連用形） 召見	めします	られる形（被動形） 被召見	めされる
て形 召見	めして	命令形 快召見	めせ
た形（過去形） 召見了	めした	可能形	———
たら形（條件形） 召見的話	めしたら	う形（意向形） 召見吧	めそう

△母(はは)は昨年(さくねん)82歳(さい)で神(かみ)に召(め)されました。／家母去年以八十二歲的高齡蒙主寵召了。

もうける【設ける】預備，準備；設立，設置，制定 他下一 グループ2

設(もう)ける・設(もう)けます

辭書形(基本形) 設置	もうける	たり形 又是設置	もうけたり
ない形（否定形） 沒設置	もうけない	ば形（條件形） 設置的話	もうければ
なかった形（過去否定形） 過去沒設置	もうけなかった	させる形（使役形） 使設置	もうけさせる
ます形（連用形） 設置	もうけます	られる形（被動形） 被設置	もうけられる
て形 設置	もうけて	命令形 快設置	もうけろ
た形（過去形） 設置了	もうけた	可能形 可以設置	もうけられる
たら形（條件形） 設置的話	もうけたら	う形（意向形） 設置吧	もうけよう

△弊社(へいしゃ)は日本語(にほんご)のサイトも設(もう)けています。／敝公司也有架設日文網站。

もうしいれる【申し入れる】 提議，(正式)提出 他下一 グループ2

申し入れる・申し入れます

辭書形(基本形) 提出	もうしいれる	たり形 又是提出	もうしいれたり
ない形 (否定形) 沒提出	もうしいれない	ば形 (條件形) 提出的話	もうしいれれば
なかった形 (過去否定形) 過去沒提出	もうしいれなかった	させる形 (使役形) 使提出	もうしいれさせる
ます形 (連用形) 提出	もうしいれます	られる形 (被動形) 被提出	もうしいれられる
て形 提出	もうしいれて	命令形 快提出	もうしいれろ
た形 (過去形) 提出了	もうしいれた	可能形 可以提出	もうしいれられる
たら形 (條件形) 提出的話	もうしいれたら	う形 (意向形) 提出吧	もうしいれよう

△再三交渉を申し入れたが、会社からの回答はまだ得られていない。／
儘管已經再三提出交涉，卻尚未得到公司的回應。

もうしでる【申し出る】 提出，申述，申請 他下一 グループ2

申し出る・申し出ます

辭書形(基本形) 提出	もうしでる	たり形 又是提出	もうしでたり
ない形 (否定形) 沒提出	もうしでない	ば形 (條件形) 提出的話	もうしでれば
なかった形 (過去否定形) 過去沒提出	もうしでなかった	させる形 (使役形) 使提出	もうしでさせる
ます形 (連用形) 提出	もうしでます	られる形 (被動形) 被提出	もうしでられる
て形 提出	もうしでて	命令形 快提出	もうしでろ
た形 (過去形) 提出了	もうしでた	可能形 可以提出	もうしでられる
たら形 (條件形) 提出的話	もうしでたら	う形 (意向形) 提出吧	もうしでよう

△ほかにも薬を服用している場合は、必ず申し出てください。／
假如還有服用其他藥物請務必告知。

もがく （痛苦時）掙扎，折騰；焦急，著急，掙扎

自五 グループ1

もがく・もがきます

辭書形(基本形) 折騰	もがく	たり形 又是折騰	もがいたり
ない形（否定形） 沒折騰	もがかない	ば形（條件形） 折騰的話	もがけば
なかった形（過去否定形） 過去沒折騰	もがかなかった	させる形（使役形） 任憑折騰	もがかせる
ます形（連用形） 折騰	もがきます	られる形（被動形） 被折騰	もがかれる
て形 折騰	もがいて	命令形 快折騰	もがけ
た形（過去形） 折騰了	もがいた	可能形 可以折騰	もがける
たら形（條件形） 折騰的話	もがいたら	う形（意向形） 折騰吧	もがこう

△誘拐(ゆうかい)された被害者(ひがいしゃ)は、必死(ひっし)にもがいて縄(なわ)をほどき、自力(じりき)で脱出(だっしゅつ)したそうだ。／聽說遭到綁架的被害人拚命掙脫繩索，靠自己的力量逃出來了。

もくろむ【目論む】 計畫，籌畫，企圖，圖謀

他五 グループ1

目論(もくろ)む・目論(もくろ)みます

辭書形(基本形) 籌畫	もくろむ	たり形 又是籌畫	もくろんだり
ない形（否定形） 沒籌畫	もくろまない	ば形（條件形） 籌畫的話	もくろめば
なかった形（過去否定形） 過去沒籌畫	もくろまなかった	させる形（使役形） 使籌畫	もくろませる
ます形（連用形） 籌畫	もくろみます	られる形（被動形） 被籌畫	もくろまれる
て形 籌畫	もくろんで	命令形 快籌畫	もくろめ
た形（過去形） 籌畫了	もくろんだ	可能形 可以籌畫	もくろめる
たら形（條件形） 籌畫的話	もくろんだら	う形（意向形） 籌畫吧	もくろもう

△わが国(くに)は、軍備増強(ぐんびぞうきょう)をもくろむ某隣国(ぼうりんごく)の脅威(きょうい)にさらされている。／我國目前受到鄰近某國企圖提升軍備的威脅。

もたらす【齎す】 帶來；造成，引發，引起；帶來（好處） 他五 グループ1

齎す・齎します

形	活用	形	活用
辭書形（基本形） 引起	もたらす	たり形 又是引起	もたらしたり
ない形（否定形） 沒引起	もたらさない	ば形（條件形） 引起的話	もたらせば
なかった形（過去否定形） 過去沒引起	もたらさなかった	させる形（使役形） 使引起	もたらさせる
ます形（連用形） 引起	もたらします	られる形（被動形） 被引起	もたらされる
て形 引起	もたらして	命令形 快引起	もたらせ
た形（過去形） 引起了	もたらした	可能形 可以引起	もたらせる
たら形（條件形） 引起的話	もたらしたら	う形（意向形） 引起吧	もたらそう

△お金が幸せをもたらしてくれるとは限らない。／金錢未必會帶來幸福。

もちこむ【持ち込む】 攜入，帶入；提出（意見，建議，問題） 他五 グループ1

持ち込む・持ち込みます

形	活用	形	活用
辭書形（基本形） 提出	もちこむ	たり形 又是提出	もちこんだり
ない形（否定形） 沒提出	もちこまない	ば形（條件形） 提出的話	もちこめば
なかった形（過去否定形） 過去沒提出	もちこまなかった	させる形（使役形） 使提出	もちこませる
ます形（連用形） 提出	もちこみます	られる形（被動形） 被提出	もちこまれる
て形 提出	もちこんで	命令形 快提出	もちこめ
た形（過去形） 提出了	もちこんだ	可能形 可以提出	もちこめる
たら形（條件形） 提出的話	もちこんだら	う形（意向形） 提出吧	もちこもう

△飲食物をホテルに持ち込む。／將外食攜入飯店。

もてなす【持て成す】接待，招待，款待；（請吃飯）宴請，招待 他五 グループ1

持て成す・持て成します

辭書形（基本形） 接待	もてなす	たり形 又是接待	もてなしたり
ない形（否定形） 沒接待	もてなさない	ば形（條件形） 接待的話	もてなせば
なかった形（過去否定形） 過去沒接待	もてなさなかった	させる形（使役形） 使接待	もてなさせる
ます形（連用形） 接待	もてなします	られる形（被動形） 被接待	もてなされる
て形 接待	もてなして	命令形 快接待	もてなせ
た形（過去形） 接待了	もてなした	可能形 可以接待	もてなせる
たら形（條件形） 接待的話	もてなしたら	う形（意向形） 接待吧	もてなそう

△来賓をもてなすため、ホテルで大々的に歓迎会を開いた。／
為了要接待來賓，在飯店舉辦了盛大的迎賓會。

もてる【持てる】受歡迎；能維持；能有，能拿 自下一 グループ2

持てる・持てます

辭書形（基本形） 能拿	もてる	たり形 又是能拿	もてたり
ない形（否定形） 沒能拿	もてない	ば形（條件形） 能拿的話	もてれば
なかった形（過去否定形） 過去沒能拿	もてなかった	させる形（使役形） 使受歡迎	もてさせる
ます形（連用形） 能拿	もてます	られる形（被動形） 得到歡喜	もてられる
て形 能拿	もてて	命令形 快能拿	もてろ
た形（過去形） 能拿了	もてた	可能形	――――
たら形（條件形） 能拿的話	もてたら	う形（意向形） 能拿吧	もてよう

△持てる力を存分に発揮して、悔いのないように試合に臨みなさい。／
不要留下任何後悔，在比賽中充分展現自己的實力吧！

もめる【揉める】 發生糾紛，擔心，擔憂

自下一 グループ2

揉める・揉めます

辭書形(基本形) 擔憂	もめる	たり形 又是擔憂	もめたり
ない形（否定形） 沒擔憂	もめない	ば形（條件形） 擔憂的話	もめれば
なかった形（過去否定形） 過去沒擔憂	もめなかった	させる形（使役形） 使擔憂	もめさせる
ます形（連用形） 擔憂	もめます	られる形（被動形） 被擔憂	もめられる
て形 擔憂	もめて	命令形 快擔憂	もめろ
た形（過去形） 擔憂了	もめた	可能形	――――
たら形（條件形） 擔憂的話	もめたら	う形（意向形） 擔憂吧	もめよう

△遺産相続などでもめないように遺言を残しておいた方がいい。／最好先寫下遺言，以免遺族繼承財產時發生爭執。

もよおす【催す】 舉行，舉辦；產生，引起

他五 グループ1

催す・催します

辭書形(基本形) 引起	もよおす	たり形 又是引起	もよおしたり
ない形（否定形） 沒引起	もよおさない	ば形（條件形） 引起的話	もよおせば
なかった形（過去否定形） 過去沒引起	もよおさなかった	させる形（使役形） 使引起	もよおさせる
ます形（連用形） 引起	もよおします	られる形（被動形） 被引起	もよおされる
て形 引起	もよおして	命令形 快引起	もよおせ
た形（過去形） 引起了	もよおした	可能形 可以引起	もよおせる
たら形（條件形） 引起的話	もよおしたら	う形（意向形） 引起吧	もよおそう

△来月催される演奏会のために、毎日遅くまでピアノの練習をしています。／為了即將於下個月舉辦的演奏會，每天都練習鋼琴至深夜時分。

もらす【漏らす】

（液體、氣體、光等）漏，漏出；（秘密等）洩漏；遺漏；發洩；尿褲子

他五 グループ1

漏(も)らす・漏(も)らします

辭書形(基本形) 洩漏	もらす	たり形 又是洩漏	もらしたり
ない形（否定形） 沒洩漏	もらさない	ば形（條件形） 洩漏的話	もらせば
なかった形（過去否定形） 過去沒洩漏	もらさなかった	させる形（使役形） 使洩漏	もらさせる
ます形（連用形） 洩漏	もらします	られる形（被動形） 被洩漏	もらされる
て形 洩漏	もらして	命令形 快洩漏	もらせ
た形（過去形） 洩漏了	もらした	可能形 可以洩漏	もらせる
たら形（條件形） 洩漏的話	もらしたら	う形（意向形） 洩漏吧	もらそう

△社員(しゃいん)が情報(じょうほう)をもらしたと知(し)って、社長(しゃちょう)は憤慨(ふんがい)にたえない。／
當社長獲悉員工洩露了機密，不由得火冒三丈。

もりあがる【盛り上がる】

（向上或向外）鼓起，隆起；（情緒、要求等）沸騰，高漲

自五 グループ1

盛(も)り上(あ)がる・盛(も)り上(あ)がります

辭書形(基本形) 沸騰	もりあがる	たり形 又是沸騰	もりあがったり
ない形（否定形） 沒沸騰	もりあがらない	ば形（條件形） 沸騰的話	もりあがれば
なかった形（過去否定形） 過去沒沸騰	もりあがらなかった	させる形（使役形） 使沸騰	もりあがらせる
ます形（連用形） 沸騰	もりあがります	られる形（被動形） 被沸騰	もりあがられる
て形 沸騰	もりあがって	命令形 快沸騰	もりあがれ
た形（過去形） 沸騰了	もりあがった	可能形 可以沸騰	もりあがれる
たら形（條件形） 沸騰的話	もりあがったら	う形（意向形） 沸騰吧	もりあがろう

△決勝戦(けっしょうせん)とあって、異様(いよう)な盛(も)り上(あ)がりを見(み)せている。／
因為是冠亞軍賽，選手們的鬥志都異常高昂。

もる【漏る】（液體、氣體、光等）漏，漏出

自五 グループ1

漏（も）る・漏（も）ります

辭書形(基本形) 漏出	もる	たり形 又是漏出	もったり
ない形（否定形） 沒漏出	もらない	ば形（條件形） 漏出的話	もれば
なかった形（過去否定形） 過去沒漏出	もらなかった	させる形（使役形） 使漏出	もらせる
ます形（連用形） 漏出	もります	られる形（被動形） 被洩漏	もられる
て形 漏出	もって	命令形 快漏出	もれ
た形（過去形） 漏出了	もった	可能形 可以漏出	もれる
たら形（條件形） 漏出的話	もったら	う形（意向形） 漏出吧	もろう

△お茶（ちゃ）が漏（も）ると思（おも）ったら、湯飲（ゆの）みにひびが入（はい）っていた。／
正想著茶湯怎麼露出來了，原來是茶壺有裂縫了。

もれる【漏れる】（液體、氣體、光等）漏，漏出；（秘密等）洩漏；落選，被淘汰

自下一 グループ2

漏（も）れる・漏（も）れます

辭書形(基本形) 洩漏	もれる	たり形 又是洩漏	もれたり
ない形（否定形） 沒洩漏	もれない	ば形（條件形） 洩漏的話	もれれば
なかった形（過去否定形） 過去沒洩漏	もれなかった	させる形（使役形） 使洩漏	もれさせる
ます形（連用形） 洩漏	もれます	られる形（被動形） 被洩漏	もれられる
て形 洩漏	もれて	命令形 快洩漏	もれろ
た形（過去形） 洩漏了	もれた	可能形	————
たら形（條件形） 洩漏的話	もれたら	う形（意向形） 洩漏吧	もれよう

△この話（はなし）はいったいどこから漏（も）れたのですか。／
這件事到底是從哪裡洩露出去的呢？

やしなう【養う】

（子女）養育，撫育；養活，扶養；餵養；培養；保養，休養

他五 グループ1

養（やしな）う・養（やしな）います

辭書形(基本形) 扶養	やしなう	たり形 又是扶養	やしなったり
ない形（否定形） 沒扶養	やしなわない	ば形（條件形） 扶養的話	やしなえば
なかった形（過去否定形） 過去沒扶養	やしなわなかった	させる形（使役形） 使扶養	やしなわせる
ます形（連用形） 扶養	やしないます	られる形（被動形） 被扶養	やしなわれる
て形 扶養	やしなって	命令形 快扶養	やしなえ
た形（過去形） 扶養了	やしなった	可能形 可以扶養	やしなえる
たら形（條件形） 扶養的話	やしなったら	う形（意向形） 扶養吧	やしなおう

△どんな困難（こんなん）や苦労（くろう）にもたえる精神力（せいしんりょく）を養（やしな）いたい。／
希望能夠培養出足以面對任何困難與艱辛的堅忍不拔毅力。

やすめる【休める】

（活動等）使休息，使停歇；（身心等）使休息，使安靜；放下

他下一 グループ2

休（やす）める・休（やす）めます

辭書形(基本形) 放下	やすめる	たり形 又是放下	やすめたり
ない形（否定形） 沒放下	やすめない	ば形（條件形） 放下的話	やすめれば
なかった形（過去否定形） 過去沒放下	やすめなかった	させる形（使役形） 使放下	やすめさせる
ます形（連用形） 放下	やすめます	られる形（被動形） 被放下	やすめられる
て形 放下	やすめて	命令形 快放下	やすめろ
た形（過去形） 放下了	やすめた	可能形 可以放下	やすめられる
たら形（條件形） 放下的話	やすめたら	う形（意向形） 放下吧	やすめよう

△パソコンやテレビを見（み）るときは、ときどき目（め）を休（やす）めた方（ほう）がいい。／
看電腦或電視的時候，最好經常讓眼睛休息一下。

やっつける

(俗)幹完;(狠狠的)教訓一頓,整一頓;打敗,擊敗

他下一 グループ2

やっつける・やっつけます

辭書形(基本形) 擊敗	やっつける	たり形 又是擊敗	やっつけたり
ない形(否定形) 沒擊敗	やっつけない	ば形(條件形) 擊敗的話	やっつければ
なかった形(過去否定形) 過去沒擊敗	やっつけなかった	させる形(使役形) 使擊敗	やっつけさせる
ます形(連用形) 擊敗	やっつけます	られる形(被動形) 被擊敗	やっつけられる
て形 擊敗	やっつけて	命令形 快擊敗	やっつけろ
た形(過去形) 擊敗了	やっつけた	可能形 可以擊敗	やっつけられる
たら形(條件形) 擊敗的話	やっつけたら	う形(意向形) 擊敗吧	やっつけよう

△相手(あいて)チームをやっつける。／擊敗對方隊伍。

やりとおす【遣り通す】

做完,完成

他五 グループ1

遣(や)り通(とお)す・遣(や)り通(とお)します

辭書形(基本形) 完成	やりとおす	たり形 又是完成	やりとおしたり
ない形(否定形) 沒完成	やりとおさない	ば形(條件形) 完成的話	やりとおせば
なかった形(過去否定形) 過去沒完成	やりとおさなかった	させる形(使役形) 予以完成	やりとおさせる
ます形(連用形) 完成	やりとおします	られる形(被動形) 被完成	やりとおされる
て形 完成	やりとおして	命令形 快完成	やりとおせ
た形(過去形) 完成了	やりとおした	可能形 可以完成	やりとおせる
たら形(條件形) 完成的話	やりとおしたら	う形(意向形) 完成吧	やりとおそう

△難(むずか)しい仕事(しごと)だったが、何(なん)とかやり通(とお)した。／
雖然是一份艱難的工作，總算完成了。

やりとげる【遣り遂げる】 徹底做到完，進行到底，完成 他下一 グループ2

遣(や)り遂(と)げる・遣(や)り遂(と)げます

辭書形（基本形） 完成	やりとげる	たり形 又是完成	やりとげたり
ない形（否定形） 沒完成	やりとげない	ば形（條件形） 完成的話	やりとげれば
なかった形（過去否定形） 過去沒完成	やりとげなかった	させる形（使役形） 予以完成	やりとげさせる
ます形（連用形） 完成	やりとげます	られる形（被動形） 被完成	やりとげられる
て形 完成	やりとげて	命令形 快完成	やりとげろ
た形（過去形） 完成了	やりとげた	可能形 可以完成	やりとげられる
たら形（條件形） 完成的話	やりとげたら	う形（意向形） 完成吧	やりとげよう

△10年越(ねんご)しのプロジェクトをやり遂(と)げた。／終於完成了歷經十年的計畫。

やわらぐ【和らぐ】 變柔和，和緩起來 自五 グループ1

和(やわ)らぐ・和(やわ)らぎます

辭書形（基本形） 變柔和	やわらぐ	たり形 又是變柔和	やわらいだり
ない形（否定形） 沒變柔和	やわらがない	ば形（條件形） 變柔和的話	やわらげば
なかった形（過去否定形） 過去沒變柔和	やわらがなかった	させる形（使役形） 使變柔和	やわらがせる
ます形（連用形） 變柔和	やわらぎます	られる形（被動形） 被緩和	やわらがれる
て形 變柔和	やわらいで	命令形 快變柔和	やわらげ
た形（過去形） 變柔和了	やわらいだ	可能形 可以變柔和	やわらげる
たら形（條件形） 變柔和的話	やわらいだら	う形（意向形） 變柔和吧	やわらごう

△怒(いか)りが和(やわ)らぐ。／讓憤怒的心情平靜下來。

やわらげる【和らげる】 緩和；使明白；沖淡

他下一 グループ2

和(やわ)らげる・和(やわ)らげます

辭書形(基本形) 沖淡	やわらげる	たり形 又是沖淡	やわらげたり
ない形（否定形） 沒沖淡	やわらげない	ば形（條件形） 沖淡的話	やわらげれば
なかった形（過去否定形） 過去沒沖淡	やわらげなかった	させる形（使役形） 使沖淡	やわらげさせる
ます形（連用形） 沖淡	やわらげます	られる形（被動形） 被沖淡	やわらげられる
て形 沖淡	やわらげて	命令形 快沖淡	やわらげろ
た形（過去形） 沖淡了	やわらげた	可能形 可以沖淡	やわらげられる
たら形（條件形） 沖淡的話	やわらげたら	う形（意向形） 沖淡吧	やわらげよう

△彼(かれ)は忙(いそが)しいながら、冗談(じょうだん)でみんなの緊張(きんちょう)を和(やわ)らげてくれる。／
他雖然忙得不可開交，還是會用說笑來緩和大家的緊張情緒。

ゆがむ【歪む】 歪斜，歪扭；（性格等）乖僻，扭曲

自五 グループ1

歪(ゆが)む・歪(ゆが)みます

辭書形(基本形) 扭曲	ゆがむ	たり形 又是扭曲	ゆがんだり
ない形（否定形） 沒扭曲	ゆがまない	ば形（條件形） 扭曲的話	ゆがめば
なかった形（過去否定形） 過去沒扭曲	ゆがまなかった	させる形（使役形） 使扭曲	ゆがませる
ます形（連用形） 扭曲	ゆがみます	られる形（被動形） 被扭曲	ゆがまれる
て形 扭曲	ゆがんで	命令形 快扭曲	ゆがめ
た形（過去形） 扭曲了	ゆがんだ	可能形	――
たら形（條件形） 扭曲的話	ゆがんだら	う形（意向形） 扭曲吧	ゆがもう

△柱(はしら)も梁(はり)もゆがんでいる。いいかげんに建(た)てたのではあるまいか。／
柱和樑都已歪斜，當初蓋的時候是不是有偷工減料呢？

ゆさぶる【揺さぶる】 搖晃；震撼

他五　グループ1

揺(ゆ)さぶる・揺(ゆ)さぶります

形	活用	形	活用
辭書形(基本形) 搖晃	ゆさぶる	たり形 又是搖晃	ゆさぶったり
ない形（否定形） 沒搖晃	ゆさぶらない	ば形（條件形） 搖晃的話	ゆさぶれば
なかった形（過去否定形） 過去沒搖晃	ゆさぶらなかった	させる形（使役形） 使搖晃	ゆさぶらせる
ます形（連用形） 搖晃	ゆさぶります	られる形（被動形） 被搖晃	ゆさぶられる
て形 搖晃	ゆさぶって	命令形 快搖晃	ゆさぶれ
た形（過去形） 搖晃了	ゆさぶった	可能形 可以搖晃	ゆさぶれる
たら形（條件形） 搖晃的話	ゆさぶったら	う形（意向形） 搖晃吧	ゆさぶろう

△彼(かれ)のスピーチに、聴衆(ちょうしゅう)はみな心(こころ)を揺(ゆ)さぶられた。／
他的演說撼動了每一個聽眾。

ゆすぐ【濯ぐ】 洗滌，刷洗，洗濯；漱

他五　グループ1

濯(ゆす)ぐ・濯(ゆす)ぎます

形	活用	形	活用
辭書形(基本形) 刷洗	ゆすぐ	たり形 又是刷洗	ゆすいだり
ない形（否定形） 沒刷洗	ゆすがない	ば形（條件形） 刷洗的話	ゆすげば
なかった形（過去否定形） 過去沒刷洗	ゆすがなかった	させる形（使役形） 使刷洗	ゆすがせる
ます形（連用形） 刷洗	ゆすぎます	られる形（被動形） 被刷洗	ゆすがれる
て形 刷洗	ゆすいで	命令形 快刷洗	ゆすげ
た形（過去形） 刷洗了	ゆすいだ	可能形 可以刷洗	ゆすげる
たら形（條件形） 刷洗的話	ゆすいだら	う形（意向形） 刷洗吧	ゆすごう

△ゆすぐ時(とき)は、水(みず)を出(だ)しっぱなしにしないでくださいね。／
在刷洗的時候，請記得關上水龍頭，不要任由自來水流個不停喔！

ゆびさす【指差す】（用手指）指，指示

他五 グループ1

指差す・指差します

辭書形(基本形) 指示	ゆびさす	たり形 又是指示	ゆびさしたり
ない形（否定形) 沒指示	ゆびささない	ば形（條件形) 指示的話	ゆびさせば
なかった形（過去否定形) 過去沒指示	ゆびささなかった	させる形（使役形) 使指示	ゆびささせる
ます形（連用形) 指示	ゆびさします	られる形（被動形) 被指示	ゆびさされる
て形 指示	ゆびさして	命令形 快指示	ゆびさせ
た形（過去形) 指示了	ゆびさした	可能形 可以指示	ゆびさせる
たら形（條件形) 指示的話	ゆびさしたら	う形（意向形) 指示吧	ゆびさそう

△地図の上を指差しながら教えれば、よくわかるだろう。／
用手指著地圖教對方的話，應該就很清楚明白吧！

ゆらぐ【揺らぐ】搖動，搖晃；意志動搖；搖搖欲墜，岌岌可危

自五 グループ1

揺らぐ・揺らぎます

辭書形(基本形) 搖晃	ゆらぐ	たり形 又是搖晃	ゆらいだり
ない形（否定形) 沒搖晃	ゆらがない	ば形（條件形) 搖晃的話	ゆらげば
なかった形（過去否定形) 過去沒搖晃	ゆらがなかった	させる形（使役形) 使搖晃	ゆらがせる
ます形（連用形) 搖晃	ゆらぎます	られる形（被動形) 被搖晃	ゆらがれる
て形 搖晃	ゆらいで	命令形 快搖晃	ゆらげ
た形（過去形) 搖晃了	ゆらいだ	可能形 可以搖晃	ゆらげる
たら形（條件形) 搖晃的話	ゆらいだら	う形（意向形) 搖晃吧	ゆらごう

△家族の顔を見たが最後、家を出る決心が揺らいだ。／
一看到家人們之後，離家出走的決心就被動搖了。

ゆるむ【緩む】 鬆散，緩和，鬆弛

自五 グループ1

緩(ゆる)む・緩(ゆる)みます

辭書形(基本形) 緩和	ゆるむ	たり形 又是緩和	ゆるんだり
ない形（否定形) 沒緩和	ゆるまない	ば形（條件形) 緩和的話	ゆるめば
なかった形（過去否定形) 過去沒緩和	ゆるまなかった	させる形（使役形) 使緩和	ゆるませる
ます形（連用形) 緩和	ゆるみます	られる形（被動形) 被緩和	ゆるまれる
て形 緩和	ゆるんで	命令形 快緩和	ゆるめ
た形（過去形) 緩和了	ゆるんだ	可能形	———
たら形（條件形) 緩和的話	ゆるんだら	う形（意向形) 緩和吧	ゆるもう

△寒(さむ)さが緩(ゆる)み、だんだん春(はる)めいてきました。／
嚴寒逐漸退去，春天的腳步日漸踏近。

ゆるめる【緩める】 放鬆，使鬆懈；鬆弛；放慢速度

他下一 グループ2

緩(ゆる)める・緩(ゆる)めます

辭書形(基本形) 放鬆	ゆるめる	たり形 又是放鬆	ゆるめたり
ない形（否定形) 沒放鬆	ゆるめない	ば形（條件形) 放鬆的話	ゆるめれば
なかった形（過去否定形) 過去沒放鬆	ゆるめなかった	させる形（使役形) 使放鬆	ゆるめさせる
ます形（連用形) 放鬆	ゆるめます	られる形（被動形) 被放鬆	ゆるめられる
て形 放鬆	ゆるめて	命令形 快放鬆	ゆるめろ
た形（過去形) 放鬆了	ゆるめた	可能形 可以放鬆	ゆるめられる
たら形（條件形) 放鬆的話	ゆるめたら	う形（意向形) 放鬆吧	ゆるめよう

△時代(じだい)に即(そく)して、規則(きそく)を緩(ゆる)めてほしいと思(おも)う社員(しゃいん)が増(ふ)えた。／
期望順應時代放寬規定的員工與日俱增。

よける【避ける】 躲避，避開；防備 他下一 グループ2

避(よ)ける・避(よ)けます

辭書形(基本形) 避開	よける	たり形 又是避開	よけたり
ない形（否定形） 沒避開	よけない	ば形（條件形） 避開的話	よければ
なかった形（過去否定形） 過去沒避開	よけなかった	させる形（使役形） 使避開	よけさせる
ます形（連用形） 避開	よけます	られる形（被動形） 被避開	よけられる
て形 避開	よけて	命令形 快避開	よけろ
た形（過去形） 避開了	よけた	可能形 可以避開	よけられる
たら形（條件形） 避開的話	よけたら	う形（意向形） 避開吧	よけよう

△木(き)の下(した)に入(はい)って雨(あめ)をよける。／到樹下躲雨。

よせあつめる【寄せ集める】 收集，匯集，聚集，拼湊 他下一 グループ2

寄(よ)せ集(あつ)める・寄(よ)せ集(あつ)めます

辭書形(基本形) 聚集	よせあつめる	たり形 又是聚集	よせあつめたり
ない形（否定形） 沒聚集	よせあつめない	ば形（條件形） 聚集的話	よせあつめれば
なかった形（過去否定形） 過去沒聚集	よせあつめなかった	させる形（使役形） 使聚集	よせあつめさせる
ます形（連用形） 聚集	よせあつめます	られる形（被動形） 被聚集於…	よせあつめられる
て形 聚集	よせあつめて	命令形 快聚集	よせあつめろ
た形（過去形） 聚集了	よせあつめた	可能形 可以聚集	よせあつめられる
たら形（條件形） 聚集的話	よせあつめたら	う形（意向形） 聚集吧	よせあつめよう

△素人(しろうと)を寄(よ)せ集(あつ)めたチームだから、優勝(ゆうしょう)なんて到底(とうてい)無理(むり)だ。／畢竟是由外行人組成的隊伍，實在沒有獲勝的希望。

よびとめる【呼び止める】 叫住

他下一 グループ2

呼び止める・呼び止めます

辭書形(基本形) 叫住	よびとめる	たり形 又是叫住	よびとめたり
ない形 (否定形) 沒叫住	よびとめない	ば形 (條件形) 叫住的話	よびとめれば
なかった形 (過去否定形) 過去沒叫住	よびとめなかった	させる形 (使役形) 予以叫住	よびとめさせる
ます形 (連用形) 叫住	よびとめます	られる形 (被動形) 被叫住	よびとめられる
て形 叫住	よびとめて	命令形 快叫住	よびとめろ
た形 (過去形) 叫住了	よびとめた	可能形 可以叫住	よびとめられる
たら形 (條件形) 叫住的話	よびとめたら	う形 (意向形) 叫住吧	よびとめよう

△彼を呼び止めようと、大声を張り上げて叫んだ。／
為了要叫住他而大聲地呼喊。

よみあげる【読み上げる】 朗讀；讀完

他下一 グループ2

読み上げる・読み上げます

辭書形(基本形) 讀完	よみあげる	たり形 又是讀完	よみあげたり
ない形 (否定形) 沒讀完	よみあげない	ば形 (條件形) 讀完的話	よみあげれば
なかった形 (過去否定形) 過去沒讀完	よみあげなかった	させる形 (使役形) 讓…讀完	よみあげさせる
ます形 (連用形) 讀完	よみあげます	られる形 (被動形) 被讀完	よみあげられる
て形 讀完	よみあげて	命令形 快讀完	よみあげろ
た形 (過去形) 讀完了	よみあげた	可能形 可以讀完	よみあげられる
たら形 (條件形) 讀完的話	よみあげたら	う形 (意向形) 讀完吧	よみあげよう

△式で私の名が読み上げられたときは、光栄の極みだった。／
當我在典禮中被唱名時，實在光榮極了。

よみとる【読み取る】 領會，讀懂，看明白，理解

自五 グループ1

読み取る・読み取ります

辭書形(基本形) 理解	よみとる	たり形 又是理解	よみとったり
ない形（否定形） 沒理解	よみとらない	ば形（條件形） 理解的話	よみとれば
なかった形（過去否定形） 過去沒理解	よみとらなかった	させる形（使役形） 使理解	よみとらせる
ます形（連用形） 理解	よみとります	られる形（被動形） 被理解	よみとられる
て形 理解	よみとって	命令形 快理解	よみとれ
た形（過去形） 理解了	よみとった	可能形 可以理解	よみとれる
たら形（條件形） 理解的話	よみとったら	う形（意向形） 理解吧	よみとろう

△真意を読み取る。／理解真正的涵意。

よりかかる【寄り掛かる】 倚，靠；依賴，依靠

自五 グループ1

寄り掛かる・寄り掛かります

辭書形(基本形) 依靠	よりかかる	たり形 又是依靠	よりかかったり
ない形（否定形） 沒依靠	よりかからない	ば形（條件形） 依靠的話	よりかかれば
なかった形（過去否定形） 過去沒依靠	よりかから なかった	させる形（使役形） 予以依靠	よりかからせる
ます形（連用形） 依靠	よりかかります	られる形（被動形） 被依靠	よりかかられる
て形 依靠	よりかかって	命令形 快依靠	よりかかれ
た形（過去形） 依靠了	よりかかった	可能形 可以依靠	よりかかれる
たら形（條件形） 依靠的話	よりかかったら	う形（意向形） 依靠吧	よりかかろう

△ドアに寄り掛かったとたん、ドアが開いてひっくりかえった。／才剛靠近門邊，門扉突然打開，害我翻倒在地。

よりそう【寄り添う】 挨近，貼近，靠近

自五 グループ1

寄り沿う・寄り沿います

辭書形(基本形) 靠近	よりそう	たり形 又是靠近	よりそったり
ない形（否定形） 沒靠近	よりそわない	ば形（條件形） 靠近的話	よりそえば
なかった形（過去否定形） 過去沒靠近	よりそわなかった	させる形（使役形） 使靠近	よりそわせる
ます形（連用形） 靠近	よりそいます	られる形（被動形） 被靠近	よりそわれる
て形 靠近	よりそって	命令形 快靠近	よりそえ
た形（過去形） 靠近了	よりそった	可能形 可以靠近	よりそえる
たら形（條件形） 靠近的話	よりそったら	う形（意向形） 靠近吧	よりそおう

△父を早くに亡くしてから、母と私は寄り添いながら生きてきた。／
父親早年過世了以後，母親和我從此相依為命。

よわる【弱る】 衰弱，軟弱；困窘，為難

自五 グループ1

弱る・弱ります

辭書形(基本形) 為難	よわる	たり形 又是為難	よわったり
ない形（否定形） 沒為難	よわらない	ば形（條件形） 為難的話	よわれば
なかった形（過去否定形） 過去沒為難	よわらなかった	させる形（使役形） 使為難	よわらせる
ます形（連用形） 為難	よわります	られる形（被動形） 被為難	よわられる
て形 為難	よわって	命令形 快為難	よわれ
た形（過去形） 為難了	よわった	可能形	――――
たら形（條件形） 為難的話	よわったら	う形（意向形） 為難吧	よわろう

△犬が病気で弱ってしまい、餌さえ食べられない始末だ。／
小狗的身體因生病而變得衰弱，就連飼料也無法進食。

わりあてる【割り当てる】

分配，分擔，分配額；分派，分擔（的任務）

他下一　グループ2

割り当てる・割り当てます

辭書形(基本形) 分配	わりあてる	たり形 又是分配	わりあてたり
ない形（否定形） 沒分配	わりあてない	ば形（條件形） 分配的話	わりあてれば
なかった形（過去否定形） 過去沒分配	わりあてなかった	させる形（使役形） 予以分配	わりあてさせる
ます形（連用形） 分配	わりあてます	られる形（被動形） 被分配	わりあてられる
て形 分配	わりあてて	命令形 快分配	わりあてろ
た形（過去形） 分配了	わりあてた	可能形 可以分配	わりあてられる
たら形 分配的話	わりあてたら	う形（意向形） 分配吧	わりあてよう

△費用を等分に割り当てる。／費用均等分配。

する

做，幹

自他サ　グループ3

する・します

辭書形(基本形) 做	する	たり形 又是做	したり
ない形（否定形） 沒做	しない	ば形（條件形） 做的話	すれば
なかった形（過去否定形） 過去沒做	しなかった	させる形（使役形） 使做	させる
ます形（連用形） 做	します	られる形（被動形） 被做	される
て形 做	して	命令形 快做	しろ
た形（過去形） 做了	した	可能形 可以做	できる
たら形（條件形） 做的話	したら	う形（意向形） 做吧	しよう

△ゆっくりしてください。／請慢慢做。

あたいする【値する】
値，相當於；值得，有…的價值　＊自サ◎グループ3
△彼のことはこれ以上の議論に値しない。／
他的事不值得再繼續討論下去。

あっか【悪化】
惡化，變壞　＊名・自サ◎グループ3
△景気は急速に悪化している。／
景氣急速地惡化中。

あっさり
（口味）輕淡；（樣式）樸素，不花俏；（個性）坦率，淡泊；簡單，輕鬆　＊副・自サ◎グループ3
△あっさりした食べ物とこってりした食べ物では、どっちが好きですか。／
請問您喜歡吃的食物口味，是清淡的還是濃郁的呢？

あっせん【斡旋】
幫助；關照；居中調解，斡旋；介紹　＊名・他サ◎グループ3
△この仕事を斡旋していただけませんか。／
這件案子可以麻煩您居中協調嗎？

あっとう【圧倒】
壓倒；勝過；超過　＊名・他サ◎グループ3
△勝利を重ねる相手チームの勢いに圧倒されっぱなしだった。／
一路被屢次獲勝的敵隊之氣勢壓倒了。

あっぱく【圧迫】
壓力；壓迫　＊名・他サ◎グループ3
△胸に圧迫を感じて息苦しくなった。／
胸部有壓迫感，呼吸變得很困難。

アプローチ【approach】
接近，靠近；探討，研究　＊名・自サ◎グループ3
△比較政治学における研究アプローチにはどのような方法がありますか。／
關於比較政治學的研究探討有哪些方法呢？

アンコール【encore】
（要求）重演，再來（演，唱）一次；呼聲　＊名・自サ◎グループ3
△ J-POP 歌手がアンコールに応じて２曲歌った。／
J-POP 歌手應安可歡呼聲的要求，又唱了兩首歌曲。

あんさつ【暗殺】
暗殺，行刺　＊名・他サ◎グループ3
△龍馬は 33 歳の誕生日に暗殺されました。／
坂本龍馬於三十三歲生日當天遭到暗殺。

あんざん【暗算】 心算 ＊名・他サ◎グループ3

△私は暗算が苦手なので二ケタ越えるともうだめです。／
我不善於心算，只要一超過兩位數就不行了。

あんじ【暗示】 暗示，示意，提示 ＊名・他サ◎グループ3

△父を殺す夢を見た。何かの暗示だろうか。／
我做了殺死父親的夢。難道這代表某種暗示嗎？

いいわけ【言い訳】 辯解，分辯；道歉，賠不是；語言用法上的分別 ＊名・自サ◎グループ3

△下手な言い訳なら、しない方が賢明ですよ。／
不作無謂的辯解，才是聰明。

いえで【家出】 逃出家門，逃家；出家為僧 ＊名・自サ◎グループ3

△警官は家出をした少女を保護した。／
警察將離家出走的少女帶回了警局庇護。

いくせい【育成】 培養，培育，扶植，扶育 ＊名・他サ◎グループ3

△彼は多くのエンジニアを育成した。／
他培育出許多工程師。

いこう【移行】 轉變，移位，過渡 ＊名・自サ◎グループ3

△経営陣は新体制に移行した。／
經營團隊重整為全新的陣容了。

いじゅう【移住】 移居；（候鳥）定期遷徙 ＊名・自サ◎グループ3

△暖かい南の島へ移住したい。／
好想搬去溫暖的南方島嶼居住。

いそん・いぞん【依存】 依存，依靠，賴以生存 ＊名・自サ◎グループ3

△この国の経済は農作物の輸出に依存している。／
這個國家的經濟倚賴農作物的出口。

いたく【委託】 委託，託付；（法）委託，代理人 ＊名・他サ◎グループ3

△新しい商品の販売は代理店に委託してある。／
新商品的販售委由經銷商處理。

いちべつ【一瞥】	一瞥，看一眼　＊名・サ変◎グループ3 △彼女は、持ち込まれた絵を一べつしただけで、偽物だと断言した。／ 她只朝送上門來的那幅畫瞥了一眼，就斷定是假畫了。
いちもく【一目】	一隻眼睛；一看，一目；（項目）一項，一款　＊名・自サ◎グループ3 △この問題集は出題頻度とレベルが一目して分かる。／ 這本參考書的命中率與程度一目瞭然。
いっかつ【一括】	總括起來，全部　＊名・他サ◎グループ3 △お支払い方法については、一括または分割払い、リボ払いがご利用いただけます。／ 支付方式包含：一次付清、分期付款、以及定額付款等三種。
いっけん【一見】	看一次，一看；一瞥，看一眼；乍看，初看　＊名・副・他サ◎グループ3 △これは一見写真に見えますが、実は絵です。／ 這個乍看之下是照片，其實是一幅畫作。
いっしん【一新】	刷新，革新　＊名・自他サ◎グループ3 △部屋の模様替えをして気分を一新した。／ 改了房間的布置，讓心情煥然一新。
いっそう【一掃】	掃盡，清除　＊名・他サ◎グループ3 △世界から全ての暴力を一掃しよう。／ 讓我們終止世界上的一切暴力吧！
いっぺん【一変】	一變，完全改變；突然改變　＊名・自他サ◎グループ3 △親友に裏切られてから、彼の性格は一変した。／ 自從遭到摯友的背叛以後，他的性情勃然巨變。
いと【意図】	心意，主意，企圖，打算　＊名・他サ◎グループ3 △彼の発言の意図は誰にも理解できません。／ 沒有人能瞭解他發言的意圖。
いどう【異動】	異動，變動，調動　＊名・自他サ◎グループ3 △今回の異動で彼は九州へ転勤になった。／ 他在這次的職務調動中，被派到九州去了。

いみん【移民】
移民；（移往外國的）僑民　＊名・自サ◎グループ 3
△彼らは日本からカナダへ移民した。／
他們從日本移民到加拿大了。

いんきょ【隠居】
隱居，退休，閒居；（閒居的）老人　＊名・自サ◎グループ 3
△定年になったら年金で静かに質素な隠居生活を送りたいですね。／
真希望退休之後，能夠以退休金度過靜謐簡樸的隱居生活。

うわがき【上書き】
寫在（信件等）上（的文字）；（電腦用語）數據覆蓋　＊名・自サ◎グループ 3
△わーっ、間違って上書きしちゃった。／
哇，不小心（把檔案）覆蓋過去了！

うわき【浮気】
見異思遷，心猿意馬；外遇　＊名・自サ・形動◎グループ 3
△浮気現場を週刊誌の記者に撮られてしまった。／
外遇現場，被週刊記者給拍著了。

うんえい【運営】
領導（組織或機構使其發揮作用），經營，管理　＊名・他サ◎グループ 3
△この組織は 30 名からなる理事会によって運営されている。／
這個組織的經營管理是由三十人組成的理事會負責。

うんざり
厭膩，厭煩，（興趣）索性　＊副・形動・自サ◎グループ 3
△彼のひとりよがりの考えにはうんざりする。／
實在受夠了他那種自以為是的想法。

うんそう【運送】
運送，運輸，搬運　＊名・他サ◎グループ 3
△アメリカまでの運送費用を見積もってくださいませんか。／
麻煩您幫我估算一下到美國的運費。

えいしゃ【映写】
放映（影片、幻燈片等）　＊名・他サ◎グループ 3
△平和をテーマにした映写会が開催されました。／
舉辦了以和平為主題的放映會。

エスカレート【escalate】
逐步上升，逐步升級　＊名・自他サ◎グループ 3
△紛争がエスカレートする。／
衝突與日俱增。

えつらん【閲覧】

閲覧；查閱　＊名・他サ◎グループ3

△新聞は禁帯出です。閲覧室内でお読みください。／
報紙禁止攜出，請在閱覽室裡閱讀。

えんしゅつ【演出】

（劇）演出，上演；導演　＊名・他サ◎グループ3

△ミュージカルの演出には素晴らしい工夫が凝らされていた。／
舞台劇的演出，可是煞費心思製作的。

おうしん【往診】

（醫生的）出診　＊名・自サ◎グループ3

△先生はただ今往診中です。／
醫師現在出診了。

おうぼ【応募】

報名參加；認購（公債，股票等），認捐；投稿應徵　＊名・自サ◎グループ3

△会員募集に応募する。／
參加會員招募。

オーケー【OK】

好，行，對，可以；同意　＊名・自サ・感◎グループ3

△それなら、それでオーケーです。／
既然如此，那這樣就ＯＫ。

オーバー【over】

超過，超越；外套　＊名・自他サ◎グループ3

△そんなにスピード出さないで、制限速度をオーバーするよ。／
不要開那麼快，會超過速限喔！

おどおど

提心吊膽，忐忑不安　＊副・自サ◎グループ3

△彼はおどおどして何も言えず立っていた。／
他心裡忐忑不安，不發一語地站了起來。

おとも【お供】

陪伴，陪同，跟隨；陪同的人，隨員　＊名・自サ◎グループ3

△僕は社長の海外旅行のお供をした。／
我陪同社長去了國外旅遊。

オファー【offer】

提出，提供；開價，報價　＊名・他サ◎グループ3

△オファーが来る。／
報價單來了。

おまけ （作為贈品）另外贈送；另外附加（的東西）；算便宜　＊名・他サ◎グループ 3

【お負け】 △きれいなお姉さんだから、500 円おまけしましょう。／
小姐真漂亮，就少算五百元吧！

おんぶ （幼兒語）背，背負；（俗）讓他人負擔費用，依靠別人　＊名・他サ◎グループ 3

△その子は「おんぶして」とせがんだ。／
那小孩央求著說：「背我嘛！」。

かいあく 危害，壞影響，毒害　＊名・他サ◎グループ 3

【改悪】 △憲法を改正すべきだという声もあれば、改悪になるとして反対する声もある。／
既有人大力疾呼應該修憲，也有人認為修憲將導致無法挽回的結果。

かいけん 會見，會面，接見　＊名・自サ◎グループ 3

【会見】 △オリンピックに参加する選手が会見を開いて抱負を語った。／
即將出賽奧運的選手舉行記者會，以宣示其必勝決心。

かいご 照顧病人或老人　＊名・他サ◎グループ 3

【介護】 △彼女は老いた両親の介護のため地元に帰った。／
她為了照護年邁的雙親而回到了故鄉。

かいさい 開會，召開；舉辦　＊名・他サ◎グループ 3

【開催】 △雨であれ、晴れであれ、イベントは予定通り開催される。／
無論是雨天，還是晴天，活動依舊照預定舉行。

かいしゅう 回收，收回　＊名・他サ◎グループ 3

【回収】 △事故の発生で、商品の回収を余儀なくされた。／
發生意外之後，只好回收了商品。

かいしゅう 修理，修復；修訂　＊名・他サ◎グループ 3

【改修】 △私の家は、築 35 年を超えているので、改修が必要です。／
我家的屋齡已經超過三十五年，因此必須改建。

かいじょ 解除；廢除　＊名・他サ◎グループ 3

【解除】 △本日午後 5 時を限りに、契約を解除します。／
合約將於今日下午 5 點解除。

がいせつ【概説】 概說，概述，概論　＊名・他サ◎グループ3

△次のページは東南アジアの歴史についての概説です。／
下一頁的內容提及東南亞歷史概論。

かいそう【回送】 （接人、裝貨等）空車調回；轉送，轉遞；運送　＊名・他サ◎グループ3

△やっとバスが来たと思ったら、回送車だった。／
心想巴士總算來了，沒想到居然是回場的空車。

かいたく【開拓】 開墾，開荒；開闢　＊名・他サ◎グループ3

△顧客の新規開拓なくして、業績は上げられない。／
不開發新客戶，就無法提升業績。

かいだん【会談】 面談，會談；（特指外交等）談判　＊名・自サ◎グループ3

△文書への署名をもって、会談を終了いたします。／
最後以在文件上簽署，劃下會談的句點。

かいてい【改定】 重新規定　＊名・他サ◎グループ3

△弊社サービスの利用規約を 2014 年1月1日をもって改定いたします。／
本公司的服務條款將自 2014 年1月1日起修訂施行。

かいてい【改訂】 修訂　＊名・他サ◎グループ3

△実情に見合うようにマニュアルを改訂する必要がある。／
操作手冊必須依照實際狀況加以修訂。

ガイド【guide】 導遊；指南，入門書；引導，導航　＊名・他サ◎グループ3

△今回のツアーガイドときたら、現地の情報について何も知らなかった。／
說到這次的導遊啊，他完全不知道任何當地的相關訊息。

かいとう【解凍】 解凍　＊名・他サ◎グループ3

△解凍してから焼く。／
先解凍後烘烤。

がいとう【該当】 相當，適合，符合（某規定、條件等）　＊名・自サ◎グループ3

△この条件に該当する人物を探しています。／
我正在尋找符合這項資格的人士。

かいにゅう【介入】　介入，干預，參與，染指　＊名・自サ◎グループ3

△民事事件とはいえ、今回ばかりは政府が介入せずにはすまないだろう。／

雖說是民事事件，但這次政府總不能不介入干涉了吧！

かいはつ【開発】　開發，開墾；啟發；（經過研究而）實用化；開創，發展　＊名・他サ◎グループ3

△開発の遅れにより、発売開始日の変更を余儀なくされた。／

基於開發上的延誤，不得不更改上市販售的日期。

かいほう【介抱】　護理，服侍，照顧（病人、老人等）　＊名・他サ◎グループ3

△ご主人の入院中、彼女の熱心な介抱ぶりには本当に頭が下がりました。／

她在先生住院期間無微不至的看護，實在令人敬佩。

かいぼう【解剖】　（醫）解剖；（事物、語法等）分析　＊名・他サ◎グループ3

△解剖によって死因を明らかにする必要がある。／

必須藉由解剖以查明死因。

かいめい【解明】　解釋清楚　＊名・他サ◎グループ3

△真相を解明したところで、済んだことは取り返しがつかない。／

就算找出了真相，也無法挽回已經發生的事了。

かいらん【回覧】　傳閱；巡視，巡覽　＊名・他サ◎グループ3

△忘年会の開催について、社内回覧を回します。／

在公司內部傳閱有關舉辦年終聯歡會的通知。

かいりょう【改良】　改良，改善　＊名・他サ◎グループ3

△土壌を改良して栽培に適した環境を整える。／

透過土壤改良，整頓出適合栽種的環境。

かくさん【拡散】　擴散；（理）擴散作用　＊名・自サ◎グループ3

△細菌が周囲に拡散しないように、消毒しなければならない。／

一定要消毒傷口，以避免細菌蔓延至周圍組織。

かくしん【確信】　確信，堅信，有把握　＊名・他サ◎グループ3

△彼女は無実だと確信しています。／

我們確信她是無辜的。

かくしん【革新】 革新 ＊名・他サ◎グループ3

△評価するに足る革新的なアイディアだ。／
真是個值得嘉許的創新想法呀！

かくてい【確定】 確定，決定 ＊名・自他サ◎グループ3

△このプロジェクトの担当者は伊藤さんに確定した。／
已經確定由伊藤先生擔任這個企畫案的負責人。

かくとく【獲得】 獲得，取得，爭得 ＊名・他サ◎グループ3

△ただ伊藤さんのみ５ポイント獲得し、予選を突破した。／
只有伊藤先生拿到５分，初選闖關成功了。

かくほ【確保】 牢牢保住，確保 ＊名・他サ◎グループ3

△生活していくに足る収入源を確保しなければならない。／
必須確保維持生活機能的收入來源。

かくりつ【確立】 確立，確定 ＊名・自他サ◎グループ3

△子どものときから正しい生活習慣を確立したほうがいい。／
最好從小就養成良好的生活習慣。

かけあし【駆け足】 快跑，快步；跑步似的，急急忙忙；策馬飛奔 ＊名・自サ◎グループ3

△待っていたとばかりに、子どもが駆け足でこちらに向かってくる。／
小孩子迫不及待般地衝來這裡。

かけっこ【駆けっこ】 賽跑 ＊名・自サ◎グループ3

△幼稚園の運動会の駆けっこで、娘は一等になった。／
我的女兒在幼稚園的賽跑中獲得第一名。

かこう【加工】 加工 ＊名・他サ◎グループ3

△この色は天然ではなく加工されたものです。／
這種顏色是經由加工而成的，並非原有的色彩。

かごう【化合】 （化）化合 ＊名・自サ◎グループ3

△鉄と硫黄を合わせて加熱し化合すると、悪臭が発生する。／
當混合鐵與硫磺且加熱化合後，就會產生惡臭。

かせき【化石】 （地）化石；變成石頭 ＊名・自サ◎グループ3

△4万年前の化石が発見された。／
發現了四萬年前的化石。

がっくり 頹喪，突然無力地 ＊副・自サ◎グループ3

△企画書が通らず、彼はがっくりと肩を落とした。／
企劃案沒能通過，他失望地垂頭喪氣。

がっしり 健壯，堅實；嚴密，緊密 ＊副・自サ◎グループ3

△あの一家はみながっしりした体格をしている。／
那家人的身材體格，個個精壯結實。

がっち【合致】 一致，符合，吻合 ＊名・自サ◎グループ3

△顧客のニーズに合致したサービスでなければ意味がない。／
如果不是符合顧客需求的服務，就沒有任何意義。

がっちり 嚴密吻合 ＊副・自サ◎グループ3

△2社ががっちり手を組めば苦境も脱することができるでしょう。／
只要兩家公司緊密攜手合作，必定能夠擺脫困境。

カット【cut】 切，削掉，刪除；剪頭髮；插圖 ＊名・他サ◎グループ3

△今日はどんなカットにしますか。／
請問您今天想剪什麼樣的髮型呢？

がっぺい【合併】 合併 ＊名・自他サ◎グループ3

△合併ともなれば、様々な問題を議論する必要がある。／
一旦遭到合併，就有必要議論種種的問題點。

かにゅう【加入】 加上，參加 ＊名・自サ◎グループ3

△社会人になってから生命保険に加入した。／
自從我開始工作後，就投保了人壽保險。

かみ【加味】 調味，添加調味料；添加，放進，採納 ＊名・他サ◎グループ3

△その点を加味すると、計画自体を再検討せざるを得ない。／
整個計畫在加入那項考量之後，不得不重新全盤檢討。

カムバック【comeback】
（名聲、地位等）重新恢復，重回政壇；東山再起　＊名・自サ◎グループ 3
△カムバックはおろか、退院の目処も立っていない。／
別說是復出，就連能不能出院也都沒頭緒。

かんがい【灌漑】
灌漑　＊名・他サ◎グループ 3
△灌漑設備の建設によって、稲の収量は大幅に伸びた。／
灌溉系統建設完成之後，稻米的收穫量有了大幅的提升。

がんがん
噹噹，震耳的鐘聲；強烈的頭痛或耳鳴聲；喋喋不休的責備貌　＊副・自サ◎グループ 3
△風邪で頭がガンガンする。／
因感冒而頭痛欲裂。

かんげん【還元】
（事物的）歸還，回復原樣；（化）還原　＊名・自他サ◎グループ 3
△社員あっての会社だから、利益は社員に還元するべきだ。／
沒有職員就沒有公司，因此應該將利益回饋到職員身上。

かんご【看護】
護理（病人），看護，看病　＊名・他サ◎グループ 3
△看護の仕事は大変ですが、その分やりがいもありますよ。／
雖然照護患者的工作非常辛苦，正因為如此，更能凸顯其價值所在。

かんこう【刊行】
刊行；出版，發行　＊名・他サ◎グループ 3
△インターネットの発達に伴い、電子刊行物が増加してきた。／
隨著網路的發達，電子刊物的數量也越來越多。

かんこく【勧告】
勸告，說服　＊名・他サ◎グループ 3
△大型の台風が上陸し、多くの自治体が避難勧告を出した。／
強烈颱風登陸，多數縣市政府都宣布了居民應該預防性撤離。

かんさん【換算】
換算，折合　＊名・他サ◎グループ 3
△ 1,000 ドルを日本円に換算するといくらになりますか。／
一千元美金換算為日圓，是多少錢呢？

かんし【監視】
監視；監視人　＊名・他サ◎グループ 3
△どれほど監視しようが、どこかに抜け道はある。／
無論怎麼監視，都還會疏漏的地方。

かんしょう【干渉】 干預，參與，干涉；（理）（音波，光波的）干擾　＊名・自サ◎グループ３

△度重なる内政干渉に反発の声が高まっている。／
過度的干涉內政引發了愈來愈強烈的抗議聲浪。

かんせん【感染】 感染；受影響　＊名・自サ◎グループ３

△インフルエンザに感染しないよう、手洗いとうがいを頻繁にしています。／
時常洗手和漱口，以預防流行性感冒病毒入侵。

カンニング【cunning】 （考試時的）作弊　＊名・自サ◎グループ３

△ほかの人の答案をカンニングするなんて、許すまじき行為だ。／
竟然偷看別人的答案，這行為真是不可原諒。

カンパ【(俄)kampanija】 （「カンパニア」之略）勸募，募集的款項募集金；應募捐款　＊名・他サ◎グループ３

△その福祉団体は、資金をカンパに頼っている。／
那個社福團體靠著募款獲得資金。

かんべん【勘弁】 饒恕，原諒，容忍；明辨是非　＊名・他サ◎グループ３

△今回だけは勘弁してあげよう。／
這次就饒了你吧！

かんゆう【勧誘】 勸誘，勸說；邀請　＊名・他サ◎グループ３

△消費者生活センターには、悪質な電話勧誘に関する相談が寄せられている。／
消費者諮詢中心受理民眾遭強行電話推銷的求助事宜。

かんよ【関与】 干與，參與　＊名・自サ◎グループ３

△事件に関与しているなら、事実を正直に話した方がいい。／
若是參與了那起事件，還是誠實說出真相比較好。

かんよう【寛容】 容許，寬容，容忍　＊名・形動・他サ◎グループ３

△たとえ聖職者であれ、寛容ではいられないこともある。／
就算身為聖職人員，還是會遇到無法寬恕的狀況。

かんよう【慣用】 慣用，慣例　＊名・他サ◎グループ３

△慣用句を用いると日本語の表現がさらに豊かになる。／
使用日語時加入成語，將使語言的表達更為豐富多采。

かんらん【観覧】 観覧，参觀 ＊名・他サ◎グループ 3

△紅白歌合戦を NHK の会場で観覧した。／
我是在 NHK 的會場觀賞紅白歌唱大賽的。

かんわ【緩和】 緩和，放寬 ＊名・自他サ◎グループ 3

△規制を緩和しようと、緩和しまいと、大した違いはない。／
不管放不放寬限制，其實都沒有什麼差別。

きかく【企画】 規劃，計畫 ＊名・他サ◎グループ 3

△あなたの協力なくしては、企画は実現できなかったでしょう。／
沒有你的協助，應該無法實踐企劃案吧。

きがね【気兼ね】 多心，客氣，拘束 ＊名・自サ◎グループ 3

△彼女は気兼ねなく何でも話せる親友です。／
她是我的摯友，任何事都可對她毫無顧忌地暢所欲言。

ききょう【帰京】 回首都，回東京 ＊名・自サ◎グループ 3

△単身赴任を終え、3年ぶりに帰京することになった。／
結束了單身赴任的生活，決定回到睽違三年的東京。

ぎけつ【議決】 議決，表決 ＊名・他サ◎グループ 3

△次の条項は、委員会による議決を経なければなりません。／
接下來的條款，必須經由委員會表決。

きけん【棄権】 棄權 ＊名・他サ◎グループ 3

△マラソンがスタートするや否や、足の痛みで棄権を強いられた。／
馬拉松才剛起跑，就因為腳痛而立刻被迫棄權了。

きさい【記載】 刊載，寫上，刊登 ＊名・他サ◎グループ 3

△賞味期限は包装右上に記載してあります。／
食用期限標註於外包裝的右上角。

きじゅつ【記述】 描述，記述；闡明 ＊名・他サ◎グループ 3

△記述式の問題が苦手だ。／
不擅長解答說明類型的問題。

きせい【規制】 規定（章則），規章；限制，控制　＊名・他サ◎グループ3

△昨年、飲酒運転に対する規制が強化された。／
自去年起，酒後駕車的相關規範已修訂得更為嚴格。

きぞう【寄贈】 捐贈，贈送　＊名・他サ◎グループ3

△これは私の恩師が大学に寄贈した貴重な書籍です。／
這些寶貴的書籍是由我的恩師捐贈給大學的。

ぎぞう【偽造】 偽造，假造　＊名・他サ◎グループ3

△偽造貨幣を見分ける機械はますます精密になってきている。／
偽鈔辨識機的鑑別力越來越精確。

きっちり 正好，恰好　＊副・自サ◎グループ3

△1円まできっちりミスなく計算してください。／
請仔細計算帳目至分毫不差。

きっぱり 乾脆，斬釘截鐵；清楚，明確　＊副・自サ◎グループ3

△いやなら、きっぱり断った方がいいですよ。／
如果不願意的話，斷然拒絕比較好喔！

きてい【規定】 規則，規定　＊名・他サ◎グループ3

△法律で定められた規定に則り、適切に処理します。／
依循法定規範採取適切處理。

きふく【起伏】 起伏，凹凸；榮枯，盛衰，波瀾，起落　＊名・自サ◎グループ3

△感情の起伏は自分でどうしようもできないものでもない。／
感情起伏並非無法自我掌控。

きめい【記名】 記名，簽名　＊名・自サ◎グループ3

△記名式のアンケートは、回収率が悪い。／
記名式問卷的回收率很低。

きゃくしょく【脚色】 （小說等）改編成電影或戲劇；添枝加葉，誇大其詞　＊名・他サ◎グループ3

△脚色によって作品は良くも悪くもなる。／
戲劇改編之良莠會影響整部作品的優劣。

ぎゃくてん【逆転】	倒轉，逆轉；反過來；惡化，倒退	＊名・自他サ◎グループ3
	△残り2分で逆転負けするなんて、悔しいといったらない。／在最後兩分鐘被對方反敗為勝，真是難以言喻的悔恨。	
キャッチ【catch】	捕捉，抓住；（棒球）接球	＊名・他サ◎グループ3
	△ボールを落とさずキャッチした。／在球還沒有落地之前就先接住了。	
きゅうえん【救援】	救援；救濟	＊名・他サ◎グループ3
	△被害の状況が明らかになるや否や、たくさんの救援隊が相次いで現場に駆けつけた。／一得知災情，許多救援團隊就接續地趕到了現場。	
きゅうがく【休学】	休學	＊名・自サ◎グループ3
	△交通事故に遭ったので、しばらく休学を余儀なくされた。／由於遇上了交通意外，不得不暫時休學了。	
きゅうきょく【究極】	畢竟，究竟，最終	＊名・自サ◎グループ3
	△私にとって、これは究極の選択です。／對我而言，這是最終的選擇。	
きゅうさい【救済】	救濟	＊名・他サ◎グループ3
	△政府が打ち出した救済措置をよそに、株価は大幅に下落した。／儘管政府提出救濟措施，股價依然大幅下跌。	
きゅうじ【給仕】	伺候（吃飯）；服務生	＊名・自サ◎グループ3
	△官邸には専門の給仕スタッフがいる。／官邸裡有專事服侍的雜役工友。	
きゅうしょく【給食】	（學校、工廠等）供餐，供給飲食	＊名・自サ◎グループ3
	△私が育った地域では、給食は小学校しかありませんでした。／在我成長的故鄉，只有小學才會提供營養午餐。	
きゅうせん【休戦】	休戰，停戰	＊名・自サ◎グループ3
	△両国は12月31日をもって休戦することで合意した。／兩國達成協議，將於12月31日停戰。	

きゅうぼう【窮乏】 貧窮，貧困 ＊名・自サ◎グループ3
△彼女は涙ながらに一家の窮乏ぶりを訴えた。／
她邊哭邊描述家裡的貧窮窘境。

きよ【寄与】 貢獻，奉獻，有助於… ＊名・自サ◎グループ3
△首相は祝辞で「平和と発展に寄与していきたい」と語った。／
首相在賀辭中提到「期望本人能對和平與發展有所貢獻」。

きょうかん【共感】 同感，同情，共鳴 ＊名・自サ◎グループ3
△相手の気持ちに共感することも時には大切です。／
有些時候，設身處地為對方著想是相當重要的。

きょうぎ【協議】 協議，協商，磋商 ＊名・他サ◎グループ3
△協議の結果、計画を見合わせることになった。／
協商的結果，該計畫暫緩研議。

きょうくん【教訓】 教訓，規戒 ＊名・他サ◎グループ3
△あの時の教訓なしに、今の私は存在しないだろう。／
要是沒有那時的教訓，就不會有現在的我。

きょうこう【強行】 強行，硬幹 ＊名・他サ◎グループ3
△航空会社の社員が賃上げを求めてストライキを強行した。／
航空公司員工因要求加薪而強行罷工。

きょうじゅ【享受】 享受；享有 ＊名・他サ◎グループ3
△経済発展の恩恵を享受できるのは一部の国の人々だ。／
僅有少數國家的人民得以享受到經濟發展的好處。

きょうしゅう【教習】 訓練，教習 ＊名・他サ◎グループ3
△運転免許を取るため３ヶ月間も自動車教習所に通った。／
為取得駕照，已經去駕駛訓練中心連續上了三個月的課程。

きょうせい【強制】 強制，強迫 ＊名・他サ◎グループ3
△パソコンがフリーズしたので、強制終了した。／
由於電腦當機，只好強制關機了。

きょうせい【矯正】 矯正，糾正 ＊名・他サ◎グループ3

△笑うと歯の矯正器具が見える。／
笑起來的時候會看到牙齒的矯正器。

きょうそん・きょうぞん【共存】 共處，共存 ＊名・自サ◎グループ3

△人間と動物が共存できるようにしなければならない。／
人類必須要能夠與動物共生共存。

きょうちょう【協調】 協調；合作 ＊名・自サ◎グループ3

△協調性に欠けていると、人間関係はうまくいかない。／
如果缺乏互助合作精神，就不會有良好的人際關係。

きょうてい【協定】 協定 ＊名・他サ◎グループ3

△圧力に屈し、結ぶべからざる協定を締結した。／
屈服於壓力而簽署了不應簽訂的協定。

きょうはく【脅迫】 脅迫，威脅，恐嚇 ＊名・他サ◎グループ3

△知らない男に電話で脅迫されて、怖いといったらない。／
陌生男子來電恐嚇，令人心生恐懼至極點。

きょうめい【共鳴】 （理）共鳴，共振；共鳴，同感，同情 ＊名・自サ◎グループ3

△冷蔵庫の音が壁に共鳴してうるさい。／
冰箱的聲響和牆壁產生共鳴，很吵。

きょくげん【局限】 侷限，限定 ＊名・他サ◎グループ3

△早急に策を講じたので、被害は局限された。／
由於在第一時間就想出對策，得以將受害程度減到最低。

きょじゅう【居住】 居住；住址，住處 ＊名・自サ◎グループ3

△チャイナタウン周辺には華僑が多く居住している。／
許多華僑都住在中國城的周邊。

きょぜつ【拒絶】 拒絕 ＊名・他サ◎グループ3

△拒絶されなかったまでも、見通しは明るくない。／
就算沒遭到拒絕，前途並不樂觀。

きょひ【拒否】 拒絕，否決 ＊名・他サ◎グループ 3

△拒否するなら、理由を説明してしかるべきだ。／

如果拒絕，就應該說明理由。

きょよう【許容】 容許，允許，寬容 ＊名・他サ◎グループ 3

△あなたの要求は我々の許容範囲を大きく超えている。／

你的要求已經遠超過我們的容許範圍了。

きんこう【均衡】 均衡，平衡，平均 ＊名・自サ◎グループ 3

△両足への荷重を均衡に保って歩いたほうが、足の負担が軽減できる。／

行走時，將背負物品的重量平均分配於左右雙腳，可以減輕腿部的承重負荷。

ぎんみ【吟味】 （吟頌詩歌）仔細體會，玩味；（仔細）斟酌，考慮 ＊名・他サ◎グループ 3

△低価格であれ、高価格であれ、品質を吟味する必要がある。／

不管價格高低，都必須審慎考量品質。

きんむ【勤務】 工作，勤務，職務 ＊名・自サ◎グループ 3

△勤務時間に私用の電話はしないでください。／

上班時，請不要撥打或接聽私人電話。

きんろう【勤労】 勤勞，勞動（狹意指體力勞動） ＊名・自サ◎グループ 3

△ 11 月 23 日は勤労感謝の日で祝日です。／

11 月 23 日是勤勞感謝日，當天為國定假日。

くじびき【籤引き】 抽籤 ＊名・自サ◎グループ 3

△商店街のくじ引きで、温泉旅行を当てた。／

我參加市集商家所舉辦的抽獎活動，抽中了溫泉旅行獎項。

くっきり 特別鮮明，清楚 ＊副・自サ◎グループ 3

△銀の皿のような月が空にくっきりと浮かんでいた。／

像銀盤似的皎潔明月懸在天際。

くっせつ【屈折】 彎曲，曲折；歪曲，不正常，不自然 ＊名・自サ◎グループ 3

△理科の授業で光の屈折について実験した。／

在自然科的課程中，進行光線折射的實驗。

ぐったり	虛軟無力，虛脫	＊副・自サ◎グループ 3
	△ぐったりと横たわる。／ 虛脫躺平。	
くよくよ	鬧彆扭；放在心上，想不開，煩惱	＊副・自サ◎グループ 3
	△小さいことにくよくよするな。／ 別為小事想不開。	
ぐんしゅう【群集】	群集，聚集；人群，群	＊名・自サ◎グループ 3
	△この事件に群集心理が働いていたであろうことは想像に難くない。／ 不難想像這起事件對群眾心理所造成的影響。	
けいか【経過】	（時間的）經過，流逝，度過；過程，經過	＊名・自サ◎グループ 3
	△あの会社が経営破綻して、一ヶ月が経過した。／ 那家公司自經營失敗以來，已經過一個月了。	
けいかい【警戒】	警戒，預防，防範；警惕，小心	＊名・他サ◎グループ 3
	△通報を受け、一帯の警戒を強めている。／ 在接獲報案之後，加強了這附近的警力。	
けいげん【軽減】	減輕	＊名・自他サ◎グループ 3
	△足腰への負担を軽減するため、体重を減らさなければならない。／ 為了減輕腰部與腿部的負擔，必須減重才行。	
けいさい【掲載】	刊登，登載	＊名・他サ◎グループ 3
	△著者の了解なしに、勝手に掲載してはいけない。／ 不可在未經作者的同意下擅自刊登。	
けいしゃ【傾斜】	傾斜，傾斜度；傾向	＊名・自サ◎グループ 3
	△ 45 度以上の傾斜の急な坂道は、歩くだけでも息が上がる。／ 在傾斜度超過 45 度的陡峭斜坡上，光是行走就足以讓人呼吸急促。	
けいせい【形成】	形成	＊名・他サ◎グループ 3
	△台風が形成される過程を収めたビデオがある。／ 有支錄影帶收錄了颱風形成的過程。	

けいべつ【軽蔑】 輕視，藐視，看不起 ＊名・他サ◎グループ3

△噂を耳にしたのか、彼女は軽蔑の眼差しで僕を見た。／
不曉得她是不是聽過關於我的流言，她以輕蔑的眼神瞅了我。

げきれい【激励】 激勵，鼓勵，鞭策 ＊名・他サ◎グループ3

△皆さんからたくさんの激励をいただき、気持ちも新たに出直します。／
在得到大家的鼓勵打氣後，讓我整理心情，重新出發。

けつい【決意】 決心，決意；下決心 ＊名・自他サ◎グループ3

△どんなに苦しかろうが、最後までやり通すと決意した。／
不管有多辛苦，我都決定要做到完。

けつぎ【決議】 決議，決定；議決 ＊名・他サ◎グループ3

△国連の決議に則って、部隊をアフガニスタンに派遣した。／
依據聯合國決議，已派遣軍隊至阿富汗。

けっこう【決行】 斷然實行，決定實行 ＊名・他サ◎グループ3

△無理に決行したところで、成功するとは限らない。／
即使勉強斷然實行，也不代表就會成功。

けつごう【結合】 結合；黏接 ＊名・自他サ◎グループ3

△原子と原子の結合によって多様な化合物が形成される。／
藉由原子與原子之間的鍵結，可形成各式各樣的化合物。

けっさん【決算】 結帳；清算 ＊名・自他サ◎グループ3

△3月は決算期であるがゆえに、非常に忙しい。／
因為3月是結算期，所以非常忙碌。

けっしょう【結晶】 結晶；（事物的）成果，結晶 ＊名・自サ◎グループ3

△氷は水の結晶です。／
冰是水的結晶。

けっせい【結成】 結成，組成 ＊名・他サ◎グループ3

△離党した国会議員数名が、新たに党を結成した。／
幾位已經退黨的國會議員，組成了新的政黨。

けっそく【結束】 捆綁，捆束；團結；準備行裝，穿戴（衣服或盔甲）　＊名・自他サ◎グループ３

△チームの結束こそが勝利の鍵です。／
團隊的致勝關鍵在於團結一致。

げっそり 突然減少；突然消瘦很多；（突然）灰心，無精打采　＊副・自サ◎グループ３

△病気のため、彼女はここ２ヶ月余りでげっそり痩せてしまった。／
這兩個多月以來，她因罹病而急遽消瘦憔悴。

ゲット【get】 （籃球、兵上曲棍球等）得分；（俗）取得，獲得　＊名・他サ◎グループ３

△欲しいものをゲットする。／
取得想要的東西。

けつぼう【欠乏】 缺乏，不足　＊名・自サ◎グループ３

△鉄分が欠乏すると貧血を起こしやすくなる。／
如果身體缺乏鐵質，將容易導致貧血。

げり【下痢】 （醫）瀉肚子，腹瀉　＊名・自サ◎グループ３

△食あたりで、今朝から下痢が止まらない。／
因為食物中毒，從今天早晨開始就不停地腹瀉。

けんぎょう【兼業】 兼營，兼業　＊名・他サ◎グループ３

△日本には依然として兼業農家がたくさんいます。／
日本迄今仍有許多兼營農業的農民。

げんしょう【減少】 減少　＊名・自他サ◎グループ３

△子どもの数が減少し、少子化が深刻になっている。／
兒童總人數逐年遞減，少子化的問題正日趨惡化。

げんぞう【現像】 顯影，顯像，沖洗　＊名・他サ◎グループ３

△カメラ屋で写真を現像する。／
在沖印店沖洗照片。

げんてい【限定】 限定，限制（數量，範圍等）　＊名・他サ◎グループ３

△限定品なので、手に入れようにも手に入れられない。／
因為是限定商品，想買也買不到。

げんてん【減点】
扣分；減少的分數　＊名・他サ◎グループ3
△テストでは、正しい漢字を書かなければ1点減点されます。／
在這場考試中，假如沒有書寫正確的漢字，就會被扣一分。

けんやく【倹約】
節省，節約，儉省　＊名・他サ◎グループ3
△マイホームを買わんがために、一家そろって倹約に努めている。／
為了要買下屬於自己的家，一家人都很努力節儉。

けんよう【兼用】
兼用，兩用　＊名・他サ◎グループ3
△この傘は男女兼用です。／
這把傘是男女通用的中性款式。

こいする【恋する】
戀愛，愛　＊自他サ◎グループ3
△恋したがさいご、君のことしか考えられない。／
一旦墜入愛河，就滿腦子想的都是你。

ごうい【合意】
同意，達成協議，意見一致　＊名・自サ◎グループ3
△双方が合意に達しようと達しまいと、業績に影響はないと考えられる。／
不管雙方有無達成共識，預計都不會影響到業績。

こうえき【交易】
交易，貿易；交流　＊名・自サ◎グループ3
△海上交易が盛んになったのは何世紀ごろからですか。／
請問自西元第幾世紀起，航海交易開始變得非常熱絡興盛呢？

こうえん【公演】
公演，演出　＊名・自他サ◎グループ3
△公演したといえども、聴衆はわずか20人でした。／
雖說要公演，但是聽眾僅有20人而已。

こうかい【後悔】
後悔，懊悔　＊名・他サ◎グループ3
△もう少し早く駆けつけていればと、後悔してやまない。／
如果再早一點趕過去就好了，對此我一直很後悔。

こうかい【公開】
公開，開放　＊名・他サ◎グループ3
△似顔絵が公開されるや、犯人はすぐ逮捕された。／
一公開了肖像畫，犯人馬上就被逮捕了。

こうかい【航海】
航海　＊名・自サ◎グループ3
△大西洋を航海して、アメリカ大陸に上陸した。／
航行於大西洋，然後在美洲大陸登陸上岸。

こうぎ【抗議】
抗議　＊名・自サ◎グループ3
△自分がリストラされようとされまいと、みんなで団結して会社に抗議する。／
不管自己是否會被裁員，大家都團結起來向公司抗議。

ごうぎ【合議】
協議，協商，集議　＊名・自他サ◎グループ3
△提案の内容がほかの課に関係する場合、関係する課長に合議する必要がある。／
假若提案的內容牽涉到其他課別，必須與相關課長共同商討研議。

こうさく【工作】
（機器等）製作；（土木工程等）修理工程；（小學生的）手工；（暗中計畫性的）活動　＊名・他サ◎グループ3
△夏休みは工作の宿題がある。／
暑假有工藝作業。

こうさく【耕作】
耕種　＊名・他サ◎グループ3
△彼は、不法に土地を耕作したとして、起訴された。／
他因違法耕作土地而遭到起訴。

こうしゅう【講習】
講習，學習　＊名・他サ◎グループ3
△夏期講習に参加して、英語をもっと磨くつもりです。／
我去參加暑期講習，打算加強英語能力。

こうじゅつ【口述】
口述　＊名・他サ◎グループ3
△口述試験はおろか、筆記試験も通らなかった。／
連筆試都沒通過，遑論口試。

こうじょ【控除】
扣除　＊名・他サ◎グループ3
△医療費が多くかかった人は、所得控除が受けられる。／
花費較多醫療費用者得以扣抵所得稅。

こうしょう【交渉】
交涉，談判；關係，聯繫　＊名・自サ◎グループ3
△彼は交渉を急ぐべきではないと警告している。／
他警告我們談判時切勿操之過急。

こうじょう【向上】 向上，進步，提高 ＊名・自サ◎グループ 3

△科学技術が向上して、家事にかかる時間は少なくなった。／
隨著科學技術的提升，花在做家事上的時間變得愈來愈少了。

こうしん【行進】 （列隊）進行，前進 ＊名・自サ◎グループ 3

△運動会が始まり、子どもたちが行進しながら入場してきた。／
小朋友們行進入場，揭開了運動會的序幕。

ごうせい【合成】 （由兩種以上的東西合成）合成（一個東西）；（化）（元素或化合物）合成（化合物） ＊名・他サ◎グループ 3

△現代の技術を駆使すれば、合成写真を作るのは簡単だ。／
只要採用現代科技，簡而易舉就可做出合成照片。

こうそう【抗争】 抗爭，對抗，反抗 ＊名・自サ◎グループ 3

△内部で抗争があろうがあるまいが、表面的には落ち着いている。／
不管內部有沒有在對抗，表面上看似一片和平。

こうそく【拘束】 約束，束縛，限制；截止 ＊名・他サ◎グループ 3

△警察に拘束されて5時間が経つが、依然事情聴取が行われているようだ。／
儘管嫌犯已經遭到警方拘留五個小時，至今似乎仍然持續進行偵訊。

こうたい【後退】 後退，倒退 ＊名・自サ◎グループ 3

△全体的な景気の後退が何ヶ月も続いている。／
全面性的景氣衰退已經持續了好幾個月。

こうどく【講読】 講解（文章） ＊名・他サ◎グループ 3

△祖母は毎週、古典の講読会に参加している。／
祖母每星期都去參加古文讀書會。

こうどく【購読】 訂閱，購閱 ＊名・他サ◎グループ 3

△昨年から英字新聞を購読している。／
我從去年開始訂閱英文報紙。

こうにゅう【購入】 購入，買進，購置，採購 ＊名・他サ◎グループ 3

△インターネットで切符を購入すると 500 円引きになる。／
透過網路訂購票券可享有五百元優惠。

こうにん【公認】
公認，國家機關或政黨正式承認　＊名・他サ◎グループ3
△党からの公認を得んがため、支持集めに奔走している。／
為了得到黨內的正式認可而到處奔走爭取支持。

こうはい【荒廃】
荒廢，荒蕪；（房屋）失修；（精神）頹廢，散漫　＊名・自サ◎グループ3
△このあたりは土地が荒廃し、住人も次々に離れていった。／
這附近逐漸沒落荒廢，居民也陸續搬離。

こうばい【購買】
買，購買　＊名・他サ◎グループ3
△消費者の購買力は景気の動向に大きな影響を与える。／
消費者購買力的強弱對景氣影響甚鉅。

こうふ【交付】
交付，交給，發給　＊名・他サ◎グループ3
△年金手帳を紛失したので、再交付を申請した。／
我遺失了養老金手冊，只得去申辦重新核發。

こうふく【降伏】
降服，投降　＊名・自サ◎グループ3
△敵の姿を見るが早いか、降伏した。／
才看到敵人，就馬上投降了。

こうぼ【公募】
公開招聘，公開募集　＊名・他サ◎グループ3
△公募を始めたそばから、希望者が殺到した。／
才開放公開招募，應徵者就蜂擁而至。

こうり【小売り】
零售，小賣　＊名・他サ◎グループ3
△小売り価格は卸売り価格より高い。／
零售價格較批發價格為高。

ごえい【護衛】
護衛，保衛，警衛（員）　＊名・他サ◎グループ3
△大統領の護衛にはどのくらいの人員が動員されますか。／
大約動用多少人力擔任總統的隨扈呢？

ゴールイン【(和)goal＋in】
抵達終點，跑到終點；（足球）射門；結婚　＊名・自サ◎グループ3
△7年付き合って、とうとうゴールインした。／
交往七年之後，終於要步入禮堂了。

こくち	通知，告訴	＊名・他サ◎グループ3
【告知】	△患者に病名を告知する。／ 告知患者疾病名稱。	
こくはく	坦白，自白；懺悔；坦白自己的感情	＊名・他サ◎グループ3
【告白】	△水野君、あんなにもてるんだもん。告白なんて、できないよ。／ 水野有那麼多女生喜歡他，我怎麼敢向他告白嘛！	
こちょう	誇張，誇大	＊名・他サ◎グループ3
【誇張】	△視聴率を上げんがため、誇張した表現を多く用いる傾向にある。／ 媒體為了要提高收視率，有傾向於大量使用誇張的手法。	
こてい	固定	＊名・自他サ◎グループ3
【固定】	△会議に出席するメンバーは固定しています。／ 出席會議的成員是固定的。	
コメント	評語，解說，註釋	＊名・自サ◎グループ3
【comment】	△ファンの皆さんに、一言コメントをいただけますか。／ 可以麻煩您對影迷們講幾句話嗎？	
こよう	雇用；就業	＊名・他サ◎グループ3
【雇用】	△不況の影響を受けて、雇用不安が高まっている。／ 受到不景氣的影響，就業不穩定的狀況愈趨嚴重。	
こりつ	孤立	＊名・自サ◎グループ3
【孤立】	△孤立が深まって、彼はいよいよ会社にいられなくなった。／ 在公司，他被孤立到就快待不下去了。	
こんけつ	混血	＊名・自サ◎グループ3
【混血】	△この地域では、新生児の 30 人に一人が混血児です。／ 這個地區的新生兒，每三十人有一個是混血兒。	
こんどう	混同，混淆，混為一談	＊名・自他サ◎グループ3
【混同】	△公職に就いている人は公私混同を避けなければならない。／ 擔任公職者必須極力避免公私不分。	

コントロール【control】 支配，控制，節制，調節　＊名・他サ◎グループ3

△いかなる状況(じょうきょう)でも、自分(じぶん)の感情(かんじょう)をコントロールすることが大切(たいせつ)です。／
無論身處什麼樣的情況，重要的是能夠控制自己的情緒。

さいかい【再会】 重逢，再次見面　＊名・自サ◎グループ3

△20年(ねん)ぶりに再会(さいかい)できて喜(よろこ)びにたえない。／
相隔20年後的再會，真是令人掩飾不住歡喜。

さいく【細工】 精細的手藝(品)，工藝品；要花招，玩弄技巧，搞鬼　＊名・自他サ◎グループ3

△一度(いちど)ガラス細工(ざいく)体験(たいけん)をしてみたいです。／
我很想體驗一次製作玻璃手工藝品。

さいくつ【採掘】 採掘，開採，採礦　＊名・他サ◎グループ3

△アフリカ南部(なんぶ)のレソト王国(おうこく)で世界最大級(せかいさいだいきゅう)のダイヤモンドが採掘(さいくつ)された。／
在非洲南部的萊索托王國，挖掘到世界最大的鑽石。

さいけつ【採決】 表決　＊名・自サ◎グループ3

△その法案(ほうあん)は起立多数(きりつたすう)で強行採決(きょうこうさいけつ)された。／
那一法案以起立人數較多，而強行通過了。

さいけん【再建】 重新建築，重新建造；重新建設　＊名・他サ◎グループ3

△再建(さいけん)の手(て)を早(はや)く打(う)たなかったので、倒産(とうさん)するしまつだ。／
因為沒有及早設法重新整頓公司，結果公司竟然倒閉了。

さいげん【再現】 再現，再次出現，重新出現　＊名・自他サ◎グループ3

△東京(とうきょう)の街(まち)をリアルに再現(さいげん)した3D仮想空間(スリーディーかそうくうかん)が今冬(こんとう)に公開(こうかい)される。／
東京街道逼真再現的3D假想空間，將在今年冬天公開。

さいこん【再婚】 再婚，改嫁　＊名・自サ◎グループ3

△お袋(ふくろ)が死(し)んでもう15年(ねん)だよ。親父(おやじ)、そろそろ再婚(さいこん)したら？／
老媽死了都已經有十五年啦。老爸，要不要考慮再婚啊？

さいしゅう【採集】 採集，搜集　＊名・他サ◎グループ3

△夏休(なつやす)みは昆虫採集(こんちゅうさいしゅう)をするつもりだ。／
我打算暑假去採集昆蟲喔。

さいせい【再生】

重生，再生，死而復生；新生，（得到）改造；（利用廢物加工，成為新產品）再生；（已錄下的聲音影像）重新播放　＊名・自他サ◎グループ3

△重要な個所を見過ごしたので、もう一度再生してください。／
我沒看清楚重要的部分，請倒帶重新播放一次。

さいたく【採択】

採納，通過；選定，選擇　＊名・他サ◎グループ3

△採択された決議に基づいて、プロジェクトグループを立ち上げた。／
依據作成之決議，組成專案小組。

さいばい【栽培】

栽培，種植　＊名・他サ◎グループ3

△栽培方法によっては早く成長する。／
採用不同的栽培方式可以提高生長速率。

さいはつ【再発】

（疾病）復發，（事故等）又發生；（毛髮）再生　＊名・他サ◎グループ3

△病気の再発は避けられないものでもない。／
並非無法避免症狀復發。

さいよう【採用】

採用（意見），採取；錄用（人員）　＊名・他サ◎グループ3

△採用試験では、筆記試験の成績もさることながら、面接が重視される傾向にある。／
在錄用考試中，不單要看筆試成績，更有重視面試的傾向。

さかだち【逆立ち】

（體操等）倒立，倒豎；顛倒　＊名・自サ◎グループ3

△体育の授業で逆立ちの練習をした。／
在體育課中練習了倒立。

さくげん【削減】

削減，縮減；削弱，使減色　＊名・自他サ◎グループ3

△景気が悪いので、今年のボーナスが削減されてしまった。／
由於景氣差，今年的年終獎金被削減了。

さしず【指図】

指示，吩咐，派遣，發號施令；指定，指明；圖面，設計圖　＊名・自サ◎グループ3

△彼はもうベテランなので、私がひとつひとつ指図するまでもない。／
他已經是老手了，無需我一一指點。

さしひき【差し引き】
扣除，減去；（相抵的）餘額，結算（的結果）；（潮水的）漲落，（體溫的）升降　＊名・自他サ◎グループ３
△電話代や電気代といった諸経費は事業所得から差し引きしてもいい。／
電話費與電費等各項必要支出經費，可自企業所得中予以扣除。

さっかく【錯覚】
錯覺；錯誤的觀念；誤會，誤認為　＊名・自サ◎グループ３
△左の方が大きく見えるのは目の錯覚で、実際は二つとも同じ大きさです。／
左邊的圖案看起來比較大，是因為眼睛的錯覺，其實兩個圖案的大小完全相同。

さっする【察する】
推測，觀察，判斷，想像；體諒，諒察　＊他サ◎グループ３
△娘を嫁にやる父親の気持ちは察するに難くない。／
不難猜想父親出嫁女兒的心情。

ざつだん【雑談】
閒談，說閒話，閒聊天　＊名・自サ◎グループ３
△久しぶりの再会で雑談に花が咲いて、２時間以上も話してしまいました。／
與久逢舊友聊得十分起勁，結果足足談了兩個多小時。

さよう【作用】
作用；起作用　＊名・自サ◎グループ３
△レモンには美容作用があるといわれています。／
聽說檸檬具有美容功效。

さんか【酸化】
（化）氧化　＊名・自サ◎グループ３
△リンゴは、空気に触れて酸化すると、表面が黒くなる。／
蘋果被切開後接觸到空氣，果肉表面會因氧化而泛深褐色。

さんしゅつ【産出】
生產；出產　＊名・他サ◎グループ３
△石油を産出する国は、一般的に豊かな生活を謳歌している。／
石油生產國家的生活，通常都極盡享受之能事。

さんしょう【参照】
参照，参看，参閲　＊名・他サ◎グループ３
△詳細については、添付ファイルをご参照ください。／
相關詳細內容請參考附檔。

さんじょう【参上】 拜訪，造訪　＊名・自サ◎グループ3

△いよいよ、冬の味覚牡蠣参上！／
冬季珍饈的代表——牡蠣，終於開始上市販售！

さんび【賛美】 讚美，讚揚，歌頌　＊名・他サ◎グループ3

△大自然を賛美する。／
讚美大自然。

しあげ【仕上げ】 做完，完成；做出的結果；最後加工，潤飾　＊名・他サ◎グループ3

△仕上げに醤油をさっと回しかければ、一品出来上がりです。／
在最後起鍋前，再迅速澆淋少許醬油，即可完成一道美味佳餚。

しいく【飼育】 飼養（家畜）　＊名・他サ◎グループ3

△野生動物の飼育は決して容易なものではない。／
飼養野生動物絕非一件容易之事。

じかく【自覚】 自覺，自知，認識；覺悟；自我意識　＊名・他サ◎グループ3

△胃に潰瘍があると診断されたが、全く自覚症状がない。／
儘管被診斷出胃部有潰瘍，卻完全沒有自覺。

しき【指揮】 指揮　＊名・他サ◎グループ3

△合唱コンクールで指揮をすることになった。／
我當上了合唱比賽的指揮。

しこう【志向】 志向；意向　＊名・他サ◎グループ3

△頭から足までブランド品で固めて、あれがブランド志向でなくてなんだろう。／
從頭到腳一身名牌裝扮，如果那不叫崇尚名牌，又該叫什麼呢？

しこう・せこう【施行】 施行，實施；實行　＊名・他サ◎グループ3

△この法律は昨年12月より施行されています。／
這項法令自去年十二月起實施。

しこう【嗜好】 嗜好，愛好，興趣　＊名・他サ◎グループ3

△コーヒーカンパニーは定期的に消費者の嗜好調査を行っている。／
咖啡公司會定期舉辦消費者的喜好調查。

しさつ【視察】 視察，考察 ＊名・他サ◎グループ3

△関係者の話を直接聞くため、社長は工場を視察した。／
社長為直接聽取相關人員的說明，親自前往工廠視察。

しじ【支持】 支撐；支持，擁護，贊成 ＊名・他サ◎グループ3

△選挙に勝てたのは皆さんに支持していただいたおかげです。／
能夠獲得勝選都是靠各位鄉親的支持！

じしゅ【自首】 （法）自首 ＊名・自サ◎グループ3

△犯人が自首して来なかったとしても、遅かれ早かれ逮捕されただろう。／
就算嫌犯沒來自首，也遲早會遭到逮捕的吧。

ししゅう【刺繍】 刺繡 ＊名・他サ◎グループ3

△ベッドカバーにはきれいな刺繍がほどこしてある。／
床罩上綴飾著精美的刺繡。

じしょく【辞職】 辭職 ＊名・自他サ◎グループ3

△内閣不信任案が可決され、総理は内閣総辞職を決断した。／
內閣不信任案通過，總理果斷決定了內閣總辭。

しせつ【施設】 設施，設備；（兒童，老人的）福利設施 ＊名・他サ◎グループ3

△この病院は、最先端の医療施設です。／
這家醫院擁有最尖端的醫療設備。

じぞく【持続】 持續，繼續，堅持 ＊名・自他サ◎グループ3

△このバッテリーの持続時間は15時間です。／
這顆電池的電力可維持十五個小時。

じたい【辞退】 辭退，謝絕 ＊名・他サ◎グループ3

△自分で辞退を決めたとはいえ、あっさり思い切れない。／
雖說是自己決定婉拒的，心裡還是感到有點可惜。

したしらべ【下調べ】 預先調查，事前考察；預習 ＊名・他サ◎グループ3

△明日に備えて、十分に下調べしなければならない。／
為了明天，必須先做好完備的事前調查才行。

したどり【下取り】 （把舊物）折價貼錢換取新物　＊名・他サ◎グループ3

△この車の下取り価格を見積もってください。／
請估算賣掉這輛車子，可折抵多少購買新車的金額。

しっかく【失格】 失去資格　＊名・自サ◎グループ3

△ファウルを３回して失格になった。／
他在比賽中犯規屆滿三次，被取消出賽資格。

しつぎ【質疑】 質疑，疑問，提問　＊名・自サ◎グループ3

△発表の内容もさることながら、その後の質疑応答がまたすばらしかった。／
發表的內容當然沒話說，在那之後的回答問題部份更是精采。

しっきゃく【失脚】 失足（落水、跌跤）；喪失立足地，下台；賠錢　＊名・自サ◎グループ3

△軍部の反乱によって、大統領はあえなく失脚した。／
在遭到軍隊叛變後，總統大位瞬間垮台。

しっこう【執行】 執行　＊名・他サ◎グループ3

△死刑を執行する。／
執行死刑。

じっせん【実践】 實踐，自己實行　＊名・他サ◎グループ3

△この本ならモデル例に即してすぐ実践できる。／
如果是這本書，可以作為範例立即實行。

しっと【嫉妬】 嫉妒　＊名・他サ◎グループ3

△欲しいものを全て手にした彼に対し、嫉妬を禁じえない。／
看到他想要什麼就有什麼，不禁讓人忌妒。

しっとり 寧靜，沈靜；濕潤，潤澤　＊副・サ変◎グループ3

△このシャンプーは、洗い上がりがしっとりしてぱさつかない。／
這種洗髮精洗完以後髮質很潤澤，不會乾澀。

してき【指摘】 指出，指摘，揭示　＊名・他サ◎グループ3

△指摘を受けるなり、彼の態度はコロッと変わった。／
他一遭到指責，頓時態度丕變。

じてん【自転】
（地球等的）自轉；自行轉動　＊名・自サ◎グループ3
△地球の自転はどのように証明されましたか。／
請問地球的自轉是透過什麼樣的方式被證明出來的呢？

じにん【辞任】
辭職　＊名・自サ◎グループ3
△大臣を辞任する。／
請辭大臣職務。

しぼう【志望】
志願，希望　＊名・他サ◎グループ3
△志望大学に受験の願書を送付した。／
已經將入學考試申請書送達擬報考的大學了。

しまつ【始末】
（事情的）始末，原委；情況，狀況；處理，應付；儉省，節約　＊名・他サ◎グループ3
△この後の始末は自分でしてくださいね。／
接下來的殘局你就自己收拾吧！

しゃざい【謝罪】
謝罪；賠禮　＊名・自他サ◎グループ3
△失礼を謝罪する。／
為失禮而賠不是。

しゃぜつ【謝絶】
謝絕，拒絕　＊名・他サ◎グループ3
△面会謝絶と聞いて、彼は不安にならずにはいられなかった。／
一聽到謝絕會面，他心裡感到了強烈的不安。

ジャンプ【jump】
（體）跳躍；（商）物價暴漲　＊名・自サ◎グループ3
△彼のジャンプは技の極みです。／
他的跳躍技巧可謂登峰造極。

しゆう【私有】
私有　＊名・他サ◎グループ3
△これより先は私有地につき、立ち入り禁止です。／
前方為私有土地，禁止進入。

しゅうがく【就学】
學習，求學，修學　＊名・自サ◎グループ3
△就学資金を貸与する制度があります。／
備有助學貸款制度。

しゅうぎょう【就業】 開始工作，上班；就業（有一定職業），有工作 ＊名・自サ◎グループ3

△入社した以上、就業規則に従わなければなりません。／
既然已經進入公司工作，就應當遵循從業規則。

しゅうけい【集計】 合計，總計 ＊名・他サ◎グループ3

△選挙結果の集計にはほぼ半日かかるでしょう。／
應當需要耗費約莫半天時間，才能彙集統計出投票結果。

しゅうげき【襲撃】 襲擊 ＊名・他サ◎グループ3

△襲撃されるが早いか、あっという間に逃げ出した。／
才剛被襲擊，轉眼間就逃掉了。

しゅうし【終始】 末了和起首；從頭到尾，一貫 ＊副・自サ◎グループ3

△マラソンは終始、抜きつ抜かれつの好レースだった。／
這場馬拉松從頭至尾互見輸贏，賽程精彩。

じゅうじ【従事】 作，從事 ＊名・自サ◎グループ3

△叔父は30年間、金融業に従事してきた。／
家叔已投身金融業長達三十年。

じゅうじつ【充実】 充實，充沛 ＊名・自サ◎グループ3

△仕事も、私生活も充実している。／
不只是工作，私生活也很充實。

しゅうしゅう【収集】 收集，蒐集 ＊名・他サ◎グループ3

△私は記念切手の収集が趣味です。／
我的興趣是蒐集紀念郵票。

しゅうしょく【修飾】 修飾，裝飾；（文法）修飾 ＊名・他サ◎グループ3

△この部分はどの言葉を修飾しているのですか。／
這部分是用來修飾哪個語詞呢？

しゅうちゃく【執着】 迷戀，留戀，不肯捨棄，固執 ＊名・自サ◎グループ3

△自分の意見ばかりに執着せず、人の意見も聞いた方がいい。／
不要總是固執己見，也要多聽取他人的建議比較好。

しゅうとく【習得】	學習，學會	＊名・他サ◎グループ 3
	△日本語を習得する。／ 學會日語。	
しゅうよう【収容】	收容，容納；拘留	＊名・他サ◎グループ 3
	△このコンサートホールは最高何人まで収容できますか。／ 請問這間音樂廳最多可以容納多少聽眾呢？	
しゅうりょう【修了】	學完（一定的課程）	＊名・他サ◎グループ 3
	△博士課程を修了してから、研究職に就こうと考えている。／ 目前計畫等取得博士學位後，能夠從事研究工作。	
しゅえん【主演】	主演，主角	＊名・自サ◎グループ 3
	△彼女が主演する映画はどれも大成功を収めている。／ 只要是由她所主演的電影，每一部的票房均十分賣座。	
しゅぎょう【修行】	修（學），練（武），學習（技藝）	＊名・自サ◎グループ 3
	△悟りを目指して修行する。／ 修行以期得到頓悟。	
しゅくが【祝賀】	祝賀，慶祝	＊名・他サ◎グループ 3
	△開校 150 周年を記念して、祝賀パーティーが開かれた。／ 舉辦派對以慶祝創校一百五十周年紀念。	
しゅさい【主催】	主辦，舉辦	＊名・他サ◎グループ 3
	△県主催の作文コンクールに応募したところ、最優秀賞を受賞した。／ 去參加由縣政府主辦的作文比賽後，獲得了第一名。	
しゅざい【取材】	（藝術作品等）取材；（記者）採訪	＊名・自他サ◎グループ 3
	△今号の特集記事とあって、取材に力を入れている。／ 因為是這個月的特別報導，採訪時特別賣力。	
しゅつえん【出演】	演出，登台	＊名・自サ◎グループ 3
	△テレビといわず映画といわず、さまざまな作品に出演している。／ 他在電視也好電影也好，演出各種類型的作品。	

しゅっけつ【出血】 出血；（戰時士兵的）傷亡，死亡；虧本，犧牲血本 ＊名・自サ◎グループ3

△出血を止めるために、腕をタオルで縛った。／
為了止血而把毛巾綁在手臂上。

しゅつげん【出現】 出現 ＊名・自サ◎グループ3

△パソコンの出現により、手で文字を書く機会が大幅に減少した。／
自從電腦問世後，就大幅降低了提筆寫字的機會。

しゅっさん【出産】 生育，生產，分娩 ＊名・自他サ◎グループ3

△難産だったが、無事に元気な女児を出産した。／
雖然是難產，總算順利生下健康的女寶寶了。

しゅっしゃ【出社】 到公司上班 ＊名・自サ◎グループ3

△朝礼の 10 分前には必ず出社します。／
一定會在朝會開始前十分鐘到達公司。

しゅっしょう・しゅっせい【出生】 出生，誕生；出生地 ＊名・自サ◎グループ3

△週刊誌が彼女の出生の秘密を暴いた。／
八卦雜誌揭露了關於她出生的秘密。

しゅっせ【出世】 下凡；出家，入佛門；出生；出息，成功，發跡 ＊名・自サ◎グループ3

△彼は部長に出世するなり、態度が大きく変わった。／
他才榮升經理就變跩了。

しゅつだい【出題】 （考試、詩歌）出題 ＊名・自サ◎グループ3

△期末試験では、各文法からそれぞれ1題出題します。／
期末考試內容將自每種文法類別中各出一道題目。

しゅつどう【出動】 （消防隊、警察等）出動 ＊名・自サ◎グループ3

△ 110 番通報を受け警察が出動した。／
警察接獲民眾電話撥打 110 報案後立刻出動。

しゅっぴ【出費】 費用，出支，開銷 ＊名・自サ◎グループ3

△出費を抑えるため、できるだけ自炊するようにしています。／
盡量在家烹煮三餐以便削減開支。

しゅっぴん【出品】 展出作品，展出產品 ＊名・自サ◎グループ3

△展覧会に出品する作品の作成に追われている。／
正在忙著趕製即將於展覽會中展示的作品。

しゅどう【主導】 主導；主動 ＊名・他サ◎グループ3

△このプロジェクトは彼が主導したものです。／
這個企畫是由他所主導的。

しゅび【守備】 守備，守衛；（棒球）防守 ＊名・他サ◎グループ3

△守備を固めんがために、監督はメンバーの変更を決断した。／
為了要加強防禦，教練決定更換隊員。

じゅりつ【樹立】 樹立，建立 ＊名・自他サ◎グループ3

△彼はマラソンの世界新記録を樹立した。／
他創下馬拉松的世界新紀錄。

しよう【私用】 私事；私用，個人使用；私自使用，盜用 ＊名・他サ◎グループ3

△勤務中に私用のメールを送っていたことが上司にばれてしまった。／
被上司發現了在上班時間寄送私人電子郵件。

じょうえん【上演】 上演 ＊名・他サ◎グループ3

△この芝居はいつまで上演されますか。／
請問這部戲上演到什麼時候呢？

しょうきょ【消去】 消失，消去，塗掉；（數）消去法 ＊名・自他サ◎グループ3

△保存してあるファイルを整理して、不必要なものは消去してください。／
請整理儲存的檔案，將不需要的部分予以刪除。

しょうげん【証言】 證言，證詞，作證 ＊名・他サ◎グループ3

△彼はこみ上げる怒りに声を震わせながら証言した。／
他作證時的聲音由於湧升的怒火而顫抖了。

しょうごう【照合】 對照，校對，核對（帳目等） ＊名・他サ◎グループ3

△これは身元を確認せんがための照合作業です。／
這是為確認身分的核對作業。

じょうしょう【上昇】 上升，上漲，提高　＊名・自サ◎グループ３

△株式市場は三日ぶりに上昇した。／
股票市場已連續下跌三天，今日終於止跌上揚。

しょうしん【昇進】 升遷，晉升，高昇　＊名・自サ◎グループ３

△昇進のためとあれば、何でもする。／
只要是為了升遷，我什麼都願意做。

しょうする【称する】 稱做名字叫…；假稱，偽稱；稱讚　＊他サ◎グループ３

△孫の友人と称する男から不審な電話がかかってきた。／
有個男人自稱是孫子的朋友，打來一通可疑的電話。

しょうだく【承諾】 承諾，應允，允許　＊名・他サ◎グループ３

△あとは両親の承諾待ちというところです。／
只等父母答應而已。

しょうちょう【象徴】 象徵　＊名・他サ◎グループ３

△消費社会が豊かさの象徴と言わんばかりだが、果たしてそうであろうか。／
說什麼高消費社會是富裕的象徵，但實際上果真是如此嗎？

じょうほ【譲歩】 讓步　＊名・自サ◎グループ３

△交渉では一歩たりとも譲歩しない覚悟だ。／
我決定在談判時絲毫不能讓步。

しょうり【勝利】 勝利　＊名・自サ◎グループ３

△地元を皮切りとして選挙区をくまなく回り、圧倒的な勝利を収めた。／
從他的老家開始出發，踏遍整個選區的每個角落拜票，終於獲得了壓倒性的勝利。

じょうりく【上陸】 登陸，上岸　＊名・自サ◎グループ３

△今夜、台風は九州南部に上陸する見込みです。／
今天晚上，颱風將由九州南部登陸。

じょうりゅう【蒸留】 蒸餾 ＊名・他サ◎グループ3

△蒸留して作られた酒は一般的にアルコール度数が高いのが特徴です。／
一般而言，採用蒸餾法製成的酒類，其特徵為酒精濃度較高。

しょうれい【奨励】 獎勵，鼓勵 ＊名・他サ◎グループ3

△政府は省エネを奨励しています。／
政府鼓勵節能。

じょがい【除外】 除外，免除，不在此例 ＊名・他サ◎グループ3

△20歳未満の人は適用の対象から除外されます。／
未滿二十歲者非屬適用對象。

じょげん【助言】 建議，忠告；從旁教導，出主意 ＊名・自サ◎グループ3

△先生の助言なくして、この発見はできませんでした。／
沒有老師的建議，就無法得到這項發現。

じょこう【徐行】 （電車，汽車等）慢行，徐行 ＊名・自サ◎グループ3

△駐車場内では徐行してください。／
在停車場內請慢速行駛。

しょじ【所持】 所持，所有；攜帶 ＊名・他サ◎グループ3

△パスポートを所持していますか。／
請問您持有護照嗎？

しょぞく【所属】 所屬；附屬 ＊名・自サ◎グループ3

△私の所属はマーケティング部です。／
我隸屬於行銷部門。

しょち【処置】 處理，處置，措施；（傷、病的）治療 ＊名・他サ◎グループ3

△適切な処置を施さなければ、後で厄介なことになる。／
假如沒有做好適切的處理，後續事態將會變得很棘手。

しょばつ【処罰】 處罰，懲罰，處分 ＊名・他サ◎グループ3

△野球部の生徒が不祥事を起こし、監督も処罰された。／
棒球隊的學生們闖下大禍，教練也因而接受了連帶處罰。

しょぶん【処分】 處理，處置；賣掉，丟掉；懲處，處罰 ＊名・他サ◎グループ3

△反省の態度いかんによって、処分が軽減されることもある。／
看反省的態度如何，也有可能減輕處分。

しょゆう【所有】 所有 ＊名・他サ◎グループ3

△車を何台所有していますか。／
請問您擁有幾輛車子呢？

じりつ【自立】 自立，獨立 ＊名・自サ◎グループ3

△金銭的な自立なくしては、一人立ちしたとは言えない。／
在經濟上無法獨立自主，就不算能獨當一面。

しれい【指令】 指令，指示，通知，命令 ＊名・他サ◎グループ3

△指令を受けたがさいご、従うしかない。／
一旦接到指令，就必須遵從。

しんか【進化】 進化，進步 ＊名・自サ◎グループ3

△ＩＴ業界はここ10年余りのうちに目覚ましい進化を遂げた。／
近十餘年來，資訊產業已有日新月異的演進。

しんぎ【審議】 審議 ＊名・他サ◎グループ3

△専門家による審議の結果、原案通り承認された。／
專家審議的結果為通過原始提案。

しんこう【進行】 前進，行進；進展；（病情等）發展，惡化 ＊名・自他サ◎グループ3

△治療しようと、治療しまいと、いずれ病状は進行します。／
不管是否進行治療，病情還是會惡化下去。

しんこう【振興】 振興（使事物更為興盛） ＊名・自他サ◎グループ3

△観光局は、さまざまな事業を通じて観光業の振興を図っています。／
觀光局尋求藉由各種產業來振興觀光業。

しんこく【申告】 申報，報告 ＊名・他サ◎グループ3

△毎年1回、所得税を申告する。／
每年申報一次所得稅。

しんさ **【審査】**	審査	＊名・他サ◎グループ 3
	△審査の進み具合のいかんによって、紛争が長引くかもしれない。／ 根據審查的進度，可能糾紛會拖長了。	
しんしゅつ **【進出】**	進入，打入，擠進，參加；向…發展	＊名・自サ◎グループ 3
	△彼は政界への進出をもくろんでいるらしい。／ 聽說他始終謀圖進軍政壇。	
しんちく **【新築】**	新建，新蓋；新建的房屋	＊名・他サ◎グループ 3
	△来年、新築のマンションを購入する予定です。／ 預計於明年購置全新完工的大廈。	
しんてい **【進呈】**	贈送，奉送	＊名・他サ◎グループ 3
	△優勝チームには豪華賞品が進呈されることになっている。／ 優勝隊伍將可獲得豪華獎品。	
しんてん **【進展】**	發展，進展	＊名・自サ◎グループ 3
	△その後の調査で何か進展はありましたか。／ 請問後續的調查有無進展呢？	
しんどう **【振動】**	搖動，振動；擺動	＊名・自他サ◎グループ 3
	△マンションの上層からの振動と騒音に悩まされている。／ 一直深受樓上傳來的震動與噪音所苦。	
しんにん **【信任】**	信任	＊名・他サ◎グループ 3
	△彼は我々が信任するに値する人物だと思う。／ 我認為他值得我們信賴。	
しんぼう **【辛抱】**	忍耐，忍受；（在同一處）耐，耐心工作	＊名・自サ◎グループ 3
	△彼はやや辛抱強さに欠けるきらいがある。／ 他有點缺乏耐性。	
しんりゃく **【侵略】**	侵略	＊名・他サ◎グループ 3
	△侵略の歴史を消し去ることはできない。／ 侵略的歷史是無法被抹滅的。	

しんりょう【診療】 診療，診察治療 ＊名・他サ◎グループ3

△午後の診療は2時から開始します。／
下午的診療時間從兩點鐘開始。

すいしん【推進】 推進，推動 ＊名・他サ◎グループ3

△あの大学は交換留学の推進に力を入れている。／
那所大學致力於推展交換國際留學生計畫。

すいせん【水洗】 水洗，水沖；用水沖洗 ＊名・他サ◎グループ3

△ここ 30 年で水洗トイレが各家庭に普及した。／
近三十年來，沖水馬桶的裝設已經普及於所有家庭。

すいそう【吹奏】 吹奏 ＊名・他サ◎グループ3

△娘は吹奏楽部に所属し、トランペットを吹いている。／
小女隸屬於管樂社，擔任小號手。

すいそく【推測】 推測，猜測，估計 ＊名・他サ◎グループ3

△双方の意見がぶつかったであろうことは、推測に難くない。／
不難猜想雙方的意見應該是有起過爭執。

すいり【推理】 推理，推論，推斷 ＊名・他サ◎グループ3

△私の推理ではあの警官が犯人です。／
依照我的推理，那位警察就是犯案者。

すうはい【崇拝】 崇拜；信仰 ＊名・他サ◎グループ3

△古代エジプトでは猫を崇拝していたという説がある。／
有此一說，古代埃及人將貓奉為神祇崇拜。

ストライキ【strike】 罷工；（學生）罷課 ＊名・自サ◎グループ3

△賃上げを求めて、労働組合はストライキを起こした。／
工會要求加薪，發動了罷工。

ずるずる 拖拉貌；滑溜；拖拖拉拉 ＊副・自サ◎グループ3

△死体をずるずる引きずってやぶの中に隠した。／
把屍體一路拖行到草叢裡藏了起來。

すんなり(と)
苗條，細長，柔軟又有彈力；順利，容易，不費力　＊副・自サ◎グループ 3
△何も面倒なことはなく、すんなりと審査を通過した。／
沒有發生任何麻煩，很順利地通過了審查。

せいいく【生育・成育】
生育，成長，發育，繁殖（寫「生育」主要用於植物，寫「成育」則用於動物）　＊名・自他サ◎グループ 3
△土が栄養豊富であればこそ、野菜はよく生育する。／
正因為土壤富含營養，所以能栽培出優質蔬菜。

せいかい【正解】
正確的理解，正確答案　＊名・他サ◎グループ 3
△四つの選択肢の中から、正解を一つ選びなさい。／
請由四個選項中，挑出一個正確答案。

せいさい【制裁】
制裁，懲治　＊名・他サ◎グループ 3
△妻の浮気相手に制裁を加えずにおくものか。／
非得懲罰妻子的外遇對象不可！

せいさん【清算】
計算，精算；結算；清理財產；結束　＊名・他サ◎グループ 3
△ 10 年かけてようやく借金を清算した。／
花費了十年的時間，終於把債務給還清了。

せいし【静止】
靜止　＊名・自サ◎グループ 3
△静止画像で見ると、盗塁は明らかにセーフです。／
只要查看停格靜止畫面，就知道毫無疑問的是成功盜壘。

せいじゅく【成熟】
（果實的）成熟；（植）發育成樹；（人的）發育成熟　＊名・自サ◎グループ 3
△今回の選挙は、この国の民主主義が成熟してきた証しです。／
這次選舉證明這個國家的民主主義已經成熟了。

せいする【制する】
制止，壓制，控制；制定　＊他サ◎グループ 3
△見事に接戦を制して首位に返り咲いた。／
經過短兵相接的激烈競爭後，終於打了一場漂亮的勝仗，得以重返冠軍寶座。

せいそう【盛装】
盛裝，華麗的裝束　＊名・自サ◎グループ 3
△式の参加者はみな盛装してきた。／
參加典禮的賓客們全都盛裝出席。

せいてい【制定】 制定 ＊名・他サ◎グループ3

△法案の制定を皮切りにして、各種ガイドラインの策定を進めている。／

以制定法案作為開端，推展制定各項指導方針。

せいとうか【正当化】 使正當化，使合法化 ＊名・他サ◎グループ3

△自分の行動を正当化する。／

把自己的行為合理化。

せいふく【征服】 征服，克服，戰勝 ＊名・他サ◎グループ3

△このアニメは悪魔が世界征服を企てるというストーリーです。／

這部卡通的故事情節是描述惡魔企圖征服全世界。

せいめい【声明】 聲明 ＊名・自サ◎グループ3

△財務大臣が声明を発表するや、市場は大きく反発した。／

當財政部長發表聲明後，股市立刻大幅回升。

せいやく【制約】 （必要的）條件，規定；限制，制約 ＊名・他サ◎グループ3

△時間的な制約を設けると、かえって効率が上がることもある。／

在某些情況下，當訂定時間限制後，反而可以提昇效率。

せいれつ【整列】 整隊，排隊，排列 ＊名・自他サ◎グループ3

△あいうえお順に整列しなさい。／

請依照日文五十音的順序排列整齊。

ぜせい【是正】 更正，糾正，訂正，矯正 ＊名・他サ◎グループ3

△社会格差を是正するための政策の検討が迫られている。／

致力於匡正社會階層差異的政策檢討，已然迫在眉睫。

せっかい【切開】 （醫）切開，開刀 ＊名・他サ◎グループ3

△父は、胃を切開して、腫瘍を摘出した。／

父親接受了手術，切開胃部取出腫瘤。

せっきょう【説教】 說教；教誨 ＊名・自サ◎グループ3

△先生に説教される。／

被老師說教。

せっしょく【接触】 接觸；交往，交際 ＊名・自サ◎グループ3

△バスと接触事故を起こしたが、幸い軽症ですんだ。／
雖然發生與巴士擦撞的意外事故，幸好只受到輕傷。

せっち【設置】 設置，安裝；設立 ＊名・他サ◎グループ3

△全国に会場を設置する。／
在全國各處設置會場。

せっちゅう【折衷】 折中，折衷 ＊名・他サ◎グループ3

△与野党は折衷案の検討に入った。／
朝野各黨已經開始討論折衷方案。

せってい【設定】 制定，設立，確定 ＊名・他サ◎グループ3

△クーラーの温度は 24 度に設定してあります。／
冷氣的溫度設定在二十四度。

せっとく【説得】 說服，勸導 ＊名・他サ◎グループ3

△彼との結婚を諦めさせようと、家族や友人が代わる代わる説得している。／
簡直就像要我放棄與他結婚似的，家人與朋友輪番上陣不停勸退我。

ぜつぼう【絶望】 絕望，無望 ＊名・自サ◎グループ3

△彼は人生に絶望してからというもの、家に引きこもっている。／
自從他對人生感到絕望後，就一直躲在家裡不出來。

せつりつ【設立】 設立，成立 ＊名・他サ◎グループ3

△設立されたかと思いきや、2ヶ月で運営に行き詰まった。／
才剛成立而已，誰知道僅僅 2 個月，經營上就碰到了瓶頸。

ぜんかい【全快】 痊癒，病全好 ＊名・自サ◎グループ3

△体調が全快してからというもの、あちこちのイベントに参加している。／
自從身體痊癒之後，就到處參加活動。

せんきょう【宣教】 傳教，佈道 ＊名・自サ◎グループ3

△かつての日本ではキリスト教の宣教が禁じられていた。／
日本過去曾經禁止過基督教的傳教。

せんげん【宣言】 宣言，宣布，宣告　＊名・他サ◎グループ3

△各地で軍事衝突が相次ぎ、政府は非常事態宣言を出した。／
各地陸續發生軍事衝突，政府宣布進入緊急狀態。

せんこう【先行】 先走，走在前頭；領先，佔先；優先施行，領先施行　＊名・自サ◎グループ3

△会員のみなさまにはチケットを先行販売いたします。／
各位會員將享有優先購買票券的權利。

せんこう【選考】 選拔，權衡　＊名・他サ◎グループ3

△選考基準は明確に示されていない。／
沒有明確訂定選拔之合格標準。

せんしゅう【専修】 主修，專攻　＊名・他サ◎グループ3

△志望する専修によってカリキュラムが異なります。／
依照選擇之主修領域不同，課程亦有所差異。

せんちゃく【先着】 先到達，先來到　＊名・自サ◎グループ3

△先着５名様まで、豪華景品を差し上げます。／
最先來店的前五名顧客，將獲贈豪華贈品。

せんとう【戦闘】 戰鬥　＊名・自サ◎グループ3

△戦闘を始めないうちから、すでに勝負は見えていた。／
在戰鬥還沒展開之前，勝負已經分曉了。

せんにゅう【潜入】 潛入，溜進；打進　＊名・自サ◎グループ3

△三ヶ月に及ぶ潜入調査の末、ようやく事件を解決した。／
經過長達三個月秘密調查，案件總算迎刃而解了。

ぜんめつ【全滅】 全滅，徹底消滅　＊名・自他サ◎グループ3

△台風のため、収穫間近のりんごが全滅した。／
颱風來襲，造成即將採收的蘋果全數落果。

せんよう【専用】 專用，獨佔，壟斷，專門使用　＊名・他サ◎グループ3

△都心の電車は、時間帯によって女性専用車両を設けている。／
市區的電車，會在特定的時段設置女性專用車廂。

せんりょう【占領】 (軍) 武力佔領；佔據 ＊名・他サ◎グループ 3

△これは占領下での生活を収めたドキュメンタリー映画です。／
這部紀錄片是拍攝該國被占領時期人民的生活狀況。

そうかん【創刊】 創刊 ＊名・他サ◎グループ 3

△創刊 50 周年を迎えることができ、慶賀の至りです。／
恭逢貴社創刊五十周年大慶，僅陳祝賀之意。

ぞうきょう【増強】 (人員，設備的) 增強，加強 ＊名・他サ◎グループ 3

△政府は災害地域への救援隊の派遣を増強すると決めた。／
政府決定加派救援團隊到受災地區。

そうきん【送金】 匯款，寄錢 ＊名・自他サ◎グループ 3

△銀行で、息子への送金かたがた、もろもろの支払いをすませた。／
去銀行匯款給兒子時，順便付了種種的款項。

そうこう【走行】 (汽車等) 行車，行駛 ＊名・自サ◎グループ 3

△今回の旅行で、一日の平均走行距離は 100 キロを超えた。／
這趟旅行每天的移動距離平均超過一百公里。

そうごう【総合】 綜合，總合，集合 ＊名・他サ◎グループ 3

△うちのチームは総合得点がトップになった。／
本隊的總積分已經躍居首位。

そうさ【捜査】 搜查 (犯人、罪狀等)；查訪，查找 ＊名・他サ◎グループ 3

△事件が発覚し、警察の捜査を受けるしまつだ。／
因該起事件被揭發，終於遭到警方的搜索調查。

そうさく【捜索】 尋找，搜；(法) 搜查 (犯人、罪狀等) ＊名・他サ◎グループ 3

△彼は銃刀法違反の疑いで家宅捜索を受けた。／
他因違反《槍砲彈藥刀械管制條例》之嫌而住家遭到搜索調查。

そうじゅう【操縦】 駕駛；操縱，駕馭，支配 ＊名・他サ◎グループ 3

△飛行機を操縦する免許はアマチュアでも取れる。／
飛機的駕駛執照，即使不是專業人士也可以考取。

そうしょく【装飾】 装飾 ＊名・他サ◎グループ3

△クリスマスに向けて店内を装飾する。／
把店裡裝飾得充滿耶誕氣氛。

ぞうしん【増進】 （體力，能力）增進，增加 ＊名・自他サ◎グループ3

△彼女は食欲も増進し、回復の兆しを見せている。／
她的食慾已經變得比較好，有日漸康復的跡象。

そうどう【騒動】 騷動，風潮，鬧事，暴亂 ＊名・自サ◎グループ3

△大統領が声明を発表するなり、各地で騒動が起きた。／
總統才發表完聲明，立刻引發各地暴動。

そうなん【遭難】 罹難，遇險 ＊名・自サ◎グループ3

△台風で船が遭難した。／
船隻遇上颱風而發生了船難。

そうび【装備】 裝備，配備 ＊名・他サ◎グループ3

△その戦いにおいて、兵士たちは完全装備ではなかった。／
在那場戰役中，士兵們身上的裝備並不齊全。

そうりつ【創立】 創立，創建，創辦 ＊名・他サ◎グループ3

△会社は創立以来、10年間発展し続けてきた。／
公司創立十年以來，業績持續蒸蒸日上。

そくしん【促進】 促進 ＊名・他サ◎グループ3

△これを機に、双方の交流がますます促進されることを願ってやみません。／
盼望藉此契機，更加促進雙方的交流。

そくする【即する】 就，適應，符合，結合 ＊自サ◎グループ3

△現状に即して戦略を練り直す必要がある。／
有必要修改戰略以因應現狀。

そくばく【束縛】 束縛，限制 ＊名・他サ◎グループ3

△束縛された状態にあって、行動範囲が限られている。／
在身體受到捆縛的狀態下，行動範圍受到侷限。

そし【阻止】
阻止，擋住，阻塞 ＊名・他サ◎グループ３
△警官隊は阻止しようとしたが、デモ隊は前進した。／
雖然警察隊試圖阻止，但示威隊伍依然繼續前進了。

そしょう【訴訟】
訴訟，起訴 ＊名・自サ◎グループ３
△和解できないなら訴訟を起こすまでだ。／
倘若無法和解，那麼只好法庭上見。

そち【措置】
措施，處理，處理方法 ＊名・他サ◎グループ３
△事件を受けて、政府は制裁措置を発動した。／
在事件發生後，政府啟動了制裁措施。

たいおう【対応】
對應，相對，對立；調和，均衡；適應，應付 ＊名・自サ◎グループ３
△何事も変化に即して臨機応変に対応していかなければならない。／
無論發生任何事情，都必須視當時的狀況臨機應變才行。

たいか【退化】
（生）退化；退步，倒退 ＊名・自サ◎グループ３
△その器官は使用しないので退化した。／
那個器官由於沒有被使用，因而退化了。

たいがく【退学】
退學 ＊名・自サ◎グループ３
△退学してからというもの、仕事も探さず毎日ぶらぶらしている。／
自從退學以後，連工作也不找，成天遊手好閒。

たいぐう【待遇】
接待，對待，服務；工資，報酬 ＊名・他サ・接尾◎グループ３
△いかに待遇が良かろうと、あんな会社で働きたくない。／
不管薪資再怎麼高，我也不想在那種公司裡工作。

たいけつ【対決】
對證，對質；較量，對抗 ＊名・自サ◎グループ３
△話し合いが物別れに終わり、法廷で対決するに至った。／
協商終告破裂，演變為在法庭上對決的局面。

たいけん【体験】
體驗，體會，（親身）經驗 ＊他サ◎グループ３
△貴重な体験をさせていただき、ありがとうございました。／
非常感激給我這個寶貴的體驗機會。

たいこう【対抗】 對抗，抵抗，相爭，對立　＊名・自サ◎グループ3

△相手の勢力に対抗すべく、人員を総動員した。／
為了與對方的勢力相抗衡而動員了所有的人力。

たいじ【退治】 打退，討伐，征服；消滅，肅清；治療　＊他サ◎グループ3

△病気と貧困を根こそぎ退治するぞ、と政治家が叫んだ。／
政治家聲嘶力竭呼喊：「矢志根除疾病與貧窮！」。

たいしょ【対処】 妥善處置，應付，應對　＊名・自サ◎グループ3

△新しい首相は緊迫した情勢にうまく対処している。／
新任首相妥善處理了緊張的情勢。

だいする【題する】 題名，標題，命名；題字，題詞　＊他サ◎グループ3

△入社式で社長が初心忘るべからずと題するスピーチを行った。／
社長在新進員工歡迎會上，以「莫忘初衷」為講題做了演說。

たいだん【対談】 對談，交談，對話　＊名・自サ◎グループ3

△次号の巻頭特集は俳優と映画監督の対談です。／
下一期雜誌的封面特輯為演員與電影導演之對談。

たいのう【滞納】 （稅款，會費等）滯納，拖欠，逾期未繳　＊名・他サ◎グループ3

△彼はリストラされてから、5ヶ月間も家賃を滞納しています。／
自從他遭到裁員後，已經有五個月繳不出房租。

たいひ【対比】 對比，對照　＊名・他サ◎グループ3

△春先の山は、残雪と新緑の対比が非常に鮮やかで美しい。／
初春時節，山巔殘雪與鮮嫩綠芽的對比相映成趣。

だいべん【代弁】 替人辯解，代言　＊名・他サ◎グループ3

△彼の気持ちを代弁すると、お金よりも謝罪の一言がほしいということだと思います。／
如果由我來傳達他的心情，我認為他想要的不是錢，而是一句道歉。

たいぼう【待望】 期待，渴望，等待　＊名・他サ◎グループ3

△待望の孫が生まれて、母はとてもうれしそうです。／
家母企盼已久的金孫終於誕生，開心得合不攏嘴。

たいめん【対面】
會面，見面 ＊名・自サ◎グループ 3
△初めて両親と彼が対面するとあって、とても緊張しています。／
因為男友初次跟父母見面，我非常緊張。

だいよう【代用】
代用 ＊名・他サ◎グループ 3
△蜂蜜がなければ、砂糖で代用しても大丈夫ですよ。／
如果沒有蜂蜜的話，也可以用砂糖代替喔。

たいわ【対話】
談話，對話，會話 ＊名・自サ◎グループ 3
△対話を続けていけば、相互理解が促進できるでしょう。／
只要繼續保持對話窗口通暢無阻，想必能對促進彼此的瞭解有所貢獻吧。

ダウン【down】
下，倒下，向下，落下；下降，減退；（棒）出局；（拳擊）擊倒 ＊名・自他サ◎グループ 3
△あのパンチにもう少しでダウンさせられるところだった。／
差點就被對方以那拳擊倒在地了。

だかい【打開】
打開，開闢（途徑），解決（問題） ＊名・他サ◎グループ 3
△状況を打開するために、双方の大統領が直接協議することになった。／
兩國總統已經直接進行協商以求打破僵局。

だきょう【妥協】
妥協，和解 ＊名・自サ◎グループ 3
△双方の妥協なくして、合意に達することはできない。／
雙方若不互相妥協，就無法達成協議。

だけつ【妥結】
妥協，談妥 ＊名・自サ◎グループ 3
△労働組合と会社は、ボーナスを３％上げることで協議を妥結しました。／
工會與公司雙方的妥協結果為增加 3%的獎金。

だっこ【抱っこ】
抱 ＊名・他サ◎グループ 3
△赤ん坊が泣きやまないので、抱っこするしかなさそうです。／
因為小嬰兒哭鬧不休，只好抱起他安撫。

だっしゅつ【脱出】 逃出，逃脫，逃亡 ＊名・自サ◎グループ3

△もし火災報知器が鳴ったら、慌てずに非常口から脱出しなさい。／
假如火災警報器響了，請不要慌張，冷靜地由緊急出口逃生即可。

だっすい【脱水】 脱水；（醫）脱水 ＊名・自サ◎グループ3

△脱水してから干す。／
脱水之後曬乾。

だっする【脱する】 逃出，逃脫；脫離，離開；脫落，漏掉；脫稿；去掉，除掉 ＊自他サ◎グループ3

△医療チームの迅速な処置のおかげで、どうやら危機は脱したようです。／
多虧醫療團隊的即時治療，看來已經脫離生死交關的險境了。

たっせい【達成】 達成，成就，完成 ＊名・他サ◎グループ3

△地道な努力があればこそ、達成できる。／
正因為努力不懈，方能獲取最後的成功。

だったい【脱退】 退出，脫離 ＊名・自サ◎グループ3

△会員としての利益が保証されないなら、会から脱退するまでだ。／
倘若會員的權益無法獲得保障，大不了辦理退會而已。

だぶだぶ （衣服等）寬大，肥大；（人）肥胖，肌肉鬆弛；（液體）滿，盈 ＊副・自サ◎グループ3

△一昔前の不良は、だぶだぶのズボンを履いていたものです。／
以前的不良少年常穿著褲管寬大鬆垮的長褲。

だぼく【打撲】 打，碰撞 ＊名・他サ◎グループ3

△手を打撲した。／
手部挫傷。

だらだら 滴滴答答地，冗長，磨磨蹭蹭的；斜度小而長 ＊副・自サ◎グループ3

△汗がだらだらと流れる。／
汗流浹背。

だんけつ【団結】 團結 ＊名・自サ◎グループ3

△人々の賞賛に値するすばらしい団結力を発揮した。／
他們展現了值得人們稱讚的非凡團結。

たんけん 【探検】	探險，探查　＊名・他サ◎グループ３ △夏休みになると、お父さんと一緒に山を探検します。／ 到了暑假，就會跟父親一起去山裡探險。
だんげん 【断言】	斷言，斷定，肯定　＊名・他サ◎グループ３ △今日から禁煙すると断言したものの、止められそうにありません。／ 儘管信誓旦旦地說要從今天開始戒菸，恐怕不可能說戒就戒。
たんしゅく 【短縮】	縮短，縮減　＊名・他サ◎グループ３ △時間が押しているので、発言者のコメント時間を一人２分に短縮します。／ 由於時間緊湊，將每位發言者陳述意見的時間各縮短為每人兩分鐘。
たんてい 【探偵】	偵探；偵查　＊名・他サ◎グループ３ △探偵を雇って夫の素行を調査してもらった。／ 雇用了偵探請他調查丈夫的日常行為。
チェンジ 【change】	交換，兌換；變化；（網球，排球等）交換場地　＊名・自他サ◎グループ３ △ヘアースタイルをチェンジしたら、気分もすっきりしました。／ 換了個髮型後，心情也跟著變得清爽舒暢。
ちくせき 【蓄積】	積蓄，積累，儲蓄，儲備　＊名・他サ◎グループ３ △疲労が蓄積していたせいか、ただの風邪なのになかなか治りません。／ 可能是因為積勞成疾，只不過是個小感冒，卻遲遲無法痊癒。
ちっそく 【窒息】	窒息　＊名・自サ◎グループ３ △検死の結果、彼の死因は窒息死だと判明しました。／ 驗屍的結果判定他死於窒息。
ちゃくしゅ 【着手】	著手，動手，下手；（法）（罪行的）開始　＊名・自サ◎グループ３ △経済改革というが、一体どこから着手するのですか。／ 高談闊論經濟改革云云，那麼到底應從何處著手呢？
ちゃくしょく 【着色】	著色，塗顏色　＊名・自サ◎グループ３ △母は、着色してあるものはできるだけ食べないようにしている。／ 家母盡量不吃添加色素的食物。

ちゃくせき【着席】 就坐，入座，入席 ＊名・自サ◎グループ3

△学級委員の掛け声で、みんな着席することになっています。／
在班長的一聲口令下，全班同學都回到各自的座位就坐。

ちゃくもく【着目】 著眼，注目；著眼點 ＊名・自サ◎グループ3

△そこに着目するとは、彼ならではだ。／
不愧只有他才會注意到那一點！

ちゃくりく【着陸】 （空）降落，著陸 ＊名・自サ◎グループ3

△機体に異常が発生したため、緊急着陸を余儀なくされた。／
由於飛機發生異常狀況，不得不被迫緊急降落。

ちゃっこう【着工】 開工，動工 ＊名・自サ◎グループ3

△駅前のビルは 10 月 1 日の着工を予定しています。／
車站前的大樓預定於十月一日動工。

ちやほや 溺愛，嬌寵；捧，奉承 ＊副・他サ◎グループ3

△ちやほやされて調子に乗っている彼女を見ると、苦笑を禁じえない。／
看到她被百般奉承而得意忘形，不由得讓人苦笑。

ちゅうがえり【宙返り】 （在空中）旋轉，翻筋斗 ＊名・自サ◎グループ3

△宙返りの練習をするときは、床にマットをひかないと危険です。／
如果在練習翻筋斗的時候，地面沒有預先鋪設緩衝墊，將會非常危險。

ちゅうけい【中継】 中繼站，轉播站；轉播 ＊名・他サ◎グループ3

△機材が壊れてしまったので、中継しようにも中継できない。／
器材壞掉了，所以就算想轉播也轉播不成。

ちゅうこく【忠告】 忠告，勸告 ＊名・自サ◎グループ3

△いくら忠告しても、彼は一向に聞く耳を持ちません。／
再怎麼苦口婆心勸告，他總是當作耳邊風。

ちゅうしょう【中傷】 重傷，毀謗，污衊 ＊名・他サ◎グループ3

△根拠もない中傷については、厳正に反駁せずにはすまない。／
對於毫無根據的毀謗，非得嚴厲反駁不行。

ちゅうせん【抽選】 抽籤 ＊名・自サ◎グループ３

△どのチームと対戦するかは、抽選で決定します。／
以抽籤決定將與哪支隊伍比賽。

ちゅうだん【中断】 中斷，中輟 ＊名・自他サ◎グループ３

△ひどい雷雨のため、サッカーの試合は一時中断された。／
足球比賽因傾盆雷雨而暫時停賽。

ちゅうどく【中毒】 中毒 ＊名・他サ◎グループ３

△真夏は衛生に気をつけないと、食中毒になることもあります。／
溽暑時節假如不注意飲食衛生，有時會發生食物中毒。

ちゅうりつ【中立】 中立 ＊名・自サ◎グループ３

△中立的な立場にあればこそ、客観的な判断ができる。／
正因為秉持中立，才能客觀判斷。

ちゅうわ【中和】 中正溫和；（理，化）中和，平衡 ＊名・自サ◎グループ３

△魚にレモンをかけると生臭さが消えるのも中和の結果です。／
把檸檬汁淋在魚上可以消除魚腥味，也屬於中和作用的一種。

ちょういん【調印】 簽字，蓋章，簽署 ＊名・自サ◎グループ３

△両国はエネルギー分野の協力文書に調印した。／
兩國簽署了能源互惠條約。

ちょうこう【聴講】 聽講，聽課；旁聽 ＊名・他サ◎グループ３

△大学で興味のある科目を聴講している。／
正在大學裡聽講有興趣的課程。

ちょうしゅう【徴収】 徵收，收費 ＊名・他サ◎グループ３

△政府は国民から税金を徴収する。／
政府向百姓課稅。

ちょうせん【挑戦】 挑戰 ＊名・自サ◎グループ３

△司法試験は、私にとっては大きな挑戦です。／
對我而言，參加律師資格考試是項艱鉅的挑戰。

ちょうてい【調停】	調停　＊名・他サ◎グループ3 △離婚話がもつれたので、離婚調停を申し立てることにした。／ 兩人因離婚的交涉談判陷入膠著狀態，所以提出「離婚調解」的申請。
ちょうふく・じゅうふく【重複】	重複　＊名・自サ◎グループ3 △5ページと7ページの内容が重複していますよ。／ 第五頁跟第七頁的內容重複了。
ちょうほう【重宝】	珍寶，至寶；便利，方便；珍視，愛惜　＊名・形動・他サ◎グループ3 △このノートパソコンは軽くて持ち運びが便利なので、重宝しています。／ 這台筆記型電腦輕巧又適合隨身攜帶，讓我愛不釋手。
ちょうり【調理】	烹調，作菜；調理，整理，管理　＊名・他サ◎グループ3 △牛肉を調理する時は、どんなことに注意すべきですか。／ 請問在烹調牛肉時，應該注意些什麼呢？
ちょうわ【調和】	調和，（顏色，聲音等）和諧，（關係）協調　＊名・自サ◎グループ3 △仕事が忙しすぎて、仕事と生活の調和がとれていない気がします。／ 公務忙得焦頭爛額，感覺工作與生活彷彿失去了平衡。
ちょくめん【直面】	面對，面臨　＊名・自サ◎グループ3 △自分を信じればこそ、苦難に直面しても乗り越えられる。／ 正因為有自信，才能克服眼前的障礙。
ちょくやく【直訳】	直譯　＊名・他サ◎グループ3 △英語の文を直訳する。／ 直譯英文的文章。
ちょっかん【直感】	直覺，直感；直接觀察到　＊名・他サ◎グループ3 △気に入った絵を直感で一つ選んでください。／ 請以直覺擇選一幅您喜愛的畫。

ちんでん【沈澱】 沈澱　＊名・自サ◎グループ3

△瓶の底に果実成分が沈殿することがあります。よく振ってお飲みください。／
水果成分會沉澱在瓶底，請充分搖勻之後飲用。

ちんぼつ【沈没】 沈沒；醉得不省人事；（東西）進了當鋪　＊名・自サ◎グループ3

△漁船が沈没したので、救助隊が捜索のため直ちに出動しました。／
由於漁船已經沈沒，救難隊立刻出動前往搜索。

ちんもく【沈黙】 沈默，默不作聲，沈寂　＊名・自サ◎グループ3

△白熱する議論をよそに、彼は沈黙を守っている。／
他無視於激烈的討論，保持一貫的沉默作風。

ちんれつ【陳列】 陳列　＊名・他サ◎グループ3

△ワインは原産国別に棚に陳列されています。／
紅酒依照原產國別分類陳列在酒架上。

ついきゅう【追及】 追上，趕上；追究　＊名・他サ◎グループ3

△警察の追及をよそに、彼女は沈黙を保っている。／
她對警察的追問充耳不聞，仍舊保持緘默。

ついせき【追跡】 追蹤，追緝，追趕　＊名・他サ◎グループ3

△警察犬はにおいを頼りに犯人を追跡します。／
警犬藉由嗅聞氣味追蹤歹徒的去向。

ついほう【追放】 流逐，驅逐（出境）；肅清，流放；洗清，開除　＊名・他サ◎グループ3

△ドーピング検査で陽性となったため、彼はスポーツ界から追放された。／
他沒有通過藥物檢測，因而被逐出體壇。

ついらく【墜落】 墜落，掉下　＊名・自サ◎グループ3

△シャトルの打ち上げに成功したかと思いきや、墜落してしまった。／
原本以為火箭發射成功，沒料到立刻墜落了。

つうかん【痛感】 痛感；深切地感受到　＊名・他サ◎グループ3

△事の重大さを痛感している。／
不得不深感事態嚴重之甚。

つうわ【通話】
（電話）通話　＊名・自サ◎グループ３
△通話時間が長い方には、お得なプランもございます。／
對於通話時間較長的客戶也有優惠專案。

つげぐち【告げ口】
嚼舌根，告密，搬弄是非　＊名・他サ◎グループ３
△先生に告げ口をする。／
向老師打小報告。

つやつや
光潤，光亮，晶瑩剔透　＊副・自サ◎グループ３
△肌がつやつやと光る。／
皮膚晶瑩剔透。

てあて【手当て】
準備，預備；津貼；生活福利；醫療，治療；小費　＊名・他サ◎グループ３
△保健の先生が手当てしてくれたおかげで、出血はすぐに止まりました。／
多虧有保健老師的治療，傷口立刻止血了。

ていぎ【定義】
定義　＊名・他サ◎グループ３
△あなたにとって幸せの定義は何ですか。／
對您而言，幸福的定義是什麼？

ていきょう【提供】
提供，供給　＊名・他サ◎グループ３
△政府が提供する情報は誰でも無料で閲覧できますよ。／
任何人都可以免費閱覽由政府所提供的資訊喔！

ていけい【提携】
提攜，攜手；協力，合作　＊名・自サ◎グループ３
△業界２位と３位の企業が提携して、業界トップに躍り出た。／
在第二大與第三大的企業攜手合作下，躍升為業界的龍頭。

ていじ【提示】
提示，出示　＊名・他サ◎グループ３
△学生証を提示すると、博物館の入場料は半額になります。／
只要出示學生證，即可享有博物館入場券之半價優惠。

ていせい【訂正】
訂正，改正，修訂　＊名・他サ◎グループ３
△ご迷惑をおかけしたことを深くお詫びし、ここに訂正いたします。／
造成您的困擾，謹致上十二萬分歉意，在此予以訂正。

ていたい【停滞】	停滞，停頓；（貨物的）滯銷　＊名・自サ◎グループ3
	△日本列島上空に、寒冷前線が停滞しています。／冷鋒滯留於日本群島上空。
てきおう【適応】	適應，適合，順應　＊名・自サ◎グループ3
	△引越ししてきたばかりなので、まだ新しい環境に適応できません。／才剛剛搬家，所以還沒有適應新環境。
てはい【手配】	籌備，安排；（警察逮捕犯人的）部署，布置　＊名・自他サ◎グループ3
	△チケットの手配はもう済んでいますよ。／我已經買好票囉！
てびき【手引き】	（輔導）初學者，啟蒙；入門，初級；推薦，介紹；引路，導向　＊名・他サ◎グループ3
	△傍聴を希望される方は、申し込みの手引きに従ってください。／想旁聽課程的人，請依循導引說明申請辦理。
てわけ【手分け】	分頭做，分工　＊名・自サ◎グループ3
	△学校から公園に至るまで、手分けして子どもを捜した。／分頭搜尋小孩，從學校一路找到公園。
てんか【点火】	點火　＊名・自サ◎グループ3
	△最終ランナーによってオリンピックの聖火が点火されました。／由最後一位跑者點燃了奧運聖火。
てんかい【転回】	回轉，轉變　＊名・自他サ◎グループ3
	△フェリーターミナルが見え、船は港に向けゆっくり転回しはじめた。／接近渡輪碼頭時，船舶開始慢慢迴轉準備入港停泊。
てんかん【転換】	轉換，轉變，調換　＊名・自他サ◎グループ3
	△気分を転換するために、ちょっとお散歩に行ってきます。／我出去散步一下轉換心情。
てんきょ【転居】	搬家，遷居　＊名・自サ◎グループ3
	△転居するときは、郵便局に転居届を出しておくとよい。／在搬家時應當向郵局申請改投。

てんきん【転勤】	調職，調動工作　＊名・自サ◎グループ3 △彼が転勤するという話は、うわさに聞いている。／ 關於他換工作的事，我已經耳聞了。
てんけん【点検】	檢點，檢查　＊名・他サ◎グループ3 △機械を点検して、古い部品は取り換えました。／ 檢查機器的同時，順便把老舊的零件給換掉了。
てんこう【転校】	轉校，轉學　＊名・自サ◎グループ3 △父の仕事で、この春転校することになった。／ 由於爸爸工作上的需要，我今年春天就要轉學了。
てんじ【展示】	展示，展出，陳列　＊名・他サ◎グループ3 △展示方法いかんで、売り上げは大きく変わる。／ 商品陳列的方式如何，將大幅影響其銷售量。
てんそう【転送】	轉寄　＊名・他サ◎グループ3 △Eメールを転送する。／ 轉寄 e-mail。
でんたつ【伝達】	傳達，轉達　＊名・他サ◎グループ3 △警報や避難の情報はどのように住民に伝達されますか。／ 請問是透過什麼方式，將警報或緊急避難訊息轉告通知當地居民呢？
てんにん【転任】	轉任，調職，調動工作　＊名・自サ◎グループ3 △4月から生まれ故郷の小学校に転任することとなりました。／ 自四月份起，將調回故鄉的小學任職。
てんぼう【展望】	展望；眺望，瞭望　＊名・他サ◎グループ3 △フォーラムでは新大統領就任後の国内情勢を展望します。／ 論壇中將討論新任總統就職後之國內情勢的前景展望。
でんらい【伝来】	（從外國）傳來，傳入；祖傳，世傳　＊名・自サ◎グループ3 △日本で使われている漢字のほとんどは中国から伝来したものです。／ 日語中的漢字幾乎大部分都是源自於中國。

てんらく【転落】 掉落，滾下；墜落，淪落；暴跌，突然下降　＊名・自サ◎グループ３

△不祥事が明るみになり、本年度の最終損益は赤字に転落した。／
醜聞已暴露，致使今年年度末損益掉落為赤字。

どうい【同意】 同義；同一意見，意見相同；同意，贊成　＊名・自サ◎グループ３

△社長の同意が得られない場合、計画は白紙に戻ります。／
如果未能取得社長的同意，將會終止整個計畫。

どういん【動員】 動員，調動，發動　＊名・他サ◎グループ３

△動員される警備員は 10 人から 20 人というところです。／
要動員的保全人力差不多是十名至二十名而已。

どうかん【同感】 同感，同意，贊同，同一見解　＊名・自サ◎グループ３

△基本的にはあなたの意見に同感です。／
原則上我同意你的看法。

とうぎ【討議】 討論，共同研討　＊名・自他サ◎グループ３

△それでは、グループ討議の結果をそれぞれ発表してください。／
那麼現在就請各個小組發表分組討論的結果。

どうきょ【同居】 同居；同住，住在一起　＊名・自サ◎グループ３

△統計によると、二世帯同居の家は徐々に減ってきています。／
根據統計，父母與已婚子女同住的家戶數正逐漸減少中。

とうこう【登校】 （學生）上學校，到校　＊名・自サ◎グループ３

△子どもの登校を見送りがてら、お隣へ回覧板を届けてきます。／
在目送小孩上學的同時，順便把傳閱板送到隔壁去。

とうごう【統合】 統一，綜合，合併，集中　＊名・他サ◎グループ３

△今日、一部の事業部門を統合することが発表されました。／
今天公司宣布了整併部分事業部門。

とうし【投資】 投資　＊名・他サ◎グループ３

△投資をするなら、始める前にしっかり下調べしたほうがいいですよ。／
如果要進行投資，在開始之前先確實做好調查研究方為上策喔！

どうじょう【同情】	同情　＊名・自サ◎グループ3 △同情を誘わんがための芝居にころっと騙された。／ 輕而易舉地就被設法博取同情的演技給騙了。
とうせい【統制】	統治，統歸，統一管理；控制能力　＊名・他サ◎グループ3 △どうも経営陣内部の統制が取れていないようです。／ 經營團隊內部的管理紊亂，猶如群龍無首。
とうせん【当選】	當選，中選　＊名・自サ◎グループ3 △スキャンダルの逆風をものともせず、当選した。／ 儘管選舉時遭逢醜聞打擊，依舊順利當選。
とうそう【逃走】	逃走，逃跑　＊名・自サ◎グループ3 △犯人は、パトカーを見るや否や逃走した。／ 犯嫌一看到巡邏車就立刻逃走了。
とうそつ【統率】	統率　＊名・他サ◎グループ3 △ 30 名もの部下を統率するのは容易ではありません。／ 統御多達三十名部屬並非容易之事。
とうたつ【到達】	到達，達到　＊名・自サ◎グループ3 △先頭集団はすでに折り返し地点に到達したそうです。／ 據說領先群已經來到折返點了。
とうち【統治】	統治　＊名・他サ◎グループ3 △台湾には日本統治時代の建物がたくさん残っている。／ 台灣保留著非常多日治時代的建築物。
どうちょう【同調】	調整音調；同調，同一步調，同意　＊名・自他サ◎グループ3 △周りと同調すれば、人間関係がスムーズになると考える人もいる。／ 某些人認為，只要表達與周圍人們具有同樣的看法，人際關係就會比較和諧。
とうにゅう【投入】	投入，扔進去；投入（資本、勞力等）　＊名・他サ◎グループ3 △中国を皮切りにして、新製品を各市場に投入する。／ 以中國作為起點，將新產品推銷到各國市場。

どうにゅう【導入】

引進，引入，輸入；（為了解決懸案）引用（材料、證據）　＊名・他サ◎グループ3

△新しいシステムを導入したため、慣れるまで操作に時間がかかります。／

由於引進新系統，花費了相當長的時間才習慣其操作方式。

どうふう【同封】

隨信附寄，附在信中　＊名・他サ◎グループ3

△商品のパンフレットを同封させていただきます。／

隨信附上商品的介紹小冊。

とうぼう【逃亡】

逃走，逃跑，逃遁；亡命　＊名・自サ◎グループ3

△犯人は逃亡したにもかかわらず、わずか 15 分で再逮捕された。／

歹徒雖然衝破警網逃亡，但是不到十五分鐘就再度遭到逮捕。

とうみん【冬眠】

冬眠；停頓　＊名・自サ◎グループ3

△冬眠した状態の熊が上野動物園で一般公開されています。／

在上野動物園可以觀賞到冬眠中的熊。

どうめい【同盟】

同盟，聯盟，聯合　＊名・自サ◎グループ3

△同盟国ですら反対しているのに、強行するのは危険だ。／

連同盟國都予以反對，若要強制進行具有危險性。

どうよう【動揺】

動搖，搖動，搖擺；（心神）不安，不平靜；異動　＊名・自他サ◎グループ3

△知らせを聞くなり、動揺して言葉を失った。／

一聽到傳來的消息後，頓時驚慌失措無法言語。

とうろん【討論】

討論　＊名・自サ◎グループ3

△こんなくだらない問題は討論するに値しない。／

如此無聊的問題不值得討論。

とおまわり【遠回り】

使其繞道，繞遠路　＊名・自サ・形動◎グループ3

△ちょっと遠回りですが、デパートに寄ってから家に帰ります。／

雖然有點繞遠路，先去百貨公司一趟再回家。

とかく

種種，這樣那樣（流言、風聞等）；動不動，總是；不知不覺就，沒一會就　＊副・自サ◎グループ3

△データの打ち込みミスは、とかくありがちです。／

輸入資料時出現誤繕是很常見的。

どくさい 【独裁】	獨斷，獨行；獨裁，專政　＊名・自サ◎グループ 3 △独裁体制は 50 年を経てようやく終わりを告げました。／ 歷經五十年，獨裁體制終告結束。
とくしゅう 【特集】	特輯，專輯　＊名・他サ◎グループ 3 △来月号では春のガーデニングについて特集します。／ 下一期月刊將以春季園藝作為專輯的主題。
どくせん 【独占】	獨占，獨斷；壟斷，專營　＊名・他サ◎グループ 3 △続いての映像は、ニコニコテレビが独占入手したものです。／ 接下來的這段影片，是笑瞇瞇電視台獨家取得的畫面。
どくそう 【独創】	獨創　＊名・他サ◎グループ 3 △作品は彼ならではの独創性にあふれている。／ 這件作品散發出他的獨創風格。
とくは 【特派】	特派，特別派遣　＊名・他サ◎グループ 3 △海外特派員が現地の様子を随時レポートします。／ 海外特派員會將當地的最新情況做即時轉播。
どげざ 【土下座】	跪在地上；低姿態　＊名・自サ◎グループ 3 △土下座して謝る。／ 下跪道歉。
とっきょ 【特許】	（法）（政府的）特別許可；專利特許，專利權　＊名・他サ◎グループ 3 △特許を取得するには、どのような手続きが必要ですか。／ 請問必須辦理什麼樣的手續，才能取得專利呢？
とっぱ 【突破】	突破；超過　＊名・他サ◎グループ 3 △本年度の自動車の売上台数は 20 万台を突破しました。／ 本年度的汽車銷售數量突破了二十萬輛。
とほ 【徒歩】	步行，徒步　＊名・自サ◎グループ 3 △ここから駅まで徒歩でどれぐらいかかりますか。／ 請問從這裡步行至車站，大約需要多少時間呢？

とまどい【戸惑い】	困惑，不知所措	＊名・自サ◎グループ3
	△戸惑いを隠せない。／ 掩不住困惑。	
ともかせぎ【共稼ぎ】	夫妻都上班	＊名・自サ◎グループ3
	△共稼ぎながらも、給料が少なく生活は苦しい。／ 雖然夫妻都有工作，但是收入微弱，生活清苦。	
ともばたらき【共働き】	夫妻都工作	＊名・自サ◎グループ3
	△借金を返済すべく、共働きをしている。／ 為了償還負債，夫妻倆都去工作。	
とりひき【取引】	交易，貿易	＊名・自サ◎グループ3
	△金融商品取引法は有価証券の売買を公正なものとするよう定めています。／ 《金融商品交易法》明訂有價證券的買賣必須基於公正原則。	
どわすれ【度忘れ】	一時記不起來，一時忘記	＊名・自サ◎グループ3
	△約束を度忘れして、しょうがないではすまない。／ 一時忘了約定，並非說句「又不是故意的」就可以得到原諒。	
ないぞう【内蔵】	裡面包藏，內部裝有；內庫，宮中的府庫	＊名・他サ◎グループ3
	△そのハードディスクはすでにパソコンに内蔵されています。／ 那個硬碟已經安裝於電腦主機裡面了。	
にづくり【荷造り】	準備行李，捆行李，包裝	＊名・自他サ◎グループ3
	△旅行の荷造りはもうすみましたか。／ 請問您已經準備好旅遊所需的行李了嗎？	
にゅうしゅ【入手】	得到，到手，取得	＊名・他サ◎グループ3
	△現段階で情報の入手ルートを明らかにすることはできません。／ 現階段還無法公開獲得資訊的管道。	
にゅうしょう【入賞】	得獎，受賞	＊名・自サ◎グループ3
	△体調不良をものともせず、見事に入賞を果たした。／ 儘管體能狀況不佳，依舊精彩地奪得獎牌。	

にゅうよく【入浴】 沐浴，入浴，洗澡 ＊名・自サ◎グループ3

△ゆっくり入浴すると、血流が良くなって体が温まります。／
好整以暇地泡澡，可以促進血液循環，使身體變得暖和。

にんしき【認識】 認識，理解 ＊名・他サ◎グループ3

△交渉が決裂し、認識の違いが浮き彫りになりました。／
協商破裂，彼此的認知差異愈見明顯。

にんしん【妊娠】 懷孕 ＊名・自サ◎グループ3

△妊娠5ヶ月ともなると、おなかが目立つようになってくる。／
如果懷孕五個月時，肚子會變得很明顯。

にんめい【任命】 任命 ＊名・他サ◎グループ3

△明日、各閣僚が任命されることになっています。／
明天將會任命各內閣官員。

ねびき【値引き】 打折，減價 ＊名・他サ◎グループ3

△3点以上お買い求めいただくと、更なる値引きがあります。／
如果購買三件以上商品，還可享有更佳優惠。

ねんがん【念願】 願望，心願 ＊名・他サ◎グループ3

△念願かなって、マーケティング部に配属されることになりました。／
終於如願以償，被分派到行銷部門了。

ねんしょう【燃焼】 燃燒；竭盡全力 ＊名・自サ◎グループ3

△レースは不完全燃焼のまま終わってしまいました。／
比賽在雙方均未充分展現實力的狀態下就結束了。

のうにゅう【納入】 繳納，交納 ＊名・他サ◎グループ3

△期日までに授業料を納入しなければ、除籍となります。／
如果在截止日期之前尚未繳納學費，將會被開除學籍。

はあく【把握】 掌握，充分理解，抓住 ＊名・他サ◎グループ3

△正確な実態をまず把握しなければ、何の策も打てません。／
倘若未能掌握正確的實況，就無法提出任何對策。

はいき【廃棄】
廢除　＊名・他サ◎グループ3
△パソコンはリサイクル法の対象なので、勝手に廃棄してはいけません。／
個人電腦被列為《資源回收法》中的應回收廢棄物，不得隨意棄置。

はいきゅう【配給】
配給，配售，定量供應　＊名・他サ◎グループ3
△かつて、米や砂糖はみな配給によるものでした。／
過去，米與砂糖曾屬於配給糧食。

はいし【廃止】
廢止，廢除，作廢　＊名・他サ◎グループ3
△今年に入り、各新聞社では夕刊の廃止が相次いでいます。／
今年以來，各報社的晚報部門皆陸續吹起熄燈號。

はいしゃく【拝借】
（謙）拜借　＊名・他サ◎グループ3
△ちょっと辞書を拝借してもよろしいでしょうか。／
請問可以借用一下您的辭典嗎？

はいじょ【排除】
排除，消除　＊名・他サ◎グループ3
△先入観を排除すると新しい一面が見えるかもしれません。／
摒除先入為主的觀念，或許就能窺見嶄新的一面。

ばいしょう【賠償】
賠償　＊名・他サ◎グループ3
△原告は和解に応じ、1,000 万円の賠償金を払うことになった。／
原告答應和解，決定支付一千萬的賠償金。

はいすい【排水】
排水　＊名・自サ◎グループ3
△排水溝が詰まってしまった。／
排水溝堵塞住了。

はいせん【敗戦】
戰敗　＊名・自サ◎グループ3
△ドイツや日本は敗戦からどのように立ち直ったのですか。／
請問德國和日本是如何於戰敗後重新崛起呢？

はいち【配置】
配置，安置，部署，配備；分派點　＊名・他サ◎グループ3
△家具の配置いかんで、部屋が大きく見える。／
家具的擺放方式如何，可以讓房間看起來很寬敞。

はいはい	（幼兒語）爬行	＊名・自サ◎グループ3
	△はいはいができるようになった。／ 小孩會爬行了。	
はいふ **【配布】**	散發	＊名・他サ◎グループ3
	△お手元に配布した資料をご覧ください。／ 請大家閱讀您手上的資料。	
はいぶん **【配分】**	分配，分割	＊名・他サ◎グループ3
	△大学の規則にのっとり、各教授には一定の研究費が配分されます。／ 依據大學校方的規定，各教授可以分配到定額的研究經費。	
はいぼく **【敗北】**	（戰爭或比賽）敗北，戰敗；被擊敗；敗逃	＊名・自サ◎グループ3
	△わがチームは歴史的な一戦で屈辱的な敗北を喫しました。／ 在這場具有歷史關鍵的一役，本隊竟然吃下了令人飲恨的敗仗。	
はいりょ **【配慮】**	關懷，照料，照顧，關照	＊名・他サ◎グループ3
	△いつも格別なご配慮を賜りありがとうございます。／ 萬分感謝總是給予我們特別的關照。	
はいれつ **【配列】**	排列	＊名・他サ◎グループ3
	△キーボードのキー配列はパソコンによって若干違います。／ 不同廠牌型號的電腦，其鍵盤的配置方式亦有些許差異。	
はかい **【破壊】**	破壞	＊名・自他サ◎グループ3
	△環境破壊がわれわれに与える影響は計り知れません。／ 環境遭到破壞之後，對我們人類造成無可估計的影響。	
はき **【破棄】**	（文件、契約、合同等）廢棄，廢除，撕毀	＊名・他サ◎グループ3
	△せっかくここまで準備したのに、今更計画を破棄したいではすまされない。／ 好不容易已準備就緒，不許現在才說要取消計畫。	
はくがい **【迫害】**	迫害，虐待	＊名・他サ◎グループ3
	△迫害された歴史を思い起こすと、怒りがこみ上げてやまない。／ 一想起遭受迫害的那段歷史，就令人怒不可遏。	

はくじょう【白状】 坦白，招供，招認，認罪 ＊名・他サ◎グループ3

△すべてを白状したら許してくれますか。／
假如我將一切事情全部從實招供，就會原諒我嗎？

ばくは【爆破】 爆破，炸毀 ＊名・他サ◎グループ3

△炭鉱採掘現場では爆破処理が行われることも一般的です。／
在採煤礦場中進行爆破也是稀鬆平常的事。

ばくろ【暴露】 曝曬，風吹日曬；暴露，揭露，洩漏 ＊名・自他サ◎グループ3

△元幹部がことの真相を暴露した。／
以前的幹部揭發了事情的真相。

はけん【派遣】 派遣；派出 ＊名・他サ◎グループ3

△不況のあまり、派遣の仕事ですら見つけられない。／
由於經濟太不景氣，就連派遣的工作也找不到。

はそん【破損】 破損，損壞 ＊名・自他サ◎グループ3

△ここにはガラスといい、陶器といい、破損しやすい物が多くある。／
這裡不管是玻璃還是陶器，多為易碎之物。

はつが【発芽】 發芽 ＊名・自サ◎グループ3

△モヤシは種を発芽させた野菜のことだが、普通は緑豆モヤシを指す。／
豆芽菜是指發芽後的蔬菜，一般指的是綠豆芽菜。

はっくつ【発掘】 發掘，挖掘；發現 ＊名・他サ◎グループ3

△遺跡を発掘してからというもの、彼は有名人になった。／
自從他挖掘出考古遺跡後，就成了名人。

はつげん【発言】 發言 ＊名・自サ◎グループ3

△首相ともなれば、いかなる発言にも十分な注意が必要だ。／
既然已經當上首相了，就必須特別謹言慎行。

はっせい【発生】 發生；（生物等）出現，蔓延 ＊名・自サ◎グループ3

△小さい地震だったとはいえ、やはり事故が発生した。／
儘管只是一起微小的地震，畢竟還是引發了災情。

はっそく・ほっそく【発足】	開始（活動），成立　＊名・自サ◎グループ３ △新プロジェクトが発足する。／ 開始進行新企畫。
はつびょう【発病】	病發，得病　＊名・自サ◎グループ３ △発病３年目にして、やっと病名がわかった。／ 直到發病的第三年，才終於查出了病名。
バトンタッチ【（和）baton＋touch】	（接力賽跑中）交接接力棒；（工作、職位）交接　＊名・他サ◎グループ３ △次の選手にバトンタッチする。／ 交給下一個選手。
はらはら	（樹葉、眼淚、水滴等）飄落或是簌簌落下貌；非常擔心的樣子　＊副・自サ◎グループ３ △池に紅葉がはらはらと落ちる様子は、美の極みだ。／ 楓葉片絮絮簌簌地飄落於池面，簡直美得令人幾乎屏息。
はれつ【破裂】	破裂　＊名・自サ◎グループ３ △袋は破裂せんばかりにパンパンだ。／ 袋子鼓得快被撐破了。
はんえい【繁栄】	繁榮，昌盛，興旺　＊名・自サ◎グループ３ △ビルを建てたところで、町が繁栄するとは思えない。／ 即使興建了大樓，我也不認為鎮上就會因而繁榮。
はんきょう【反響】	迴響，回音；反應，反響　＊名・自サ◎グループ３ △視聴者の反響いかんでは、この番組は打ち切らざるを得ない。／ 照觀眾的反應來看，這個節目不得不到此喊停了。
はんげき【反撃】	反擊，反攻，還擊　＊名・自サ◎グループ３ △相手がひるんだのを見て、ここぞとばかりに反撃を始めた。／ 當看到對手面露退怯之色，旋即似乎抓緊機會開始展開反擊。
はんけつ【判決】	（法）判決；（是非直曲的）判斷，鑑定，評價　＊名・他サ◎グループ３ △判決いかんでは、控訴する可能性もある。／ 視判決結果如何，不排除提出上訴的可能性。

はんしゃ【反射】 (光、電波等)折射，反射；(生理上的)反射(機能)　＊名・自他サ◎グループ3

△光の反射によって、青く見えることもある。／
依據光線的反射情況，看起來也有可能是藍色的。

はんじょう【繁盛】 繁榮昌茂，興隆，興旺　＊名・自サ◎グループ3

△繁盛しているとはいえ、去年ほどの売り上げはない。／
雖然生意興隆，但營業額卻比去年少。

はんしょく【繁殖】 繁殖；滋生　＊名・自サ◎グループ3

△実験で細菌が繁殖すると思いきや、そうではなかった。／
原本以為這個實驗可使細菌繁殖，沒有想到結果卻非如此。

はんする【反する】 違反；相反；造反　＊自サ◎グループ3

△天気予報に反して、急に春めいてきた。／
與氣象預報相反的，天氣忽然變得風和日麗。

はんてい【判定】 判定，判斷，判決　＊名・他サ◎グループ3

△判定のいかんによって、試合結果が逆転することもある。／
依照的判定方式不同，比賽結果有時會出現大逆轉。

はんのう【反応】 (化學)反應；(對刺激的)反應；反響，效果　＊名・自サ◎グループ3

△この計画を進めるかどうかは、住民の反応いかんだ。／
是否要推行這個計畫，端看居民的反應而定。

はんぱつ【反発】 排斥，彈回；抗拒，不接受；反抗；(行情)回升　＊名・自他サ◎グループ3

△党内に反発があるとはいえ、何とかまとめられるだろう。／
即使黨內有反彈聲浪，但終究會達成共識吧。

はんらん【氾濫】 氾濫；充斥，過多　＊名・自サ◎グループ3

△この河は今は水が少ないが、夏にはよく氾濫する。／
這條河雖然現在流量不大，但是在夏天常會氾濫。

ひかん【悲観】 悲觀　＊名・自他サ◎グループ3

△世界の終わりじゃあるまいし、そんなに悲観する必要はない。／
又不是世界末日，不需要那麼悲觀。

ひけつ【否決】	否決　＊名・他サ◎グループ3 △議会で否決されたとはいえ、これが最終決定ではない。／ 雖然在議會遭到否決，卻非最終定案。
びしょう【微笑】	微笑　＊名・自サ◎グループ3 △彼女は天使のごとき微笑で、みんなを魅了した。／ 她以那宛若天使般的微笑，把大家迷惑得如癡如醉。
ひってき【匹敵】	匹敵，比得上　＊名・自サ◎グループ3 △あのコックは、若いながらもベテランに匹敵する料理を作る。／ 那位廚師雖然年輕，但是做的菜和資深廚師不相上下。
ひとくろう【一苦労】	費一些力氣，費一些力氣，操一些心　＊名・自サ◎グループ3 △説得するのに一苦労する。／ 費了一番功夫說服。
ひとちがい【人違い】	認錯人，弄錯人　＊名・自他サ◎グループ3 △後ろ姿がそっくりなので人違いしてしまった。／ 因為背影相似所以認錯了人。
ひとねむり【一眠り】	睡一會兒，打個盹　＊名・自サ◎グループ3 △車中で一眠りする。／ 在車上打了個盹。
ひとめぼれ【一目惚れ】	（俗）一見鍾情　＊名・自サ◎グループ3 △受付嬢に一目惚れする。／ 對櫃臺小姐一見鍾情。
ひなん【非難】	責備，譴責，責難　＊名・他サ◎グループ3 △嘘まみれの弁解に非難ごうごうだった。／ 大家聽到連篇謊言的辯解就噓聲四起。
ひなん【避難】	避難　＊名・自サ◎グループ3 △サイレンを聞くと、みんな一目散に避難しはじめた。／ 聽到警笛的鳴聲，大家就一溜煙地避難去了。

ひやけ【日焼け】
（皮膚）曬黑；（因為天旱田裡的水被）曬乾　＊名・自サ◎グループ3
△日向で一日中作業をしたので、日焼けしてしまった。／
在陽光下工作一整天，結果曬傷了。

びょうしゃ【描写】
描寫，描繪，描述　＊名・他サ◎グループ3
△作家になり立てのころはこんな稚拙な描写をしていたかと思うと、赤面の至りです。／
每當想到剛成為作家時描寫手法的青澀拙劣，就感到羞愧難當。

ひれい【比例】
（數）比例；均衡，相稱，成比例關係　＊名・自サ◎グループ3
△労働時間と収入が比例しないことは、言うまでもない。／
工作時間與薪資所得不成比例，自是不在話下。

ひろう【披露】
披露；公布；發表　＊名・他サ◎グループ3
△腕前を披露する。／
大展身手。

ひろう【疲労】
疲勞，疲乏　＊名・自サ◎グループ3
△まだ疲労がとれないとはいえ、仕事を休まなければならないほどではない。／
雖然還很疲憊，但不至於必須請假休息。

ひんけつ【貧血】
（醫）貧血　＊名・自サ◎グループ3
△ほうれん草は貧血に効く。／
菠菜能有效改善貧血。

ぴんぴん
用力跳躍的樣子；健壯的樣子　＊副・自サ◎グループ3
△魚がぴんぴん（と）はねる。／
魚活蹦亂跳。

びんぼう【貧乏】
貧窮，貧苦　＊名・形動・自サ◎グループ3
△たとえ貧乏であれ、盗みは正当化できない。／
就算貧窮，也不能當作偷竊的正當理由。

ふうさ【封鎖】
封鎖；凍結　＊名・他サ◎グループ3
△今頃道を封鎖したところで、犯人は捕まらないだろう。／
事到如今才封鎖馬路，根本來不及圍堵歹徒！

ぶかぶか
（帽、褲）太大不合身；漂浮貌；（人）肥胖貌；（笛子、喇叭等）大吹特吹貌　＊副・自サ◎グループ 3
△この靴はぶかぶかで、走るのはおろか歩くのも困難だ。／
這雙鞋太大了，別說是穿著它跑，就連走路都有困難。

ふくごう【複合】
複合，合成　＊名・自他サ◎グループ 3
△複合機1台あれば、印刷、コピー、スキャン、ファックスができる。／
只要有一台多功能複合機，就能夠印刷、複製、掃描和傳真。

ふくめん【覆面】
蒙上臉；不出面，不露面　＊名・自サ◎グループ 3
△銀行強盗ではあるまいし、覆面なんかつけて歩くなよ。／
又不是銀行搶匪，不要蒙面走在路上啦！

ふこく【布告】
佈告，公告；宣告，宣佈　＊名・他サ◎グループ 3
△宣戦布告すると思いきや、2国はあっさり和解した。／
原本以為兩國即將宣戰，竟然如此簡單地就談和了。

ふしょう【負傷】
負傷，受傷　＊名・自サ◎グループ 3
△あんな小さな事故で負傷者が出たとは、信じられない。／
那麼微不足道的意外竟然出現傷患，實在令人不敢置信。

ぶじょく【侮辱】
侮辱，凌辱　＊名・他サ◎グループ 3
△この言われようは、侮辱でなくてなんだろう。／
被說成這樣子，若不是侮辱又是什麼？

ぶそう【武装】
武裝，軍事裝備　＊名・自サ◎グループ 3
△核武装について、私達なりに討論して教授に報告した。／
我們針對「核子武器」這個主題自行討論後，向教授報告結果了。

ふたん【負担】
背負；負擔　＊名・他サ◎グループ 3
△実際に離婚ともなると、精神的負担が大きい。／
一旦離婚之後，精神壓力就變得相當大。

ふっかつ【復活】
復活，再生；恢復，復興，復辟　＊名・自他サ◎グループ 3
△社員の協力なくして、会社は復活できなかった。／
沒有上下員工的齊心協力，公司絕對不可能重振雄風。

ふっきゅう【復旧】

恢復原狀；修復　＊名・自他サ◎グループ3

△新幹線が復旧するのに5時間もかかるとは思わなかった。／
萬萬沒想到竟然要花上5個小時才能修復新幹線。

ふっこう【復興】

復興，恢復原狀；重建　＊名・自他サ◎グループ3

△復興作業にはひとり自衛隊のみならず、多くのボランティアの人が関わっている。／
重建工程不只得到自衛隊的協助，還有許多義工的熱心參與。

ふっとう【沸騰】

沸騰；群情激昂，情緒高漲　＊名・自サ◎グループ3

△液体が沸騰する温度は、液体の成分いかんで決まる。／
液體的沸點視其所含成分而定。

ふにん【赴任】

赴任，上任　＊名・自サ◎グループ3

△オーストラリアに赴任してからというもの、家族とゆっくり過ごす時間がない。／
打從被派到澳洲之後，就沒有閒暇與家人相處共度。

ふはい【腐敗】

腐敗，腐壞；墮落　＊名・自サ◎グループ3

△腐敗が明るみに出てからというもの、支持率が低下している。／
自從腐敗醜態遭到揭發之後，支持率就一路下滑。

ふよう【扶養】

扶養，撫育　＊名・他サ◎グループ3

△お嫁にいった娘は扶養家族にあたらない。／
已婚的女兒不屬於撫養家屬。

ふらふら

蹣跚，搖晃；（心情）遊蕩不定，悠悠蕩蕩；恍惚，神不守己；蹓躂　＊名・自サ・形動◎グループ3

△「できた」と言うなり、課長はふらふらと立ち上がった。／
課長剛大喊一聲：「做好了！」就搖搖晃晃地從椅子上站起來。

ぶらぶら

（懸空的東西）晃動，搖晃；蹓躂；沒工作；（病）拖長，纏綿　＊副・自サ◎グループ3

△息子ときたら、手伝いもしないでぶらぶらしてばかりだ。／
說到我兒子，連個忙也不幫，成天遊手好閒，蹓躂閒晃。

ブレイク【break】
（拳擊）抱持後分開；休息；突破，爆紅　＊名・サ変◎グループ3
△16歳で芸能界に入ったが全く売れず、41歳になってブレイクした。／
十六歲就進了演藝圈，但是完全沒有受到矚目，直到四十一歲才爆紅了。

ふろく【付録】
附錄；臨時增刊　＊名・他サ◎グループ3
△付録を付けてからというもの、雑誌がよく売れている。／
自從增加附錄之後，雜誌的銷售量就一路長紅。

ふんがい【憤慨】
憤慨，氣憤　＊名・自サ◎グループ3
△社長の独善的なやり方に、社員の多くは憤慨している。／
總經理獨善其身的做法使得多數員工深感憤慨。

ぶんぎょう【分業】
分工；專業分工　＊名・他サ◎グループ3
△会議が終わるが早いか、みんな分業して作業を進めた。／
會議才剛結束，大家立即就開始分工作業。

ぶんさん【分散】
分散，開散　＊名・自サ◎グループ3
△ここから山頂までは分散しないで、列を組んで登ろう。／
從這裡開始直到完成攻頂，大夥兒不要散開，整隊一起往上爬吧！

ふんしつ【紛失】
遺失，丟失，失落　＊名・自他サ◎グループ3
△重要な書類を紛失してしまった。／
竟然遺失了重要文件，確實該深切反省。

ふんしゅつ【噴出】
噴出，射出　＊名・自他サ◎グループ3
△蒸気が噴出して危ないので、近づくことすらできない。／
由於會噴出蒸汽極度危險，就連想要靠近都辦不到。

ふんそう【紛争】
紛爭，糾紛　＊名・自サ◎グループ3
△文化が多様であればこそ、対立や紛争が生じる。／
正因為文化多元，更易產生對立或爭端。

ふんとう【奮闘】
奮鬥；奮戰　＊名・自サ◎グループ3
△試合終了後、監督は選手たちの奮闘ぶりをたたえた。／
比賽結束後，教練稱讚了選手們奮鬥到底的精神。

ぶんぱい【分配】
分配，分給，配給　＊名・他サ◎グループ3
△少ないながらも、社員に利益を分配しなければならない。／
即使獲利微薄，亦必須編列員工分紅。

ぶんべつ【分別】
分別，區別，分類　＊名・他サ◎グループ3
△ごみは分別して出しましょう。／
倒垃圾前要分類喔。

ぶんり【分離】
分離，分開　＊名・自他サ◎グループ3
△この薬品は、水に入れるそばから分離してしまう。／
這種藥物只要放入水中，立刻會被水溶解。

ぶんれつ【分裂】
分裂，裂變，裂開　＊名・自サ◎グループ3
△党内の分裂をものともせず、選挙で圧勝した。／
他不受黨內派系分裂之擾，在選舉中取得了壓倒性的勝利。

へいこう【並行】
並行；並進，同時舉行　＊名・自サ◎グループ3
△私なりに考え、学業と仕事を並行してやることにした。／
我經過充分的考量，決定學業與工作二者同時並行。

へいこう【閉口】
閉口（無言）；為難，受不了；認輸　＊名・自サ◎グループ3
△むちゃな要求ばかりして来る部長に、副部長ですら閉口している。／
對於總是提出荒唐要求的經理，就連副經理也很為難。

へいさ【閉鎖】
封閉，關閉，封鎖　＊名・自他サ◎グループ3
△2年連続で赤字となったため、工場を閉鎖するに至った。／
因為連續2年的虧損，導致工廠關門大吉。

へいれつ【並列】
並列，並排　＊名・自他サ◎グループ3
△この川は800メートルからある並木道と並列している。／
這條河川與長達八百公尺兩旁種滿樹木的道路並行而流。

へきえき【辟易】
畏縮，退縮，屈服；感到為難，感到束手無策　＊名・自サ◎グループ3
△今回の不祥事には、ファンですら辟易した。／
這次發生的醜聞鬧得就連影迷也無法接受。

ぺこぺこ
癟，不鼓；空腹；諂媚　＊名・自サ・形動・副◎グループ 3
△客が激しく怒るので、社長までぺこぺこし出す始末だ。／
由於把顧客惹得火冒三丈，到最後不得不連社長也親自出面，鞠躬哈腰再三道歉。

べっきょ【別居】
分居　＊名・自サ◎グループ 3
△愛人を囲っていたのがばれて、妻と別居することになった。／
被發現養了情婦，於是和妻子分居了。

べんかい【弁解】
辯解，分辯，辯明　＊名・自他サ◎グループ 3
△さっきの言い方は弁解でなくてなんだろう。／
如果剛剛說的不是辯解，那麼又算是什麼呢？

へんかく【変革】
變革，改革　＊名・自他サ◎グループ 3
△効率を上げるため、組織を変革する必要がある。／
為了提高效率，有必要改革組織系統。

へんかん【返還】
退還，歸還（原主）　＊名・他サ◎グループ 3
△今月を限りに、借りていた土地を返還することにした。／
直到這個月底之前必須歸還借用的土地。

へんきゃく【返却】
還，歸還　＊副・他サ◎グループ 3
△図書館の本の返却期限は２週間です。／
圖書館的書籍借閱歸還期限是兩星期。

べんご【弁護】
辯護，辯解；（法）辯護　＊名・他サ◎グループ 3
△この種の裁判の弁護なら、大山さんをおいて他にいない。／
假如要辯護這種領域的案件，除了大山先生不作第二人想。

へんさい【返済】
償還，還債　＊名・他サ◎グループ 3
△借金の返済を迫られる奥さんを見て、同情を禁じえない。／
看到那位太太被債務逼得喘不過氣，不由得寄予無限同情。

べんしょう【弁償】
賠償　＊名・他サ◎グループ 3
△壊した花瓶は高価だったので、弁償を余儀なくされた。／
打破的是一只昂貴的花瓶，因而不得不賠償。

へんせん【変遷】
變遷 ＊名・自サ◎グループ3

△この村ならではの文化も、時代とともに変遷している。／
就連這個村落的獨特文化，也隨著時代變遷而有所改易。

へんとう【返答】
回答，回信，回話 ＊名・他サ◎グループ3

△言い訳めいた返答なら、しないほうがましだ。／
如果硬要說這種強詞奪理的回話，倒不如不講來得好！

へんどう【変動】
變動，改變，變化 ＊名・自サ◎グループ3

△為替相場の変動いかんによっては、本年度の業績が赤字に転じる可能性がある。／
根據匯率的變動，這年度的業績有可能虧損。

べんぴ【便秘】
便秘，大便不通 ＊名・自サ◎グループ3

△生活が不規則で便秘しがちだ。／
因為生活不規律有點便秘的傾向。

べんろん【弁論】
辯論；（法）辯護 ＊名・自サ◎グループ3

△弁論大会がこんなに白熱するとは思わなかった。／
作夢都沒有想到辯論大會的氣氛居然會如此劍拔弩張。

ほいく【保育】
保育 ＊名・他サ◎グループ3

△デパートに保育室を作るべく、設計事務所に依頼した。／
百貨公司為了要增設一間育嬰室，委託設計事務所協助設計。

ぼうえい【防衛】
防衛，保衛 ＊名・他サ◎グループ3

△防衛のためとはいえ、これ以上税金を使わないでほしい。／
雖是為了保疆衛土，卻不希望再花人民稅金增編國防預算。

ほうかい【崩壊】
崩潰，垮台；（理）衰變，蛻變 ＊名・自サ◎グループ3

△アメリカの経済が崩壊したがさいご、世界中が巻き添えになる。／
一旦美國的經濟崩盤，世界各國就會連帶受到影響。

ぼうがい【妨害】
妨礙，干擾 ＊名・他サ◎グループ3

△いくらデモを計画したところで、妨害されるだけだ。／
無論事前再怎麼精密籌畫示威抗議活動，也勢必會遭到阻撓。

ほうき 【放棄】	放棄，喪失　＊名・他サ◎グループ3 △あの生徒が学業を放棄するなんて、残念の極みです。／ 那個學生居然放棄學業，實在可惜。
ほうし 【奉仕】	（不計報酬而）效勞，服務；廉價賣貨　＊名・自サ◎グループ3 △彼女は社会に奉仕できる職に就きたいと言っていた。／ 她說想要從事服務人群的職業。
ほうしゃ 【放射】	放射，輻射　＊名・他サ◎グループ3 △放射線による治療を受けるべく、大きな病院に移った。／ 轉至大型醫院以便接受放射線治療。
ほうしゅつ 【放出】	放出，排出，噴出；（政府）發放，投放　＊名・他サ◎グループ3 △冷蔵庫は熱を放出するので、壁から十分離して置いた方がよい。／ 由於冰箱會放熱，因此擺放位置最好與牆壁保持一段距離。
ほうずる 【報ずる】	通知，告訴，告知，報導；報答，報復　＊自他サ◎グループ3 △同じトピックでも、どう報ずるかによって、与える印象が大きく変わる。／ 即使是相同的話題，也會因報導方式的不同而給人大有不一樣的感受。
ほうち 【放置】	放置不理，置之不顧　＊名・他サ◎グループ3 △庭を放置しておいたら、草ぼうぼうになった。／ 假如對庭園置之不理，將會變得雜草叢生。
ぼうちょう 【膨張】	（理）膨脹；增大，增加，擴大發展　＊名・自サ◎グループ3 △宇宙が膨張を続けているとは、不思議なことだ。／ 宇宙竟然還在繼續膨脹，真是不可思議。
ほうどう 【報道】	報導　＊名・他サ◎グループ3 △小さなニュースなので、全国ニュースとして報道するにあたらない。／ 這只是一則小新聞，不可能會被當作全國新聞報導。
ほうべい 【訪米】	訪美　＊名・自サ◎グループ3 △首相が訪米する。／ 首相出訪美國。

ほうわ【飽和】	（理）飽和；最大限度，極限　＊名・自サ◎グループ 3
	△飽和状態になった街の交通事情は、見るにたえない。／ 街頭車滿為患的路況，實在讓人看不下去。
ほおん【保温】	保溫　＊名・自サ◎グループ 3
	△ご飯が炊き終わると、自動で保温になる。／ 將米飯煮熟以後會自動切換成保溫狀態。
ほかん【保管】	保管　＊名・他サ◎グループ 3
	△倉庫がなくて、重要な書類の保管すらできない。／ 由於沒有倉庫，就連重要文件也無法保管。
ほきゅう【補給】	補給，補充，供應　＊名・他サ◎グループ 3
	△水分を補給することなしに、運動することは危険だ。／ 在沒有補充水分的狀況下運動是很危險的事。
ほきょう【補強】	補強，增強，強化　＊名・他サ◎グループ 3
	△載せる物の重さいかんによっては、台を補強する必要がある。／ 依據承載物品的重量多少而需要補強底座。
ぼきん【募金】	募捐　＊名・自サ◎グループ 3
	△親を亡くした子供たちのために街頭で募金しました。／ 為那些父母早逝的孩童在街頭募款了。
ほご【保護】	保護　＊名・他サ◎グループ 3
	△みんなの協力なくしては、動物を保護することはできない。／ 沒有大家的協助，就無法保護動物。
ほしゅ【保守】	保守；保養　＊名・他サ◎グループ 3
	△お客様あっての会社だから、製品の保守も徹底している。／ 有顧客才有公司（顧客至上），因此這家公司極度重視產品的維修。
ほじゅう【補充】	補充　＊名・他サ◎グループ 3
	△社員を補充したところで、残業が減るわけがない。／ 雖然增聘了員工，但還是無法減少加班時間。

ほじょ【補助】 補助 ＊名・他サ◎グループ3

△父は、市からの補助金をもらうそばから全部使っている。／

家父才剛領到市政府的補助金旋即盡數花光。

ほしょう【保障】 保障 ＊名・他サ◎グループ3

△失業保険で当面の生活は保障されているとはいえ、早く次の仕事を見つけたい。／

雖說失業保險可以暫時維持生活，但還是希望能盡快找到下一份工作。

ほしょう【補償】 補償，賠償 ＊名・他サ◎グループ3

△補償額のいかんによっては、告訴も見合わせる。／

撤不撤回告訴，要看賠償金的多寡了。

ほそく【補足】 補足，補充 ＊名・他サ◎グループ3

△遠藤さんの説明に何か補足することはありますか。／

對於遠藤先生的說明有沒有什麼想補充的？

ほっさ【発作】 （醫）發作 ＊名・自サ◎グループ3

△ 42 度以上のおふろに入ると、心臓発作の危険が高まる。／

浸泡在四十二度以上的熱水裡會增加心肌梗塞的風險。

ぼっしゅう【没収】 （法）（司法處分的）沒收，查抄，充公 ＊名・他サ◎グループ3

△授業中に雑誌を見ていたら、先生に没収された。／

在上課時看雜誌，結果被老師沒收了。

ほっそく【発足】 出發，動身；（團體、會議等）開始活動 ＊名・自サ◎グループ3

△会を発足させるには、法律に即して手続きをするべきだ。／

想要成立協會，必須依照法律規定辦理相關程序。

ぼつらく【没落】 沒落，衰敗；破產 ＊名・自サ◎グループ3

△元は裕福な家だったが、祖父の代に没落した。／

原本是富裕的家庭，但在祖父那一代沒落了。

ほよう【保養】 保養，（病後）修養，療養；（身心的）修養；消遣 ＊名・自サ◎グループ3

△軽井沢に会社の保養施設がある。／

公司在輕井澤有一棟員工休閒別墅。

マーク【mark】（劃）記號，符號，標記；商標；標籤，標示，徽章　＊名・他サ◎グループ 3

△「〒」は、日本で郵便を表すマークとして使われている。／
「〒」在日本是代表郵政的符號。

まいぞう【埋蔵】埋藏，蘊藏　＊名・他サ◎グループ 3

△埋蔵されている宝を独占するとは、許されない。／
竟敢試圖獨吞地底的寶藏，不可原諒！

まえうり【前売り】預售　＊名・他サ◎グループ 3

△前売り券は 100 円 off、さらにオリジナルバッジが付いてきます！／
預售票享有一百圓的優惠，還附贈獨家徽章！

まえがり【前借り】借，預支　＊名・他サ◎グループ 3

△給料を前借りする。／
預支工錢。

まえばらい【前払い】預付　＊名・他サ◎グループ 3

△工事費の一部を前払いする。／
預付一部份的施工費。

マッサージ【massage】按摩，指壓，推拿　＊名・他サ◎グループ 3

△サウナに行ったとき、体をマッサージしてもらった。／
前往三溫暖時請他們按摩了身體。

まばたき・またたき【瞬き】瞬，眨眼　＊名・自サ◎グループ 3

△あいつは瞬きする間にラーメンを全部食った。／
那個傢伙眨眼間，就將拉麵全都掃進肚裡去了。

まひ【麻痺】麻痺，麻木；癱瘓　＊名・自サ◎グループ 3

△はい、終わりましたよ。まだ麻酔が残っていますが、数時間したら麻痺が取れます。／
好了，結束囉。麻醉現在還沒退，過幾小時就恢復正常了。

みっしゅう【密集】密集，雲集　＊名・自サ◎グループ 3

△丸の内には日本のトップ企業のオフィスが密集している。／
日本各大頂尖企業辦公室密集在丸之內（東京商業金融中心）。

みっせつ【密接】
密接，緊連；密切 ＊名・自サ・形動◎グループ3
△あの二人は密接な関係にあるともっぱら噂です。／
那兩人有密切的接觸這件事傳得滿城風雨的。

みんしゅく【民宿】
（觀光地的）民宿，家庭旅店；（旅客）在民家投宿 ＊名・自サ◎グループ3
△民宿には民宿ゆえの良さがある。／
民宿有民宿的獨特優點。

むかむか
噁心，作嘔；怒上心頭，火冒三丈 ＊副・自サ◎グループ3
△揚げ物を食べ過ぎて、胸がむかむかする。／
炸的東西吃太多了，胸口覺得有點噁心。

むだづかい【無駄遣い】
浪費，亂花錢 ＊名・自サ◎グループ3
△またこんなくだらない物を買ってきて、無駄遣いにもほどがある。／
又買這種沒有用的東西了！亂花錢也該適可而止！

めいちゅう【命中】
命中 ＊名・自サ◎グループ3
△ダーツを何度投げても、なかなか10点に命中しない。／
無論射多少次飛鏢，總是無法命中10分值區。

めつぼう【滅亡】
滅亡 ＊名・自サ◎グループ3
△これはローマ帝国の始まりから滅亡までの変遷を追った年表です。／
這張年表記述了羅馬帝國從創立到滅亡的變遷。

めんかい【面会】
會見，會面 ＊名・自サ◎グループ3
△面会できるとはいえ、面会時間はたったの10分しかない。／
縱使得以會面，但會見時間亦只有區區十分鐘而已。

めんじょ【免除】
免除（義務、責任等） ＊名・他サ◎グループ3
△成績が優秀な学生は、授業料が免除されます。／
成績優異的學生得免繳學費。

めんする【面する】
（某物）面向，面對著，對著；（事件等）面對 ＊自サ◎グループ3
△申し訳ありませんが、海に面している席はもう満席です。／
非常抱歉，面海的座位已經客滿了。

もさく【模索】　摸索；探尋　＊名・自サ◎グループ3

△まだ妥協点を模索している段階です。／
現階段仍在試探彼此均能妥協的平衡點。

もほう【模倣】　模仿，仿照，仿效　＊名・他サ◎グループ3

△各国は模倣品の取り締まりを強化している。／
世界各國都在加強取締仿冒品。

やせい【野生】　野生；鄙人　＊名・自サ・代◎グループ3

△このサルにはまだ野生めいた部分がある。／
這隻猴子還有點野性。

ゆうえつ【優越】　優越　＊名・自サ◎グループ3

△小学生のとき、クラスで一番背が高いことに優越感を抱いていたが、中学生になったら次々にクラスメートに抜かれた。／
讀小學的時候是全班最高的，並且對此頗具優越感，但是自從上了中學以後，班上同學卻一個接一個都長得比我高了。

ゆうかい【誘拐】　拐騙，誘拐，綁架　＊名・他サ◎グループ3

△子供を誘拐し、身代金を要求する。／
綁架孩子要求贖金。

ゆうし【融資】　（經）通融資金，貸款　＊名・自サ◎グループ3

△融資にかかわる情報は、一切外部に漏らしません。／
相關貸款資訊完全保密。

ゆうずう【融通】　暢通（錢款），通融；腦筋靈活，臨機應變　＊名・他サ◎グループ3

△知らない仲じゃあるまいし、融通をきかせてくれるでしょう。／
我們又不是不認識，應該可以通融一下吧。

ゆうする【有する】　有，擁有　＊他サ◎グループ3

△新しい会社とはいえ、無限の可能性を有している。／
雖是新公司，卻擁有無限的可能性。

ゆうせん【優先】　優先　＊名・自サ◎グループ3

△会員様は、一般発売の1週間前から優先でご予約いただけます。／
會員於公開發售的一星期前可優先預約。

ユーターン【U-turn】 （汽車的）U 字形轉彎，180 度迴轉　＊名・自サ◎グループ 3

△この道路では U ターン禁止だ。／
這條路禁止迴轉。

ゆうどう【誘導】 引導，誘導；導航　＊名・他サ◎グループ 3

△観光客が予想以上に来てしまい、誘導がうまくいかなかった。／
前來的觀光客超乎預期，引導的動線全都亂了。

ゆうぼく【遊牧】 游牧　＊名・自サ◎グループ 3

△これだけ広い土地ともなると、遊牧でもできそうだ。／
要是有如此寬廣遼闊的土地，就算要游牧也應該不成問題。

ゆうわく【誘惑】 誘惑；引誘　＊名・他サ◎グループ 3

△負けるべからざる誘惑に、負けてしまった。／
受不了邪惡的誘惑而無法把持住。

ようご【養護】 護養；扶養；保育　＊名・他サ◎グループ 3

△彼は大学を卒業すると、養護学校で働きはじめた。／
他大學畢業後就立刻到特教學校開始工作。

ようする【要する】 需要；埋伏；摘要，歸納　＊他サ◎グループ 3

△若い人は、手間を要する作業を嫌がるきらいがある。／
年輕人多半傾向於厭惡從事費事的工作。

ようせい【要請】 要求，請求　＊名・他サ◎グループ 3

△地元だけでは解決できず、政府に支援を要請するに至りました。／
由於靠地方無法完全解決，最後演變成請求政府支援的局面。

ようせい【養成】 培養，培訓；造就　＊名・他サ◎グループ 3

△一流の会社ともなると、社員の養成システムがよく整っている。／
既為一流的公司，即擁有完善的員工培育系統。

ようぼう【要望】 要求，迫切希望　＊名・他サ◎グループ 3

△空港建設にかかわる要望については、回答いたしかねます。／
恕難奉告機場建設之相關需求。

よかん【予感】 預感，先知，預兆 ＊名・他サ◎グループ3

△さっきの電話から、いやな予感がしてやまない。／
剛剛那通電話令我心中湧起一股不祥的預感。

よきん【預金】 存款 ＊名・自他サ◎グループ3

△預金があるとはいえ、別荘が買えるほどではありません。／
雖然有存款，卻沒有多到足以購買別墅。

よくあつ【抑圧】 壓制，壓迫 ＊名・他サ◎グループ3

△抑圧された女性達の声を聞くのみならず、記事にした。／
不止聆聽遭到壓迫的女性們的心聲，還將之報導出來。

よくせい【抑制】 抑制，制止 ＊名・他サ◎グループ3

△食事の量を制限して、肥満を抑制しようと試みた。／
嘗試以限制食量來控制體重。

よげん【予言】 預言，預告 ＊名・他サ◎グループ3

△予言するそばから、現実に起こってしまった。／
剛預言就馬上應驗了。

よこく【予告】 預告，事先通知 ＊名・他サ◎グループ3

△テストを予告する。／
預告考期。

よそみ【余所見】 往旁處看；給他人看見的樣子 ＊名・自サ◎グループ3

△みんな早く帰りたいと言わんばかりによそ見している。／
大家幾乎像歸心似箭般地，全都左顧右盼心不在焉。

よふかし【夜更かし】 熬夜 ＊名・自サ◎グループ3

△明日から出張だから、今日は夜更かしは止めるよ。／
明天起要出差幾天，所以至少今晚就不熬夜囉！

らいじょう【来場】 到場，出席 ＊名・自サ◎グループ3

△小さな展覧会です。散歩がてら、ご来場ください。／
只是一個小小的展覽會，如果出門散步的話，請不吝順道參觀。

らち【拉致】 擄人劫持，強行帶走 ＊名・他サ◎グループ3

△社長が拉致される。／
社長被綁架。

らっか【落下】 下降，落下；從高處落下 ＊名・自サ◎グループ3

△何日も続く大雨で、岩が落下しやすくなっている。／
由於連日豪雨，岩石容易崩落。

らっかん【楽観】 樂觀 ＊名・他サ◎グループ3

△熱は下がりましたが、まだ楽観できない状態です。／
雖然燒退了，但病況還不樂觀。

らんよう【濫用】 濫用，亂用 ＊名・他サ◎グループ3

△彼の行為は職権の濫用に当たらない。／
他的作為不算是濫用職權。

りゅうつう【流通】 （貨幣、商品的）流通，物流 ＊名・自サ◎グループ3

△商品の汚染が明らかになれば、流通停止を余儀なくさせられる。／
如果證明商品確實受到汙染，只能停止銷售。

りょうかい【了解】 了解，理解；領會，明白；諒解 ＊名・他サ◎グループ3

△何度もお願いしたあげく、やっと了解していただけた。／
在多次請託之下，總算得到同意了。

りょうしょう【了承】 知道，曉得，諒解，體察 ＊名・他サ◎グループ3

△価格いかんによっては、取り引きは了承しかねる。／
交易與否將視價格決定。

りょうりつ【両立】 兩立，並存 ＊名・自サ◎グループ3

△プレッシャーにたえながら、家庭と仕事を両立している。／
在承受壓力下，兼顧家庭與事業。

るいじ【類似】 類似，相似 ＊名・自サ◎グループ3

△N1ともなれば、類似した単語も使い分けられるようにしたい。／
既然到了N1級，希望連相似的語詞也知道如何區分使用。

るいすい 【類推】	類推；類比推理　＊名・他サ◎グループ 3 △人に尋ねなくても、過去の例から類推できる。／ 就算不用問人，由過去的例子也能夠類推得出結果。
れいぞう 【冷蔵】	冷藏，冷凍　＊名・他サ◎グループ 3 △買った野菜を全部冷蔵するには、冷蔵庫が小さすぎる。／ 假如要將買回來的所有蔬菜都冷藏保存的話，這台冰箱實在太小了。
れんあい 【恋愛】	戀愛　＊名・自サ◎グループ 3 △恋愛について彼は本当に鈍感きわまりない。／ 在戀愛方面他真的遲鈍到不行。
れんたい 【連帯】	團結，協同合作；（法）連帶，共同負責　＊名・自サ◎グループ 3 △会社の信用にかかわる損失は、連帯で責任を負わせる。／ 牽涉到公司信用的相關損失，必會使之負起連帶責任。
ろうすい 【老衰】	衰老　＊名・自サ◎グループ 3 △祖父は、苦しむことなしに、老衰でこの世を去った。／ 先祖父在沒有受到折磨的情況下，因衰老而壽終正寢了。
ろうどく 【朗読】	朗讀，朗誦　＊名・他サ◎グループ 3 △朗読は、話す速度や声の調子いかんで、印象が変わる。／ 朗讀時，會因為讀頌的速度與聲調不同，給人不一樣的感覺。
ろうひ 【浪費】	浪費；糟蹋　＊名・他サ◎グループ 3 △部長に逆らうのは時間の浪費だ。／ 違抗經理的指令只是浪費時間而已。
ろんぎ 【論議】	議論，討論，辯論，爭論　＊名・他サ◎グループ 3 △君なしでは、論議は進められない。ぜひ参加してくれ。／ 倘若沒有你在場，就無法更進一步地討論，務請出席。

新制對應朗讀版

日本語動詞活用辭典

N1, N2 單字辭典 [25K+MP3]

【山田社日語 51】

發行人／林德勝

著者／吉松由美、田中陽子

出版發行／山田社文化事業有限公司
地址　臺北市大安區安和路一段112巷17號7樓
電話　02-2755-7622　02-2755-7628
傳真　02-2700-1887

郵政劃撥／19867160號　大原文化事業有限公司

總經銷／聯合發行股份有限公司
地址　新北市新店區寶橋路235巷6弄6號2樓
電話　02-2917-8022
傳真　02-2915-6275

印刷／上鎰數位科技印刷有限公司

法律顧問／林長振法律事務所　林長振律師

書+MP3 ／定價　新台幣 599 元

初版／2021年 04 月

© ISBN : 978-986-246-607-0

STS
山田社

山田社